Die sechste Klage

D1865809

Das Buch

In einem englischen Kloster bittet ein alter Mann um Kirchenasyl, das ihm auf Weisung aus Rom auch gewährt wird – obwohl einiges darauf hinweist, dass es sich bei Eduard Schwermann um einen gesuchten NS-Verbrecher handelt. Pater Anselm, der früher Rechtsanwalt war, findet heraus, dass die Kirche offenbar Gründe hatte, den Mann zu schützen. Was ist damals wirklich geschehen?

Diese Frage stellt sich auch Lucy, die schon seit Jahren dem Geheimnis ihrer Großmutter Agnes auf der Spur ist. Lucy ahnt, dass Agnes' Vergangenheit auf fatale Weise mit der von Schwermann verknüpft sein könnte, als sie deren Tagebuch liest: Es erzählt von der »Tafelrunde«, die jüdische Kinder außer Landes schmuggelte, und von einem Verrat aus Eifersucht. Doch sowohl Pater Anselm als auch Lucy müssen bei ihren Nachforschungen feststellen: Nichts ist so, wie es scheint. Je mehr sie herausfinden, desto weniger scheinen sie zu wissen. Auch das Gericht, das schließlich ein Urteil über Schwermanns Schuld fällen soll, kennt nur die halbe Wahrheit …

Der Autor

William Brodrick wurde 1960 in England geboren und wuchs in Australien und Kanada auf. Wie die Hauptfigur seines Debütromans war er Mönch und Rechtsanwalt, nur in umgekehrter Reihenfolge – er verließ den Augustinerorden nach sechs Jahren, um in London als Anwalt zu arbeiten. William Brodrick lebt mit seiner Familie in Frankreich.

William Brodrick

Die sechste Klage

Roman

Aus dem Englischen von Bernhard Kleinschmidt und Thomas A. Merk

List Taschenbuch

Besuchen Sie uns im Internet:
www.list-taschenbuch.de

Umwelthinweis:
Dieses Buch wurde auf chlor- und säurefreiem Papier gedruckt.

Ungekürzte Ausgabe im List Taschenbuch
List ist ein Verlag der Ullstein Buchverlage GmbH, Berlin.
1. Auflage April 2006
© für die deutsche Ausgabe by Ullstein Buchverlage GmbH,
Berlin 2004/List Verlag
© William Brodrick 2003
Titel der englischen Originalausgabe: *The Sixth Lamentation*
(Little, Brown, London)
Umschlagkonzept: HildenDesign, München
Umschlaggestaltung: Hauptmann und Kompanie Werbeagentur,
München
Unter Verwendung einer Fotografie von © gettyimages/photodisc
Gesetzt aus der Sabon
Satz: Leingärtner, Nabburg
Druck und Bindearbeiten: Clausen & Bosse, Leck
Printed in Germany
ISBN-13: 978-3-548-60610-1
ISBN-10: 3-548-60610-5

Für meine Mutter

L'occupation

Mit winzigen Händen fing einst der April ganz Paris,
wie du mich gefangen hattest, den kleinen Trojaner.
Sanft lösten Finger meinen Widerstand
gegen deinen Zauber. Es war ein großes Gefühl,
ich sah winkende Arme, wirbelnden Staub, und ja,
selbst die Steine hörte ich deinen Namen rufen,
Agnes.

Und dann erlosch das Licht.
Ich schloss einen Pakt mit dem Teufel,
als der Frühlingswind kam, als des Priamos Sohn
blutend am Boden lag. Im Morgengrauen aber
flüsterten die Steine: »Was hast du nur getan?«,
und ja, ich habe euch beide verraten.
Kannst du mir vergeben,
Agnes?

(August 1942)

Aus dem Französischen übersetzt von Pater Anselm Duffy
Am Tag der hl. Agnes
Kloster Larkwood, 21. Januar 1998

Teil I

Nun ist die Zeit zum Verbrennen der Blätter

Das Verbrennen der Blätter
Laurence Binyon (1942)

Erster Prolog

1

April 1995.

»›Nacht und Tag habe ich zwischen den Gräbern gelebt und mich mit Steinen geschlagen‹«, zitierte Agnes ruhig aus dem Gedächtnis.

Dr. Scott sah sie fragend an. In seinem leicht singenden schottischen Akzent hatte er ihr soeben die Diagnose eröffnet und ihr so schonend wie möglich beigebracht, dass es nicht gut um sie stand. Agnes hatte währenddessen die leuchtend gelbe Osterglocke im Regal hinter seinem Kopf betrachtet und sich gefragt, ob der einsam und wackelig dastehende Topf zwischen den vielen Büchern wohl das Geschenk eines dankbaren Patienten oder eine Dreingabe für gute Kunden an der Tankstelle war.

Erst als ihr, ohne dass sie es wirklich wollte, die alten Worte über die Lippen kamen, vergaß Agnes die Blume. Sie wusste nicht einmal mehr, woher sie den Spruch hatte. Waren es Worte, die Père Rochet damals in den vierziger Jahren zitiert hatte? Oder hatte sie das irgendwo gelesen? Aber egal, jetzt gehörten diese Worte ihr; sie kamen wie ein Geschenk, durch das sie der Vergangenheit einen Namen geben konnte, wie der Titel einer Autobiographie.

Agnes sah hinüber zu ihrem Arzt. Er war ein netter Bursche, der mit medizinischen Schreckensnachrichten besser umgehen konnte als mit verstümmelten Zitaten. Allzu besorgt um sie sah er aus, und seine Verwirrung rührte sie.

»Wollen Sie mir etwa sagen, dass ich nach allem, was ich durchgemacht habe, an einer Krankheit sterben soll, deren Schirmherrin die Herzogin von York ist?«

»Leider ja.«

»Das ist nicht fair.« Agnes, die während des Gesprächs weder Mantel noch Handtasche abgelegt hatte, stand auf.

»Warten Sie, ich rufe Ihnen ein Taxi.«

»Nein danke, ich gehe lieber zu Fuß – solange ich noch kann.«

»Wie Sie wollen.«

Dr. Scott brachte Agnes zur Tür, wo sie sich noch einmal umdrehte. »Ich bin noch nicht bereit zu sterben«, sagte sie.

»Nein, das sind Sie sicher nicht. Aber wer ist das schon?«

Agnes atmete tief durch. Eine unerwartete Erleichterung stieg in ihr auf und versank wieder. Sie schloss die Augen. Jetzt konnte sie bald heimkehren. Zu ihrem Arthur – und seltsamerweise auch zu den Rittern der Tafelrunde. So hatte sie das noch nie gesehen.

Agnes war zum ersten Mal aufgefallen, dass etwas mit ihr nicht in Ordnung war, als ihr Sprechen immer gedehnter und schleppender wurde. Sie redete, als hätte sie zu viel Gin getrunken, aber sie unternahm nichts. Dann war sie gelegentlich auf der Straße gestolpert, aber auch das hatte sie noch nicht wirklich beunruhigt. Wie schon so oft in ihrem Leben hatte Agnes erst unter massivem Druck von außen gehandelt und nur deshalb einen Termin beim Arzt vereinbart, weil Freddie explodiert war.

Es geschah, als sie mit Freddie über den Cavendish Square auf die Wigmore Hall zuging. Es war ein kühler Abend im März, und ein feiner Nieselregen schimmerte matt im Licht der hohen Fenster und Straßenlaternen. Freddie lief voller Ungeduld mehrere Schritte voraus, Agnes eilte ihm hinterher, stolperte und fiel hin, wobei sie sich die Nase aufschürfte und die Brille zerbrach. Während sie nach der Fassung tastete, traten ihr Tränen in die Augen, aber nicht vor Schmerz, sondern weil sie wusste, wie peinlich Freddie dieser Vorfall war. »Bitte, Mutter, steh doch auf. Ist alles in Ordnung?«

Mit der Hilfe eines Passanten rappelte Agnes sich auf. Während sie sich am Mantel die Hände abwischte, reichte Freddie ihr ein sauber gefaltetes Taschentuch und sagte mit ärgerlicher Stimme: »Jetzt hör mir mal zu, Mutter – wenn irgendetwas nicht in Ordnung ist, geh doch zum Arzt. Mir sagst du ja nichts, aber vielleicht machst du dort den Mund auf. Aber erspare mir um Gottes willen in Zukunft solche Peinlichkeiten!«

Agnes wusste, dass er sich wegen dieses Ausbruchs später Vorwürfe machen würde, ebenso wie sie selbst unzufrieden mit sich war, weil sie ihn enttäuscht hatte. Den Rest des Abends tauschten die beiden nur noch oberflächliche Höflichkeiten aus.

»Nein, bitte geh du vor, wirklich.«

»Danke, Freddie.«

»Möchtest du ein Programm?«

»Nein danke, nicht nötig.«

In der Pause fühlte Agnes sich auf einmal so müde, dass sie sich von Freddie nach Hause bringen ließ. Noch in derselben Woche suchte sie Dr. Scott auf, der sie an einen Facharzt überwies. Als das Ergebnis der Untersuchung vorlag, bat Dr. Scott sie in seine Praxis und teilte ihr die Diagnose mit. Nun wusste sie Bescheid.

Agnes überließ den Arzt einer fünffachen Mutter und machte sich auf den Weg zu ihrer geliebten Wohnung an der Themse, die ganz in der Nähe des Grabes von William Hogarth lag. Hier, wo der berühmte Maler seine letzte Ruhe gefunden hatte, befand sich ihr Refugium mit Mauern aus verschiedenfarbigen Ziegeln und merkwürdigen runden Fenstern aus altem Glas, auf denen das Licht kupferfarben glänzte. Unterwegs kam sie an einer Schar singender, Händchen haltender Kinder vorbei, die von mit Klemmbrettern bewaffneten Lehrerinnen flankiert wurden. Die jungen Stimmen riefen in Agnes Erinnerungen wach, und mit einem Stirnrunzeln dachte sie auf einmal wieder an Madame Klein und Père Rochet, an Jacques und Victor, an Paris und … alles andere.

In all den Jahren war über ihre Erinnerungen, von denen sie niemandem außer Arthur erzählt hatte, kein Gras gewachsen. Sie waren noch so frisch wie damals. Und nun hatte sie erfahren, dass sie bald sterben musste, ohne dass sie eine Antwort auf die Fragen der Vergangenheit gefunden, ohne dass sie den anderen ein Denkmal gesetzt hatte. Aber hätte es eine andere Möglichkeit gegeben?

Als Agnes beim Zeitungshändler um die Ecke bog, kam der Fluss in Sicht. Eine frische Brise kräuselte das Wasser und zauste die Haare eines Jungen in einem Ruderboot. Sie blieb stehen und merkte, dass die altbekannte Enttäuschung, die sie immer dann verspürte, wenn ihr die bitteren Umstände ihres Lebens bewusst wurden, wie ein Krampf von ihr Besitz ergriff.

»Lose Stränge laufen nur in Büchern zusammen«, sagte sie leise und schob zum wahrscheinlich letzten Mal die unverwüstliche, irrationale Hoffnung beiseite, ihr Leben könnte von einem mitfühlenden Autor am Ende doch noch zum Guten gewendet werden. Agnes blieb stehen und lachte. Dann drehte sie sich um, ging zum Zeitungshändler zurück und kaufte zwei Schulhefte.

2

Am selben Abend fuhren Freddie und Susan mit dem Auto von Kensington zu Agnes, während Lucy mit der U-Bahn aus Brixton kam.

Es war wie eine Szene aus einem schlechten Theaterstück: Freddie stand am Erkerfenster, Susan spielte nervös mit dem Anschlusskabel des Wasserkochers, und ihre Tochter Lucy, die in der Familie oft als inoffizielle Mittlerin fungierte, saß leicht angespannt in einem Sessel gegenüber von Agnes, dem widerstrebenden Mittelpunkt der kleinen Zusammenkunft.

»Man nennt es amyotrophe Lateralsklerose.«

Zunächst reagierte niemand. Freddie blickte weiterhin nach draußen, und Lucys Mutter hielt noch immer das Kabel in den Händen. »Hat er sonst noch etwas gesagt, Grandma?«, fragte Lucy zaghaft.

»Ja. Er erwartet, dass es ziemlich rasch fortschreitet. Irgendwann werde ich nicht mehr gehen und sprechen können, aber ich habe ja sowieso nie ...«

Freddie lief quer durchs Zimmer, kniete sich neben Agnes' Sessel auf den Boden und legte seinen Kopf in ihren Schoß. Agnes, auf einmal wieder zur Mutter geworden, strich ihm mit der Hand übers Haar. Susan weinte. Agnes war nicht sicher, ob um ihretwillen oder weil Susan sah, wie schwer Freddie die Nachricht getroffen hatte. Es war auch gleichgültig. »... ich habe ja sowieso nie viel geredet, nicht wahr?«, fuhr Agnes fort.

Freddie und Susan tranken noch eine Tasse Tee und brachen dann auf. Die Situation war erstaunlich entspannt gewesen, und alle hatten sich wie eine richtige Familie gefühlt. Zum Abschied verkündete Freddie, er werde morgen wieder kommen. Lucy blieb.

In vertrautem Schweigen saßen die beiden am blank gescheuerten Küchentisch und putzten grüne Bohnen, die sie kochten und dann mit frischer Butter aßen.

Allzu oft sah Agnes nicht fern, aber nachdem Lucy gegangen war, schaltete sie den Apparat ohne Ton ein und wartete darauf, dass etwas Interessantes kam. Bilder flackerten über den Bildschirm, warfen scharfe Schatten auf die Wände und tauchten ihr Gesicht in ein Wechselspiel aus Hell und Dunkel.

Das Telefon läutete. Es war Lucy, die sich erkundigen wollte, wie es ihrer Großmutter ging. Als Agnes auflegte, wurde ihre Aufmerksamkeit plötzlich von einem alten Wochenschaufilm in grobkörnigem Schwarzweiß geweckt. Er zeigte die eleganten Avenuen, die sie so gut kannte, die schlanken Bäume und die Biegung des Flusses. Es war Paris vor dem Krieg, vor fast sechzig Jahren.

»Nein, nicht vor dem Krieg«, murmelte sie und suchte nach der Fernbedienung. »Das ist ja während der Besatzungszeit. All die verfluchten Fahnen.« *Merde! Wo ist das verdammte Ding bloß?*

Als Agnes wieder auf den Bildschirm schaute, verschlug es ihr den Atem. Da war er, ein gut aussehender junger Mann mit vollen, sinnlichen Lippen. Er trug eine schneidige Uniform und sah aus wie das Musterbeispiel eines pflichtbewussten Regierungsvertreters. »Mein Gott, das ist er«, flüsterte Agnes, die auf einmal unfähig war, sich zu bewegen. »Das muss er sein.« Als Nächstes sah sie einen Mönch, der mit düsterer Miene den Kopf schüttelte, und dann war dieser Nachrichtenbeitrag beendet.

Eine Stunde lang blieb Agnes reglos sitzen. Dann zog sie entschlossen die Schublade ihres Schreibpults auf und nahm eines der Schulhefte heraus, die sie am Vormittag gekauft hatte. Nicht zum ersten Mal war sie verblüfft über ein rätselhaftes Zusammentreffen von Ereignissen, das mehr als ein bloßer Zufall sein musste. Ausgerechnet an dem Tag, an dem sie beschlossen hatte, die Vergangenheit zu Papier zu bringen, schienen die Umstände ebendiese Vergangenheit ans Tageslicht zu zwingen.

1. Kapitel

I

»Kirchenasyl.«

»So ein Quark.«

Trotz Pater Andrews Angewohnheit, Kraftausdrücke für den klösterlichen Gebrauch etwas abzumildern, war ziemlich klar, was er meinte. Der Prior war ein höflicher Mensch, aber manchmal, wenn er sich mit heiklen Problemen seines Klosters herumschlagen musste, brach bei ihm der Straßenjunge aus Glasgow durch, den eine hervorragende Erziehung nur oberflächlich gezähmt hatte.

»Das kann nicht sein Ernst sein. Das Kirchenasyl ist doch längst abgeschafft.«

»Er meint es aber ernst«, sagte Anselm.

»Wann hat er sich denn darauf berufen?«

»Heute Morgen, als Wilf ihn bat zu gehen.«

»Und er hat sich geweigert?« Der Prior blickte verdrießlich drein.

»Stimmt. Er hat Wilf gesagt, dass er sonst nirgends hingehen kann.« Die beiden Mönche saßen auf dem Rasen vor der alten Abtei auf einer alten Holzbank, Anselms Lieblingsplatz in Larkwood. In den Ruinen des südlichen Querschiffs sah man noch die Reste eines alten Kreuzgangs sowie ein paar Treppenstufen, die früher einmal zu einem Schlafsaal hinaufgeführt hatten. Auf dieser Bank hatte Anselm schon oft an seine Vorgänger aus dem dreizehnten Jahrhundert gedacht, wie sie, in lange Kutten gehüllt, die Treppe zum nächtlichen Gebet hinabgestiegen waren.

Der mit Moos durchsetzte Rasen zog sich in weichen Bodenwellen hinab bis zum Klosterzaun und von dort aus weiter bis an den von Glockenblumen gesäumten Weg, der hinüber zum Frauenkloster führte. An diesem klaren und kühlen Morgen war der Prior aus London zurückgekehrt. Und so war ihm entgangen, dass die Schlagzeilen sämtlicher Zeitungen des Landes nur ein einziges Thema hatten. Als er vor den Toren des Klosters einen Pulk von Reportern und Fernsehteams vorfand, fiel er aus allen Wolken.

»Erzähl mir alles noch einmal, und zwar der Reihe nach«, bat der Prior, der es wie immer genau wissen wollte.

»Angefangen hat alles mit einem Artikel in einer kleinen Regionalzeitung, und als die überregionalen Zeitungen davon Wind bekamen, suchte er uns auf und bat um den Schutz der Kirche.«

»Was hat Wilf dazu gesagt?«

»Dass die Polizei wohl kaum auf Clemens III. hören wird.«

»Wer ist Clemens III.?«

»Der Papst, der unserem Orden das Recht auf Kirchenasyl verliehen hat.«

»So etwas kann auch nur von Wilf kommen«, sagte der Prior und fügte leicht gereizt hinzu: »Wusstest du das?«

»Nein, ich musste auch erst nachfragen.«

»Beruhigend!« Der Prior kam sofort wieder zum Thema zurück: »Und dann, was ist dann passiert?«

»Wilf hat die Polizei angerufen. Ich habe erst davon erfahren, als plötzlich die Presse vor der Tür stand. Ich habe mit den Journalisten gesprochen und versucht, die Wogen zu glätten.«

Pater Andrew betrachtete seine Fingernägel. »Und warum will er Kirchenasyl? Wie ist er überhaupt auf die Idee gekommen?«

Anselm rutschte unruhig auf der Bank hin und her. Er würde dem Prior diese Frage beantworten, aber erst später. Alles zu seiner Zeit, das war eine der ersten Regeln, die Anselm als Mönch gelernt hatte. Auch die Ehrlichkeit hatte ihre Zeit, und ein gehorsamer Diener hatte das Recht, den

Zeitpunkt für seine Demütigung selbst zu bestimmen. Der Prior stand auf, schob die Arme unter sein Skapulier und ging auf und ab. »Eine überaus heikle Angelegenheit!«

»Das kann man sagen.«

Die beiden Mönche sahen sich schweigend an, sie wussten, wie brisant die ganze Sache war. »Wenn wir ihn fortschicken, steht in allen Zeitungen, dass wir einen alten Mann, der seine Unschuld beteuert, der Polizei ausgeliefert hätten. Lassen wir ihn hier bleiben, wird es heißen, wir beschützten einen alten Nazi. So oder so – verzeih bitte den drastischen Ausdruck –, wir stecken bis über beide Ohren in der Scheiße.«

»Du hast den Nagel auf den Kopf getroffen, Pater Andrew.«

Der Prior lehnte sich an den Sims eines offenen Bogenfensters in der Südwand des Querschiffs und wischte mit dem Handrücken ein paar lose Flechten vom Stein. Anselm stand auf und trat neben ihn.

»Ich bin der Meinung, wir sollten uns für das geringere Übel entscheiden.«

»Und das wäre?«

»Je früher er das Kloster wieder verlässt, desto besser. Wenn er bleibt, dann wird die Presse keine Ruhe geben, bis sie weiß, weshalb er hierher gekommen ist.«

Der Prior deutete auf den Zauntritt und den dahinter liegenden Weg zum Frauenkloster. »Ich würde gerne wissen, was unsere Schwestern über diese Angelegenheit denken. Wie ich höre, haben sie heute Vormittag ein Kapitel abgehalten.«

Anselm setzte seinen Gedankengang fort, während sie nebeneinander durch das noch taufeuchte Gras gingen. »Wenn wir ihm jetzt das Asyl verweigern, wird die Aufregung sich bald wieder legen. Und falls man uns wirklich vorwerfen sollte, wir hätten einen Unschuldigen auf die Straße gesetzt, haben wir eine gute Erklärung parat.«

»Und welche?«

»Dass wir ein Kloster sind und kein Altersheim für Untersuchungshäftlinge.« Anselm war stolz auf seine Formulierung, über die er lange nachgedacht hatte. Sie war ebenso prägnant wie glatt und gut geeignet für ein Pressemikrofon.

Der Prior nickte, schien allerdings nicht sonderlich beeindruckt. Anselm gab jedoch nicht auf. Er hielt den Blick eindringlich auf das Gesicht des Priors gerichtet, wie er es früher schon bei so manchem Richter getan hatte.

»Die andere Möglichkeit ist wesentlich unangenehmer. Wenn er ins Kloster zieht – und das dürfte er wohl vorhaben –, bringt er uns in große Schwierigkeiten. Möglicherweise wird ihm der Prozess gemacht.« Anselm hielt inne. »Und dann können wir sagen, was wir wollen, keiner wird uns dann noch glauben, dass wir nicht auf seiner Seite stehen.«

Am Zauntritt angekommen, warf sich der Prior das weiße Skapulier über die Schulter, raffte das schwarze Habit mit einem Arm zusammen und kletterte vorsichtig hinüber. Anselm spürte, dass Pater Andrew nicht mehr ganz bei der Sache war und bereits an etwas anderes dachte. »Morgen Abend um sechs kommt ein Detective Superintendent Milby zu mir«, sagte er. »Dann werden wir mehr wissen. Es wäre gut, wenn du mit Wilf bei dem Gespräch dabei wärst. Danach werden wir ein außerordentliches Kapitel abhalten. Sage das bitte auch den anderen.«

»Natürlich, Pater.«

Anselm blickte Pater Andrew nach, wie er mit wehendem Habit und gesenktem Kopf den Weg entlangging und schließlich in der purpurfarbenen Dämmerung verschwand.

2

Anselm kannte Detective Superintendent Milby noch von früher. Damals war dieser ein einfacher Drogenfahnder gewesen, ein Mann, der lange Haare und Jeans trug und dem man den Polizisten trotzdem schon von weitem ansah. Als junger Strafverteidiger hatte Anselm Milby einige Male ins Kreuzverhör genommen, was Milby wie alle Polizisten, die häufiger vor Gericht aussagen müssen, routiniert über sich ergehen ließ.

Zehn Jahre waren seitdem vergangen, und Milby hatte sich bestimmt ebenso verändert wie Anselm selbst.

Während Anselm noch an dem Zauntritt lehnte, lächelte er in Gedanken an die alten Zeiten vor sich hin und hatte wieder den intensiven Bohnerwachsgeruch des alten Gerichtssaals in der Nase und das wüste Lachen aus der Anwaltskantine im Ohr.

Als Anselm den Anwaltsberuf an den Nagel hängte, war das eine kleine Sensation und wochenlang das Gesprächsthema Nummer eins unter seinen Kollegen. In seinem Beruf durfte man sich keine Blöße geben. Privat konnte man sich vieles sehr zu Herzen nehmen, doch in der Öffentlichkeit war Souveränität gefragt. Und so meinten damals viele Kollegen, ihm ihr Mitgefühl mit auf den Weg geben zu müssen mit Sätzen wie: »Sag mal, alter Junge, stimmt es, dass du ins Kloster gehen willst? Ja, ja, wir haben alle so unsere geheimen Wünsche, ich weiß, wovon ich rede. Und die Arbeit ist schließlich nicht alles im Leben …«

Zehn Jahre lang war Anselm Anwalt gewesen, aber er hatte sich in diesem Beruf nie richtig wohl gefühlt. Bereits zu Beginn seiner Laufbahn hatte er diese Unruhe verspürt, die ihn auch in den Jahren danach nicht mehr losließ. Zunächst war ihm kaum bewusst, dass er sich wie ein Fremder fühlte, wie einer, der den falschen Beruf ergriffen hatte. Irgendwie spürte er immer, dass es noch etwas anderes geben musste, auch wenn er nicht genau wusste, was es war. Manchmal kam es ihm so vor, als habe er eine andere, fremde Sprache vernommen, die er unbedingt erlernen wollte. Immer wieder hatte Anselm verzweifelt versucht, ein ganz »normales« Leben als Anwalt zu führen, aber es gelang ihm nie. Oft empfand er eine Art undefinierbares Heimweh, mal schwächer, mal stärker ausgeprägt, das er später als die »Stimme seines Gewissens« bezeichnete. Damals aber ahnte er nur dumpf, dass es eine Art religiöse Sehnsucht war; er kaufte sich verschiedene Übersetzungen der Bibel und Bücher zu christlichen Themen, von denen er sich Antworten auf seine vielen Fragen erhoffte. Einmal bestellte er sich in einer Buchhandlung sogar eine achtunddreißigbändige Ausgabe der *Frühen Kirchenväter*, die er zu Hause nicht einmal auspackte. Lange Zeit benutzte er die drei noch zugeklebten Kartons als einen nicht sonderlich eleganten Abstelltisch. Anfangs verschwand dieses Heimwehgefühl meist genauso schnell, wie es gekommen war, und er arbeitete weiterhin als Anwalt, bis er wie aus heiterem Himmel plötzlich aufs Neue mit Gott konfrontiert wurde. Manchmal schien es ihm, als kämpfte er in einem Guerillakrieg, für den er denkbar schlecht gerüstet war und bei dem er nie wusste, wann der nächste Angriff aus dem Hinterhalt erfolgte. Mit der Zeit wuchs seine Sammlung ungelesener Bücher immer weiter an, bis er schließlich damit aufhörte, weitere zu kaufen. Und dann wurde ihm eines Tages beim Blick ins Objektiv einer Kamera schlagartig bewusst, dass er Mönch werden wollte.

Es geschah, als Anselm an einem trüben Novembernachmittag in seiner Anwaltsrobe aus dem Berufungsgericht kam. Da trat ein asiatisch aussehender Tourist auf ihn zu, der ihm freundlich lächelnd in Zeichensprache bedeutete, dass er Anselm fotografieren wolle. Kurz darauf stand Anselm unter dem Torbogen der Royal Courts und blickte lächelnd in die Kamera eines ihm völlig fremden Menschen.

Während er so dastand, verspürte er auf einmal das Bedürfnis, sich diesem Fremden gegenüber zu rechtfertigen. »Ich bin gar kein Anwalt«, hätte er am liebsten gesagt. »Ich bin ein Hochstapler.« Dieser freundliche Fremde von einem anderen Kontinent hatte in ihm eine Tür aufgestoßen, und Anselm wusste sofort, was sich dahinter befand. Und so stieg er die Stufen wieder hinunter und ließ den Mann, der, ohne es zu wissen, soeben das Ende von Anselms Anwaltskarriere eingeläutet hatte, ebenso zurück wie sein früheres Leben. Anselm nahm den Bus zur Victoria Station und ging an dem christlichen Buchladen vorbei zur Westminster Cathedral, wo er sich unter den dunklen Ziegeln des Kirchenschiffs in eine Bank setzte und betete. Jener Moment war der einzige Augenblick in seiner beginnenden religiösen Laufbahn, in dem er sich absolut sicher war, dass er die richtige Entscheidung getroffen hatte. Später fühlte er sich oft hin- und hergerissen und fragte sich, ob er aufgeben oder weitermachen sollte, aber damals hatte er das Gefühl, dass er endlich wusste, was ihn die ganze Zeit über beschäftigt hatte. Schon immer war Larkwood das Ziel seiner Reise gewesen.

2. Kapitel

I

Bevor Lucy Embleton mit der U-Bahn nach Brixton zurückfuhr, versuchte sie sich am Abwasch, obwohl sie wusste, dass ihre Großmutter hinterher alles noch einmal spülen würde. Gemeinsam hatten sie die ganzen Bohnen verputzt und sich sogar noch um die Überbleibsel gezankt, die kalt und schlaff im Sieb lagen. Lucy fand das makaber, denn Agnes würde bald nicht mehr am Leben sein, und Essen war für sie mit einem Mal zu einer eher nutzlosen Tätigkeit geworden. Als Lucy ihrer Großmutter von der Straße aus zum Abschied noch einmal zuwinkte, spürte sie, dass von nun an jede Geste eine andere, von der Nähe des Todes geprägte Bedeutung haben würde, die sie beide erkennen, aber nie beim Namen nennen würden. Lucys Stimmung wurde immer gedrückter. Ein wichtiger Abschnitt ihres Lebens neigte sich nun dem Ende zu, und sie hatte noch nicht einmal begriffen, worin seine Bedeutung lag.

Lucy war fünfundzwanzig Jahre alt und hatte einen großen Teil dieser Zeit mit dem vergeblichen Versuch verbracht, die seltsamen Mechanismen ihrer Familie zu erforschen. Dabei war es ihr nie gelungen, in der Familiengeschichte den einen entscheidenden Auslöser zu finden, der für die derzeitigen Verwicklungen verantwortlich war. Eher kam es ihr so vor, als habe sich die gegenwärtige Krise ganz allmählich aus winzigen, für sich genommen unbedeutenden Einzelteilen aufgebaut, die sich im Lauf der Zeit aufhäuften und zu einem soliden Block wurden. Als Kind hatte sie in aller Unschuld bohrende Fragen gestellt und die Antworten darauf mit solcher Verschwiegenheit für sich behalten, dass sie später, als sie älter geworden war, alle bis auf Agnes und Arthur mit Vertraulichkeiten geradezu überschütteten. Lucy wurde in ihrer Familie zu derjenigen, der man die Bruchstücke der Vergangenheit anvertraute, damit sie sie wieder zusammenfügte. Von dieser privilegierten Position aus kam sie zu folgendem Schluss: Wenn es überhaupt eine einfache Erklärung für das gab, was ihr Vater das »Schlamassel« nannte, dann musste sie in den Kriegsjahren zu suchen sein.

Die offiziell überlieferte Geschichte lautete folgendermaßen: Agnes war halb französischen, halb englischen Ursprungs und hatte während der Besetzung Frankreichs durch die Deutschen in Paris gelebt. Sie hatte miterlebt, wie der schwarze Rauch der brennenden Öldepots über die Stadt zog, wie die deutschen Soldaten Fotos von den Reliefs am Arc de Triomphe schossen. Sie hatte im Radio die Ansprache von Marschall Pétain gehört, in der er mit seiner dünnen Fistelstimme verkündete, er habe sein Leben Frankreich geweiht und werde sich zum Wohl seines Landes um einen Waffenstillstand mit Hitler bemühen. Über diese Zeit konnte Agnes sprechen, aber über das, was danach kam, schwieg sie sich aus. Als Kind war es Lucy ein paar Mal gelungen, mit ihrer Neugier unter der Barriere des Schweigens hindurchzuschlüpfen und einiges über die folgenden Jahre zu erfahren. Je weiter sie allerdings in diese Zeit vordrang, desto karger wurden die Informationen, mit denen ihre Großmutter unwillig herausrückte, desto unberechenbarer wurde ihre Stimmung. Und wenn Agnes' Antworten schließlich eine abweisende Schärfe erreicht hatten, merkte Lucy, dass sich ihre Großmutter jenem düsteren Ort in ihrer Erinnerung näherte, an den sie niemanden mitnehmen konnte. An diesem Ort wurde Agnes, wie Freddie ihr einmal voller Scham und Zorn vorwarf, *la muette*, die Stumme.

Natürlich wusste die Familie, was sich hinter dem Stacheldraht befand. Zwei Namen: Auschwitz und Ravensbrück.

Aber was genau sie mit Agnes zu tun hatten, blieb ein Geheimnis. Susan sagte oft, nur Grandpa Arthur habe gewusst, wo seine Frau gewesen war und weshalb. Mit Mühe war es Lucy gelungen, ein wenig mehr darüber zu erfahren.

»Nein, ich war nie in der Résistance«, antwortete Agnes gereizt auf eine von Lucys beharrlichen Schulmädchenfragen.

»Kanntest du jemanden, der dabei war?«

»Ja, das schon.«

»Also hattest du doch etwas damit zu tun?«

»Eigentlich nicht. Ich war nur eine Randfigur.«

»Waren diese Leute tapfer?«

»Sehr tapfer.«

»Dann wolltest du wohl auch tapfer sein?«

Agnes schwieg eine Weile und wirkte auf einmal sehr abwesend. »Wir waren alle so jung, so wahnsinnig jung«, sagte sie schließlich.

»Du warst also doch aktiv?«, drängte Lucy und schob sich ein Stück Schokolade in den Mund.

»Nicht der Rede wert. Und jetzt hör auf mit deinen Fragen.«

An diesem Punkt hatte das Verhör bisher immer geendet, aber einmal riskierte Lucy es, weiter in Richtung auf den düsteren Ort vorzustoßen: »Du kannst doch kein großes Geheimnis haben und uns nichts davon erzählen.«

Mit zusammengebissenen Zähnen ließ Agnes ein tiefes, fast animalisches Knurren hören. »Schluss jetzt!«

Es war Lucys erste Erfahrung mit einer atavistischen Furcht. Sie bekam Angst vor ihrer eigenen Großmutter. Für Freddie, der in der Ecke saß und die Szene über seine Zeitung hinweg beobachtet hatte, war es nur ein weiteres Beispiel für die hoffnungslose Selbstbezogenheit seiner Mutter. Aber Lucy, die damals gerade vierzehn war, besaß noch das erfrischend unbewusste Wahrnehmungsvermögen eines Kindes und sie spürte etwas, was weder sie noch irgendjemand anders benennen oder wissen konnte. Und das, was sie spürte, ließ sie zurückschrecken wie ein Tier, das instinktiv eine Gefahr wittert.

Und so blieben der Grund für Agnes' Festnahme und das, was während der zweieinhalb Jahre ihrer Lagerhaft geschehen war, weiterhin außerhalb von Lucys Reichweite. Erst für die Zeit nach Agnes' Befreiung gelang es Lucy, durch hartnäckiges Fragen den roten Faden wieder aufzunehmen: »Da stand ein russischer Soldat und hat mich angegafft«, erzählte Agnes. »Er war fast noch ein Kind, und seine Waffe sah aus wie ein ramponiertes Spielzeug. Er brachte kein Wort heraus, und auch ich konnte nichts sagen. Links und rechts von mir standen Kinder. Wir haben einfach zugesehen, wie er weinte. Schließlich hat er auf Englisch gesagt: ›Ihr seid jetzt frei.‹«

Müde fuhr Agnes sich mit ihrer blau geäderten Hand durch das graue Haar und rückte eine silberne Spange zurecht. »Babylon war ich endlich entkommen, aber ein Zion gab es für mich nicht«, fügte sie hinzu. »Nirgends war das gelobte Land.«

»Wie meinst du das, Grandma?«, fragte Lucy verblüfft.

»Ach, ich habe bloß an ein altes Lied gedacht. Ein Lied über Heimweh ... und Hoffnung.«

»Meinst du ›Rivers of Babylon‹ von Boney M.?«

»Nein, ich meine einen Psalm.«

Das war eine kryptische Äußerung, die vor allem deshalb seltsam wirkte, weil Agnes kein religiöser Mensch war.

Nach dem Krieg kehrte Agnes nach Paris zurück, wo sie in einem Krankenhaus Captain Arthur Embleton kennen lernte. Zwei Monate später waren die beiden schon verheiratet und blieben noch einige Jahre in Frankreich, wo sie Zwillinge bekamen, Freddie und Elodie. Nach seinem Ausscheiden aus dem Militärdienst zog Grandpa Arthur mit seiner Familie in eine bürgerliche Wohngegend im Norden Londons und trat als Anwalt in eine große Londoner Kanzlei ein. An der Oberfläche war das Familienleben ebenso behaglich wie ereignislos, auch wenn es sich von innen betrachtet ganz anders darstellte. Nach Lucys verstörendem Gespräch mit ihrer Großmutter erzählte Freddie von seiner Kindheit, in der ihm vieles unerklärlich vorgekommen war.

Manchmal sei Agnes liebenswürdig und extrovertiert gewesen, berichtete Freddie, aber oft sei sie auch völlig unvermittelt und ohne einen erkennbaren Grund in eine düstere Zerstreutheit versunken. Es war, als stellte die Maschinerie ihrer Persönlichkeit den Betrieb ein, weil ihr auf einmal die Energiequelle abhanden gekommen war. Das Leben in ihren Augen wurde immer schwächer, flackerte noch ein paar Mal auf und erlosch dann vollends. Freddie kam es dann immer so vor, als wäre seine Mutter unendlich weit weg, obwohl sie sich noch immer im selben Raum befand. Alles, was ihm und den anderen dann blieb, waren ebenso hilflose wie unbeholfene Versuche, über die von ihrer Abwesenheit geschaffene Leere hinweg wieder Kontakt mit ihr aufzunehmen.

Diesen Zustand nannte Grandpa Arthur »einen taktischen Rückzug aus dem Spannungsfeld«, was eigentlich ein schwacher Versuch war, die Kinder aufzuheitern, in Wirklichkeit aber voll der Wahrheit entsprach. Das Alltagsleben war oft ein Kampf für Agnes. Lucys Vater erinnerte sich noch gut an jene Angst einflößenden Augenblicke, in denen Agnes, wie von einem plötzlichen Schwindel ergriffen, erstarrte und sich zitternd und schwitzend am Rand des Spülbeckens, an einer Tischkante oder Stuhllehne festhalten musste, bis Grandpa Arthur sie beruhigt hatte.

Später, als Lucys Verhältnis zu ihrem Vater schwieriger wurde, war es ihre Mutter, die ihr mehr aus Freddies Vergangenheit erzählte. Sie wollte, dass Lucy diesen Menschen, der ihr rätselhaft geworden war, ein wenig besser verstand.

»Du musst immer daran denken, dass dein Vater es als Kind nicht gerade leicht hatte«, sagte Susan fast flehend. »Obwohl dein Grandpa sein Bestes getan hat.«

Grandpa Arthur, erzählte sie, habe immer versucht, Freddie und Elodie das zu vermitteln, was er für eine liebevolle englische Erziehung hielt, und ihnen damit einen Halt im Leben zu geben. Zu dieser Erziehung gehörten die Operetten von Gilbert and Sullivan ebenso wie die Kricket-Jahrbücher des Wisden-Verlags – die Elodie liebte – und die Sitte, regelmäßig um fünf Uhr Tee zu trinken. Vollständig vor den Launen ihrer Mutter schützen konnte Arthur die Kinder jedoch nicht. War Agnes an einem Tag zugänglich und freundlich, so konnte sie, wie vor allem Freddie oft erleben musste, am nächsten durchaus abweisend und in sich gekehrt sein. Besonders an einen Vorfall würde Freddie sich sein ganzes Leben lang erinnern.

»Mum, schau mal, was Alex mir geschenkt hat! Das ist Excalibur, das magische Schwert, das man aus einem Stein gezogen hat.«

Freddie hielt das Plastikschwert fest in beiden Händen, damit es ihm auch ja niemand wegnehmen konnte. Agnes zögerte einen Augenblick und fuhr dann fort, Karotten für das Mittagessen zu putzen.

»Mum, schau doch mal, das ist Excalibur! Alex hat es mir geschenkt!«

Agnes blickte noch immer nicht von ihrer Arbeit auf. Sie nahm zwar wahr, dass Freddie neben ihr stand, aber nicht, dass er ihr ein Spielzeug hinhielt. Seine Begeisterung verflog, am liebsten hätte er das Schwert zurückgegeben.

»Siehst du jetzt, dass dein Vater es nicht leicht hatte?«, fuhr Susan fort. »Für Elodie war es nicht ganz so schlimm.«

»Wieso?«, fragte Lucy und erfuhr daraufhin noch ein Stück aus der Familiengeschichte.

Teilweise bestand Freddies Problem darin, dass Elodie ihre Mutter nicht so sehr brauchte wie er, was wiederum eine gewisse Entspannung in die Beziehung von Mutter und Tochter brachte. Elodie schöpfte ihre Kraft aus einer anderen Quelle, denn sie fühlte sich mehr zu ihrem Vater hingezogen. Mit ihm teilte sie die Begeisterung für Kricket, was Freddie, der sich ausgeschlossen fühlte, ihr übel nahm. Irgendwelche Statistiken über Kricketspieler interessierten ihn nicht, und so suchte er vergeblich nach irgendetwas, das ihn seiner Mutter näher bringen konnte. Aber Agnes gab ihm keine Gelegenheit dazu. So kam er einerseits nicht an seine Mutter heran, andererseits war er eifersüchtig auf seine Schwester. Später, nachdem die Zwillinge von zu Hause ausgezogen waren, hatten sie nicht mehr viel miteinander zu tun, außer dass sie sich Weihnachtskarten schrieben und ab und zu telefonierten. Es waren peinliche Anrufe, und am schlimmsten war der, bei dem Elodie Freddie eröffnete, dass sie Krebs habe. Freddie wusste nicht, was er erwidern sollte, und flüchtete sich zu seinem Entsetzen in Allgemeinplätze, während er verzweifelt nach der Sprache suchte, die sie als Kinder miteinander verbunden hatte. Aber die gab es schon längst nicht mehr. Er stellte Fragen, die für ihn selbst wie höfliche Erkundigungen klangen, und verabschiedete sich schließlich so, als wäre eigentlich nichts geschehen. Die Krankheit ließ sich Zeit, aber schließlich hatte sie Elodie trotz aller schulmedizinischer und alternativer Behandlungsmethoden vollkommen ausgehöhlt. Als Freddie davon erfuhr, verspürte er ein ungewohnt starkes Bedürfnis, mit seiner Schwester zu sprechen, und rief sie fortan öfter ganz spontan an, meist mitten am Tag und ohne zu wissen, was er ihr sagen wollte. Trotzdem kamen sie mühelos ins Gespräch und redeten schließlich über viele Dinge. Seit ihrer Erkrankung besuchte Freddie seine Schwester regelmäßig, bis sie schließlich im Alter von nur zweiunddreißig Jahren starb. Am Schluss stand sie unter so starken Schmerzmitteln, dass sie dem Trost der Familie nicht mehr zugänglich war. Nach ihrem Tod machte Freddie sich schwere Vorwürfe, weil er für seine Schwester ein Fremder geworden war, aber eigentlich gab er dafür Agnes die Schuld. Und abermals sagte Susan zu Lucy: »Siehst du jetzt, dass es dein Vater nicht leicht hatte?«

Lucy erinnerte sich daran, dass ihr Vater sich trotz seiner abwehrenden Haltung eigentlich ständig um die Aufmerksamkeit ihrer Großmutter bemüht hatte. Weil Grandpa Arthur immer davon geschwärmt hatte, was für eine tolle Musikerin Agnes doch sei, kaufte Lucys Vater ihr ein Klavier, auf dem sie jedoch nie spielte. Er brachte ihr auch viele Schallplatten, doch Agnes hörte sie nie an. Schließlich kam es Lucy so vor, als würden Klavier und Schallplatten in der Stille nach dem sonntäglichen Mittagessen der Familie zu einer schweigenden Anklage gegen Agnes, die den Deckel des Instruments nie aufgeklappt und die Schallplatten nicht einmal aus ihren Zellophanhüllen genommen hatte. Es war Lucy, die als Erste die Tasten anschlug und den Flohwalzer spielte. Es war Lucy, die sich unter den höflich nachsichtigen Blicken der Erwachsenen nervös durch Faurés »Romances sans paroles« hangelte. Kein Wunder, dass sie so aufgeregt war, denn das zweite dieser drei kleinen Klavierstücke war einst die Lieblingsmelodie ihrer Großmutter gewesen, deshalb hatte Freddie die Noten überhaupt gekauft.

Nicht zu Unrecht hatte Lucy den Eindruck, dass die Versuche ihres Vaters, sich seiner Mutter zu nähern, mit der Zeit immer vorsichtiger und beiläufiger wurden, bis er sich ihr gegenüber schließlich eine Art Schutzhaut zugelegt hatte. Andererseits wurde Agnes auch älter, und ihre früher so abrupten Stimmungswechsel machten einer eher gemäßigten allgemeinen Unzugänglichkeit Platz. Für Freddie freilich kam diese Veränderung zu spät, denn er konnte seine Schutzhaut nun nicht mehr abstreifen. Wenn Lucy sich überlegte, wie Grandpa Arthur in diesen Jahren gewesen war, dann kam ihr ein müder Mann in den Sinn, der sich Agnes gegenüber immer unendlich geduldig und gütig zeigte, aber auch gelernt hatte, mehr oder weniger allein zu leben. Eines Tages starb er nach einem unerwarteten Schlaganfall ruhig im Schlaf. Lucy kam es so vor, als hätte er sich in seinen Pantoffeln unbemerkt aus der Hintertür geschlichen.

Zunächst war Agnes nach seinem Tod seltsam gefasst, aber bei der Beerdigung überrollte sie der Schmerz wie eine Woge, bevor er schließlich auslief wie eine Welle am Strand. Trotzdem wollte sie nicht im gemeinsamen Haus bleiben, sie verkaufte es innerhalb von zwei Monaten und zog in eine geräumige Erdgeschosswohnung mit Gartenanteil in Hammersmith, direkt am Fluss.

Der Tod von Grandpa Arthur war ein schwerer Schlag für Freddie, und gerade Agnes konnte ihn nicht trösten. Die verbliebenen Bande zwischen beiden begannen zu reißen, Freddies Zorn auf seine Mutter machte sich immer häufiger Luft, und seine Ausbrüche waren jetzt weniger ein Protest als der Vorwurf, dass sie ihm immer nur eine widerstrebende Mutter gewesen war.

2

Aus der Geschichte ihrer Familie, wie sie Lucy gehört und teilweise auch selbst erlebt hatte, konnte sie erkennen, dass die Konflikte ihres Vater auf seine Frau übergegangen waren und auch ihre eigene Kindheit und Jugend beeinträchtigt hatten.

Was eine unbeschwerte Spielwiese für ein Kind hätte sein sollen, war in Wirklichkeit ein mit den ungelösten Problemen der Erwachsenen übersätes Niemandsland. Wenn Lucy darin herumtoben wollte, prallte sie ständig gegen unsichtbare Hindernisse, sie musste erst lernen, die Spannungsfelder zwischen ihren Eltern und Agnes zu vermeiden. Im Alter von fünfzehn Jahren hatte Lucy schließlich die Fähigkeit entwickelt, sich in ihrer Familie mit der souveränen Leichtigkeit einer welterfahrenen Erwachsenen zu bewegen. Sie wurde die Gescheite, die alle anderen davon abhielt, blind in die von ihr kartierten Minenfelder zu tappen. Manchmal kam sie sich sogar fast weise vor.

Es waren diese Eigenschaften, die ihren Vater zu unüberlegten Äußerungen verleiteten und ihre Mutter dazu brachten, sich in immer weitschweifigeren Erklärungen zu offenbaren. Beide meinten es nicht böse, aber ihre Vertraulichkeiten waren Lucy häufig eine Last. Nur Agnes und Grandpa Arthur ließen sie in Ruhe.

So war es nicht überraschend, dass Agnes und Lucy sich nach Grandpa Arthurs Tod immer mehr zueinander hingezogen fühlten, und zwar wie von selbst, ohne einen bewussten Entschluss oder große Offenbarungen. Sie waren einfach gerne beisammen und stellten aneinander weder Forderungen, noch belasteten sie sich mit zu hohen Erwartungen. Lange Phasen des Schweigens wechselten sich mit kurzen, gelösten

Unterhaltungen ab. Allen, die die beiden zusammen sahen, war klar, dass sie eine Art Bündnis eingegangen waren. In Lucys Vater löste diese Erkenntnis eine Eifersucht aus, die er sich nicht eingestehen wollte. Dennoch kam sie immer wieder zum Vorschein, selbst dann, wenn es eigentlich um etwas ganz anderes ging. Als Lucy verkündete, sie wolle ihr Elternhaus verlassen, um mit einem Mann zusammenzuleben, kam es daher zu folgender Szene:

»Mit einem Mann?«

»Ja.«

»Könntest du mir das mal etwas genauer erklären?«

»Na, er ist so ungefähr einen Meter achtzig groß, gut aussehend und ...«

»Sei nicht so frech zu deinem Vater«, sagte Lucys Mutter und errötete.

»Habe ich ihn schon mal gesehen?«, bohrte Lucys Vater weiter.

»Nein, aber Grandma.«

»Wie bitte? *Grandma* hat ihn schon kennen gelernt?«, sagte Lucys Vater ungläubig und senkte den Kopf.

»Ich habe ihn nur einmal gesehen, Freddie, ganz zufällig«, erklärte Agnes, die in ihrem Sessel am Kamin saß.

»Er heißt Darren und ist siebenunddreißig.«

»Aber du bist doch erst zwanzig«, sagte Lucys Mutter entsetzt und strich sich die Bluse glatt. »Darren, sagst du?«

Lucys Vater nahm sein Jackett vom Stuhl und verließ das Zimmer mit den Worten: »Lucy, ich fahre jetzt nach Hause. Wenn dir mal danach sein sollte, kannst du *mir* vielleicht auch so viel erzählen, wie du für angebracht hältst. Wenn nicht, kann mich Grandma ja am nächsten Sonntag informieren.«

Am Abend, als er sich mit den Fragen auseinander gesetzt hatte, die ihm wirklich am Herzen lagen, entschuldigte er sich bei Lucy für seine Gereiztheit. Lucy hatte gerade ihr Studium der Wirtschaftswissenschaften abgebrochen, für das sie ein Stipendium am King's College in Cambridge bekommen hatte. Das Stipendium hatte Freddie viel mehr bedeutet als Lucy selbst, schließlich war er auf demselben College gewesen und hatte auch noch dasselbe Fach studiert. So fand er es einfach großartig, ungeachtet der Tatsache, dass sich Lucy eher für Literatur interessierte als für die Theorie der Vermögensverteilung. Als Lucy dann am Ende ihres ersten Studienjahres die Universität verließ, schien ihr Vater richtiggehend zu trauern. Und Lucy tat das ebenfalls; sie trug schwarz und färbte sich die Haare dunkel. Eine Weile lang bekämpfte sie den Kapitalismus, indem sie Sozialhilfe bezog, während ihr Vater sich bei seinem alten College für sie einsetzte und es tatsächlich schaffte, dass im nächsten Studienjahr wieder ein Platz für sie frei gewesen wäre. Lucy hatte aber schon eine Stelle als Buchhalterin bei einer kleinen Firma angenommen, die Stühle aus Kiefernholz herstellte. Stühle aus Kiefernholz?, rief Freddie entgeistert. Ja, und ab und zu auch Tische. O mein Gott, sagte Freddie, und Lucys Mutter kaufte einen Schaukelstuhl. Und dann lernte Lucy auf einer Party Darren kennen, der ein lebhaftes Interesse an Lenin hatte. Er war der einzige Mensch in ihrer Bekanntschaft, der die brillanten Thesen von Joseph Schumpeter gelesen hatte. Darren führte sie ein in die weite, befreiende Welt des Nachdenkens über das Elend anderer, doch seine Autorität bezog er aus Lucys schwachem Selbstwertgefühl. Mit seinem Alter und seinem Auftreten drückte er die ihr angeborene, kultivierte Weltklugheit beiseite und machte sie zu seiner Jüngerin. Das große Haus, das ihr Zuhause war, fiel der schweren Klinge ideologischer Überprüfung zum Opfer; Lucy zog aus. Freddie konnte nicht viel dagegen sagen; Lucys Mutter weinte sich die Augen aus.

Der interessanteste Aspekt an dieser Episode war, dass Agnes Darren zwar auch nicht mochte, aber instinktiv erkannte, dass sie den Dingen ihren Lauf lassen musste. Deshalb kam Lucy auch während ihrer Beziehung mit Darren immer wieder zu ihr, während sie ihre Eltern nur selten besuchte. Es gehörte zu Agnes' Geheimnissen, dass sie mit »normalen« Leuten nur wenig anfangen konnte, während sie für »Außenseiter«, wie zum Beispiel die Stadtstreicherin, mit der sie häufig im Park zusammentraf, erstaunlich offen war. In gewisser Weise galt das auch für Lucy.

Als Darren schon lange von der Bühne abgetreten war, tauchte Lucy einmal bei Agnes in der Chiswick Mall auf, wo ihr Vater gerade der Radioübertragung eines Kricketmatchs lauschte. Jetzt, wo Grandpa Arthur und Elodie tot waren, hatte auch er die stillen Freuden dieses Sports entdeckt.

»Dad, ich habe am King's College einen Studienplatz für Anglistik bekommen.«

»Am King's College in Cambridge?«, fragte Freddie aufgeregt.

»Nein, in London.«

Ihr Vater lächelte breit. Wenigstens hatte das College denselben Namen wie seine alte Alma Mater. Susan machte sich daran, einen Kuchen zu backen, und Agnes, die immer da gewesen war und zu der man nie heimkehren musste, tat so, als wäre nichts geschehen.

3

Als Lucy die Niederungen des Möbelverkaufs hinter sich ließ und ihr Grundstudium begann, betrat sie eine andere Art von Niemandsland, das zumindest nicht uninteressant war. In der Firma hatte sie keine dauerhaften Freundschaften geschlossen, und ihre Kommilitonen am King's College waren hauptsächlich daran interessiert, sich zu betrinken und die Vorstufen einer emotionalen Krise zu durchlaufen, die vermutlich im zweiten Studienjahr zu voller Blüte gelangen würde. Das war für Lucy ein vertrautes, wenig einladendes Gebiet. Im ersten Jahr ihres Englischstudiums fand sich Lucy, fünfundzwanzig Jahre alt, daher in der Lücke zwischen einem Leben, das sie zurückgelassen hatte, und einer Zukunft, die erst noch Gestalt annehmen musste.

Eine kleine Verbindung zu ihrer Vergangenheit hielt Lucy allerdings aufrecht. Das ergab sich eines Morgens, als sie die High Holborn entlangging und in dem Gewimmel von Köpfen einen blonden Haarschopf erspähte. Er gehörte Cathy Glenton, einer jungen Frau, mit der sich Lucy in Cambridge ein wenig angefreundet hatte. Es war eine gegenseitige Anziehung gewesen, die wohl auf der völligen Verschiedenheit der beiden gründete. Cathy, die über ein universelles Talent verfügte und jede Aufgabe, der sie sich stellte, mit Bravour bewältigte, hatte keinerlei Probleme mit dem Studium. Wenn sie nicht gerade im Heißluftballon durch die Lüfte schwebte oder in der Theatergruppe mitspielte, sammelte sie mit selbstverständlicher Leichtigkeit hervorragende Noten bei sämtlichen Prüfungen und Seminararbeiten. Sie konnte essen, was ihr schmeckte, ohne auch nur ein Gramm zuzunehmen, und sie hatte alles, was man sich wünschen konnte, einschließlich eines tollen Freundes namens Vincent. Vor Cathys Überschwang musste sogar das Schicksal die Waffen strecken. So war sie zum Beispiel nach Beginn ihres Studiums bei einem feuchtfröhlichen Fahrradrennen auf einer schmalen Brücke über den Hobson's Brook gestürzt und hatte sich am Brückengeländer böse Verletzungen an Händen und Gesicht zugezogen, von denen ihr aber lediglich eine winzige, fast unsichtbare Narbe an der linken Wange geblieben war. Vielen anderen hätte der glückliche Ausgang eines solchen Unfalls zu denken gegeben, für Cathy war er selbstverständlich. Als Lucy sie auf der High Holborn wieder sah, fiel ihr sofort auf, dass Cathy etwas Rouge aufgelegt hatte. Das hatte sie früher nie getan, und Lucy fragte sich, wieso sie es jetzt wohl brauchte. Nach dem einleitenden Geplänkel und knappen Berichten über die jeweiligen Lebensumstände fragte sie deshalb: »Na, schwebst du noch durch die Lüfte?«

»Nee.«

»Schauspielerei?«

»Nee.«

»Wie geht es Vincent?«

»Vom Winde verweht.«

»Ach.«

»Bloß Arbeit. Nichts als die blöde Arbeit. Und zum Vergnügen das türkische Bad.«

»Das türkische Bad?«

»Einmal pro Woche«, sagte Cathy lachend.

Sie war in die Werbung gegangen, wo sie sich clevere Methoden ausdachte, um den Menschen Dinge schmackhaft zu machen, die sie in Wirklichkeit gar nicht brauchten. »Das ist wie Hexerei«, sagte sie. Cathy und Lucy tauschten ihre Telefonnummern aus und riefen sich in der Folge tatsächlich hin und wieder an. Dann verabredeten sie sich, lachten viel und trennten sich wieder, ohne das nächste Treffen vereinbart zu haben. Aus unterschiedlichen Gründen waren sie beide allein, und jede ging ihren eigenen Weg.

4

Lucy trat hinaus in die kühle Abendluft und machte sich auf den Weg zu ihrer Wohnung in der Acre Lane. Dabei hantierte sie im Geiste wieder einmal mit den verschiedenen historischen Bruchstücken, die man bestimmt nur richtig zusammensetzen musste, um eine schlüssige Erklärung für ihre problematischen Familienverhältnisse zu erhalten. Da waren der Krieg, die Konzentrationslager, Agnes' rasche Heirat und das Geheimnis, das ihre Großmutter umgab. Wie passte das alles zusammen? Gab es noch etwas anderes? Das wusste nur der liebe Gott.

Wie schon so oft dachte Lucy mit einem Anflug von Trauer, dass alles auch ganz anders hätte kommen können: Hätte Agnes sich nicht so rigoros von ihrer Umgebung abgeschlossen, dann hätte Grandpa Arthur sich nicht so sehr für sie aufgeopfert und Freddie hätte sich nicht so zurückgewiesen gefühlt. Susan wäre nicht von der Vergangenheit ihres Mannes vereinnahmt worden, und Lucy hätte zumindest eine Zeit lang eine normale Kindheit gehabt. Sie alle hatten in mehr oder weniger großem Umfang unnötig Schaden genommen. Wenn Lucy über den Lauf der Welt und der Dinge nachdachte, dann kam es ihr manchmal so vor, als wäre an einem bestimmten Punkt in der Vergangenheit alles ziemlich in Ordnung gewesen und erst später aus den Fugen geraten. Weshalb das so war, wusste niemand, aber nun, da ihre Großmutter bald sterben würde, waren Erklärungsversuche auch nicht mehr sinnvoll. Falls es wirklich eine Auflösung des Rätsels gab, dann kannte sie nur Agnes. Vielleicht war es sogar besser, sie nahm sie mit ins Grab.

Als Lucy in ihre Wohnung kam, war es schon dunkel. Sie schaltete den Fernseher an und zog die Vorhänge zu. Als die Nachrichten begannen, rief sie, einer plötzlichen Eingebung folgend, ihre Großmutter an.

»Geht es dir gut, Grandma?«

»Natürlich. Mach dir keine Sorgen.«

»Hast du Angst?« Das war eine persönliche Frage, wie Lucy sie noch nie gestellt hatte.

Die Antwort kam unverzüglich: »Nein. In diesem Leben gibt es nicht mehr viel, wovor ich Angst haben könnte, oder?«

»Wahrscheinlich nicht. Gute Nacht, Grandma.«

»Gute Nacht, Lucy.«

Die Nachrichten sah Lucy mit Interesse. Sie fand, dass der Mönch mit der törichten Frage nach einer eventuellen Mitschuld der Kirche ziemlich souverän umgegangen war.

3. Kapitel

Bruder Sylvester, der Pförtner, führte Detective Superintendent Robert Milby und Detective Inspector Madeleine Armstrong in den Salon am Haupteingang des Klosters. Mit seinen dreiundneunzig Jahren erinnerte sich Sylvester auf einmal wieder deutlich an seine Jugend, während die späteren Jahrzehnte seines Lebens hinter einem Nebelschleier zu verschwinden schienen. Deshalb war er mit seinen Gedanken oft ganz woanders und beglückte die Besucher des Klosters nicht selten unaufgefordert mit Streifzügen in seine Vergangenheit.

»Übernachten Sie in Martlesham, Detective Superintendent?«

»Nein, ich muss wieder zurück nach London. Die Pflicht ruft.«

»Nach London? Tatsächlich?« Bruder Sylvester blieb in der halb geöffneten Tür stehen und dachte an längst vergangene Zeiten. »Das letzte Mal, als ich in London war, habe ich Baden-Powell getroffen …«

»Danke, Bruder Sylvester«, sagte der Prior mit fester Stimme. In seinem Tonfall lag die unmissverständliche Aufforderung an Sylvester, den Raum zu verlassen. Bruder Sylvester zuckte zusammen und zog sich widerstrebend zurück.

Milby hat sich verändert, dachte Anselm, der zusammen mit dem Inspector und dem Prior an einem großen Tisch saß. Die Zeiten, in denen er Drogendealer über die Motorhauben ihrer

Autos gelegt hatte, um sie zu filzen, waren wohl endgültig vorbei, inzwischen hatte Milby einige Sprossen auf der Karriereleiter erklommen, trug Anzug und Krawatte und stellte eine etwas einstudiert wirkende Würde zur Schau. »Für diesen Fall ist eigentlich die Metropolitan Police zuständig«, erklärte er, »aber wir sind mit den Untersuchungen beauftragt worden, weil das Kloster in unseren Zuständigkeitsbereich fällt.« Er deutete mit einer seiner großen Hände auf seine Kollegin. »Ich habe Detective Inspector Armstrong die Ermittlungen in diesem Fall übertragen.«

Anselm betrachtete die ebenso selbstbewusst wie zurückhaltend wirkende Kriminalbeamtin nachdenklich. Mit ihren rabenschwarzen, kurz geschnittenen Haaren hob sie sich deutlich von ihrer Umgebung ab. Ihre langen, ebenfalls tiefschwarzen Wimpern hoben sich langsam, während sie von dem Notizblock, den sie vor sich auf den Tisch gelegt hatte, aufsah und zu Anselm hinüberblickte.

»Madeleine, vielleicht berichten Sie kurz über den aktuellen Stand der Ermittlungen?«, sagte Milby.

Sie nickte Pater Andrew zu, als hätte er diese Aufforderung ausgesprochen. Ihre Stimme war kontrolliert, aber nicht ohne eine gewisse Schärfe.

»Der Mann, der in Ihrem Kloster Zuflucht gesucht hat, heißt Eduard Walter Schwermann, war während des Krieges als SS-Offizier in Paris stationiert und soll in dieser Funktion für die Deportation Tausender Juden in die Todeslager mitverantwortlich gewesen sein.«

Pater Andrew hatte seine Hände so aneinander gelegt, dass sich nur die Fingerkuppen berührten, was für Anselm ein untrügliches Zeichen dafür war, dass er angestrengt und sorgenvoll nachdachte.

»Bei seiner Verhaftung 1945 war er als Priester verkleidet und hatte Transitpapiere nach England in der Tasche.«

»Als Priester?«, wiederholte der Prior.

»Leider ja. Irgendjemand hatte ihn in einem Zug erkannt, und die Militärpolizei verhaftete ihn. Er befand sich damals in Begleitung eines Franzosen namens Victor Brionne, der ebenfalls festgenommen wurde. Beide Männer hatten gefälschte Pässe und wurden von einem Captain Lawson vom militärischen Geheimdienst vernommen. Nach dem Verhör wurden beide wieder freigelassen und durften nach England einreisen.«

Der Prior runzelte die Stirn. »Und warum das?«

»Wir haben nicht die geringste Ahnung. Aber in ein paar Tagen habe ich einen Termin bei diesem Captain Lawson, der jetzt zu den führenden Politikern der Labour Party gehört.«

»Weiß man, wer ihnen die falschen Pässe und die Reisepapiere beschafft hat?«

»Nein. Aber die Tatsache, dass Schwermann als Priester verkleidet war, könnte auf eine Verbindung zur Kirche hindeuten.«

»Möglich ist alles«, unterbrach ihn der Prior mit klarer und energischer Stimme. »Aber das muss nicht sein. Vielleicht verfügte Schwermann über Verbindungen zu diplomatischen Kreisen und hat sich die Papiere auf diesem Weg beschafft. Aber das sind alles reine Spekulationen.« Pater Andrew fuhr sich mit einer Hand über den schmalen Mund.

»Ja, möglich ist alles«, antwortete Detective Inspector Armstrong. Dann fuhr sie in freundlicherem Ton fort: »Seltsamerweise wurde nirgendwo festgehalten, auf welche Namen die falschen Papiere ausgestellt waren. Es sieht so aus, als ob man den beiden die Einreise erlaubt und ihre Spuren dann klammheimlich verwischt hätte.«

»Und wer hat das Ihrer Meinung nach getan? Dieser Captain Lawson?«

»Davon gehen wir aus.«

Niemand sagte mehr ein Wort, bis Anselm schließlich fragte: »Und was geschah in den fünfzig Jahren danach?«

»Anscheinend hat sich niemand mehr dafür interessiert, bis Pascal Fougères, ein Auslandskorrespondent der französischen Zeitung *Le Monde*, in einem amerikanischen Archiv einen Hinweis auf Schwermanns Verhaftung fand. Fougères hat ein persönliches Interesse an dieser Sache, weil sein Großonkel Jacques Fougères von Schwermann in ein KZ deportiert worden war. Offenbar war dieser Großonkel ein Held der Résistance.«

»Und was hat der Journalist dann gemacht?«, fragte Anselm.

»Er hat einen Artikel geschrieben – vor etwa eineinhalb Jahren – und darin die Vermutung geäußert, dass zwei Kriegsverbrecher in Großbritannien Zuflucht gefunden hätten. Das hat in den anderen europäischen Ländern für einiges Aufsehen gesorgt, während es hier bei uns kaum wahrgenommen wurde. Aber dann geschah etwas Seltsames. Fougères wurde in einem anonymen Brief mitgeteilt, unter welchem Namen Schwermann entkommen konnte: Nightingale.«

»Das dürften nicht allzu viele Menschen gewusst haben«, sagte Pater Andrew nachdenklich.

»Stimmt, aber Fougères hat diesen Aspekt nicht weiterverfolgt, was ich persönlich ziemlich rätselhaft finde. Stattdessen hat er in Frankreich Kontakt zu jüdischen Organisationen und Vereinigungen früherer Mitglieder der Résistance aufgenommen, die dann alles zusammengetragen haben, was sie über Schwermann ausfindig machen konnten.«

»Und was ist mit Brionne?«

»Der schien niemanden zu interessieren, was fast noch rätselhafter ist. Als Fougères und seine Mitstreiter genügend Beweise für eine Anklage beisammen hatten, übergaben sie das entsprechende Material dem Innenministerium. Schwermann erfuhr aber irgendwie davon und konnte rechtzeitig entkommen. Und jetzt ist er hier bei Ihnen und verlangt Kirchenasyl.«

Sie sah zu Detective Superintendent Milby hinüber, der rasch und mit einem fragenden Stirnrunzeln hinzufügte: »Kirchenasyl – gibt es das überhaupt noch?«

»Ein altes kirchliches Recht, das Papst Clemens III. eingeführt hat«, sagte Pater Andrew abschätzig. »Juristisch hat es keinerlei Bedeutung mehr.«

Anselm blickte hinüber zu Wilf, der vor seinem Eintritt ins Kloster Historiker gewesen war und sich jetzt offenbar wunderte, was der Prior alles wusste.

»Aber wie ist Schwermann dann auf diese Idee gekommen?«, fragte DI Armstrong.

»Das wird Ihnen Pater Anselm gleich erklären.«

Anselm berichtete den Polizisten das, was er seinem Prior am Abend zuvor erzählt hatte. Es war nun kurz vor der Komplet, bevor in Larkwood die Große Stille anbrach. Das war die beste Zeit für Geständnisse dieser Art. An jenem Nachmittag, an dem Schwermann ins Kloster gekommen war, hatte Anselm Beichtdienst gehabt, aber niemand war erschienen. Als Anselm schließlich den Beichtstuhl verließ, sah er, dass außer ihm nur noch ein alter Mann in der Kirche war. Er saß still in einer der hinteren Bänke, und als Anselm an ihm vorbeiging, packte ihn der Mann plötzlich an der Kutte. »Pater«, fragte er, »was tut ein Mensch, wenn plötzlich die ganze Welt gegen ihn ist?«

Anselm, den der feste Griff des Mannes an seiner Kutte mehr beunruhigte als seine Worte, blieb stehen.

»Früher konnte man in solchen Situationen um Kirchenasyl bitten, vorausgesetzt, man war unschuldig.«

»Und war man dann in Sicherheit?«

»Ja.«

»Wirklich?«

»Ja.«

»Vielen Dank«, hatte der alte Mann mit ruhiger Stimme geantwortet. Vermutlich hat er in diesem Augenblick seinen Entschluss gefasst, dachte Anselm später, aber damals hatte er sich lediglich über die Verschrobenheit mancher Gläubigen gewundert und sich gefragt, was der Mann wohl auf dem Herzen hatte.

»Und daher fürchte ich«, sagte er jetzt zu Milby und DI Armstrong, »dass er meine unbedachten Worte als eine Art Einladung aufgefasst hat.«

Pater Andrew wandte sich an Wilf und sagte: »Bruder Wilfred, vielleicht kannst du uns jetzt erzählen, was dann geschah.«

Wilf gehörte zu jenen sanften, in sich gekehrten Menschen, die sich schon beim Anblick eines Polizisten eines Verbrechens schuldig fühlten. Mit angstvoller Stimme hob er schließlich an: »Ich unterhielt mich gerade mit Bruder Sylvester darüber, was ich in den Nachrichten gehört hatte: Ein Mann aus dem Ort werde schlimmer Kriegsverbrechen beschuldigt und sei seitdem untergetaucht. Und dann kam plötzlich genau dieser Mann in unser Kloster, ging auf Sylvester und mich zu und sagte, dass er Kirchenasyl wolle. Ich antwortete ihm, dass das längst abgeschafft sei, und bat ihn zu gehen, aber er weigerte sich und blieb einfach da. Dann habe ich die Polizei gerufen.«

»Und daraufhin wurden wir von der Presse regelrecht belagert«, schloss Pater Andrew bedächtig. Er blickte auffordernd in die Runde.

»Was soll ich dazu sagen?«, erwiderte der Detective Superintendent. »Die Presse ist uns eben immer einen Schritt voraus.«

»Sieht ganz so aus«, erwiderte Pater Andrew kühl. »Aber irgendwoher muss sie ihre Informationen ja haben. Und wie geht's jetzt weiter?«

DI Armstrong sagte: »Wir werden eine ausführliche Untersuchung des Falles in die Wege leiten und Beweise sicherstellen.«

»Das meinte ich nicht«, sagte Pater Andrew leise. »Ich wüsste gern, wie Sie ihn von hier fortschaffen wollen.«

DI Armstrong blickte zu ihrem Vorgesetzten hinüber, und Anselm hatte den Eindruck, dass ihr Gesicht wieder härtere Züge annahm. Milby beugte sich etwas weiter über den Tisch, und sein Ton wurde vertraulicher: »Darüber haben wir lange nachgedacht. Wir sind zu dem Schluss gekommen, dass er hier am besten aufgehoben wäre, zumindest vorübergehend. Vorausgesetzt natürlich, Sie sind damit einverstanden. Nur hier können wir für seinen Schutz garantieren.«

»Wir sind ein Kloster, Detective Superintendent, und kein Altersheim für Untersuchungshäftlinge«, sagte der Prior. Seine Worte kamen Anselm irgendwie bekannt vor.

»Das weiß ich natürlich, aber –«

»Außerdem darf der Ablauf des klösterlichen Lebens nicht gestört werden.«

»Natürlich –«

»Und irgendwie werde ich das seltsame Gefühl nicht los, als wollte man uns damit absichtlich kompromittieren.«

Die plötzliche Anschuldigung aus dem Mund des vorher so höflichen und verbindlichen Priors traf den Detective Superintendent wie ein Schlag ins Gesicht, und Anselm genoss die wunderbare Stille, die nun eintrat – ein Effekt, den er auch früher im Gerichtssaal immer sehr geschätzt hatte. Es gehört zu den heimlichen Freuden eines jeden Strafverteidigers, wenn es ihm gelingt, einen Polizisten vor Gericht bloßzustellen, und noch nach so vielen Jahren kostete Anselm diesen Triumph in vollen Zügen aus. Seltsamerweise war nicht zu übersehen, dass DI Armstrong das Gefühl zu teilen schien.

»Ich glaube nicht, dass ich Ihnen folgen kann«, erwiderte Milby wenig überzeugend. Es klang, als wollte sich der Detective Superintendent für eine längere Auseinandersetzung wappnen.

Pater Andrew lächelte ihn wohlwollend an. Er ließ sich nie auf überflüssige Dispute ein, sondern brach Streitgespräche, die nicht in seinem Sinne verliefen, zumeist abrupt ab, was eine seiner schlagkräftigsten und zermürbendsten Waffen war. »In einer Woche werde ich Sie wissen lassen, wie wir uns entschieden haben«, sagte er mit verbindlicher Freundlichkeit und fügte, an DI Armstrong gewandt, hinzu: »Ich weiß Ihre ausführliche Information sehr zu schätzen und danke Ihnen dafür.«

Damit war das Gespräch beendet, und Anselm führte die Besucher hinaus auf den kleinen Hof vor der Klosterpforte. Während ihre Schritte auf dem Kies knirschten, fragte der Detective Superintendent den Mönch: »Kann es sein, dass wir uns kennen?«

»Ja. Ich war früher Strafverteidiger, und wir hatten ab und zu im Gerichtssaal miteinander zu tun. Aber das ist lange her.«

»Ich wünschte, ich wäre auch Mönch geworden«, sagte Milby lachend, während er auf dem Rücksitz eines zivilen Polizeiwagens Platz nahm.

DI Armstrong stieg nicht gleich ein. Sie sah sich um, als wäre sie am liebsten noch geblieben, und sagte dann: »Was für ein wunderschöner Ort. Gute Nacht, Pater.«

Anselm ging zurück zu Pater Andrew und Wilf in den Salon, wo Sylvester gerade hereingeschlurft kam und auf der Anrichte religiöse Schriften auslegte.

»Er hat gesagt, es ist ihm schon einmal gewährt worden«, sagte Sylvester, während er die rosa und grünen Heftchen zu sauberen Stapeln zusammenschob.

»Was?«, fragte Pater Andrew mit ruhiger Stimme.

»Kirchenasyl. Bruder Wilfred hat ihm gesagt, dass es das nicht mehr gibt, und ist dann fortgegangen, um Pater Anselm zu suchen, und da hat der Mann zu mir gesagt, dass er vor langer Zeit schon einmal Kirchenasyl bekommen hat.«

Die Glocke der Klosterkirche ertönte und rief die Mönche zum Gebet. Ihre tiefen, dunklen Töne hallten durch ganz Larkwood, und Sylvester beendete seine Arbeit und wandte sich zum Gehen. »Ich muss los. Sonst komme ich noch zu spät.« Er entfernte sich leise aus dem Salon, während die drei anderen erst einmal verdauen mussten, was sie gerade gehört hatten.

»Wenigstens hat er das vorhin nicht gesagt, als die Polizei da war«, meinte der Prior erleichtert.

Anselm war ganz seiner Meinung. Dunkle Ahnungen stiegen in ihm auf, Gedanken, die ihm entglitten, sobald er nach ihnen griff. »Warum ist er ausgerechnet zu uns gekommen?«

»Eine gute Frage«, entgegnete der Prior nachdenklich. Die Glocke hatte aufgehört zu läuten, und auf den Gängen des Klosters war das eilige Schlurfen von Füßen zu hören. »Gehen wir. Es ist Zeit für die Stille.«

Anselm betrat das lange, dunkle Kirchenschiff und setzte sich auf seinen Platz im Chor. Sylvesters Sitz hinter ihm war leer, weil sich der alte Mönch, wie so oft, verspätete. Während Anselm auf der Bank saß und in seinem Psalter blätterte, musste er schmunzeln, als er daran dachte, wie selbstverständlich und beiläufig der Prior den Polizisten gegenüber Papst Clemens III. und das Altersheim für Untersuchungshäftlinge erwähnt hatte. Pater Andrew konnte das, was er von anderen hörte, später so geschickt in seine eigene Rede einbauen, als wäre es ihm eben erst eingefallen. Auf ihn traf zu, was der Evangelist Matthäus über die Vögel unter dem Himmel sagte: »Sie säen nicht, sie ernten nicht, und euer himmlischer Vater nähret sie doch.« Anselm ahnte, weshalb sich der Prior so sicher war, dass die Polizei die Presse benachrichtigt und dadurch dafür gesorgt hatte, dass das Kloster den ungebetenen Gast nicht einfach abweisen konnte. Irgendjemand musste es ihm verraten haben.

4. Kapitel

I

Es verfolgte Anselm seit dem Schulausflug zum Kloster Larkwood, zu dem er sich nur angemeldet hatte, um einer der üblichen Geographie-Exkursionen zu entgehen, bei denen man im Regen über das elende Karstfeld beim Malham Tarn stapfen musste. Ein Mönch, der nach eigenem Bekunden einmal den Ur-Pfadfinder Baden-Powell getroffen hatte, legte im Kloster eine religiöse Werbebroschüre auf den Tisch, auf der Anselm sofort ein Spruch ins Auge fiel:

»Glück können wir nicht versprechen,
aber wenn Gott dich hierher gerufen hat,
wirst du einen Frieden finden,
wie ihn die Welt dir nicht geben kann.«

In den folgenden Jahren schlichen sich diese Worte immer wieder in Anselms Bewusstsein, und zwar seltsamerweise nicht dann, wenn er ruhelos war, sondern gerade in Zeiten relativer Zufriedenheit. Das nicht versprochene Glück wurde zu einem Stachel, zu einer unerwünschten Einladung, die ihn an das erinnerte, was er am sehnlichsten vergessen wollte.

Der Verlust des inneren Friedens – denn darum handelte es sich – war ein Thema, das für Anselm auf verschlungenen Pfaden zu einer Art Besessenheit wurde. Im eifernden Aufruhr der Adoleszenz hatte sich Anselm der Lektüre von Marcel Proust zugewandt und sein Leben betrachtet, als wäre es ein

Roman. Er unterzog die Vergangenheit einer peinlich genauen Untersuchung und hatte die Ereignisse, deren Auswirkungen bis in die Gegenwart spürbar waren, bald identifiziert: den Tod seiner Mutter, die er kaum gekannt hatte; die altertümliche Förmlichkeit seines Vaters; die paradoxe und doch prägende Unsicherheit, die entsteht, wenn man zwischen zwei älteren Brüdern und zwei jüngeren Schwestern eingekeilt ist; das willkommene Gefühl, etwas Besonderes zu sein, nachdem er für einen Teil seiner höheren Schulbildung auf ein französisches Internat verbannt worden war. Anselm kam zu dem Schluss, dass er, viel mehr als andere Menschen, innere Heilung dringend nötig hatte.

Nachdem er in die Kanzlei von Roderick Kemble, eines liebevoll »Roddy« genannten Rechtsanwalts eingetreten war und seine ersten Zusammenstöße mit einigen eher schwierigen Berufskollegen hinter sich hatte, stellte er fest, dass seine Verfassung so schlecht nun auch wieder nicht war. Roddy war ein rotgesichtiger, rundlicher und fröhlicher Zeitgenosse, bei dem sich jeder gerne ausweinte, denn er war nicht nur einer der herausragenden Anwälte seiner Generation, sondern auch ein Mensch voller Mitgefühl. War er betrunken, gab er gern seinen Lieblingstrost zum Besten: »Jeder, der hier landet, ist unterwegs zerbrochen, und keiner weiß, warum. Lasst uns also Geduld miteinander haben.« Dann griff er zur Flasche und fügte unweigerlich hinzu: »Und jetzt bringt das gemästete Kalb!«

Gegen das Gefühl der Entfremdung, das Anselm im Mannesalter plagte, waren solche Sprüche jedoch machtlos. Das konnte nur durch lange Stunden des Alleinseins gelindert werden sowie durch … Beten, eine Aktivität, die ihn über sich selbst hinausführte – aber nur so lange, bis er darüber nachdachte. Dann fühlte er sich, als wäre er vom Fahrrad gefallen. Wenn Anselm sich nach einem solchen Sturz wieder aufrappelte, fielen ihm die lästigen Worte auf der Broschüre wieder ein, und gelegentlich dachte er darüber nach, ob das Leben im Kloster für manche Leute vielleicht der einzige Weg war, Zufriedenheit zu finden. Die Frage blieb natürlich rein theoretisch, und selbstverständlich galt das bestimmt nicht für ihn.

Aus reiner Neugier fuhr er öfter nach Larkwood, ging manchmal auch in den Gottesdienst und trank danach im Dorf Tee. Je häufiger er das Kloster besuchte, desto unangenehmer wurde ihm die Rückkehr nach London. Trotzdem konnte er sich nicht dazu entschließen, für immer in Suffolk zu bleiben. Erst an jenem schicksalhaften Tag, an dem er vor dem Berufungsgericht auf den Touristen traf, erkannte Anselm, dass er damals, als er auf diese ganz andere Lebensweise gestoßen war, eine ganz kleine Wunde im Gedächtnis davongetragen hatte. Daraus war eine Sehnsucht entstanden, ein Heimweh, das ihn zum Ort seiner Verwundung zurückzog. Und so begann Anselm mit seiner langsamen Rückkehr nach Larkwood. Nachdem er das Kloster zwei Jahre lang immer wieder besucht hatte und dabei – getreu der Ordensregel – höflich entmutigt worden war, entschied er sich im Alter von vierunddreißig Jahren, dort als Postulant einzutreten. Zurück blieb eine verblüffte Familie.

Anselms erste Überraschung nach dem Eintritt ins geistliche Leben war die Entdeckung, dass es im Kloster auch ganz gewöhnliche Menschen gab, die eine beunruhigende Ähnlichkeit mit manchen der von ihm vor Gericht vertretenen Schurken aufwiesen. Er war der Meinung gewesen, nur das System einer Strafanstalt sei dem haarsträubenden Verhalten ihrer Insassen gewachsen, aber offenbar gelang das auch in Larkwood, wo man nicht zwangsweise eingekerkert wurde, sondern freiwillig versprach, sein Leben der fortwährenden Bekehrung zu widmen. Gottlob war Bruder Bruno so barmherzig, Anselm schon am Tag seiner Ankunft eine wichtige Lektion zu erteilen. Auf einen Schlag zerstörte er alle Vorstellungen, die sich der Neuling bezüglich eines ganzheitlichen Lebens in heilsamer Ruhe gemacht hatte.

Bruno, der dreißig Jahre Schauermann in Newcastle gewesen war, hatte in sein mönchisches Leben eine verschmitzte Freimütigkeit mitgebracht, auf deren Basis er verschiedene Leitsätze geprägt hatte. Zumeist verkündete er sie in der Erwartung, dass sie ihm widerlegt würden. »Eines solltest du wissen, finde ich«, hatte er Anselm bereits nach wenigen Minuten anvertraut. »Mit der Zeit wirst du sehen, dass die guten Kerle immer wieder abhauen und bloß das Kroppzeug bleibt.«

Die Zeit verging mit der ganz eigentümlichen Schnelligkeit, die nur jene kennen, die sich dem Rhythmus des Klosterlebens unterworfen haben. Der tägliche Gesang, die uralte Ordnung des Tagesablaufs und das Schweigen fügten die Bruchstücke von Anselms Vergangenheit auf geheimnisvolle Weise zusammen und schenkten ihm ein Gefühl von Ganzheit, das allerdings nur ein paar Monate anhielt. Es erwies sich nämlich, dass es nur eine schwache Ahnung von dem Menschen gewesen war, zu dem er vielleicht einmal werden konnte, der er aber noch lange nicht war. Noch vor Ablauf seines ersten Jahres im Kloster verlor sich das Gefühl der Ganzheit wieder, und alles war in etwa so wie zuvor. Erst jetzt begriff er, was der Agnostiker Roddy ihm bei seinem Abschied vom Anwaltsberuf gesagt hatte: »Mönch zu sein bedeutet nicht, seine zerbrochene Seele wieder zusammenzufügen.« Gleichzeitig wurde Anselm die Bedeutung eines weiteren Aphorismus klar, den Bruno geprägt hatte: »Niemand bleibt aus dem Grund hier, aus dem er gekommen ist.« Die Jahre vergingen in einem immer wiederkehrenden liturgischen Kreislauf, und einige sehr nette Kollegen kehrten in die Welt zurück. Anselm jedoch blieb in Larkwood. Er verzichtete auf den Anspruch, zu den guten Kerlen zu gehören, ebenso wie auf den Versuch, durch eine innere Heilung seinen Frieden zu finden. Und manchmal fragte er sich in dem angenehmen Halbschlaf, den er täglich abends vor dem Einschlafen und morgens vor dem Aufstehen genoss, wie oft er wohl eine freie Wahl getroffen hatte und wie oft er sich einfach dem Schicksal überließ.

Das Leben in Larkwood wurde langsam das seine. Das Kloster finanzierte sich durch Buchbinderei, Keramik und die Herstellung von Apfelsaft und eines mittlerweile legendären, besonders herben Apfelweins. Anselm erlernte die klösterliche Balance zwischen Arbeit, Ruhe und Gebet, und nach zwölf

Jahren waren dies die Elemente eines erfüllten Lebens geworden. Zweifel, Gewissheit, Freude, Qual, Einsamkeit und Langeweile umkreisten wie Planeten auf jeweils eigenen Umlaufbahnen die Sonne seiner immer größer werdenden Zufriedenheit. Und nur ganz, ganz selten und meist dann, wenn Anselm gerade nicht hinschaute, huschte der Herr des Ganzen vorbei.

2

Der Mann vom Innenministerium kam einen Tag nach Milbys Besuch und kurz vor dem abendlichen Gemeinschaftstreffen. Anselm hielt den Zeitpunkt für günstig gewählt, hatte aber keine Gelegenheit, diese Beobachtung Pater Andrew mitzuteilen. Der Prior hatte sich in den Tagen nach der Ankunft Schwermanns aus Flur und Kreuzgang zurückgezogen und kam nur zum Vorschein, um sich durch die Andacht zu murmeln und bei der morgendlichen Zusammenkunft zu verkünden, welche Gäste erwartet wurden.

Bei dem hohen Herrn handelte es sich um einen gewissen Mr Wilson. Als Anselm im Amtszimmer des Bursarius durchs Fenster lugte, sah er einen schwarzen Jaguar langsam in den Vorhof des Klosters einfahren. Ein weißhaariger, sorgfältig frisierter und eleganter Herr im dunkelblauen Nadelstreifenanzug stieg aus und reichte Pater Andrew so gnädig die bleiche Hand, als wäre er ein Angehöriger des Königshauses. Sein schmales Lächeln verriet eine gewisse Schüchternheit und Empfindlichkeit, die sich hinter ausgesuchter Höflichkeit verbargen.

Was Mr Wilson im Einzelnen von sich gegeben hatte, wurde den Mönchen erst am Abend mitgeteilt. Wie die Besprechungen in einer Anwaltskanzlei waren auch die Gemeinschaftstreffen im Kloster dafür bekannt, die schlimmsten Eigenschaften jedes einzelnen Teilnehmers ans Licht zu bringen. Bei dieser Schar von Männern, die sich schon wegen lächerlicher Kleinigkeiten erbitterte Wortgefechte liefern konnten, standen die Chancen, vernünftig über Asyl für einen Kriegsverbrecher zu diskutieren, nicht besonders gut. Diesmal allerdings schien erstaunlicherweise der gesunde Menschenverstand die Oberhand zu behalten.

Nachdem die Mönche nebeneinander an der runden Wand des Kapitelsaals Platz genommen hatten, richteten sich alle Blicke auf Pater Andrews finsteres Gesicht. Auf einem Sockel neben dem Prior stand eine brennende Kerze, deren flackernder Widerschein auf seinen Brillengläsern tanzte und in den Augen winzige Feuer zu entfachen schien.

»Ich werde mich kurz fassen. Das Innenministerium hat uns gebeten, diesem Mann für eine kurze Zeit Zuflucht zu gewähren. Ihr wisst bereits, was er war und was man ihm vorwirft. Er muss vor dem Rampenlicht der Öffentlichkeit verborgen und geschützt werden. Nach Hause kann er nicht mehr, und eine Überführung in ein Gefängnis hält man für unangebracht.« Um Fragen vorzubeugen, zählte Pater Andrew fast mechanisch die wichtigsten Punkte auf, die zu dieser Entscheidung geführt hatten: »Eine rasche Untersuchung des Falles wurde bereits in die Wege geleitet. Nach dem Krieg wurde gegen den Mann keine Anklage erhoben, und es ist ziemlich unwahrscheinlich, dass dies jetzt geschieht, zumal er sich nie vor den britischen Behörden versteckt hat. Unsere Mitwirkung in diesem Fall ist rein praktischer Natur. Dem Kloster werden sämtliche entstehenden Kosten erstattet, und falls es zu Demonstrationen kommen sollte, wird die Polizei eingreifen, die auch einen Beamten zum persönlichen Schutz des Mannes abstellt. In drei Monaten müssten wir ihn eigentlich wieder los sein. Das war's. Die Frage lautet nun: Lassen wir ihn hier bleiben oder nicht?« Während er auf eine Reaktion wartete, ließ Pater Andrew seinen Blick über die Anwesenden schweifen und fügte wie beiläufig hinzu: »Ach ja, dieser Lord Dingsda, ein katholisches Mitglied des Oberhauses, befürwortet die Bitte der Regierung in aller Bescheidenheit.«

»Meinst du etwa Lord Crompton?«, säuselte Pater Michael mit eifriger Ehrerbietung.

»Tut mir Leid, den Namen habe ich mir nicht gemerkt«, erwiderte Pater Andrew schroff.

»Was meinen die Schwestern?«, fragte Anselm, den die Abfuhr, die der Prior dem stets nach der Prominenz schielenden Pater Michael soeben erteilt hatte, insgeheim freute.

»Dass er verschwinden sollte.«

Ein zustimmendes Murmeln erhob sich.

Pater Jerome, ein muskulöser Bursche, der gelegentlich unter Asthma litt und als einziges Mitglied der Gemeinschaft schon einmal im Gefängnis gesessen hatte, nannte das Problem beim Namen. »Wenn wir die ganzen Zusicherungen mal beiseite lassen – er hat hier Schutz gesucht. Und wenn einer um Asyl bittet, geht es um die heilige Unschuld, um eine Anrufung von Gottes höherer Gerechtigkeit. Sollte dieser Mann sie nicht verdient haben, bekommen wir großen Ärger – in dieser Welt und auch im Jenseits.«

»Aber was ist, wenn er zu Unrecht beschuldigt wird?«, fauchte Pater Michael. »Dann hätten wir ihn nicht zurückweisen dürfen. In beiden Fällen könnte uns also die öffentliche Meinung einen Strick aus unserer Haltung drehen. Und deshalb zählt für mich, dass die Behörden seine Bitte um Asyl unterstützen. Wie es nach außen hin aussieht, ist mir schnuppe.« Und als späte Replik auf die Zurechtweisung des Priors fügte er noch hinzu: »Ich weiß genau, was die Trotzkisten unter euch denken, aber mir ist zufällig bekannt, dass Lord Crompton sich im Krieg ausgezeichnet hat. Außerdem kannte er Mutter Teresa. Wenn er uns etwas rät, können wir ihm vertrauen.«

Und so ging es noch endlos weiter. Nur zwei Mönche schwiegen die ganze Zeit über: Pater Anselm, der den rechten Augenblick abwartete, um etwas zu sagen, und ein erst kürzlich aufgenommener Bruder, das jüngste Mitglied der Gemeinschaft.

»Benedict, was meinst du?«, sprach der Prior ihn freundlich an.

Dem Brauch gemäß erhob sich der junge Mönch und blickte etwas unsicher in die Runde. »Ich fürchte, ich habe keine Meinung, dafür aber eine Menge Fragen«, stammelte er.

»Dann stelle sie. Nur zu.«

»Wenn dieser Schwermann unschuldig ist, warum trägt er dann einen falschen Namen?«

»Eine gute Frage.«

»Weshalb ist er ausgerechnet hierher gekommen?«

»Noch eine gute Frage.«

»Weshalb wurde er nach dem Krieg nicht zur Verantwortung gezogen?«

»Das weiß ich nicht.«

»Wenn es wider Erwarten doch einen Prozess geben sollte, was geschieht dann?«

»Wie Pater Jerome richtig aufgezeigt hat, könnten wir dann Ärger bekommen, besonders, wenn man ihn schuldig spricht.«

Bruder Benedict kratzte sich hinter dem Ohr den rasierten Schädel. »Das ist alles, was mir momentan einfällt.«

»Vielen Dank«, sagte Pater Andrew und lehnte sich zurück. »Jerome und Benedict haben freundlicherweise dargelegt, mit welcher Art von Problem unsere Gemeinschaft konfrontiert ist.« Die versammelten Mönche verfielen in nachdenkliches Schweigen. Jetzt, fand Anselm, war die Zeit für seinen Beitrag gekommen. Er hüstelte und erhob sich. Der Prior nickte ihm aufmunternd zu.

Anselm verzichtete darauf, eine bestimmte Handlungsweise zu befürworten, und schlüpfte stattdessen in die Rolle des unparteiischen Ratgebers. Als solcher zählte er erst einmal fein säuberlich sämtliche Argumente auf, die bisher gefallen waren, und verglich sie miteinander. Alles klang wie die ausgewogene Meinung eines Mannes, der sein Handwerk verstand und viel Erfahrung mit schwierigen Fällen hatte. Einem geschulten Beobachter wären allerdings Anselms Ängste, die Brüder könnten ihm auf die Schliche kommen, nicht verborgen geblieben. Er arbeitete nämlich gezielt darauf hin, von Pater Andrew im Schwermann-Fall zu Rate gezogen zu werden. »Danke, Anselm«, sagte der Prior. »Ich danke euch allen. Und nun lasst uns schweigen.«

Pater Andrew sprach noch ein kurzes Gebet und löschte dann die Kerze. Die Zusammenkunft war beendet. Nachdem er alle angehört hatte, musste der Prior die Entscheidung allein treffen.

Am nächsten Tag kam der päpstliche Gesandte nach Larkwood – ein weiterer unerwarteter Besucher für Pater Andrew. Nicht irgendein Untergebener, rief Pater Michael erfreut aus, sondern ein ganz hohes Tier, jawohl! Was der Nuntius dem Prior genau gesagt hatte, wurde nicht verraten, aber es ging das Gerücht, er habe ihn im Auftrag des Papstes unter Druck gesetzt, Schwermann hinauszuwerfen.

So ging die Woche allmählich zu Ende. Anselm blieb lange wach, wartete, im Bett liegend, auf *Sailing By*, die Melodie, die auf Radio 4 den abendlichen Seewetterbericht ankündigte, und sann über die seltsame Abfolge der Ereignisse nach. In vier Tagen waren vier apokalyptische Reiter aus vier verschiedenen Himmelsrichtungen in den Klosterhof galoppiert: der Flüchtling, der Sheriff, der treue Diener der Königin und schließlich ein Kirchenfürst. Doch während Anselm, den tröstlichen Klang des Seewetterberichts im Ohr, bei einer Warnung vor Stürmen zwischen Tyne und Doggerbank in den Schlaf hinüberdämmerte, ließ ihn ein düsterer Gedanke plötzlich wieder aufschrecken. Die Reiter galten als Vorboten eines großen Wiedersehens.

5. Kapitel

1

Lucy setzte sich im Bett auf, legte den braunen Umschlag vorsichtig auf ihre Knie und dachte daran, wie ihr die Tränen gekommen waren, als Agnes ihn ihr am Nachmittag gegeben hatte. Jetzt, zu Hause in ihrem Schlafzimmer, hatte sie das Gefühl, als würde das leise Ticken von Grandpa Arthurs Wanduhr draußen im Wohnzimmer immer lauter, als könnte er jeden Augenblick hereinkommen, Hut und Mantel ausziehen und sich hinsetzen.

Drei Monate waren vergangen, seit Agnes ihrer Familie gesagt hatte, wie krank sie war. Seitdem hatte sich die seit Jahrzehnten vertraute Art, wie sie miteinander umgingen, stark verändert. Alle fürchteten die traurige Zeit, die ihnen bevorstand, und jede gefühlvolle Begegnung schien bereits auf den kommenden Erdrutsch der Emotionen zu verweisen. Freddie kam jetzt häufiger zu Besuch und setzte sich auf einmal bewusst mit der Tatsache auseinander, dass er sich in der Gegenwart seiner Mutter stets leicht unbehaglich fühlte. Als Susan das merkte, blühte sie richtiggehend auf, zumal nicht nur ihr Mann und ihre Schwiegermutter einander näher kamen, sondern auch ihr Mann und ihre Tochter. Lucy erkannte auf einmal, dass ihre Mutter früher die kleine Nabe des großen Rades gewesen war, in der sich alle anderen wie Speichen getroffen hatten. Leider war dieses Rad vor langer Zeit zerbrochen, aber jetzt, da Agnes bald sterben würde, schien sich alles wie von selbst zu einer neuen Harmonie zu fügen. Und wie bei allen großen Veränderungen gab es auch hier eine Konstante: Lucy, die häufig zu ihrer Großmutter kam und ihr in braunen Papiertüten Gemüse vom Markt mitbrachte.

Nicht nur Lucy und ihre Eltern veränderten sich, sondern auch Agnes. Als Lucy eines Nachmittags unangemeldet bei ihr erschien, bemerkte sie im Flur einen Stapel Zeitungen. Sie blätterte ein paar davon durch und bemerkte, dass es verschiedene Zeitungen vom selben Tag waren und dass jemand Artikel herausgeschnitten hatte. Schon beim Hereinkommen hatte Lucy bemerkt, dass irgendetwas anders war als sonst, aber erst als sie die Zeitungen wieder sorgfältig auf den Stapel legte, erkannte sie, was es war: Ein Radio spielte. Vorsichtig schlich sie sich in die Küche. Sie traute ihren Augen kaum: Grandpa Arthurs altes Dampfradio, das schon seit Jahren im Keller verstaubte, stand jetzt auf dem Fensterbrett neben der Spüle. Agnes stand davor, drehte an den Knöpfen und schimpfte über die moderne Musik.

Ein andermal jagte Lucy einer streunenden Katze hinterher, die eine weitgehend unerwiderte Zuneigung zu Agnes entwickelt hatte und von dieser nur gnadenhalber in der Wohnung geduldet wurde. Das Tier raste ins Wohnzimmer und flüchtete durch die Terrassentür ins Freie. Auf dem Rückweg in die Küche bemerkte Lucy auf einmal ein winziges rotes Licht neben der Couch. Es dauerte eine Weile, bis ihr klar wurde, was das zu bedeuten hatte: Der Plattenspieler war eingeschaltet. Wie Reisende in einem fremden Land sah Lucy sich nun im Zimmer um und bemerkte noch weitere ungewöhnliche Dinge. Der Deckel des Klaviers war aufgeklappt und auf dem Notenhalter war ein Notenheft aufgeschlagen: »Romances sans paroles, No. 2« von Fauré, die Lieblingsmelodie ihrer Großmutter. Auf einmal stellte Lucy sich vor, wie Agnes, wenn sie keinen Besuch erwartete, die langen Finger über die Tasten wandern ließ.

Ansonsten freilich begannen Agnes' Bewegungen sich zu verändern. Sie wurden langsamer und seltsamerweise auch rhythmischer, und wenn sie aus einem Zimmer in ein anderes ging, streckte sie graziös wie eine Balletttänzerin die schlanken Arme aus und strich im Vorübergehen sanft über Gegenstände oder die Blätter ihrer Pflanzen. Lucy kam es so vor, als wollte sie die Dinge segnen.

»Ich muss das nicht tun«, erklärte Agnes, »aber es ist mir wohler, wenn ich die Dinge spüre.«

Agnes fing an, ihren Gleichgewichtssinn zu verlieren.

An einem schwülen Nachmittag Anfang Juli rief Lucy bei Cathy Glenton an und verabredete sich mit ihr zum Ausgehen. Dann fuhr sie zu ihrer Großmutter, um endlich über das zu reden, was ihr Vater »das Kernproblem« nannte. Sie stand am Klavier, spielte mit zwei Fingern langsam den Flohwalzer und wusste nicht so recht, wie sie anfangen sollte. »Grandma, du brauchst eine Pflegekraft.«

»Bitte, Lucy, verschone mich *damit*«, flehte Agnes.

»Tut mir Leid, aber es muss sein. Irgendjemand muss dir das mal sagen.«

»Ich meine dein Geklimper. Hör bitte auf damit.«

»Aber das spiele ich doch immer, wenn ich bei dir bin –«

»Und es hat mir noch nie gefallen!«, versetzte Agnes gereizt. Eine unangenehme Stille trat ein.

Lucy kaute nervös auf der Unterlippe herum. »Was ich gesagt habe, war ernst gemeint. Du solltest wirklich –«

»Ja, ja, ja. Ich weiß. Mach dir keine Sorgen deshalb. Im Augenblick geht es mir gut. Und außerdem habe ich immer noch Wilma.«

Lucy sah sie entsetzt an. »Aber das ist doch eine Pennerin. Ich dachte, du hättest sie bloß im Park kennen gelernt und ...«

Agnes erstickte alle Einwände im Keim. »Wilma ist eine sehr interessante Frau. Sie war früher Schauspielerin und hat viel am Theater gespielt. Du musst sie unbedingt kennen lernen.« Agnes strich eine Falte an ihrem Rock glatt. »Wilma ist meine Freundin, Lucy. Bitte nimm sie mir nicht weg.«

»Nein, natürlich nicht«, erwiderte Lucy verunsichert. Noch bevor ihre Enkelin einen klaren Gedanken fassen konnte, sagte Agnes mit aufgesetzter Fröhlichkeit: »So, und jetzt reden wir nicht mehr davon. Lass uns Tee trinken.«

Während Lucy ihrer Großmutter in die Küche folgte, hatte sie ein unbehagliches Gefühl.

»Heutzutage spielen sie lauter Mist«, sagte Agnes und steuerte auf das Radio zu, wobei sie zuerst einen Stuhl berührte ... dann die Küchentheke ... dann die Spüle. Sie schaltete das Gerät ein, aus dessen Lautsprecher sofort laute Musik schallte. Es klang wie ein Orchester, das zusammen mit einer Jazzband spielte. Dazu trommelte irgendwer – so klang es zumindest für Lucy – auf einer blechernen, mit Glasscherben gefüllten Keksdose herum.

»So was nennt man *postmodern*«, sagte Agnes und nickte feierlich, als hätte es nie eine Spannung zwischen ihr und ihrer Enkelin gegeben.

Lucy machte Tee, und dann saßen sie sich mit den Tassen in den Händen schweigend gegenüber. Lucy war fest entschlossen, das Thema Pflegekraft noch einmal anzuschneiden, ob Agnes es nun gefiel oder nicht, aber das Schweigen und die Blicke ihrer Großmutter verrieten ihr, dass die alte Frau nicht nachgeben und ihre Pflege selbst organisieren würde. Unterdessen kämpfte im Radio weiterhin die falsch spielende Jazzband mit dem Symphonieorchester, während ein weiterer Musiker einen Riesenspaß mit einem Hammer zu haben schien. Lucy kam es vor wie die Begleitmusik zu einem Stummfilm, in dem sie und ihre Großmutter die Hauptpersonen waren.

Als schließlich eine träge, aber gepflegte Stimme die Fünf-Uhr-Nachrichten ansagte, wollte Lucy ihr Anliegen erneut vortragen, aber Agnes torpedierte den Versuch durch ihr ungewöhnliches Interesse an den aktuellen Nachrichten. Neugierig beugte sie sich vor und lauschte den Schlagzeilen, die der Sprecher in rascher Folge herunterlas. Als die einzelnen Beiträge folgten, tat Agnes jeden schon nach den einleitenden Worten mit einem enttäuschten Schmollmund ab und gab ihrer Enkelin nach ein paar Minuten ein Zeichen, den Apparat auszuschalten. Aus dem Wohnzimmer war auf einmal das Geräusch auf dem Boden zerschellenden Geschirrs zu hören.

»Diese verdammte Katze!«

»Klang irgendwie *postmodern*«, bemerkte Lucy mit einem ernsten Kopfnicken.

Agnes stand auf, um nach dem Rechten zu sehen. Auf dem Weg zur Tür berührte sie erst die Stehlampe, dann einen Stuhl und schließlich den Türstock, und Lucy war auf einmal klar, dass sie heute mit ihrer Diskussion über die Pflegekraft kein Gehör mehr finden würde.

Lucy machte sich bereit zum Aufbruch, da überreichte ihr Agnes unerwartet die Schlüssel für ihren alten Morris Minor, den Grandpa Arthur 1963 gekauft hatte.

»Ich kann ihn ja sowieso nicht mehr fahren.«

»Aber Grandma –«

»Nimm den Wagen. Ich habe die Versicherung schon auf dich umschreiben lassen. Aber behandle ihn vorsichtig, er ist ein müder, alter Herr.«

Noch bevor Lucy Agnes danken konnte, gab ihr die Großmutter noch einen großen braunen Umschlag. »Da drin ist ein Schulheft«, sagte sie. »Ich möchte, dass du es liest. Aber erzähle niemandem davon. Keiner Menschenseele.«

»Worum geht es denn?«

»Das wirst du schon sehen.«

Lucy runzelte die Stirn.

»Keine Sorge«, sagte Agnes. »Ich möchte nur, dass du mehr von mir weißt, bevor ich …« Sie zögerte, als wäre sie peinlich berührt. »Bevor ich sterbe.«

Die letzten Worte trafen Lucy wie ein Schlag in die Magengrube. Sie verlor die Fassung und wandte sich mit Tränen in den Augen zur Tür um. Im Flur stolperte sie über den Zeitungsstapel. Lucy starrte die Blätter an, als könnten sie ihr etwas sagen.

»Die Antwort steht in dem Schulheft«, sagte Agnes und blickte betreten zur Seite. »Und weine nicht um mich. Bitte, Lucy, weine nicht.«

Als Lucy den Zündschlüssel umdrehte, winkte sie Agnes, die sich mit einer Hand am Türrahmen festhielt, noch einmal zum Abschied zu. Das Gesicht ihrer Großmutter wirkte abgespannt, und sie sah sehr klein und einsam aus, wie ein Schatten ihrer selbst.

Noch bevor Lucy klingeln konnte, öffnete Cathy die Tür ihrer Wohnung in Pimlico.

»Ich mache mich gerade fertig«, sagte sie. »Was wollen wir machen? Hättest du Lust, Essen zu gehen?«

»Nein, danke.«

Cathy führte Lucy in ein chaotisches Wohnzimmer, in dem überall Kleidungsstücke herumlagen. Auf dem Boden waren Briefe und Werbeprospekte verstreut wie weggeworfene Flugblätter nach einer Demonstration, und an den Wänden hingen Poster von verschiedenen Ausstellungen.

»Oder ins Pub?«

»Nein …«

Cathy fläzte sich auf eines der Sofas und fragte: »Ist was?«

Weil sie Cathy nur selten sah, hatte Lucy auf einmal das Gefühl, dass sie ihr das sagen konnte, was sie bisher noch niemandem erzählt hatte. »Meine Großmutter stirbt an einer Krankheit, von der ich bisher noch nicht einmal den Namen gekannt habe. Man erlebt bei vollem Bewusstsein, wie der eigene Körper langsam verfällt. Im Endstadium kann man nur noch liegen, sich nicht mehr bewegen und auch nicht mehr reden. Angeblich hat man dann das Gefühl, als würde man ersticken, was aber nicht der Fall ist. Man liegt wie tot da, aber man lebt weiter.«

»Amyotrophe Lateralsklerose«, sagte Cathy und setzte sich auf.

»Stimmt. Woher weißt du das?«

»Ich habe mal einen Artikel darüber gelesen.«

Lucy setzte sich auf die Armlehne eines Sessels und zuckte mit den Achseln. »Auch solche Sachen gehören zum Leben.« Dann erklärte sie Cathy, sie wolle nicht weiter darüber reden.

Cathy dachte einen Augenblick nach. Dann verschwand sie im Schlafzimmer und kam mit einem Päckchen Spielkarten zurück. »Ich habe eine gute Idee. Lass uns eine Partie Rommee spielen.«

»Aber das habe ich noch nie gespielt.«

»Kannst du vielleicht ein anderes Kartenspiel?«

»Nein.«

Cathy konnte nur noch den Kopf schütteln. »Aber Schnipp-schnapp musst du doch können.«

Dann saßen sie am Esstisch, jede vor ihrem Kartenstapel, und konzentrierten sich darauf, welche Karte als nächste umgedreht wurde. Schnipp-Schnapp machten die Karten.

»Denkst du eigentlich manchmal über die Vergangenheit nach?«, fragte Lucy.

Schnipp-Schnapp.

»Nein.«

Schnipp-Schnapp.

»Warum nicht?«

Schnipp-Schnapp.

»Weil die Vergangenheit tot ist.«

Lucy drehte keine neue Karte um und starrte auf die Karo-Dame.

»Ist das dein Ernst?«

»Nein.«

Schnipp-Schnapp.

»Warum sagst du es dann ...«

»Weil die Vergangenheit immer gewinnt.«

Schnipp-Schnapp, Schnipp-Schnapp.

Lucy warf ihre Karten auf den Tisch. »Ich habe es mir anders überlegt. Gehen wir doch Essen. Und danach gehen wir noch ins Pub. Was hältst du davon?«

»Ich möchte mich nur rasch noch etwas schminken«, sagte Cathy und griff nach ihrer Kosmetiktasche. »Vielleicht kannst du mir ja helfen. Ich suche einen guten Werbeslogan für eine neue Krankenversicherung.«

Die beiden sprachen über Geld, Krankheiten und Tod und hatten viel Spaß miteinander. Als sie sich verabschiedeten, wussten beide, dass sie sich erst in ein paar Monaten wieder anrufen würden. Auf dem Heimweg hielt Lucy den Umschlag mit dem Schreibheft fest umklammert und dachte an ihre Großmutter, die ihr jetzt in jeder wachen Stunde, in jedem Gespräch nicht mehr aus dem Sinn ging. Als Lucy ins Bett kroch, überfiel sie jene seltsame Einsamkeit, die man nur verspürt, wenn man weiß, dass ein naher Verwandter in Kürze sterben wird. Agnes löste sich aus dem Familienverband, und es war nicht genug Zeit, sich darauf einzustellen. Sie würde bald für immer gehen und hatte den schmerzlichen Abschied schon eingeleitet. Auf einmal kam Agnes Lucy vor wie eine jener seltenen Wüstenpflanzen, die jahrelang unscheinbar dahinvegetieren und erst kurz vor ihrem Tod unter der sengenden Sonne ein einziges Mal ihre Blüte öffnen. Agnes' Blüte kam spät, zu spät wahrscheinlich. Cathy hatte Recht. Die Vergangenheit hatte gewonnen.

Lucy kuschelte sich unter die Decke und zog das Schulheft aus dem Umschlag. Grandpa Arthurs alte Wanduhr schlug Mitternacht.

2

In der Woche nach den vier außergewöhnlichen Besuchen in Larkwood hielt Anselm sich täglich nach der Messe unter verschiedenen fadenscheinigen Vorwänden noch eine Weile im Kreuzgang auf. Er hoffte, Pater Andrew würde ihn beiseite ziehen, um ihm etwas anzuvertrauen oder ihn um Rat zu fragen. Aber nichts dergleichen geschah. Stattdessen verkündete der Prior der versammelten Klostergemeinschaft seine Entscheidung am sechsten Tag nach der üblichen Lesung eines Abschnitts aus der Benediktinerregel.

»Wie ihr wisst«, begann er, »hat mich neulich der päpstliche Nuntius besucht. In Rom wünscht man, dass Schwermann so lange hier bleiben kann, bis die Polizei ihre Untersuchungen abgeschlossen hat.« Er ließ seine Blicke durch den Kapitelsaal schweifen, bevor er fortfuhr. »Roms Wünschen kann ich mich nur schwer widersetzen, und meiner Auffassung nach würde man sich von dort aus nicht in die Angelegenheit einmischen, wenn sie nicht weit reichende, mir verborgene Implikationen hätte. Aus diesem Grund habe ich beschlossen, Schwermann den Aufenthalt in Larkwood bis auf weiteres zu gestatten.« Dann gab der Prior in der für ihn typischen Knappheit die nötigen Anweisungen. »Wir bringen ihn in der alten Gießerei unter. Um seine Sicherheit kümmern sich die Polizei und das Innenministerium. Bruder Wilfred ist der Ansprechpartner für alle Angelegenheiten, die Schwermann betreffen, und Bruder Edmund kümmert sich um die Medien. Das ist alles.«

Anselm, der felsenfest damit gerechnet hatte, dass auch er in dieser Sache mit einer Aufgabe betraut werden würde, konnte seine Enttäuschung nur schwer verbergen. War das alles?, dachte er verärgert. Dabei bin ich der Anwalt ... ich kenne Milby ... und ich spreche verdammt gut Französisch.

Aber der Prior war längst beim Verlesen des neuen Arbeitsplans angelangt.

Anselm konnte sich kaum beruhigen. Wie sollte denn Edmund, der ja nicht einmal mit den anderen Mönchen sprach, geschweige denn mit jemandem draußen in der Welt, mit den Fragen von Journalisten fertig werden? Und Wilf war so ängstlich, dass er manchmal wie gelähmt wirkte.

Schließlich war die Versammlung zu Ende, und die Mönche gingen in ihre Zellen, um sich der Lectio Divina zu widmen. Auch der Prior verließ den Saal, und Anselm, den die Zurückweisung noch immer schmerzte, blieb als Einziger zurück.

In den folgenden Wochen gingen Rechtsanwälte und Staatsanwälte im Kloster ein und aus, und die Presse stellte ihre bohrenden Fragen. Wilf führte die Juristen zu der am See gelegenen alten Gießerei, traute sich aber nicht, ihnen Fragen zu stellen, und Edmund gab den Journalisten nicht einmal die banalsten Einzelheiten des normalen Klosterlebens preis. Die Folge war, dass sich der Informationsstand innerhalb wie auch außerhalb des Klosters nicht veränderte. Und Anselm musste sich eingestehen, dass er die Entscheidung des Priors im Nachhinein bewunderte.

Anselm bekam Schwermann nur einmal zu Gesicht, als er eines Nachmittags nach seiner Arbeit in der Abfüllanlage am Seeufer spazieren ging. Der alte Mann saß auf einem Schemel und malte ein Aquarell. Während er den Pinsel mit raschen Bewegungen über das Papier gleiten ließ, unterhielt er sich mit dem Polizisten, der zu seinem Schutz abgestellt war.

Aus Wochen wurden Monate, und Schwermann war noch immer da. Je länger die Untersuchung dauerte, desto nervöser wurde der Prior. Dennoch besprach er sich nicht mit Anselm für den Fall, dass sich die Entscheidung, Schwermann zu beherbergen, als Fehler herausstellen sollte. Auch sonst gab es durchaus knifflige Fragen, die Rom, das Innenministerium und die Presse betrafen und dringend einer Klärung bedurften. Am liebsten hätte sich Anselm beim Prior darüber beschwert, dass dieser seine Talente absichtlich brachliegen ließ. Unzählige Zitate aus der Bibel und den *Frühen Kirchenvätern* – die er nun endlich gelesen hatte – lagen ihm auf den Lippen. Sie alle besagten, dass man ein Licht nicht unter den Scheffel stellen und ein Talent nicht vergeuden dürfe, dass einem Mönch Arbeit gegeben werden solle, die seiner Kraft und seinen Fähigkeiten entsprach und Ähnliches. Aber weil Anselm nicht nur talentiert, sondern auch gehorsam war, sagte er nichts zu Pater Andrew, und der Prior tat das, was er für weise hielt, und sagte nichts zu Anselm – bis zu dem Tag, an dem Anselm am See eine entscheidende Begegnung mit einem Fremden hatte und das Fax aus Rom eintraf.

6. Kapitel

Grandpa Arthurs alte Wanduhr schlug Mitternacht. Es war vermutlich eine verirrte deutsche Kugel gewesen, die damals durchs offene Fenster herein- und am Kopf von Grandpa Arthur, der gerade seinen Helm abgenommen hatte, vorbeigezischt war. Sie hatte die verglaste Tür des hölzernen Uhrenkastens an der Wand durchschlagen. Während die Uhr leise und dumpf weitertickte, und das Pendel unbeeindruckt hin- und herschwang, lag Captain Embleton zitternd auf dem Boden. Er hatte sich wie ein Kleinkind in die Hosen gemacht.

Später sagte Grandpa Arthur gern, die Vorsehung enthalte auch durchaus moralische Aspekte, wenngleich ihm nicht ganz klar sei, in welcher Hinsicht. Er brachte die Uhr samt der fehlenden Scheibe und dem Loch in der Rückwand mit nach Hause und achtete darauf, dass sie nie stillstand. Wie eine treue Gefährtin verwies sie auf den gleichmäßigen Rhythmus der Zeit und darauf, dass auch unruhige Tage irgendwann vorübergingen. Sie war nur ein einziges Mal stehen geblieben, am Tag nach Grandpa Arthurs Tod. Da war Lucy in Tränen ausgebrochen, doch Agnes hatte nur gesagt: »Das Pendel schlägt nicht mehr.« Sie zog die Uhr nie wieder auf.

Als Lucy nach dem Streit mit ihren Eltern von zu Hause auszog, hatte Agnes ihr die Uhr geschenkt. »Sie ist eine alte Freundin«, hatte sie gesagt. »Zieh sie jeden Morgen auf, wie Arthur es getan hat.« Schon bei der ersten Umdrehung des

Schlüssels hatte die Uhr zu ticken begonnen, als wäre Grandpa unsichtbar im Raum.

Lucy lächelte, als sie den Umschlag des Schulhefts sah. Aus alter Gewohnheit und mit dem eingefleischten Gehorsam einer gewissenhaften Schülerin hatte Agnes in Druckschrift ihren Namen aufs Etikett geschrieben, als sollte ihre Arbeit abgegeben und benotet werden. Der Text selbst zeichnete sich durch eine gestochene und doch flüssige Bleistiftschrift aus, wie sie früher von strengen Schulmeistern gelehrt und beim Nachsitzen eingeschliffen wurde. Es gab keine Korrekturen. Aus den flinken Strichen erhob sich allmählich eine Stimme, bis Lucy Agnes so eindringlich zu ihr sprechen hörte, wie sie es noch nie getan hatte. Lucy las ohne eine einzige Pause, während Grandpa Arthurs Wanduhr tickte und leise jede halbe Stunde schlug. Draußen rollte der nächtliche Verkehr und klang wie fernes Meeresrauschen. Das Pendel schwang hin und her, und die winzigen Glocken bebten, als hätte man sie aus dem Schlaf geweckt.

Lucy legte das Schulheft beiseite. Sie konnte sich nicht mehr bewegen; ihr Blick verschwamm. Irgendwann stolperte sie in die Küche. Hinter der Mikrowelle zog sie eine Packung Camel hervor, erworben an dem Tag, an dem Darren sie verlassen hatte, um zu einer Ehefrau und Kindern zurückzukehren, von denen sie nichts gewusst hatte. Als sie vom Kiosk zurückgekommen war, hatte sie die Schachtel ungeöffnet durchs Zimmer geschleudert. Nun versengte sich Lucy die Augenbrauen, als sie sich am Gasherd die erste Zigarette ansteckte. Dann saß sie im Wohnzimmer auf dem Boden, neben sich ein Tellerchen als Aschenbecher, rauchte und zog Grimassen. Die ungewohnte Wirkung des Nikotins beruhigte sie.

Durch die Lektüre der Geschichte ihrer Großmutter hatte sich in Lucy ein Kaleidoskop gedreht, und fast alles, was sie über Agnes wusste, war zerfallen und hatte sich neu geordnet. Erinnerungen an merkwürdige Dinge, die ihre Großmutter früher gesagt oder getan hatte, schossen Lucy durch den Kopf. All das ergab nun Sinn. Da war zum Beispiel ein nachweihnachtlicher Einkaufsausflug zum Armee- und Marineladen in der Victoria Street. Lucy und Agnes waren über den Platz vor der Westminster Cathedral gegangen, als hinter den offenen Türen Chorgesang erklang. Agnes drehte sich unvermittelt um und ging hinein. Etwa eine halbe Stunde saßen die beiden hinten im Kirchenschiff und betrachteten die schimmernden Mosaike. Zwischen den Pfeilern, die das Dunkel hoch oben stützten, war eine Jungenstimme aufgestiegen. Als sie gingen, sagte Agnes ernst: »Das Fest der unschuldigen Kinder.«

»Was ist das, Grandma?«

»Die Erinnerung an ein großes Morden. Nach der Geburt Christi wollte König Herodes ihn umbringen lassen. Weil er nicht wusste, wo Jesus war, befahl er ein Massaker an allen Kindern, die jünger als zwei Jahre waren.«

»Wie viele waren das?«

»Zweitausend.«

»Und was ist mit dem passiert, hinter dem sie eigentlich her waren?«

»Den hat vorher ein Engel gewarnt. Seine Familie ist geflohen.«

»Wieso hat man die anderen nicht auch gewarnt?«

»Eine sehr gute Frage.«

Lucy sah ihre Großmutter forschend an. »Woher weißt du das alles?«

»Eine gute Kinderstube.«

»Glaubst du eigentlich an irgendwas von dem ganzen Zeug? An Gott, Engel, die Heiligen Drei Könige?«

Agnes hatte nicht sofort geantwortet. Sie wirkte geistesabwesend, wie so oft, wenn eine persönliche Erinnerung, die sie nicht aussprach, sie durcheinander brachte. »Manchmal denke ich, es ist Heimweh«, sagte sie schließlich. »Aber man kann nicht zurück.«

Lucy hatte das Thema zwar nicht weiterverfolgt, doch die Worte von Agnes waren ihr im Gedächtnis geblieben. Nun begriff sie ihre Bedeutung.

Während sie mit ihrer dritten Zigarette auf dem Boden lümmelte, begann der Untergrund zu schlingern wie ein Schiff auf hohen Wellen. Lucy wurde seekrank, rannte zur Toilette und erbrach sich. Dann blickte sie in den Spiegel. Sie musterte ihr schwarzes Haar, das blasse ovale Gesicht, die durchscheinende Haut, die dunklen Wimpern, die sie immer wieder in Schwierigkeiten brachten. Sie war sich fremd.

Lucy brühte sich einen großen Becher Tee mit zwei gehäuften Teelöffeln Zucker auf, um das Ungenießbare besser schlucken zu können. Sie dachte voller Bitternis an Schwermann, der sich geschützt in einem Kloster befand, und an Victor Brionne, den Mann der schönen Worte, den Kollaborateur, der Agnes verraten hatte. Wie war er nach dem Krieg nur entkommen? Wer in aller Welt half einem Mann, der taub gewesen war für die Schreie von Kindern?

Sie goss den Tee ins Spülbecken und schlüpfte wieder ins Bett. Am Morgen würde sie als anderer Mensch aufwachen, das wusste sie. Ihr altes Ich war für immer verschwunden. Lucy warf einen Blick auf das Schulheft, das aufgeschlagen auf dem Boden lag. Was ist in meiner Kindheit bloß geschehen, dachte sie, dass ich solche Dinge lesen kann und nicht einmal weine?

7. Kapitel

Erstes Schulheft von Agnes Embleton

3. April 1995

Liebe Lucy,

vor ein paar Minuten habe ich im Fernsehen das Gesicht des Mannes gesehen, der mein Leben zerstört hat. Und das ausgerechnet an dem Tag, an dem mir Doktor Scott eröffnet hat, dass ich bald sterben muss. Seltsamerweise habe ich schon vor ein paar Monaten so etwas geahnt, als die Stimmen und Gesichter meiner Jugend zurückkamen wie die Saatkrähen am Anfang des Winters. Schon damals hätte ich mir denken können, dass auch Schwermann wieder auftauchen wird.

Ich hätte dir gerne schon früher von mir und meinen Jugendfreunden erzählt, aber ich konnte es nicht. Aber bald werde ich nicht mehr sein, und ich möchte nicht, dass mit mir auch die Erinnerung an meine Freunde verschwindet. Deshalb ist es an der Zeit, dass du alles erfährst.

10. April

Ich frage mich oft, warum sich mein Leben nicht so entwickelt hat, wie ich es erhoffte. Warum es einen ganz anderen Verlauf genommen hat. Aber es ist sinnlos, nach Erklärungen zu suchen. Für mich gibt es kein »was wäre wenn«, sondern nur das, was war. Und so beginne ich in London, wo ich im März des Jahres 1919 zur Welt kam.

Mein Vater, ein Franzose, war sechs Jahre zuvor nach England gekommen, um in einer Bank zu arbeiten. Dort lernte er auf einer Firmenfeier meine Mutter kennen, eine Jüdin, die Tochter eines seiner Vorgesetzten. Nach einem Jahr heirateten sie, und bald darauf wurde ich geboren. Sie sagten immer, ich sei der zweite große Glücksfall in ihrem Leben. Der erste war die Tatsache, dass Vater den Ersten Weltkrieg überlebt hatte. Es gehört zu meinen frühesten Kindheitserinnerungen, dass ich in Hampstead Heath Kränze aus Gänseblümchen flocht und zuhörte, wie die Erwachsenen über »den Großen Krieg« sprachen. Die meisten Familien, die wir kannten, hatten Gefallene zu beklagen, und noch heute rufen die Namen all der schrecklichen Schlachten in mir die Erinnerung an heiße Sommertage und die Trauer anderer Leute wach. Es war ein Wunder (so sagte mein Vater immer), dass der Krieg, durch den so vielen Menschen großes Leid widerfahren war, ihn verschont hatte. Und so kam es, dass ich in dem sicheren Gefühl aufwuchs, durch Gottes Hilfe von Katastrophen aller Art verschont zu bleiben. Das änderte sich erst, als meine Mutter am 17. August 1929 starb.

Nach ihrem Tod wollte mein Vater so schnell wie möglich zurück nach Frankreich, um nicht immer wieder an sie erinnert zu werden. Mich erstaunte das nicht, denn er war in England nie richtig heimisch geworden. Ständig hatte er die beiden Länder miteinander verglichen, und selbst die Milch war für ihn in Frankreich besser gewesen. Er fing an, mir wunderschöne Dinge über Paris zu erzählen, und wenn ich einschlief, träumte ich von Brücken über einem schimmernden Fluss und langen Tischen auf den Straßen, die von Tausenden von Kerzen erleuchtet wurden. Anfang 1931 zogen wir um.

Ich denke, mein Vater wusste nicht, was ihn in Paris erwartete. Vermutlich dachte er, er würde wieder seine frühere Stelle bei der Bank bekommen, aber die Zeiten hatten sich geändert, und die Arbeitsplätze waren knapp. Jetzt weiß ich das, aber damals glaubte ich, alles wäre in Ordnung. Wir wohnten in einer schönen Wohnung, ich war auf einer guten Schule, und es fehlte mir an nichts.

Weil ich sehr musikalisch war, schenkte mir mein Vater zu Weihnachten ein großes Klavier, aber dafür musste ich fortan einmal in der Woche zu einer Klavierlehrerin namens Madame Klein. Sie war eine jüdische Witwe, die in einer hochherrschaftlichen Wohnung gegenüber vom Parc Monceau lebte. Madame Klein, eine frühere Konzertpianistin, galt als eine der besten Klavierlehrerinnen in Paris. Das mochte sein, aber jeden Samstagnachmittag, wenn ich die Treppe zu ihrer Wohnung hinaufstieg, grauste mir aufs Neue vor ihrem verdrießlichen Gesichtsausdruck, der sich die ganze Stunde über nicht veränderte. Ich hasste jede Sekunde, die ich mit ihr verbringen musste, und hätte die Stunden lieber heute als morgen aufgegeben. Ich sagte meinem Vater, dass sie nicht einmal richtig Klavier spielen könne, denn ihr tat ständig die rechte Hand weh, weshalb sie nur mit der linken auf den Tasten herumklimperte. Aber er lachte nur und schickte mich jede Woche wieder zu ihr. Dies ist das erste Mal, dass ich ihren Namen schreibe, und das lässt mich innehalten. Ich sehe sie noch vor mir mit ihrem schwarzen Seidenkleid, den auftoupierten silbergrauen Haaren und der kleinen Brille, über deren Rand sie mich mit ihren unergründbaren Augen streng ansieht.

Aber zurück zu meinem Vater. Ich wusste nicht, wo er arbeitete und fragte ihn auch nicht danach. Ebenso wenig fragte ich ihn, ob er es sich überhaupt leisten konnte, mir Klavierunterricht geben zu lassen. Aber auch ohne ihm irgendwelche Fragen zu stellen, merkte ich, dass er Probleme hatte, auch wenn er sich noch so sehr bemühte, sie vor mir zu verbergen. Er fing an, sich an den Armen zu kratzen, bis er blutete, und bald darauf hatte der Ausschlag seinen ganzen Körper befallen. Er scherzte und sagte, es seien die Läuse, und auf einmal fing auch ich an, mich zu kratzen, und wir lachten darüber. Eines Morgens sagte er mir beiläufig, dass er nach der Arbeit noch zum Arzt gehen wolle. Es war 1934, und ich war fünfzehn Jahre alt. Ich fuhr an diesem Tag ins Schullandheim, und als ich drei Tage später wieder zurückkam, erwartete mich an Stelle meines Vaters eine junge Nonne, die mich in ein Krankenhaus brachte. Sie meinte, ich müsse keine Angst um ihn haben, aber wenn sie glaubte, dass ich nicht hinsah, machte sie ein besorgtes Gesicht. Meine letzte Erinnerung an meinen Vater ist die, wie er an diesem Tag in einem Krankenhauszimmer in einem weißen Metallbett liegt und schläft. In dem hohen Raum roch es penetrant nach einem starken Desinfektionsmittel. Die Nonne stand neben mir und hielt meine Hand, bis ein Arzt kam und mir erklärte, dass mein Vater Krebs im Endstadium habe und dass er nichts mehr für ihn tun könne. Und dann ließen er und die Nonne mich mit meinem Vater allein. Ich setzte mich auf einen Stuhl neben seinem Bett und sah ihm zu, wie er schlief.

Erst als ich wieder gehen wollte, bemerkte ich, dass ein Priester hinter mir stand. Er war klein und schlecht rasiert und hatte dicke Tränensäcke unter den Augen. Sein Name war Père Rochet.

12. April

Père Rochet. Er war ein Schulfreund meines Vaters und hatte ihn seit dessen Rückkehr nach Paris mehrmals besucht. Er wirkte ziemlich ungepflegt und sah immer müde aus. Während seiner Besuche redete er nicht viel mit mir, er schien überhaupt ein recht schweigsamer Mann zu sein. Er kam häufig bei meinem Vater vorbei, weil er viele Hausbesuche in unserer Gegend machte, obwohl sie nicht zu seiner Pfarrei gehörte. Wenn ich ihn sah, hatte ich immer den Eindruck, er verstecke eine Flasche unter seiner Soutane, aber heute weiß ich, dass ich mich geirrt habe. Mein Vater sagte manchmal, Père Rochet werde noch Probleme mit seinem Bischof bekommen, was der Priester anscheinend lustig fand. Wie dem auch sei, im Krankenhaus stand er auf einmal hinter mir und sah so abgerissen und verknittert aus wie immer. Ich folgte ihm hinaus auf den Flur, wo er mir sagte, dass er bereits alles geregelt habe. Er werde mich jetzt zu einer Freundin bringen, und über meine Zukunft würden wir später sprechen.

Père Rochet nahm mich mit zu seinem Auto. Während der Fahrt sprachen wir kein Wort. Es regnete so heftig, dass das Wasser in Strömen an den Scheiben der Autofenster herablief und ich weder Straßen noch Gebäude erkennen konnte. Als wir anhielten und ich die Tür öffnete, waren wir dort, wo ich es am wenigsten erwartet hatte und wo ich auf keinen Fall sein wollte: am Parc Monceau.

Während ich tropfnass die altbekannte Treppe hinaufstieg, fing ich an zu weinen. Die Tür wurde geöffnet und Madame Klein sah mich mürrisch und kopfschüttelnd an. »Um Gottes willen, du ruinierst mir ja das ganze Parkett«, waren ihre ersten Worte.

Mein Vater starb noch in derselben Nacht.

Nach der Beerdigung besuchte mich Père Rochet. Wieder war er schlecht rasiert, und dieses Mal hätte ich schwören können, dass er nach billigem Wein roch, weshalb ich mich nur schwer auf das konzentrieren konnte, was er mir zu sagen hatte. Es sei der Wunsch meines Vaters gewesen, dass ich nach seinem Tod bei Madame Klein leben sollte, sagte er. Das Finanzielle habe mein Vater noch zu seinen Lebzeiten geregelt.

Es klang so, als hätten wir bisher vom Vermögen unserer Familie gelebt und als würde von diesem Vermögen nun auch mein Auskommen bestritten. Ich wusste nicht, dass Père Rochet und Madame Klein die Geschichte erfunden hatten, um mir meine Würde nicht zu nehmen.

Ich sollte auch nicht erfahren, dass mein Vater sich jeden Morgen, nachdem er das Haus in Anzug und Krawatte verlassen hatte, umzog und als Gebäudereiniger arbeitete, und dass Madame Klein, mit der Père Rochet meinen Vater kurz nach dessen Ankunft in Paris bekannt gemacht hatte, in Wirklichkeit unsere Vermieterin war, die meinem Vater von Anfang an die Miete gestundet, ihm das Klavier geschenkt und mir den Unterricht umsonst erteilt hatte. Sie und Père Rochet waren das, was manche Menschen Heilige nennen.

Madame Klein war die außergewöhnlichste Frau, die ich je gekannt habe. Als ich bei ihr einzog, muss sie wohl Anfang siebzig gewesen sein, und zuerst dachte ich, dass ich sie vielleicht pflegen sollte, aber das war keineswegs der Fall. Madame Klein war viel zu beschäftigt, um auf die Hilfe anderer angewiesen zu sein.

Ihr Mann, ein begabter Violinist, war etwa zehn Jahre zuvor völlig unerwartet während eines Konzertes an einem Herzinfarkt gestorben. Mitten in einem Solo fiel er auf einmal um. Alle glaubten zunächst an einen Scherz und lachten, auch Madame Klein. Da die beiden keine Kinder hatten und ihre Verwandtschaft nicht in Paris lebte, war Madame Klein nach dem Tod ihres Mannes ganz auf sich allein gestellt. Die ersten Jahre, so erzählte sie mir später, waren wirklich schlimm. Aufwärts ging es mit ihr paradoxerweise erst dann wieder, als sie einen Unfall hatte.

Madame Klein war eine lausige Autofahrerin, die ständig irgendwelche anderen Wagen ramponierte, aber dieser Unfall war ausnahmsweise nicht ihre Schuld. Ein Lieferwagen hatte die Vorfahrt missachtet. Sie brach sich mehrere Knochen, darunter auch das rechte Handgelenk, was zum Ende ihrer Karriere als Konzertpianistin führte. Die Fahrerin des Lieferwagens war eine junge Frau, die für ein jüdisches Kinderhilfswerk namens »Oeuvre de Secours Aux Enfants« (OSE) arbeitete. Die Organisation war nach 1933, als in Deutschland die Nazis an die Macht kamen, von Berlin nach Paris übergesiedelt. Madame Klein freundete sich mit der Frau an und fand eine Aufgabe und einen neuen Sinn im Leben.

Es war eine schlimme Zeit damals, Tausende von Flüchtlingen strömten nach Frankreich und häufig wurden Kinder von ihren Eltern getrennt. Du hast solche Bilder bestimmt schon in den Nachrichten gesehen, denn so etwas gibt es heute noch. Und damals wie heute gibt es Menschen, die alles tun, was in ihrer Macht steht, um die Not der Flüchtlinge zu lindern. Und so war Madame Klein unermüdlich im Einsatz.

Was sie genau tat, weiß ich bis heute nicht, denn sie sprach nur ungern darüber.

Manchmal trafen sich ihre Freunde vom Kinderhilfswerk in ihrer Wohnung, aber ich durfte bei diesen Zusammenkünften nie dabei sein. Es waren immer dieselben schwarz gekleideten Männer und Frauen, die sich nach Einbruch der Dunkelheit einer nach dem anderen in die Wohnung schlichen. Ihre Treffen hielten sie im Salon hinter zugezogenen Vorhängen ab, was ich furchtbar aufregend fand. Und weil ich wissen wollte, worüber sie sprachen, begann ich irgendwann, an der Tür zu lauschen.

Wenn man älter wird, Lucy, kann man sein Leben distanzierter betrachten, besonders, was die eigene Kindheit und Jugend anbelangt. Man sieht das Kind, das man einmal war, in aller Unschuld handeln und würde gern eingreifen, weil man die Folgen kennt, aber natürlich geht das im Nachhinein nicht mehr. Auch ich hätte gern später vieles rückgängig gemacht. Zunächst jedoch sehe ich mich, wie ich mit angehaltenem Atem, barfuß und im Nachthemd, vor einer großen weißen Türe mit einer wunderschönen, blank polierten Messingklinke in die Hocke gehe. Ich spähe durch das Schlüsselloch, sehe gestikulierende Hände und ernste Gesichter und höre laute, aufgeregte Stimmen.

Madame Klein und ihre Freunde konnten sich nie ruhig unterhalten. Selbst wenn sie einer Meinung waren, hörte es sich an, als lägen sie miteinander im Streit. Am heftigsten diskutierten sie die Frage, was als Nächstes geschehen werde. Stand man vor dem größten Pogrom aller Zeiten? Und wenn ja, was sollte man tun? Die Nazis mordeten seit 1930, und bereits wenige Monate nach Hitlers Ernennung zum Reichskanzler hatten sie die ersten Konzentrationslager eingerichtet. Ich erinnere mich noch daran, wie eine Stimme aus dem hinteren Teil des Salons angstvoll sagte: »Wenn sie uns in Deutschland schon auf der Straße töten, was geschieht dann erst in den Konzentrationslagern?« Darauf antwortete jemand mit tiefer Stimme direkt neben der Tür so laut, dass ich vor Schreck fast umgefallen wäre. Es war Père Rochet. »Er hat

Recht. Und lasst euch eines sagen: Ihr seid auch in Frankreich nicht sicher. Nirgends seid ihr das.« Seinen Worten folgte eine grauenvolle Stille. Durch das Schlüsselloch sah ich nicht viel, nur einen alten Mann, der sich auf seinen Stock stützte und immer noch Mantel und Hut trug. Ich weiß nicht mehr, wie er hieß, aber ich habe jahrelang über sein Gesicht im gelblichen Licht des Salons nachgedacht. Seine Miene wirkte, als hätte er soeben eine Warnung vernommen. Eine alte, nur allzu vertraute Warnung.

Als ich hörte, wie Stühle gerückt wurden, rannte ich in mein Zimmer und sah den Gästen durch den Türspalt zu, wie sie mit ernsten Gesichtern aus der Wohnung schlurften. Vom Fenster aus sah ich ihnen nach, wie sie in Gruppen zu zweien oder dreien, oftmals Arm in Arm, langsam in der Nacht verschwanden.

Mit der Zeit wurden diese Treffen, auf denen man aufmerksam die Ereignisse in Deutschland und Frankreich verfolgte, immer häufiger. Manche sprachen von Emigration, während andere keine Notwendigkeit dafür sahen. Wir sind in Frankreich, sagten sie, hier sind wir sicher. Nein, das seid ihr nicht, erwiderte Père Rochet.

Nach jedem Treffen blieb der Priester noch eine Weile bei Madame Klein. Ich fand nie heraus, was sie besprachen, aber durch das Schlüsselloch sah ich, dass sie wie Mutter und Sohn ganz nahe beieinander am Tisch saßen und flüsterten. Warum sie das taten, weiß Gott allein. Es hörte ihnen niemand zu.

8. Kapitel

Die Vesper begann erst in einer halben Stunde, und so hatte Anselm sich zu einem Spaziergang nach draußen geschlichen. Er schlenderte den Glockenblumenweg entlang und nahm dann einen schmalen Pfad durch den Wald, der ihn zu einer sandigen Stelle am Ufer des Sees führte. Da sah er durch das dichte Laubwerk hindurch einen Mann und blieb stehen. Anselm schätzte den Fremden auf Ende fünfzig. Er war sehr klein und hatte die kleinsten Füße, die Anselm je gesehen hatte. Wer er auch sein mochte, er stand reglos wie ein Denkmal da und blickte schweigend über den See.

»Ich nehme an, wir stellen uns beide eine ähnliche Frage«, bemerkte der Fremde plötzlich, ohne Anselm anzuschauen. Seine Stimme war ungewöhnlich tief und rau wie Sandpapier; sie klang gleichermaßen musikalisch und melancholisch.

Anselm trat aus dem Schatten.

»Sie fragen sich, weshalb ich hier bin«, fuhr der Fremde fort, »während ich mich frage, weshalb *er* dort drüben ist.«

Jenseits des Sees leuchtete zwischen den Bäumen das rote Ziegeldach der alten Gießerei, wo man Schwermann untergebracht hatte.

»Darf ich fragen, wer Sie sind und was Sie hier tun?«, sagte Anselm langsam, während er zögernd neben den Fremden trat.

Durch dicke Brillengläser, die seine durchdringenden Augen vergrößerten, blickte der Mann Anselm ernst an. »Ich bin gekommen, um den Vater meines Kummers zu betrachten«, sagte er.

Anselm folgte seinem Blick. Sein nervöses Herzklopfen verwandelte sich in Verwirrung.

»Keine Sorge«, sagte der Fremde gelassen, »ich bin nicht verrückt. Aber ich habe eine gewisse Neigung zu prägnanten Phrasen.« Er lächelte väterlich. »Mein Name ist Salomon Lachaise.«

Anselm musterte die bequeme Strickjacke, die Gummiüberschuhe, und registrierte, wie entspannt der Fremde war in einer Situation, die ihn hätte verlegen machen sollen – schließlich befand er sich unbefugt innerhalb der Klostermauern. Salomon Lachaise benahm sich wie ein Mann in seinem eigenen Salon, der einen Gast empfing, um mit ihm über eine schwerwiegende Angelegenheit zu sprechen. »Haben Sie eine Ahnung, wie sehr es mich quält, hier zu stehen«, sagte er wie zu sich selbst und deutete unbestimmt über den See, »und zu wissen, wer dort drüben schläft?«

Anselm spürte, wie ihm die Schamröte ins Gesicht stieg. Mit traurigem Lächeln zog Salomon Lachaise Pfeife und Tabak aus seiner Jackentasche. Dann machte er sich gemächlich daran, die Pfeife mit dem Daumen zu stopfen, zu paffen und dabei ein Streichholz nach dem anderen über den Pfeifenkopf zu führen. »Tut mir Leid«, sagte er durch eine Rauchwolke hindurch. »Es ist ein alter rabbinischer Kunstgriff, eine solche Frage ausgerechnet einem Mann zu stellen, der nicht antworten kann, ohne seine eigene Scham zu entdecken. Jesus hat das auch ziemlich oft getan.«

Anselm war sprachlos. »Ich muss jetzt gehen«, sagte sein Gesprächspartner, der offenbar keine Antwort erwartet hatte. »Wie heißen Sie?«

»Pater Anselm, aber ...«

»Der heilige Anselm von Canterbury? Also, das war ein interessanter Bursche. Ein Mann auf der Suche nach Gott. Weniger gern hatte er allerdings ...«

In diesem Augenblick hörten sie Zweige knacken, und drei Gestalten erschienen zwischen den Bäumen, eine voraus, zwei dahinter. Anselm bemerkte den ruhigen, konzentrierten Blick des leger gekleideten Polizeibeamten, der eine Hand in der Nähe seiner verborgenen Waffe hielt, doch Salomon Lachaise starrte an ihm vorbei durch die Äste, wo die zweite Gestalt durch den Schatten ging und mit einem jungen Mann plauderte, der die Hände in den Taschen vergraben hatte. Max, der Enkel. Er kam jede Woche, seit sein Großvater in der alten Gießerei einquartiert worden war.

Aufgeschreckt von einer dunklen Ahnung stand Anselm fröstelnd im Sonnenlicht. Gleich würde es zu einer Begegnung kommen. Dies war eine jener seltenen Gelegenheiten, bei denen Vergangenheit und Gegenwart aufeinander trafen.

Schwermann schob mit seinem Stock ein paar Ranken beiseite, trat ins Freie und hob den Kopf, als erwachte er aus einem Traum. Sein Blick ruhte einen Moment auf Salomon Lachaise, dann nickte er Anselm höflich zu. »Ich habe Ihnen noch gar nicht für Ihren Rat gedankt, Pater«, sagte er und lächelte Anselm an wie einen guten Freund.

Anselm wurde flau im Magen.

»Ich hätte nie erhofft, geschweige denn erwartet, dass man mir hier Asyl gewährt.«

Seit jenem unglückseligen Gespräch in der Kirche war Anselm Schwermann nicht mehr begegnet. Nun betrachtete er ihn mit neuen Augen: Besaß das Böse nicht ein typisches Gesicht, kantig und verkniffen? Falls dem so war, zeigte es sich hier nicht. Den Augen, in denen eine trübschwarze Iris schwamm, fehlte die Schärfe, und das langsame, müde Blinzeln erinnerte an ... woran eigentlich? So sehr Anselm sich auch bemühte, er konnte nicht sagen, ob es die Stumpfheit des Alters war oder der letzte Rest früherer Unbarmherzigkeit. Der Mann sah nicht anders aus als ein hinfälliges Gemeindemitglied, das den Klingelbeutel schwenkte.

»Wenigstens kann ich noch malen.« Schwermann hob seinen Farbkasten wie der englische Schatzkanzler sein Köfferchen mit dem Haushaltsplan. »Dieser wunderschöne Wald hilft mir zu vergessen.«

Bei diesen Worten stöhnte Salomon Lachaise mit zusammengebissenen Zähnen auf und taumelte auf Schwermann zu, bis er direkt vor ihm auf die Knie sank. Die Hand des Polizisten fuhr in seine Jacke. Mit einer großen, ungestümen Bewegung griff Salomon Lachaise sich mit beiden Händen ans Hemd, riss es von oben bis unten auf und rief mit lauter Stimme: »Ich bin der Sohn der sechsten Klage!«

Entsetzt wich Schwermann zurück. Er atmete schwer, seine Gesichtszüge waren mit einem Mal lebendig geworden. »Gott … mein Gott … hilf mir!«, stammelte er auf Deutsch.

Rasch schob sich der Polizeibeamte vor Schwermann und führte ihn zwischen den Bäumen davon. Wie gelähmt starrte der Enkel mit flackernden Augen auf den Mann, der vor ihm auf den Knien lag – auf den gesenkten Kopf, die ausgebreiteten Arme. Dann drehte er sich um, als wäre er jählings aufgewacht, und lief davon.

Im nächsten Augenblick waren Anselm und der Fremde wieder allein und hörten nur noch das Geräusch von raschen Schritten auf dem Waldboden. Durch das Gewirr der Zweige fiel spätes Sonnenlicht auf ihre Schultern. Ein sanfter Wind strich träge über die Oberfläche des Sees und kräuselte die auf dem Wasser liegenden Spiegelungen. Salomon Lachaise regte sich nicht, bis Anselm ihn leicht an der Schulter berührte, dann ließ er sich aufhelfen.

»Verzeihen Sie mir«, murmelte er mit belegter Stimme.

»Wofür, um Himmels willen?«

»Ich weiß nicht.« Wie aus Scham verhüllte Salomon Lachaise seine nackte Brust und zog schützend die Schultern hoch. Anselm hatte die Arme gehoben, als wäre er im Begriff, die Messe zu lesen. Er wollte irgendetwas tun, wollte den Schmerz dieses erstaunlichen Mannes lindern, der nun seinen Rumpf mit den Armen umschlang und den Waldpfad entlangstolperte, den Schwermann gegangen war. Anselm folgte ihm wie ein Jünger.

Nach mehreren Minuten verließ der Fremde plötzlich den Pfad und ging durch die Bäume auf eine Bresche in der Klostermauer zu, die nie ausgebessert worden war. Er kennt diesen

Weg, dachte Anselm beklommen, er ist schon einmal hier gewesen. Ohne nachzudenken, fragte er: »Was hat Sie hierher geführt?«

»Ich bin Professor für Geschichte an der Universität Zürich. Von Haus aus bin ich Mediävist, mein Interesse gilt jedoch auch der Moderne.« Vorsichtig stieg der Fremde über die herabgefallenen Steine und trat auf einen Wagen zu, der jenseits der Mauer stand. »Wissen Sie, mit ein oder zwei bemerkenswerten Ausnahmen hat er meine Familie in die Verbrennungsöfen geschickt.« Zerstreut tastete Salomon Lachaise seine Taschen nach dem Autoschlüssel ab. »Ich wollte nur sein Gesicht sehen, aber nun … sind wir uns sogar begegnet. Es ist kaum zu glauben …« Seufzend streckte er Anselm die Hand hin. Sein Hemd ging auf. »*Schalom alejchem*, Anselm von Canterbury.«

Über den Bäumen ertönten die großen Glocken von Larkwood und riefen Anselm zur Vesper. Hin- und hergerissen zwischen der Verpflichtung, zur Kirche zu laufen, und dem Wunsch zu bleiben, fragte er: »Können wir uns wieder sehen?« Ein Grund, er brauchte einen Grund … »Wie wäre es, wenn wir einen Spaziergang machen und uns dabei ein wenig unterhalten?« Die Vorstellung eines gemütlichen Beisammenseins klang lächerlich, doch Salomon Lachaise antwortete rasch und ernsthaft: »Sehr gern.«

Offenbar noch immer benommen, stieg der Fremde in seinen Wagen und kurbelte das Fenster herunter. »Ich wohne im Dorf. *The Grange* heißt die Pension.« Grollend sprang der Motor an und der Wagen fuhr davon. Ohne zu beschleunigen verschwand er langsam aus dem Blickfeld.

Nach der Vesper spazierten die Mönche aus dem Chor in den Kreuzgang. Im Schatten eines Pfeilers stand Pater Andrew und wartete auf Anselm. Mit einer Geste bat er ihn in sein Zimmer. Dort setzte sich der Prior an seinen Schreibtisch und stützte das Kinn auf die gefalteten Hände.

»Ich habe ein Fax bekommen«, sagte er sorgenvoll. »Rom wünscht, dass jemand aus dem Kloster sich mit einer bestimmten Angelegenheit befasst, die mit unserem Gast zu tun hat. Ich habe dich empfohlen. Der Flug ist schon gebucht.«

Anselm wurde sofort neugierig. »Gab es noch weitere Informationen?«, fragte er.

»Nein.«

»Nur ein Fax?«, fragte Anselm.

»Ja.«

Anselm hatte den Eindruck, dass dies nicht der gewöhnliche Gang der Dinge war. »Das ist seltsam«, sagte er vorsichtig.

Die gefalteten Hände des Priors sanken auf den Tisch. »In der Tat. Ich habe den Nuntius angerufen. Selbst der hat nicht Bescheid gewusst.« Er warf einen Blick aufs Telefon. »Man sollte meinen, dass er unterrichtet worden wäre. Sehr seltsam.«

Nachts lag Anselm im Bett und konnte nicht einschlafen, aber er dachte kaum an Rom. Stattdessen lauschte er den Worten des Eindringlings nach, der Schwermann im Wald entgegengetreten war, und er dachte an die fünf Klagelieder des Jeremia, in denen der Prophet die Zerstörung Jerusalems betrauert, aber auch sein völliges Vertrauen in den erklärten Beschützer dieser Stadt bekundet. Was war dann die sechste Klage – die Tragödie eines Volkes oder ein persönliches Testament? Als Anselm sich diese Frage stellte, spürte er plötzlich ein Frösteln, als wäre ein Gespenst vorbeigestrichen. Er wollte die Antwort gar nicht wissen. Dann schloss er die Augen und sah Salomon Lachaise auf den Knien liegen. Sofort begann Anselm zu beten. Am liebsten hätte er geweint, aber das konnte er nicht.

9. Kapitel

Erstes Schulheft von Agnes Embleton

14. April 1995

Natürlich wusste ich in den ersten Wochen und Monaten, in denen ich bei Madame Klein wohnte, weder irgendetwas über ihre Vergangenheit, noch was sie vorhatte, wenn sie abends mit der Geige ihres Mannes das Haus verließ.

An meinem ersten Abend bei ihr steckte sie mich erst in die Badewanne und dann ins Bett. Als ich am nächsten Tag vom Tod meines Vaters erfuhr, dachte ich, sie könne bestimmt nicht begreifen, was in mir vorging, aber das stimmte nicht. Sie half mir, mit meiner Trauer umzugehen, indem sie meinen Tagen mit Klavierstunden ein festes Gerüst gab: Kurz nach dem Aufstehen, wenn ich noch nicht richtig denken konnte, nach dem Mittagessen, bevor ich zurück zur Schule ging, und dann noch einmal am Abend. Dabei saß sie entweder neben mir oder in einer Ecke des Zimmers und stöhnte laut auf, wenn ich einen Fehler machte. Madame Klein hatte eine ganze Reihe von Schülern, von denen keiner, wie ich erst später herausfand, für die Stunden bezahlen musste, und alle behandelte sie genauso streng wie mich. Erst durch die Musik, nicht durch ihre Worte, lernte ich sie wirklich kennen. Vielleicht ist das ein Grund dafür, weshalb ich auch später in meinem Leben nie viel geredet habe. Madame Klein sagte immer: »Deine Ohren sind wichtiger als dein Mund.« Und Père Rochet ergänzte bisweilen: »Genau das sagt mein Bischof auch immer.«

Etwa ein Jahr später – es muss wohl Mitte 1935 gewesen sein – begann Madame Klein damit, jeden Sonntag eine musikalische Soiree abzuhalten, zu der immer dieselben Leute kamen. Darunter waren Teilnehmer der abendlichen Treffen, die ich bereits durchs Schlüsselloch gesehen hatte, ebenso wie christliche Familien aus der Gemeinde von Père Rochet und ein Ehepaar, überzeugte Atheisten, das er liebevoll als seine »verlorenen Schafe« bezeichnete. Bei den Christen war es nicht anders als bei den Juden – manche waren tief gläubig und andere nicht. Bei der ersten Soiree ging es – gelinde gesagt – ziemlich steif zu, aber schon nach ein paar Wochen des gemeinsamen Musizierens waren wir zu einer Art Freundeskreis zusammengewachsen, in dem man sich verstand und einander gerne zuhörte. In diesem Kreis lernte ich auch Jacques und Victor kennen.

15. April

Jacques' Vater, Antoine Fougères, war ein enger Freund von Père Rochet. Er spielte ebenso leidenschaftlich wie untalentiert Klavier, wohingegen seine Frau Elizabeth eine recht gute Gesangsstimme hatte. Außer ihrem Sohn brachten sie zu den Treffen auch einen jungen Mann namens Franz Snyman mit, einen Flüchtling, der etwa in Jacques' Alter war. Dessen Familie stammte ursprünglich aus Südafrika, aber sein Vater war aus beruflichen Gründen nach Rumänien übergesiedelt. Nachdem er dort bei einem Pogrom in Kischinjow umgebracht worden war, flohen Franz und seine Mutter nach Deutschland, in ein Dorf in Bayern. Dort wurde seine Mutter bei Ausschreitungen gegen Juden erschlagen. Obwohl Franz damals erst vierzehn Jahre alt war, gelang es ihm, sich ins von den Franzosen besetzte Saarland durchzuschlagen. Ein nichtjüdischer Freund der Familie nahm ihn auf. Als das Saarland 1935 ein Teil des Deutschen Reichs wurde, musste er abermals fliehen und fuhr ganz alleine nach Paris, wo er bei der Familie Fougères unterkam. Er wurde dort von allen mit einem liebevollen Augenzwinkern immer nur »Mr Snyman«

genannt und so gut wie nie bei seinem Vornamen gerufen, was vielleicht daher kam, dass er immer förmlich wirkende Anzüge trug. Mr Snyman war ein hervorragender Cellist, mit dem ich häufig im Duett spielte. Jacques Fougères hatte einen älteren Bruder namens Claude, der in der Nähe der Schweizer Grenze lebte. Ich erinnere mich kaum noch an ihn, außer dass er nach der Kapitulation Frankreichs zu einem eifrigen Anhänger von Marschall Pétain und der Vichy-Regierung wurde. So unterschiedlich können Mitglieder ein und derselben Familie sein.

Und jetzt komme ich zu Victor Brionne, denn auch er spielte eine wichtige Rolle in meinem Leben. Sein Vater Georges war mit einer Cousine von Antoine Fougères verheiratet, aber Antoine und Georges waren so gründlich zerstritten, dass die beiden Familien jahrelang nichts miteinander zu tun haben wollten. Die Fougères waren überzeugte Republikaner, während Georges an die Monarchie glaubte. Ein weiteres Mitglied der Familie Brionne war sogar bei den »Camelots du Roi«, einer royalistischen Jugendorganisation. Von der werde ich dir später noch mehr berichten, denn auch Victor hatte mit ihr zu tun und Père Rochet wohl ebenso.

Victor ging auf dieselbe Schule wie Jacques, und die beiden waren unzertrennliche Freunde. Er verbrachte fast so viel Zeit bei Jacques zu Hause wie daheim bei seinen Eltern, vor denen er diese Besuche verheimlichen musste. Wer dieses Versteckspiel durchgemacht hat, sagte er mir einmal, könnte jederzeit als Spion tätig werden.

Später am selben Tag

Im Laufe der Zeit ergab es sich, dass ich mich bei unseren musikalischen Soireen mehr mit Jacques und Victor unterhielt als mit den anderen. Die beiden waren sehr an mir interessiert, und obwohl mir das gefiel, befürchtete ich von Anfang an, dass ich eines Tages zwischen ihnen stehen würde. Aber so etwas geschieht ja ziemlich oft: Zwei Freunde lernen dasselbe Mädchen kennen und sind dann die längste Zeit Freunde gewesen. Wir waren ja noch so jung damals. Ich war gerade mal siebzehn, und Victor und Jacques nur wenig älter als ich. Wir waren alle drei noch unschuldige Kinder, selbst Victor, der auf seine unbeholfene Art noch der Reifste von uns war. Auf jeden Fall wurden wir drei gute Freunde. Beide himmelten mich an, und ich hatte oft den Eindruck, zwischen ihnen wie auf einem Podest zu stehen. Aber wir hatten auch viel Spaß miteinander. Ich heckte viele Streiche aus, für die Jacques und Victor dann von den Erwachsenen gescholten wurden. Damals hatte ich schulterlanges Haar, das ich gerne von einer Seite auf die andere schwingen ließ. Victor versuchte diese Bewegung einmal auf einem Foto festzuhalten, das ich aber nie zu Gesicht bekam. Seltsam, ich frage mich noch heute, ob es wohl etwas geworden ist.

16. April

Die sonntäglichen Treffen fanden noch bis ins Jahr 1940 hinein jede Woche statt. Im Sommer fuhren wir oft in einem klapprigen, von Père Rochet gesteuerten Bus, dessen Auspuff mit einem Drahtkleiderbügel befestigt war, zum Picknick aufs Land. Weil Madame Klein nie ans Steuer durfte, setzte sie sich immer hinter Père Rochet und gab ihm Anweisungen, wobei sie stets die Geige ihres Mannes auf dem Schoß hielt. Beim Picknick führte sie mit ihrer kaputten Hand den Bogen, und ich sehe sie noch heute vor mir, wie sie irgendwo zwischen Poissy und Villennes am Ufer der Seine stand und dem Instrument schauderhaft falsche Töne entlockte. Es scheint unglaublich, dass auch sie deportiert, geschlagen und in die Gaskammer geschickt wurde. Und ich hatte nicht einmal die Gelegenheit, mich von ihr zu verabschieden.

17. April

Mit der Zeit spielte ich immer besser Klavier und nahm an vielen Wettbewerben teil. Madame Klein, die man sonst nie weinen sah, heulte jedes Mal wie ein Schlosshund, wenn ich einen Preis gewann. Es war ihr furchtbar peinlich, aber sie konnte nicht anders. Als ich 1937 ein Stipendium für die École Normale de Musique de Paris gewann, weinte sie so heftig, dass sie den Saal verlassen musste. Später sorgte sie dafür, dass ich in die Klasse von Yvonne Lefebure kam, die mich sogar einmal bei Cortot vorspielen ließ, der jedoch nicht viel von mir hielt. Das beruhte allerdings auf Gegenseitigkeit, denn weder ich noch Madame Klein waren von ihm sonderlich angetan. Er verspielte sich einfach zu oft. Trotzdem gefiel es mir am Konservatorium, und die Erinnerung an diese glückliche Zeit bringt mich zurück zu Jacques und Victor.

18. April

Père Rochet hat einmal über die beiden Jungen gesagt, sie passten zusammen wie die Faust aufs Auge. Jacques war klein und hatte einen etwas krummen Rücken, wie niedergedrückt von der Last seiner Gedanken. Obwohl er kein Feigling war, blickten seine dunklen Augen seltsam ängstlich drein. Von Natur aus war er ein eher zurückhaltender Mensch, der sich aber stets in Auseinandersetzungen stürzte, wenn er glaubte, ein Unrecht erkannt zu haben. Mich erinnerte er in solchen Situationen jedoch eher an ein Kaninchen, das vom Scheinwerferlicht eines Autos geblendet mitten auf der Straße sitzen bleibt und unfähig ist wegzurennen. Jacques redete nicht viel, aber seinem Gesicht sah man an, dass er ständig über etwas nachdachte. Ich glaube, es war seine schweigsame Art, die mich am meisten anzog.

Ich sehe ihn noch heute, wie er neben Victor steht, der die Arme wie ein General hinter dem Rücken verschränkt hat und wildfremde Menschen wüst beschimpft. Dabei amüsierte er sich königlich über Jacques' Entrüstung. Victor wusste genau, wie er andere aus der Reserve locken konnte, und er genoss es, sich über seine Mitmenschen lustig zu machen. Hinter dieser Fassade verbarg sich freilich ein wachsamer und berechnender Verstand. Victor sah immer beide Seiten eines Problems, und niemand konnte vorhersagen, für welche Seite er sich entscheiden würde. Lange Zeit fragte ich mich, wer von beiden die Faust und wer das Auge war.

Am selben Tag

Ich weiß nicht mehr genau, wann unsere Dreierfreundschaft erste Risse bekam. Vielleicht geschah es an dem Tag, an dem Jacques' Vater mich »Guinevère« nannte. Mit diesem einen Wort hatte er mir deutlich gezeigt, wie er meine Rolle in diesem Spiel sah. Leider ist es in der ausgehenden Pubertät nun einmal so, dass man die Konsequenzen seines Tuns nur schwer einschätzen kann. Weißt du, auf gewisse Weise wusste ich schon damals, dass ich Victor zum Narren hielt, aber ich konnte nichts dagegen tun. In normalen Zeiten wäre das nicht weiter schlimm gewesen, so etwas gehört nun einmal zum Erwachsenwerden, aber bei uns war das anders. Bald kam der Krieg, wo man von jungen Menschen verlangte, dass sie zu Helden wurden, und wo auch kleine Dinge große Tragödien auslösen konnten.

Dabei war nicht einmal ich diejenige, die unsere Freundschaft sprengte. Es war Jacques. Er studierte inzwischen Alte Geschichte an der Sorbonne und kam einmal »zufällig« bei mir im Konservatorium vorbei, wo ich ihm die Totenmaske von Chopin und einen Abguss von Paganinis Händen mit den langen, spitz zulaufenden Fingern zeigte. Er erzählte mir daraufhin etwas von den Reliquien in der Kirche Saint Eugène auf der anderen Straßenseite. Als ich Madame Klein am Abend von unserer Begegnung erzählte, sah sie mich durchdringend an und sagte nach einer langen Pause: »Er ist in dich verliebt«, und ich erwiderte: »Das ist ja lächerlich!« Eine Woche später kam Jacques, ohne dass ich ihn eingeladen hätte, zu einem meiner Konzerte, und kurze Zeit später traf ich ihn an einem Stand mit antiquarischen Büchern an der Seine. »Ich muss dir etwas sagen«, flüsterte er mir zu, aber dann brachte er nichts mehr heraus. Ich musste lange warten, bis er es mir mit abgewandtem Gesicht gestand: »Ich glaube, ich habe mich in dich verliebt.« Ich spürte nichts bei diesen Worten, aber als ich am nächsten Morgen aufwachte, war mir seltsam warm ums Herz.

19. April

Victor musste bemerkt haben, dass sich die Beziehung zwischen Jacques und mir verändert hatte, aber er sagte nichts. Vielleicht nahm er es nicht ernst, weil Jacques und ich es nie offen aussprachen. Ich habe dir ja erzählt, wie wichtig Worte für ihn waren. Was nicht in der Sprache seinen klaren Ausdruck fand, existierte für ihn nicht. Erst jetzt, wo ich diesen Satz schreibe, merke ich, wie naiv ich damals gewesen bin. Victor hatte mir Gedichte geschrieben – hochfliegende Gedichte, in denen er seine Gefühle hinter jeder Menge klassischer Anspielungen verbarg. Trotzdem hätte ich gerade ihn, den Sprachbesessenen, beim Wort nehmen sollen. Ich habe die Gedichte übrigens heute noch und bewahre sie zwischen den Seiten eines Buches auf. Eigentlich hätte ich ihm sagen müssen, er solle damit aufhören, aber das tat ich nicht. Schließlich waren wir offiziell immer noch ein Trio von Freunden, und ich wollte Victor nicht ausgrenzen. Das klingt vielleicht lobenswert, aber es war reiner Egoismus, ich wollte Victors Aufmerksamkeit nicht verlieren. Man könnte es auch Eitelkeit nennen. Und so ermutigte ich Victor, ohne es wirklich zu wollen.

Zu Jacques sagte ich, dass Victor sich mit seinen Gedichten nur wichtig machen wolle und dass er nichts von unserer Liebe erfahren dürfe. Mit der Zeit nahm unser Versteckspiel vor Victor den Charakter einer lustvollen Verschwörung an. Ich erinnere mich noch gut daran, wie wir zu dritt in Ermonville vor Rousseaus leerem Grab standen und über das Wasser der Launette hinüber auf die Weideninsel blickten. Victor rezitierte ein Gedicht über Euterpes wunde Seele, während Jacques und ich ihm zuhörten und hinauf zu den weißen Wattewolken blickten, die träge über den strahlend blauen Himmel zogen. Jacques bezog Victors Worte auf uns, aber ich wusste, dass er sie allein für mich geschrieben hatte. Und heute denke ich mir, dass Jacques es zumindest geahnt hat.

Wie dem auch sei: Jacques und ich waren ein Paar, und Victor stand eine große Enttäuschung bevor. Es war der Anfang vom Ende.

Am selben Tag

Inzwischen waren aber auch noch ganz andere Dinge in Bewegung geraten. Das wöchentliche Musizieren und die Sommerausflüge hatten uns alle einander sehr nahe gebracht. An einem Sonntagabend, als alle anderen gegangen waren, sah ich durch das Schlüsselloch, wie Père Rochet noch eine letzte Flasche leerte, und hörte, wie Madame Klein, die neben ihm am Tisch saß, ihn ermahnte, nicht so viel zu trinken. Trotzdem wirkten die beiden sehr zufrieden mit sich. Erst später wurde mir klar, dass das wohl der Beginn der Tafelrunde war. Père Rochet scharte seine Ritter um sich, die er bald auf ihren ersten Einsatz vorbereiten würde.

10. Kapitel

I

Seit Anselm jene quälende Konfrontation im Wald miterlebt hatte, war zwischen ihm und Salomon Lachaise ein Einvernehmen entstanden, das ihre zukünftige Beziehung prägte. Sie würde immer mehr sein als eine beiläufige Bekanntschaft, denn sie hatten gemeinsam auf brennendem Boden gestanden. Wenige Tage später, kurz vor seinem Flug nach Rom, klopfte Anselm unangekündigt an die Tür von *The Grange*, einer kleinen Pension mit einem schweren Schild aus Gusseisen. Er plante einen gemeinsamen Spaziergang in eine entlegene Ecke des Klosterbereichs. Dort stand am Ufer eines Bachs die Klause, eine kleine Hütte, die niemand ohne die – in diesem Falle bereits eingeholte – Erlaubnis des Priors besuchen durfte. Als Salomon Lachaise erwartungsvoll lächelnd aus der Tür trat, führte ihn Anselm zurück zum Kloster. Vor einem verschlossenen Eichentor in einer hohen Mauer aus Feuerstein blieb er stehen.

Der verbogene Schlüssel war uralt und so groß, dass Anselm ihn mit beiden Händen drehen musste. Das Tor schwang auf, und sie traten hinaus auf die Felder, die eine erwartungsvolle Ruhe auszustrahlen schienen. Wie an vielen abgeschiedenen Orten, die zu Klöstern gehören, herrschte auch hier eine Atmosphäre, die bei jedem, der bis hierher vordrang, ein verblüfftes Gefühl von Befreiung aufsteigen ließ, als wäre man entlassen worden aus einer bis dahin kaum wahrgenommenen Gefangenschaft. Mit leichtem Schritt gingen die beiden auf die Klause zu, die in der Ferne zu sehen war.

»Wie lange wollen Sie hier bleiben?«, fragte Anselm.

»Bis er verschwindet.«

»Diese Begegnung war äußerst unglücklich«, sagte Anselm mitfühlend, »so ohne Vorwarnung ... oder Vorbereitung.«

»Ich hätte mich gar nicht vorbereiten können.« Mit entspanntem Gesicht blickte Salomon Lachaise über das wellige Gelände. In seinen dicken Brillengläsern blitzte das Sonnenlicht. »Außerdem suche ich immer nach etwas, wofür ich dankbar sein kann.«

Die Vorstellung von Dankbarkeit ließ Anselm zusammenzucken, doch Salomon Lachaise erläuterte: »Ich bin froh, dass meine Mutter nicht dabei war, dass sie ihn nicht gesehen hat und auch nicht, wie ich vor ihm auf den Knien lag. Das wäre ...« Der Satz verlor sich im Nichts, nicht wegen einer Gemütsbewegung, sondern weil es kein passendes Wort gab.

»Weiß sie denn, dass Sie hier sind?«, fragte Anselm.

»Sie ist gestorben, ehe man ihn entlarvt hat«, erwiderte Salomon Lachaise ruhig. »Auch dafür bin ich dankbar.«

»Erzählen Sie mir von ihr«, sagte Anselm. Er hatte das Gefühl, nach dem einzigen sichtbaren Faden in einem unendlich komplizierten Gewebe zu greifen.

»In vieler Hinsicht bin ich um ihretwillen hier. Ihre Geschichte wird nie erzählt werden, genauso wenig wie meine.«

Das verstand Anselm als deutliche Weigerung, Auskunft zu geben, doch Salomon Lachaise fuhr fort, als hätte es sich um eine Vorrede gehandelt:

»Wie viele andere Menschen erfuhr sie erst durch den Krieg, wer sie war und wer sie nicht war. Sie hielt sich für eine junge Französin, die in Paris lebte und eine Schwester, zwei Brüder und den üblichen Haufen von Onkeln und Tanten hatte ... und irgendwo gab es ein deutsches Großelternpaar, das sie nie kennen gelernt hatte, weil es mit ihrer Familie im Streit lag. Es gibt ja immer jemanden, mit dem die anderen nicht sprechen. Dann wurde Frankreich erobert, und die Besatzer erklärten ihr, sie sei jüdisch – wegen ihrer Großeltern. Ihr Leben lang hatte sie nie eine Synagoge betreten.«

Anselm ging langsamer, denn Salomon Lachaise war ein wenig zurückgefallen, aber der kleine Mann trat nicht neben ihn, sondern hielt sich weiterhin fast unsichtbar hinter seiner Schulter. Während Anselm der tiefen Stimme lauschte, sah er nur die leeren Felder und das wild wuchernde Gras.

»Dank einer Fluchthilfeorganisation, die sich die Tafelrunde nannte, konnten meine Mutter und ich in die Schweiz entkommen. Dann wurde die Grenze geschlossen. Den Rest der Familie hat man ...«

»Hat Ihre Mutter dort, wo Sie sich niedergelassen haben, irgendjemanden gekannt?«, sagte Anselm zum Wind.

»Nein. Wie alle anderen hat sie gewartet, gewartet, gewartet ... während des Krieges ... nach dem Krieg ... bis sie gestorben ist. In gewissem Sinne hat sie immer gewartet, aber außer ihr hatte niemand überlebt.«

Die Wiese endete an einer langen Reihe von Bäumen, deren Wipfel vor dem leuchtenden Himmel im Dunst verschwammen. Vor dem flächigen Grün fiel Sonnenlicht auf die windschiefe Wand der Klause.

»Hitler, hat meine Mutter oft gesagt, sei für ihre Bekehrung verantwortlich gewesen. Angesichts von so viel Bösem musste es einfach einen Gott geben. Sie hat die Grenze überschritten und ist zur gläubigen Jüdin geworden. Es gab viele wie sie ... allein, abgeschnitten und doch frei ... und es gab Hilfe. Unter einer Brücke ... in einer Art Höhle ... hat sie einen koscheren Laden eröffnet. Die Regale waren voll mit geheimnisvollen Dingen, die noch aus der Zeit König Salomos zu stammen schienen. Aber ... ein Paradies? Nicht ganz. Der Laden wurde zum Treffpunkt für Menschen, die entkommen waren. Sie suchten alle nach irgendjemandem und hofften, durch einen unglaublichen Zufall könnte dieser Jemand plötzlich auftauchen. Meine Mutter half, so gut sie konnte, oft hat sie jegliche Bezahlung abgelehnt oder das Angeschriebene absichtlich vergessen, aber vor allem hat sie einfach zugehört. Nie hat sie über das gesprochen, was sie selbst verloren hatte. Seither bedeutet Hoffnung für mich nicht Erwartung ... sondern Ausdauer und Erdulden. Von früh auf hat man mich mit dem Bitteren und dem Süßen bekannt gemacht, mit dem Geschmack des Essens, das an Pessach gereicht wird.«

Sie erreichten die Klause. Verwundert betrachtete Salomon Lachaise die silbern schimmernden, ausgedörrten Holzbalken, als stünde er vor den Mauern der heiligen Stadt. Altersschwach und reparaturbedürftig neigte sich die ganze Hütte zur Scitc. Von einer überdachten Veranda blickte man auf einen Bach, der plätschernd zu einem Wäldchen floss.

»Wenn wir wollen, dürfen wir hier gelegentlich ein paar Tage lang wohnen«, sagte Anselm. »Es gibt fließendes Wasser, einen Ofen, einige Stühle und ein Bett… aber sonst nicht viel.«

Sie setzten sich in den Schatten der Veranda. »Haben Sie je etwas über Ihre Familienangehörigen erfahren?«, fragte Anselm. »Über die, die Sie verloren haben?«

»Wir haben nur einmal über sie gesprochen«, sagte Salomon Lachaise. »Eines Nachts, als ich im Bett lag, habe ich nach ihnen gefragt. ›Steh auf und zieh deinen Mantel an‹, sagte meine Mutter. Wir gingen zum Laden. Dort hat sie eine Pappschachtel mit Fotos hervorgeholt, einen siebenarmigen Leuchter aufgestellt… und mir beim schwachen Licht der acht Kerzen weinend die Namen zu den Gesichtern genannt. Dann hat sie die Schachtel wieder unter die Theke geschoben. Zu mehr war sie nicht fähig.«

»Sie hat die Bilder im Laden aufbewahrt?«

Als würde er erklären, was nicht ausgesprochen werden sollte, erwiderte Salomon Lachaise: »Wenn sie nicht schlief, war sie fast immer dort in dieser Höhle.«

Anselm stellte sich vor, wie eine Frau allein in ihrem Laden sitzt. Das Geld in der Kasse ist gezählt, sie könnte nach Hause gehen. Sie schließt die Tür ab, kommt zurück zum Ladentisch, zündet die Kerzen an und greift nach der Schachtel, hebt den Deckel ab. Ah, dachte Anselm… deshalb hat sie den Schlüssel umgedreht… um ihren Tränen freien Lauf zu lassen. »Also haben Sie nie etwas über Ihre Verwandten erfahren?«, fragte er.

»Nein. Zuerst habe ich mir Lebensläufe für sie ausgedacht, später Zuflucht zu Büchern genommen. Dabei hat sich ein erstaunliches Gefühl eingestellt, das mich erst wieder verlassen hat, als ich älter wurde – ich las die ganze Nacht, als wären diese fremden Verwandten bei mir in meinem Zimmer, irgendwo im Schatten. So habe ich sie mir angeeignet, und mit ihrer Hilfe wurde ich zu einem guten Schüler. Es hieß, man könne allerhand von mir erwarten.«

»Das hat Ihre Mutter bestimmt sehr gefreut.«

»Durchaus. Aber wir hatten nur sehr wenig Geld. Ich sollte im Laden mithelfen, aber dann ... hat mein Leben eine neue Wendung genommen.«

»Was war geschehen?«, fragte Anselm.

»Etwas Außergewöhnliches. Zu Beginn des Jahres, in dem ich die Schule verlassen sollte, wurde ich ins Büro des Direktors bestellt. Dort saß ein drahtiger Bursche mit steifem, selbstgefälligem Auftreten – ein Anwalt, wie sich herausstellte –, der mich im Auftrag eines Klienten sprechen wollte. Was er zu sagen hatte, war ganz einfach. Er hatte Gelder von einem so genannten Überlebenden erhalten, die es mir ermöglichen sollten, an der Universität zu studieren.«

»So mancher würde das als Segen bezeichnen«, sagte Anselm staunend.

»Das würde man durchaus«, stimmte Salomon Lachaise mit einem geheimnisvollen, viel sagenden Lächeln zu. »Meine Mutter hat das auch getan. Bis an ihr Lebensende hat sie immer wieder die Namen aller Leute durchgekaut, denen sie geholfen hatte, und sich gefragt, wer der Spender wohl sein mochte, damit sie ihm danken konnte. Sie wusste, dass sich eine Tür vor mir geöffnet hatte, und zu gegebener Zeit bin ich durch diese Tür in ein ganz neues Leben, eine ganz neue Welt getreten, die ich sonst nie kennen gelernt hätte.«

»Und die Identität Ihres Gönners ist ein Geheimnis geblieben?«

»Ja.«

Salomon Lachaise erklärte, der Anwalt habe die Verwaltung des Geldes einem von ihm ausgewählten Kollegen vor

Ort anvertraut. Auf dieser Trennung habe er bestanden, um bei einem eventuellen Interessenkonflikt zwischen seinem Klienten und dem jungen Lachaise freie Hand zu haben.

»Und so habe ich einen wunderbaren Menschen namens Josef Bremer kennen gelernt, der so etwas wie ein Vater für mich wurde. Mein Leben lang hat er mir beigestanden, hat mich beraten und ermutigt.«

»Unglaublich«, sagte Anselm. »Wer immer der Unbekannte war, wahrscheinlich hat er Ihre Mutter und Sie gekannt und Ihnen einfach geholfen, ohne eine Anerkennung oder Rückzahlung zu erwarten. Das sind so Dinge, die das Leben lebenswert machen.«

»Und sterbenswert.«

Anselm hatte plötzlich den Eindruck, als wäre etwas Heißes an ihm vorbeigestrichen. Ein feiner Geruch schien in der Luft zu liegen, leicht ätzend wie Auspuffgase. Doch mit dem nächsten Windhauch war er fort.

»Später habe ich mein Zuhause in der Kultur des Mittelalters gefunden«, fuhr Salomon Lachaise fort. »Es hat mir große Freude bereitet ... aber auch Schmerz. Wie immer war etwas Bitteres daran und etwas Süßes.«

Anselm war sich zwar nicht ganz sicher, ob er die wahre Bedeutung dieser Sätze verstanden hatte, aber er dachte an die Rivalität unter Wissenschaftlern, die sich in dieser Hinsicht bekanntlich schlimmer verhielten als Kinder. »Das gilt für jedes Zuhause«, sagte er tröstend.

»Und zweifellos auch für alle Klöster«, bemerkte Lachaise.

»Das stimmt«, sagte Anselm. »Sie sind allein geblieben?« Die taktlose Frage war ihm unwillkürlich entschlüpft.

»Ja ... obwohl ich einmal fast geheiratet hätte ...«

»Was ist denn schief gelaufen?«

Nach einer nachdenklichen Pause sagte Salomon Lachaise: »Sie ist mit dem Mathematiklehrer durchgebrannt.«

»O je!«

Die beiden schauten sich an und brachen in schallendes Gelächter aus.

2

Mit dem Abendlicht kam ein leichtes Frösteln. Seite an Seite verließen die beiden Männer die an ihrem Bach kauernde Klause und gingen den Weg durch die Felder zurück. Als sie ein gutes Stück Wegs hinter sich hatten, blieb Salomon Lachaise stehen und drehte sich um, als wollte er sich das Bild eines Ortes, an dem man sich verstecken konnte, einprägen.

»Ich wollte mich dafür entschuldigen, dass dieser Mensch … überhaupt hier ist«, sagte Anselm.

»Danke. Ich muss sagen, offenbar kümmert Ihr Prior sich außergewöhnlich wenig um den äußeren Anschein.«

»Das stimmt. Aber es war nicht seine Entscheidung.«

»Aha.«

Anselms Taktgefühl und ein plötzliches Unbehagen hinderten ihn daran zu verraten, dass der Vatikan sich eingemischt hatte. »Ich weiß, von außen sieht es ziemlich fatal aus«, sagte er nur.

»Vielleicht ist es ja auch fatal«, sagte Salomon Lachaise. »Aus meiner Sicht passt das gut zu den anderen Quellen und Gründen für die Wehklage, bei denen es sich, wie ich fürchte, nicht um simple Missverständnisse handelt.«

»Was meinen Sie damit?«, erkundigte sich Anselm nervös und hätte die Frage im selben Augenblick gern rückgängig gemacht.

»Es sind zu viele, um sie aufzuzählen … jahrhundertelang folgte einer dem anderen, vom ersten Vorwurf des Gottesmordes … über die Vertreibungen während des Mittelalters … bis zum Schweigen eines Papstes, als die Finsternis kam.«

Das war ein Problem, das Anselm schon lange marterte. Seit jeher stand er vor dem Antlitz der Kirche, zu der er gehörte, ohne deren Züge vollständig zu erkennen. »Ich hoffe, Larkwood bietet Ihnen eine Quelle von anderer Art«, sagte er. Das klang fadenscheinig und bemüht – wie ein Rinnsal, das gegen eine Woge von Feindseligkeit ankämpfen sollte.

Salomon Lachaise warf einen Blick über die Schulter. »Eine solche Quelle habe ich schon gefunden«, sagte er, »an einem Ort, wo ich sie am wenigsten erwartet hätte.«

Sie gingen weiter durch das rasch schwindende Licht. In der Ferne ließ sich mit wildem Flattern ein Vogelschwarm nieder, und der Himmel war plötzlich nackt und kahl. Die hohe Klostermauer schien zu wachsen. Sie sah aus wie ein Damm zwischen langen Reihen hoher Bäume.

»Wissen Sie, welche große romantische Literatur im Mittelalter entstanden ist, während in Britannien, Frankreich und dem Rheinland die Pogrome ausbrachen?«, fragte Salomon Lachaise.

»Leider nein.«

»Es ist die Dichtung mit dem Motiv des mystischen Königs ... Artus, die Tafelrunde und der Gral.«

»Seltsam.«

»Es sieht so aus, als gehörten die Übergriffe auf die Juden und das mittelalterliche Rittertum zur selben kulturellen Blüte. Und dann, vor fünfzig Jahren, hat ein Genius eine neue Tafelrunde ins Leben gerufen, um Juden zu retten und den Zusammenhang dieses Begriffs mit der uralten Feindseligkeit zu tilgen.«

Fasziniert warf Anselm einen Seitenblick auf seinen Begleiter, der den Kopf gesenkt hatte. Mit düsterem Gesicht fuhr Lachaise fort: »Ist es daher nicht umso tragischer, dass die Person, die diese Runde zerschlagen hat ...«

»... Zuflucht in den Armen der Kirche finden konnte«, beendete Anselm den Satz, um sein Verständnis und sein tiefes Bedauern auszudrücken.

Salomon Lachaise schien ihn nicht gehört zu haben. Sie hatten die Eichentür in der Mauer erreicht, Anselm schob mühsam den Schlüssel ins Schloss und drehte ihn mit Mühe. Als sie sich trennten, versprachen sie, einander wieder zu sehen, und Anselm spürte, wie ein bohrendes Schamgefühl in ihm aufstieg. Er hatte bewusst nichts über seine bevorstehende Reise nach Rom gesagt, auf die er sich inzwischen gar nicht mehr so richtig freute. Unfähig, das Unbehagen abzuschütteln, eilte er zum Kloster zurück. Als er die steinerne Wendeltreppe zu seinem Zimmer hochstieg, dämmerte ihm, dass Salomon Lachaise ihm alles erzählt hatte, während er selbst bewusst, wenn auch mit Bedauern, geschwiegen hatte.

11. Kapitel

Erstes Schulheft von Agnes Embleton

20. April

Heute erscheint es mir manchmal seltsam, dass ich die jüdischen Teilnehmer an den Sonntagstreffen damals anders wahrnahm als die nichtjüdischen, obwohl wir doch alle derselben Gruppe angehörten. Es kam wohl daher, dass sie verfolgt wurden und wir nicht. Und dabei hätte ich selbst Angst haben müssen, denn schließlich war – und bin – ich durch meine Mutter Jüdin, was mir damals aber nicht richtig bewusst war. Erst als ich eines Tages in Madame Kleins Schreibtisch nach einem Brieföffner suchte und in einer Schublade einen gefälschten Taufschein auf meinen Namen fand, wurde mir klar, in welcher Gefahr ich mich befand. Außer dem Taufschein gab es noch eine Heiratsurkunde meiner Eltern sowie einen auf meine Mutter ausgestellten Totenschein, die beide ebenfalls gefälscht waren und aus meiner Mutter eine Arierin machten, deren Familie seit vielen Generationen in der Normandie lebte. Ich wusste nicht, wie Madame Klein an diese Papiere gelangt war, vermutete aber, dass Père Rochet dahinter steckte. Also spielte ich die Entrüstete und fragte ihn, warum er das getan habe. Er nahm mich in den Arm, sodass ich den Alkohol in seinem Atem roch, und sagte: »Ich bete zu Gott, dass du diese Urkunden niemals brauchen wirst. Aber wir leben nun mal in finsteren Zeiten, Agnes. Wenn du mir nicht glaubst, dann brauchst du nur in die Zeitungen zu schauen. Oder frag die Leute auf der Straße.« Noch am selben Abend brachte er mir Célines *Bagatelles pour un massacre,* eine antisemitische Hetzschrift, in der sich Frankreich als eine von den Juden vergewaltigte Frau nach der Befreiung durch Hitler sehnt. Als ich sie gelesen hatte, fühlte ich mich zum ersten Mal in meinem Leben nicht mehr sicher.

Aus Deutschland kamen immer beunruhigendere Nachrichten. Die Teilnahme am öffentlichen Leben wurde Juden dort zunehmend verwehrt, die Liste der Verbote wurde länger, bis sie zum Schluss so gut wie alles umfasste. Außerdem gab es immer mehr Konzentrationslager. Wir wussten genau, dass es sich längst um mehr als bloße Schikanen handelte, denn die Zahl der getöteten Juden wuchs ständig, und zwar schon lange vor der so genannten »Reichskristallnacht«. So kam es, dass auf unseren sonntäglichen Treffen die Musik immer mehr in den Hintergrund geriet, weil es einfach zu viele brennende Fragen gab, über die wir sprechen mussten. »Sollen wir fliehen, solange wir es noch können?«; »Was ist mit Soundsos Großmutter?«; »Und was ist mit ihrer kranken Cousine?« Auf keine dieser Fragen gab es einfache Antworten. Du musst bedenken, dass viele der Anwesenden nicht in Frankreich aufgewachsen, sondern aus einem anderen Land dorthin geflohen waren. Sie hatten schon zu viel durchgemacht und wollten, trotz ihrer Sehnsucht nach Sicherheit, nicht schon wieder fort. Zwei Familien wagten dennoch den Sprung ins kalte Wasser und wanderten nach Kanada aus, mussten aber die Hälfte ihrer Verwandten zurücklassen, weil diese kein Visum bekamen. Daraus schlossen die anderen, dass auch ihnen vielleicht bald der Fluchtweg abgeschnitten sein würde. Auf der Abschiedsfeier für die Auswanderer sang Monsieur Rozenwerg ein jiddisches Abschiedslied. Er war der alte Mann, den ich durchs Schlüsselloch gesehen hatte, und der Père Rochets Warnung begriffen hatte. Erstaunlich, dass ich mich nach all diesen Jahren noch an seinen Namen erinnern kann. Wenn ich an diese Feier denke, sehe ich noch heute die Gesichter all derer vor mir, die zurückblieben und auf bessere Zeiten ohne ständige Abschiede hofften. Meine Erinnerung an diese Tage ist geprägt von dem Gefühl, dass alles um mich her auseinander fiel und selbst die Bruchstücke in immer noch kleinere Teile zersplitterten.

Die Nazis besetzten das Sudetenland und marschierten schließlich in die Tschechoslowakei ein. Als die Deutschen Polen angriffen, begann der Zweite Weltkrieg. Ein paar Wochen nach Kriegsausbruch berief Père Rochet das erste Treffen ein.

21. April

Alle Teilnehmer waren unter größter Geheimhaltung verständigt worden, und außer Madame Klein, die mich zu dem Treffen mitnahm, wusste niemand vorher, wer sonst noch kommen sollte. Trotzdem kannten wir uns alle, denn unser Kreis bestand im Wesentlichen aus den nichtjüdischen Mitgliedern der Sonntagstreffen, fast alle im Alter zwischen zwanzig und dreiundzwanzig Jahren. Ich schreibe ihre Namen hier auf, damit sie nicht in Vergessenheit geraten: Jean, Cécile, Philippe, Tomas, Monique, Mélanie, Françoise, Alban, Thérèse, Mathilde, Jacques und natürlich Victor. Und ich, die Jüngste von allen.

Am selben Tag

Wir trafen uns am ersten November 1939 in Père Rochets Sakristei, einem hohen, gelb gestrichenen Raum ohne Vorhänge, der feucht war und muffig roch. Es war so kalt, dass wir unsere Mäntel anbehielten. Nur Père Rochet schien die Kälte nichts auszumachen.

Nachdem er uns begrüßt hatte, erklärte er, dass er gemeinsam mit uns eine dem Ideal der Ritterlichkeit verpflichtete »Tafelrunde« ins Leben rufen wolle. Ich dachte zuerst, er habe wieder einmal zu viel getrunken, aber er war völlig nüchtern. Die Artussage, so fuhr er fort, habe ihn mit ihren Visionen von einer gerechteren Welt und ihrer Sehnsucht nach der Rückkehr des Königs schon immer fasziniert. Noch heute erinnere ich mich daran, dass er sagte, das Leben sei ein einziges langes Warten auf die Erlösung. Und solange es keinen König gebe, müssten wir für diesen Traum kämpfen.

»Und wie soll das aussehen?«, fragte Victor. Père Rochet antwortete, dass die Nazis nach der Eroberung Frankreichs mit Sicherheit auch hier bald gegen die Juden vorgehen würden. Und weil viele dann nicht mehr fliehen könnten, sollte die Tafelrunde jüdische Kinder aus dem Land schmuggeln und in Sicherheit bringen. Einzelheiten wollte er uns noch nicht nennen und auch nicht, wer sonst noch an dieser Aktion beteiligt war. Er wollte lediglich wissen, ob wir bereit wären, uns als junge Eltern oder ältere Brüder und Schwestern auszugeben, um ein Kind an einen bestimmten Ort zu bringen.

Wir sahen einander an, wie wir in dicke Mäntel gehüllt um den großen ovalen Tisch saßen, und Père Rochet malte mit dem Finger einen Kreis in die Luft, der uns alle einzuschließen schien. Alle nickten, auch Victor. Aber er meldete als Einziger Bedenken an.

Zu Victor fällt mir noch etwas ein. Er war ein Organisationsgenie mit einem ausgesprochen praktischen Verstand. Victor hatte immer unsere Picknicks organisiert, und zwar bis ins Kleinste, von der Verteilung der nötigen Aufgaben bis hin zu einem genauen Plan, wann der Bus wen auflesen sollte. Nach Père Rochets kurzer Ansprache sagte er, er glaube nicht an einen Sieg der Deutschen über Frankreich, aber falls sie das Land doch besetzten, müsse man mit ihnen zusammenarbeiten. Durch Konfrontation könne man nicht überleben, schon gar nicht die Juden. In einem solchen Fall käme es darauf an, sich mit den Deutschen zu arrangieren. Später sollte sich herausstellen, dass Victor genau das tun würde, was er damals dargelegt hatte, und zwar auf Kosten aller anderen Anwesenden.

Soweit ich mich erinnere, erwiderte ihm Père Rochet damals, dass er die Kooperation mit den Deutschen wohl schnell aufgeben würde, wenn er von ihnen erst einmal einen Tritt in den Hintern bekommen habe.

22. April

Warum Père Rochet seine Fluchthilfeorganisation ausgerechnet »die Tafelrunde« nannte, fand ich erst nach und nach heraus teils durch direktes Nachfragen, teils durch Horchen am Schlüsselloch.

Erst erkundigte ich mich bei Père Rochet danach, der mir erklärte, es handele sich um einen kleinen literarischen Scherz seinerseits.

Um die Jahrhundertwende war eine politische Bewegung mit Namen Action Française gegründet worden, die sich die Wiederherstellung der Monarchie auf die Fahnen geschrieben hatte. Es war eine rechts gerichtete Organisation, die bestimmte Royalisten und Katholiken anzog und deren Führer ebenso wie ihre Gefolgschaft stark antisemitisch eingestellt waren. Bald entstand auch eine Jugendorganisation namens Camelots du Roi, die sich in Paris Straßenschlachten mit den Sozialisten lieferte.

So weit konnte ich ihm folgen, aber dann sagte er, dass er die Artussage aus dem Mittelalter dazu benützen wolle, um auf seine Weise Buße zu tun für die jahrhundertelange Verfolgung der Juden durch die Christen. Die Tafelrunde, so sagte er, sollte gegenüber den Juden genau jene Ritterlichkeit an den Tag legen, die man in der Vergangenheit nicht gezeigt habe. Damals verstand ich nicht, was er damit meinte. Père Rochet war ein belesener Mann, der sich in der Geschichte des Mittelalters hervorragend auskannte.

Als ich später am Schlüsselloch lauschte, wurde mir die Sache klarer.

An einem Sonntagabend stellte ihm nämlich Madame Klein dieselbe Frage wie ich, und Père Rochet antwortete, dass er mit der Namensgebung seinem alten Prior, der ihn aus dem Kloster geworfen habe, eins auswischen wolle. Vor der Wahl dieses Priors war bekannt geworden, dass er Verbindungen zur Action Française hatte. Père Rochet brachte die Sache an die Öffentlichkeit und hoffte, so die Wahl des Priors verhindern zu können. Es gelang ihm nicht, und kurze Zeit später musste er das Kloster verlassen.

»Nur weil Sie sich gegen den Abt gestellt haben?«, fragte Madame Klein. »Oder gab es noch einen anderen Grund?«

Als der Priester daraufhin lange nichts sagte, nahm ich das Ohr vom Schlüsselloch und spähte ins Zimmer. Père Rochet saß am Tisch und hatte das Gesicht in seinen Händen vergraben. Seine Antwort habe ich nie gehört.

23. April

Im Juni 1940 eroberten die Deutschen Paris. Ich fürchte, ab diesem Moment sind meine Erinnerungen nur noch bruchstückhaft, wobei manche Bruchstücke größer, manche kleiner sind. Aber leider sind es die Kleinigkeiten des Alltags, die mir entfallen sind, und nicht die Dinge, die ich so gerne vergessen würde. Das war immer schon mein Fluch.

Und so ist mein Kopf voll einzelner, unzusammenhängender Bilder.

Ich stehe zum Beispiel am Gare Montparnasse, aber warum, das weiß ich nicht mehr. Tausende stehen Schlange und versuchen verzweifelt, mit einem der Züge die Stadt zu verlassen. Verhärmte, aufgeregte Gesichter. Horden von Menschen, die alles, was sie für wertvoll erachten, mit sich herumschleppen. Verzweifelt umherirrende Kinder. Noch Monate später hingen in den Läden die Suchanzeigen von Müttern, auf denen Name, Alter, Haarfarbe und andere Erkennungszeichen ihrer Söhne und Töchter standen. Ähnliche Anzeigen wie heute an Zeitungskiosken, wenn nach entlaufenen Katzen und Hunden gesucht wird.

Dann erinnere ich mich, wie ich am Tor eines Parks stehe. Das muss schon etwas später gewesen sein. Es ist totenstill. Schwarzer Rauch liegt wie ein Leichentuch über der Stadt. »Das waren die unseren«, sagt ein alter Gärtner zu mir. »Sie haben die Öllager in Brand gesteckt und sind abgehauen. Jetzt sind wir auf uns allein gestellt.« Die Straßen sind leer, nur zwei Hunde trotten die Rue de la Bienfaisance entlang und schnüffeln an verschlossenen Türen. Ich weiß noch, dass mir die

Häuser damals wie Kulissen vorkamen, die von Holzgerüsten gestützt wurden. Paris war innen hohl, und wenn man mit einem Hammer an seine glänzende Fassade klopfte, hörte man nur einen dumpfen Widerhall.

Ich erinnere mich nicht mehr daran, wann genau die Deutschen kamen. Aber auf einmal sah ich ihre vermaledeiten Flaggen überall, auf fast jedem Gebäude. Ich stand an den Champs-Elysées und schaute mir einen ihrer Aufmärsche an, die sie jeden Tag mit vollem Musikzug und viel militärischem Getöse veranstalteten. Einmal ließen sie sogar ein Flugzeug auf der Place de la Concorde landen. Sie verstanden es meisterhaft, uns zu zeigen, dass sie uns besiegt hatten, die Deutschen. Auch Hitler selbst kam irgendwann nach Paris, aber zum Glück kann ich mich daran nicht mehr erinnern.

Zuerst waren sie ausgesprochen höflich, was uns alle ziemlich überraschte. Aber das war nicht alles. Ich erinnere mich auch an einen Lastwagen, der vor einer der Brücken stand und von dessen Ladefläche herunter Soldaten mit Scherzen und Schokolade versuchten, vorbeikommende Mädchen zu einem Rendezvous zu bewegen. Und das nicht ohne Erfolg, wie ich leider sagen muss. Ich glaube, es war Simone de Beauvoir, die damals angemerkt hat, dass, nachdem die Nazis erst einmal in Frankreich waren, bald viele kleine Deutsche herumlaufen würden.

Auch andere Dinge hatten sich verändert. Es gab Ausgangssperren mit ständig wechselnden Zeiten. Schüsse in der Nacht. Endloses Anstehen vor den Lebensmittelgeschäften. Alle hatten wir ständig Hunger. Die Straßen waren voller Fahrräder, denn zum Autofahren brauchte man eine spezielle Erlaubnis (Jacques' Vater bekam eine, weil er Arzt war). Selbst sperrige Güter wurden über den Gehsteig geschleppt oder in Schubkarren transportiert. So sah der Alltag unter den Deutschen aus.

Ich weiß, dass dir, die du den weiteren Verlauf des Krieges und seinen Ausgang kennst, das alles wahrscheinlich nicht besonders schlimm vorkommt. Aber für uns damals bedeutete der Fall von Paris und Frankreichs Niederlage fast das Ende der Welt. Von dem Augenblick an, als sie kamen und unsere Straßen beschmutzten, begann auch die große Trauer. Ich kann dir gar nicht sagen, wie düster mir diese Zeiten noch immer erscheinen, während die Deutschen in der Stadt geradezu in Urlaubsstimmung waren. Auch daran erinnere ich mich genau. Ich sehe fröhliche junge Soldaten, die herumalbern und einander vor dem Arc de Triomphe fotografieren. Manche von ihnen haben sogar einen von der Wehrmacht herausgegebenen Reiseführer bei sich.

Ich glaube, dass gerade in schweren Zeiten die Menschen näher zusammenrücken. Wenn man viel verloren hat und nicht weiß, ob man das Ende des Jahres noch erlebt, greift man nach jedem noch so kleinen Stückchen Glück. In diesen Tagen hielten wir uns alle auf unterschiedliche Weise aneinander fest. Jacques und ich verspürten bei unseren Zusammenkünften eine seltsame, aber irgendwie befriedigende Verzweiflung, als wären wir dem Unglück immer einen Schritt voraus. Eines Abends sagte Madame Klein in der Hoffnung, ein Eingeständnis aus mir herauskitzeln zu können: »Du triffst dich wohl ziemlich häufig mit dem jungen Fougères.« Als ich antwortete, dass sie Recht habe, bohrte sie weiter: »Dann hat er dich wahrscheinlich ziemlich gern.« Ich sagte ihr, sie solle damit aufhören. Sie meinte es ja gut, aber manchmal konnte ich ihre Neugier einfach nicht ertragen.

Dann aber erlebten wir beide eine Überraschung, die sowohl ihren Verdacht als auch meine Erwartungen weit übertraf. Ich wurde schwanger.

1. Mai

In meiner Generation spricht man nicht gern über solche Dinge, aber du würdest vielleicht sagen, dass unsere Gefühle mit uns durchgegangen sind. Nur ein einziges Mal, aber das war schon genug.

Jacques als guter Katholik bekam sofort Gewissensbisse und versprach, mich auf der Stelle zu heiraten. Mir kam er in diesem Augenblick vor wie ein Offizier in schwarzer Uniform, der einem vom Deck eines großen Schiffes einen Rettungsring zuwirft. Und hinter ihm stand ein strenger Kapitän, dessen Augen im Schatten verborgen waren. Kurz danach war er wieder der alte, ernste Jacques, der allein mit mir an der Windmühle von Montmartre stand. Ich sagte ihm, dass ich nicht wolle, noch nicht. Und weil ich meine Entschlüsse noch nie gut begründen konnte, beschrieb ich ihm genau dieses Bild. Er verstand nicht, was ich meinte. Und ich sagte: »Lass uns Zeit.«

Jacques' Eltern waren brave Katholiken, aber keine Moralisten, sie hießen mich und mein Kind als Teil der Familie willkommen. Madame Fougères, die bereits ein Enkelkind von Claude hatte, freute sich sogar, dass der kleine Etienne nun bald einen Spielkameraden bekommen würde.

Es war wohl ein ziemlich modernes Arrangement, das wir da trafen. Ich wohnte weiterhin bei Madame Klein am Parc Monceau, und Jacques blieb im Haus seiner Eltern, das nur einen Steinwurf entfernt am Boulevard de Courcelles lag. Unser kleiner Junge kam auf die Welt und wuchs in beiden Haushalten auf, und ich konnte mir mit der Heirat noch Zeit lassen. Jacques war ein hingebungsvoller Vater, aber wie die meisten Männer – Freddie eingeschlossen – drückte er sich gerne um die etwas unangenehmeren Aufgaben der Elternschaft.

Obwohl ich noch immer nicht heiraten wollte, war ich damit einverstanden, dass das Kind getauft wurde, allein schon deshalb, damit Père Rochet ihm seinen Segen gab. Ich erinnere mich noch gut daran, wie ich nach der Zeremonie ins Wohnzimmer kam und ihn allein mit dem Kind fand. Unwillkürlich musste ich an die Novelle »Die Kindtaufe« von Maupassant denken, in der ein einsamer Priester vor einem kleinen Kind in Tränen ausbricht. Das war am 21. April 1941.

Ich habe dir noch nicht erzählt, wie Victor von Jacques und mir erfahren hat. Es geschah zufällig und entbehrte nicht einer gewissen Ironie. Ich hatte Père Rochet von einer antisemitischen Ausstellung mit dem Titel »Die Juden und Frankreich« erzählt, und er hatte mir geraten, mich von derartiger Volksverhetzung fern zu halten. Aber Jacques und ich wollten uns die Ausstellung trotzdem ansehen. Am Tag, an dem wir hineingehen wollten, lud uns Victor jedoch ein, mit ihm nach Saint-Germain-des-Prés zu fahren und dort in den Cafés die Intellektuellen beim Lösen der nationalen Probleme zu beobachten. Wir sagten ihm unter einem fadenscheinigen Vorwand ab und fuhren in die Ausstellung, und dort trafen wir ausgerechnet auf Victor. Aus Gründen, die wohl nur er selbst kannte, hatte Père Rochet ihn dorthin geschickt.

Ich erzählte Victor von meiner Schwangerschaft, und er reagierte auf diese Eröffnung wie auf eine schallende Ohrfeige. Von da an hielt er sich von mir und Jacques fern, als ob wir ihn verraten hätten. Er zog sich zurück und tauchte erst wieder auf, um sich an uns zu rächen.

12. Kapitel

I

Hätte man ihm die Wahl gelassen, wäre Anselm am liebsten zu Fuß gegangen. Pietätlos wäre er gemütlich durch die Weinberge Frankreichs gewandert, hätte sich beim Übergang über die Alpen Blasen geholt und zu viel Wein getrunken, um dann voll jugendlichen Überschwangs durch das Land der Fresken zu streifen, bis er in Rom ankam. Stattdessen tat er, was man ihn geheißen hatte, und nahm den Flug um 12.15 Uhr von Heathrow nach Fiumicino. Wohnen sollte er bei der klösterlichen Gemeinschaft eines internationalen Studienhauses namens San Giovanni, das sich am Fuße des Janikulus in Trastevere befand, in der Nähe von Santa Cecilia und unpassenderweise direkt zwischen zwei Restaurants. Ein Priester sollte ihn abholen.

Anselm stand in seiner langen schwarzen Kutte im Ankunftsbereich und spürte allmählich die Hitze, als ihm von hinten jemand auf die Schulter schlug. Es war ein Mönch in abgeschnittenen Jeans und einem T-Shirt.

»Hallo, ich heiße Brandon Conroy«, sagte er. »Nennen Sie mich einfach Con.«

Der Mann war bullig wie ein Stier und hatte Hände wie Kohlenschaufeln. Am auffälligsten waren jedoch seine Augen, die porzellanblau und spitzbübisch unter einer knochigen Stirn hervorfunkelten.

»An Ihrer Aufmachung habe ich Sie gleich erkannt«, sagte Conroy. »Nur her mit Ihrer Reisetasche.« Pfeifend ging er davon, gefolgt von Anselm, dem der Schweiß ausbrach.

Conroy quetschte sich in einen feuerroten Fiat Punto, und sobald sich Anselm neben ihm niedergelassen hatte, steuerte er die Autostrada in Richtung Stadt an.

Als sie den Grande Raccordo Anulare überquert hatten und auf das Westufer des Tibers zurasten, merkte Anselm, dass die konventionellen Verkehrsregeln hier nur wenig Bedeutung hatten. Ein wüstes Durcheinander aus Autohupen, aufgeregten Stimmen und südländischer Leidenschaft drang durchs offene Fenster, während Conroy die Wagenlenker zur Rechten und zur Linken mit verschiedenen beleidigenden Handzeichen bedachte. Offenbar gab es ein großes Vokabular der Fingersprache, das Anselm in seiner bildungsbeflissenen Schulzeit völlig entgangen war. Der ganze Tumult fand unter der brennenden Sonne und einem wolkenlosen, kobaltblauen Himmel statt.

»Ich bin jetzt einen Monat hier und hab den Dreh allmählich raus«, sagte Conroy und legte seinen gestikulierenden Arm ins Fenster. »Ich dachte, Rio ist übel, klar, aber hier geht es ums nackte Überleben. Keine Sperenzchen, wissen Sie, sonst rösten die deine Eier und servieren sie auf Pasta.«

Anselm wusste nicht recht, wie er reagieren sollte. Solche Scherze war er aus Larkwood nicht gewöhnt. Er hielt sich am Türgriff fest, während Conroy munter weiterschwatzte.

»Ich poliere hier meine Theologie auf, dann geht's zurück zu Paula und den Kindern.«

Paula? Kinder? Anselm musste etwas erwidern. Er beschloss, mit den Kindern anzufangen.

»Kinder?«

»Jau.«

»Wie viele?«

»Zu viele.« Conroy zeigte einem radelnden Priester den Zeigefinger und den kleinen Finger.

Anselm riss unwillkürlich die Augen auf. »Aha«, bemerkte er voll höflichem Mitgefühl, beschloss jedoch, auf weitere Erkundigungen nach Pater Brandon Conroys häuslichen Verhältnissen zu verzichten. Beide Insassen sahen sich von der Seite her an.

»Ganz locker, Pater, ich mach mir doch bloß 'nen kleinen Jux mit Ihnen«, gluckste Conroy und nahm die Hände vom Lenkrad, um sich die Schultern zu kratzen. »Straßenkinder. Obdachlose. In São Paulo. Um die kümmere ich mich schon seit fünfunddreißig Jahren.«

Anselm lachte. Von der sauber gebügelten Zwangsjacke, die er seit seiner Kindheit trug, platzten ein paar Knöpfchen ab. Auf jemand wie Conroy war er in seinem ganzen Leben noch nie getroffen, von Roddy vielleicht einmal abgesehen: Beide ähnelten sich in der Art, wie sie die Welt an ihrem Überschwang teilhaben ließen. Während der Punto sich durch die engen Straßen von Trastevere schlängelte, war Conroy seines eigenen Redeflusses offenbar müde und ging dazu über, Anselm auszufragen.

»Na, wie auch immer. Was führt Sie denn zu den gedrechselten Säulen von Bernini?«

»Mein Prior hat ein Fax erhalten, in dem ich aufgefordert werde, morgen Nachmittag um vier Uhr zu einer Besprechung zu erscheinen.«

»Klingt nach einer ernsten Sache.«

»Kann man wohl sagen. Bei uns ist neulich ein alter Nazi hereingeplatzt und hat um Asyl gebeten.«

»Leck mich!«

»Dasselbe hat mein Prior komischerweise auch gesagt.«

»Ehrlich?«, fragte Conroy erstaunt, während er einen Angriff mehrerer Autohupen mit einer Geste abwehrte.

»Nicht ganz mit denselben Worten.«

»Hab ich mir doch gedacht.«

Sie fuhren weiter. Conroy war nachdenklich geworden. Er reduzierte die Geschwindigkeit, worauf es auf den Straßen irgendwie ruhiger wurde. »Zu wem müssen Sie denn?«, erkundigte er sich.

»Zu Kardinal Vincenzi.«

Conroy kaute auf seiner Unterlippe. »Es gibt nur einen, der wichtiger ist als Ihr Gesprächspartner, und das ist der Chef höchstpersönlich.« Am Lenkrad saß kein Clown mehr. Mit dem Ernst eines Mannes, der allerhand Erfahrungen gemacht hat, fragte Conroy: »Und wieso ausgerechnet Sie?«

»Ich war früher Rechtsanwalt, und ich spreche Französisch. Unser Besucher war während des Krieges in Paris stationiert. Weitere Gründe fallen mir dafür nicht ein.«

»Pater, ich will Ihnen einen kleinen Rat geben, ja? Ich kenne mich hier nämlich aus.«

»Was heißt das?«

»Sagen wir einfach, ich hatte bereits ein paar kleine Zusammenstöße. Kirchenpolitik ist wie eine dieser Buden auf dem Rummelplatz, wo es nichts als gekrümmte Spiegel gibt, die alles verdrehen und verzerren. Nehmen Sie sich in Acht und lassen Sie sich vom äußeren Schein nicht täuschen. Hier ist nichts so, wie es aussieht.«

Der Wagen bremste scharf. Als sie San Giovanni betraten, war Conroy wieder ganz der Alte und bestellte lautstark eine Schale Pfirsiche. In gedämpfter Stimmung trottete Anselm hinter ihm her.

2

Beniamino Kardinal Vincenzi, der Staatssekretär des Vatikan, begrüßte Anselm wie einen alten Freund, von dem ihn ein grausames Schicksal fern gehalten hatte. Seine entwaffnende Wärme besaß einen typisch italienischen Überschwang, hinter dem seine offizielle Identität fast verschwand – die eines brillanten Diplomaten, dem Krisen vertrauter waren als Idyllen. Er war klein, rundlich und hatte eine olivfarbene Haut. Die Bürde seines Amtes verrieten lediglich seine glänzenden Augen, die Mitgefühl heischten, wenn er sprach. Er zog Anselm zu drei eleganten Stühlen, die am hinteren Ende des Raumes ein vertrauliches Dreieck bildeten. Dort saß bereits ein Priester in einer adretten schwarzen Soutane, seine rote Schärpe übers Knie drapiert. Der Kardinal stellte ihn als Monsignore Renaldi vor. Er hatte eine blassere Haut als sein Herr und Meister, strömte jedoch eine ähnliche Wärme aus. Sein Mienenspiel wurde von einem Ausdruck professioneller Kompetenz gebändigt, und er blickte so stolz und zufrieden drein, als wäre er soeben zum Beisitzer einer Strafkammer ernannt worden. Anselm setzte sich neben ihn. Inmitten der Stühle stand ein auf Hochglanz poliertes Tischchen mit Beinen wie die einer Ballerina beim Spitzentanz. Darauf lag ein grüner Aktendeckel. Durch schmale hohe Fenster fiel Sonnenlicht auf die Porträts ernster Männer in Scharlach. Ohne ihre Geheimnisse preiszugeben, beobachteten sie die Szene mit alten, ausdruckslosen Augen.

»Pater, ich muss Ihnen eine Reihe heikler Dinge mitteilen, die man so nie in der Zeitung lesen wird«, begann Kardinal Vincenzi. »Über das, was Sie nun hören werden, dürfen Sie mit niemandem sprechen, Ihren Prior ausgenommen. Dabei muss Ihnen eines bewusst sein: Eine Institution wie die Kirche kann nicht immer zulassen, dass die ganze Wahrheit ans Licht der neugierigen Öffentlichkeit kommt. Alles hat seine Zeit, und manchmal kommt der richtige Augenblick niemals. Es kann sehr schwierig sein, Stillschweigen über das zu bewahren, was man weiß. Diese Bürde des Schweigens wird jetzt auf Ihre Schultern gelegt.«

Monsignore Renaldi lächelte Anselm ermutigend zu, als wollte er ihm für diese Bürde eine Belohnung versprechen.

»Ich habe Sie um Hilfe gebeten, weil sich in Ihrem Kloster zur Zeit ein gewisser Eduard Schwermann aufhält«, fuhr der Kardinal fort.

Geschmeichelt und im Gefühl der eigenen Wichtigkeit nickte Anselm mit befangenem Ernst.

»Über ihn ist bereits allerhand bekannt, aber wir hier in Rom wissen noch ein wenig mehr – Dinge, die die Kirche schwer kompromittieren würden, brächte man sie je an die Öffentlichkeit.« Der Kardinal liebte ausladende Gesten, doch nun lagen seine Arme reglos da, als wäre er erschöpft. »Alles Weitere wird Ihnen Monsignore Renaldi erklären.«

»Lassen Sie mich das Problem, vor dem wir stehen, zunächst in groben Umrissen skizzieren.« Der Monsignore sprach in vertraulichem, ruhigem Ton wie ein Chirurg vor einer komplizierten Operation. Anselm bemerkte die rötliche Färbung seiner Wangen, offenbar eine Hautreizung von der allzu gründlichen morgendlichen Rasur. »Unmittelbar nach der Kapitulation Frankreichs wurde Eduard Schwermann nach Paris beordert. Er war erst zweiundzwanzig und hatte den Rang eines SS-Unterscharführers inne. Beim so genannten Judenreferat der Gestapo gehörte es zu seinen Aufgaben, die Deportation von Juden in die Vernichtungslager zu überwachen. Derselben Abteilung wurde ein etwa gleichaltriger französischer Polizeibeamter namens Victor Brionne zugeteilt. Die beiden waren Kollegen, könnte man sagen. Da hätten wir also zwei junge Männer, einen kleinen deutschen SS-Mann und einen Kollaborateur, die beide in schwere Verbrechen gegen die Menschlichkeit verwickelt sind.«

Monsignore Renaldi machte eine Pause. Seine freundlichen Augen wurden ein klein wenig größer. »Begeben wir uns nun von Paris nach Notre-Dame des Moineaux, ein Gilbertinerkloster in Burgund. Es ist das Zentrum eines Kreises, der jüdische Kinder außer Landes schmuggelt. In diesem Zusammenhang wird der Prior, Pater Morel, im Juli 1942 vor der Klostermauer erschossen.«

Anselm spürte den sorgenvollen Blick des Kardinals auf sich ruhen. Monsignore Renaldi strich sich mit zartem Finger eine Augenbraue glatt. »Nun kommen wir zu unserem Problem«, fuhr er fort. »Welches Beweismaterial der englischen Polizei vorgelegt wurde, ist uns zwar unbekannt, aber Folgendes können wir hier in Rom mit Bestimmtheit sagen: Ende Juli 1944 starteten die alliierten Streitkräfte ihren Angriff von ihrem Brückenkopf in der Normandie aus. Der Krieg war entschieden. Schwermann und Brionne flohen gemeinsam aus Paris und gelangten am 20. August nach Les Moineaux. Eine Woche später marschierte de Gaulle in Paris ein. Die beiden Männer versteckten sich bis zum Dezember 1944, dann verschwanden sie mit gefälschten Ausweisen. Soweit uns bekannt ist, hat man keinen von ihnen je wieder gesehen.«

Ein bedeutungsschwangeres, drückendes Schweigen trat ein. Anselm, der sich zu einem Kommentar genötigt fühlte, sagte: »Das ist unerklärlich.«

»Wir haben über diese Tatsachen zwar länger nachgedacht als Sie, sind jedoch mehr oder weniger zum selben Schluss gekommen«, sagte der Kardinal.

»Sind noch irgendwelche Mönche aus dieser Zeit am Leben?«

»Nur einer, ein Pater Chambray, aber der hat das Kloster kurz nach dem Krieg verlassen«, sagte Monsignore Renaldi. »Wir haben uns bereits an ihn gewandt, doch leider war er nicht besonders kooperativ.« Auffällig rasch fuhr er fort: »Zum Glück besitzen wir einen Bericht, den der Prior des Klosters Anfang 1945 verfasst hat.« Renaldi griff nach dem grünen Aktendeckel auf dem Tisch und entnahm ihm mehrere vergilbte Blatt Papier.

»Bevor Sie dies lesen«, sagte er, »würde ich gern etwas über den Verfasser sagen. Diese Zeilen stammen von Pater Pleyon, einem Mann, der sich in aller Stille durch seine Weisheit und Frömmigkeit ein hohes Ansehen erworben hatte. Er stammte aus einer illustren Familie mit weit reichenden politischen und diplomatischen Beziehungen und wäre wahrscheinlich wie seine Vorfahren in den Staatsdienst eingetreten, hätte der Herr ihn nicht zu einem Leben im Verborgenen berufen. Doch wie Sie zweifelsohne selbst wissen, bleiben manche Lichter einfach nicht unter dem Scheffel. Er wurde zum Beichtvater von Menschen, die Verantwortung trugen – wäre sein Leben anders verlaufen, hätte auch er zu ihnen gezählt. Oft haben solche Menschen ja leider keinen geistlichen Beistand, der die besonderen Probleme, die weltliche Macht mit sich bringt, versteht. Dieser Mann wurde nach der Hinrichtung von Pater Morel zum Prior gewählt, und er hat die Flucht der beiden Männer, um die es uns heute geht, in die Wege geleitet.«

Monsignore Renaldi reichte Anselm die Blätter.

Der Bericht war an den Generalprior des Gilbertinerordens gerichtet. Ein kurzes Begleitschreiben wies darauf hin, dass er auch an den Vatikan weitergeleitet worden war. Dort war er in die Hände von Erzbischof Alfredo Poli, dem Substituten des Staatssekretariats, gelangt, der ihn einfach mit dem Vermerk »Zur Kenntnis genommen« versehen hatte. Anselm wandte sich der ersten Seite zu. Nach den üblichen Floskeln hatte Pater Pleyon die Ereignisse dargestellt, wie Anselm sie bereits kannte. Im Anschluss daran hieß es:

An dieser Fluchthilfeorganisation, die sich die »Tafelrunde« nannte, war auch ein früheres Mitglied unserer Gemeinschaft beteiligt, Pater Rochet, der in Paris lebte. Dieser Mönch hat Les Moineaux in Schande verlassen, wobei ich es weder für notwendig noch für sachdienlich halte, die Umstände seines Abschieds zu enthüllen. Ich bitte in dieser Hinsicht um Nachsicht, denn ich möchte die Würde meines Ordensbruders schützen, indem ich den Grund für seinen schimpflichen Sturz nicht offiziell niederlege. Vor seinem Abschied gelang es mir, ihm eine Wirkungsstätte in einer Gemeinde zu verschaffen, zu der ich Verbindungen unterhielt. Unter anderem schrieb ich einer Familie namens Fougères, die mir bereits viele Jahre bekannt war und die ihm gewiss eine freundliche Aufnahme bereiten würde. Ich bin zwar nicht sicher, doch es scheint, als wäre aus dieser Verbindung der Kreis entstanden, von dem ich berichtet habe. Wie Sie wissen, musste Frankreich im Juni 1940 kapitulieren. Nachdem die Deutschen eine Zählung aller in Paris lebenden Juden angeordnet hatten, kam Pater Rochet im Oktober desselben Jahres nach Les Moineaux. Bei seinem Besuch schlug er die Gründung der genannten Fluchthilfeorganisation vor, und der damalige Prior, Pater Morel, erklärte sich zur Mitarbeit bereit. Die Aufgabe des Klosters sollte es sein, die Kinder in dem von unseren Schwestern geführten Waisenhaus zu verstecken und sie mit einer falschen Identität und entsprechenden Reisedokumenten auszustatten. Die dazu erforderlichen Fertigkeiten besaßen zwei unserer Brüder, die in ihrem weltlichen Leben Maler respektive Drucker gewesen waren.

Tragischerweise wurde die »Tafelrunde« im Juli 1942 unter unbekannten Umständen zerschlagen; Pater Morel wurde hingerichtet. Glücklicherweise durchsuchten die Soldaten des Trupps, der die Hinrichtung durchführte, nicht den Konvent, sonst hätten sie mehrere Kinder entdeckt, deren Flucht in die Schweiz gerade vorbereitet wurde. Ich wurde Prior und hatte dieses Amt inne, als Schwermann und Brionne im August 1944 bei uns auftauchten.

Anselm wandte die Seite um und las die letzten Sätze:

Mit Hilfe meiner Verbindungen ermöglichte ich ihnen unter falschen Namen die Flucht nach England. Schwermann erhielt den Namen Nightingale, Brionne den Namen Berkeley. Die Gründe, die ich für diesen schwerwiegenden Schritt hatte, sind vielschichtig, weshalb ich eine ausführliche Erklärung beifüge. Wie Sie gewiss verstehen werden, handelt es sich um Angelegenheiten, die einer strengen Geheimhaltung bedürfen. Der äußere Schein war vielleicht nie so trügerisch wie in dem Fall, den ich im Folgenden enthülle.

Anselms Blick wanderte die Seite entlang, doch da waren nur noch leere Zeilen.

»Wir haben zwar das Glück, überhaupt einen Bericht zu besitzen, aber auch das Pech, dass Pater Pleyon starb, bevor er seine Enthüllungen vollenden konnte«, sagte Monsignore Renaldi.

»Kein guter Augenblick zu sterben«, bemerkte Anselm und gab ihm den Brief zurück.

»Zu dem Schluss sind wir auch gekommen«, sagte Kardinal Vincenzi und ließ seinen väterlichen Blick auf Anselm ruhen. »Zweifellos werden Ihnen unsere Schwierigkeiten nun deutlich. Wir haben keinerlei Erklärung, die den Tatsachen gerecht werden könnte.« Im gleichen Atemzug, als wäre keine Zeit für eine Pause, fuhr er fort: »Vielleicht haben Sie von Priestern und Prälaten gehört, die Nazis bei der Flucht geholfen haben« – das hatte Anselm tatsächlich, aber die Geschichten waren so vage und so wenig mit seinem eigenen Bild der Kirche vereinbar, dass er sie als kaum relevant, ja möglicherweise fiktiv abgetan hatte –, »und das ist ein weiteres Problem, mit dem ich mich herumschlage, doch für diesen Fall ist das völlig nebensächlich.« Wie um jede mögliche Verbindung beiseite zu wischen, fügte er hinzu: »Zu jener Zeit herrschte in der Kirche große Sorge wegen der Ausbreitung des Kommunismus, und aus dieser Angst heraus haben manche unserer fehlgeleiteten Söhne flüchtigen Faschisten geholfen.« Sein Tonfall deutete an, es habe sich um ein begrenztes Problem gehandelt. »Eine Institution wie die unsere wird immer verlorene Söhne haben. Zu gegebener Zeit werde ich für sie Rechenschaft ablegen müssen.« Ein müdes, bitteres Lächeln huschte über das Gesicht des Kardinals. »Aber, wie schon gesagt, das spielt hier keine Rolle.«

Geschickt und um keine Gesprächspause entstehen zu lassen, ergänzte Monsignore Renaldi sofort: »Es bleibt die Frage: Weshalb hat diese Klostergemeinschaft die beiden jungen Männer versteckt? Es klingt vielleicht banal, aber fliehen muss nur, wer etwas zu befürchten hat. Das macht uns Sorgen. Und mangels einer schlüssigen Erklärung sind wir gezwungen, uns auf die Logik zu verlassen.«

Ein derartiges Problem ausschließlich mit logischen Überlegungen lösen zu wollen, kam Anselm wie eine besonders verzweifelte Maßnahme vor. Überzeugend klang es auch nicht, aber offensichtlich hatte man ihm nichts verschwiegen, weitere Tatsachen waren nicht bekannt. »Soweit ich weiß, waren Sie früher Rechtsanwalt«, sagte Monsignore Renaldi.

»Ja, aber kein besonders guter. Meine Fälle waren in der Regel hoffnungslos und das blieben sie im Allgemeinen auch.«

»Nun denn«, sagte der Monsignore liebenswürdig und ein wenig amüsiert, »was halten Sie von diesem Fall?«

Diese Frage ärgerte Anselm ein wenig. Solche Methoden hatte er selbst öfter vor Gericht angewandt, wenn er versuchte, einen intelligenten, offenkundig schuldigen Verbrecher zur Vernunft zu bringen, was ihm auch oft gelungen war. Der flehentliche Blick von Beniamino Kardinal Vincenzi, des Mannes an der Spitze des Staatsekretariats, eines ehrwürdigen Dikasteriums der römischen Kurie, verbot eine solche Assoziation jedoch. Anselm wollte helfen. Er dachte lange nach, dann sagte er: »Es sieht so aus, als habe Pater Pleyon die beiden Männer für schuldlos gehalten. Ist das jedoch der Fall, dann muss er außerdem zu dem Schluss gekommen sein, dass der Beweis für ihre Unschuld nie an die Öffentlichkeit geraten dürfe. Sonst hätte er es nicht für notwendig erachtet, einen Fluchtplan zu ersinnen.«

»Aber was ist, wenn die beiden schuldig waren?«, fragte Kardinal Vincenzi ruhig. »Was halten Sie dann von der geleisteten Unterstützung?«

Anselm suchte nach einer harmlosen Erklärung. »Pater Pleyon muss etwas gewusst haben, was so gewichtig war, dass es alles aufwog, was Schwermann und Brionne getan haben.«

»Ja«, sagte der Kardinal erleichtert, »das sind die beiden einzig möglichen Erklärungen.«

»Und ich würde meinen«, fügte Anselm mit wachsendem Selbstvertrauen hinzu, »dass Pater Pleyon mindestens einen der beiden Männer bereits gekannt und ihm vertraut hat, sonst wäre er nicht das Risiko eingegangen, den beiden zur Flucht zu verhelfen.«

Monsignore Renaldi und der Kardinal sahen sich an wie zwei Richter bei einer Berufungsverhandlung. In ihrem Blick lag Zustimmung, als akzeptierten sie ein Argument, an das sie vorher nicht gedacht hatten. Der Prozess war gewonnen. »Wenn Schwermann vor Gericht gestellt wird«, sagte Monsignore Renaldi, »dann wird wahrscheinlich auch die Rolle von Les Moineaux ans Licht kommen. Wir müssen wissen, wieso Pater Pleyon so gehandelt hat.«

»Natürlich«, bestätigte Anselm so ernsthaft, als läge diese Bürde auch auf seinen Schultern.

»Sie wissen wahrscheinlich«, sagte der Monsignore, »dass man Schwermann nur aufspüren konnte, weil jemand die Identität verraten hat, hinter der er sich versteckte.«

Anselm nickte.

»Wir glauben, dass es sich bei dieser Person um Victor Brionne gehandelt haben könnte. Abgesehen von Pater Chambray ist keiner mehr am Leben, der Schwermanns falschen

Namen kannte. Das lässt die Vermutung zu, dass Brionne ohne Rücksicht auf persönliche Konsequenzen bereit sein könnte, die Wahrheit zu sagen – wenn es gelingt, ihn zu finden.«

Nun ergriff der Kardinal das Wort und in seinem Tonfall lag die Verlockung eines wichtigen Auftrags: »Pater, ich möchte Sie bitten, Victor Brionne aufzuspüren und herauszufinden, was 1944 wirklich geschehen ist.«

Monsignore Renaldi erhob sich, bestand jedoch darauf, dass Anselm sitzen blieb. Unter dem teilnahmslosen Blick der gemalten Kardinäle ging er quer durchs Zimmer zu einer großen, getäfelten Tür und verschwand dahinter. Der Staatssekretär sah Anselm an. In seinem Blick lagen Sorge und Angst, aber auch – zu Anselms großer Befriedigung – Dankbarkeit.

Kardinal Vincenzi winkte Anselm zu einem offenen Fenster mit Blick auf die Vatikanischen Gärten.

»Sie müssen verstehen, wie heikel die Lage ist«, bemerkte er vertraulich. »Dies sind schwierige Zeiten für die Kirche. Besonders empfindlich sind die Beziehungen zu unseren jüdischen Brüdern und Schwestern, da wir uns heute darum bemühen, eine fast neunzehnhundert Jahre alte Feindschaft beizulegen. In den vierzig Jahren seit meiner Ordination ist viel erreicht worden, aber die Rolle der Kirche während des Krieges und davor, insbesondere die Vorwürfe gegen Pius XII. sind noch immer ein großes Hindernis.«

»Wegen seines Schweigens?«, fragte Anselm, der plötzlich an Salomon Lachaise und die ruhigen, erwartungsvollen Felder denken musste.

»Die Vorsicht des Papstes wurde von der Welt geteilt«, erwiderte der Kardinal ruhig.

»Aber von einem Papst erwartet die Welt mehr als Vorsicht.«

»Vielleicht.« Der Kardinal ließ den Blick über das in der Sonne glänzende Rom schweifen. In der Ferne dröhnte der Verkehr. »Sie können von Glück sagen, Pater, dass Sie nicht gezwungen sind, die Grenzen der Verantwortung auszuloten. Ich fürchte, der Umgang mit der Geschichte ist schon immer eine Art Handel gewesen. Wir bemühen uns um eine Form der

Wahrheit, mit der wir umgehen können. Das ist eine äußerst heikle Aufgabe, denn ich versuche, die Zukunft vor der Vergangenheit zu schützen.«

Der Kardinal wandte sich vom Fenster ab und fasste Anselm väterlich am Arm. »Womit wir wieder beim Fall Schwermann wären. Das Letzte, was die Kirche in diesen schwierigen Zeiten braucht, ist ein Kriegsverbrecherprozess, der die Wunden, die wir schließen wollen, wieder aufreißt; und ich fürchte, eben das wird geschehen, wenn Schwermann in allen Einzelheiten verrät, wer 1944 seine Flucht geplant hat. Mit Ihrer Hilfe muss ich mich auf diese Möglichkeit vorbereiten.«

Die Hand des Kardinals lag schwer auf Anselms Schulter, während er seinen Besucher zu der getäfelten Tür führte. Dort segnete er Anselm und verabschiedete sich. Als die Tür aufging, erschien auf der anderen Seite Monsignore Renaldi. Mit hallenden Schritten gingen er und Anselm durch hohe Flure und über breite Treppen, bis sie durch eine Nebentür wieder in die Welt traten. Die Hitze stürmte auf sie ein. Ins Licht blinzelnd, sagte der Monsignore leichthin: »Wenn Berkeley Schwermanns Unschuld belegen kann, umso besser. Aber wenn nicht – nun, dann wäre es wohl besser für alle Beteiligten gewesen, wir hätten ihn gar nicht erst aufgestöbert. Meinen Sie nicht auch?« Er lächelte vertraulich und zog sich zurück.

Anselm ging auf ein eisernes Tor zu, das von einem Gardisten in grotesker Uniform bewacht wurde. Als er auf die Straße trat, war ihm bewusst, dass nun eine große Verpflichtung auf seinen Schultern lag; wer sie ihm auferlegt hatte, war ihm jedoch nicht ganz klar.

3

Conroy saß unter Orangenbäumen an einer alten Olivenpresse, die in der Mitte des prächtigen, aus dem fünfzehnten Jahrhundert stammenden Kreuzgangs von San Giovanni als Tisch diente. Ein großer Krug Wein und eine Schale mit Pfirsichen in Wasser standen vor ihm. In Larkwood wäre jetzt die Stunde der Großen Stille nach der Komplet, doch für Conroy war es Zeit für »einen kleinen Plausch«.

»Da, wo dieses Teufelchen herkommt, gibt's übrigens noch mehr«, sagte er und deutete mit dem Kinn auf den Krug. »Ein wenig herb allerdings.«

Anselm zog einen Stuhl heran, und dann saßen die beiden sich gegenüber wie Kartenspieler in einem billigen Western, umgeben vom schrillen Gesang der Zikaden.

»Na, können Sie mir erzählen, was die hohen Herren gesagt haben?«, fragte Conroy.

»Nein.«

»Hab ich mir schon gedacht«, erwiderte Conroy befriedigt.

Anselm erinnerte sich an Conroys Warnung vor Spiegeln, die alles verschieben und verzerren. Er hatte Unrecht gehabt, was nicht ganz überraschend war. Leute wie er waren zwar äußerst unterhaltsam, aber nicht bereit, die feine Diplomatie eines hohen Amts und die Anforderungen, die es an seinen Inhaber stellte, zu erkennen.

»Tja, wir haben nicht viel Zeit, also geben Sie mir Ihr Glas«, sagte Conroy und hob den Krug. »Wir sind doch zum Feiern geboren.« Er goss ein und kniff dabei die Augen zu, als wäre ihm etwas in den Sinn gekommen, was er nicht verraten konnte. Dann sagte er mit bemüht vorsichtigen Worten: »Falls Sie je irgendwelche Informationen benötigen, die über das hinausgehen, was die hohen Herren Ihnen gesagt haben, dann lassen Sie's mich wissen. Ich habe ein paar Freunde im Archiv, die mir gerne mal einen Gefallen tun.«

Conroy ließ einen Pfirsich in sein Glas fallen.

Anselm schüttelte den Kopf. Dergleichen war völlig unnötig. Doch dann hörte er sich zu seinem Schrecken sagen: »Ich will tatsächlich etwas wissen.«

»Nur zu!«

Es war, als spräche eine andere Person, von der Anselm hilflos mitgerissen wurde. »Was ist über das französische Kloster Notre-Dame des Moineaux bekannt?«, fragte er und zuckte zusammen, als er an dem extrem trockenen Weißwein nippte.

Conroy nahm einen kräftigen Schluck und sagte: »Ich halte das nicht schriftlich fest.«

»Nein, bitte nicht.«

»Und die Antwort schreibe ich auch nicht auf.«

»Nein, bitte nicht.«

Vereint in Lug und Trug, sahen die beiden sich an.

»Nehmen Sie sich 'nen Pfirsich«, sagte Conroy.

»Gern«, erwiderte Anselm und lachte völlig grundlos. Er war bereit zu feiern, auch wenn er nicht wusste, was.

Nun kam Conroy in Fahrt. »Hab ich Ihnen schon die Geschichte von mir und dem Kardinal erzählt? Nein? Du lieber Himmel! Na, dann sperren Sie mal die Ohren auf.«

Conroy füllte sein Glas erneut.

»Nachdem man allerhand Getöse um mein Buch gemacht hatte, wurde ich eingeladen – *eingeladen*, sag' ich Ihnen –, gemeinsam mit dem Fürsten der Heiligen Kongregation für die Verteidigung des Glaubens das Abendgebet zu sprechen. Tja, ich hab mich fürchterlich blamiert. Sie kennen doch diese Antiphon für die Passionszeit, *O crux gloriosa*, oder? Also, Gott möge mir vergeben, aber ich hab mich versprochen. So feierlich, wie's ging, hab ich ungewollt die Anfangsbuchstaben vertauscht, und das auch noch mit *Betonung*. Jesus, Sie hätten sein Gesicht sehen sollen!« Conroy angelte in seinem Glas nach dem Pfirsich. »Es war der reinste Wahnsinn, kann ich Ihnen sagen.«

»Welches Buch hat Sie denn in Schwierigkeiten gebracht?«, fragte Anselm neugierig.

»Sie kennen es bestimmt nicht. Ich habe eingewilligt, es zurückzuziehen. Die cleveren Jungs hinter der großen Tür waren nicht zufrieden mit meiner Christologie. Zu primitiv.«

»Ich würde es gern lesen.«

»Ich hab jedes Exemplar verbrannt, Tausende von Bänden. Aber ich überlege mir, ob ich noch eines schreiben soll. Ach, Pater, Ihr Glas bitte! Es ist leer.«

Anselm spürte, wie er den Boden unter den Füßen verlor. Dies war ein Fall für Roddy, nicht für ihn. Aber schon morgen

Abend würde er wieder in Larkwood sein und den Glocken gehorchen, deshalb stürzte er sich jetzt mit Conroy hinein und versuchte, den Kopf oben zu behalten.

Als Anselm zwischen zwei und drei Uhr morgens aufwachte, lag er auf dem Küchenboden, ein Stück englischen Cheddar in der einen Hand und einen Kartoffelschäler in der anderen. Conroy war nirgendwo zu sehen. Von der Unterhaltung mit ihm wusste Anselm nur noch wenig, mit Ausnahme eines Dialogs, der beide vorübergehend ernüchtert hatte. Conroy hatte sich erkundigt, was Schwermann denn angeblich getan habe, und Anselm hatte es ihm erzählt. Da verdüsterte sich Conroys Miene qualvoll. Er drehte den schlanken Stiel des Glases zwischen seinen dicken, sanften Fingern und murmelte ganz langsam: »Wenn man einmal gesehen hat, wie ein Kind den Himmel um Hilfe anfleht und nicht erhört wird, ist nichts mehr, wie es früher war. Nichts. Selbst Gott verändert sich.«

13. Kapitel

Erstes Schulheft von Agnes Embleton

2. Mai

Père Rochet sollte Recht behalten mit dem, was er über die Deutschen gesagt hatte. Bereits wenige Monate, nachdem sie Frankreich besiegt hatten, ordneten sie eine erste Zählung der Juden an. Ich war damals schwanger, also muss es gegen Ende 1940 gewesen sein. Madame Klein und ich waren in ein Mietshaus im elften Arrondissement umgezogen, das ebenfalls ihr gehörte. »Ich möchte auffallen«, hatte sie erklärt, aber gewundert hatte ich mich doch über ihre Entscheidung, denn in diesem Viertel wohnten viele Juden. Wenn die Deutschen wollten, konnten sie sie dort jederzeit abholen, zusammen mit allen anderen. Es war eine ärmliche Gegend, in der viele unserer Freunde aus dem sonntäglichen Musizierkreis lebten. Ich vermute, dass sie einfach bei ihresgleichen sein wollte, wenn das Ende kam, und von mir glaubte sie, dass ich mit meiner gefälschten »arischen« Identität vor jeder Verfolgung sicher wäre.

Madame Klein meldete sich bei der Zählung, ich nicht. Ein paar Monate später wurden die ersten Juden – zumeist Ausländer – abgeholt, und bald darauf mussten alle Juden ihre Radiogeräte bei der Polizei abgeben. Madame Klein tat es, ich nicht. Danach gab es in unserem Stadtviertel eine große Razzia, die eine ganze Woche andauerte und der alle unsere Freunde aus dem musikalischen Zirkel zum Opfer fielen.

Erinnerst du dich noch an Monsieur Rozenwerg? Ich musste zusehen, wie er mit seinem wunderschönen großen Pelzhut auf dem Kopf und seinem Gebetsschal um den Hals von zwei Gendarmen zu einem der wartenden Busse geführt wurde. Zweimal kamen Polizisten auch zu uns in die Wohnung, besahen sich meine Papiere und nickten einander zu. Dann sagten sie meiner »Großmutter« Madame Klein, sie bräuchte ihnen die ihren gar nicht mehr zu zeigen. Ist das nicht seltsam? Sie lieferte sich nicht den Nazis aus, aber sie wollte auch nicht, dass Père Rochet auch ihr gefälschte Papiere beschaffte. Aber so war sie nun mal, unsere Madame Klein. Langsam zog sich das Netz um die Juden immer enger. Bald durften sie ohne Erlaubnis nicht mehr umziehen und bekamen eine strenge Ausgangssperre auferlegt.

Die Deutschen wussten jetzt, wo die Juden wohnten, und versperrten ihnen systematisch alle Fluchtwege. Und als diese grässliche, widerliche Sache dann ernstlich begann, rief Père Rochet seine Ritter ein zweites Mal zusammen.

3. Mai

Mein kleiner Junge war damals zehn Monate alt, also muss es Anfang 1942 gewesen sein. Es waren dieselben Leute anwesend wie beim ersten Mal, nur Victor fehlte. Père Rochet hatte monatelang keinen Kontakt mehr zu ihm gehabt, und irgendjemand hatte ihn mal in einer Polizeiuniform gesehen. Als Père Rochet das hörte, nickte er. Victors Familie war offenbar sehr stolz auf ihn.

Die Tafelrunde war für ihren ersten Einsatz bereit. Unsere Aufgabe war es, entweder alleine oder als Paar Kinder von einem Treffpunkt abzuholen und sie zu einem Versteck außerhalb von Paris zu bringen, wo sie jemand anders übernahm.

Jacques war der Koordinator innerhalb der Gruppe. Er war es auch, der als einziger die Verbindung zu Père Rochet hielt und uns sagte, wo und wann wir zum Einsatz kamen. Er versorgte uns auch, falls nötig, mit Papieren für die Reise. Jacques war schon deshalb für diese Aufgabe prädestiniert, weil in

Genf lebende Mitglieder seiner Familie die Kinder dort in Empfang nehmen konnten.

Père Rochet schärfte uns ein, im Falle einer Verhaftung ruhig zu bleiben und alles auf ihn zu schieben. »Sagt einfach, ich hätte euch gesagt, die Eltern der Kinder seien erkrankt und ihr müsstet sie zu Verwandten bringen. Den Rest erledige ich dann.« Ich fragte ihn, ob er nicht Angst vor dem habe, was die Deutschen ihm antun könnten. »Aber nein«, lachte er. »Ich habe mein ganzes Leben zwischen Gräbern verbracht. Ich habe keine Angst vor dem Tod.« Nach diesem Treffen sagte mir Jacques, er mache sich Sorgen wegen Père Rochet. Der Pater trinke zu viel Alkohol und sei deshalb verletzbar. Wenn die Deutschen ihn folterten, würde er möglicherweise zusammenbrechen und alles verraten.«

»Das tut er niemals«, entgegnete ich.

Nach diesem Treffen hatte ich mehrere Einsätze für die Tafelrunde, bei denen ich mein eigenes Baby auf dem Arm und das mir anvertraute Kind an der Hand hielt. Ich wurde nie aufgehalten.

4. Mai

Etwa um diese Zeit kam der Befehl, alle Juden müssten ihre Kinder namentlich registrieren lassen. Gesetze, die nur für Juden galten, waren damals gang und gäbe. Die nächste Vorschrift war, dass jeder Jude einen sechszackigen Stern, etwa so groß wie meine Handfläche, mit der Aufschrift »Juif« tragen musste. Jacques und einige seiner Kommilitonen protestierten dagegen, indem sie sich selber ähnliche Sterne auf die Kleidung nähten und »Katholik« darauf schrieben. Natürlich wurde Jacques verhaftet, und die Erinnerung an diesen Tag ist für mich bis heute in vielerlei Hinsicht sehr schmerzhaft.

Praktisch über Nacht wurden Tausende von Menschen durch einen kleinen, gelben Stofffetzen ausgegrenzt und von ihren Mitbürgern isoliert. Ich sah zwei kleine Mädchen, Zwillinge, mit himmelblauen Schleifen im Haar und hübschen Kleidern, auf deren Brust der fein säuberlich aufgenähte

Judenstern prangte. Völlig entgeistert stand ich am Straßenrand und ließ die beiden vorübergehen.

Bei dem Stern muss ich auch an Madame Klein denken, wie sie unter einer Stehlampe saß und mit der Brille auf der Nase das Stoffstück auf ihre drei schwarzen Kleider nähte. Ich erinnere mich nicht, dass sie danach noch einmal das Haus verlassen hätte. Wenn sie frische Luft brauchte, setzte sie sich ans Fenster und erzählte mir von den Statuen der Musiker im Parc Monceau oder den verschlungenen Pfaden, wo sich die alten Leute trafen.

Weil ich mir nach Jacques' Verhaftung große Sorgen um ihn machte, ging ich zu Victor in die Avenue Foch, in der Hoffnung, er würde ihm helfen. Ich hatte mein Ziel fast erreicht, da entdeckte ich Père Rochet, noch zerzauster als sonst, wie er in einer kleinen Seitengasse verschwand. Nach einigem Hin und Her gelang es mir, zu Victor vorzudringen und ihn zu fragen, wie es Jacques gehe. Er brachte kein Wort über die Lippen, sondern starrte mich so seltsam an, dass ich Angst vor ihm bekam. Dann wies er mich aus seinem Büro.

Ein paar Tage später traf ich ihn zufällig auf den Champs-Elysées. »Ich weiß alles über euch«, sagte er und redete auf mich ein, nicht die Heldin zu spielen. Wahrscheinlich hätte ich damals schon erkennen müssen, dass er uns alle verraten würde, aber es kam mir einfach nicht in den Sinn. Stattdessen tat ich etwas, wofür ich mich noch heute schäme, und was ich mir in den vergangenen fünfzig Jahren wieder und wieder zum Vorwurf gemacht habe: Ich gab ihm eine schallende Ohrfeige. Es fühlte sich fantastisch an.

5. Mai

Das Ende kam am 14. Juli 1942, dem französischen Nationalfeiertag. Ich hatte einen Einsatz, der eigentlich ganz einfach war. In einer Vereinsgaststätte, die dem OSE als Tarnung diente, sollte ich einen kleinen Jungen abholen. Dort traf ich auch dessen Mutter, eine wunderschöne Frau in meinem Alter mit dunkelgrünen Augen, die natürlich in Tränen aufgelöst war. Es war wie in einem Film über einen Schiffsuntergang. Ich hatte das Gefühl, als ob ich den Jungen zu einem Rettungsboot brächte, in dem kein Platz mehr für seine Mutter war. Weil die Mutter keine Papiere hatte, sollte ich meinen eigenen Sohn bei ihr lassen und für den Fall, dass man mich aufhielt, ihren Jungen für den meinen ausgeben. Ihre letzten Worte zu ihm waren: »Wir sehen uns bald wieder.«

Vom Gare de Lyon aus fuhr ich mit dem Zug zu einem Dorf im Burgund und übergab den Jungen einem Mönch, der ihn in ein Kloster mit angeschlossenem Waisenhaus brachte. Damit war meine Aufgabe erledigt. Schon mit dem nächsten Zug fuhr ich zurück nach Paris.

Als ich meinen Sohn am Nachmittag in der Vereinsgaststätte wieder abholte, sagte man mir, er habe die ganze Zeit über geschrien. Ich ging gleich mit ihm nach Hause. Als ich die Treppe hinaufstieg, hörte ich ein leises Husten aus einer offen stehenden Wohnungstür. Es war Madame Vignot, die alte Wichtigtuerin aus dem ersten Stock, die sich ständig über Lärm beschwerte. Sie schüttelte den Kopf und deutete nach oben. Ich trat näher, und sie flüsterte mir ins Ohr, dass man Madame Klein abgeholt habe. Sie habe sich fürchterlich gewehrt, und die Polizisten hätten sie an den Haaren die Treppe hinuntergezerrt. Dann, vor etwa einer halben Stunde, seien zwei Männer und eine Frau gekommen, die jetzt oben in der Wohnung auf mich warteten. Ich ließ sie mir von Madame Vignot beschreiben und wusste sofort, dass einer der beiden Männer Victor sein musste. Die anderen waren offenbar ein deutscher Soldat und eine Krankenschwester.

Als ich wieder hinaus auf den Treppenabsatz trat, wusste ich, dass ich an einem Wendepunkt meines Lebens angelangt war. Ich hätte einfach die Treppe hinunter auf die Straße gehen und aus Paris verschwinden können, aber ich dachte, Victor wäre gekommen, um mir zu sagen, was mit Madame Klein geschehen war. Außerdem hatte ich nichts zu befürchten, denn alle meine Papiere waren in Ordnung, und der Deutsche wollte vermutlich nur wissen, weshalb ich bei einer Jüdin wohnte. Und ich konnte mich nicht aus dem Staub machen, bevor ich nicht wusste, wie es Jacques ging. Also stieg ich die Treppe hinauf. Dort in der Wohnung geschah alles sehr schnell, auch wenn es mir in der Erinnerung so vorkommt, als wäre es quälend langsam und wie in Zeitlupe abgelaufen.

Der deutsche Soldat war Eduard Schwermann. Ich hatte ihn schon vorher einmal mit Victor in einem Café gesehen; Père Rochet hatte mich im Vorübergehen auf die beiden aufmerksam gemacht. Ich war noch nicht einmal richtig in der Wohnung, da raunzte Schwermann Victor an, der mich daraufhin pflichtschuldig nach meinen Papieren fragte. Er wollte alles sehen: Geburtsurkunde, Taufschein und so weiter. Ich gab sie ihm. Daraufhin verlangte Schwermann die Papiere meiner Eltern, die ich zitternd wie Espenlaub aus einer Schublade hervorkramte. Mein Junge fing an zu weinen. Schwermann würdigte die Urkunden keines Blickes, sondern steckte sie alle zusammen in eine Tasche seiner Uniform. »Gehen wir«, blaffte er, und wir verließen, gefolgt von der Krankenschwester, die Wohnung.

Sie brachten mich hinunter auf die Straße und führten mich um eine Ecke, hinter der ein Lastwagen mit deutschen Soldaten auf der Ladefläche stand. Ich weiß noch, wie der Motor angelassen wurde, aber an alles andere kann ich mich nur noch undeutlich erinnern. Ein Soldat packte mich und zog mich zu dem Lastwagen, und Schwermann riss mir meinen Jungen aus den Armen und gab ihn der Krankenschwester. Sie trug ihn zu einem hinter dem Lastwagen geparkten Auto, stieg ein und das Auto fuhr los. Ich wehrte mich wie eine Furie, schrie aus Leibeskräften und trat nach dem Soldaten, der mich auf die Ladefläche des Lastwagens hob. Kurz darauf verlor ich das Bewusstsein.

21. Mai

Ich weiß nicht mehr, wie viele Monate ich in Paris eingesperrt war und wann man mich von dort wegbrachte – zunächst in das Gefängnis La Santé und dann nach Auschwitz.

Ausgerechnet an diesem entsetzlichen Ort hatte ich Glück im Unglück. Ich war etwa vier oder fünf Monate dort. Die Wachen rissen uns gewöhnlich um drei Uhr morgens aus dem Schlaf und ließen uns dann bis um sieben Uhr im Hof stehen. Danach mussten wir arbeiten, bis wir vor Erschöpfung umfielen. Ständig schlug man uns ohne den geringsten Grund. Eines Nachmittags brachte man eine Gruppe von etwa zweihundert französischen Frauen ins Lager. Sie sangen die Marseillaise, als sie durch das Tor marschierten. Es waren politische Gefangene, gegen deren Unterbringung in Auschwitz später mehrere ausländische Regierungen protestierten. Ich hatte zunächst keinen Kontakt zu ihnen, denn ich war an Typhus erkrankt. Zehn Monate lang war ich in Quarantäne, und das hat mir wahrscheinlich das Leben gerettet, denn dadurch wurde ich zu dem Zeitpunkt, an dem mir mein Überlebenswillen fast abhanden gekommen wäre, aus der normalen Routine des Lagerlebens genommen. Sechs Monate lang lag ich auf einer Pritsche neben einer der Französinnen, einer Journalistin namens Collette Beaussart, die man wegen ihrer kritischen Artikel ins KZ gesteckt hatte. Jeden Tag sprachen wir über ganz simple, alltägliche Dinge, die wir tun würden, wenn wir jemals wieder frei wären. Sie wollte Marmelade kochen, und ich wollte sie essen. An das, was sie sonst gesagt hat, kann ich mich nicht mehr richtig erinnern, aber ich weiß noch gut, dass unsere Gespräche für mich eine Art Leiter waren, an deren Sprossen ich mich klammerte. Ich war zwar zu schwach, um auf dieser Leiter nach oben zu steigen, aber wenigstens rutschte ich nicht weiter ab. Als ich aus der Quarantäne entlassen wurde, erzählte man mir, die politischen Gefangenen aus Frankreich würden aufgrund der internationalen Proteste am nächsten Tag ins Lager Ravensbrück verlegt. Durch einen Schreibfehler – so glaubte ich wenigstens – war auch mein Name mit auf die Liste geraten. In Wirklichkeit jedoch hatte Collette jemanden von der Lagerleitung überzeugt, dass auch ich zu ihnen gehörte.

Anfang 1944 kam ich so von Auschwitz nach Ravensbrück, wo ich bis zur Befreiung des Lagers durch die Russen blieb.

Hier musste ich als Zwangsarbeiterin in einer Fabrik der Firma Siemens Telefone bauen. Ich dachte, die Sklaverei würde nie ein Ende nehmen. Als die Deutschen schließlich das Lager räumten, ließen sie mich und ein paar andere Frauen zurück, damit wir uns um die Kranken kümmerten.

22. Mai

Ich habe mich oft gefragt, ob ich dir überhaupt von der Vergangenheit erzählen soll, die, wie du gleich sehen wirst, auch dich betrifft. Die Ereignisse sind jedoch unlösbar miteinander verwoben. Bitte lies die folgenden Zeilen also ganz aufmerksam und vergiss nicht, dass ich dir damit nicht wehtun will. Ich erzähle dir jetzt einen Teil deiner Geschichte, und auch wenn es noch so schmerzhaft sein mag, sie gehört dir und niemand anderem.

In Ravensbrück traf ich eine Frau, die gerade in das Lager eingeliefert worden war. Da ich ihre Sprache nicht verstand, weiß ich so gut wie nichts von ihr, nicht einmal ihren Namen. Ich glaube, sie war Polin. Sie hatte zwei Kinder und war schwer krank. Da Ravensbrück ein Frauen-KZ war, kann man wohl davon ausgehen, dass ihr Mann, dein wirklicher Großvater, schon lange vorher von seiner Familie getrennt worden war.

Es gibt Dinge, die man auch ohne Worte ausdrücken und verstehen kann, und so erkannte ich, dass die Frau sich keine Illusionen über ihre Lage machte. Sie wusste genau, dass sie sterben und dass ihre Kinder dann ganz allein sein würden. Und sie wusste auch, dass ich der letzte Mensch war, mit dem sie auf dieser Welt sprechen konnte. Ich hielt ihr die Hand und versuchte, sie mit französischen Worten zu trösten. Das Flehen eines Menschen klingt in jeder Sprache gleich, und ich wusste genau, was diese Frau von mir wollte: Ich sollte mich um ihre Zwillinge kümmern, um Freddie und Elodie, die sie noch im Sterben im Arm hielt. Ich sagte ihr, dass ich das tun würde, und spürte, wie meine Worte sie beruhigten. Kurze Zeit später starb sie. Ihre Hand ließ die meine los, und ihr

Kopf sank nach hinten. Bevor du geboren wurdest, hatte ich nicht einmal einen Namen für sie, danach nannte ich sie immer Lucy, nach dir. Und als du größer wurdest, sah ich, dass du ihre zarten, fast sehnsüchtigen Gesichtszüge geerbt hast.

Den Rest der Geschichte kennst du. Zusammen mit etwa fünfzig Überlebenden des Lagers brachte man mich zurück nach Paris. Wir alle waren furchtbar abgemagert und hatten wächserne, graue Gesichter mit braunen Ringen unter den Augen. Als wir am Gare de l'Est ankamen, blieben die Leute stehen und starrten uns an, ohne ein Wort zu sagen. Und dann fingen sie an, die Marseillaise zu singen, die ich das letzte Mal von den gefangenen Frauen in Auschwitz gehört hatte.

Im Krankenhaus lernte ich Grandpa Arthur kennen, der dort wegen eines gebrochenen Beines behandelt wurde. Er unterhielt sich gerade mit den Zwillingen und als ich hinzukam, stellte er sich vor. In den folgenden Wochen erzählte ich ihm alles, was mir widerfahren war. Er war ungemein verständnisvoll, und ich wusste, dass ich nie mehr ohne ihn sein wollte. Er fehlt mir sehr, und ich sehne mich so danach, ihn wiederzusehen.

Als ich aus dem Krankenhaus entlassen wurde, ging ich zurück in unsere Wohnung, in der nichts mehr an Madame Klein oder mich erinnerte. Auch von den anderen Menschen, die früher in dem Haus gelebt hatten, war keine Spur mehr zu finden. Ich hörte mich überall um und konnte nach und nach rekonstruieren, was geschehen war. Victor hatte uns alle verraten. Sämtliche Mitglieder der Tafelrunde waren am selben Tag wie ich verhaftet worden, die meisten, wie ich, am Nachmittag. Jacques' Familie konnte fliehen, aber Jacques selbst, den man an diesem Tag aus dem Gefängnis entlassen hatte, war im Haus seiner Familie zurückgeblieben. Er muss wohl auf mich gewartet haben, aber ich kam nicht zurück. Noch am Abend wurde er dort verhaftet.

Ich versuchte, mein Versprechen zu halten und mich um die beiden Kinder der Polin zu kümmern, als wären es meine eigenen, aber ich habe versagt. Meinen kleinen Jungen, der so geweint hat, als ich ihn in der Vereinsgaststätte bei fremden

Menschen zurücklassen musste, konnte ich nie vergessen. Mit Arthurs Hilfe fand ich heraus, was mit ihm geschehen war. Man hatte ihn in ein Waisenhaus gebracht, aus dem er schließlich zusammen mit allen anderen Kindern nach Auschwitz deportiert worden war. Vom Roten Kreuz erfuhr ich das, was auf der Hand lag: Niemand mit seinem Namen hat das Lager überlebt. Mir blieb der schwache Trost, dass ich wenigstens ein paar Monate an dem Ort verbracht hatte, an dem er gestorben ist.

So, jetzt kennst du meine Geschichte und weißt, weshalb ich so geworden bin, wie du mich kennst. Kannst du dich noch daran erinnern, wie du am Sonntagnachmittag immer Grandpa Arthur klassische Theaterstücke vorgelesen und deine Stimme dabei verstellt hast? Erinnerst du dich an König Lear, als ihm im dritten Akt klar wird, dass er sein Versagen mit dem Tod seiner Kinder bezahlen musste? Er sagt: »Ich bin ein Mann, an dem man mehr gesündigt, als er sündigte.« Meinst du, es gelingt dir, dies auch über mich zu sagen?

Teil II

Alles brennt! Die roteste Rose ist ein Gespenst;
Funken wirbeln auf, vergehend im Nebel ...

Das Verbrennen der Blätter
Laurence Binyon (1942)

Zweiter Prolog

»Dann werde ich an deiner statt den Stift führen«, sagte Wilma theatralisch.

Agnes nickte. Was blieb ihr auch anderes übrig, jetzt, wo sie nicht mehr schreiben konnte. »Es gibt nicht mehr viel zu sagen, aber das hätte ich gerne noch zu Papier gebracht.«

Seit sie ihr Heft fertig geschrieben hatte, sann sie über die Vergangenheit nach und durchlebte all die schrecklichen Dinge, die damals geschehen waren, noch einmal. Durch die Niederschrift sah Agnes ihr eigenes Leben in neuem Licht. Auf einmal entdeckte sie neue Strukturen und sogar einen Zusammenhang, der ihr bisher größtenteils verborgen geblieben war.

Agnes öffnete die Schublade ihres Schreibtisches, nahm das zweite der beiden Schulhefte heraus, die sie vor sechs Monaten gekauft hatte, und gab es Wilma, die schon am Esstisch Platz genommen hatte.

»Ich bin bereit«, sagte Wilma feierlich mit dem Stift in der Hand.

Agnes schloss die Augen und dachte nach. Und dann fing sie an zu diktieren.

»›Nacht und Tag habe ich zwischen den Gräbern gelebt und mich mit Steinen geschlagen‹ … Punkt.«

Wilma brauchte einige Zeit, bis sie die Worte in ihrer verschnörkelten Handschrift zu Papier gebracht hatte. »Die Geschichte gefällt mir.«

»Welche Geschichte?«, erkundigte sich Agnes gereizt, während sie darüber nachdachte, ob die Frage nicht ein schlechtes Omen war.

»Na, die in der Bibel. Über den armen Besessenen, der in den Bergen zwischen den Gräbern hauste. Er hatte so viele Dämonen in sich, dass niemand mit ihm fertig wurde. Und deshalb musste er draußen bei den Grabhöhlen leben, wie du schon sagtest. So wie wir ja auch.«

»Und warum gefällt dir diese Geschichte?«, fragte Agnes jetzt einfühlsamer.

Wilma legte den Stift beiseite. »Weil ihm schließlich doch geholfen wurde, nachdem alle aufgegeben hatten und er selbst auch nicht mehr daran glaubte.«

Agnes konnte sich nicht mehr genau an die Bibelstelle erinnern. »Was ist passiert?«

»Jesus ließ die Dämonen in die Schweine einer nahen Herde fahren.«

»Das stimmt«, erinnerte sich Agnes. »Und die Dämonen wurden ›Legionen‹ genannt, weil es so viele waren.« Père Rochet hatte sie mit den deutschen Truppen verglichen, die Frankreich besetzt hatten wie die römischen Legionen dereinst Palästina.

»Die Schweine stürzten einen Abhang hinunter in einen See und ertranken«, sagte Wilma mit tiefer Befriedigung. »Und der arme junge Mann konnte zurück zu seiner Familie.«

Stimmt, dachte Agnes. Père Rochet hat damals gesagt, dass es so viele Schweine gebe, aber weder eine Klippe noch einen Messias. »Auf den müssen wir noch eine Weile warten«, hatte er gemeint.

»Habe ich dir schon gesagt, für wen dieses Heft ist?«, hauchte Agnes, der von der neu gewonnenen Gewissheit ganz schwach zu Mute war.

»Nein.«

»Dann schreibe bitte etwas oben drüber. Eine Anrede.« Sie schloss die Augen und versuchte, sich den Mann vorzustellen, der einstmals ihr Freund gewesen war.

»Lieber –«

14. Kapitel

Endlich war der alte Mann allein. Er saß oben im Wohnzimmer, durch dessen Fenster man das Meer sehen konnte, und entfaltete wie schon so oft den Brief seiner Frau. Sie hatte ihn kurz vor ihrem Tod geschrieben, während er an ihrem Bett im Sessel geschlafen hatte. Er solle ihn jedes Mal lesen, hatte sie ihm gesagt, wenn die Schuldgefühle ihn zu überwältigen drohten.

Mein liebster Victor,

ich habe dich oft im Schlaf beobachtet. Die schlechten Zeiten haben selbst deine Ruhe untergraben. Sie haben dich nie wirklich verlassen, und ich bezweifle, dass sie es je tun werden. Aber du musst mir glauben: Du hast in einer äußerst schwierigen Zeit dein Bestes getan. Ich hatte Recht, als ich vor vielen Jahren sagte, manchmal müsse es Geheimnisse geben. Wie befreiend es doch wäre, wenn ein starker Wind käme und sie alle fortwehte! Aber das wird nicht geschehen. Sechsundzwanzig Jahre lang hatten wir einander, Jahre, in denen du dich an mich wenden konntest, und nun, ja, nun geht das zu Ende. Dies also ist, was ich zu sagen haben: Schau dir doch Robert an! Schau dir seine Kinder an! Schau sie alle an! Das ist dein Testament. Sie sehen nur den guten Menschen, den ich geheiratet habe, selbst wenn die Welt dich eines Tages verurteilen sollte. Ich weiß, was wirklich ge-

schehen ist, und ich segne den Tag, an dem ich dich getroffen habe.

In nie endender Liebe
Dein Eichhörnchen

Pauline, das Eichhörnchen – weil sie nie etwas wegwarf. Victor faltete das Blatt und steckte es in seinen Taschenkalender zurück. Die Worte hatten keine Wirkung, das hatten sie nie gehabt. Es war nicht so, dass Victor das Wunder seiner Familie nicht gesehen hätte. Er sah es, doch jedes leuchtende Gesicht war nur ein matter Schein vor der grenzenlosen Finsternis des Mordens, das er erlebt hatte.

Als seine Frau gestorben war, hatte Victor zu trinken begonnen. Es war kein einmaliges, gewaltiges Besäufnis, sondern eine Reihe einsamer, chaotischer Trinkgelage, die immer häufiger wurden, bis er schließlich fast jeden Tag auf dem Boden erwachte. Er erfuhr, was nur die wissen, die sehr tief gefallen sind: das Trinken hat eine Ehrlichkeit an sich, eine Tapferkeit. Es ist keine Flucht – außer auf Amateurniveau, wenn man mit Freunden, die man gerade erst kennen gelernt hat, im Taxi von Kneipe zu Kneipe fährt und auch den Straßenverkauf nicht scheut. Im Gegenteil, Trinken bedeutet, mutterseelenallein standzuhalten, wenn die Dämonen erscheinen, um dich mit höhnischem Grinsen zu umtanzen.

Was vor sich ging, erfuhr Robert schließlich vom Gemeindepfarrer, der Victor zusammengesunken in einem Beichtstuhl vorgefunden hatte. Er hatte tagelang nichts gegessen und sich nicht gewaschen. Eine kleine Versammlung wurde einberufen. Pfarrer Lacey sagte, er kenne eine gute Klinik auf dem Lande, aber die sei teuer. »Du musst dich deinem Kummer stellen, Dad«, sagte Robert flehentlich, und Pfarrer Lacey fügte mit wissendem Blick hinzu: »Und der Vergangenheit.«

Die ganze Familie legte zusammen. Einmal durften sie zu Besuch kommen. Die Therapeuten erklärten, Victor sei nicht vollständig kooperativ gewesen, womit sie wohl andeuten wollten, er habe sich allerhand geschickte Ausweichmanöver einfallen lassen. Trotzdem habe er »eine Menge über sich erfahren« und verschiedene »Bewältigungsstrategien« kennen gelernt. Und so kehrte Victor ins »normale Leben« zurück. Die meisten Beobachter sahen einen Mann, der seinen Gram unter Kontrolle gebracht und einen Weg gefunden hatte, ohne seine Frau weiterzuleben. Nur Victor und sein Beichtvater, Pfarrer Lacey, wussten von den unzähligen Dämonen, die noch immer unsichtbar im Dunkel lauerten.

Den Brief seiner Frau las Victor so oft, weil er hoffte, das laute Hersagen der Zeilen könnte doch noch irgendeine Wirkung zeigen, wie ein Zauberspruch, den man nur feierlich und innig genug aussprechen muss. Aber er glaubte nicht an Zauberei. Was war mit dem flackernden Licht von Kerzen? Ja, daran glaubte er. Jede Woche steckte er in der Seitenkapelle welche für Robert an. Für – irgendwo drunten brach hinter einer Tür plötzlich helles Lachen aus – Roberts Frau Maggie und seine Enkel, alle fünf, zwei Jungen und drei Mädchen, alle »flügge und längst im eigenen Nest«, wie Robert gern sagte. Victor lächelte. Zwei von ihnen waren verheiratet, es gab schon Urenkel. Die ganze Sippe umfasste inzwischen dreizehn Personen, ein Segen von biblischen Dimensionen. Nur – so einfach war es nicht. Im Spiegel über dem Kamin sah Victor sein Ebenbild. Selbst wenn er lächelte, konnte er die unsägliche, hartnäckige Traurigkeit nicht verbergen. Wieso dachte er, wenn er in einen Spiegel schaute, nach all den Jahren immer noch an Jacques – und an Agnes, an ihr langes, üppiges Haar und ihre dunklen, flehenden Augen? Und wenn die Schatten der beiden mit einem Stöhnen verschwanden, wieso, ach, wieso überließen sie ihn dann immer einer anderen Erinnerung, die sich genauso wenig unterdrücken ließ? Wieso konnte er sich selbst jetzt, da er Mitte siebzig war, noch immer nicht anschauen, ohne Eduard Schwermann zu erblicken? Kein Wunder, dass er den Kindern nicht erklären konnte, weshalb es im Haus ihres Großvaters keine Spiegel gab!

Hier in Roberts Haus gab es viele, und alle waren unversöhnliche Fenster zu seiner Seele und zu der seines Komplizen. Leise murmelte er deutsche Worte:

»Zwei Seelen wohnen, ach! in meiner Brust.«

Als die Familie am Abend von Victors Ankunft eng gedrängt um den üppig gedeckten Esstisch saß, war das Gespräch, wie er schon erwartet hatte, auch auf den Fall Schwermann gekommen. Um Stephen, den ältesten Urenkel, zu schützen, mussten alle verfänglichen Begriffe buchstabiert werden. Mit seinen vier Jahren war der Kleine in dem schrecklichen Alter, in dem Hören und Wiederholen gnadenlos Hand in Hand gehen.

»Nach allem, was man so hört, war er ein übler B-a-s-t-a-r-d«, sagte Francis, Roberts ältester Sohn.

»Wahrscheinlich wird er behaupten, sie hätten den Falschen erwischt«, warf jemand ein. Andere Stimmen wiederholten Informationen, die alle gehört und gelesen hatten:

»O nein! Offenbar besteht keinerlei Zweifel, dass er dabei war.«

»Was wird er dann sagen? Irgendwas muss er ja sagen!«

»Dass er nicht gewusst hat, was vor sich ging, oder dass er nur Befehlen gehorcht hat. Entweder das eine oder das andere.«

»So was ist mir immer komisch vorgekommen.«

»Was denn?«

»Na ja, da, wo ich arbeite, kriegen selbst die Putzleute den ganzen Dreck mit.«

»Das ist ein fürchterlicher Kalauer. Reich mal das Hühnchen rüber, bitte.«

»Bei uns ist es genauso. Ich weiß nicht, wie sie es herausbekommen, weil keiner zugibt, dass er's ihnen erzählt, aber im Grunde kann man nichts verbergen.«

»Das ist kein Hühnchen, das ist Tofu.«

»Und man würde denken, dass ›Befehle befolgen‹ und ›V-e-r-n-i-c-h-t-u-n-g-s-l-a-g-e-r‹ wirklich nicht in denselben Satz gehören – außer, jemand ist verrückt.«

»Und das ist der Kerl nicht.«

»Wie auch immer, du hast Recht, Francis; er ist ein B-a-s-t-a-r-d.«

»Was ist das, Daddy?«, fragte Stephen mit einer Neugier, die aus Erfahrung nicht so leicht abzulenken sein würde.

»Nichts, Junge, nichts.«

»Daddy, worüber redet ihr da?«

»Über einen bösen Mann, das ist alles. Iss jetzt auf.«

Victor wurde beinahe übel, während er dem Gespräch lauschte.

»Aber, Daddy …«

Victor hörte nicht mehr zu. Obwohl er sich nicht sicher sein konnte, da er auf seinen Teller starrte, glaubte er doch Roberts Blick auf sich zu spüren. Dieser, der sonst so redselig war, hatte sich aus irgendeinem Grund aus der Unterhaltung herausgehalten.

Diese Tortur hatte Victor am Abend zuvor über sich ergehen lassen müssen. Seine Schweigsamkeit hatte man wohl als Alterserscheinung gedeutet, verschlimmert durch die Verspätung des Zuges aus London. Nun stand er allein im Wohnzimmer und wartete. Es war nicht nötig, ein Gespräch zu vereinbaren; bald würde Robert von selbst kommen. Victor murmelte Bruchstücke aus dem Brief seiner Frau, während er zum Erkerfenster von Roberts geliebtem Heim ging, *The Coach House at Cullercoats* hieß es und war ein verschachtelter Haufen knarrender Zimmer auf einer niedrigen Klippe zwischen Tynemouth und Whitley Bay mit Blick auf den alten Hafen. Er sah, wie die zerklüfteten schwarzen Felsen übereinander in die steigende Flut stürzten, er sah den gewaltigen Ansturm des metallgrauen Wassers, das immer kalt war und immer direkt in den Himmel überzugehen schien. Ihm war, als lade es ihn ein, hinüberzureisen in den dünnen Streifen Abendlicht und die Erinnerung zurückzulassen. Große, fette Möwen stießen durch die Windböen herab, überließen sich dann dem Luftstrom und segelten hoch oben am Himmel davon.

Gott, steh mir bei, hilf mir.

Ein frisch entfachtes Feuer knisterte im Kamin.

Sachte ging die Tür auf. Victor hörte leise vertraute Schritte nahen. Eine Hand legte sich auf seine Schulter. Jetzt war die Zeit gekommen. Er musste etwas erzählen, was er für immer zu verschweigen geschworen hatte.

»Dad …?«

»Ja, Robert?«

»Sag mir, was dich bedrückt.« Robert sprach fast flüsternd. »Komm schon, schließlich bin ich selbst Großvater.«

Victor atmete tief; sein Blick schweifte über die leere Fläche des aufgewühlten Meeres, das mit langen Schaumfäden das schwindende Licht festzuhalten schien. Am Ufer war es schon fast dunkel. Robert stand neben Victor, als wäre er wieder ein Junge, und gemeinsam traten sie der weiten Dunkelheit entgegen, die nun erhellt wurde.

»Robert, ich bin nicht der, für den du mich hältst. Ich bin ein anderer, jemand, den ich vor fünfzig Jahren, nach dem Krieg, begraben habe. Jemand, der besser tot gewesen wäre, gäbe es nicht dich.«

Keine Fragen kamen. Ohne Robert anzusehen, ohne die Verwirrung zu beachten, die wahrscheinlich dessen Blick verdüsterte, suchte sich Victor seinen Weg durch alles, was gesagt werden konnte.

»Mein Name war Brionne. Ich war ein Polizeibeamter, der zufällig zur Gestapo abgestellt wurde.«

Victors Aufmerksamkeit verlagerte sich auf Roberts Hand. Sie lag schwer auf ihm. *Bitte, nimm sie nicht weg …*

»Manche haben mich als Kollaborateur bezeichnet … aber ich hätte nicht das Geringste tun können, um zu verhindern …« Das jedoch stimmte einfach nicht, und er wusste es. Seine Stimme wurde schwächer. *Wie viel soll ich sagen? Wenn ich zu weit gehe, verliere ich den Verstand. Dann kommt alles heraus. Das kann … das kann ich nicht tun.*

Victor versuchte es von neuem. »Ich war Mitarbeiter eines jungen deutschen Offiziers, Eduard Schwermann. Das ist der Mann, der in einem Kloster um Asyl gebeten hat. Du hast es bestimmt in der Zeitung gelesen … Francis hat gestern Abend über ihn gesprochen.«

Jeden einzelnen Augenblick lebte Victor nur durch diese Hand; seine ganze Existenz hing davon ab, ob sich die Finger des Mannes neben ihm bewegten.

»Pascal Fougères, der Schwermann aufgespürt hat, wird höchstwahrscheinlich nach mir suchen …« Wieder stockte Victors Stimme an der Schwelle eines vollständigen Bekenntnisses. »Auch Schwermann wird nach mir suchen … und, wie ich fürchte, andere … alle werden wollen, dass ich vor Gericht aussage.«

Victor spürte, wie er in Panik geriet. Er sagte sich: *Dir wird schon nichts geschehen, du hast vorgesorgt.* Als er Les Moineaux verlassen hatte, war das mit einer neuen Identität geschehen, unter dem Namen Victor Berkeley. Da Schwermann und die Mönche diesen Namen kannten, hatte Victor ihn, als er nach England kam, noch einmal geändert – in Brownlow. Davon wusste niemand. Noch einmal beruhigte er das Pochen in seiner Brust: *Dir wird nichts geschehen … aber du darfst nicht abwarten …*

Nun war es draußen völlig dunkel. In der Ferne funkelten die winzigen Lichter von Fischerbooten auf der unsichtbaren, brütenden Oberfläche des Meeres. Der Fang dieser Boote war noch irgendwo drunten in der Tiefe, doch am Morgen würde er gefunden und an Deck gebracht sein.

»Robert, mehr kann ich dir nicht sagen. Vielleicht ändert sich die Lage eines Tages, aber vorläufig, wenn du es kannst – vertrau mir. Vertrau mir, wie du noch nie einem anderen Menschen vertraut hast. Glaub mir« – Victor schluckte schwer, während er nach Worten tastete, die durch die Lücke zwischen Wahrheit und Täuschung schlüpfen konnten –, »es war der Fluch meines Lebens, dass ich auf diesen Mann getroffen bin.«

Mit geschlossenen Augen wartete Victor am Abgrund. Roberts Hand lag noch immer auf seiner Schulter.

»Ich muss mich verstecken«, sagte er einfach. »Bis alles vorbei ist, muss ich irgendwohin, wo niemand mich suchen wird. Dann kann ich Victor Brionne zum letzten Mal begraben. Und danach … werde ich wieder dein Vater sein … der Mensch, den du gekannt hast.« Tränen traten ihm in die Augen. Sie stiegen auf aus einem tiefen, uralten Kummer.

Roberts Hand glitt herab.

Nach einem langen Augenblick hörte Victor leise Worte. »Ich kenne Brionne nicht. Was mich angeht, ist er noch immer tot. Er ist nicht mein Vater und war es auch nie. Du bist mein Vater. Das warst du und wirst es immer sein.«

Trampelnde Schritte und Stimmen kamen von der Treppe. Es war Zeit, vor dem prasselnden Feuer ein wenig »Stille Post« zu spielen.

15. Kapitel

I

»Nein, ich lege mich in kein Krankenhaus. Ich will hier sterben, in meiner Wohnung.«

»Aber das geht nicht.«

»Und ob das geht. Hier bin ich zu Hause, und hier will ich auch sterben.«

Lucy hätte ihren Vater am liebsten erwürgt, und Susan nestelte verlegen an den Knöpfen ihrer Bluse herum. Die beiden wurden gerade Zeugen der unvermeidbaren Auseinandersetzung zwischen Mutter und Sohn. Freddie hatte die Familie an diesem Nachmittag zu einer Krisensitzung in ihrer Wohnung in der Chiswick Mall zusammengerufen, um das Problem, »dem sich meine Mutter nicht stellen will«, mit vereinten Kräften anzugehen.

Agnes bewegte sich so langsam und würdevoll durch das Zimmer, als trüge sie einen Stapel Bücher auf dem Kopf, und ließ sich voller Zuversicht in ihren Sessel vor dem Erkerfenster sinken.

»Mutter, deine Beine geben jetzt immer häufiger nach, und du –«

»Ich weiß.«

»– brauchst einen Rollstuhl.«

»Ich weiß.«

»Aber es wird nicht leicht sein, hinein- und wieder herauszukommen.«

»Nein.«

»Du kannst dich ja schon jetzt nicht mehr ohne Hilfe waschen.«

»Freddie –«

»Es wird nicht mehr lange dauern, und du kannst nicht mehr richtig essen, reden, und jede Bewegung wird dir schwer fallen –«

»Freddie«, wiederholte Agnes. Ihre Stimme war jetzt lauter, und ihr Gesicht nahm einen ärgerlichen Ausdruck an.

»Das Haus muss geputzt, das Bett frisch bezogen und die Bettwäsche gewaschen werden –«

»Freddie –«

»– und wie willst du aufs Klo gehen?«

»FREDDIEEeeeeee!« Agnes stieß einen lang gezogenen Schrei aus, ein an- und abschwellendes Heulen. Dann wurde sie von einem gequälten Lachkrampf geschüttelt, bis ihr schließlich Tränen in die Augen traten und ihre mageren Hände unkontrolliert zitterten.

»Da siehst du, was du angerichtet hast!«, fauchte Lucy und rannte zu ihr, aber Agnes, deren Mund noch immer weit offen stand, winkte verärgert ab.

Freddie zupfte nervös an seinen Haaren herum und sagte immer wieder, es täte ihm Leid. Agnes versuchte, sich erst gestikulierend verständlich zu machen, dann warf sie den Kopf in den Nacken und seufzte laut.

Lucy konnte ihren Ärger kaum zurückhalten. Sie ging zum Schreibtisch und brachte ihrem Vater einen Zettel, der dort lag. »Da. Lies das doch. Na los, lies es.«

Agnes hatte eine Erklärung auf den Zettel geschrieben:

»Es kann sein, dass ich manchmal ohne Grund weine oder jammere. Bitte kümmert euch nicht darum. Es hört von selbst wieder auf. Danke.«

Lucy legte den Zettel wieder zurück. Agnes war still. Keiner sagte etwas. Susan stand auf, um Tee zu kochen.

Als der Tee fertig war, hatte Agnes Mühe, ihre Tasse an den

Mund zu führen. Ihre zerbrechlich wirkenden Finger schimmerten im Licht der Sonne durch das dünne Porzellan.

»Mach dir keine Sorgen, Freddie. Das ist für uns alle nicht leicht. Aber ich habe mich entschieden.«

Freddies Gesichtsausdruck wirkte so resolut, als hätte auch er einen Entschluss gefasst, den er jetzt mit aller Gewalt durchsetzen wollte. Lucy spürte die unterschiedlichen Motive, die Ängste, die ihren Vater und ihre Großmutter trieben, und wusste nicht, ob sie darüber wütend oder traurig sein sollte. Es war richtig, mit Agnes würde es rapide bergab gehen, sodass man auf alles vorbereitet sein musste. Aber nicht nur das beschäftigte ihren Vater. Je mehr Agnes' Krankheit sich bemerkbar machte, desto deutlicher konnte Lucy sehen, was für eine schreckliche Angst er davor hatte, sie womöglich jeden Tag pflegen zu müssen. Er war nicht in der Lage, Agnes das zu geben, was sie brauchte, und es setzte ihn seelisch massiv unter Druck, dass sie womöglich von ihm abhängig werden könnte. In seiner Verzweiflung suchte er überall nach Auswegen, die ihm von Agnes aber einer nach dem anderen verbaut wurden. Lucy wusste genau, wie aufgewühlt er innerlich war, während er stocksteif auf dem Sofa saß und die Hände auf die Knie gelegt hatte, als würde er für ein Schulfoto posieren, und sie verabscheute seine Verzweiflung genauso wie ihre eigene.

»Ich brauche deine Hilfe nicht«, sagte Agnes. »Niemand von euch muss sich meinetwegen Gedanken machen.«

Sofort platzte Freddie mit einer Lüge heraus: »Aber darum geht es doch gar nicht. Wir *wollen* dir ja helfen. Aber wir müssen auch vernünftig sein, und zwar alle miteinander.«

»Ich bin vernünftig, Freddie. Ich habe alles ganz genau geplant.«

Darauf wusste niemand mehr etwas zu antworten. Agnes deutete mit einem Kopfnicken auf ihre Teetasse, um zu zeigen, dass sie nachgeschenkt haben wollte. »Und einen Schokoladenkeks, bitte.« Lucy spürte, wie ihr Vater sich ein wenig entspannte, und gestand sich widerwillig ein, dass es ihr selbst auch so ging.

»Ich habe mit einer Frau von der Sozialstation gesprochen«, fuhr Agnes fort. »Sollte es notwendig werden, dann schickt man mir jeden Tag eine Pflegekraft, die mir beim Waschen und Anziehen hilft. Und falls es ›im Etat drin ist‹ – wie die Frau es ausdrückte –, bekomme ich von ihnen auch alle möglichen Spielzeuge, die sie medizinisches Hilfsmittel nennen. Wenn nicht, kriege ich sie vom Krankenhaus zur Verfügung gestellt. Ihr müsst euch also keine Sorgen machen.«

Susan spielte immer noch mit den Knöpfen ihrer Bluse und sagte: »Es ist mir aber nicht recht, dass fremde Leute dich pflegen, Agnes. Das gehört sich nicht. Wozu hast du denn deine Familie? Wenn es dir nichts ausmacht, würde ich dir gerne helfen. Ich tue, was du willst – ich kann kochen, putzen, ich könnte … einfach alles tun … bitte, lass mich das doch machen.«

Agnes war sichtlich gerührt. Wie Lucy hatte Susan auf ihre eigene, manchmal etwas konfuse Art immer versucht, ihrer Schwiegermutter zu helfen. Sie hatte sich wirklich bemüht, wenn auch ohne großen Erfolg, aber Lucy war davon überzeugt, dass Agnes Susans Anläufe, eine halbwegs normale Beziehung zu ihr aufzubauen, durchaus zu schätzen wusste.

»Danke für das Angebot, Susan, aber wir haben beide noch viel Zeit, bis ich darauf zurückkommen muss. Dann darfst du mir aber gerne helfen.«

Beschämt griff Freddie das Stichwort auf. »Aber Susans Hilfe allein genügt doch nicht, oder? Was ist denn zum Beispiel nachts? Was du brauchst, ist –« – er zögerte einen Augenblick, bevor er die Worte aussprach – »eine Betreuung rund um die Uhr.« Noch einmal hielt er inne, dann sprang er vollends ins kalte Wasser. »Und zwar von Leuten, die dafür ausgebildet wurden.«

Freddie war ganz blass geworden. Jetzt war es heraus. Er hatte Agnes klar gemacht, dass er sich nicht um sie kümmern konnte und dass er sie auch nicht in seinem Haus aufnehmen würde.

»Du hast Recht, Freddie. Auch daran habe ich bereits gedacht.«

Zum zweiten Mal wusste niemand etwas zu sagen. Obwohl Lucy sofort erraten hatte, worauf ihre Großmutter hinaus wollte, war es Freddie, der fragte: »Und *was* hast du dir gedacht?«

Agnes stellte vorsichtig erst die Untertasse, dann die Tasse auf den Tisch, legte den Keks daneben und sagte: »Ich habe Wilma gefragt, ob sie hier einziehen will.«

Freddie, dessen Körper sofort wieder ganz steif wurde, stockte der Atem.

2

Es sah ganz so aus, als ob es ein Tag voller Auseinandersetzungen werden würde. Nachdem ihre Eltern gegangen waren, forderte Lucy Agnes auf, sich bei der Polizei zu melden und über Schwermann auszusagen.

»Wenn ich mich da einmische, dann muss ich deinem Vater alles erzählen«, erwiderte Agnes. »Und das will ich nicht. Er hat es mit mir auch so schon schwer genug gehabt.« Sie sagte das mit einem Anflug von Selbstmitleid. »Es wäre einfach zu viel von ihm verlangt.«

»Was denn?«

»Mich besser zu verstehen als sich selbst.«

»Aber wenn er wüsste, was man dir angetan hat und wie du ihn und Elodie gerettet hast, dann –«

»Du vergisst, dass ich ihn sein Leben lang in gewisser Weise im Stich gelassen habe, Lucy.« Agnes machte eine abwehrende Handbewegung, um jeglichen Protest zu unterbinden. »Man kann die Vergangenheit nicht ungeschehen machen, auch dann nicht, wenn Schuld verziehen wird. Ich habe mir bisher immer Vorwürfe gemacht, dass ich es deinem Vater nie gesagt habe, aber seit ich Wilma kenne, weiß ich, dass es gar nicht anders möglich gewesen wäre. Doch das hilft mir auch nicht weiter. Es macht mir nur noch mehr Schuldgefühle.« Auf einmal sah Agnes aus wie ein Kind, das verzückt einer Pantomime zusieht. Mit ruhiger Stimme sagte sie: »In gewisser Weise habe ich auch Freddie verloren. Und zwar deshalb, weil ich das wenige, was ich noch hatte, nicht auch noch verlieren wollte.«

Agnes hatte es schon immer verstanden, traurige Erkenntnisse in einem so selbstverständlichen Ton auszusprechen, als redete sie über das Wetter oder das Muster der Tapete, was ihre Gesprächspartner gelegentlich so verblüffte, dass ihnen die Worte fehlten. Selbst Lucy war angesichts dieser fast unheimlich wirkenden Gelassenheit oft so perplex, dass sie ihre Großmutter nur noch mit schockierter Ehrfurcht betrachten konnte.

Draußen begann es zu regnen. Schwere Tropfen klatschten auf das Pflaster und wuschen Abfall und frisch abgemähte Grashalme in den Rinnstein. Agnes griff nach der Zeitung und sagte in fast heiterem Ton: »Heute Abend kommt im Fernsehen eine Dokumentation über die Tafelrunde.« Sie hielt inne. »Einer der Autoren ist dieser Pascal Fougères. Ich habe Angst, dass er meinen Namen nennt... seine Familie hat ihn bestimmt nicht vergessen ...« Sie schaute auf und suchte Lucys Blick. »Bitte, bleib bei mir und sieh die Sendung mit mir an.«

»In Ordnung, wenn es sein muss.«

»Es muss sein.«

Auf einmal fühlte sich Lucy ihrer Großmutter so nah, dass ihr ganz flau im Magen wurde. Von einer plötzlichen Angst gepackt, fragte sie: »Macht es dir eigentlich etwas aus?«

Agnes warf ihr einen leicht erstaunten Blick zu. »Natürlich macht es mir etwas aus, wenn jemand im Fernsehen meinen Namen nennt.«

»Nein, Grandma, das meinte ich nicht. Macht es dir etwas aus, dass ich nicht mit dir verwandt bin?« Sie wurde rot im Gesicht und spürte Schweißtropfen im Nacken.

Agnes legte die Zeitung auf den Tisch zurück und erwiderte mit entwaffnender Einfachheit: »Aber genau deshalb bist du doch etwas ganz Besonderes für mich.«

Die Dokumentation war so aufgebaut, dass die Zuschauer auf den Spuren von Pascal Fougères durch ein tragisches Kapitel der Zeitgeschichte geführt wurden. Lucy sah die historischen Aufnahmen, in denen deutsche Soldaten mit der Selbstzufriedenheit der Eroberer durch Paris schlenderten und stellte sich vor, was für eine Angst ihre Anwesenheit der französischen Bevölkerung eingejagt haben musste. Und sie ärgerte sich plötzlich über die sentimentalen Kriegsfilme und die albernen Nazikomödien, in denen diese Realität viel zu oft verharmlost wurde.

Der Moderator der Sendung erklärte, wie Pascal Fougères, ein Auslandskorrespondent von *Le Monde*, zufällig auf eine kryptische, bisher geheime Aktennotiz gestoßen war, die erst kürzlich in den Vereinigten Staaten der Öffentlichkeit zugänglich gemacht worden war. Aus dem Dokument ging hervor, dass ein junger deutscher Offizier namens Eduard Schwermann kurz nach dem Krieg vom britischen Geheimdienst gefangen genommen, verhört und wieder auf freien Fuß gesetzt worden war. Der Journalist hatte sofort erkannt, dass es sich dabei um den Mann handelte, der im Krieg eine Fluchthilfeorganisation der Résistance zerschlagen und deren Anführer, Pascals Großonkel Jacques, in ein KZ geschickt hatte, wo dieser schließlich ums Leben kam. Alte Aufnahmen führten die Zuschauer zurück in die Besatzungszeit, als Jacques zusammen mit anderen Studenten die Tafelrunde gegründet hatte. An dem Tag, an dem in Frankreich der Judenstern eingeführt wurde, hatte sich Jacques einen ähnlichen Stern mit der Aufschrift »Katholik« an die Kleidung geheftet und war damit vor dem Hauptquartier der Gestapo in der Avenue Foch auf und ab gegangen. Er war daraufhin verhaftet und einige Wochen lang im Lager Drancy festgehalten worden. Aber davon hatte sich der junge Demonstrant offenbar nicht entmutigen lassen.

»Die Tafelrunde blieb zunächst weiter aktiv«, sagte Pascal Fougères, dessen nachdenkliches Gesicht mit den dunklen Augen fast den ganzen Bildschirm füllte, »aber nicht einmal einen Monat später wurde die Gruppe von Schwermann zerschlagen. Alle Mitglieder kamen in Konzentrationslager, niemand überlebte.«

Nach dem Krieg konnte Schwermann zusammen mit einem Franzosen namens Victor Brionne, der mit ihm bereits in der

Gestapo zusammengearbeitet hatte, nach England fliehen. Die beiden verwendeten gefälschte Papiere, aber bis heute wusste man nicht, auf welche Namen sie ausgestellt waren. Das war alles, was aus der kurzen Aktennotiz hervorging, die der junge Journalist gefunden hatte. Als er seine Informationen in England publizierte, rechnete er mit einem großen öffentlichen Aufschrei, aber nur einige wenige Tageszeitungen griffen das Thema auf, und selbst deren Redakteure waren nicht der Meinung, dass es auf die Titelseite gehörte. Nachdem alle Versuche, Schwermann über offizielle Kanäle ausfindig zu machen, gescheitert waren, schlossen sich in Frankreich einige engagierte Menschen zusammen und rekonstruierten in mühevoller Kleinarbeit den Fall des geflohenen Nazis. Den entscheidenden Durchbruch brachte ein anonymer Brief, in dem nicht viel mehr stand als der falsche Name, unter dem sich Schwermann in England versteckt hielt: Nightingale.

Der Moderator fragte Fougères auch nach dem Franzosen, dessen Aufenthaltsort nach wie vor unbekannt war. Pascal antwortete: »Victor Brionne war Jacques' bester Freund. Der Krieg hat sie entzweit, wie so viele andere Freunde auch. Meiner Meinung nach ist Victor ein Mitläufer, der gegen seinen Willen in die Verbrechen der Nationalsozialisten verstrickt wurde. Zunächst war er nur ein einfacher Polizist, aber er machte Karriere und endete in der Avenue Foch. Nach Kriegsende musste er fliehen, weil er befürchtete, dass die Résistance Rache üben würde.«

Wo Brionne sich momentan aufhalte, wisse niemand, sagte der Moderator in gleich bleibendem Tonfall, aber was Schwermann betreffe, so habe dieser Kirchenasyl in einem englischen Kloster erhalten. Damit war die Sendung zu Ende.

Lucy schaltete den Fernseher aus. Draußen war es inzwischen dunkel geworden, und es regnete immer noch, wenn auch etwas schwächer. »Siehst du? Dich hat niemand erwähnt«, sagte sie zu Agnes.

»Stimmt.«

»Ich wusste gar nicht, dass Jacques der Anführer der Tafelrunde war.«

»Meiner Erinnerung nach war er das auch nicht.«

»Dieser Pascal Fougères weiß nicht, was Victor Brionne dir und Jacques und den anderen angetan hat.«

»Nein, offenbar nicht«, erwiderte Agnes zerstreut. Sie strich eine Falte im Stoff der Sessellehne glatt und kniff die Augen zusammen, als fixierte sie im Dämmerlicht des Zimmers eine Gestalt, die nur undeutlich sichtbar war und allmählich verschwand.

»Ich frage mich, wer wohl den anonymen Brief geschrieben hat. Den mit Schwermanns falschem Namen.«

»Ja, das frage ich mich auch ...« Agnes starrte ins düstere Zimmer und strich dabei noch immer mit langsamen Bewegungen über die Lehne des Sessels.

16. Kapitel

I

Pater Louis Chambray – er war nie in den Laienstand zurückversetzt worden – zu finden, war eine relativ problemlose Angelegenheit. Er war Gilbertinermönch wie Anselm, gehörte jedoch zu einer anderen Provinz, einem französischen Ableger. Dieser Ordensteil war das Resultat der blindwütigen Säkularisierungspolitik von Heinrich VIII., welche die Gilbertiner aus England verdrängt hatte. Versprengte Mitglieder des Ordens hatten in Burgund Zuflucht gesucht, vielleicht eingedenk der Tatsache, dass der Herzog dieses Landes einst Jeanne d'Arc an die Engländer verschachert hatte. Solche Gefälligkeiten fördern ein dauerhaftes Vertrauen, das die Gilbertiner auch brauchten, um zu überleben. Wie dem auch sei, trotz der verschiedenen kirchenfeindlichen Bewegungen, die zweihundert Jahre später im Gefolge der Französischen Revolution aufkamen, gedieh der Orden mit seinen charakteristischen Doppelklöstern – Mönche und Nonnen waren in getrennten Gebäuden untergebracht, kamen jedoch zur sonntäglichen Messe und zu den Feiertagen zusammen. In den Jahren nach 1920 schließlich belebte der Orden seine englische Linie wieder und zog ins Kloster von Larkwood ein. Danach gab es nur noch wenig Kontakt zwischen den beiden Provinzen, nicht zuletzt deshalb, weil jedes Kloster weitgehend unabhängig war. Die historische Verbundenheit und eine Art religiöser Entente cordiale halfen Anselm jedoch weiter.

Das Mutterhaus der Gilbertiner in Rom versorgte Anselm – wie vor ihm offenbar schon einen Abgesandten des Vatikan – großzügig mit detaillierten Informationen über Pater Chambray. Einmal jährlich erneuerte der Pater den Kontakt mit seinem Orden, indem er dem Generalprior, den er nie kennen gelernt hatte, einen Neujahrsgruß schickte. Er war zwar auf und davon, aber ein schmales Band war geblieben.

»Wieso ist der denn plötzlich so beliebt?«, wollte der mollige Archivar wissen und kaute an einem Fingernagel.

»Irgendeine verstaubte Geschichte, das ist alles«, erwiderte Anselm.

»Geschichte ist nie verstaubt«, sagte der Hüter der Bücher mit ernstem Blinzeln.

»Wie wahr«, meinte Anselm trocken. Derartige Bemerkungen mochte er nicht besonders; meistens klangen sie gut, besagten jedoch nur wenig. Er dankte dem jungen Weisen, steckte die Adresse in die Tasche und wanderte zurück nach San Giovanni. Vor seiner Rückkehr nach England war noch viel zu tun.

Anselm hatte beschlossen, nicht mit der Suche nach Victor Brionne zu beginnen, sondern zunächst den Fluchtweg von Paris nach Notre-Dame des Moineaux zurückzuverfolgen. Auf den Spuren der Geschichte zu wandeln hatte zwar eine ganz eigene poetische Anziehungskraft, aber der Grund für diese Entscheidung waren ein geographischer Faktor und Anselms persönlicher Stolz. Zum einen lebte Chambray inzwischen in der französischen Hauptstadt, und da Anselm diese auf dem Weg zum Kloster durchqueren musste, konnte er dort auch gleich den einzigen Überlebenden aus jener Zeit aufspüren. Zum anderen – und hier kam sein Stolz ins Spiel – hielt Anselm sich für besonders geschickt im Umgang mit Individuen, die als »unkooperativ« galten. Als Rechtsanwalt war das seine große Stärke gewesen. Sobald er wieder in San Giovanni war, rief er Pater Andrew an, um ihm die Lage zu erklären und die nötige Erlaubnis einzuholen.

»Seit du weg bist«, sagte der Prior, »sind in der Presse allerhand Artikel erschienen, in denen angedeutet wird, wir hätten

Verständnis für Schwermanns Notlage. Schlimmer noch ist der offenkundige Verdacht, die Kirche hätte ihm damals zur Flucht aus Frankreich verholfen. Nichts als abenteuerliche Vermutungen.«

»Ich fürchte, diese Vermutungen sind nicht gar so abenteuerlich, aber es steckt mehr dahinter.«

Ein besorgtes Schweigen kroch durch die Leitung. »Erzähl mir das alles, wenn du heimkommst.« Der Tonfall des Priors veränderte sich. »Anselm, du musst dich in Acht nehmen. Denk daran, zuallererst bist du Mönch. Beschütze, was du geworden bist, denn wenn du unachtsam bist, kann es leicht zerbrechen. In gewisser Weise hast du die Welt hinter dir gelassen, deshalb solltest du dir bei allem, was du tun musst, bewusst sein, dass du nicht ganz dazugehörst. Sonst bist du in Gefahr. Denk daran, was einer der Wüstenväter gesagt hat: Das Haus ist nicht zusammengebrochen, weil Regen darauf fiel, sondern weil es auf Sand gebaut war.«

Anselm hatte seine Reisetaschen gepackt und verließ möglichst unauffällig seine Unterkunft. Er hoffte inständig, Conroy nicht über den Weg zu laufen. Am frühen Abend landete er in Paris, nahm die Metro zur Porte de la Chapelle und ging zu Fuß nach Saint-Denis. Einer Eingebung folgend, erkundigte er sich beiläufig in der Basilika nach dem Pater. Ja, sagte ein junger Priester, man kenne Chambray gut, doch er sei ziemlich krank. Seit dreißig Jahren komme er täglich zur Messe, habe jedoch nicht ein einziges Mal am Abendmahl teilgenommen.

Anselm ging die letzten zwei Minuten zu Chambrays Wohnung, erklomm eine Treppe aus rohen Betonstufen bis zum vierten Stock und klopfte entschlossen an die schmutzig braune Tür. Das mit Messing umrandete Auge eines Spions erwiderte unerbittlich seinen Blick. Die Glühbirnen auf dem Treppenabsatz waren defekt, und schwache Streifen grauen Tageslichts fielen verstreut auf die Wände. Hinter der Tür hörte Anselm ein Rasseln, das allmählich lauter wurde. Es hörte sich an wie Luft, die in eine verstopfte Lunge gesogen wurde. Scharrend öffnete sich der unsichtbare Deckel des Spions. In der langen, von schwerem Atmen erfüllten Pause, die folgte, musste Anselm schlucken. Dann ging langsam und lautlos die Tür auf.

Im Dunkel sah Anselm einen kleinen Mann, der seinen mit wirrem Haar bewachsenen Kopf vorschob. Ein dicker Schnurrbart hing ihm über den Mund. Alle anderen Merkmale waren im trüben Licht kaum zu erkennen, doch Anselm beachtete sie ohnehin nicht. Er sah lediglich das lange Messer.

2

»Guten Tag«, sagte Lucy.

Pascal Fougères nickte zur Begrüßung, aber sein Blick war derart direkt, dass Lucy sich nicht sicher war, ob er nicht doch etwas gesagt hatte. Lächelnd bot er ihr die Hand. Als Lucy sie ergriff, war sie mit einem Mal befangen. Fougères war zwar erst achtundzwanzig, sah jedoch älter aus. Er wirkte entspannt in seinem Körper, wie man in Frankreich sagt, und seine Energie zeigte sich in schnellen, kleinen Gesten.

»Nehmen Sie Platz«, sagte er und wies auf einen Stuhl.

Seit sie die Dokumentation über die Tafelrunde gesehen hatte, grübelte Lucy darüber nach, weshalb Victor Brionne darin so eindeutig entlastet worden war. Dabei war der Verdacht in ihr aufgestiegen, dass es sich bei der naiven Arglosigkeit, die Fougères zur Schau gestellt hatte, womöglich um eine raffinierte List handelte … die Victor Brionne, falls er die Sendung gesehen hatte, sicher freudig begrüßt hätte. Wie eine Fährtensucherin, die eine Spur gefunden hat, durchforstete Lucy mit wachsendem Verständnis die zahlreichen Zeitungsausschnitte, die ihre Großmutter gesammelt hatte. War es wirklich Zufall, dass darin Victor Briones Vergangenheit als Kollaborateur so häufig heruntergespielt wurde? Die Verdachtsmomente verdichteten sich zu einer klaren Vorstellung vom Ablauf der Ereignisse, was Lucy veranlasste, Kontakt mit dem Produzenten der Sendung aufzunehmen. Sie ließ Pascal Fougères ihre Telefonnummer zukommen, und dieser rief sie sogleich zurück. Die beiden vereinbarten, sich nach Lucys Vormittagsseminar im Sibyl's Cave zu treffen, einem Pub am Fluss in der Nähe der Putney Bridge.

Lucy erkannte den jungen Mann auf den ersten Blick. In einen Roman vertieft, saß er am anderen Ende der Terrasse. Er trug ein gestreiftes Hemd mit weit offenem Kragen, keine Krawatte und ein ziemlich ausgebeultes Jackett, das wahrscheinlich einmal grün gewesen war. Eine Hand hatte er über den Mund gelegt, während er mit zusammengekniffenen Augen auf die flatternde Buchseite blickte.

»Hier war ich noch nie«, sagte Lucy.

»Es ist kein normales Pub«, erwiderte Fougères und schloss das Buch. Sein schwarzes Haar fiel ihm ins Gesicht, es war ziemlich lang und außergewöhnlich dicht. Lucy kam der Verdacht, dass er es eigenhändig schnitt.

»Dort drüben«, fuhr er fort und zeigte auf die Lounge, »kann man sich an jeden beliebigen Tisch setzen und sich an der Diskussion beteiligen, die gerade stattfindet. Keine Politik und keine Religion, das sind die einzigen Regeln.«

Auf Pascals Vorschlag bestellten sie etwas zu essen und kehrten an ihren Tisch zurück, um auf die Speisen zu warten. Lucy blickte über den Fluss in Richtung Hammersmith und zur Chiswick Mall, wo sich jemand befand, der vom schweren Sog einer späten Flut fortgezogen wurde.

»Ich bin unter besonderen Umständen hier«, sagte sie. »Über meine Herkunft kann ich Ihnen leider nichts erzählen, weil ich jemand schonen muss. Sagen wir einfach, ich habe Interesse am Schicksal von Eduard Schwermann. Ich weiß alles über Ihren Großonkel Jacques, über Victor, Père Rochet, Madame Klein, die Tafelrunde ... Mr Snyman ... alles, und zwar weder aus der Zeitung noch aus Büchern ... aber mehr kann ich nicht sagen, weil ich es versprochen habe.«

Pascal richtete sich auf. Er betrachtete Lucy mit neu erwachtem Interesse, als versuchte er, sie wieder zu erkennen.

»Aus dem, was ich gelesen habe«, fuhr Lucy fort, »schließe ich, dass Sie hoffen, Victor Brionne irgendwie ermutigen zu können, bei dem Prozess als Zeuge auszusagen.«

Ein leichter Windstoß zerzauste Pascals dichtes Haar und wehte es ihm in die Augen. »Niemand ist besser geeignet, um Schwermann zu überführen.«

Dieses Eingeständnis entlockte Lucy eine Grimasse. »Ich wollte Sie treffen, um Sie zu warnen«, sagte sie. »Wenn Brionne einverstanden ist, aus welchem Grund auch immer – um Buße für seine Vergangenheit zu tun, um Ihrer Familie Trost zu spenden und so weiter –, dann wird man sich auf nichts verlassen können, was er sagt. Das kann ich Ihnen garantieren.«

Pascal runzelte die Stirn, doch dann glätteten sich seine Züge wieder, als wäre er zutiefst vom Gegenteil überzeugt. Lucy fuhr fort: »Brionne wird kein Wort gegen Schwermann sagen.«

»Ich kenne jemand, der anderer Meinung ist.«

»Und ich kenne jemand anderen.« Gelassen beobachtete Lucy, wie ihr Gegenüber unsicher wurde. »Das ist alles, was ich sagen kann«, erklärte sie entschieden. »Nur dies noch: Wenn Victor Brionne sich bei Ihnen meldet, bringen Sie ihn bitte dazu, mich zu treffen, und wenn es nur für wenige Minuten ist.«

»Weshalb?«

»Weil er anschließend die Wahrheit über alles erzählen wird, was geschehen ist.«

Eine Kellnerin brachte das Essen. Lucy griff nach ihrem Messer und sah Pascal Fougères erwartungsvoll an. »Na, werden Sie mir helfen, Ihnen zu helfen, allen anderen zu helfen?«

Pascal blickte auf das Messer in ihrer Hand und hob die Augenbrauen: »Ist das eine Drohung?«

Unverwandt starrte Anselm auf die matt glänzende Klinge. Eine scharfe Schneide blitzte auf, als der Schatten, der das Messer hielt, über die Schwelle in den Treppenflur trat, um kritisch Anselms Kutte zu beäugen.

»Was zum Teufel wollen Sie?«, blaffte Chambray. »Ich bin beim Essen!«

Irgendetwas an diesem schroffen Auftritt brachte Anselm zu der Überzeugung, dass das Ganze nur gespielt war. Womöglich verbarg sich dahinter sogar menschliche Wärme. »Könnten wir uns wohl ein paar Minuten unterhalten?«, fragte er mit wachsender Zuversicht.

»Worüber?«, fuhr ihn Chambray an, ohne einen Fußbreit zurückzuweichen oder Anselm hereinzubitten. Er atmete heftig und voller Zorn.

Anselm zögerte. Er hatte sich offenbar getäuscht. Das war nicht das harmlose Geplänkel eines Alten, der Spaß an einem spielerischen Wortgefecht hatte. Dennoch ließ er nicht locker. »Soweit ich weiß, waren Sie früher einmal in Notre-Dame des …«

»Ich hab's der anderen Bande doch schon gesagt. Ich sage nichts, zu niemandem!«

Anselm versuchte, sich von seinen Vorgängern abzusetzen. »Zu dieser Bande gehöre ich eigentlich nicht«, sagte er betont freundlich.

»Wer sind Sie dann?«, fuhr Chambray ihn an. Er rührte sich nicht von der Stelle und schwenkte ungeduldig sein Messer.

»Mein Name ist Pater Anselm Duffy. Ich bin Gilbertinermönch wie Sie, aus dem Kloster Larkwood. Es ist ein ziemlich …«

Bevor Anselm Einzelheiten aus dem Klosterführer zum Besten geben konnte, stapfte Chambray zurück in seine Wohnung. Dann drehte er sich um und schlug in einer einzigen wütenden Bewegung die Tür zu. Scharrend schob sich der unsichtbare Deckel vom Spion. Auf der anderen Seite der Tür hörte Anselm ruhiger werdende Atemzüge, die andauerten, während die beiden Mönche einander anstarrten. Nach einem langen Augenblick ging Anselm wieder hinunter und trat ins Abendlicht.

4

Pascal verzehrte Würstchen mit Senf, während Lucy nach den Jakobsmuscheln suchte, die dem Salat seinen Namen gaben. Als beide fast fertig gegessen hatten, sagte Pascal: »Ich will ganz offen zu Ihnen sein ... Vielleicht bin ich zu unbesonnen, aber ich vertraue Ihnen.«

»Weshalb?«, fragte Lucy eher neugierig als erfreut.

»Weil Sie Mr Snyman erwähnt haben. Nur wer Verbindung zum inneren Kreis meiner Familie hat, kann diesen Namen kennen.«

»Das stimmt.«

»Und Sie können mir nicht sagen, wer es ist?«, fragte Pascal verwirrt.

»Eines Tages ... bald sogar.« Lucy dachte an ihre Großmutter und das rasche, unbarmherzige Nahen des Todes. »Aber jetzt noch nicht.« Instinktiv blickte sie erneut über den Fluss in Richtung Hammersmith.

»Was Victor betrifft, da scheinen Sie sich so sicher zu sein, dass ich gar nicht weiß, was ich glauben soll«, sagte Pascal. »Wissen Sie, ich habe zwei gute Gründe, weshalb Sie Unrecht haben dürften.«

»Und die wären?«, forschte Lucy.

»Zum einen war Mr Snyman ein enger Freund nicht nur von Jacques, sondern auch von Victor ...«

»Ich weiß.«

»Er ist noch am Leben; ich bin mit ihm aufgewachsen, und er hat keinen Zweifel daran, dass Victor gegen Schwermann aussagen würde, wenn er auch nur die geringste Chance dazu bekäme. Victors Problem ist freilich, dass er Kollaborateur war. Er kann sich also nicht äußern, ohne selbst unter Beschuss zu geraten, und deshalb versuche ich, ihm die Angst davor zu nehmen.«

Er ahnt offenbar wirklich nicht, dass Victor Brionne der Mann war, der die Tafelrunde verraten hat, dachte Lucy. »Und was ist der zweite Grund?«, fragte sie.

»Ich habe das Gefühl, dass es Victor war, der mir geschrieben und den Namen Nightingale anvertraut hat.«

Lucy zuckte zusammen. »Weshalb?«

»Weil die einzige andere Erklärung wäre, dass der Brief von der Person oder der Organisation kam, die Schwermann damals zur Flucht verholfen hat. Ich sehe keinerlei Gründe, wieso diese Leute selbst öffentlich machen sollten, was sie getan haben.«

»Sie könnten es bereuen.«

»Vielleicht. Aber der Brief war an mich gerichtet, an einen Verwandten von Jacques, und das deutet auf ein persönliches Motiv hin.«

»Aber Sie haben doch den Artikel geschrieben, in dem stand, dass Brionne und Schwermann Zuflucht in England gefunden hätten. Da war es nur logisch, mit Ihnen Kontakt aufzunehmen.«

»Wieder haben Sie möglicherweise Recht.« Pascal schürzte zweifelnd die Lippen. »Aber es ist wesentlich wahrscheinlicher, dass Victor jemand gebeten hat, den Brief in Frankreich aufzugeben, um seine Spuren zu verwischen.«

Lucy schob ihren Salat beiseite. »Mir ist nicht klar, weshalb das von Bedeutung sein soll«, sagte sie mit höflicher Ungeduld. »Nehmen wir einmal an, es war Brionne, der Ihnen geschrieben hat. Daraus folgt noch lange nicht, dass er bei einem Prozess als Zeuge gegen Schwermann auftreten würde.«

Betroffen blickte Pascal über den Fluss in Richtung Hammersmith, ungefähr dorthin, wohin auch Lucy geschaut hatte. »Deshalb werde ich mein Möglichstes tun, um das Treffen, das Sie vorgeschlagen haben, zustande zu bringen.«

Als sie die Veranda verließen und am Debattiersaal vorbeigingen, fiel Lucy an der Tür ein Mann mit einer weißen Mähne auf. Mit seiner belustigten, aufmerksamen Miene sah er aus, als hätte ihm jemand gerade einen prächtigen Witz erzählt. Ein ebenfalls weißer Vollbart ließ an Gandalf und den Weihnachtsmann denken, an jemand, der Weisheiten und Spielzeug verteilt. Der Mann nickte Lucy professoral zu, als wollte er sie auffordern, seinem Unterricht beizuwohnen.

Draußen gaben sich Lucy und Pascal die Hand und trennten sich. Leichtfüßig und schneller als gewöhnlich ging Lucy zur U-Bahn. Sie dachte bei sich, wie angenehm es doch sei, einen Ort gefunden zu haben, an dem man nur so aus Jux und Tollerei debattieren konnte und an dem die Leute einen ohne guten Grund anlächelten.

17. Kapitel

I

Anselm und der Prior von Notre-Dame des Moineaux spazierten über gepflegte, von Rosskastanien bestandene Rasenflächen zu der Gedenktafel, die in die Wand des mittelalterlichen Refektoriums eingelassen war. Das Kloster war eine alte Benediktinerabtei, die im siebzehnten Jahrhundert von den Gilbertinern übernommen worden war. Seit über achthundert Jahren lebte man an diesem Ort nach den Regeln des Heiligen Benedikt.

»Genau an dieser Stelle wurde Prior Morel erschossen. An seinem Todestag halten wir hier immer eine kleine Gedenkfeier ab.«

In die kleine Steintafel waren der Name von Prior Morel und eine Inschrift aus dem Prolog zur Benediktinerregel eingemeißelt: »Darum wollen wir uns seiner Unterweisung niemals entziehen und in seiner Lehre im Kloster ausharren bis zum Tod.«

Der Prior war ein kleiner, stämmiger Mann mit einem leichten Buckel, er sah aus, als hätte man seine Wirbelsäule auf ein gebogenes Bußbrett gebunden. Leicht vornübergebeugt stand er da und blickte feierlich hinab auf seine gefalteten Hände.

»Die Fluchthilfe ging damals ganz einfach vonstatten«, sagte der Prior, während er Anselm am Arm fasste und von der Tafel wegführte. »Die Kinder wurden untertags entweder einzeln oder in kleinen Gruppen hierher gebracht und wohnten in dem von den Nonnen geführten Waisenhaus. Wir fertigten dann in unserer eigenen Druckerei falsche Papiere wie Taufscheine und dergleichen für sie an. Damit wurden sie von Kurieren in die besetzte Zone gebracht und von dort aus in die Schweiz geschmuggelt, in der Hoffnung, dass sie irgendwann einmal wieder mit ihren Eltern zusammentreffen würden. Wie Sie wissen, wurde die Organisation leider verraten.«

»Und zwar von einem Unbekannten.«

»Ja. Aber wer immer es auch gewesen sein mag, er wusste nicht sehr viel. Als die Gestapo kam, durchsuchte sie weder das Kloster noch das Waisenhaus. Die Deutschen erschossen den Prior, und das war alles.«

»Warum wurden die Kinder eigentlich allein aus dem Land gebracht?«, fragte Anselm, obwohl er nicht wusste, ob er die Antwort wirklich hören wollte.

»Weil man Erwachsene nur schwer verstecken kann. Kinder hingegen, die zusammen mit anderen Kindern sind, fallen nicht so auf. Es war ja fast das Schlimmste an dieser ganzen Geschichte, dass sich die Eltern von ihren Kindern trennen mussten und dabei genau wussten, dass sie selbst bald deportiert werden würden.«

»Wir können kaum nachfühlen, was das bedeutet, nicht wahr?«

»Nein, das können wir nicht. Und wissen Sie, was mich an der Tafelrunde am meisten berührt? Dass ihre Ritter Studenten waren, junge Menschen, die noch jüngere vor der Verfolgung durch die Erwachsenen retteten.«

Sie gingen weiter, und ihr Gespräch verstummte für kurze Zeit, weil ein Traktor mit laut tuckerndem Motor an ihnen vorüberfuhr.

»Leider gibt es im Kloster niemanden mehr, der diese Zeit noch erlebt hat«, fuhr der Prior schließlich fort, »sodass ich alles nur vom Hörensagen weiß.«

»Erzählen Sie es mir trotzdem?«

»Aber gerne. Kommen Sie, ich zeige Ihnen einen Teil des Fluchtwegs. Die Eisenbahnstrecke gibt es zwar schon lange nicht mehr, aber dort, wo früher die Gleise verliefen, ist jetzt ein Fußweg voller Erinnerungen an die Vergangenheit.«

Sie verließen das Klostergelände und gingen auf den aufgelassenen Bahnhof zu, von dem aus sich wild wuchernde Hecken die sanft geschwungenen Hügel hinaufzogen. Über ihnen spannte sich der strahlend blaue Himmel Burgunds.

»Das größte Problem der Tafelrunde war, dass ihre Aktionen einzig und allein auf Vertrauen basierten«, sagte der Prior. »Die Ritter kannten sich untereinander und sie kannten unser Kloster. Wenn so viele Menschen von einer Sache wissen, kann ein einziger Verräter enormen Schaden anrichten.«

»Was wissen Sie über Père Rochet?«, fragte Anselm.

»Nach allem, was ich über ihn gehört habe, war er ein äußerst begabter Mann – und ein ziemlich belesener dazu, mit einer großen Leidenschaft für die Literatur des Mittelalters. Leider hat er große Schande über sich gebracht.«

»Inwiefern?«

»Das wurde nie so genau bekannt, aber man erzählt sich, er habe … eine gewisse Zuneigung zu einem jungen Mädchen in einem nahen Dorf entwickelt. Sie starb bei der Geburt eines Kindes, und man munkelte, Père Rochet sei der Vater dieses Kindes gewesen. Das Gerücht scheint nicht ganz aus der Luft gegriffen zu sein, denn er wollte sein Priesteramt offenbar aufgeben, zog das Gesuch aber nach dem Tod des Mädchens wieder zurück. Man verwies ihn des Klosters und gab ihm eine Pfarrei in Paris. Diese Sache hat aus ihm einen gebrochenen Mann gemacht. Er kam nur ein einziges Mal zurück ins Kloster, um den damaligen Prior für die Tafelrunde zu gewinnen. Es ist eine Ironie des Schicksals, dass man ihn umgebracht hat, weil er unschuldige Kinder retten wollte.«

Anselm kam es so vor, als hätte er bei der Erzählung des Priors einen kurzen Blick in ein ungeschriebenes Epos werfen können. Nun stellte er rasch die anderen Fragen, die er sich vorher überlegt hatte. »Kannte man Schwermann und Brionne hier im Kloster?«

»Nein. Als die beiden hier ankamen, waren sie völlig fremd.«

»Und doch hat man ihnen Unterschlupf gewährt. Ich frage mich weshalb, wo die Deutschen doch Pater Morel erschossen hatten«, sagte Anselm mit der verwirrten Neugier eines Mannes, der weit verstreute Teile eines Puzzlespiels zusammenträgt.

»Damit kommen wir zum vielleicht größten Rätsel von allen«, sagte der Prior und erzählte ihm das, was er nur vom Hörensagen kannte, so ausführlich wie möglich. »Als Begründung dafür, dass die beiden Männer im Kloster versteckt wurden, soll Père Pleyon, der damalige Prior, angegeben haben, dass Schwermann sein Leben riskiert habe, um Leben zu retten.«

»Um Leben zu retten?«

»Ja.«

»Wie das?«

»Das wusste nur der Prior, aber er hat nie darüber gesprochen und sein Geheimnis mit ins Grab genommen. Sicher ist nur: Was immer man ihm gesagt hat, es hat ihn davon überzeugt, dass Schwermann und Brionne es verdienten, verschont zu bleiben.«

Anselm blickte hinab auf die tief im Pfad versunkenen Eisenbahnschwellen, eine letzte Erinnerung an die Bahnlinie, auf der die Kinder nach Les Moineaux gekommen waren. »Ich vermute, dass die gesamte Klostergemeinschaft von der Tafelrunde wusste. Trifft das zu?«

»Es ging gar nicht anders. Um die Kinder zu schützen, mussten alle Mönche Bescheid wissen. Manche der Kinder sprachen ja nicht einmal Französisch. Es waren deutsche Kinder.«

»Wie viele Menschen im Kloster wussten von der Sache?«, fragte Anselm.

»Ungefähr sechzig. Aber wenn Sie jetzt glauben, dass einer von ihnen die Tafelrunde verraten hat, täuschen Sie sich vermutlich. Hätte jemand aus unserem Umfeld der Gestapo den Tipp gegeben, dann wären die Kinder abgeholt und die Nonnen, die sie versteckt hielten, bestraft worden.«

»An so etwas habe ich auch gar nicht gedacht«, log Anselm.

»Ich hätte es Ihnen nicht verübelt, weil mir der Gedanke selbst schon kam.«

Ihre Unterhaltung wandte sich nun weniger ernsten Themen zu wie der ontologischen Frage, den Nachwuchssorgen der Klöster und den schauspielerischen Talenten eines Eric Cantona. Dann kam der Prior unerwartet wieder auf den Anfang des Gesprächs zurück.

»Pater Anselm, Sie werden sicher verstehen, dass uns das Wiederauftauchen von Schwermann beträchtliche Sorgen bereitet. Dieses Kloster wird von vielen wegen seiner Verdienste um den Widerstand verehrt. Jedes Mal, wenn in den letzten Jahren ein alter Mann enttarnt wurde, der während des Krieges Verbrechen in Frankreich begangen hat, wurde ich ganz unruhig. Ist er es? Wird er uns verraten? Und was dann? Schließlich haben wir keinerlei Erklärung anzubieten. Und jetzt ist es passiert. Sobald Schwermann den Mund aufmacht, bricht über unser Kloster eine Sturzflut herein. Die Wunden, die die Okkupationszeit geschlagen hat, schmerzen noch immer, und es wird wohl noch viel Schlimmes ans Tageslicht kommen.« Er hielt inne und wirkte auf einmal sehr besorgt. »Einen Besucher hatten wir übrigens schon.«

»Wer war es denn?«, fragte Anselm.

»Ein Überlebender. Eines der geretteten Kinder. Er stellte mir eine fürchterliche Frage.«

»Wie lautete sie?«

»Er sagte wortwörtlich: ›Könnte es sein, dass einer von den Knechten des Herodes einmal Unterschlupf hinter Ihren Mauern gefunden hat?‹ Ich erklärte ihm, ich wisse nicht, wovon er rede, und erst danach fiel mir ein, dass ich ihm eigentlich nur mit einem ›Nein‹ hätte antworten dürfen. Meine Verwirrung war bereits ein halbes Eingeständnis. Aber der Mann hatte mich völlig aus der Fassung gebracht.«

Anselm stellte sich Salomon Lachaise vor, wie er dem Prior eine Frage stellte, die dieser nicht beantworten konnte, ohne seine eigene Schande einzugestehen. »Ich kenne diesen Mann. Er kam auch nach Larkwood.«

»O Herr, steh uns bei. Erst wir … dann Sie … der Mann weiß bestimmt alles.«

»Das glaube ich nicht«, antwortete Anselm vage. »Zu mir hat er gesagt, er sei der Sohn der sechsten Klage.«

»Nach den fünf Klageliedern des Jeremia?«

»Ja. Ich glaube, er meint mit der sechsten Klage den Holocaust.«

Sie gingen schweigend weiter, bis der Prior sagte: »Ich hoffe, Sie finden Victor Brionne, um unseretwillen und um Larkwoods willen.« Er blieb stehen, beschattete sich mit der Hand die Augen und schaute hinauf zu den Baumkronen. »Ich finde, Sie sollten mit Mère Hermance sprechen«, sagte er dann. »Sie lebt drüben im Frauenkloster und war schon während des Krieges hier. Aber seien Sie gewarnt: Sie lässt sie nicht mehr fort, ehe Sie nicht eine Dose Kekse gekauft haben.«

2

Nach einer besonders anstrengenden Vorlesung über den Niedergang des Romans konnte Cathy Glenton Lucy schließlich doch noch überreden, mit ihr ins türkische Bad zu gehen.

»Eigentlich ist es ja ein schrecklicher Schuppen«, sagte sie. »Die Betreiber sind zwei frühere Catcher aus Lancashire. Ein Ehepaar.«

»Und was macht man da?«, fragte Lucy, die immer noch nicht begeistert war.

»Es gibt drei Räume, von denen jeder heißer ist als der vorherige, und wenn du alle durch hast und wie verrückt schwitzt, kommt einer von beiden und rubbelt dich ab. Danach springst du in ein Becken mit eiskaltem Wasser.«

»Das klingt ja fürchterlich.«

»Das ist es auch ... aber wenn du es überstanden hast, fühlst du dich wie neu geboren. Du wickelst dich in ein dickes, warmes Handtuch, legst dich auf ein Sofa, isst Sandwiches mit Speck und trinkst heißen, süßen Tee. Es gibt nichts Schöneres.«

Sie wollten gerade Cathys Wohnung verlassen, als Lucys Handy klingelte. Es war Pascal Fougères.

»Hätten Sie vielleicht Lust, bei der Vorbereitung des Prozesses mitzuhelfen?«

»Wie bitte?«, fragte Lucy ungläubig.

»Keine Sorge, es geht nur um Kleinigkeiten. Ich fungiere als eine Art Verbindungsmann zwischen den Anwälten hier und einer Gruppe in Frankreich, die ein großes Interesse an diesem Fall hat. Zu dieser Funktion gehört es, dass ich ab und zu kleine, ganz praktische Aufträge für die Staatsanwaltschaft erledige. Vielleicht könnten Sie mir bei den Büroarbeiten helfen. Sagen Sie mal …« – er zögerte –, »haben Sie jetzt schon etwas vor?«

»Nein«, antwortete Lucy, wobei sie versuchte, nicht allzu erfreut zu klingen. Sie nahm das Handy vom Ohr und sagte: »Tut mir schrecklich Leid, Cathy, aber ich kann doch nicht.«

Cathy nickte sichtlich enttäuscht. Lucy besprach mit Pascal, wo und wann sie ihn treffen sollte. Als sie das Telefonat beendet hatte, sagte Cathy: »Da steckt doch ein Mann dahinter.«

»Irgendwie schon«, antwortete Lucy.

»Wie heißt er?«

»Pascal.«

»Franzose?«

»Ja … aber es ist nicht so, wie du denkst.«

»Na klar. Was ist schon so, wie ich es mir denke?«

»Nein, wirklich.«

»Er hat nicht zufällig einen Freund, der gerade solo ist und Interesse an einer Frau mit einem großen Herzen hat?«

»Ich werde ihn fragen.«

Eine Stunde später traf sich Lucy mit Pascal vor der National Portrait Gallery. Hinter ihnen am Trafalgar Square stauten sich die Autos, und Touristen, die sich auf ihren Stadtplänen nicht zurechtfanden, stolperten auf der Suche nach der nächsten Sehenswürdigkeit orientierungslos über die Gehsteige. Pascal nahm Lucy bei der Hand und führte sie aus dem Trubel in die stillen Hallen voll gemalter Gesichter. Unter den Augen von Audrey Hepburn, Paul McCartney und vielen anderen schritten sie von einem Saal zum anderen. Immer wieder blieben sie stehen, steckten die Köpfe zusammen und unterhielten sich leise.

»Arbeiten Sie immer noch als Journalist?«, fragte Lucy.

»In gewisser Weise schon. Nachdem ich auf die Aktennotiz gestoßen war, habe ich zwar den Job bei *Le Monde* an den Nagel gehängt, aber zum Glück geben sie mir genügend freie Aufträge, sodass ich ganz gut über die Runden komme. Und was machen Sie?«

»Ich studiere ... im zweiten Anlauf.«

»Dann haben Sie wohl ehrgeizige Eltern?«

»Richtig.« Lucy dachte daran, mit wie viel Feindseligkeit Darren genau dieselbe Feststellung gemacht hatte. Aus Pascals Mund klang sie viel verständnisvoller. Bestimmt würde sie ihm das später mal erklären, aber jetzt war nicht die Zeit dazu. »Pascal, ich habe lange über unser letztes Gespräch nachgedacht«, fuhr sie fort. »Ich verstehe noch immer nicht, warum Sie Victor Brionne unbedingt für den Prozess haben wollen. Gibt es denn nicht genügend andere Beweise?«

»Ein Prozess wie dieser steht und fällt damit, dass sich die Opfer noch genau erinnern können«, erwiderte Pascal.

Sie verließen die Galerie und mischten sich unter die Touristen, die hinüber zur Nelson-Säule drängten. Der Admiral stand über dem ganzen Trubel hoch oben auf seiner Säule und blickte auf sie herab, als sie durch einen Teppich aus fetten, auf dem Boden herumtrippelnden Tauben quer über den Platz gingen.

»Haben Sie sich eigentlich schon mal gefragt, wie Schwermann und Brionne aus Paris herausgekommen sind?«, fragte Lucy.

»Mehrmals.«

»Ich meine damit, ob Sie wissen, wohin sie von dort aus gegangen sind und wer ihnen die falschen Papiere besorgt hat.«

»Das habe ich bisher noch nicht herausgefunden. Erst sind sie noch zusammen in der Avenue Foch, und vier Monate später geraten sie mit falschen Namen in die Hände des britischen Geheimdienstes, der sie aber wieder laufen lässt, nachdem sie ihm irgendeine Geschichte erzählt haben. Irgendwie erinnert mich das an den Fall Touvier.«

»Worum ging es in diesem Fall?«

»Paul Touvier war ein Katholik alter Schule, der nach dem Krieg noch jahrelang von Gleichgesinnten versteckt wurde.«

»War er ein Kollaborateur?«

»Ja. Er war der Milizchef für Savoyen und in dieser Funktion für die Hinrichtung jüdischer Geiseln verantwortlich.«

»Und die Kirche hat ihn gedeckt?«

»Das weiß man nicht so genau, aber zumindest wurde Touvier in einem Kloster versteckt. Manchmal habe ich mich allerdings schon gefragt, ob die Kirche nicht doch in den Fall Schwermann verwickelt ist, auch wenn das noch so unwahrscheinlich klingt. Dass sie einen französischen Kollaborateur versteckt, mag ja vielleicht noch angehen, aber einen SS-Offizier? Das übersteigt selbst meine Vorstellungskraft.«

Pascal blickte hinunter zu den aufgeregt nach Körnern pickenden Tauben und fragte: »Haben Sie Hunger?«

Eine halbe Stunde später saßen sie an einem kleinen Tisch in der Krypta von St. Martin-in-the-Fields.

»Seltsamer Ort für ein Restaurant«, sagte Pascal.

3

Das Frauenkloster lag einen halben Kilometer von der Abtei Notre-Dame des Moineaux entfernt. Das Waisenhaus gab es schon lange nicht mehr, und die früheren Schulgebäude dienten jetzt als Jugendzentrum der Diözese. Anselm wusste genau, was ihn an einem solchen Ort erwartete, wo Horden von lärmenden, sexbesessenen Jugendlichen in Kleinbussen herangekarrt und von unglaublich vertrauensseligen Kaplanen und Lehrern betreut wurden, die für ihre aufopfernde Tätigkeit alle möglichen Tapferkeitsorden verdient hätten.

Mère Hermance, die während des Krieges in der Wäscherei des Klosters gearbeitet hatte, saß auf einem Korbstuhl im Geschenkladen und erzählte von der guten alten Zeit, als das Leben einer Nonne noch harte Arbeit bedeutete. Nur mit Mühe gelang es Anselm, sie auf das eigentliche Thema seines Besuchs zu bringen.

»Oh ja, Pater, das war eine ganz, ganz schreckliche Zeit. Ich habe mit ansehen müssen, wie sie den armen Prior Morel erschossen haben. Er ist zusammengesackt wie eine Stoffpuppe. Und dann habe ich so sehr gehofft, dass er wieder aufsteht. Damals hatten wir drei Flüchtlingskinder im Waisenhaus versteckt.« Sie lächelte so, wie es nur ganz alte Menschen können. Für Anselm war es ein Zeichen, dass sie nun Dinge akzeptierte, die ihr früher inakzeptabel erschienen waren.

»Erinnern Sie sich noch an die zwei fremden Männer, die 1944 in der Abtei wohnten?«

»Ja, aber nur undeutlich. Damals war unser Leben noch so, wie es sein sollte. Man sprach mit Männern nur, wenn man unbedingt musste.«

Anselm nickte zustimmend.

»Ich habe mit keinem von beiden geredet«, sagte Mère Hermance. »Man hat uns gesagt, dass das Wissen über ihren Aufenthalt in der Abtei praktisch unter das Beichtgeheimnis falle. So etwas waren wir damals gewohnt. Aber an eines erinnere ich mich noch gut, Pater –«

Sie hielt inne, weil das Telefon klingelte. »Ja, der Laden hat von drei bis fünf geöffnet ... die Kekse sind selbst gebacken ... von den Jugendlichen, die nichts Besseres zu tun haben ... fünfzig Francs ... das sind sie auch wert ... Auf Wiederhören.« Sie legte auf und fuhr fort, als hätte es keine Unterbrechung gegeben: »Als ich 1937 als Novizin hierher kam, waren wir noch neununddreißig Schwestern. Die Priorin damals war ein richtiger Drache. Ihr Vater war in der Armee und ...«

Anselm hörte der Nonne zehn Minuten lang geduldig zu, bis er es nicht mehr aushielt und sie fragte, was sie ihm vorhin eigentlich habe sagen wollen.

»Ach ja, stimmt. Er kam fast jeden Tag ins Waisenhaus.«

»Wer?«, hakte Anselm nach.

»Einer der beiden jungen Männer, die sich drüben versteckt hielten. Er redete und spielte mit vier oder fünf kleinen Kindern aus Deutschland. Es waren die letzten jüdischen Kinder, die zu uns kamen. Ihre Eltern waren von Deutschland nach Frankreich geflohen, nur um auch hier wieder verfolgt zu werden. Sie gaben ihre Kinder weg und wurden später ermordet. Er war ein guter Kerl, weil er die armen Kleinen besuchte. Eines von ihnen sprach kein Wort und hatte unglaublich tiefgründige braune Augen.«

»Wissen Sie, welcher der beiden Männer es war?«

Das Telefon klingelte abermals, und die Nonne hörte zerstreut zu, bevor sie ein weiteres Mal ihren Sermon von der Qualität der Kekse und den Schwächen der Jugend abspulte. Dann legte sie auf und sagte: »Wie gesagt, die Priorin war ein Drache –«

»Mère Hermance, welcher der beiden jungen Männer kam herüber zu Ihnen? Erinnern Sie sich noch an ihn?«

Sie blickte düster ins Leere, als müsste sie sich einer längst vergessenen Angst stellen. »Ich glaube, es war der Deutsche.«

Mère Hermance entfaltete ein weißes, gestärktes Taschentuch und tupfte sich damit die Tränen aus den Augen. »Es war eine schreckliche Zeit, Pater. Eine ganz, ganz schreckliche Zeit.«

18. Kapitel

1

Agnes saß am Küchentisch, die Hände schlaff und offen im Schoß. Ihr Kopf war leicht nach vorne und seitwärts geneigt wie in tiefer Konzentration. Natürlich war es in Wirklichkeit ein wenig anders. Ihr Körper führte immer mehr ein Eigenleben und zog sie allmählich zu Boden, während Agnes still in die andere Richtung zog. In ihren blauen Augen leuchtete der Widerstand. Jetzt war sie noch in der Lage, für sich selbst zu sorgen, aber wohl nicht mehr lange – am Abend war sie immer sehr müde. Bald würde sie den ganzen Tag so in sich zusammengesunken dasitzen. Freddie wusste über ihren Zustand Bescheid, doch er fühlte sich hilflos, denn Agnes weigerte sich, eine Fachkraft an ihrer Pflege zu beteiligen. Zwangsläufig hatte sich eine Notlösung ergeben, gegen die Agnes keine Einwände hatte. Abwechselnd schauten die Familienmitglieder jeden Abend bei ihr vorbei, um sich zu vergewissern, dass alles in Ordnung war, bevor Agnes zu Bett ging. Agnes wiederum verhielt sich nicht deshalb kooperativ, weil sie Hilfe brauchte, sondern weil ihr bewusst war, dass ihren Verwandten nichts anderes übrig blieb als zu kommen.

Gegenüber von Agnes saß Lucy. Sie hatte grüne Bohnen auf den Tisch geschüttet und war damit beschäftigt, die Enden abzuknipsen und die langen Hülsen in den bereitstehenden Topf zu werfen. Agnes sah zu.

»Wie ist er denn?«, fragte Agnes mit stoischer Ruhe. Ihre Blicke folgten den geschickten Bewegungen von Lucys Fingern.

»Älter und gleichzeitig jünger als ich. Die Vergangenheit bedeutet ihm ebenso viel wie die Zukunft, vielleicht sogar mehr.«

»Du hast eine ausgelassen«, sagte Agnes und deutete mit dem Kinn auf den Topf. Lucy holte den Irrläufer wieder heraus. Das leise Knipsen ihrer Fingernägel, das prasselnde Geräusch im Topf, das Ticken der Uhr draußen im Gang setzten den raschen Lauf der Zeit eine Weile außer Kraft. Der Augenblick lag offen da, unerforscht, heilend, bewohnt nur von den beiden. Die streunende Katze, die das Zigeunerdasein gegen ein Leben in königlicher Behaglichkeit eingetauscht hatte, schlich vorbei und betrachtete ihre Untertanen mit erhabener Verachtung.

»Er kennt Mr Snyman seit seiner Kindheit.«

Lucy warf Agnes einen Blick zu und las in ihren Augen eine Frage, eine dringende Bitte. Sie wandte sich ab, denn sie wollte die Antwort nicht geben ... nein, über dich hat Pascal nichts gesagt ... es tut mir Leid, aber er weiß offenbar nicht, dass Jacques einen Sohn hatte. Stattdessen sagte sie: »Mr Snyman glaubt, Brionne würde wahrscheinlich gegen Schwermann aussagen, wenn er die Chance dazu bekäme.«

»Tatsächlich?«, fragte Agnes, plötzlich rege geworden. »Bist du sicher?«

»Ja.«

»Vielleicht hat er Recht«, sagte Agnes in einem unendlich kalten Ton.

Getroffen von der Bemerkung ihrer Großmutter, schob Lucy den Topf über den Tisch. Mit zitternder Hand nahm Agnes einen Löffel Salz aus einer Schale und ließ die Körner ins Wasser rieseln.

»Ich werde beim Prozess auch eine kleine Rolle spielen«, sagte Lucy. »Ich werde dort deine Stellvertreterin sein.« Ihre Absicht, Brionne mit dem zu konfrontieren, was sie wusste, um ihn zu einer Aussage zu zwingen, wollte sie vorläufig verschweigen. Zu gegebener Zeit würde ihre Großmutter es ohnehin erfahren.

Agnes nickte ungerührt. Einer ihrer Mundwinkel verzog sich. Es war ein Lächeln gegen den Willen der versagenden Muskeln und der winzigen, absterbenden Nervenmotoren. Dann stieß sie den Hauch eines Lachens aus, lehnte sich zurück, wandte das Gesicht ab und sagte: »Victor war kein Narr.«

Lucy blickte ins kochende Wasser, gebannt von dem zornigen Brodeln, das zu Dampf wurde. Der verschwand in der Luft, tauchte auf dem Fenster als Tropfen wieder auf, lief an der Scheibe hinab und wurde von Agnes weggewischt.

2

Am Tag, an dem Anselm nach England zurückkehrte, schien die Sonne. Der Anblick von Larkwood wühlte ihn auf. Er sehnte sich danach, die Glocken zu hören und die Psalmen zu singen, in denen alles lag, was er nicht ausdrücken konnte. »Schwermanns Enkel Max will morgen Nachmittag mit mir sprechen«, sagte Pater Andrew, der ihn an der Klosterpforte empfing. »Es wäre gut, wenn du dabei wärst.«

»Gern.«

»Geht es dir gut?« Der Prior warf Anselm einen kurzen Seitenblick zu.

»Ja, danke.«

Komisch, dachte Anselm wehmütig, während er den breiten Rücken des Priors durch eine Seitentür entschwinden sah, da habe ich mir die ganze Zeit gewünscht, mich ins Getümmel zu stürzen, und nun, da es tatsächlich so gekommen ist, hat es irgendwie an Reiz verloren.

Er sei Maler, sagte Max Nightingale. Damit meine er jemand, der Bilder male, die nur wenige Leute kauften, der aber dennoch auf einen geregelten Beruf und finanzielle Sicherheit verzichte, um noch mehr Bilder zu malen, die er womöglich nie loswürde. Seinen Lebensunterhalt verdiene er als Kellner, und wenn die Lage ganz unerträglich werde, stehe er freundlich lächelnd bei McDonald's hinter der Theke. Anselm schätzte ihn auf etwa siebenundzwanzig. Er hatte kurz geschorenes Haar und hielt den Kopf ein ganz klein wenig schräg, als rechne er jeden Moment mit einer Ohrfeige. Sie saßen an Anselms Lieblingsplatz, auf dem Rasen vor dem Querschiff, und tranken Tee. Warmer Sonnenschein strömte auf sie herab.

Max sprach, als wäre die Sprache ein nur schwer zu handhabendes Werkzeug. Gelegentlich stockte er, weil in ihm offenbar ein Bild aufgetaucht war, das sich gegen die Darstellung in Form eines Satzes sträubte. Gelang es ihm jedoch, etwas auszudrücken, dann war es wegen seiner ungewöhnlichen Sichtweise sehr anschaulich und einprägsam.

»Hör mal, habe ich zu meinem Großvater gesagt, da werden Hunderttausende von Juden durch ganz Europa in ein kleines polnisches Dorf transportiert. Da passen sie doch gar nicht alle rein.«

»Was hat er entgegnet?«, fragte Pater Andrew.

»Er sagte: ›Stell dich mal in einen großen Bahnhof, King's Cross zum Beispiel, bleib eine oder zwei Stunden dort und schau dir an, wie die Züge abfahren, einer nach dem anderen. Dann geh nach draußen und sieh dir an, wie die Leute auf der Straße ihre Zeitung kaufen oder ins Taxi steigen. Glaubst du, sie wissen, dass die in den Zügen alle getötet werden? Tag für Tag?‹« Max hob die Hände, als gäbe es sonst nichts zu sagen, obwohl er irgendwie eine Erklärung schuldig geblieben war.

Anselm stellte sich vor, dass London von fremden Truppen besetzt und in abgeriegelte Sektoren unterteilt würde, während eine bestimmte Volksgruppe zusammengetrieben, in beschlagnahmte Busse gesteckt und zu einem Bahnhof geschafft würde. Was hätte er in Kriegszeiten gedacht, wenn er gesehen hätte, wie die Züge in die Nacht entschwanden, immer mit demselben Ziel? Eine Biene flog summend über den Tee und die nicht angerührten Sandwiches; Papierservietten flatterten im sanften Wind – ein träges Bild der Friedenszeit.

»Ich will damit nicht sagen, er hätte nichts von dem ganzen Morden gewusst«, sagte Max. »Ich finde es bloß unglaublich, unvorstellbar.«

»Das Unglaubliche hat die Angewohnheit, gerade die Teile unseres Lebens durcheinander zu bringen, an denen wir am meisten hängen«, sagte Pater Andrew schlicht. Fast flüsternd fügte er hinzu: »Deshalb bin ich Mönch geworden.«

»Ist das Unglaubliche damit glaubhaft geworden?«, fragte Max.

»Nicht ganz, aber mein altes Leben kam mir zunehmend unvorstellbar vor.« Pater Andrew nahm seine Brille ab. An seinen Nasenflügeln wurden kleine rote Abdrücke sichtbar. Er polierte die Gläser und setzte die Brille wieder auf. »Ich will damit nur sagen: Man muss sehr genau hinschauen, bevor man das Unglaubliche einfach abtut, sonst klopft es einem auf die Schulter oder schlägt einem ins Gesicht.«

Max runzelte die Stirn, seine Augen flackerten. »Ich wollte mit Ihnen sprechen, weil mein Großvater etwas gesagt hat, das Sie wissen sollten. Es ist noch unvorstellbarer. Ein weiterer Schlag ins Gesicht.«

Nachdem er Pater Andrew mit dessen eigenen Worten besiegt hatte, blickte Max ihm offen in die Augen. Unwillkürlich sah Anselm das Gesicht von Monsignore Renaldi vor sich, wie es über der Schulter des Kardinals geschwebt hatte, ausdruckslos und unverbindlich, aber wartend, ewig wartend.

»Er behauptet, er habe das *Gegenteil* dessen getan, was man ihm vorwirft. Mehr sagt er allerdings nicht. Er will, dass jemand anders es erklärt, jemand, der dabei war.«

»Wer?«, fragte der Prior.

»Ein Franzose namens Victor Brionne, der inzwischen einen anderen Namen trägt. Wir haben einen Privatdetektiv auf ihn angesetzt.« Max blickte vom einen Mönch zum anderen. »Offenbar ist es ziemlich leicht, wenn man den Namen kennt. Und das tun wir ... er lautet Berkeley.«

»Max«, sagte Anselm vertraulich, »würden Sie uns wohl informieren, falls er gefunden wird? Alles, was das Verhalten Ihres Großvaters betrifft, wird wahrscheinlich auch Auswirkungen auf unser Kloster haben.«

»Einverstanden ... ich halte Sie auf dem Laufenden.«

3

Agnes und Lucy saßen in der zunehmenden Dämmerung. Auf dem Tisch standen zwei leere Teller.

»Wann wird Wilma einziehen?«, fragte Lucy schläfrig.

»Wenn sie dazu bereit ist.«

Die beiden konnten sich fast gegenseitig atmen hören, wenn sie darauf lauschten.

»Wie wird sie merken, wann sie kommen soll?«

»Sie wird es einfach wissen. Leute wie Wilma haben ein völlig anderes Zeitgefühl. Verabredungen, Vereinbarungen bedeuten nicht das mindeste für sie. Wilma richtet sich nicht nach Uhren, sie lebt einfach in den Tag hinein.«

Lucy stand auf und räumte den Tisch ab. Im Dunkel sagte Agnes: »Vergiss Victor.«

»Was willst du damit sagen?«, fragte Lucy, hielt inne und blickte auf ihre Großmutter hinab.

»Nichts. Ist schon gut.«

Lucy streckte den Arm aus, und Agnes zog sich mit beiden Händen daran hoch wie an einem Geländer. Mit einem Nicken lehnte sie jede weitere Hilfe ab und steuerte das Badezimmer an, um sich bettfertig zu machen. Sie ging bedächtig und tastete dabei immer wieder nach links oder rechts, wo sie Gegenstände fand, die für diesen Zweck dort platziert worden waren. Lucy, die in der Küche blieb, hörte das Klicken eines Schalters und das leise Rauschen von Wasser, einfache Geräusche, mit denen der Tag beginnt und endet – und vermutlich auch das Leben.

Plötzlich hob Lucy den Kopf. In einem langen Bademantel und roten Plüschpantoffeln stand Agnes reglos wie eine Erscheinung im Türrahmen, die Hände an den beiden Pfosten. Das fast erloschene Abendlicht ließ die Konturen ihrer Nase und ihrer geöffneten Lippen hervortreten. Es kam Lucy so vor, als wäre Agnes schon gestorben, und dies wäre eine letztes, eigensinniges Wiederaufleben ihres Körpers, entstanden aus dem hartnäckigen Wunsch, Lucy noch einmal zu sehen, bevor sie in die Erinnerung entschwand.

In diesem Augenblick schlug die Uhr im Gang die volle Stunde. Messingrädchen drehten sich, griffen kompliziert ineinander. Die Zeit, nun nicht mehr außer Kraft gesetzt, schien Bodenhaftung zu gewinnen und geriet in Bewegung. Über eine tiefe Kluft hinweg sahen die beiden sich an und hörten, wie das langsame, brutale Zählen im Flur ein Stück nach dem anderen von allem abschnitt, was zwischen ihnen geblieben war. Hilflos standen Lucy und Agnes da und warteten.

»Grandma, bitte geh nicht«, sagte Lucy mit einer Stimme, die so klang wie früher, als sie ruhig und ungestört im Hinterzimmer beisammen gesessen hatten.

»Ich muss, Lucy. Der Tod ist wie die Vergangenheit. Beides können wir nicht ändern. Wir müssen uns mit beidem anfreunden.«

Lucys Augen füllten sich mit Tränen. Weit weg im Osten grollte Donner, und es wurde schlagartig dunkel im Zimmer, als hätte sich eine große Hand über die Sonne gelegt.

4

Rasch hatten sich Gewitterwolken über Larkwood zusammengezogen, und am späten Nachmittag klatschten dicke, schwere Regentropfen auf die Mauern. Der Wind gewann an Stärke, er drohte, die ganze Nacht mit den alten Bäumen zu ringen.

Anselm und Pater Andrew saßen zu beiden Seiten eines großen runden Fensters, durch das man auf den Kreuzgang blicken konnte. Anselm fasste kurz alles zusammen, was er seit seiner Abreise erfahren hatte, und beschrieb die Aufgabe, mit der er betraut worden war – Victor Brionne zu finden. Der Prior lauschte gespannt.

»Eine Art Schema kristallisiert sich heraus«, sagte Anselm abschließend. »Monsignore Renaldi hat nichts außer simpler Logik. Er meint, in Notre-Dame des Moineaux müsse man etwas Bedeutsames gewusst haben, das alles aufwog, was

Schwermann und Brionne getan haben, sonst hätte man ihnen niemals geholfen. Im Großen und Ganzen wird das von dem gestützt, was im Kloster überliefert ist. Dort heißt es, man habe Schwermann wegen irgendeiner unbekannten guten Tat versteckt. Dasselbe hat auch sein Enkel heute Nachmittag gesagt, recht wirkungsvoll übrigens, und der hat es aus dem Mund der Person, die am direktesten betroffen ist.«

Langsam wiederholte Pater Andrew die beunruhigenden Worte. »›Er hat sein Leben riskiert, um Leben zu retten…‹ Das ist ein fein gedrechselter Satz, ein schöner Spruch… der ebenso viel verhüllt, wie er offenbart.«

»Wenigstens gibt er uns einen Hinweis darauf, weshalb die Mönche in Les Moineaux Schwermann zur Flucht verholfen haben«, sagte Anselm.

»Aber weshalb will er dann, dass das Geheimnis durch Victor Brionne ans Tageslicht gebracht wird? Wieso entlastet er sich nicht?«

»Die beiden gehören zusammen…«

»… als wären sie die zwei Hälften einer zerrissenen Eintrittskarte«, ergänzte der Prior. »Übrigens, das war eine wirklich fixe Reaktion, als du Max Nightingale dazu gebracht hast, uns mitzuteilen, wenn sie Brionne gefunden haben.«

Anselm wusste nicht recht, ob das ein Kompliment sein sollte. »Also, was machen wir nun – abwarten?«, fuhr der Prior fort.

»Nicht nur. Ein Privatdetektiv kann nur bestimmte Türen öffnen. Dass Max sich uns gegenüber so offen zeigt, ist nicht mein einziges Eisen im Feuer.«

»Tatsächlich?«

»Ja, ich glaube schon.«

Pater Andrew blickte geistesabwesend vor sich hin. »Vielleicht macht man dich eines Tages noch zum Kardinal«, sagte er.

Später am Abend hörte Anselm die Glocken, nach denen er sich so gesehnt hatte; er sang Psalmen, in denen sich die

Regungen seiner Seele ausdrückten, aber zu seinem leisen Schrecken befand er sich nicht genau an dem Ort, den er verlassen hatte. Anders gesagt, ein etwas veränderter Mensch war nach Larkwood zurückgekommen, der sich selbst noch nicht ganz kannte und nicht wusste, warum.

5

Lucy saß in der freundlichen Dunkelheit ihrer Wohnung und rang mit zwei immer stärker werdenden Emotionen, die drohten außer Kontrolle zu geraten. Sie würde bald ihre Großmutter verlieren, und irgendwo in ihrem Innern wuchs bereits das Fundament für ihren zukünftigen Kummer. An einer anderen Stelle gewann sie jedoch ein Element hinzu, dessen Fundamente bereits standen, ohne dass sie bemerkt hatte, woher sie kamen. Vielleicht waren sie schon vor langer Zeit entstanden. Die Folge jedoch war, dass Lucy sich erschreckend empfänglich für Pascal Fougères zeigte.

Das Telefon läutete. Widerstrebend hob sie ab.

»Ich bin's, Cathy.«

»Tag …«

»Na, bereust du es, dass du das türkische Bad verpasst hast?«

»Nein.«

»Aha.«

»Ehrlich, er ist bloß ein Bekannter.«

»Wo wart ihr?«

»Zum Essen.«

»Wo?«

»In einer Krypta.«

»Klingt so, als wäre er auch mein Typ. Wie hast du ihn kennen gelernt?«

»Ich bin zu müde, um's dir zu erklären«, sagte Lucy und lachte zum ersten Mal an diesem Tag.

»Ich zieh's dir schon noch aus der Nase. Ruf mich mal wieder an.«

Die beiden sagten gute Nacht, dann legte Lucy seufzend auf. Wie bei allen Missverständnissen witterte Cathy irgendetwas. Seit Lucy Pascal getroffen hatte, war sie nicht mehr ganz die Alte, doch was da im Entstehen war, wusste sie nicht genau.

19. Kapitel

1

»Apollo liebte die Sybille von Cumae über alles und erfüllte ihr deshalb jeden Wunsch«, sagte Pascal und spielte mit einem Bierfilz. Sie saßen auf der Terrasse und hörten, wie drinnen im Pub heftig diskutiert wurde. Es war ein warmer Abend, und vor dem Hintergrund weißer und orangefarbener Lichter hob sich die dunkle Silhouette der Putney Bridge scherenschnitt-artig ab.

»Und was hat sie sich gewünscht?«, fragte Lucy.

»Sie wollte noch so viele Jahre leben, wie sie Sandkörner in ihrer Hand hatte. Der Gott erfüllte ihr den Wunsch, aber sie weigerte sich trotzdem, sich ihm hinzugeben.«

»Klingt wie ein gutes Geschäft.«

»War es aber nicht.«

»Wieso?«

»Weil sie vergessen hatte, sich auch noch Gesundheit und ewige Jugend zu wünschen.«

»Aha.«

»Und so wurde sie alt und hässlich und musste noch Hunderte von Jahren weiterleben.«

»Und was hat sie in dieser Zeit gemacht?«

»Das, was sie immer getan hat. Sie hat auf Blätter, die man ihr vor den Eingang ihrer Höhle legte, rätselhafte Orakel geschrieben.« Pascal trank einen Schluck von seinem Bier. »Dieser Teil des Mythos gefällt mir: Die Vergänglichkeit dessen, was sie zu sagen hatte, ihre Worte, die sie auf Blätter schrieb und die dann vom Wind verweht wurden.«

Lucy musste an Agnes denken, der nicht mehr viele Sandkörner blieben. »Aber ich kann sie trotzdem verstehen«, sagte sie. »Ein langes Leben wollen wir doch alle haben.«

»Ja, aber auch ein verlängertes Leben bedeutet letzten Endes nur, dass der Tod ein bisschen aufgeschoben wird. Und irgendwann ist doch die Zeit gekommen. Außerdem hat man, wenn man etwas Unausweichliches ständig vor sich herschiebt, immer das Gefühl, als hinge ein Damoklesschwert über einem.«

»Aber der Tod kann auch zu früh kommen.«

»Genau das hat die Sybille auch gedacht.«

Lucy bewunderte seine Unkompliziertheit nicht ohne Wehmut, denn sie selbst konnte nicht mehr so sein. Sie hatte dem Tod bei der Arbeit zugesehen, hatte seine besessene Liebe zum Detail ebenso kennen gelernt wie seine quälende Langsamkeit, die sie an das Arbeitstempo von Straßenbauarbeitern erinnerte.

»Ich glaube, Sie würden sich mit meiner Großmutter gut verstehen«, sagte sie.

Pascal hatte das Treffen vorgeschlagen. Er hatte Lucy keinen Grund dafür genannt, sondern lediglich gefragt, ob sie Zeit habe. So saßen sie zusammen am Tisch, und zwar einfach nur deshalb, weil sie sich besser kennen lernen wollten. Lucy ging nicht weiter auf die Sybille von Cumae ein, stattdessen stellte sie Pascal eine Frage, die sie viel mehr interessierte:

»Was sagt denn Ihre Familie dazu, dass Sie für diese Sache Ihren Job an den Nagel gehängt haben?«

»Es gefällt ihr überhaupt nicht.«

»Sagen Sie mir, weshalb?«, fragte Lucy mit dem sprühenden Enthusiasmus einer Frau, die sich mit kniffligen Familienverhältnissen bestens auskannte.

Pascal lehnte sich auf seinem Stuhl zurück wie ein Autofahrer, der eine lange Strecke in- und auswendig kennt, nahm seinen Bierfilz wieder zur Hand und sagte: »Im Grunde geht es in meiner Familie vor allem um Schuld, obwohl niemand von uns zu der fraglichen Zeit in Paris war. Sie hatten sich alle schon vorher in den Süden abgesetzt und meinen Großonkel Jacques allein in der Stadt zurückgelassen. Natürlich war es seine Entscheidung, aber trotzdem war ihr Verhalten nicht korrekt. Wenn sie bei ihm geblieben wären, hätten sie nach seiner Verhaftung vielleicht noch etwas für ihn tun können.« Nachdenklich trank er von seinem Bier. »Wahrscheinlich hätten sie ihm überhaupt nicht helfen können, aber seit seinem Tod macht sich meine Familie Vorwürfe, weil Jacques' Verwandte den Krieg an der Schweizer Grenze relativ unbehelligt überlebt haben, während er selbst nach Mauthausen deportiert und dort von den Nazis umgebracht wurde. Nach dem Krieg sorgten sie dann dafür, dass er nicht vergessen wurde. Mehr konnten sie nicht tun, denn Schwermann und seine Helfer waren verschwunden. Und so wuchs ich auf in einem komplexen Geflecht aus Reue, Stolz und dem Gefühl, dass noch einige wichtige Dinge nicht zu Ende gebracht waren.«

Das schlechte Gewissen seiner Familie, so erzählte er weiter, war eine Sache. Es kam noch hinzu, dass sein Vater Etienne im Nachkriegsfrankreich als Politiker Karriere machte. Nach dem Krieg waren um die Realität der Besatzungszeit – jene seltsame Mischung aus Widerstand und Kollaboration – Mythen gesponnen worden, und genau diese Mythen wurden seit dem Ende der sechziger Jahre hinterfragt. Helden wurden demontiert und vermeintliche Verbrecher rehabilitiert. Mitten in dieser öffentlichen Auseinandersetzung betrat Pascals Vater Etienne mit sicherem Schritt die politische Bühne. Er verfügte über beträchtlichen Ehrgeiz, hatte aber auch ein großes Problem: Sein Vater Claude hatte das Vichy-Regime tatkräftig unterstützt, weshalb Etienne nicht auf Jacques' Verdienste in der Résistance hinweisen konnte, ohne gleichzeitig die in seiner Familie ebenfalls vorgefallene Kollaboration ins Licht der Öffentlichkeit zu rücken und seinen Namen in einen Strudel aus widerstreitenden Ansichten über die Vergangenheit zu werfen. Und so wuchs Pascal mit der Erinnerung an eine verwehrte Sühne auf, während man es in seiner Familie vorzog, Kriegsverbrechen eher dem gnädigen Vergessen zu überantworten nach dem Motto: Lasst uns die Vergangenheit doch endlich begraben. Als dann in den späten achtziger Jahren Paul Touvier verhaftet wurde, vertrat Etienne die Ansicht, man müsse die komplexen moralischen Probleme der damaligen Zeit verstehen, wohingegen Pascal mit seinen siebzehn Jahren und seinen hehren Idealen forderte, Touvier, der doch ein französischer Diener des Dritten Reichs gewesen sei, müsse vor Gericht gestellt werden. Die Auseinandersetzung hinterließ keinen bleibenden Schaden, denn für Pascals Vater zählte sie zu den vielen pubertätsbedingten Versuchen seines Sohnes, sich vom Elternhaus abzugrenzen. War er erst einmal erwachsen, würde er schon wieder zu der in der Familie herrschenden Haltung zurückfinden und die Dinge so sehen, wie man es von ihm erwartete.

Pascal wurde erwachsen, und manche seiner Einstellungen änderten sich tatsächlich, aber wie so oft geschah das in viel geringerem Maße, als von den Eltern erwartet. Er wurde ein politischer Journalist mit besonderem Interesse an der Vichy-Zeit und sorgte mit der Enttarnung von prominenten Kollaborateuren, die es sich im Nachkriegsfrankreich bequem eingerichtet hatten, mehr als einmal für Aufsehen. Damit rührte er an die Geheimnisse seiner eigenen Familie, und im Rückblick war es wohl nur eine Frage der Zeit, bis sich seine Nachforschungen auch auf das Leben seines Großonkels Jacques ausdehnen und damit der politischen Karriere seines Vaters in die Quere kommen würden.

Zunächst aber war es Pascals Karriere, die einen steilen Aufstieg nahm. Als Amerikakorrespondent für *Le Monde* zog er nach Washington, und dort stieß er zufällig auf die Aktennotiz über Schwermann und Brionne, die sein Leben gründlich verändern sollte.

»Ich erkannte sofort, dass es durchaus Möglichkeiten gab, die beiden doch noch zu fassen«, sagte er zu Lucy. »Dann musste ich mir allerdings überlegen, was ich mit meinem Wissen anfangen wollte, was mir nicht leicht fiel, das dürfen Sie mir glauben.«

Pascal reiste nach Paris, wo er an einem Vormittag, der so strahlend schön war, dass man darüber ein Chanson hätte schreiben können, ins Haus seiner Eltern kam. Seine Mutter war so glücklich, ihren Jungen wieder bei sich zu haben, dass sie aufgeregt im Wohnzimmer umherlief, während Pascal beschämt und zufrieden zugleich feststellte, dass er von seinem Vater endlich als Mann akzeptiert wurde. Obwohl ihm klar war, dass er die neu gewonnene Harmonie zwischen Vater und Sohn damit sofort wieder in Gefahr brachte, sagte Pascal: »Ich möchte ihn finden.«

Etienne legte den *Le Monde* beiseite, den er seit der Beförderung seines Sohnes mit neuer Begeisterung las, und drückte seine Zigarre im Aschenbecher aus. Monique trat mit einem strahlenden Lächeln an den Tisch und schlug einen Spaziergang im Park vor, zog sich aber auf ein Zeichen ihres Mannes mit besorgtem Gesicht zurück.

»Das kannst du nicht machen«, sagte Etienne.

»Doch, ich kann«, erwiderte Pascal, den die Antwort seines Vaters in seinem Entschluss eher bestärkte.

»Aber du darfst es nicht.«

»Und warum nicht?«

Sein Vater schwieg einen Augenblick.

»Weil Frankreich schon genug gelitten hat, Pascal.«

»Das überzeugt mich nicht.«

Wieder herrschte Schweigen, während die Kluft zwischen ihnen immer breiter wurde. Pascals Vater beugte sich über den Tisch und ergriff die Hand seines Sohnes mit beiden Händen. »Ich bitte dich«, sagte er mit kaum unterdrückter Panik in der Stimme, »sieh das Ganze doch nur einen Augenblick lang mit meinen Augen. Vergiss nicht, wie viele Wunden die Besatzungszeit den Menschen geschlagen hat. Warum, glaubst du, hat de Gaulle die Todesurteile an Vasseur und Barbie in den sechziger Jahren aufgehoben? Und wieso hat Giscard d'Estaing in den Siebzigern Marschall Pétain auf dem Douaumont in Verdun geehrt? Warum hat Mitterand in den Achtzigern Helmut Kohl auf einem Soldatenfriedhof die Hand gereicht? Ich will es dir sagen: weil die Vergangenheit uns einfach nicht loslässt, und weil es irgendwann an der Zeit ist, so weit wie möglich zu vergeben, und das, was wir nicht vergeben können, zu vergessen. Deine Generation ist geradezu besessen von den Fehlern ihrer Väter. Aber lasst sie doch über sich selbst richten. Ihr hättet es bestimmt auch nicht besser gemacht als sie.«

»Ich für meinen Teil hätte es bestimmt nicht besser gemacht, aber deshalb hat meine Generation ja gerade die Aufgabe, die Wahrheit über die Vergangenheit herauszufinden. Hier geht es nicht um Jacques, hier geht es um *Geschichte,* die ins rechte Licht gerückt werden muss. Im selben Jahr, in dem Klaus Barbie verurteilt wurde, hat Le Pen die Gaskammern ein nebensächliches Detail des Krieges genannt. Diese Art von Vergessen können wir nicht hinnehmen.«

Verärgert sagte sein Vater: »Pascal, ich bitte dich dringend, die Sache nicht weiter zu verfolgen. Lass die Vergangenheit ruhen.« Ohne Pascals Antwort abzuwarten, drehte sich Etienne um und ging aus dem Zimmer. Er schien noch immer zu glauben, dass väterlicher Tadel ausreichte, um einen ungehorsamen Sohn zur Umkehr zu bewegen.

Wie die meisten echten Leidenschaften von Erwachsenen hatte auch die von Pascal ihre Wurzeln in seiner Kindheit. Eingepflanzt aber hatte sie ihm kein Mitglied seiner Familie, sondern Mr Snyman, der seit vielen Jahren als Butler bei seinen Eltern arbeitete. Mr Snyman, der Jacques noch persönlich gekannt hatte, hatte Pascal alles über die Tafelrunde erzählt, er wurde zu seinem Vorbild und war der einzige Zeitzeuge, der mit ihm über die Vergangenheit sprechen wollte. Kaum hatte Pascals Vater das Wohnzimmer verlassen, trat Mr Snyman leise ein.

»Haben Sie gehört, worüber wir geredet haben?«, fragte Pascal.

»Ja.«

»Was würden Sie an meiner Stelle tun?«

»Es ist nicht wichtig, was ich tun würde, sondern was Jacques an deiner Stelle getan hätte.«

»Und das wäre?«

Mr Snyman machte einen Schritt auf Pascal zu und streckte ihm die Hände entgegen, als wäre die Antwort so kostbar, dass er sie ihm ganz vorsichtig überreichen musste. »Er würde Schwermann ausfindig machen. Dieser Mensch gehört zu den ganz wenigen, deren Taten unverzeihlich sind.«

Pascal stieg die Treppe hinauf und klopfte an die Tür des Arbeitszimmers.

»Es tut mir Leid, Papa, aber ich muss es tun.«

Sein Vater stand am Fenster und drehte Pascal den Rücken zu. Tief enttäuscht sagte er: »Du wirst es noch bereuen, nicht auf meinen Rat gehört zu haben. Die Toten bedeuten dir offenbar mehr als die Lebenden.«

Auf einmal stand Monique in der Tür, hin- und hergerissen zwischen Mann und Sohn. Sie weinte.

Und dann sagte Pascal etwas, was er nicht so meinte und schon im nächsten Moment bitter bereute: »Und dir bedeutet deine politische Karriere mehr als die Wahrheit.«

Später entschuldigte sich Pascal dafür, sein Vater versicherte ihm, es sei nicht so schlimm, und Monique lief zur Konditorei und holte Kuchen. Aber es war zu spät. Gewisse Bemerkungen können, wenn sie einmal gefallen sind, den inneren Mechanismus einer Liebe verändern, ohne dass man dieser von außen das Geringste ansieht. Vielleicht, dachte Lucy, als Pascal ihr das erzählte, war dies einer der Gründe, weshalb Agnes sich so tief in ihr Schweigen geflüchtet hatte.

Pascal blieb noch eine Weile in Paris und knüpfte Kontakte zu jüdischen Organisationen und Gruppen ehemaliger Résistance-Kämpfer, um mit ihnen einen Arbeitskreis zu gründen, der Schwermann aufspüren sollte. Ihr größtes Problem dabei war, dass der Kriegsverbrecher so gut wie keine schriftlichen Spuren hinterlassen hatte. Sein Name tauchte praktisch nie in gedruckter Form auf, obwohl aus anderen Quellen hervorging, dass er bei bestimmten Treffen dabei gewesen sein und bestimmte Memoranden erhalten haben musste. Außerdem kannte niemand den Namen, unter dem er untergetaucht war. Das änderte sich erst, als Pascal einen anonymen Brief bekam, der in Paris aufgegeben worden war. »Er enthielt nur eine einzige Zeile: ›Der Name, nach dem Sie suchen, ist Nightingale‹«, erzählte er Lucy. Pascal hielt den Brief für einen üblen Scherz, gab ihn aber trotzdem weiter.

Nach wie vor war es schwierig, genügend Beweise für eine Verurteilung zusammenzubekommen. Als Pascal darüber mit Mr Snyman sprach, drängte ihn dieser, Victor Brionne ausfindig zu machen. »Ich kannte Victor«, sagte der alte Butler. »Er war ein guter Freund von Jacques, die beiden waren wie Brüder. Erst als sie sich in dasselbe Mädchen verliebten, bekam die Freundschaft Risse. Wie hieß sie gleich noch mal? Jetzt habe ich doch tatsächlich ihren Namen vergessen. Der Krieg hat Victor und Jacques noch weiter entzweit, aber jetzt, so viele Jahre nach Jacques' Tod, wird er bestimmt reden.«

Lucy betrachtete Pascals lebhaftes Gesicht mit unterdrücktem Schrecken. Offenbar wusste er nichts von Agnes. Während Lucy über diese Tatsache immer noch ganz verblüfft war, erzählte Pascal munter weiter. Die Vorwürfe gegen Schwermann wurden dem Innenministerium in London vorgelegt. Und wie das Leben so spielt, hatte die ganze Geschichte keinerlei politische Auswirkungen auf Pascals Vater. Die Verstimmung zwischen den beiden blieb jedoch bestehen, obwohl sich herausgestellt hatte, dass Etiennes Furcht unbegründet war.

Als der Barkeeper laut und scheppernd die letzte Runde einläutete, beschlossen Pascal und Lucy zu gehen. Auf dem Weg nach draußen bemerkte Lucy, wie der Professor – so nannte sie inzwischen den Mann, der wie eine herzerwärmende Mischung aus Gandalf und dem Weihnachtsmann aussah – zu ihr herübersah und ihr abermals zunickte.

Draußen blieb Lucy stehen und sagte: »Brionne wird sich bestimmt nicht freiwillig der Polizei stellen. Das ist pures Wunschdenken, sonst nichts.«

»Ich weiß«, erwiderte Pascal resigniert. »Was wir brauchen, ist ein Wunder.«

»Ich dachte, Sie wollten Gott aus dem Spiel lassen.«

»Das wollte ich auch. Aber unter gewissen Umständen bringt Gott sich selbst ins Spiel.«

2

Anselms Zuversicht, Victor Brionne ausfindig zu machen, gründete sich weniger auf seine nur sehr schwach entwickelten detektivischen Fähigkeiten als auf sein Vertrauen in eines der eher prosaischen Merkmale der modernen Zeit: die ungehemmte Verbreitung persönlicher Daten bei Steuerbehörden, Sozialämtern, Rentenversicherungen, dem staatlichen Gesundheitswesen, dem Einwohnermeldeamt und unzähligen anderen Institutionen. Ein Amateur wie Anselm brauchte nur drei Dinge, um einen Menschen zu finden: seinen Namen, jemanden bei der Polizei, der für die Untersuchung von Kapitalverbrechen zuständig war (was viele verschlossene Türen öffnete), und einen guten Grund, weshalb diese Kontaktperson die entsprechenden Informationen an einen Außenstehenden weitergeben sollte.

Anselm war sich ziemlich sicher, dass er alle drei Bedingungen erfüllte. Er wusste den Namen, sein Instinkt sagte ihm, das DI Armstrong möglicherweise die Kontaktperson bei der Polizei sein könnte, und der Grund, mit dem er sich ihre Kooperation sichern konnte, war, dass er ihr den Hauptzeugen für einen wichtigen Prozess liefern würde. Alles, was er von ihr als Gegenleistung wollte, war die Zusicherung, als Erster mit diesem Zeugen sprechen zu dürfen. Noch in Rom hatte sich dieser Plan in seinen Gedanken quasi von selbst herauskristallisiert. Gleichzeitig hatte Anselm immer mehr erkannt, was für eine wichtige Rolle ihm in diesem Spiel zufiel. Obwohl ihm dieser Gedanke ein heimliches Vergnügen bereitete, versuchte er, das aufsteigende Machtgefühl zu unterdrücken.

3

Normalerweise musste Anselm im Kloster zweimal täglich handwerkliche Arbeiten verrichten – morgens vor der Messe und vor der Vesper am Nachmittag. Der Prior hatte ihm die Erlaubnis erteilt, diese Arbeiten zugunsten seiner ihm von Kardinal Vincenzi übertragenen Aufgabe ruhen zu lassen, und Anselm legte diese Erlaubnis ziemlich großzügig aus, indem er während der Arbeitszeit mit Salomon Lachaise im Gästehaus Schach spielte. Allerdings fiel es Anselm seit seiner Rückkehr aus Rom schwer, Lachaise offen in die Augen zu schauen, denn der rätselhafte Spruch, dass Schwermann sein Leben riskiert habe, um Leben zu retten, lastete schwer auf ihm. Auch die Suche nach Victor Brionne entfremdete Anselm von seinem Schachpartner, denn wenn er den ehemaligen Kollaborateur gefunden hatte, würde dieser ihm möglicherweise die Bedeutung der geheimnisvollen Worte enthüllen.

»Keine Gespräche während des Spiels«, sagte Anselm, sobald er und Lachaise sich an dem Tisch mit den weißen und schwarzen Figuren gegenübersaßen.

»Aber es heißt doch: ›Am Anfang war das Wort‹«, antwortete Lachaise.

»Das ist richtig.«

In der Anfangsphase einer Partie gab Salomon Lachaise gerne irgendwelche Binsenweisheiten von sich. Anselm hielt das für einen fruchtlosen Versuch, seinen Gegenspieler abzulenken. »Wer nachlässig mit seiner Sprache umgeht, geht auch nachlässig mit Gott um.« (»Hmm«, sagte Anselm) »... in der Hölle gibt es keine Worte.« (»Hmm«, sagte Anselm), »... und doch bringt die Stille im Kloster Worte des Lobpreises hervor.« (»Unter anderem«, murmelte Anselm) »Die Welt wird von Worten erlöst werden.« Anselm beschloss, sich diesen Ausspruch für den späteren Gebrauch zu merken.

Nun wechselte Salomon Lachaise das Thema: »Ist es nicht seltsam, dass sich Gott im Zweiten Buch Mose geweigert hat, Moses seinen Namen zu nennen?«

»Ja«, sagte Anselm und betrachtete die verzwickte Stellung der Figuren auf dem Schachbrett. Jeder denkbare Zug schien ihn in Schwierigkeiten zu bringen, und doch musste es einen Ausweg geben.

»Und ist es nicht noch viel merkwürdiger, dass Gott die Namen seiner Diener ändert, um ihnen dadurch einen Neuanfang zu ermöglichen?«

Anselm blickte auf und sah, dass sein Gegenüber seine Emotionen nur mühsam zügeln konnte. »Wie meinen Sie das?«

»Als Gott seinen Bund mit Abram schloss, wurde dieser zu Abraham. Und der Fischer Simon wurde zu Petrus, dem Fels. Es gibt viele andere Beispiele.«

»Verstehe«, sagte Anselm und wandte seine Aufmerksamkeit wieder der Schlacht auf dem Schachbrett zu.

»Der Namenswechsel löscht die Vergangenheit aus und verheißt eine gesegnete Zukunft.«

»Gut beobachtet. Vielleicht verwende ich das am Sonntag in meiner Predigt.«

»Und als man Spinoza für seine Ideen in Amsterdam aus der Synagoge warf, flehte man Gott an, seinen Namen unter dem Himmel zu tilgen.«

»Das ist interessant«, antwortete Anselm und meinte es auch so.

»Und jetzt frage ich mich, wer es gewagt hat, den Platz Gottes einzunehmen und dem Mann dort drüben am anderen Ufer des Sees einen neuen Namen und ein neues Leben zu geben.«

Die beiden Männer sahen einander an, und Anselm hatte das Gefühl, als wäre ihm Lachaise auf einmal so nah, dass er mit seinen sanften Augen Anselms Geheimnis sehen konnte. Sie saßen hier einmütig zusammen und doch hätten sie nicht unterschiedlicher sein können: Der eine sehnte sich nach Gerechtigkeit, während der andere in eine Unternehmung eingebunden war, die möglicherweise das Zustandekommen eines Prozesses gegen Schwermann und damit genau jene Gerechtigkeit verhindern würde. An diesem Tisch saßen sich die Hoffnung und ihr Gegenteil gegenüber.

»Das ist eine gute Frage«, waren die einzigen Worte, die Anselm sagen konnte, ohne seinen Freund zu belügen.

Salomon Lachaise betrachtete die Lage auf dem Schachbrett, kippte seinen König um und sagte mit ruhiger, amüsierter Stimme: »Anselm von Canterbury, ich gebe mich geschlagen.«

20. Kapitel

I

Es war ein vernünftiges Arrangement. Im hinteren Teil der Wohnung befanden sich nebeneinander zwei Schlafzimmer. Eines hatte Glastüren mit Blick auf den Garten, darin schlief Agnes, und im anderen Zimmer schlief Wilma. Nachts ließen sie die Türen offen.

Lucy war verblüfft von Wilmas Reinlichkeit. Fünfzehn Jahre lang war Wilma regelmäßig von Hammersmith nach Shepherd's Bush marschiert, wo eine Kirche ein Obdachlosenzentrum unterhielt. Dort duschte und frühstückte sie, dann kam sie zurück, um die Vögel im Ravenscourt Park zu füttern. Sie hatte Agnes kennen gelernt, während sie hinter einer Taube herlief. Und so war eine Freundschaft entstanden, von der niemand in der Familie, Lucy eingeschlossen, etwas erfahren hatte. Das war typisch für Agnes. Sie besaß in ihrem Leben kleine, geheime Räume, die man nur durch Zufall entdeckte. Aufdringliche Fragen beantwortete sie nicht, und so hatte sich die Familie daran gewöhnt, ab und zu auf irgendwelche Dinge zu stoßen und so zu tun, als wäre gar nichts zum Vorschein gekommen. So war es auch in diesem Fall. Wilmas Vertrautheit mit Agnes wurde ohne Kommentar hingenommen, obwohl schon ein erstes, kurzes Zusammentreffen gezeigt hatte, dass Wilma auf nicht unangenehme Weise ein ganz klein wenig verrückt war.

Agnes hatte nun einen Rollstuhl, weigerte sich jedoch, ihn zu benutzen. Sie schob ihn in der Wohnung umher, wobei sie sich langsam und mit Bedacht bewegte, als müsste sie einen Hindernisparcours überwinden. Kleine Siege quittierte sie mit einem Lächeln, stieß sie an Möbel, zuckte sie zusammen. Die Grenzen ihrer Welt wurden immer enger, und sie rieb sich an ihnen. Sie ging nicht mehr in den Park oder am Fluss entlang, um die Boote zu beobachten, sondern bewegte sich von Zimmer zu Zimmer, vom Sessel zum Bett, und wenn irgend möglich, hinaus in den Garten, um im frischen Grün zu sein.

Während Wilma wieder einmal Agnes' Zimmer aufräumte, beschloss Lucy, Agnes auf den Revolver anzusprechen. Sie hatte in einem Küchenschrank etwas gesucht, was Wilma weggeräumt hatte, als sie mit der Hand den Lauf berührte. Zusammen mit vier leicht angerosteten Patronen lag dort die Waffe, in ein Staubtuch gewickelt, und Lucy hatte sie liegen lassen. Da der Besitz eines Revolvers jedoch überhaupt nicht zu Agnes passte, konnte sie die Sache nicht kommentarlos übergehen. Dies war ein geheimer Raum, in den sie taktvoll eindringen musste, während sie im Garten saßen.

»Ach, den hat Arthur von einem französischen Offizier geschenkt bekommen«, erklärte Agnes. »Später hat er ihn dann nach England mitgebracht, zusammen mit seiner Wanduhr. Es waren seine einzigen Souvenirs. Ich hatte ihn ganz vergessen.«

»Aber das ist illegal. Man hätte ihn abgeben müssen.«

»Bring ihn zur Polizei, wenn ich tot bin«, sagte Agnes.

Das Wort traf Lucy wie eine Ohrfeige, doch für Agnes klang es offenbar ganz normal. »Ich möchte jetzt wieder reingehen«, sagte sie.

Langsam gingen die beiden in die Wohnung zurück. An der Glastür rüttelte Agnes eine ganze Weile an ihrem Rollstuhl, um ihn über die Kante zu schieben. Lucy beobachtete sie dabei von hinten und ärgerte sich über ihren Impuls, sich vorbeizudrängen und die Sache zu beschleunigen, über den Wunsch, diesem pausenlosen, langsamen Schauspiel der Krankheit zu entkommen.

»Ich nehme an, du siehst den jungen Fougères jetzt ziemlich oft«, sagte Agnes und beugte sich vor, um den Stuhl weiterzuschieben.

»Eigentlich nicht.«

»Wahrscheinlich mag er dich ganz gern.«

»Hör auf, Grandma.«

Gleich hinter der Tür stand Agnes' Schreibpult, und dort entdeckte Lucy eine kleine Papptafel. »Was ist das?«, fragte sie.

»Eine Abc-Karte.«

Fein säuberlich waren jeweils vier Buchstaben in eine Zeile geschrieben, wodurch sich sechs Spalten ergaben.

Agnes blieb stehen und wandte sich um. In ihren blauen Augen stand Angst, als käme eine neue, bedrohliche Maschine rumpelnd auf sie zu. »Wenn ich nicht mehr sprechen kann, zeige ich darauf.«

Hilflos schauten die beiden sich an.

Jedes Mal, wenn Lucy Agnes sah, geschah irgendetwas, das sich schmerzhaft in ihr Gedächtnis eingrub – eine ganze Galerie von Eindrücken für die Ewigkeit. An diesem Abend kam wieder einer hinzu. Sie würde für immer das Bild vor Augen haben, wie ihre Großmutter in der Tür stand, die dünnen Arme auf einen Rollstuhl gestützt, den Blick auf das Alphabet gerichtet.

2

Als der Prior an die Tür klopfte, las Anselm gerade in Athanasios' *Leben des heiligen Antonius*. All das Ringen mit Dämonen hatte ihm schon immer gefallen, denn es kam ihm vor wie eine kraftvolle Metapher für Aspekte seines eigenen Innenlebens, wo die Kämpfe mit weniger leicht erkennbaren Feinden ausgefochten wurden.

Der Prior war gekommen, um ihm mitzuteilen, dass DI Armstrong da sei. Weil es um Schwermann gehe, solle Anselm sich der Sache annehmen, meinte er. Anselm schlug das Buch zu und ging zum Eingang des Besuchszimmers, in dem die Beamtin gedankenverloren hin- und herging. »Pater, es gibt eine Reihe von Dingen, über die ich gerne mit Ihnen sprechen würde«, sagte sie nach der Begrüßung. »Zum einen werden wir Schwermann verhören, wahrscheinlich über mehrere Tage hinweg. Wenn Ihre Gemeinschaft nichts dagegen hat, würden wir lieber unseren ganzen Kram mitbringen und es hier erledigen, statt Schwermann auf ein Polizeirevier zu schaffen. Hier ist eine Liste mit den Terminen. Vielleicht brauchen wir sie gar nicht alle; das hängt davon ab, was er von sich gibt.«

»Ich werde mit dem Prior darüber sprechen«, sagte Anselm und nahm das Blatt Papier entgegen.

DI Armstrong zögerte. Nach Anselms Erfahrung war der Punkt, der als letztes zur Sprache kam, immer am wichtigsten und wurde, wenn von heikler Natur, normalerweise mit Zurückhaltung vorgebracht. »Wie wäre es mit einem kleinen Spaziergang im Garten?«, fragte er. »Es kann erfrischend wirken, wenn man sich anschaut, was andere geleistet haben.«

Sie gingen durch ein Eisentor, das seit ewigen Zeiten nur noch an einer Angel hing, und betraten die majestätische Wildnis eines feuchten, nur halb gepflegten Gartens.

»Na, wann werden Sie uns von ihm befreien?«, sagte Anselm in ermutigendem Tonfall. Die Frage zielte auf den mutmaßlichen Grund von DI Armstrongs Unbehagen.

»Das ist das Zweite. Wie Sie wahrscheinlich erraten haben, ist diese Frage der eigentliche Anlass meines Besuchs. Die Termine hätte ich auch mit der Post schicken können.«

»Stimmt«, bestätigte Anselm, obwohl ihm das gar nicht in den Sinn gekommen war.

»Kann ich im Vertrauen mit Ihnen sprechen?«

»Ja.«

»Schwermann soll hier bleiben. Ich weiß, man hat Ihnen gesagt, es sei nur vorübergehend, aber es gibt keinerlei Pläne, ihn zu verlegen. Außerdem weiß ich, dass man Ihnen gesagt hat, es sei unwahrscheinlich, dass man ihn vor Gericht stellt, aber das war und ist Unsinn. Sobald die Verhöre abgeschlossen sind, wird eine Entscheidung fallen, aber die Vorstellung, er könnte dann einfach nach Hause gehen, ist leider unrealistisch.«

»Wenn man Anklage gegen ihn erhebt, werden die Medien also erneut einen großen Auftritt auf unsere Kosten haben«, sagte Anselm.

»Wahrscheinlich, und das führt mich zu dem, was ich eigentlich erzählen wollte.«

Schweigend gingen sie zu einer Bank, die neben einem schiefen, offenen Schuppen stand. Finken und Spatzen hüpften durch das Gras; bei jedem Windhauch zuckten ihre Köpfchen wachsam hin und her.

DI Armstrong setzte sich. »Ich kann es zwar nicht beweisen«, sagte sie mit schleppender Stimme, »aber ich vermute, dass man Ihrem Kloster eine Falle gestellt hat, und ich weiß nicht, warum.«

»In welcher Beziehung?«

»Lassen Sie mich die ganze Sache in einen größeren Zusammenhang stellen. Findet ein Verfahren statt, bringt das die Regierung in ungeheure Verlegenheit. Schwermann wurde Anfang 1945 von einem jungen britischen Geheimdienstoffizier verhört, Captain Austin Lawson. Wie Sie wissen, ist Lawson später in die Politik gegangen und sitzt jetzt für die Labour Party im Oberhaus. Das Protokoll des Verhörs ist ziemlich irritierend und mysteriös. Kaum etwas wurde niedergeschrieben. Im Grunde enthält das Schriftstück nicht mehr als die von Pascal Fougères entdeckte Aktennotiz – ich habe das Gefühl, Lawson hat nur deshalb einen Bericht geschrieben, weil er musste.«

»Vielleicht wusste er nicht, was Schwermann getan hat.«

»Das ist möglich. Gleich nach dem Krieg war noch nicht allzu viel bekannt, und Lawson war noch jung, gerade vierundzwanzig, also wäre es möglich, dass er ein wenig naiv war. Aber daran habe ich ernsthafte Zweifel.«

»Wieso?«

»Weil er bewusst wesentliche Informationen weggelassen hat ... wie die falschen Namen von Schwermann und Brionne, woher sie diese hatten ... und vom Verhör Brionnes gibt es gar kein Protokoll, obwohl es stattgefunden haben muss. Es sieht so aus, als hätte Lawson etwas gewusst und die beiden deshalb ziehen lassen. Für die entsprechende Entscheidung war er zwar nicht zuständig, aber sie wurde bestimmt auf seine Empfehlung hin gefällt.«

»Ist er katholisch?«, fragte Anselm unvermittelt.

»Zufällig ja. Wie kommen Sie darauf?«

»Sein Vorname ... ist eine Kurzform von Augustinus ... bloß eine Vermutung.«

»Und wieso haben Sie danach gefragt?«, forschte DI Armstrong. Ihre Stimme klang verstohlen und geduldig zugleich und war doch scharf wie eine Klaue.

»Nur so«, sagte Anselm erschrocken und flüchtete sich in eine Belanglosigkeit. »Sinnlose Neugier. Eine speziell katholische Angewohnheit. Entschuldigen Sie.«

DI Armstrong schien mit unwillkommener Verwirrung zu kämpfen. Sehnsuchtsvoll ließ sie den Blick über den friedlichen Garten schweifen, dann nahm sie sich wieder zusammen. »Das Problem für das Innenministerium besteht darin, dass es die Sache nicht unter Kontrolle hat. Wir führen die Ermittlungen durch, und wenn es genügend Beweismittel gibt, findet ein Verfahren statt. Das könnte man selbst dann nicht verhindern, wenn man wollte. Deshalb besteht die Gefahr, dass der ganze Schlamassel ans Tageslicht kommt. Schwermann war schließlich nicht der Einzige; es gab noch andere.«

»Wieso glauben Sie, dass man Larkwood eine Falle gestellt hat?«

»Milby muss alle paar Wochen dem Polizeipräsidenten berichten, und weil der Fall so sensibel ist, werden die beiden gelegentlich auch ins Innenministerium bestellt. Natürlich dürfen die Politiker dort das Verfahren nicht beeinflussen, aber ich bin sicher, sie machen ›Vorschläge‹, wie es so schön heißt, was für die nationale Sicherheit, das Ansehen des Landes und so weiter am besten wäre. Ohne meinem Chef zu nahe treten zu wollen, glaube ich, dass er ziemlich anfällig dafür ist, die Tatsachen ein wenig zu schönen, wenn es keinen anderen Ausweg gibt.«

»Der Realismus von Leuten, die beim Drogendezernat waren?«

»Ja, er hat die finsteren Seitengässchen nie ganz verlassen. Jedenfalls hat man ihn von Anfang an… na, sagen wir mal: ermutigt, Schwermann wissen zu lassen, dass wir hinter ihm her sind. Milby kennt ein paar zahme Journalisten – Sie wissen ja, wie es ist, eine Hand wäscht die andere –, und einem von denen hat er einen Tipp gegeben, dem Schreiberling einer Lokalzeitung. Aus irgendeinem Grund ist Schwermann dann hier aufgetaucht. Sobald wir informiert waren, hat Milby eine der großen Zeitungen eingeweiht.«

»Wozu denn, um Himmels willen?«

»Es war nicht sein Einfall. Dahinter muss das Innenministerium stecken, und ich glaube, dort hat man alles versucht, um den Eindruck zu erwecken, dass Schwermann die Unterstützung der Kirche genießt. Es sieht so aus, als hätte man irgendwas gegen Sie in der Hand, das vor Gericht von Bedeutung sein könnte, das man aus politischen Gründen jedoch unter Verschluss hält.«

DI Armstrong machte eine Pause. Ein klein wenig zu lang, dachte Anselm, und dann durchschaute er ihr Täuschungsmanöver: Sie ahnt, dass die Kirche in die Sache verwickelt ist, weiß jedoch nicht, wie, und sie hofft, ich könnte ihr die Antwort liefern. Das war der wahre Grund für ihren Besuch – sie hatte ihre eigentliche Frage in ihre Enthüllung verpackt, um ihn, den Mönch, an der Stelle auszuhorchen, wo er wahrscheinlich am verwundbarsten war. Diese Technik gefiel Anselm außerordentlich, und er hätte ihr den Erfolg gegönnt. Dennoch musste er sich verstellen, denn nun begriff er erst, wieso die Regierung vorhatte, Larkwood zu kompromittieren.

Zwangsläufig würde Schwermann vor Gericht aussagen, er habe nach dem Krieg in einem französischen Kloster Zuflucht gefunden, der britische Geheimdienst habe ihn verhört und frei gelassen, und dies alles wäre nie geschehen, hätte man ihn nicht für unschuldig gehalten. Genau dieses Argument würde sich in veränderter Form auch die Regierung zu Eigen machen, falls dennoch eine Verurteilung zustande kam. Das Innenministerium würde behaupten, die damals mit der Angelegenheit befassten Beamten seien in erheblichem Maße von der moralischen Autorität der Kirche beeinflusst worden, und eben diese Kirche habe Schwermann nun erneut beschützt, als die Ankläger seine Verbrechen ans Licht brachten.

DI Armstrong hatte alles gesagt, was sie zu sagen hatte, doch ihre Miene war erwartungsvoll. Sie hielt den Blick auf Anselm gerichtet, und dieser begann mit seinem Täuschungsmanöver, gleichermaßen stolz und traurig wegen seiner Fähigkeit, die Wahrheit so geschickt zu tarnen.

»Das hört sich so an, als hätte die Regierung gern einen Sündenbock, falls sich am Ende ein Sturm der Entrüstung erheben sollte, und wer würde sich besser dazu eignen als die Kirche. Die stünde dann im Zentrum des öffentlichen Interesses.«

»Darauf wollte ich hinaus«, sagte DI Armstrong, wie um einen Argumentationsstrang abzuschließen. Anselm wurde ein wenig flau im Magen, weil ihre Zufriedenheit zeigte, dass sie ihn für ehrlich hielt, während er vorhatte, ihr Vertrauen auszunutzen.

»Wie gut ist die Beweislage?«, fragte er leichthin, gleichsam als Vorrede.

»Schwer zu sagen. Ich habe mit dem ehemaligen Captain Lawson gesprochen, und der sagt, er erinnert sich an gar nichts mehr, was ich ihm nicht abnehme. Die meisten Zeugen sind alt und leicht manipulierbar. Hauptsächlich beruht die Anklage auf Dokumenten und der Interpretation dessen, was sie bedeuten ... deshalb ist die Sache ziemlich fein ausgewogen. Wenn wir Brionne finden könnten – falls er überhaupt noch am Leben ist –, dann hätten wir womöglich eine konkrete Zeugenaussage, aber der Mann ist verschwunden.«

»Vorher haben Sie gefragt, ob Sie im Vertrauen sprechen könnten«, sagte Anselm.

»Und?«

»Kann ich nun dasselbe tun?«

DI Armstrong sah Anselm forschend ins Gesicht. »Gewiss doch …«

»Erstens, stellen Sie mir bitte keinerlei Fragen, denn ich darf sie nicht beantworten. Zweitens verspreche ich Ihnen, dass das, worum ich Sie nun bitte, nur der Gerechtigkeit dient, im weitesten Sinne.«

DI Armstrong runzelte die Stirn, nickte jedoch.

»Ich kenne Victor Brionnes neuen Namen. Meine Bitte lautet folgendermaßen: Wenn ich Ihnen den Namen nenne und Sie ihn aufspüren, werden Sie mir dann sagen, wo er zu finden ist, ehe Sie irgendetwas unternehmen? Ich möchte als Erster mit ihm sprechen. Danach gehört er Ihnen.«

DI Armstrong stand auf und ging einen Schritt beiseite. Anselm folgte ihrem Blick, der sich auf die nackten Fensterbogen des alten Querschiffs richtete. Wo einst bunte Glasstücke eingefügt waren, um zum Lob Gottes die Sonne einzufangen, bewegten sich zinnoberrote Kletterpflanzen träge im Wind. Das Rascheln der Blätter war wie ein schwacher Pulsschlag oder das ferne Rauschen des Wassers an einem steinigen Strand. »Na schön«, sagte DI Armstrong, während sie sich wieder zu Anselm umdrehte. »Wie heißt er?«

»Berkeley, Victor Berkeley.«

Anselms Handel hatte einen Preis, den er nicht vorhergesehen hatte. DI Armstrong vertraute nicht nur ihm, sondern auch der Welt, die er verkörperte, mit ihrer Geschichte und ihren alten Mauern. Einer Welt, die man einst fraglos für heilig gehalten hatte.

»Danke für die Warnung«, sagte Anselm, während er DI Armstrong zu ihrem Wagen brachte.

»Keine Ursache.«

Schweigend gingen sie ein Stück, dann fragte Anselm in misstrauischem Tonfall: »Noch etwas. Haben Sie irgendeine

Ahnung, woher Pater Andrew schon vor unserem ersten Gespräch wusste, dass Milby der Presse einen Tipp gegeben hat?«

Mit breitem Lächeln blieb DI Armstrong stehen. Plötzlich sah sie jung aus und gar nicht mehr wie eine Polizeibeamtin. »Ja«, sagte sie. »Ich hab's ihm gesagt.«

21. Kapitel

Anselm hatte schon oft erlebt, dass sich viele seiner Ängste im Nachhinein als grundlos erwiesen, aber er hatte nie gelernt, wie man neue Ängste schon im Keim erstickt. Ein gutes Beispiel dafür war Victor Brionne. Bereits die bloße Erwähnung des Namens beunruhigte ihn.

Wieder war jemand nach Larkwood gekommen, der etwas zu erzählen hatte, wieder hatte Pater Andrew Anselm gerufen, um sich mit der Person zu befassen, und wieder hatte diese etwas mit der Vergangenheit zu tun. Aber diesmal war die Sache einfach. Erfrischend einfach.

»Er dürfte wohl Mitte fünfzig sein«, sagte der Prior. »Ein sympathischer Mann. Ich habe ihn in den Salon geführt.«

Die beiden stiegen die Wendeltreppe hinab ins Erdgeschoss. Sonnenstrahlen drangen scharf wie Messer durch die schmalen, hohen Fenster und tauchten die beiden schweigenden Mönche, die mit leisen Schritten auf die Steinstufen traten, abwechselnd in Licht und Schatten.

»Er hat mir seinen Namen nicht genannt, aber er hat etwas über Victor Brionne zu sagen.«

Der Mann trug einen schwarzen Rollkragenpullover und weiche Wildlederschuhe und hatte selbstsicher und entspannt auf einem der Stühle Platz genommen. Dabei stützte er einen Ellbogen auf seine übergeschlagenen Beine, als säße er einem Bildhauer Modell. Sein kurz geschnittenes Haar war silbergrau und bildete einen seltsamen Kontrast zu seinen jung und freundlich wirkenden Augen. Nachdem er Anselm begrüßt hatte, sagte er lächelnd: »Aus Gründen, die Sie sicher gleich verstehen werden, möchte ich mich Ihnen lieber nicht vorstellen. Ich befinde mich nämlich in einer äußerst delikaten Situation, in der ich mich quasi nur auf Zehenspitzen bewegen kann.«

Anselm erwiderte das Lächeln. »Jetzt machen Sie mich neugierig«, sagte er.

»Was ich Ihnen zu sagen habe, ist nicht gerade erheiternd, aber es wird Sie sicher interessieren. Meine Mutter kannte Victor Brionne.«

Anselm sah den Besucher mit großen Augen an und betrachtete noch einmal dessen klares, offenes Gesicht, in dem das Leben durchaus seine Spuren hinterlassen hatte.

»Sie waren sehr gut miteinander befreundet. Nach dem zu schließen, was sie mir erzählt hat, hätte er sie wohl gerne geheiratet, ansonsten kann ich mir eigentlich auch nicht vorstellen, weshalb ihr sein Name so lange im Gedächtnis geblieben ist.« Er lachte leise und unbeschwert. »Es gehört wohl zu unseren Eigenheiten, dass wir uns ein Leben lang an die Menschen erinnern, die wir gerne geheiratet hätten.«

»Das könnte durchaus sein«, sagte Anselm.

»Aber mit der Heirat hat es nicht geklappt, denn Victor Brionne wurde schließlich doch noch ein spätes Opfer des Krieges, allerdings durch einen dummen Zufall. Er wurde in London unter einem zusammenbrechenden Schornstein begraben, den deutsche Bomben im Krieg beschädigt hatten. Diese göttliche Fügung wird mir immer unbegreiflich bleiben: Da überlebt jemand den Zweiten Weltkrieg und wird dann von herabfallenden Ziegelsteinen erschlagen.«

»Ich weiß«, murmelte Anselm nachdenklich. »Gottes Wege sind unergründlich. Und dann hat Ihre Mutter einen anderen kennen gelernt.«

»Ja, aber Victor hat sie nie vergessen. Bestimmt kannte sie seine Vergangenheit nicht. Mich schaudert manchmal bei dem

Gedanken, dass Victor Brionne, ein Kollaborateur, der diesem Schwermann geholfen hat, um ein Haar mein Vater geworden wäre. Andererseits kennt natürlich niemand seine Eltern wirklich.«

Anselm, dem die nachdenkliche Bescheidenheit seines Gastes gut gefiel, sagte: »Manche erfahren das erst, wenn sie tot sind.«

»Ja, und dann ist es zu spät.«

Die beiden lächelten sich an, als betrachteten sie einander aus den Fenstern zweier gegenüberliegender Häuser.

»Ich habe Ihnen das alles erzählt, weil ich vermute, dass eine ganze Reihe von Leuten jetzt nach Victor Brionne suchen wird. Vielleicht wendet man sich auch an Sie, weil dieser Schwermann bei Ihnen Unterschlupf gefunden hat. Um ehrlich zu sein, weder ich noch irgendjemand sonst in meiner Familie möchte etwas mit dieser Geschichte zu tun haben. Wir leben ein friedliches Leben und denken nicht mehr an diese schreckliche Zeit. Meine Mutter ist tot und kann nicht mehr aussagen, und ich möchte mit allen Mitteln verhindern, dass das Wenige, was wir wissen, in der Boulevardpresse breitgetreten wird. Unsere Verbindung zu Victor Brionne ist Vergangenheit, und das soll sie auch bleiben.«

»Das kann ich gut verstehen.«

»Mir ist klar, dass es nicht besonders hilfreich ist, wenn ich meinen Namen verschweige«, fuhr der Besucher fort, »aber ich tue das aus einer möglicherweise übertriebenen Vorsicht, nicht aus Misstrauen Ihnen gegenüber. Sollte uns dennoch jemand aufsuchen – was ja nicht ganz ausgeschlossen ist –, dann möchte ich wenigstens wissen, dass Ihr Kloster nichts damit zu tun hat.«

»Ich verstehe«, sagte Anselm und dachte an Bruder Sylvester, dem Gott alles Mögliche in die Wiege gelegt hat, aber keine Diskretion. »So lange Sie Ihren Gast hier unterbringen müssen – wenn ich ihn einen Gast nennen darf –«

»Sie dürfen, denn das ist er notgedrungen –«

»– ist dieses Kloster eine der Anlaufstellen für Menschen, die ein Interesse an diesem Fall haben. Erzählen Sie ruhig weiter, was ich Ihnen berichtet habe, aber es wäre mir lieb, wenn Sie mich dabei aus dem Spiel ließen.«

»Ich verstehe.«

Unter bestimmten Bedingungen konnte Pater Anselm dem Tod durchaus etwas abgewinnen. Manchmal löste er nämlich die Probleme der Lebenden, besonders in Familien, in denen man Probleme nur ungern eingestand. Was er soeben gehört hatte, war ein gutes Beispiel für die Gültigkeit dieses Prinzips. Der Tod von Victor Brionne, so tragisch er auch gewesen sein mochte, vereinfachte den Fall, mit dem Anselm befasst war, ganz enorm.

Nachdem der Besucher noch zur Vesper geblieben war, brachte Anselm ihn zu seinem Auto.

»Ich habe noch eine lange Fahrt vor mir.«

»Und ich frage Sie nicht, wohin«, erwiderte Anselm und erkannte im Rückfenster des Wagens die katholische Wochenzeitung *The Tablet* an ihrer unverwechselbaren roten Titelseite. Anselm las sie regelmäßig von vorn bis hinten und bildete sich danach ein, nicht nur über religiöse Fragen, sondern auch über die Welt im Allgemeinen bestens informiert zu sein. Nachdem der Besucher die Wagentür zugeschlagen hatte, konnte Anselm seine Neugier nicht mehr zügeln. Er trat einen Schritt vor, bis er den kleinen weißen Adressaufkleber auf der Zeitung lesen konnte, aber in diesem Augenblick fuhr der Wagen mit auf dem Kies knirschenden Reifen los, und alles, was Anselm noch mitbekam, waren die Buchstaben »Mr Robert B…«. Den Rest des Nachnamens konnte er nicht mehr entziffern.

Anselm winkte seinem Besucher hinterher. Es war eine von jenen viel zu kurzen Begegnungen gewesen, bei denen viele Dinge ungesagt blieben. Im abgeschiedenen Leben eines Mönchs geschah es nicht jeden Tag, dass man auf Menschen wie diesen Robert B. traf. Während das Auto langsam aus dem Klosterhof fuhr, besah sich Anselm die Aufkleber am Heck. »National Trust«, »Whitley Bay Jazz Festival«, »Königliches Institut zur Rettung Schiffbrüchiger« – jeder stand wohl für irgendeine Leidenschaft des Fahrers.

Anselm ging zurück zum Kloster und beschloss, DI Armstrong zunächst noch nichts von seinem Besucher zu erzählen. Der Tod von Victor Berkeley würde ohnehin bald öffentlich bekannt werden, und Anselm konnte nach Rom melden, dass der alte Kollaborateur von aus dem Himmel gefallenen Ziegelsteinen erschlagen worden war.

Und während Anselm noch still vor sich hin lächelte, kam ihm eine Besonderheit seines Gesprächs mit Robert B. in den Sinn. An keiner Stelle waren sie auf das Erkennungsmerkmal des Toten zu sprechen gekommen: seinen falschen Namen, den er nach dem Krieg benutzt haben musste.

22. Kapitel

I

Der Einfall, das Kloster Larkwood aufzusuchen, kam Lucy im Anschluss an einen Abend, an dem Cathy sie über »den Franzosen« ausgequetscht hatte – ein Ausdruck, bei dem Lucy auch an Victor Brionne denken musste. Am nächsten Morgen schwänzte sie eine Vorlesung über die Romantik und rief Pascal an.

»Ich habe eine Idee. Es ist zwar ein Schuss ins Blaue, aber vielleicht kommt etwas dabei heraus.«

»Ich bin gespannt.«

»Egal, wo Brionne sich aufhält, er weiß wahrscheinlich, dass Schwermann im Kloster Larkwood um Asyl gebeten hat. Also ist es möglich, dass auch er Kontakt mit den Mönchen aufnimmt. Vielleicht sucht er ebenfalls ein Versteck oder er will etwas sagen, aber nicht gleich zur Polizei gehen ... es gibt jede Menge Möglichkeiten.«

In der Leitung summte es leise. »Einen Versuch ist es wert«, sagte Pascal dann.

»Ich hole Sie mit meinem neuen Wagen ab. Es ist ein Morris Minor, der schon mehr Jahre auf dem Buckel hat als wir.«

Ein Mönch namens Pater Anselm führte sie in einen ungepflegten Kräutergarten, in dem unter einer uralten Wellingtonia ein Tisch stand. Der Pater erzählte von seiner Schulzeit in Paris. Als eine Pause entstand, sagte Pascal: »Pater, die Behauptung, Ihr Kloster hätte irgendein Verständnis für ›Schwermanns Notlage‹ – ich glaube, das war die Formulierung in der Zeitung –, ist mir nicht sonderlich plausibel vorgekommen. Ich war früher Journalist, deshalb merke ich, wenn irgendein Schmierfink vor sich hin fantasiert.«

»Dafür bin ich sehr dankbar«, sagte Pater Anselm, dem offenbar nicht ganz wohl in seiner Haut war. »Offenbar leben wir in einer Zeit, in der jeder Seitenhieb auf die Kirche glaubhaft klingt – auch wenn daran wahrscheinlich nicht zuletzt die Kirche selbst Schuld trägt.«

»Mag sein, aber als ich zur Zeitung kam, habe ich als Erstes gelernt, dass alles, was man druckt, plausibel erscheint, so bizarr es auch aussehen mag.«

»Leider sind die meisten Geschichten über die Kirche sowohl bizarr als auch wahr«, sagte der Mönch.

Pascal wandte sich dem Thema des Besuchs zu. »Pater, Eduard Schwermann gehört zu den erschreckenden Menschen, die sich in einem mörderischen System so gewissenhaft an die Arbeit gemacht haben, als handelte es sich um eine Autofabrik. Anschließend hat jemand ihn versteckt.«

Über diese Tatsache, die Lucy immer erstaunlich vorgekommen war, schien der Mönch keineswegs erstaunt zu sein.

»Zwar wird eine Verhandlung stattfinden«, fuhr Pascal fort, »aber das heißt nicht, dass die Gerechtigkeit ihren Lauf nehmen wird. An die Vergangenheit zu rühren ist ein wenig so, wie ein schlafendes Ungeheuer aufzuwecken. Da kann alles geschehen, und manchmal sind es die Unschuldigen, die gefressen werden.«

»Solche Katastrophen habe ich oft genug gesehen.«

»Um das zu verhindern, suchen wir jemand, der Schwermann kannte und ihn bei der Arbeit gesehen hat.«

»Wen?« Die Frage schien überflüssig.

»Einen Mann namens Victor Brionne. Deshalb sind wir hier. Ich weiß, es ist unwahrscheinlich, aber wenn er aus irgendeinem Grund Kontakt mit dem Kloster aufnimmt, könnten Sie ihn wohl davon überzeugen, sich bei mir zu melden? Ich will ihn gar nicht bitten, zur Polizei zu gehen, er soll nur privat mit mir und meiner Kollegin sprechen.« Pascal deutete mit einem Kopfnicken auf Lucy.

Mit einer Miene, in der sich Bedauern und eine leichte Verwirrung spiegelten, beugte der Mönch sich vor. »Ich war früher Rechtsanwalt«, sagte er, als spräche er von einer vergebenen Sünde, »deshalb weiß ich, wie wichtig ein Zeuge wie Victor Brionne in einem solchen Fall sein kann. Tatsächlich ist jemand hier gewesen, um über ihn zu sprechen, ein Mann, dessen Mutter Victor Brionne kannte. Er wollte uns nur mitteilen, dass Brionne bei einem Unfall ums Leben gekommen ist. Übrigens ist dieser Mann anonym geblieben, weil er nicht in die Sache hineingezogen werden will.«

»Wie ist Brionne gestorben?«

»Er wurde von einem umstürzenden Schornstein erschlagen.« Offenkundig fand der Mönch seine eigene Antwort unbefriedigend.

Pascal runzelte die Stirn. »Von einem umstürzenden Schornstein? Kommt Ihnen das nicht allzu praktisch vor?«

»Ich hatte keinen Grund, dem Mann zu misstrauen.«

Lucy spürte ein wachsendes Unbehagen.

»Kannte er den Namen«, fragte Pascal scharf, »den Namen, hinter dem Brionne sich versteckt hat?«

Der Mönch erbleichte.

»Hat diese Person den Namen genannt?«

»Leider nicht.«

»Es besteht also keine Möglichkeit, das zu überprüfen, was man Ihnen erzählt hat? Wenn jemand stirbt, gibt's doch eine Unmenge Papierkram.«

Lucy musterte den Mönch, der scheinbar nicht mehr ganz bei der Sache war. Er hob den Kopf, als wollte er etwas sagen, dann erstarrten seine Lippen. Als Lucy sich umwandte, um seinem Blick zu folgen, sah sie einen alten Mönch über den Rasen kommen, begleitet von einem jungen Mann, der etwa so alt war wie sie.

»Bruder Sylvester«, sagte Pater Anselm matt.

»Ich hab ja gewusst, dass ich euch hier finde«, sagte der alte Mönch und deutete auf seinen Begleiter. »Das ist Max Nightingale. Ich war früher bei den Pfadfindern, müsst ihr wissen.«

2

Die besonderen Eigenheiten, die Bruder Sylvester zum Gemeinschaftsleben beisteuerte, riefen gewöhnlich zwei äußerst gegensätzliche Reaktionen hervor: das liebevolle Bedürfnis, ihn zu beschützen, und den Wunsch, ihn umzubringen. Die Distanz dazwischen war kurz und leicht zu überwinden. Während Anselm sah, wie Sylvester zur Pforte zurücktrottete und dabei ab und zu stehen blieb, um an zerriebenen Kräutern zu schnuppern, gelangte er rasch vom ersten zum zweiten Wunsch.

Zu Sylvesters Aufgaben als Pförtner gehörte es, das Telefon zu bedienen und Nachrichten entgegenzunehmen. Man war allgemein der Ansicht, dass etwa die Hälfte davon den Empfänger erreichte. Deshalb hatte Anselm keine Ahnung gehabt, dass Max Nightingale im Anmarsch war, und nun brachte Sylvester Max unbekümmert mit dem Mann zusammen, der seinen Großvater entlarvt hatte.

»Danke für das Gespräch, Pater«, sagte Pascal, während er sich steif erhob. »Wir gehen jetzt lieber. Falls der namenlose Besucher wieder auftauchen sollte, würde ich ihm an Ihrer Stelle ein paar zusätzliche Fragen stellen.« Er ging rasch hinter Bruder Sylvester her, gefolgt von Miss Embleton.

»Ist das Pascal Fougères?«, fragte Max.

»Ja«, erwiderte Anselm resigniert.

Max machte einen Schritt, blieb stehen und rief: »Warten Sie… nur einen Augenblick… sagen Sie mir etwas über Agnes… und ein Kind…«

Die junge Frau, die während des kurzen Gesprächs kaum etwas gesagt hatte, drehte sich abrupt um. Unwillkürlich huschte ein schmerzvoller Ausdruck über ihr Gesicht. Dann eilte sie an Fougères vorbei durchs Tor.

»Letzte Woche habe ich meinem Großvater einen Zeitungsausschnitt gezeigt«, sagte Max, während er die beiden verschwinden sah. »Es ging darin um ihn, Pascal Fougères. Mein Großvater wusste gar nicht, dass er zu der Gruppe gehört, die ihn aufgespürt hat.« Max kniff die Augen zusammen und blinzelte. »Daraufhin ist er plötzlich hin- und hergegangen…

murmelnd … und da ist dieser Name aufgetaucht … Agnes … als ob er sie vor sich im Zimmer hätte stehen sehen. Danach habe ich ihn kaum noch verstanden … aber er hat etwas von einem Kind gesagt, als sähe er es leibhaftig vor sich.«

Nun waren sie allein im duftenden Garten.

»Heute habe ich ihn gefragt, was er damit meinte«, sagte Max, »aber er hat nur erwidert, Victor Brionne würde die Antwort kennen.«

Unvermutet spürte Anselm eine Gemeinsamkeit mit dem jungen Mann. Sie waren beide auf den verschwundenen Franzosen angewiesen, um zu begreifen, weshalb ihre Loyalität bis an die Grenzen strapaziert wurde.

»Wissen Sie, Pater«, sagte Max, »ich glaube, wir sind in einer ganz ähnlichen Lage. Mein Großvater hat sich hinter diese Mauern hier zurückgezogen, und manchmal frage ich mich, ob er auch in meiner Kindheit Zuflucht gesucht hat … denn das ist auch so ein abgeschlossener Ort, an dem man keine Fragen beantworten muss.« Abwesend betrachtete er die Farbränder unter seinen Fingernägeln. »Aber ich bin jetzt erwachsen.«

»Leider«, bemerkte Anselm, »ist uns das nie klarer als in dem Augenblick, in dem wir die erste verbotene Frage stellen. Vielleicht ist das der Moment, an dem wir wirklich aufhören, Kind zu sein.« Anselm musste an die junge Frau mit dem gehetzten Blick denken. »Ich frage mich, wer diese Agnes wohl ist.«

»Ich habe das Gefühl, dass Pascal Fougères das nicht weiß«, sagte Max, »das Mädchen hingegen schon.« Während er sich zum Gehen wandte, fuhr er in leicht desinteressiertem Ton fort: »Übrigens wollte ich Ihnen bloß mitteilen, dass es bislang keine Spur von Victor Brionne gibt.«

»Wir haben noch Zeit«, sagte Anselm hoffnungsvoll. »Bestimmt gibt es irgendwelche Aufzeichnungen.«

Nachdem Max gegangen war, widmete sich Anselm eine halbe Stunde lang der sechzehnten Unterredung des Johannes Cassianus, die den Titel »Über die Freundschaft« trug. Als die

Glocke zur Vesper rief und er das Buch weglegte, kam ihm eine Antwort in den Sinn, die vordergründig nichts mit seiner Lektüre zu tun hatte und aufgetaucht war, noch bevor er die entsprechende Frage formulierte. Hatte diese Agnes Victor gekannt? Ja, das hatte sie, ganz bestimmt sogar. Und beide hatten Jacques Fougères gekannt, eine interessante Einzelheit, die dessen Großneffe Pascal von seiner Familie nicht erfahren hatte.

Bedauernd schüttelte Anselm den Kopf über die Tatsache, dass ihm bedeutsamere Wahrheiten nur durch Zufall ins Auge fielen.

3

Etwa eine Meile lang saßen sie schweigend im Wagen. Die Straßen waren leer, und die Sonne versank langsam hinter den dunkler werdenden Bäumen.

»Wer ist Agnes?«, fragte Pascal.

Ein kaltes Kribbeln breitete sich auf Lucys Kopfhaut aus – *er hat tatsächlich nie von ihr gehört*. Stolz und ungestüm erwiderte sie: »Meine Großmutter.«

»Und das Kind?«

»Ihr Sohn.«

»Wer war der Vater?« Er hatte die Antwort, durch die seine eigene Geschichte entzweigerissen wurde wie ein abgelehntes Manuskript, bereits erraten.

Lucy sah in den Rückspiegel und lenkte den Wagen in eine Parkbucht neben dem Tor eines Bauernhofs. Die lodernde Sonne verschwand hinter dem Horizont. »Jacques Fougères, Ihr Großonkel«, sagte sie.

»Was ist aus dem Jungen geworden?«

Den Ausdruck auf Pascals Gesicht konnte Lucy nicht deuten, doch in seiner erstickten Stimme hörte sie Groll und Verzweiflung.

Nun würde die ganze Geschichte ans Licht kommen. Pascal kurbelte sein Fenster herunter, um sich die kalte, frische

Luft ins Gesicht blasen zu lassen, und Lucy brach das Versprechen, das sie Agnes gegeben hatte.

Ein schwacher Glanz lag auf dem Abendhimmel, der aussah wie die Meeresoberfläche, tief und undurchdringlich. Während Lucy in die vorrückende Nacht hineinfuhr, spürte sie, dass die Hindernisse, die sich zwischen ihr und Pascal aufgetürmt hatten, nun um sie herum im Wasser trieben – gebrochene Worte auf einer anschwellenden Woge, gebildet aus zwei Strömen, die sich mit einem Mal vereinten.

23. Kapitel

I

Pascal rief Lucy auf ihrem Handy an, während sie gerade mit ihren Eltern zu Mittag aß. Ihr Vater saß am Kopfende des Tisches, und ihre Mutter war gerade aus dem Esszimmer in die Küche gegangen, als die Anfangstakte von Beethovens fünfter Symphonie hässlich elektrifiziert aus ihrer Tasche krächzten.

»Da kann man wohl nichts machen«, bemerkte Freddie schicksalsergeben.

Lucy nahm den Anruf an.

»Finden Sie nicht, dass ein kleines Wunder geschehen ist, als wir in Larkwood waren?«, fragte Pascal.

»Das ist mir entgangen.«

»Ich meine das Treffen mit Max Nightingale.«

»Soll das ein Witz sein?« Lucy dachte voller Widerwillen an Schwermanns Enkel. »Diese Begegnung würde ich eher als ein Unglück bezeichnen.«

Ein lauter Seufzer aus der Küche legte die Vermutung nahe, dass Lucys Mutter wieder einmal einen Kampf am Herd verloren hatte. Nach wie vor stellte sie die Vereinigung von Milch und Mehl vor unlösbare Schwierigkeiten.

»Ich weiß nicht, warum er die Frage über Ihre Großmutter gestellt hat«, sagte Pascal, »aber er hatte offensichtlich keine Ahnung, wer sie war.«

»Kann sein. Aber ein Wunder sehe ich darin nicht.«

»Aber wenn er von ihr weiß, weiß er möglicherweise auch von Victor Brionne … und wie er jetzt heißt.«

Ihr Vater bewegte seinen Teller auf dem Tischtuch umher, sodass er an den daneben liegenden Dessertlöffel stieß.

»Aber das wird er Ihnen nicht sagen«, meinte Lucy.

»Warten wir's ab.«

»Soll das jetzt schon wieder ein Witz sein?« Lucy spürte, wie die Zukunft unentrinnbar auf sie lauerte und ihre Krallen nach ihr ausstreckte.

»Nein, das ist kein Witz. In gewisser Weise ist Max Nightingale genauso wie Sie und ich –«

»Und wie sind wir, wenn ich fragen darf?«, fauchte Lucy.

»Er ist genau wie wir ein Nachkomme und kein Krimineller. Ich möchte mich mit ihm treffen. Ich habe so ein Gefühl, dass es wichtig ist, aber ich kann Ihnen nicht sagen, warum.«

»Ich muss jetzt Schluss machen«, sagte Lucy und bemerkte, wie ihr Vater sie zustimmend anlächelte. Telefonieren während des Essens war in ihrer Familie nicht gern gesehen, nicht zuletzt deshalb, weil Darren das gern gemacht hatte, und zwar mit Absicht.

Als Lucy das Handy wieder wegsteckte, sagte ihr Vater: »Ich hasse diese Dinger. Wer war das?«

»Ein Freund.« Sofort war sie wieder da, die Mauer, mit der Lucy ihr Privatleben umgab. Ihr Vater mühte sich redlich, irgendwo eine Lücke zu finden. »Wie geht es dir mit dem Studium?«

»Nicht schlecht.« Das erste Loch in der Mauer war geflickt. Lucy wusste natürlich ganz genau, was ihr Vater mit seiner Frage wirklich meinte: »Du hast Cambridge vergeigt, also sieh bitte zu, dass es diesmal keine Enttäuschung wird.« Wen würde ich denn enttäuschen?, spann Lucy das imaginäre Gespräch weiter. Dich oder mich? Und wer von uns hat mehr gelitten? Erstaunt über ihre eigene Nachsicht beantwortete sie sich ihre Frage: Wir haben beide schrecklich gelitten. Auf einmal verspürte sie das Bedürfnis, ihren Vater zu berühren, aber sie nahm nur seinen leeren Teller und stellte ihn auf den ihren. Wann werden wir endlich die Vergangenheit vergessen?

Warum sind wir dazu verdammt, uns ständig an alles zu erinnern?

Lucys Mutter kam aus der Küche und stemmte mit enttäuschtem Gesicht die Hände in die Hüften. »Ich fürchte, die Vanillesauce hat schon wieder Klumpen.«

»Ist doch nicht so schlimm«, sagte Lucys Vater und nahm Susans Hand.

2

Anselm war mit Salomon Lachaise nach Long Melford gefahren, einem nicht weit von Larkwood gelegenen Städtchen, in dem noch viele Häuser im traditionellen Suffolk-Rosa gestrichen waren. Sie stellten den Wagen ab und gingen zur Kirche Holy Trinity, die eher einer Kathedrale glich und ihre Existenz nicht allein mittelalterlicher Frömmigkeit, sondern vor allem den satten Profiten des Wollhandels verdankte.

Salomon Lachaise nahm seine dicke Brille ab und blinzelte bewundernd hinauf zu den bunten Glasfenstern und den leeren Steinnischen in der Votivkapelle, in denen früher einmal die Statuen der zwölf Apostel gestanden hatten. Durch einen kleinen Hof gingen sie hinüber zur Marienkapelle. »Die Kapelle wurde nach der Reformation als Schule genutzt«, sagte Anselm und deutete auf das in die Wand eingeritzte kleine Einmaleins. Salomon Lachaise betrachtete die Spuren einer längst vergangenen Zeit mit Interesse.

»Es klingt zwar grotesk, aber man kann nicht überleben, ohne sich in Schande zu stürzen.« Er schob seine kleinen Hände tief in die Taschen seiner Strickjacke. »Aber das hätte ich meiner Mutter nie sagen können.«

»Warum nicht?«

»Sie bezog ihren Seelenfrieden aus der Tatsache, dass ich ein ganz normaler Junge war, der in die Schule ging wie alle anderen auch.«

»Aber was soll daran eine Schande sein?«, fragte Anselm.

»Weil ich dabei immer das Gefühl hatte, den Platz eines Anderen eingenommen zu haben.« Er starrte geradeaus an die Wand. »Das ist wie eine Schuld gegenüber Gott.«

Sie verließen die Kapelle und traten wieder hinaus in den Hof. »Als ich ein Junge war, hat meine Mutter mir immer erzählt, die Hölle sei ein Ort ohne Schmerzen, an dem alles vergessen sei«, sagte Salomon Lachaise.

»Das klingt ja ziemlich harmlos.«

»Ich könnte mir kaum etwas Schlimmeres vorstellen.«

»Warum?«

»Weil es an einem Ort ohne Schmerz auch keine Liebe geben kann.« Anselm blickte hinauf zu den milchigweißen Wolken, zwischen denen ab und zu ein Fleckchen Blau hindurchschimmerte. »Und was ist dann der Himmel?«, fragte er.

»Ein Inferno, in dem man verbrennt und sich an all das erinnert, woran man sich erinnern sollte.«

3

Endlich hatten es Lucy und Cathy geschafft, ins türkische Bad zu gehen. Es bestand aus drei Räumen, die durch Bögen miteinander verbunden waren. Jeder der Räume war kleiner und heißer als der vorige. Nachdem sie im ersten zwanzig Minuten lang auf einer weiß gekachelten Bank im wabernden Dampf gesessen hatte, entspannten sich Lucys Nackenmuskeln und ihr Kopf sank, der Schwerkraft folgend, auf ihre Brust. Als Cathy ihr zunickte, wanderten sie gemeinsam eine Leidensstufe weiter. Nach einer Weile im zweiten Raum glaubte Lucy, es nicht mehr länger aushalten zu können, und Cathy deutete auf eine kleine, leere Kammer, die bisher noch keiner der anderen Gäste aufgesucht hatte. Die Hitze in der Kammer war überwältigend. Lucy kauerte sich in eine Ecke und fühlte sich so schwach wie noch nie zuvor in ihrem Leben. Cathy lehnte sich mit dem Rücken an die Wand und schloss die Augen. Durch den heißen Dampf konnte Lucy undeutlich die kleine Narbe an ihrer Wange sehen, die jetzt ein klein wenig röter war als die Haut darum herum.

Cathy hob langsam den Arm und deutete auf eine Schwingtür neben dem Eingang. »Du zuerst«, hauchte sie.

Lucy stand auf und taumelte zur Tür. Ihr salziger Schweiß brannte ihr in den Augen. Sie stieß die Schwingtür auf und gelangte in einen hell erleuchteten Raum mit einem kleinen Wasserbecken und einer Liege, auf die sie mit letzter Kraft kletterte.

»Das ist ja die Hölle«, sagte sie. »Nie im Leben mache ich das noch mal mit.«

»Es ist noch nicht vorbei, Kleine«, hörte sie eine tiefe Stimme sagen, und eine muskelbepackte Frau trat mit einem großen, eingeseiften Schwamm auf sie zu. Als sie damit Lucys Zehen berührte, kreischte diese laut auf. Selbst die kleinste Berührung kitzelte sie gnadenlos. Lucy wimmerte und schrie, bis die Frau sie vollständig abgerubbelt hatte. Dann ließ sie sich vom Tisch ziehen und unter eine warme Dusche schieben. Als Lucy die Seife abgewaschen hatte, gab ihr die Muskelfrau einen kräftigen Schubs und stieß sie in das Becken mit eiskaltem Wasser. Als Lucy wieder auftauchte, hatte der Tod seinen Stachel für sie verloren.

Zehn Minuten später lag Lucy, in ein warmes Handtuch gehüllt, auf einem gepolsterten Lederdiwan und hatte das erste transzendentale Erlebnis ihres Lebens. Auf einem kleinen Tisch neben ihr standen eine Tasse mit heißem, stark gesüßtem Tee und ein Teller mit einem Specksandwich. Cathy lag auf der Couch neben ihr.

»Ich glaube an Gott«, sagte Cathy.

»Angeblich soll schon mal ein Bischof im türkischen Bad an einem Herzinfarkt gestorben sein.«

»Ein schöner Tod.«

»Ich kann mir nicht vorstellen, dass er es bis ins Becken geschafft hat.«

»Dann hat er wohl schon auf der Liege den Löffel abgegeben.«

»Höchstwahrscheinlich.«

»Trotzdem ein schöner Tod.«

Cathy griff nach ihrem Sandwich und fragte: »Hast du eigentlich meinen Rat befolgt und bist mit deinem Franzosen ausgegangen?«

»Ja«, antwortete Lucy.

»Und wo wart ihr?«

»In einem Kloster.«

Cathy kaute nachdenklich. »Und davor habt ihr in einer Krypta gegessen.« Sie schleckte sich geschmolzene Butter von einem Finger. »Was kommt wohl als Nächstes?«

»Eine ganz normale Kneipe, schätze ich.«

24. Kapitel

I

An einem Freitagabend traf Lucy sich mit Pascal auf dem nassen Gehsteig vor Sibyl's Cave. »Da drin ist die Hölle los«, sagte sie.

»Das macht nichts.« Pascal rieb sich zuversichtlich die Hände, als wollte er ein Paar Würfel auf den Spieltisch werfen. Dann zwinkerte er, und in Lucy sträubte sich etwas. Sie dachte bei dieser Geste unwillkürlich an Baugerüste und bierselig hinter ihr her pfeifende Arbeiter. »Ich habe ein gutes Gefühl«, sagte Pascal.

Pater Anselm hatte ihm die Telefonnummer von Max Nightingale gegeben, und Pascal hatte mit Schwermanns Enkel ein Treffen vereinbart. Offenbar war Max Feuer und Flamme. Als Pascal Lucy davon erzählte, verspürte sie einen heftigen Widerwillen. »Schön«, sagte sie nur.

Ungestüm riss Lucy die Tür des Pubs auf. Aus dem hellen Flur schlugen ihr Hitze und Lärm entgegen. In der Lounge drängten sich die Vertreter der Leistungsgesellschaft, um lautstark den beruflichen Druck loszuwerden. Pascal und Lucy warfen einen Blick in den kleinen Rauchsalon. Über den Tischen hingen dichte, bläuliche Schwaden wie der Qualm von Gartenfeuern. Überall standen leere Gläser. Eine junge Frau in einem kurzen schwarzen Rock drängte sich vorbei, in der Hand ein feuchtes Tuch. Sie bahnten sich einen Weg zum Verandaeingang. Eine Notiz am Türpfosten verwehrte den Zutritt: *Geschlossene Gesellschaft*. Durch die Glasscheibe der

Tür sah Lucy Anzüge, im Stehen gekreuzte Beine, an die Brust gedrückte Weingläser: der Chef war im Aufbruch begriffen. Pascal zog Lucy am Arm zum Debattiersaal.

Offenkundig erlahmte die Lust auf Diskussionen dort allmählich. Der Nachwuchs strebte zur Bar oder nach Hause; zurückblieben verstreute Haufen älterer Männer. Wo sind die Frauen?, dachte Lucy. Dann fiel ihr Blick auf Max Nightingale, der in einer Ecke saß. Auf dem Tisch lag ein schwarzer Motorradhelm. Unwillkürlich dachte sie an einen abgetrennten Kopf, der sie anstarrte. Die beiden Neuankömmlinge zogen Stühle heran und setzten sich zu Max.

»Wer ist Sibyl?«, fragte Max Nightingale. Lucy bemerkte dunkle Schmutzränder unter seinen Nägeln, wie eine Spur der inneren Verschmutzung, die sein Großvater mit sich herumtrug. Als er ihren Blick sah, sagte er: »Farbe. Ich war am Malen.«

»Frische Farbe für die Bude?«

»Nein, ein Bild.«

»Ach.«

»Was ist mit Sibyl?«

»Sie ist die Hauptfigur einer tragischen Sage«, sagte Pascal, »eine Mystikerin, die dem Tod ein Schnippchen geschlagen und Jahrhunderte in einer Höhle verbracht hat. Sie hat Rätsel auf Blätter geschrieben, die sie dem Wind überließ.«

Max Nightingale sah ihn verdutzt an. »Ich dachte, das wäre die Wirtin.«

Statt der Lust auf eine spöttische Bemerkung nachzugeben, lachte Lucy. Schließlich hatte sie es auch nicht gewusst.

»Im Kloster haben Sie eine Frage gestellt«, sagte Pascal. »Es ging um eine gewisse Agnes und ein Kind. Woher wissen Sie den Namen?«

»Von meinem Großvater.« Max antwortete rasch und offen.

»Wissen Sie, wer Agnes ist?«

»Nein.«

Für Pascal schienen sich Argwohn und Vorsicht allmählich in Luft aufzulösen. »Ich würde Ihnen gern eine Frage stellen«, sagte er, »aber zuerst möchte ich etwas festhalten.«

Max Nightingale nahm den Helm vom Tisch. Ein ebener Raum tat sich auf, der sich zur Überquerung anbot. Lucy starrte erschrocken auf die Tischplatte.

»Wir sind auf verschiedenen Seiten eines Albtraums geboren«, sagte Pascal, »und deshalb möchte ich sagen ... ich habe nichts gegen Sie.«

Max Nightingale zuckte zusammen. Als er sich wieder in der Gewalt hatte, sagte er: »Stellen Sie Ihre Frage.«

Lucy hörte scharrende Schritte. Direkt hinter ihr stand der Mann, den sie den »Professor« nannte.

2

Offenbar hatte Bruder Sylvester einen seiner lichten Augenblicke, denn er schaffte es, einen Anruf von seiner Telefonzentrale weiterzuleiten zu der Nebenstelle, an der Anselm sich befand. Das Staunen über dieses Kunststück lenkte Anselm vorübergehend von DI Armstrongs Worten ab:

»Wir haben Schwermann während der Vernehmungen mit allen Beweismitteln konfrontiert. Er hat nur einen Satz gesagt, ein Zitat: *Zwei Seelen wohnen, ach! in meiner Brust.*«

»Tut mir Leid, da kann ich Ihnen auch nicht weiterhelfen.«

»Ich brauche keine Hilfe, vielen Dank. Das ist aus Goethes *Faust*. Es ist eine Art Geständnis, glaube ich.«

»Aber bei den Geschworenen werden Sie damit nicht weit kommen.«

»Das ist mir klar. Jedenfalls sind die Ermittlungen abgeschlossen. Morgen werden wir ihn unter Anklage stellen.«

»Gemeinschaftlich begangener Mord?«

»Ja.«

Anselm ahnte, was folgen würde.

»Was Victor Brionne beziehungsweise Berkeley betrifft, hat sich nichts ergeben. Es gibt keinerlei Unterlagen, aus denen ersichtlich wäre, dass er je gelebt hat oder gestorben ist. Jedenfalls nicht unter einem dieser beiden Namen.«

Anselm dachte an den sympathischen Robert B., der ihm mit übergeschlagenen Beinen das Wenige anvertraut hatte, was er wusste, der zur Vesper gekommen war und sich beim Abschied Zeit gelassen hatte.

»Brionne ist außerordentlich vorsichtig gewesen«, fuhr DI Armstrong fort. »Er muss seinen Namen noch einmal geändert haben, entweder durch eine einseitige Erklärung oder indem er einfach behauptet hat, seine Papiere wären verloren gegangen. In der Nachkriegszeit war so etwas für einen Flüchtling ziemlich einfach. So oder so sind die Chancen, ihn zu finden, gering. Es ist, als hätte es ihn nie gegeben.«

3

»Darf ich mich zu Ihnen setzen?« Ein warmes Lächeln leuchtete auf dem Gesicht des Professors, üppig umrahmt von weißem Haupt- und Barthaar. Er hatte ein Bierglas in der Hand. Ohne auf eine Antwort zu warten, zog er einen Stuhl heran und setzte sich.

»*Sie* kenne ich sogar«, sagte er und nickte Pascal zu, »aus dem Fernsehen.«

Max Nightingale wollte den Mund aufmachen, doch der Fremde sagte: »Nun denn, da sind wir also – vier aufgeschlossene Menschen, die sich um einen Tisch versammelt haben. Es gibt nichts, was wir nicht hinterfragen könnten, und wie es so oft in Platons Dialogen geschieht, kann unsere vereinte Unwissenheit uns zur Wahrheit bringen. Schließlich kann ein Blinder doch einen Blinden führen.« Er lächelte vergnügt.

»Hören Sie«, sagte Max Nightingale, »wir besprechen gerade etwas.«

»Ich mache mit.«

»Es tut mir Leid, aber ...«

»Max, dies ist der Debattiersaal«, mischte Pascal sich ein. »Ich hätte es Ihnen sagen sollen ... hier darf jeder an allen Gesprächen teilnehmen ...«

»Also«, sagte der Mann mit dem weißen Bart und ließ den Blick in die Runde schweifen, »wie lautet das Thema?«

»Wir haben keines«, sagte Pascal mit gezwungener Geduld.

»Dann lassen Sie mich doch behilflich sein«, sagte der Fremde und fuhr etwas zu rasch fort: »Meine These lautet, dass wir zwischen verschiedenen Arten des Erzählens unterscheiden müssen, wenn wir uns der Wahrheit annähern wollen – zwischen symbolhafter Rede, Allegorie, Parabel und so weiter. Dabei ergibt sich ein gewichtiges Problem, wenn eine bestimmte Form der Rede sich als eine andere ausgibt, also wenn sich beispielsweise Mythos oder Fabel als Tatsache verkleiden, wenn eine Geschichte sich als historische Wahrheit maskiert.«

Max Nightingale sah zutiefst gelangweilt drein.

»Hat jemand von Ihnen die Narnia-Bücher von C. S. Lewis gelesen?«, fragte der Fremde.

Während Pascal und Max Nightingale sich über die Unterbrechung zu ärgern schienen, war Lucy erleichtert. Es war ein Intermezzo während einer schwierigen Unterredung, das war alles. Pascal konnte sich nach Brionnes Namen erkundigen, wenn die Diskussion vorüber war. Damit hatte es keine Eile. »Ich habe sie gelesen«, sagte sie, »mehrmals sogar.«

Der Fremde lächelte gewinnend. »Aber Sie haben noch nie versucht, mit einem Löwen zu sprechen, oder?«, rief er. »Es ist einfach ein Märchen über Gut und Böse, und der Löwe siegt.«

Lucy sah, wie Pascals Gesicht sich ahnungsvoll rötete.

»In dem genannten Fall gibt es keine Schwierigkeiten, weil es keine Fakten gibt, nur Dichtung«, fuhr der Fremde fort. »Aber was geschieht, wenn Fakten und Dichtung sich vermischen?« Er hob sein Glas. »Nehmen wir beispielsweise den Holocaust.«

Lucy lief es kalt den Rücken hinunter, als sie hörte, wie der Mann völlig gelassen und ohne jede Pietät einen derart brisanten Begriff in die Runde warf.

Der Professor lächelte. »Wie viel davon ist Tatsache und wie viel ist Dichtung?«

»Gehen wir«, sagte Pascal und stand auf.

»Bin ich die Stimme der Versuchung in Ihrer Wildnis?«, fragte der Fremde schmollend.

Lucy sah zu Max hinüber, der bleich geworden war und offenbar nichts erwidern konnte. Sie stand auf und griff nach ihrer Jacke. Die Riemen ihres Rucksacks hatten sich an ihren Füßen verheddert; ihr Portemonnaie fiel heraus, Münzen rollten unter den Tisch. Mehrere Gäste, die in der Nähe saßen, drehten sich nach dem Geräusch um. Ein alter Mann schnitt eine Grimasse, richtete sich auf und blickte zu Pascal und dessen Peiniger herüber.

»Kommt schon«, fauchte Pascal.

»Nehmen wir einmal den Fall Schwermann«, sagte der Professor vollkommen entspannt. »Vielleicht wird er verurteilt. Aber wer wird die alten Märchen hinterfragen?«

»Lucy, bitte, kommen Sie«, sagte Pascal.

Der alte Mann kam langsam herangeschlurft, packte den Professor an der Schulter und zerrte am Stoff seines Jacketts. »Ich hab die Schnauze voll von Ihnen«, brüllte er. »Hauen Sie ab! Los, raus hier!«

Taumelnd stand der Professor auf. Sein Lächeln war verzerrt von unterdrücktem Zorn. »Nehmen Sie bloß die Hände weg, Sie ignoranter …«

»Vor Burschen wie Ihnen hab ich keine Angst«, stotterte der alte Mann und hob zitternd die Faust.

»Dad?«, rief jemand auf der anderen Seite des Raumes. »Was zum Teufel …?«

Max sprang auf, während Pascal um den Tisch ging. Der alte Mann zerrte immer heftiger und zog die erhobene Faust zurück, als wollte er ausholen. Plötzlich trat ein ekstatischer Ausdruck in das Gesicht des Professors. Herrisch schwang er den Arm durch die Luft und schlug dem alten Mann mitten ins Gesicht. Im selben Augenblick sprang Pascal vor, um zwischen die beiden Kontrahenten zu treten, glitt aus und verlor das Gleichgewicht. Lucy stockte der Atem. Im Fallen drehte er sich auf die Seite, sein linker Arm schlug auf der Tischkante auf, sein Körper verdrehte sich, und dann hörte man ein entsetzlich dumpfes Geräusch. Pascal stöhnte auf wie im Schlaf und drehte den Kopf von einer Seite zur anderen. Beide Arme lagen jetzt schlaff auf dem Boden. Lucy schlug die Hände vors Gesicht und starrte ihn durch zitternde Finger hindurch an. Ein schwaches Wimmern stieg in ihr auf, das nicht aufhören wollte. Von Pascal sah sie nur noch einen Fuß, weil Leute um ihn herum knieten, während andere die Tische und Stühle beiseite schoben.

Ein Rettungswagen kam. Später erinnerte sich Lucy nur noch an die Farben. Grüne Laken, eine rote Decke, verchromte Stangen an der Trage, gelbe Jacken und bleiche, weiße Gesichter. Jemand nahm ihre Hand, ein Arm legte sich um ihre Schulter. Sie hörte keinerlei Geräusche mehr, nicht in sich und nicht um sich herum. Wie von riesigen Wattebäuschen eingehüllt, schwebte sie in einem Vakuum, das sich tief im Innern ihres Kopfes gebildet hatte.

Das Letzte, was sie sah, bevor sie in die Nachtluft hinausgeführt wurde, war die Stelle, an der Pascals Kopf aufgeschlagen war. Ein kleiner, aber dicker Blutfleck leuchtete am Fuß eines ziemlich gewöhnlichen Tischbeins, dessen verziertes, geschwungenes Metall in einer kleinen Eisenkugel endete.

Um drei Uhr morgens wurde Lucy von einer Polizeibeamtin nach Hause gebracht. Als sie, noch immer von einer dicken Isolierschicht umgeben, allein in ihrer Wohnung stand, sah sie den Anrufbeantworter blinken. Wie ferngesteuert bewegte sie sich darauf zu und drückte den Knopf.

»Ich bin's, Cathy«, sagte eine gedehnte Stimme in der Dunkelheit. »Ich hab's erfolglos auf deinem Handy probiert, und jetzt hege ich endgültig einen bestimmten Verdacht. Na, was habt ihr diesmal gemacht? Klingelstreiche? Ruf mich doch bald mal an.«

4

Über die Hügel rund um Larkwood tanzte das Morgenlicht. Hingerissen öffnete Anselm die Fenster seiner Zelle. Dann setzte er sich ruhig hin, um sich auf die Lectio Divina vorzubereiten. Ein störendes Geräusch ließ ihn zusammenfahren, draußen auf dem Flur hörte er Schritte, die rasch näher kamen. Das war merkwürdig, weil der Verhaltenskodex des Klosters alles untersagte, was den Geist der Sammlung stören konnte. Zu dieser Stunde war so etwas unerhört. Ein Klopfen an der Tür. Anselm stand auf und drehte besorgt den Türknauf um.

Bruder Jerome trug einen Stapel Zeitungen unter dem Arm. Es war seine Aufgabe, verschiedene Berichte und Kommentare in liberalen wie konservativen Zeitungen zu studieren, um einen ausgewogenen Nachrichtenüberblick herauszudestillieren, der beim Mittagessen vorgelesen wurde. Offenbar hatte er die Blätter gerade erst an der Pforte abgeholt. Ohne etwas zu sagen, deutete er auf einen Artikel auf der Titelseite einer großen Zeitung. Pascal Fougères war ins Charing Cross Hospital in Hammersmith eingeliefert worden und kurze Zeit später an einer Gehirnblutung, die er bei einem Sturz erlitten hatte, gestorben. Offenbar hatte sich der Unfall ereignet, weil er sich in einen Streit über den Zweiten Weltkrieg eingemischt hatte. Nach Polizeiangaben wurde noch ermittelt.

Anselm schloss seine Tür und sank auf einen Stuhl. Im Geiste sah er Leviathan aus dem tobenden Meer steigen und sich in einen roten Himmel recken. Vom Leib des Ungeheuers sprühten Wassertropfen herab wie Regen.

25. Kapitel

Das Cottage auf Holy Island glich mit seinen vielen Zimmern und dem großen, windgepeitschten Garten eher einem Herrenhaus als einer Hütte. Gleich hinter einer alten Natursteinmauer, einem Zeugnis längst vergangener Handwerkskunst, begann der Strand mit seinen grünen und schwarzen Felsblöcken, von denen manche rundgeschliffen, andere erstaunlich scharfkantig waren. Vom Badezimmer aus konnte Victor die Ruinen der alten Abtei mit ihren dunkelroten, von Wind und Regen geglätteten Sandsteinquadern sehen, vom Schlafzimmer aus Lindisfarne Castle, das sich auf seiner steil aufragenden Felsspitze wie ein Scherenschnitt in den blassen Himmel erhob. Dahinter lagen Broad Stones und Plough Rock und schließlich die leere, glatte, stille See.

»Hier müsstest du eigentlich in Sicherheit sein«, sagte Robert, der ihn bis an die Nordspitze der Insel begleitet hatte.

Victor nickte.

»Ich habe dem Mönch genau das erzählt, was du mir aufgetragen hast: dass Victor Brionne kurz nach dem Krieg gestorben sei, und dass ein anderer Mann meine Mutter geheiratet habe. Und damit habe ich ihm ja in gewisser Weise die Wahrheit gesagt. Wenn irgendjemand in das Kloster kommt und nach dir fragt, wird man ihm sagen, dass du tot bist.«

Wieder einmal stand Victor nur einen Schritt weit vom Abgrund entfernt. Es durfte keine weiteren Diskussionen geben. Es wäre besser gewesen, wenn Robert nicht nach Larkwood gegangen wäre, denn dieser Besuch war selbst schon ein winziges Bindeglied zwischen ihm und denjenigen, die nach ihm suchten. Aber Robert wollte seinem Vater nun einmal unbedingt helfen, und das war es, was zählte. Nicht einmal Robert durfte wissen, dass Victor seinen Namen ein zweites Mal geändert hatte und dass die Chance, dass jemand, der nach Victor Berkeley suchte, auf Victor Brownlow stieß, eigentlich sehr gering war. Vielleicht war es übereilt gewesen, Robert überhaupt ins Vertrauen zu ziehen. Vielleicht hätte Victor das Risiko eingehen und so tun sollen, als wäre überhaupt nichts geschehen, vielleicht hätte er sein Leben auf der Grundlage weiterführen sollen, unter der er seine Vergangenheit begraben hatte. Aber seit Schwermanns Enttarnung war der Wunsch, sich zu verstecken, in ihm einfach übermächtig geworden. Hinzu kam, dass er Robert ein wenig von dem zeigen wollte, was ihn sein ganzes Leben lang niedergedrückt hatte.

Brownlow: Victor mochte diesen Namen und fand, damit hatte er eine gute Wahl getroffen.

Sie machten kehrt und gingen Arm in Arm zurück zu Roberts Ferienhaus, das den Namen »Pilgrim's Rest« trug. Ein kalter Wind vom Meer blies ihnen feuchte Gischt ins Gesicht und beschleunigte ihre Schritte. Mit einer Traurigkeit, die ihm seit früher Jugend vertraut war, dachte Victor an Jacques Fougères und seinen Großneffen Pascal, der versucht hatte, ihn zu finden, und den er jetzt nie mehr kennen lernen würde. Vielleicht wären sie Freunde geworden und hätten eine Brücke über die Kluft zwischen Victor und der Familie Fougères geschlagen. Aber wer weiß, vielleicht wäre die Kluft auch einfach zu groß gewesen. Victor folgte Robert durch das Gartentor und dachte dabei verärgert: Nein, ich hätte diesem Pascal Fougères nie geholfen, selbst wenn er mich gefunden hätte. Das hätte ich nur getan, wenn Agnes noch am Leben wäre. Aber sie ist tot, und ich bin schuld daran.

Teil III

Nun kommt die Zeit, den Geist zu entkleiden,
Zeit zum Verbrennen geendeter Tage

Das Verbrennen der Blätter
Laurence Binyon (1942)

Dritter Prolog

6. Januar 1996

Mit dem langsamen körperlichen Verfall ging eine zunehmende geistige Klarheit einher, eine Lockerung der Verbindung von Körper und Geist. Oft spürte Agnes ein Flattern im Bauch, als versuchte irgendetwas, das an einen festen Pflock gefesselt war, abzuheben. Es war wie ein erstes Anzeichen von Übelkeit.

Tag für Tag und Nacht für Nacht lag Agnes auf dem Rücken, abwechselnd auf der einen und der anderen Seite. Pflichtschuldig drehte Wilma sie immer wieder um und versorgte die wund gelegenen Stellen mit Salbe und einem tröstlichen Scherz. War das getan, blieb Agnes allein.

Agnes hätte nie gedacht, dass es in einem einzigen Zimmer so viel zu betrachten gab: die Farbe, die sich vom Fensterrahmen zu lösen begann und sich bald sanft vom Holz wegkräuseln würde; das Muster aus schwachen Schatten, die sich mit der Bewegung einer Wolke unmerklich veränderten, sodass das Licht auf den einzelnen Gegenständen im Zimmer kaum wahrnehmbar wechselte. Sobald Agnes jedoch alles gesehen hatte, was es zu sehen gab, wurde ihr sehr langweilig. Und dann fiel ihr ohne ersichtlichen Grund ein, wie Merlin den jungen Wart, den zukünftigen König Artus, die Kunst des Sehens gelehrt hatte – durch die Verwandlung in ein Tier. Also versetzte Agnes sich in die Rolle eines Vogels und blickte von hoch oben auf das verschlungene Geflecht der Dinge wie ein jagender, im Aufwind schwebender Falke.

Sie sah ein Boot, das über den Ärmelkanal nach Frankreich fuhr, und ihren Vater, der bange aufs Meer blickte, ein kleines Mädchen neben sich – ein wunderschönes Mädchen, das sich mit flatterndem Haar und leewärts geschleudertem Mantel auf die unterste Stange der Reling stellte, bevor er sie aufhalten oder die Verzückung auf ihrem Gesicht sehen konnte. Sie sah ein Wohnzimmer, in dem Père Rochet ihren Jungen nach der Taufe in den Händen hielt und durch die Augen des Säuglings hindurch tapfer auf einen anderen Ort und ein anderes Kind blickte. Sie sah Madame Klein in einem Viehwaggon auf einem Haufen gefallener, keuchender Leiber stehen und andere Münder von dem schwachen Luftstrom wegdrücken, der durch einen Bretterspalt hereindrang. Mit leisem Stöhnen vergrub Agnes den Kopf im Kissen, aber ihr Falke stieg noch höher über den anschwellenden Wind. Durch die ersten Schwaden des abendlichen Nebels hindurch sah sie ein Licht an den Champs-Elysées und einen jungen Mann an einem Schreibtisch, der Anschriftenlisten überprüfte und den Zeitplan für den nächsten Tag aufstellte. Sein Gesicht war hart. Da stieß sie hinab, schneller und immer schneller, flog über die dicht belaubten Kastanienbäume ins Zimmer und durch die schieferblaue Iris in den bebenden Sehnerv des Mannes.

Und Agnes begriff. Endlich blickte sie in Victor Brionne, den Verräter, hinein. Langsam hob sie die Hände, streckte die dünnen, zitternden Finger aus. Sprechen konnte sie nicht. Es war nun zu spät, um etwas zu schreiben, und diktieren konnte sie auch nicht mehr.

Geschäftig kam Wilma durch die Tür, in den Händen eine Schale mit Eiswürfeln, eine Untertasse und einen Teelöffel.

26. Kapitel

I

An einem warmen Vormittag in der zweiten Woche nach Ostern wurde das Verfahren gegen Eduard Walter Schwermann eröffnet. Die Schlange für die Zuschauerplätze reichte vom Old Bailey fast bis nach Ludgate. Die Öffentlichkeit saß auf Klappstühlen und kaute Sandwiches, auf dem Gehsteig reihten sich Thermosflaschen aneinander wie Kegel. Später würden viele mit der Erklärung, es gebe keine Unterbringungsmöglichkeiten für ihre Fresskörbe, von den Pförtnern abgewiesen werden. Anselm, der sich mit Roddy verabredet hatte, musste auf die Straße ausweichen. Als er sie überquert hatte, fiel ihm die edelmütige Inschrift ins Auge, die hoch oben über dem Portal des Gerichts angebracht war: »Schützt die Kinder der Armen und bestraft die Missetäter.« Mit einem Blick auf die Menge ging Anselm weiter, verstört von dem Anflug von Karnevalsatmosphäre, der immer herrschte, wenn die Tragödien anderer ans Tageslicht gebracht wurden.

Zwei Wochen zuvor war Schwermann um sechs Uhr morgens aus Larkwood ausgezogen, versteckt in einem lärmenden Konvoi aus Autos und Motorrädern. Für die Dauer des Verfahrens werde er in Untersuchungshaft bleiben, hatte Milby gleichgültig gähnend erklärt. Ein ganzes Jahr lang war Schwermann im Kloster gewesen. Am Nachmittag nach seiner Abreise hatten sich Anselm und Salomon Lachaise an der Klause zu einem Glas Portwein und einer letzten Schachpartie getroffen. Im Rückblick auf die vielen Spiele der beiden war

Anselm zum Gesamtsieger erklärt worden, wenngleich das nicht auf einen Unterschied in der Begabung zurückzuführen war. Offensichtlich hatte das Glück die größere Rolle gespielt. Die folgende Partie hatte remis geendet, weil keiner wirklich gewinnen wollte. Am nächsten Tag war Salomon Lachaise nach London abgereist. Als Bleibe würde ihm eine kleine Wohnung über Anselms früherer Kanzlei dienen, von der man den Hauptplatz von Gray's Inn überblicken konnte. Bis zum Old Bailey waren es nur wenige Gehminuten. Roddy, der zwar nicht an Gott glaubte, aber oft nach Larkwood kam, um, wie er sagte, »über den Tellerrand zu schauen«, hatte Lachaise bei seinem letzten Besuch im Kloster eingeladen. Machte der alte Schurke ein derartiges Angebot, so bedeutete dies, dass keine Unkosten anfallen würden. Über dieses für einen Gast immer heikle Thema wurde denn auch stillschweigend hinweggegangen.

Während Anselm nun rasch weiterschritt, dachte er an das, was vor ihm lag. Zuerst wollte er Roddy in der Kanzlei treffen, um Hintergrundinformationen über die Hauptakteure des Verfahrens einzuholen – eine Erinnerung an alte Zeiten. Anschließend würde er mit dem Zug nach Paris reisen, um die Familie Fougères aufzusuchen, eine weniger angenehme Aufgabe. Angesichts der unerfreulichen juristischen Tatsachen, die eine einfühlsame Erläuterung erforderten, hatte Milby, vertreten durch seine Kollegin Armstrong, Anselm vorgeschlagen, dieser solle an seiner Stelle nach Frankreich fliegen.

»Ich glaube, der Chef hat Recht«, hatte DI Armstrong gesagt. »Es wäre besser, wenn jemand wie Sie mit der Familie spricht.«

Anselm hatte eingewilligt, ergriff jedoch die Gelegenheit, um ein weiteres Anliegen vorzubringen, trotz des unguten Geschmacks eines Kuhhandels: »Ich muss Sie um etwas bitten. Es geht um Victor Brionne.«

»Der ist verschwunden, fürchte ich.«

»Können Sie mir dasselbe zusagen wie beim letzten Mal? Wenn ich Ihnen sage, was ich noch weiß, darf ich dann das erste Gespräch mit Brionne führen?«

DI Armstrong sah Anselm direkt in die Augen. »Ich weiß zwar nicht, was Sie im Schilde führen, Pater, aber offenbar haben Sie eine bestimmte Grenze überschritten, und zwar sowohl moralisch wie juristisch. Ich finde, Sie sollten einen Schritt zurücktreten. Gehen Sie dahin, wo Sie hingehören.«

»Das würde ich ja gerne tun, aber es geht nicht. Ich habe noch nicht herausbekommen, wo diese Grenze ist.«

»Doch, Pater, wir wissen alle, wo sie ist.«

»Etwas ganz Ähnliches habe ich selbst schon zu Leuten im Beichtstuhl gesagt. Ich werde es nie wieder sagen.«

»*Ich* kann Sünden nicht vergeben, das wissen Sie.«

»Ich verspreche Ihnen dasselbe wie beim letzten Mal. Was ich tue, ist im Interesse der Gerechtigkeit.«

»Na schön, reden Sie weiter.«

»Ein Mann hat mich aufgesucht. Er hat mir erklärt, Brionne sei nach dem Krieg gestorben. Auf merkwürdige Weise schien mir alles, was er sagte, wahr zu sein – und den Eindruck habe ich immer noch, obwohl ich inzwischen sicher bin, dass Brionne nicht tot ist. Mein Instinkt sagt mir, dass der Mann mit Victor Brionne verwandt ist.«

Anselm nannte die Hinweise, an die er sich erinnerte: den Namen Robert B, das *Tablet*-Abonnement und die anderen Details. Während DI Armstrong alles in ihr Notizbuch schrieb, sagte sie: »Pater, eigentlich müssen Sie gar keine Tauschgeschäfte mit mir machen. Ich würde das auch dann für Sie tun, wenn Sie es abgelehnt hätten, mit der Familie Fougères zu sprechen.«

Der Tadel hatte Anselm erröten lassen, nicht zuletzt, weil er spürte, dass DI Armstrong ihn mittlerweile in einem etwas anderen Licht sah. Ein Mönch war doch auch nur ein Mann.

Roddy rauchte lässig eine Zigarette, während er eine Mauer aus Aktenordnern betrachtete, als handelte es sich um seltsame Exponate im Naturhistorischen Museum. Er führte pflichtschuldig die vertraute innere Debatte, deren Ergebnis eigentlich schon feststand: Lesen oder nicht lesen?

»Steuerhinterziehung«, sagte er zur Erklärung. »Ich habe den Eindruck, die Fakten stehen einer guten Verteidigung etwas im Wege. Schön, Sie zu sehen.«

Glucksend wandte er sich von den Ordnern ab und ergriff Anselms Hand. Nachdem sie durchgehechelt hatten, wer in letzter Zeit aus unerklärlichen Gründen zum Richter ernannt worden war, kam Roddy auf den Schwermann-Prozess zu sprechen.

Der Richter war eine sichere Bank: Mr Justice Pollbrook, wegen seiner aristokratischen Aussprache und seiner Neigung, sich, wenn er schwache Argumente abwürgte, an der Nase zu kratzen, als Shir Khan bekannt. Als Anwalt der Krone fungierte Oliver Penshaw. »Fürchterlich netter Bursche, ziemlich ernst, einnehmende Persönlichkeit – weshalb man ihn wohl ausgewählt hat –, aber viel zu anständig. Neigt dazu, die Zeugen genau dann aus den Fängen zu lassen, wenn er sie fertig machen sollte.« Roddy sah Anselm an. »Deshalb hat man ihm Victoria Matthews als Assistentin zugewiesen.«

»Und wie ist die?«

»Jung, charmant und aus der Sicht argloser Zeugen scheinbar harmlos. Aber damit verbirgt sie nur das Messer hinter ihrem Rücken. Die beiden sind ein gutes Gespann. Ausgewogen. Wenn Oliver nur ein Fünkchen Grips hat, spart er sie für jene Zeugen auf, die ihm die Anklage ruinieren könnten.«

»Wie steht's mit der Verteidigung?«

»Henry Bartlett, ohne Assistent. Ein kleiner Mann mit großem Talent. Er wählt zwei oder drei Knackpunkte aus und lässt alles andere durchgehen. Wenn die Geschworenen sich zur Beratung zurückziehen, ist es gut möglich, dass sie sich nur an das erinnern, was Henry demontiert hat.« Roddy zog tief an seiner Zigarette. »Es wird ein interessantes Match. Haben Sie eine Eintrittskarte?«

»Nein«, sagte Anselm distanziert. Das Jagen, die Hatz, die Treiber und die berittenen Jäger, die Abwürfe, das Zurückbleiben, die Stürze. Inzwischen klang diese lockere Redeweise der Soldaten an vorderster Front für ihn ziemlich abstoßend.

Roddy betrachtete seine Steuer-Akten wie jemand, der seine Gewissensbisse gern wegen interessanterer Erfahrungen ignoriert. »Ich hoffe, Ihr asketisches Leben kann für zwei Stunden unterbrochen werden«, sagte er. »Wir waren schon jahrelang nicht mehr zusammen Mittag essen.«

»Einverstanden, Roddy, aber übertreiben wir es nicht. Ich muss zum Zug.«

»Was haben Sie eigentlich erwartet, alter Junge?«, sagte der Chef der Kanzlei schwer beleidigt, weil sein Ruf als maßvoller Zeitgenosse in Zweifel gezogen wurde.

2

Ein Teil des Gerichtssaals war für Überlebende des Holocaust und ihre Angehörigen reserviert. Alt und Jung saßen Seite an Seite. Lucy konnte diese Menschen nicht lange ansehen. Hier an diesem Ort, in dieser Zeit, haftete ihnen eine feierliche Würde an, gleichermaßen untergründig und quälend. Lucy fragte sich, ob es wohl noch jemanden wie sie hier gab, der wegen des verworrenen Gewebes der eigenen Geschichte nicht den richtigen Platz einnehmen konnte.

Während sie dies alles dachte, fand sie einen Sitz neben einem kleinen Mann Mitte fünfzig. Er trug eine alte Strickjacke, aus deren Seitentasche der Stiel einer Pfeife ragte, und eine Brille mit schweren, dicken Gläsern. Als sie sich setzte, nickte er ihr grüßend zu. Ein Stück weiter weg bemerkte sie Max Nightingale. Seit Pascals Tod hatte sie ihn nicht mehr gesehen, obwohl er bei der Polizei seine Nummer hinterlassen hatte, falls sie mit ihm sprechen wolle. Das wollte sie nicht, obwohl sie das Gefühl hatte, dazu verpflichtet zu sein. Aber sie konnte ihn nicht anrufen, und sie war innerlich zu matt, um zu überlegen, ob das fair war oder nicht. War das nach allem, was geschehen war, nicht völlig egal? Fairness war eine Sache für Kinder, die dafür sorgen sollte, dass jeder an die Reihe kam. Das Leben, hatte sie erfahren, war kein Spielplatz.

Der Angeklagte zog es vor, nicht anwesend zu sein, während in seinem Namen die Argumente für den Vorwurf, hier liege ein Prozessmissbrauch vor, vorgetragen wurden. Das Gericht war nicht lange damit beschäftigt. Richter Pollbrook bahnte sich locker und problemlos einen Weg durch die erwarteten Einwände und die fein ausgedachten Liebenswürdigkeiten.

»Machen wir weiter, ja?«, sagte er träge, während er das Feld voll abgeschmetterter Anträge überblickte.

Die Namen der Geschworenen wurden in die vorgeschriebene Liste eingetragen; der Angeklagte wurde hereingerufen. Türen gingen auf und schlugen zu. Flankiert von Wärtern erschien Schwermann, als hätte man ihn aus einem Loch im Boden gezogen. Sein Aussehen setzte Lucy in Erstaunen; sie hatte erwartet, eine Verkörperung des Bösen vor sich zu sehen, doch dieser Mann unterschied sich in nichts von jedem beliebigen Rentner, den sie kannte. Ein dunkelgrauer Anzug und eine leicht gebückte Haltung ließen ihn verletzlich wirken. Während die Anklage verlesen wurde, stand Schwermann da und nestelte am Saum seines Jacketts.

Der Angeklagte wurde des Mordes in mehreren Fällen beschuldigt, begangen in den Jahren 1942 und 1943. Nach jedem Punkt erhob er Einrede. Sein Blick war auf das Emblem des Krongerichts mit dem Spruch *Dieu et mon droit* gerichtet.

»Nicht schuldig.« Den gutturalen Tonfall seiner Muttersprache hatte er noch nicht ganz abgelegt.

»Lauter, bitte.«

»Nicht schuldig.«

»Danke, Mr Schwermann. Sie können sich setzen«, sagte der Richter in Scharlach und Schwarz, der höher als alle anderen saß, umgeben von abgenutztem Leder und Eichenpaneelen. Unter ihm hinter der Schranke raschelte Papier, Köpfe mit Perücken drehten sich zur Seite und neigten sich flüsternd zueinander. Ausgestreckte Arme reichten zusammengefaltete Notizzettel hin und her. Der Richter öffnete ein Notizbuch und hob seinen Federhalter.

Eine Stille trat ein, deren Tiefe Lucy überraschte, und Mr Penshaw erhob sich.

»Meine Damen und Herren, mein Name ist Penshaw. Ich vertrete in diesem Verfahren die Anklage, assistiert von der Dame hinter mir, Miss Matthews. Der Herr zu meiner Linken, der Ihnen am nächsten sitzt, ist Mr Bartlett. Er vertritt den Angeklagten. Zuallererst obliegt es mir, Ihnen eine Zusammenfassung der Vorwürfe gegen den Angeklagten vorzutragen.« Mr Penshaw stützte die Arme auf das kleine Pult vor ihm und blickte ab und zu in einen Stapel Notizen. »Sie sollen über einen gewöhnlichen Menschen urteilen, der eines außergewöhnlichen Verbrechens beschuldigt wird. Der Staat hat Sie zu einem einzigen Zweck hierher gerufen – um über seine Unschuld oder Schuld zu entscheiden. Die Anklage behauptet, dass er sich in den besten Jahren seines frühen Mannesalters der systematischen Deportation von Juden aus Paris nach Auschwitz verschrieben hat. Für seine Opfer bedeutete das eine dreitägige Reise in Viehwaggons nach Osten, wo sie entweder bei der Ankunft vergast oder durch Zwangsarbeit zu Tode geschunden wurden. Sie werden die Stimmen jener hören, die überlebt haben. Diese Menschen werden Ihnen von den schrecklichen Dingen erzählen, die sie gesehen haben, und Sie werden instinktiv den Wunsch verspüren, sich davon abzuwenden. Doch das dürfen Sie nicht. Sie müssen zuhören und nüchtern die Taten dieses Menschen betrachten, der seine Verbrechen während eines der dunkelsten Kapitel der Geschichte begangen hat. Und ich fürchte, ich muss Ihnen schon jetzt sagen: Was Ihnen am meisten zu schaffen machen wird, ist das Massaker an unschuldigen Kindern.«

Lucy nahm ihre Umgebung nicht mehr wahr. Niemand schien zu atmen oder sich zu bewegen. Da war nur noch die ruhige Stimme, die eine lange vergangene Zeit heraufbeschwor, eine Zeit, die Lucy seltsam lebendig vorkam, als gehörte sie zu ihrer eigenen Erinnerung.

»SS-Unterscharführer Eduard Schwermann wurde im Juli 1940 nach Paris beordert, einen Monat, nachdem die Stadt in deutsche Hände gefallen war, also nach dem Beginn der Okkupation. Er war dreiundzwanzig Jahre alt und auf eigenen Wunsch in die Organisation eingetreten. Für seinen niederen Rang hatte er einen erstaunlich guten Kontakt zu seinen höchsten Vorgesetzten. Als Angehöriger des so genannten Judenreferats der Gestapo war er ein enger Mitarbeiter seines Chefs, des persönlichen Vertreters von Adolf Eichmann. Dieser war Leiter des Referats für Judenangelegenheiten beim Reichssicherheitshauptamt, das heißt der Gestapo; er wurde 1960 vom israelischen Geheimdienst in Argentinien aufgespürt, nach Israel entführt, vor Gericht gestellt und zwei Jahre später hingerichtet. Bis zum Ende des Kriegs hatte Schwermanns kleine Abteilung die Deportation von fünfundsiebzigtausendsiebenhundert Juden aus Frankreich organisiert; die meisten von ihnen kamen nach Auschwitz.«

Zur Eingrenzung hatte die Staatsanwaltschaft die Beweisaufnahme gegen Schwermann auf die 1942 in Paris durchgeführten Aktionen beschränkt. Im Zentrum stehen sollten die berüchtigte Großrazzia mit dem Codenamen »Vent printanier« (Frühlingswind) und die Vernichtung einer Fluchthilfeorganisation, deren Ziel die Rettung eines kleinen Teils der von Verhaftung bedrohten Kinder war.

Am 16. Juli 1942, erklärte Mr Penshaw weiter, seien ab vier Uhr morgens achthundertachtundachtzig Suchtrupps in der ganzen Stadt in jüdische Wohnungen und Häuser eingedrungen. Zwei Tage lang wurden Jung und Alt unter Schreien und Rufen durch die Straßen zu Sammelpunkten geschleppt. In Bussen, die sonst dem öffentlichen Personenverkehr dienten, wurden die Gefangenen weggeschafft, entweder ins Radstadion »Vélodrome d'Hiver«, kurz »Vél d'Hiv«, oder nach Drancy, eine unfertige Wohnsiedlung am Stadtrand. Immer wieder kehrten die Trupps ins alte jüdische Quartier zurück, dessen Geschichte bis ins Mittelalter zurückreicht und dessen krumme Straßen seit der Französischen Revolution ein sicheres Refugium gewesen waren. Die Nachricht von der Razzia verbreitete sich wie Buschfeuer. Panik brach aus. Über hundert Menschen begingen Selbstmord. Fassungslos sah ganz Paris zu. Diesen Aspekt der Okkupation hatte niemand vorhersehen können – 12884 Menschen verschwanden, darunter 4051 Kinder.

Später wurden, wie die Verteidigung formell eingestanden hatte, die bei der Razzia ergriffenen Familien zuerst in Internierungslager im Loiret geschafft, entweder nach Pithiviers und Beaune-la-Rolande – die so genannten Loiret-Lager – oder nach Compiègne. Dort trennte man die Kinder von ihren Angehörigen und brachte sie anschließend nach Drancy. Die Eltern wurden nach Auschwitz deportiert. Später wurden die Kinder, alle unter sechzehn Jahre alt, auf dieselbe Reise geschickt und erlitten dasselbe Schicksal. Man schätzt, dass etwa dreihundert von ihnen überlebten.

In den Monaten vor dem Unternehmen »Frühlingswind« hatten sich in Paris Gerüchte über eine groß angelegte Razzia verbreitet. Eine Gruppe junger französischer Studenten, alle etwa in Schwermanns Alter, beschloss zu handeln. Unter der Leitung von Jacques Fougères wurde eine Fluchthilfeorganisation mit Namen »Tafelrunde« gegründet, die Verbindungen zu jüdischen und anderen Widerstandsgruppen in der Stadt aufnahm. Ihr Ziel war es, jüdische Kinder an verschiedenen Treffpunkten in Paris abzuholen und sie in Klöstern außerhalb der Stadt zu verstecken, von wo aus sie in die Schweiz gebracht werden sollten. Es war ein ebenso heroisches wie tragisches Unterfangen. Heroisch, weil die Beteiligten nie alle der mehreren tausend Gefährdeten hätten retten können, tragisch, weil sie alle schon in den Tagen vor der Razzia festgenommen wurden.

In welchem Zusammenhang standen diese Ereignisse mit dem jungen deutschen Offizier, der nun im Herbst seines Lebens vor Gericht stand? Er war ein Mitglied der Abteilung, die die Razzia vorbereitete; er hatte immer wieder die Rue des Rosiers und die Rue des Blancs-Manteaux abgeschritten, um eine Verhaftungswelle nach der anderen zu überwachen; er hatte die endgültige Verschleppung der Kinder von Drancy nach Auschwitz beaufsichtigt. Was die Tafelrunde betraf, so war es ihm gelungen, sie zu unterwandern und sämtliche Mitglieder festnehmen zu lassen, bevor sie weitere Kinder vor dem drohenden Sturm retten konnten. Später wurden die beteiligten Studenten ins Konzentrationslager Mauthausen geschafft, wo sie ums Leben kamen. Eichmann selbst habe Schwermann zu dieser »großartigen Leistung« gratuliert, seine persönliche Belobigung werde man den Geschworenen zu gegebener Zeit vorlegen.

Mr Penshaw betonte, man müsse diese Vorgänge im Lichte der schweren Zeiten sehen. Hunderttausende von Juden waren in den dreißiger Jahren aus Deutschland geflohen, vertrieben von Gewalt und der repressiven Gesetzgebung des Dritten Reichs. Viele hatten Zuflucht in Frankreich gesucht. Aber Frankreich war erobert worden, und wenige Monate, nachdem die Deutschen ihre Verwaltung in Paris etabliert hatten, waren sie gegen die Juden vorgegangen. Eine Volkszählung wurde angeordnet, Geschäfte wurden beschlagnahmt, im Mai 1941 fanden die ersten Festnahmen statt, weitere Razzien folgten im August und Dezember. Am 20. Januar schließlich besiegelte das nationalsozialistische Regime in einer Villa am Ufer des Wannsees das Schicksal aller europäischen Juden. Eine »Endlösung« in Form der »Evakuierung der Juden nach dem Osten« wurde beschlossen. Zwei Monate später, am 27. März 1942, verließ der erste Zug mit Opfern Paris in Richtung Auschwitz. Die »Evakuierung« hatte begonnen, und der Massenmord an den aus Frankreich Deportierten stand kurz bevor.

Mr Penshaw schloss mit den Worten:

»Die Anklage gegen Schwermann lautet einfach: Er war ein untrennbarer Teil der Todesmaschinerie. Dabei muss er gewusst haben, dass auf alle, die in die Lager deportiert wurden, die Hinrichtung oder zumindest schwere körperliche und seelische Qualen warteten. Wenn Sie, die Geschworenen, sich sicher sind, dass dieser Mann ein aktiver Teil dieses Systems war, dann müssen Sie ihn in allen ihm vorgeworfenen Fällen des Mordes schuldig sprechen.«

Lucy verhüllte das Gesicht mit ihrem Schal und murmelte eine Art Gebet gen Himmel: Victor sollte sich melden, Schwermann sollte verurteilt werden, und Agnes sollte beruhigt sterben können. Als sie den Kopf hob, blickte sie zu dem Mann in der Wolljacke hinüber, der neben ihr saß, und sah Tränen über sein Gesicht strömen.

27. Kapitel

I

Vor der Waterloo Station stieg Anselm aus dem Taxi, auf dessen Rückbank ein angeschlagener Roderick Kemble den Schlaf des Gerechten schlief, und eilte zum Terminal für den Eurostar. Kaum hatte er seinen reservierten Platz gefunden, setzte sich der Zug auch schon in Bewegung.

In düsterer Stimmung las er noch einmal einen Zeitungsausschnitt über die Tafelrunde, den Wilf ihm gegeben hatte. Roddy hatte den Text beim Essen überflogen und sofort die Frage gestellt, weshalb die Fluchthilfeorganisation erst im Juli zerschlagen worden sei, wo man Jacques doch bereits im Juni verhört habe. Anselm hatte dem alten Freund noch etwas Wein nachgeschenkt und sich gesagt, dass Roddy den Ausschnitt nicht richtig gelesen habe. Die Verhaftung im Juni hatte mit den Ereignissen im Monat darauf nichts zu tun gehabt. Aber ein Anwalt von Roddys Format konnte sich solche Flüchtigkeitsfehler erlauben, was er hin und wieder sogar vor Gericht mit atemberaubender Nonchalance unter Beweis gestellt hatte.

In Paris angekommen, nahm sich Anselm ein Zimmer in einem billigen Hotel in der Nähe von Sacré Cœur und brach am nächsten Morgen zum nahe des Parc Monceau gelegenen Boulevard de Courcelles auf. Auf dem Weg dorthin überlegte er, wie er Pascals Eltern die rechtliche Lage in Bezug auf den Tod ihres Sohnes beibringen sollte.

Sämtliche Zeugen hatten im Großen und Ganzen das Gleiche ausgesagt. Der Rentner, ein Mr Ogden, hatte den Mann mit dem weißen Bart am Arm gepackt (Milby hatte nie seinen Namen genannt, ihn aber mit einem ziemlich drastischen Ausdruck belegt). Der Mann mit dem Bart hatte Mr Ogden gesagt, er solle ihn loslassen, aber der hatte stattdessen mit geballter Faust zu einem Schlag ausgeholt. Daraufhin habe der Mann mit dem Bart Mr Ogden geschlagen. Pascal Fougères ging dazwischen, rutschte aus und fiel so unglücklich, dass er sich eine tödliche Kopfverletzung zuzog. Über das Thema der Unterhaltung vor dieser Auseinandersetzung war man sich ebenfalls einig. Aber nichts, was der Mann mit dem Bart gesagt hatte, sei, wie der untersuchende Beamte den erbosten Zeugen mehrfach versichern musste, in irgendeiner Weise gesetzeswidrig gewesen. Milby sagte Anselm, dass die Polizei den Mann gerne wegen Körperverletzung mit Todesfolge belangt hätte, aber das wäre selbst dann nicht möglich gewesen, wenn der auf Mr Ogden gezielte Schlag Pascal getroffen hätte. Rein rechtlich galt Mr Odgen als der Angreifer, und dass sein Opfer sich gewehrt hatte, war keine ungesetzliche Handlung. Und so konnte man den Mann mit dem Bart keines wie auch immer gearteten Vergehens bezichtigen, so viel stand fest.

Als bekannt wurde, das Pascal gestorben war, informierte der Mann mit dem Bart die Polizei, dass er keine Anzeige gegen Mr Ogden erstatten wolle.

2

Etienne Fougères' Vater Claude war der Bruder von Jacques Fougères, der als Held der Résistance galt. Nach dem Krieg war die Familie in Südfrankreich geblieben, und erst als in den achtziger Jahren Etiennes politische Karriere auf nationaler Ebene begann, war er mit seiner Frau und seinem Sohn wieder in das alte Haus in Paris gezogen, das die Familie über vierzig Jahre lang vermietet hatte.

»Und jetzt, wo wir endlich wieder so leben können wie vor dem Krieg, wird uns unser Pascal genommen.«

Der alte Butler, der Anselm langsam zu einem Salon im dritten Stock führte, nuschelte so stark, dass man ihn kaum verstehen konnte.

Monsieur und Madame Fougères saßen mit weitem Abstand voneinander an den beiden Enden einer rosa Chaiselongue und strahlten trotz ihrer Trauer eine kühle Eleganz aus. Anselm sprach ihnen sein Beileid aus und erzählte von dem Dilemma, in dem die polizeilichen Untersuchungen steckten. Zu seinem Erstaunen hatten die beiden großes Verständnis dafür. Sie beschwerten sich nicht, enthielten sich jeglicher Ausfälle gegen die Obrigkeit und verfluchten auch nicht die Ungerechtigkeit der Welt. Sie erwarteten gar nicht, dass das Gesetz ihnen etwas verschaffte, wozu es gar nicht in der Lage war: Eine Kompensation für ihren schmerzlichen Verlust. Während des Gesprächs spürte Anselm deutlich die Kluft zwischen der Mutter und dem Vater, die sich wohl erst vor kurzem aufgetan hatte.

»Ich habe ihn beschworen, diesen Mann nicht weiter zu verfolgen«, sagte Etienne. »Angefleht habe ich ihn. Aber er wollte einfach nicht auf mich hören.«

Monique Fougères schloss langsam die Augen und faltete die Hände in ihrem Schoß.

»Ich wünschte, er hätte die Vergangenheit ruhen lassen«, fuhr Pascals Vater fort. »So etwas kann gefährlich werden, vor allem wenn Menschen, die noch leben, darin verstrickt sind.«

Madame Fougères senkte den Kopf und sagte leise: »Erzählen Sie mir, was er gesagt hat, Pater, ganz gleich, was. Ich möchte mir seine Stimme vorstellen.«

»Wir sprachen nur über diesen Schwermann … und eine Frau namens Agnes.«

Gerade als Anselm diese Halbwahrheit äußerte, kam der Butler herein und servierte den Tee. Etiennes Gesicht war auf einmal wie erstarrt. Der Butler goss ein, und Etienne nahm eine kleine Tasse in die Hand.

»Agnes?«, fragte er.

»Ja. Ich hatte den Eindruck, als wäre sie früher in Ihrer Familie bekannt gewesen.«

»Tut mir Leid, ich erinnere mich an keine Agnes.«

Du lügst, dachte Anselm. »Anscheinend hatte sie ein Kind«, sagte er.

»Wie bitte?« Etienne hob eine Augenbraue und reichte Anselm das Milchkännchen.

»Ein Kind.«

»Soviel ich weiß, kannte Jacques niemanden mit dem Namen Agnes.«

Anselm verspürte ein warmes Gefühl des Triumphs in sich aufsteigen. Er hatte von Pascal gesprochen, nicht von Jacques.

Monique Fougères starrte ihren Mann wie über einen Abgrund hinweg an. Der Butler schloss leise die Tür, und Anselm hatte den Eindruck, als ob die Kluft zwischen Mutter und Vater wieder ein Stück größer geworden war.

3

Vor der Haustür rasten die Autos den Boulevard de Courcelles entlang. Der Butler trat zusammen mit Anselm nach draußen und blickte hinüber zu dem schmiedeeisernen Tor, das in den Parc Monceau führte. »Ich kannte Agnes Aubret«, sagte er.

Anselm hatte Mühe, die Worte zu verstehen.

»Ich habe ihren Sohn in den Armen gehalten.«

Das Lachen von Kindern schallte durch den Lärm der vorbeifahrenden Autos aus dem Park herüber.

»Lebt sie noch?« Die Stimme des Butlers klang, als würde er selbst bald sterben.

»Ich weiß es nicht genau, aber ich denke schon. Ich habe eine junge Frau getroffen, die sie kennt.«

Der Butler griff in die Tasche seiner Weste und zog einen zerknitterten Umschlag hervor.

»Bitte, Pater, finden Sie heraus, ob Agnes noch lebt. Und geben Sie ihr diesen Brief. Er ist von Jacques. Er hat mich gebeten, ihn ihr, falls sie noch lebt, nach dem Krieg auszuhändigen. Sagen Sie ihr, Mr Snyman hat ihn fünfzig Jahre lang für sie aufbewahrt.«

Der Butler trat zurück ins Haus und schloss die Tür, und Anselm blieb noch einen Augenblick lang wie betäubt stehen, bevor er hinüber in den Park ging und zur Beruhigung einen längeren Spaziergang machte. Die Wege wimmelten von Kindern aus einer nahe gelegenen Schule, die gerade Mittagspause machten. Am Parktor zur Avenue Hoche hielt Anselm inne und ließ eine Gruppe junger Mädchen an sich vorbei, die jedes eine weiße Schärpe trugen, auf der Name und Telefonnummer der Schule standen, sodass keines von ihnen verloren gehen konnte.

28. Kapitel

Die stämmige Gestalt im Zeugenstand war schwarz gekleidet und trug eine runde Brille mit sehr dicken Gläsern. Sie brauchte keinen Dolmetscher und beantwortete Mr Penshaws Fragen mit einer beunruhigend lauten und tiefen Stimme.

»Ihr Name, bitte, Madame?«, fragte Mr Penshaw.

»Collette Beaussart.«

»Sie sind am 4. Oktober 1918 in Paris geboren?«

»Richtig.«

»Dann sind Sie jetzt siebenundsiebzig Jahre alt?«

»Das stimmt.«

»Sie sind Ritter der Ehrenlegion?«

»Richtig.«

»Sie wurden 1946 von General de Gaulle im Invalidendom ausgezeichnet?«

»Ja, das wurde ich.«

»Bitte bestätigen Sie das Folgende: Sie waren Journalistin und haben vor und nach der französischen Kapitulation das Nazi-Regime verurteilt. Am 18. Februar 1942 wurden Sie festgenommen und anschließend deportiert. Sie haben Drancy, Auschwitz und Ravensbrück überlebt.«

»Richtig.«

Bevor irgendwelche anderen Zeugen aufgerufen würden, erklärte Mr Penshaw der Jury, wolle er Madame Beaussart außerhalb der chronologischen Ordnung befragen, um den Geschworenen nachdrücklich ins Gedächtnis zu rufen, um was es bei diesem Prozess wirklich gehe. »Und deshalb, meine Damen und Herren«, fuhr er fort, »wenn Sie in den kommenden Tagen nackte, trockene Fakten über Eisenbahnfahrpläne oder die Art und Weise hören, wie man ein Deportationsformular ausfüllen musste, denken Sie bitte daran, was Madame Beaussart nun berichten wird.«

Lucy lauschte mit der Verzweiflung einer Beteiligten. Sie hatte den Namen erkannt. Collette Beaussart war die politische Gefangene, über die Agnes geschrieben hatte. Als beide an Typhus erkrankten, retteten sie sich gegenseitig – mit Gesprächen über Marmelade. Dies war die Frau, die behauptet hatte, Agnes sei ein Mitglied der Gruppe, zu der sie selber gehörte, zu den »Politischen«, die nach Ravensbrück verlegt wurden. Am liebsten wäre Lucy aufgestanden, um die Zeugin als Freundin zu begrüßen, aber eine Mauer stand zwischen ihnen. Genau wie alle anderen würde sie zuhören und Collette dann davongehen sehen.

Madame Beaussart war vierundzwanzig gewesen, als sich die Tore von Drancy hinter ihr schlossen. Sie hatte die Ankunft der Kinder gesehen, die man nach der großen Razzia von ihren Eltern getrennt hatte, hatte gesehen, wie sie nach Osten abtransportiert wurden. »Ich habe sie kommen sehen«, sagte sie, »und ich habe sie gehen sehen.«

Im Gerichtssaal war es totenstill bis auf die Stimme von Madame Beaussart und das leise Scharren von Feder auf Papier. Lucy saß nur noch auf der Stuhlkante.

»Sie kamen in geschlossenen Lastwagen. Keines war älter als dreizehn oder vierzehn, die Jüngsten erst ein gutes Jahr alt. Sie waren schmutzig, ihre Körper waren mit Wunden bedeckt. Viele hatten die Ruhr. Versuche, sie zu säubern, waren aussichtslos. Manche waren schwer an Diphtherie erkrankt... oder an Scharlach. Ein Mädchen, es war nackt, hat mich gefragt, warum ihre Mutter es zurückgelassen habe. Da habe ich gesagt, sie sei nur für eine Weile weggefahren ...«

Mit lauter, zitternder, unerbittlicher Stimme beschrieb Madame Beaussart, wie belastend es gewesen sei, sich um die verlassenen Kinder zu kümmern.

»Wie alle Gefangenen schliefen sie auf schmutzigen Strohmatratzen, bis ihre Zeit gekommen war. Dann hat man ihnen den Kopf rasiert.«

In der Morgendämmerung hatte Madame Beaussart zusammen mit anderen Häftlingen die Kinder von ihrer Schlafstelle in den Hof gebracht. Manche besaßen nicht einmal Schuhe. In Gruppen von fünfzig wurden sie in Busse gepfercht, auf denen jeweils die Nummer eines Güterwaggons stand. Je tausend von ihnen wurden gleichzeitig zum Bahnhof Bourget geschafft.

Neben anderen hatte auch Schwermann die Prozedur beaufsichtigt.

»Ungeduldig ist er hin- und hergeschritten, Listen in der Hand, und hat mit starrem Gesicht Befehle gebrüllt. Ich kann die Kinder noch heute vor mir sehen … und jetzt, in diesem Augenblick, höre ich die Busse, die sie weggebracht haben.«

Mr Penshaw setzte sich.

»Madame Beaussart«, sagte eine nachgiebige, mitfühlende Stimme. Es war Mr Bartlett. Vollkommen ruhig stand er da und drehte einen Bleistift zwischen den Fingern. »Sollten Sie sich irgendwann setzen wollen, zögern Sie bitte nicht, es dem hohen Gericht zu sagen.«

»Danke, nein.«

»Könnten Sie bitte schildern, was Ihnen von den äußeren Gegebenheiten des Lagers Drancy noch im Gedächtnis ist?«

»Ich erinnere mich an alles.«

»Dann wählen Sie die Einzelheiten aus, an die Sie sich am besten erinnern.«

»Ich habe doch gesagt, dass ich mich an alles erinnere, Sir. Ich kann nichts vergessen.«

»Sie erinnern sich an die bewaffneten Wachen?«

»Das waren Franzosen, meine eigenen Landsleute.«

»Die Versorgung mit Elektrizität?«

»Fast nicht vorhanden.«

»Wie viele Gefangene befanden sich in einem Raum?«

»Etwa fünfzig.«

»Worauf haben sie geschlafen?«

»In Stockbetten oder auf Brettern. Manche lagen bloß auf Stroh.«

»Ich muss sagen, Madame Beaussart, Ihre Erinnerung ist makellos.«

Lucy warf einen Blick auf den Richter, der ruhig dasaß und jedes Wort mitschrieb.

Mr Bartlett griff nach einem Blatt Papier. Einen Moment sah es so aus, als würde er den Inhalt überdenken, dann sprach er mit derselben aufmunternden Stimme weiter.

»Erinnern Sie sich an etwas Besonderes, was das Aussehen von Mr Schwermann betrifft?«

»Er sah sehr gut aus. Sein blondes Haar stand in Kontrast zu seiner schwarzen Uniform.«

»Erlauben Sie mir, Ihr Gedächtnis noch einmal zu prüfen, Madame.« Mr Bartlett lächelte gewinnend. »Erinnern Sie sich an die ledernen Breeches?«

»Ja, an die erinnere ich mich gut. Sie waren auf Hochglanz poliert.«

Mr Bartlett machte eine Pause, um einen Blick auf das Blatt Papier in seiner Hand zu werfen.

»Sie würden mir doch zustimmen, dass diese Bekleidung auffällig war.«

»O ja.«

»Eigenwillig?«

»Ja.«

»Überaus einprägsam?«

»Ja.«

»Fast die Karikatur eines deutschen SS-Mannes, wie Sie sie bestimmt in Filmen gesehen haben?«

»Nein, nicht in Filmen. Solche Filme sehe ich mir nicht an, das ertrage ich nicht. Ich habe meine eigenen Bilder, und die verschwinden nie. Diesen Mann und was er getan hat, kann ich nicht vergessen. Nie, nie, nie.«

Madame Beaussart schlug sich die Hand vor den Mund.

»Möchten Sie ein Glas Wasser, Madame?«

Sie nickte. Als sie mit zitternden Händen zu trinken versuchte, rann ihr das Wasser über die Finger.

Der Richter legte seinen Federhalter weg. »Lassen Sie sich Zeit«, sagte er.

»Es tut mir Leid«, murmelte Madame Beaussart. »Mein ganzes Leben habe ich auf diesen Augenblick gewartet.«

»Dafür haben wir alle Verständnis«, sagte der Richter.

Mr Bartlett wartete, bis Madame Beaussart wieder bereit war, dann gab er das Blatt Papier dem Gerichtsdiener, der es an die Zeugin weiterreichte.

»Wären Sie wohl so freundlich, sich dieses Foto anzuschauen?«

Die Zeugin nahm ihre Brille ab und holte aus einem Täschchen eine andere.

»Das ist der Mann, den Sie beschrieben haben, nicht wahr?«

»Ja, das ist er«, antwortete Madame Beaussart, ohne zu zögern. »Schwermann.«

»Und dessen sind Sie sich sicher?«

»Ja.«

»Sein Bild ist in Ihr Gedächtnis eingebrannt?«

»Ja.«

»Sehen Sie noch einmal hin, Madame. Gibt es nichts, was Sie dazu bringen könnte, Ihr Urteil anzuzweifeln? Schließlich ist es über fünfzig Jahre her.«

»Den Mann, der diese Kinder in die Busse gesteckt hat, werde ich nie vergessen.«

Mr Bartlett näherte sich ganz allmählich der Jury. »Madame Beaussart, mit allem, was Sie dem Gericht heute gesagt haben, hatten Sie Recht – außer hinsichtlich eines wichtigen Details. Lassen Sie mich an dieser Stelle deutlich machen, dass ich Ihre Aufrichtigkeit nicht in Zweifel ziehe. Der Mann auf dem Foto hat die Deportation in Drancy tatsächlich überwacht. Dafür ist er bereits von einem deutschen Gericht verurteilt worden, bei einer Gerichtsverhandlung, an der Sie nicht teilnehmen konnten – wegen einer schweren Krankheit, von der Sie gottlob genesen sind.«

Fassungslos sah Madame Beaussart ihn an. Sie brachte kein Wort heraus.

»Sie haben korrekt jemand anders identifiziert, nicht Mr Schwermann. Die Einzelheiten werde ich dem Gericht zu gegebener Zeit unterbreiten.«

Mr Bartlett setzte sich. Das Flattern seiner Seidenrobe brachte die losen Blätter durcheinander, die er säuberlich vor sich auf dem Tisch ausgebreitet hatte.

29. Kapitel

I

Als Anselm kurz nach der Vesper in Larkwood ankam, war bis zum Abendessen gerade noch Zeit für ein Gespräch mit Pater Andrew. Sie saßen im Arbeitszimmer des Priors, durch dessen Fenster man einen herrlichen Blick auf den Klosterhof hatte. Es war ein stiller Abend, und die langen Schatten der Gebäude auf dem Rasen sahen wie umgefallene, leinwandbespannte Kulissen aus.

»Wie haben die Fougères' darauf reagiert, als du ihnen sagtest, dass die Polizei nichts tun konnte?«

»Sie nahmen es mit erstaunlichem Gleichmut auf. Dabei hatte ich mich eigentlich auf erbitterte Wutausbrüche eingerichtet.«

»Politiker sind sich der Grenzen des Gesetzes oft sehr viel bewusster als andere Menschen.«

»Aber zwischen den beiden war etwas nicht in Ordnung, eine Distanz, die, soviel ich mitbekommen habe, von der Mutter ausging. Ich glaube, sie macht ihrem Mann Vorwürfe, und ich habe sie aus Versehen auch noch darin bestärkt.«

»Anselm«, sagte der Prior trocken, »wenn du etwas aus Versehen machst, steckt meistens deine Intuition dahinter. Was hast du gesagt?«

»Wir haben über Pascal gesprochen, und ich habe Agnes und ihr Kind erwähnt und gefragt, ob ihr Name in der Familie bekannt sei.«

»Und was geschah dann?«

»Die Mutter blieb stumm, aber der Vater sagte, dass Jacques niemanden dieses Namens gekannt habe ... und dabei hatte ich gar nicht von Jacques gesprochen. Trotzdem stellte er sofort die Verbindung her.«

»Und das nennst du ein Versehen?«

»Warum nicht?«, gab Anselm zurück. »Meine größten Erfolge bei Kreuzverhören beruhten auf Versehen. Erst im Nachhinein wurde mir klar, wie clever es auf die anderen Prozessbeteiligten gewirkt haben musste.«

Der Prior lächelte mit milder Nachsicht, und Anselm erzählte weiter. »Wie dem auch sei, die Fougères' haben einen ziemlich seltsamen alten Butler. Während ich mit Pascals Eltern sprach, sagte er kein Wort, aber als er mich zur Tür brachte, erzählte er mir, dass er Agnes gekannt und ihren Sohn im Arm gehalten habe. Und dann steckte er mir einen Brief von Jacques an Agnes zu, den dieser ihm zur Aufbewahrung gegeben hatte für den unwahrscheinlichen Fall, dass sie den Krieg überleben würde.«

Die beiden Mönche schwiegen und dachten nach. Dann sagte Pater Andrew mit einem Stirnrunzeln: »Nach dem, was Max Nightingale dir gesagt hat, ist ziemlich klar, dass sein Großvater Jacques und Agnes gekannt haben muss. Die Namen der beiden scheinen das Einzige zu sein, was ihm in dieser ganzen tragischen Geschichte eine gewisse Angst eingejagt hat. Ich bin mir sicher, dass sich die drei irgendwann im Krieg einmal begegnet sind ...« Er beugte sich zu Anselm hinüber und sagte in vertraulichem Ton: »Wie lautete noch mal das Rätsel, das man dir in Bezug auf Schwermann in Les Moineaux erzählt hat?«

»Dass er sein Leben riskiert habe, um Leben zu retten.«

Der Prior schloss seine funkelnden Augen und neigte den Kopf, als versuchte er, weit entfernten Stimmen zu lauschen. Aber woran er auch denken mochte, er teilte Anselm nicht mit, was es war.

Die Glocke läutete zum Abendessen und Anselm sagte: »Aber ist es nicht seltsam, dass Etienne Fougères und seine Frau offenbar von Agnes und ihrem Kind wissen?«

Draußen auf dem Gang war das Geräusch vieler Füße zu hören, die von der Treppe zum Refektorium strebten. »Diese Information muss nach Jacques' Tod in seiner Familie weitergegeben worden sein«, sagte der Prior nachdenklich. »Etienne hat es irgendwann einmal seiner Frau, aber nicht seinem Sohn erzählt. Erstaunlich, da doch sogar der Butler Bescheid wusste. Kannst du dir das erklären?«

Leider ließ Anselm seine Intuition diesmal im Stich, und die beiden gingen schweigend zum Abendessen.

2

Das Abendessen war die übliche, Brechreiz erzeugende Mischung von Resten aus dem Gästehaus. Anselm stocherte lustlos auf seinem Teller voller undefinierbarer dunkelroter Dinge herum, von denen niemand sagen konnte, was sie in ihren zahlreichen früheren Leben wohl einmal gewesen waren. Nach dem Essen begaben sich die Mönche zur Erholung in den Gemeinschaftsraum. Anselm besuchte Wilf in dessen üblicher Ecke neben einer Schusterpalme, die nie jemand goss und die trotzdem wie durch ein Wunder nicht einging. Wilf nahm häufig Ereignisse in seinem eigenen Leben zum Anlass, sich über ihm bisher unbekannte Dinge zu informieren. Schon bald nach Schwermanns Ankunft im Kloster hatte er damit begonnen, alles über die Besatzung Frankreichs durch die Deutschen und ihre Auswirkungen bis in die Gegenwart zu lesen. Wilf teilte sein fleißig erworbenes Wissen bereitwillig anderen mit, und Anselm hörte ihm gerne zu, selbst wenn er nur von irgendwelchen Wissenschaftssendungen berichtete, die er im Fernsehen gesehen hatte.

»Ein Krieg stürzt viele Menschen in ein moralisches Dilemma«, sagte Wilf mit der Ruhe eines Orakels, das zu weiteren Fragen auffordert.

Anselm tat ihm den Gefallen. »Wie meinst du das?«

»Naja«, sagte Wilf, erfreut darüber, dass Anselm angebissen hatte, und lehnte sich genüsslich zurück, »da gibt es zum

Beispiel diesen seltsamen Fall des Paul Touvier. Ein konservativer Katholik, der auf Anraten seines Vaters und eines Pfarrers in die Miliz des Vichy-Regimes eingetreten war. Er brachte es dort zum Chef des Geheimdienstes und wurde so als Franzose zu einem Helfershelfer der Deutschen, der in ihrem Auftrag seine eigenen Landsleute überwachte.«

»Ein Kollaborateur«, bemerkte Anselm überflüssigerweise.

»Genau. Und noch dazu einer, der die Résistance bekämpft hat.«

»Das war nicht anständig von ihm.«

»Pass auf, wie es weiter geht, Anselm. Es gibt da nämlich eine ziemlich interessante Komplikation. Die Résistance hat 1944 den Informationsminister der Vichy-Regierung umgebracht, und die Deutschen wollten Vergeltung dafür. Laut Touvier bestanden sie auf der Exekution von hundert Juden, und er behauptet, er habe sie auf dreißig heruntergehandelt und schließlich den Tod von sieben Juden in Rillieux-la-Pape angeordnet, um die restlichen dreiundzwanzig zu retten.«

»Ist das etwa anständig?«

»Nein, natürlich nicht. Aber die Geschichte hat mich doch nachdenklich gemacht. Sicher, Touvier wurde später wegen Hochverrats verurteilt und das, was er in seinem Prozess ausgesagt hat, ist höchstwahrscheinlich Unsinn, aber trotzdem ist es nicht von der Hand zu weisen, dass nur die Kollaborateure überhaupt in der Lage waren, mit den Nazis zu verhandeln und dadurch möglicherweise Menschenleben zu retten. Das entschuldigt natürlich nicht ihre Kollaboration, aber das abstrakte Prinzip, das dahinter steckt, ist nicht uninteressant: in bestimmten Situationen kann auch ein Mensch, der sich selbst verraten hat, eine gute Tat begehen, auch wenn er für seine Untaten niemals Buße tut.«

Anselm war still und dachte nach, während Wilf eine Zeitung zur Hand nahm und die Seite mit dem Kreuzworträtsel aufschlug. »Trotzdem werde ich mein Lebtag nicht verstehen, warum Touvier in einem Kloster versteckt wurde.«

»Wie bitte?«, fragte Anselm.

Wilf wiederholte, was er gesagt hatte, und machte dabei ein ernstes Gesicht. »Offenbar waren es Fundamentalisten, die ihm Unterschlupf gewährten. Ganz anders als wir.« Wilf erzählte Anselm außerdem, dass Touvier zwar von Pompidou begnadigt worden sei, aber zehn Jahre später erneut untertauchte, weil er erfahren hatte, dass man ihn immer noch belangen konnte. Im Jahr 1994 wurde er schließlich wegen der Morde in Rillieux angeklagt. Er war der erste Franzose, der wegen im Zweiten Weltkrieg begangener Verbrechen gegen die Menschlichkeit verurteilt wurde.

»Als sie ihn festnahmen, war das natürlich furchtbar peinlich für die Kirche«, sagte Wilf, der die Zeitung auf seinen Schoß gelegt hatte. »Und sei es nur deshalb, weil dadurch kirchliche Verfehlungen der Vergangenheit ausgegraben wurden.« Während des Krieges, sagte Wilf, sei die französische Kirche in einer schwierigen Lage gewesen, weil Pétain und die Vichy-Regierung ihr eine Unterstützung angedeihen ließen, die eine bis dahin stramm antiklerikal eingestellte Regierung ihr immer verweigert habe. Daraus habe sich eine Allianz ergeben, die viel zu eng gewesen sei. »Das war alles ziemlich kompliziert.«

Ein wenig besorgt überließ Anselm Wilf seinem Kreuzworträtsel. Als er sich daran machte, den Boden des Refektoriums zu fegen, glaubte er, die glänzenden Augen von Kardinal Vincenzi zu sehen und zu hören, wie dieser ihm zuflüsterte: »Das ist alles ziemlich kompliziert.«

30. Kapitel

I

Nachdem Mr Bartlett am Ende von Madame Beaussarts Aussage seine überraschende Enthüllung vorgebracht hatte, vertagte sich das Gericht.

»Das dürfte ein guter Punkt sein, um aufzuhören«, sagte Richter Pollbrook.

Lucy kam die Galle hoch. Da hast du Recht, dachte sie bitter, es bringt überhaupt nichts weiterzumachen. Das Ganze ist ein Schlamassel, ein verfluchter, sinnloser Schlamassel. Mit zusammengepressten Lippen schob Max Nightingale sich hastig an ihr vorbei. Als der Mann in der Wolljacke neben ihr aufstand, um ihm Platz zu machen, waren seine Gesichtszüge entspannt, so als hätte sich eine Erwartung schmerzhaft erfüllt. Lucy hingegen verließ das Gericht in einer Art Panik, als läge plötzlich ein übler Gestank in der Luft. Im Laufschritt hastete sie zum U-Bahnhof St. Paul und zwängte sich durch die Tür eines wartenden, ächzenden Wagens. Sie spürte die Ellbogen ihrer Nachbarn, die ihren Platz behaupten wollten. Als die Wagentür zuging, schabte sie an Lucys Rücken entlang. Das muss ich ertragen, dachte sie, damit ich meiner Großmutter von der »Show des Tages« berichten kann. So hatte es einer der Anwälte genannt.

Der Verhandlungsbeginn hatte Lucys Leben eine Perspektive eröffnet, die ihr seit Pascals Tod verloren gegangen war. Da sie sich nur noch lustlos in ihre Vorlesungen schleppte, hatte sie sich ihrem Tutor anvertraut, und der schien eine Angst zu spüren, die sie gar nicht erwähnt hatte – die Befürchtung, das Studium abbrechen zu müssen, ein zweites Scheitern, von dem sie sich womöglich nicht mehr erholen würde. Er hatte Lucy an eine vom College angestellte Therapeutin namens Myriam Anderson verwiesen. Die Gespräche mit ihr halfen ein wenig, doch ohne eine Zeit des Kummers würde Lucy nicht mit Pascals Tod fertig werden, und dann war da noch der sichere Tod von Agnes. Diese beiden Ereignisse, das eine schon geschehen, das andere bereits absehbar, umrahmten die Verhandlung und gaben ihr ihren Stellenwert. Myriam, die Therapeutin, hatte gesagt: »Es ist verlockend, die Probleme des Lebens in kleinste Teile zu zerlegen, aber dadurch wird es erst recht problematisch. Ihre große Stärke ist, dass Sie das Gesamtbild sehen können.« Myriam hatte Lucy genau beobachtet. »Es könnte durchaus noch einen weiteren Tod geben.«

»Wie bitte?«

»Einen weiteren Tod – einen Ausgang dieses Gerichtsverfahrens, der Ihre Hoffnungen enttäuscht.«

Als Lucy in Hammersmith ankam, lagen die langen Abendschatten reglos und wie gemalt am Boden, sie verloren mit dem Schwinden des Lichts an Tiefe und Form. Lucy schloss Agnes' Wohnungstür auf, trat über die Schwelle, rutschte auf den nassen Fliesen aus und prallte gegen die Wand. Wilma, dieser verfluchte Putzteufel!

Agnes konnte nicht mehr sprechen und nicht mehr gehen. Zweimal pro Woche kam eine Krankenschwester; Susan besuchte ihre Schwiegermutter jeden zweiten Tag. Was Freddie anging, schien das enorme Unbehagen, das ihn früher von Agnes fern gehalten hatte, allmählich in sich zusammenzufallen, und das nicht nur äußerlich, sondern ganz grundlegend. Immer wenn er in die Chiswick Mall kam, sah Lucy, wie sich eine Blässe auf seinem Gesicht ausbreitete; er ertrug es einfach nicht, den langsamen, qualvollen Verfall mit anzusehen, den Agnes mit erschütternder Ruhe ertrug.

Lucy schlich durch den dunklen Flur auf den dünnen Streifen orangefarbenen Lichts zu, der auf den Boden fiel. Dann stand sie an der Tür und drückte sie leise auf. Agnes lag vollkommen reglos da, so reglos, dass Lucy dachte, sie wäre gestorben. Ihr Herz raste. Aber dann hob Agnes einen Arm wie ein kranker Cäsar, der im Amphitheater die Menge grüßte. Lucy trat näher und setzte sich ans Bett.

»Die Gerichtsverhandlung hat begonnen.«

Ein Nicken.

»Heute hat Madame Beaussart ausgesagt, die Journalistin, die du in Auschwitz kennen gelernt hast. Sie hat davon geträumt, Marmelade einzukochen, und du hast geträumt, sie zu essen. Du hast von ihr geschrieben.«

Ein Nicken.

»Sie erinnert sich an fast alles.«

Lucy konnte nicht weitersprechen.

Agnes reagierte nicht. Von ihrem Gesicht konnte man nichts ablesen, nur von ihren Augen, und die waren abgewandt. Ob sie wohl schon gehört hat, überlegte Lucy, dass die erste Zeugin der Anklage weinend den Zeugenstand verlassen und dabei ausgerufen hat, sie erinnere sich *wirklich* an Schwermann? Hat sie schon gehört, womit Mr Bartlett das Gericht überrascht hat? Das waren Dinge, die Lucy nicht sagen würde, nicht zu dem unbekanntesten der vielen Opfer Schwermanns, das hier lag und nichts erwidern konnte. Agnes würde alles noch früh genug hören, wenn Wilma ihr am nächsten Morgen aus dem Bericht der *Times* vorlas.

Agnes drehte den Kopf zum Nachttisch mit der Abc-Karte. Sie hatte eine einfache Methode. Nachdem sie auf die Buchstaben eines Worts gedeutet hatte, machte sie eine Pause, um ihre Hand auszuruhen. Dann buchstabierte sie das nächste Wort. Die Leichtigkeit ihres Handgelenks, das sie bewegte wie eine Dirigentin, und die Pause, in der ihre Finger zwischen den Takten auf ihrer Brust ruhten, rührten Lucy im Innersten.

P-A-S-C-A-L

Eine lange Pause folgte; so kennzeichnete sie das Thema, über das sie sprechen wollte, wie mit einer Überschrift.

V-E-R-S-U-C-H
Pause.
D-A-S
Pause.
F-E-U-E-R
Pause.
Z-U
Pause.
B-E-S-Ä-N-F-T-I-G-E-N
Pause.
O-H-N-E
Pause.
E-S
Pause.
A-U-S-Z-U-L-Ö-S-C-H-E-N
Pause.

Lucy nickte dankbar und versuchte, die Besorgnis und die dringende Bitte zu begreifen, die tief in den blauen Augen ihrer Großmutter lagen. Als sie die Frage ahnte, die in Agnes' Kopf gefangen war, fügte sie hinzu: »Die Leute am College sind unheimlich hilfreich. Sie haben mir gesagt, ich soll ein paar Wochen Pause machen. Den Stoff kann ich bestimmt wieder aufholen, meinen sie.«

Agnes berührte Lucy am Arm, dann fuhr sie fort:
W-E-N-N
Pause.
V-I-C-T-O-R
Pause.
A-U-F-T-A-U-C-H-T
Pause.
M-U-S-S
Pause.
I-C-H
Pause.
M-I-T
Pause.
I-H-M

Pause.

S-P-R-E-C-H-E-N

Pause.

B-E-V-O-R

Pause.

I-C-H

Pause.

S-T-E-R-B-E

Lucy streichelte die zitternde Hand ihrer Großmutter. Agnes konnte nicht sehr lange auf die Karte deuten. Qualvoll zog sie die Mundwinkel herunter.

»Grandma, ich glaube, er ist endgültig verschwunden.«

Agnes schüttelte den Kopf.

E-R

Pause.

W-I-R-D

Pause.

A-U-F-T-A-U-C-H-E-N

Lucy nahm wieder die Hand ihrer Großmutter und strich ihr sanft über die Haut, als wollte sie eine tiefe Verletzung lindern, eine wunde Stelle, weil Agnes irgendwo noch immer glaubte, ein alter Freund könnte doch noch zum Vorschein kommen, um seine Schuld abzubüßen. So viel von dem, was sich zwischen Agnes und Lucy abspielte, drückte sich nun über die Berührung ihrer Hände aus. Sie war an die Stelle des freiwilligen Schweigens getreten, das früher ein Gefühl der Gemeinsamkeit bedeutet hatte. Lucy streckte die Hand aus und nahm die Abc-Karte. Sie hatte etwas zu sagen, das noch nie gesagt worden war:

I-C-H

Pause.

H-A-B

Pause.

D-I-C-H

Pause.

L-I-E-B

Der Türknauf drehte sich, und herein kam Wilma mit der Schale voller Eiswürfel, einer Untertasse und einem Teelöffel.

Als Lucy ging, war der Boden des Flurs trocken und gefahrlos zu beschreiten. Auf dem Weg nach draußen kam sie am Wohnzimmer vorbei, das nicht mehr benutzt wurde. Agnes hatte es für immer verlassen. Das Klavier, das Fernsehgerät und die anderen Möbel standen da und warteten auf Möbelpacker in weißen Overalls und mit Scherzen auf den Lippen.

2

Am Morgen nach seiner Rückkehr aus Paris ging Anselm in die Bibliothek, um eine Hand voll Briefe zu schreiben, eingedenk der Ermahnung Samuel Johnsons, man solle seine Freundschaften dauernd instand halten. Er hatte gerade einen Umschlag verschlossen, als Pater Bernard, der Kellermeister, den Kopf durch die Tür steckte. Sylvester hatte einen Anruf für Anselm an die Küche weitergeleitet, und der Versuch, ihn zu einer erneuten Weiterleitung zu bewegen, war völlig sinnlos. Als die beiden Mönche die Treppe hinabeilten, flatterten ihre Kutten wie die breiten Bänder eines Drachens, der nicht abheben wollte.

Bei dem Anrufer handelte es sich um Detective Superintendent Milby, der sich erkundigen wollte, wie der Besuch bei der Familie Fougères verlaufen war. Anselm erstattete Bericht und schloss mit der doppeldeutigen Bemerkung: »Ich bin sehr froh, dass ich dort war.« Dann verband Milby Anselm mit dem Apparat von DI Armstrong.

»Ich glaube, wir haben Victor Brionne gefunden«, waren ihre ersten Worte.

»Gütiger Himmel!«

»Der hat uns natürlich auch geholfen. Der Mann, der Sie aufgesucht hat, heißt höchstwahrscheinlich Robert Brownlow. Er ist fünfundfünfzig und wohnt an der Nordostküste in einem Ort namens Cullercoats. Sein Vater, Victor Brownlow, lebt in London, genauer gesagt in Stamford Hill. Seine Wohnung sieht verlassen aus, nach Auskunft des Briefträgers schon seit Monaten. Der Sohn wiederum besitzt ein Anwesen auf Holy Island, das den Namen ›Pilgrim's Rest‹ trägt. Wir haben unsere Kollegen vor Ort gebeten, in Zivil vorbeizufahren, und es sieht ganz so aus, als wäre Brionne dort untergetaucht.«

»Ich rufe Sie an, sobald ich mit ihm gesprochen habe.«

»Sie können ihm auch sagen, er soll sich bei mir melden. In seinem Alter kann er sowieso nicht mehr davonlaufen.«

»Einverstanden.« Anselm zog einen Bleistift aus der Tasche seiner Kutte. »Ich muss Sie schon wieder um einen Gefallen bitten.«

»Hoffentlich bereiten Sie mir nicht wieder eine Überraschung, Pater.«

»Nein, diesmal ist es was anderes. Kann ich die Telefonnummer von Lucy Embleton haben? Ich habe einen Brief für jemand, den sie kennt.«

»Pater, seit ich Ihr Kloster kenne, häufen sich die Geheimnisse.«

In Gedanken versunken ging Anselm in die Bibliothek zurück, holte seine Briefe und schlenderte ins Dorf, um sie einzuwerfen. Unterwegs sah er einen feuerroten Fiat Punto mit ausländischem Kennzeichen in die Straße zum Kloster einbiegen. Der Wagen kam ihm seltsam bekannt vor, doch Anselm war gerade mit einem anderen drängenden Rätsel beschäftigt. Irgendetwas rumorte in seinem Hinterstübchen, das er nicht ganz hervorlocken konnte. Einer Tatsache war er sich jedoch absolut gewiss: Er kannte den Namen Brownlow, und zwar aus seiner Schulzeit.

3

Lucy unterbrach ihre Heimfahrt, indem sie unangemeldet bei Cathy Glenton klingelte. Die beiden hatten seit Pascals Tod erst einmal miteinander gesprochen, als Lucy angerufen hatte, um zu berichten, was geschehen war. Danach hatte sie sich zurückgezogen und nicht auf Cathys Nachrichten auf ihrem Anrufbeantworter reagiert. Beim Verlassen der Chiswick Mall hatte sie jedoch plötzlich den Drang verspürt, ihre alte Freundin zu besuchen.

Die Tür ging einen Spaltbreit auf, und Cathy schielte über die Sicherheitskette. Sie trug einen weißen Bademantel und hatte ein Handtuch um den Kopf gewickelt. »Ist es zu spät?«, fragte sie.

»Nee.«

Sie trotteten in die Küche. »Na, was läuft so?«, fragte Cathy und holte zwei Flaschen Bier aus dem Kühlschrank.

»Ich besuche einen Kriegsverbrecherprozess.«

»Wieso?«

»Das ist eine lange, lange Geschichte. Ich will nicht darüber sprechen.«

»Okay. Wie geht's deiner Großmutter?«

»Die stirbt langsam. Darüber will ich auch nicht sprechen.«

»Okay.«

Cathy setzte sich in die Ecke ihrer Schlafcouch, zog die Beine an und starrte in den engen grünen Hals ihrer Bierflasche. »Es tut mir unheimlich Leid, dass ich so dämlich gewesen bin.«

»Was meinst du damit?«, fragte Lucy. Sie streifte die Schuhe ab, setzte sich zu Cathy und lehnte sich an die Wand.

»Die Sache mit dir und Pascal.«

»Ach«, sagte Lucy überrascht und atmete auf, »vergiss es einfach.«

»Als du nicht zurückgerufen hast, hab ich gedacht, du bist wütend auf mich.«

»Nein, nein«, widersprach Lucy mit Nachdruck. »Ich wollte mich bloß alleine grämen. Jetzt will ich mich in deiner Gesellschaft grämen.«

»Okay.«

Die beiden tranken ihr Bier. »Es ist immer dasselbe«, sagte Cathy nach einer Weile. »Wenn man in unser Alter kommt, stellt sich immer mal wieder die Begeisterung der Kindheit ein, aber bloß so lange, bis man einen neuen Schlag ins Gesicht bekommt.«

Lucy warf Cathy einen kurzen Blick zu. »Du hast mir einmal gesagt, du würdest nie über die Vergangenheit nachdenken«, sagte sie. »Das ist Blödsinn, stimmt's?«

»Ja.«

Unvermittelt, aber ohne jede Härte fragte Lucy: »Was war eigentlich mit Vincent?«

»Ich hab's verbockt. Total.«

»Wie?«

»Im Nachhinein staune ich darüber. Er war nämlich wirklich anders. Kein Interesse an einer Karriere, an Geld und dem ganzen Zeug; er hat ganz im Stillen allerhand soziale Sachen gemacht, hat große Dinge gesagt, die ich am liebsten aufgeschrieben hätte ... und ich hab Schluss gemacht.«

»Wieso?«

»Eines Tages war er total besoffen. Wir haben uns wegen irgendeiner Kleinigkeit gestritten – wegen eines nassen Handtuchs, das auf dem Boden lag –, und dabei hat er mich als miese Schlampe bezeichnet.« Behutsam stellte Lucy ihre Flasche auf den Boden. »Am nächsten Tag habe ich plötzlich versucht, meine Verletztheit zu verbergen. Er hat gesagt, es tue ihm Leid, er habe es nicht so gemeint, und so weiter ... und da ist mir klar geworden, was geschehen war: ich hatte mich verändert, einfach so.« Cathy schnippte mit Daumen und Zeigefinger. »Mir war nicht bewusst gewesen, dass mein Selbstvertrauen so zerbrechlich ist. Irgendwie haben wir uns wieder versöhnt, aber trotzdem habe ich ihn ständig abgewiesen. Eigentlich ziemlich selbstgefällig. Ich hab den Lockruf einer existenziellen Krise gehört und geglaubt, so etwas würde mir mehr Tiefe verleihen. Wahrscheinlich wollte ich, dass er mir hinterherläuft, aber er hat mich beim Wort genommen. Ich hätte ihn festhalten sollen.«

»Wo ist er jetzt?«

»Mit einem anderen himmlischen Wesen verheiratet.«

»Cathy, das tut mir aber Leid.« Auf eigentümliche Weise schämte sich Lucy für ihr eigenes gutes Aussehen.

»Braucht es nicht. Das äußere Kunstwerk ist nur vorübergehender Natur. Im Innern werde ich allmählich zu einem himmlischen Wesen, das sich über alles Fleischliche erhebt. So. Grämst du dich jetzt?«

»Ja.«

»Das tue ich auch. Spielen wir Schnippschnapp.«

31. Kapitel

I

Als Anselm von der Post zurückkam, war es Zeit zum Mittagessen, das diesmal aus einer unsäglichen Kombination aus kalten Nudeln und Roter Beete bestand, die von keiner weiteren Zutat wenigstens halbwegs genießbar gemacht wurde. Bruder Jeromes Zusammenfassung der Zeitungsnachrichten war eine willkommene Ablenkung von dem abstoßenden Fraß. Sie enthielt auch eine interessante Information über den Schwermann-Prozess, und Anselm nahm sich vor, den ganzen Artikel zu lesen, sobald er dem Refektorium entronnen war. Bis es so weit war, legte er sich sein weiteres Vorgehen zurecht. Am nächsten Tag wollte er sich mit Lucy Embleton und Salomon Lachaise treffen und dann übers Wochenende nach Norden fahren, um mit Victor Brionne zu sprechen – eine Vorstellung, bei der ihm kalt ums Herz wurde. Am Sonntagabend würde er dann ein Fax an Kardinal Vincenzi schicken, und damit wäre sein Engagement in dieser Sache beendet. Nach dem Mittagessen besprach sich Anselm mit dem Prior und erhielt dessen Einwilligung in seine Pläne. Dann stibitzte er sich eine Zeitung aus der Bibliothek und ging nach draußen auf seine Bank bei den Klosterruinen. Im Inneren des Blattes fand er einen ausführlichen Bericht über den Schwermann-Prozess.

Nachdem Bartlett mit der Befragung von Madame Beaussart fertig war, überraschte er das Gericht dadurch, dass er die Strategie seiner Verteidigung offen legte. Wie der Richter feststellte, war das zwar nicht nötig, aber Bartlett hielt es dennoch für richtig, weil er damit »den Geschworenen die Wahrheitsfindung in diesem besonders schwierigen Fall« erleichtern wolle. Für Anselm hingegen war es eine Finte, die davon ablenken sollte, dass Schwermann sich weigerte, mit der Polizei zusammenzuarbeiten. Eine Aussageverweigerung, so legitim sie auch sein mochte, war immer verdächtig, und deshalb wollte Bartlett zeigen, wie hilfsbereit sein Mandant gegenüber den Geschworenen war. Der Zeitpunkt dafür war hervorragend gewählt. Madame Beaussart das Foto zu zeigen, war ein riskanter Akt gewesen, aber Bartlett hatte wohl bemerkt, dass die Anklage nicht genau sagte, *wie* die Zeugin Schwermann erkannt hatte, und ihr eine Falle gestellt.

Bartlett führte weiter aus, dass Schwermann bei der SS keinen hohen Dienstgrad innegehabt habe, dass er nie in einem Konzentrationslager gewesen sei und dass er deshalb auch nie das Grauen habe sehen können, das »die couragierte Dame im Zeugenstand« soeben beschrieben habe. Schwermann gebe zu, gewusst zu haben, dass die Verhafteten nach Auschwitz deportiert würden, er habe aber immer geglaubt, dass dies nur ein Durchgangslager für den Weitertransport nach Palästina sei, wohin die Juden von der deutschen Regierung abgeschoben werden sollten. Was die Zerschlagung der Fluchthilfeorganisation betraf, so habe er lediglich ihm zugetragene Informationen an seine Vorgesetzten weitergegeben. Er habe weder gewusst, was mit den verhafteten Mitgliedern der Tafelrunde geschehen würde, noch habe er deren Schicksal in irgendeiner Weise beeinflussen können. Obwohl ein Angeklagter seine Unschuld nicht beweisen müsse, werde die Verteidigung in diesem speziellen Fall genau aufzeigen, wie sehr die Anklage ohne klare Anhaltspunkte im Nebel herumstochere. Die Strategie der Verteidigung ruhte also, ganz so, wie Roddy es vorhergesagt hatte, auf vier Säulen – drei sichtbaren und einer unsichtbaren. Die ersten drei Säulen waren überzeugend vorgetragene Behauptungen: Erstens, dass Schwermann niemals die Todesmaschinerie der Konzentrationslager aus eigener

Anschauung kennen gelernt habe, zweitens, dass er aufrichtig daran geglaubt habe, das Wort »Deportation« bedeute genau das, was es heiße, und drittens, dass er die Zerschlagung der Tafelrunde anderen überlassen habe. Anders ausgedrückt: Schwermann bestritt, jemals Teil einer Operation mit dem Ziel, Menschen zu töten oder ihnen schweren Schaden zuzufügen, gewesen zu sein. Dass Bartlett es geschickt vermied, auch sein viertes Argument zu offenbaren, lag daran, dass ihr eine groteske Komik innewohnte, die ihre ganze Bedeutung zunichte machen konnte. Sie bestand nämlich aus nichts anderem als der uralten Ausrede »Ich habe doch nur Befehle befolgt«. Anselm war sich sicher, dass Bartlett die Geschworenen durch verschiedene Hinweise auf Schwermanns Jugend, seinen niedrigen Dienstgrad und die Macht seiner Vorgesetzten geschickt dazu bringen wollte, diesen Schluss selbst zu ziehen. So musste er ihn nicht aussprechen und sich damit dem Gelächter des Gerichtssaals preisgeben. Vielleicht schaffte er es auf diese Weise sogar noch, ein gewisses Mitleid für den Angeklagten zu erwecken.

Anselm wunderte sich, dass Bartlett beim Offenlegen seiner Strategie mit keinem Wort das Kloster Les Moineaux erwähnte und auch nicht darauf zu sprechen kam, dass Schwermann sein Leben gefährdet habe, um das anderer zu retten. Dieses Rätsel blieb also weiterhin ungelöst. Gerade als Anselm auf der Suche nach leichter Unterhaltung weiter zu den Todesanzeigen blätterte, hörte er, wie ihn eine nüchterne Stimme von der Seite ansprach.

»Wenn wir nicht schon mal miteinander einen draufgemacht hätten, dann würde ich jetzt sagen, du versteckst dich vor mir, Anselm.«

Anselm zuckte zusammen.

»Ich dachte, ich schaue mal bei euch vorbei, bevor ich mich wieder nach Rio verkrümle. Und ich habe für dich ein paar nicht ganz offizielle Antworten aus Rom mit im Gepäck.«

2

Lucy verließ das Gerichtsgebäude eine halbe Stunde vor Ende der vormittäglichen Verhandlung, um sich mit Pater Anselm zu treffen, der am Abend zuvor zu ihrem Erstaunen bei ihr angerufen hatte. Er komme nach London, hatte er gesagt, und wolle mit ihr über eine wichtige Angelegenheit sprechen. Sie solle sich aber keine Sorgen machen.

Die beiden trafen sich wie verabredet vor der St. Paul's Kathedrale und setzten sich auf die Stufen vor dem Eingang, wo sich Anselm in seiner Zeit als Anwalt öfter von den harten Gefechten im Old Bailey erholt hatte. »In diesem Gerichtsgebäude da drüben«, sagte er, »habe ich einige meiner größten Niederlagen erlitten.«

Danach schwieg er einen Augenblick und fuhr fort: »Lucy, ich habe einen Brief an Agnes Aubret erhalten. Er wurde während des Krieges von Jacques Fougères geschrieben und einem Mann anvertraut mit der Bitte, ihn an Agnes zu übergeben, falls diese den Krieg überlebte. Ich glaube, Sie kennen die Agnes, nach der ich suche.«

»Stimmt. Sie ist meine Großmutter«, brachte Lucy nur mit Mühe hervor. Die plötzliche Eröffnung hatte ihr fast den Atem geraubt. »Sie leidet an einer tödlichen Krankheit und kann weder gehen noch sprechen, aber sie versteht alles, was man ihr sagt. Ihr inneres Leben ist alles, was sie noch hat. Darf ich fragen, wer Ihnen diesen Brief gegeben hat?«

»Ein Mr Snyman. Tut mir Leid, aber mehr kann ich Ihnen über ihn nicht sagen.«

»Ich weiß, wer er ist. Er ist ein Jude, der schon von Kindesbeinen an auf der Flucht war. Er spielte Cello, und meine Großmutter begleitete ihn am Klavier. Sie muss einmal eine sehr gute Klavierspielerin gewesen sein, das sieht man ihren Händen noch an. Leider habe ich sie nie spielen hören.« Ohne jede Vorwarnung begann Lucy zu weinen, aber es war kein dramatisches Schluchzen, sondern ein stiller Ausbruch sanfter Tränen, die ihr langsam über die blassen Wangen liefen. Sie kamen ihr vor wie ein Wasserfall, den sie nicht aufhalten konnte und auch nicht aufhalten wollte. »Meine Großmutter war ein Mitglied der Tafelrunde. Sie hat den Kindern anderer Menschen das Leben gerettet und dabei ihren eigenen Sohn verloren. Und sie hat Auschwitz und Ravensbrück überlebt, wo sie zwei Kinder, deren Mutter in ihren Armen starb, als die ihren annahm: Meine Tante, die leider schon tot ist, und meinen Vater, der bis jetzt noch nichts davon weiß. Jetzt liegt Agnes im Sterben und hat alles verloren, außer der Fähigkeit zu atmen. Und ich frage mich die ganze Zeit, warum jetzt, kurz vor ihrem Tod, nicht einmal *sie* etwas bekommen kann, wo sie doch ihr Leben lang den anderen so viel gegeben hat.«

»Es mag Sie vielleicht erstaunen«, antwortete der Mönch, »aber auf solche Fragen habe auch ich keine befriedigende Antwort. So seltsam es vielleicht auch klingt, aber wir können nur eines tun, und das ist Zuhören. Die besten Menschen, die ich in meinem Leben kennen gelernt habe, waren die, die nie aufgehört haben zuzuhören.«

Lucy dachte an Agnes, die auf eine für die Menschen in ihrer Umgebung ziemlich befremdliche Art und Weise immer aufmerksam gewesen war.

»Wenn man den anderen zuhört«, sagte der Mönch, »bekommt man zwar auch keine Antworten, aber manche Fragen lösen sich dadurch in Luft auf, und zwar öfter, als man glaubt. Allerdings kann das mitunter viele Jahre dauern.«

»Und was ist mit den Fragen, die sich nicht in Luft auflösen?«

»Bei denen gibt es zwei Möglichkeiten: Entweder waren die Fragen von Anfang an absurd, oder man steht vor einem echten Rätsel.«

Wieder dachte Lucy an Agnes, die niemandem absurd, aber allen, die sie kannten, wie ein Rätsel vorkam. Sie kramte ein Taschentuch aus ihrer Handtasche, um sich die Tränen aus dem Gesicht zu wischen. »Ich kann Sie zu meiner Großmutter bringen«, sagte sie, »aber erst nach dem Prozess. Agnes ist völlig auf seinen Ausgang fixiert. Wenn sie jetzt auch noch den Brief von Jacques bekäme, wäre das bestimmt zu viel für sie.«

Der Mönch rutschte unruhig auf der Steinstufe hin und her. »Am Wochenende werde ich versuchen, mich mit Victor Brionne zu treffen«, sagte er.

Ein Hochgefühl, das ihr fast die Luft abschnürte, machte sich in Lucys Brust breit. »Ich muss unbedingt mit ihm reden«, sagte sie.

»Das würde ich Ihnen nicht empfehlen. Wenn herauskommt, dass eine Zuschauerin des Prozesses mit einem wichtigen Zeugen gesprochen hat, könnte das schlimme Konsequenzen haben. Ich darf ihm nicht einmal etwas in Ihrem Auftrag mitteilen. Sie müssen die Sache ihren Lauf nehmen lassen.«

Am liebsten hätte Lucy vor Hohn laut aufgelacht. Im Prozess war Agnes völlig totgeschwiegen worden, und nun durfte ihre Enkelin nicht einmal mit Brionne reden, damit dieser ihr eine späte Genugtuung verschaffte. »Ich wollte doch nur sichergehen, dass Brionne die Wahrheit über Schwermann sagt«, stieß sie beleidigt hervor.

Die Miene des Mönchs verdüsterte sich. »Ich fürchte, er wird genau das tun.«

»Nein, das wird er nicht«, antwortete Lucy bitter. »Glauben Sie mir.«

Mit einer seltsamen Mischung aus Trauer und Mitleid in der Stimme sagte der Mönch: »Wenn Victor Brionne bei dem Prozess aussagt, dann hoffe ich nur, dass er Sie nicht enttäuschen wird.«

Noch bevor Lucy etwas darauf erwidern konnte, wechselte Pater Anselm das Thema: »Pascals Tod muss ein schrecklicher Schock für Sie gewesen sein.«

»Das ist er noch immer.« Lucy blickte hinab auf die Passanten, die auf dem Gehsteig aneinander vorbeiliefen. Sie hatten Feierabend und strebten nun nach Hause oder ins Pub, um sich gegenseitig etwas über ihren Chef oder die hohen Hypothekenzinsen vorzujammern. »Er hat sich auch deshalb mit Max Nightingale getroffen, um ihm zu sagen, dass er nichts gegen ihn hat. Ehrlich gesagt, ich verstehe nicht, weshalb ihm das so wichtig war.«

Pater Anselm dachte kurz nach und sagte dann: »Als ich gerade Mönch geworden war, gab es im Kloster einen älteren Bruder, der ein fürchterlicher, ständig übel gelaunter Kerl war. Als er im Sterben lag, sagte er zu mir: ›Anselm, das Wichtigste im Leben sind die kleinen Versöhnungen. Lass keine Gelegenheit zur Versöhnung aus.‹ Damals fand ich das ziemlich traurig, aber später wurde mir klar, dass er damit eine Erkenntnis aussprach, die größer war als er selbst.«

Dem hätte Pascal sicher zugestimmt, dachte Lucy. Aber wie stand es mit ihr? Sie brauchte dazu noch etwas Zeit. Vielleicht später. »Haben Sie denn keinen Trost für die Trauernden?«, fragte sie.

»Nein. Eine schreckliche Sache, das mit Pascal. Da kann ich nur schweigen.«

»Dann sind wir uns einig.«

Sie standen auf. »Ich muss jetzt gehen«, sagte der Mönch. »Ich habe noch eine andere Verabredung. Wenn Sie wollen, können Sie jederzeit nach Larkwood kommen.«

»Aber ich weiß nicht, ob ich an irgendetwas glaube.«

»Das müssen Sie auch nicht.«

Mit diesen Worten gab er ihr die Hand und wirkte auf einmal sehr reserviert. Als er ging, sah Lucy ihm nach, bis er in der Menge der Aktentaschen tragenden Geschäftsleute verschwunden war.

3

Anselm eilte eine kleine Seitenstraße entlang zu einem italienischen Lokal, in dem Roddy seit 1975 Hausverbot hatte. Drinnen wartete Salomon Lachaise auf ihn. Anselm entschuldigte sich für sein Zuspätkommen und fragte, wie der Prozess vorangehe.

»Heute Vormittag haben wir eine Sachverständige für die Operationen der Résistance in Paris gehört, die uns über die Tafelrunde informiert hat. Sie ist achtunddreißig Jahre alt und hat ein profundes Wissen über die Aktenlage der damaligen Zeit, aber sie hat sie nun mal nicht selbst erlebt. Genau so habe ich es mir vorgestellt: Jetzt, wo es nur noch wenige Zeitzeugen gibt, ist die Zeit der Experten angebrochen.«

Anselm goss Lachaise und sich selbst aus einer Karaffe Wein in die Gläser. »Am Schluss ihrer Aussage sprach die Sachverständige über das Konzentrationslager Mauthausen. Viele der Häftlinge dort überlebten die schwere Arbeit im Steinbruch nicht, andere wurden gehenkt oder von Hunden zu Tode gehetzt. Auch Père Rochet kam in Mauthausen um. Als er von einem Wachmann ausgepeitscht wurde, ging Jacques Fougères dazwischen, woraufhin die beiden mit vorgehaltenem Gewehr in den Elektrozaun getrieben wurden. Unter den Blicken der stummen, ausgemergelten Häftlinge gingen die beiden Arm in Arm in den Tod.«

Anselm hatte plötzlich keinen Hunger mehr, und auch das Ritual des gemeinsamen Essens schien seine Leichtigkeit verloren zu haben.

»Schwermann war für das Ende der Tafelrunde und damit auch für den Tod der beiden verantwortlich, obwohl vor Gericht noch nicht zur Sprache kam, wie er von der Existenz der Organisation erfahren hat«, sagte Lachaise. »Aber er leistete bei ihrer Zerschlagung so gründliche Arbeit, dass er dafür ein persönliches Lob von Adolf Eichmann bekam – eine zweifelhafte Anerkennung, wie ich anmerken möchte.«

»Da haben Sie Recht«, pflichtete Anselm ihm bei.

»All das, was ich Ihnen gerade erzählt habe, ist jetzt aktenkundig«, fuhr Salomon Lachaise fort. »Die Gerichtsschreiber haben alles haarklein festgehalten. Aber manchmal frage ich mich, ob hinter diesen Informationen nicht noch etwas anderes steckt, dessen wahre Bedeutung wir nie werden entschlüsseln können.«

Der Ober brachte den Brotkorb und verschwand gleich wieder, als ob seine Arbeit damit getan wäre. Anselm spürte, wie sich ein ungutes Gefühl in seinem Magen breit machte. Wenn er Victor Brionne dazu brachte, vor Gericht auszusagen, zerstörte er damit die Hoffnungen vieler Menschen auf

Gerechtigkeit. Weil er den Gedanken nicht länger ertrug, wechselte er das Thema.

»Haben Sie denn schon mit anderen Zuschauern des Prozesses gesprochen?«

»Nein.«

»Es gibt zwei junge Leute, einen Mann und eine Frau, die jeden Tag dorthin gehen.« Anselm beschrieb ihm die beiden.

»Ich weiß, wen sie meinen«, sagte Lachaise. »Sie sitzen rechts und links neben mir.«

»Dann sitzen Sie zwischen zwei Extremen, die sich an dem Tag, an dem Pascal Fougères starb, zum ersten Mal getroffen haben. Der Mann ist Max Nightingale, der Enkel des Angeklagten –«

Salomon Lachaise schnippte mit den Fingern. »Natürlich! Ich wusste, dass ich ihn von irgendwoher kenne. Es ist der junge Mann, der aus dem Wald kam, als wir beide unten am See waren…« Die Erkenntnis traf ihn wie ein Paukenschlag.

»Und die Frau ist die Enkelin von Agnes Embleton, einem Mitglied der Tafelrunde. Agnes liegt im Sterben. Warum man sie nie befragt hat, ist mir ein Rätsel.«

»Heute Vormittag wurden vor Gericht alle Namen der Mitglieder der Tafelrunde verlesen. Eine Agnes Embleton war nicht darunter.«

»Damals hieß sie noch Aubret.«

Noch bevor Salomon Lachaise antworten konnte, kam der seltsame Kellner an den Tisch und leierte die Litanei der Speisekarte herunter, während er teilnahmslos aus dem Fenster blickte. Die beiden hörten ihm aufmerksam zu und hätten um ein Haar geklatscht, als er fertig war. »Vielen Dank, aber ich muss jetzt leider gehen«, sagte Salomon Lachaise und wandte sich mit einem bedauernden Lächeln an Pater Anselm: »In zehn Minuten wird die Verhandlung fortgesetzt.«

»Tut mir Leid, dass Sie jetzt nichts zu Essen bekommen haben. Das war meine Schuld.«

»Aber ich bitte Sie. Das holen wir ein andermal nach.« Lachaise verbeugte sich knapp und verließ so rasch das Lokal, als wäre dort soeben ein Feuer ausgebrochen. Anselm blickte auf den leeren Tisch und stellte abermals fest, dass ihm der Appetit vergangen war. Er hatte das Restaurant gewählt, weil er dort früher seine wenigen Siege vor Gericht gefeiert hatte. Das heutige Gespräch kam ihm eher wie eine Niederlage vor, nach der ihm ganz und gar nicht nach Feiern zumute war. Deshalb trank er nachdenklich seinen Wein aus und verließ dann ohne ein Abschiedswort das Lokal.

4

Lucy saß im Gerichtssaal und dachte immer noch über das nach, was Pater Anselm ihr erzählt hatte. Seine Worte gingen ihr im Kopf herum, als würde jemand am Knopf eines alten Radioapparats drehen und in rascher Folge einen Sender nach dem anderen einstellen. Ein Brief von Jacques Fougères … Mr Snyman … Victor Brionne … Agnes … Pascal … Tod … Versöhnung … Am verwunderlichsten fand sie die Bemerkung, dass Briones Aussage sie möglicherweise enttäuschen würde. Irgendwie musste sie dabei an das denken, was Myriam Anderson ihr gesagt hatte. Ein leises Hüsteln riss sie aus ihren Gedanken.

»Entschuldigen Sie bitte, ich würde mich Ihnen gerne vorstellen. Da sitzen wir jeden Tag nebeneinander und kennen nicht einmal unsere Namen. Ich bin Salomon Lachaise.«

Die Worte waren ebenso an Lucy gerichtet wie an Max Nightingale.

»Dürfte ich Sie beide vielleicht eines Tages zum Tee einladen?«

32. Kapitel

Die Bitte kam Anselm ziemlich seltsam, wenn auch nicht völlig ungewöhnlich vor. Während er in London gewesen war, war unangekündigt ein Besucher erschienen und hatte in gebrochenem Englisch gefragt, ob Anselm – und nur Anselm – ihm die Beichte abnehmen könne. Wer er sei, würde er anschließend sagen. Bruder Wilfred hatte an Anselms Tür einen Zettel mit der vereinbarten Zeit hinterlassen – 20.15 Uhr, eine Dreiviertelstunde vor der Komplet.

Ein wenig beklommen saß Anselm im Dunkel des Beichtstuhls. Wann das schwache, scharrende Geräusch eingesetzt hatte, wusste er nicht. Es hallte im weiten, leeren Kirchenschiff wider und schien von überall her zu kommen. Leise und undeutlich kam es immer näher. Das Geräusch von Füßen, die sich rasch über die gebohnerten Fliesen bewegten. Die Tür des Beichtstuhls ging auf. Stolpernd und fluchend fiel ein Mann auf die Kniebank unter dem Gitter. Sein schwerer, rascher Atem kam Anselm merkwürdig vertraut vor. Eine französische Stimme riss Anselm aus Larkwood fort in einen Treppenflur ohne Licht:

»Es ist fast fünfzig Jahre her, seit ich das letzte Mal in einem Beichtstuhl saß.«

»Die Dinger standen immer zur Verfügung.«

»Das hab ich nicht gemeint.«

»Tut mir Leid. War ziemlich dumm von mir.«

»Ich bin nicht hier, um meine Sünden zu bekennen.«

»Andere können Sie nicht bekennen.«

»Ich bin gekommen, um die Sünden meiner Kirche aufzudecken, und Ihre ebenfalls. Wenn Sie danach noch immer die Hände zur Absolution erheben können, sind Sie ein mutigerer Mönch als ich. Ich würde das lieber Gott selbst überlassen.«

»Père Chambray!«, rief Anselm aus. »Wie um Himmels willen sind Sie denn hierher gekommen?«

»In meinem Alter und meinem Zustand hat das allerhand Vorbereitung erfordert, aber ich konnte es nicht mehr aushalten. Ich habe den Prozess verfolgt und nichts von all dem, was ich weiß, ist ans Tageslicht gekommen. Jetzt bleibe ich ein paar Tage hier, dann fahre ich wieder nach Hause. Zuerst will ich Ihnen eine Frage stellen. Ich beschwöre Sie, sagen Sie mir die Wahrheit: Hat man Ihnen gesagt, was vierundvierzig geschehen ist?«

»Wen meinen Sie mit ›man‹?«

»Die in Rom.«

»Nein.«

»Haben Sie deshalb an meine Tür gehämmert?«

»Ja.«

Chambray schwieg, offenbar um nachzudenken. »Das hab ich mir gedacht ...«, murmelte er dann.

Anselm beugte sich zum Gitter. »Was wollten Sie mir sagen?«

»Die in Rom wissen, was dieser Bastard getan hat, und sie haben geschwiegen, selbst dann noch, als die Verhandlung eröffnet wurde. Aber ich habe es ihnen berichtet. Alles. 1945.« Chambray zog sich hoch und ließ sich auf einen Stuhl sinken. Anselm lugte durchs Gitter, doch er sah nichts als einen pechschwarzen Schatten. Das Schnaufen wurde ruhiger.

»Jetzt werde ich's Ihnen erzählen. Weil man Sie auch hereingelegt hat.«

»Wie?«

»Immer mit der Ruhe«, blaffte Chambray hustend. Er holte Atem und lehnte sich zurück. »Sie sind mitten in der Nacht gekommen, irgendwann Ende August vierundvierzig. Erst morgens beim Gemeinschaftstreffen haben wir es erfahren.

Der Prior, Père Pleyon, hat gesagt, wir würden beide verstecken, bis man ihre Flucht aus Frankreich arrangieren könnte. Ohne weitere Erklärungen. Einen Nazi und einen Kollaborateur. Stellen Sie sich das mal vor. An einem Ort, wo man geholfen hatte, jüdische Kinder vor dem Zugriff solcher Verbrecher zu bewahren.«

In der Dunkelheit bewegte sich der Schatten auf das Gitter zu. »Um es irgendwie zu begreifen, muss man zurückblicken«, krächzte Chambray, nun aus der Nähe. »Hier bei Ihnen ist es dasselbe...« Der Schatten zog sich zurück, während der schroffe Ton der letzten Worte nachklang.

»Wahrscheinlich beginnt die Geschichte etwa 1930 mit der Wahl eines Priors, lange vor meiner Zeit.« Anselm hörte langsames Trommeln von Fingern auf Holz. »Im Kloster hieß es, damals hätte es ständig Konflikte gegeben zwischen Père Pleyon und einem Außenseiter, Père Rochet. Der eine war ein alter Aristokrat, der andere ein Republikaner. Pleyon wurde als der *Comte* bezeichnet, weil er der Beichtvater einiger bekannter Royalisten war, Rochet als der *Sansculotte*, weil er immer über die Revolution, die Menschenrechte und das ganze Zeug schwadroniert hat. Es war bei uns Tradition, Spitznamen zu vergeben.«

Anselm spürte, wie die Erinnerung die Stimme Chambrays weicher werden ließ. »Was war Ihrer?«, fragte er.

Chambray lachte leise vor sich hin. »Der *Parieur*, weil ich Wetten über die Entscheidungen des Priors angenommen habe.«

Das dünner werdende Lachen ging in ein rasselndes Atmen über, ein und aus, und dann ertönte erneut das leise Trommeln alter Finger. Chambray fand den Faden wieder:

»Es gab zwei Kandidaten. Favorit war der Comte; ein einfacher, aber schlauer Bursche namens Morel galt als krasser Außenseiter.«

Anselm kannte den Namen. Er war auf eine Gedenktafel an einer Mauer des Klosters graviert, zum Gedenken an eine Hinrichtung, die zur Zeit der Wahl noch in der fernen Zukunft lag.

»Nach einer Weile wurde es garstig. Rochet hat sich gegen den Comte ausgesprochen, was niemand überrascht hat, weil er auf der entgegengesetzten Seite stand. Schockierend war allerdings, was er getan hat. Alle sagten, bei Rochet habe man aufpassen müssen.« Die Stimme im Dunkel klang vertraulich und belehrend. »Er hatte allerhand verstiegene Vorstellungen, aber in dem, was er sagte, lag immer ein Fünkchen Wahrheit. Er hat Verbindungen gesehen, die den meisten Leuten entgingen. Hat zu viel gelesen. Das hat man mir jedenfalls erzählt. Und was seine Opposition gegen den Comte betraf, da hatte er einen scheinbar abstrusen Verdacht, der unter Umständen nie von Bedeutung gewesen wäre. Zehn Jahre später hat sich zwar gezeigt, dass er Recht hatte, aber zur Zeit der Wahl dachte man einfach, Rochet wäre einen Schritt zu weit gegangen.«

»Was hat er denn getan?«

»Er hat ans Licht gebracht, dass der Comte Verbindungen zur Action Française und den Camelots du Roi hatte«, erwiderte Père Chambray bedeutungsvoll.

»Aha«, flüsterte Anselm pflichtschuldig.

»Sagt Ihnen das überhaupt was?« Der Tonfall wurde schärfer.

»Leider nein.«

»Du lieber Himmel...« Chambray machte eine Pause, offenbar um nicht die Geduld zu verlieren. »Extremisten, die die Monarchie wieder einführen wollten. Juden und Freimaurer waren bei ihnen unerwünscht. Rochet hat behauptet, sie würden die übelsten Aspekte des Mittelalters verkörpern.«

»Was hat er damit gemeint?«

»Ich hab's zwar nicht mit eigenen Ohren gehört, aber er meinte die Feindschaft gegen die Juden. Vor der Wahl hat er beim Kapitel angeblich Folgendes gesagt: ›Bei der Tafelrunde Christi darf kein Mann den Ehrenplatz einnehmen, der kein Bruder der Juden ist.‹ Denken Sie daran, dass die Gewalt gegen die Juden in Deutschland damals schon begonnen hatte. Wenige Jahre später wurde Hitler Reichskanzler. Wie schon gesagt, Rochet hatte eine gewisse Gabe, Verbindungen zu sehen...«

»Wie ist es weitergegangen?«, fragte Anselm.

»Der Comte wurde zum Prior gewählt. Rochet war zu weit gegangen … und Pleyon hat sich gerächt.«

Anselm runzelte ungläubig die Stirn. Ein Prior tat so etwas nicht. Doch er hörte einfach weiter zu.

»Im selben Jahr ist ein Mädchen aus einem Dorf in der Nähe im Kindbett gestorben. Den Namen des Vaters hat sie nie genannt. Gerüchten zufolge war es Rochet, und deshalb hat Pleyon ihn hinausgeworfen. Man hat ihn in eine Pariser Pfarrei geschickt.«

»War an diesen Gerüchten irgendetwas dran?«

»Tja, offenbar hatte er beantragt, vom Priesteramt entbunden zu werden, nach dem Tod des Mädchens jedoch seine Meinung geändert … Jedenfalls hat Pleyon ihn ausgeschaltet, und anschließend hat die Gemeinschaft Pleyon abgesetzt, weil viele Mönche dachten, er habe mit der Vertreibung Rochets nur eine alte Rechnung beglichen. Als ich gekommen bin, war bereits der neue Prior, Père Morel, im Amt.«

»Und was wurde aus Rochet?«

»Wir haben erst kurz vor der Kapitulation Frankreichs wieder von ihm gehört, Anfang 1940. Er hat beim Kapitel zu uns allen gesprochen. Ich hatte damals zwar erst die einfachen Gelübde abgelegt, durfte wegen der Bedeutung seines Vorschlags jedoch teilnehmen. Das war das einzige Mal, dass ich ihn gesehen habe. Er wollte wissen, ob das Kloster sich an einer Fluchthilfeorganisation beteiligen würde, die jüdische Kinder aus Paris herausschmuggeln sollte, falls sich die Notwendigkeit ergab. Was meinen Sie wohl, wer seine Zweifel hatte?«

»Pleyon?«

»Genau. Alles, was er gesagt hat, war zwar als vernünftiger Einwand getarnt, aber besonders begeistert war er offenkundig nicht. Das hatte Rochet vorausgesehen und sich darauf vorbereitet. Pleyon fragte, ob die Organisation einen Namen habe. Den hat sie, erwiderte Rochet. Wie lautet er?, fragte der Comte. Die Tafelrunde, sagte Rochet. Das war eine gewaltige Ohrfeige von der Hand des alten Sansculotte. Danach hatte der Comte nicht mehr viel zu sagen. Prior Morel beschloss, dass wir uns an der Organisation beteiligen sollten, wir wurden alle zum Schweigen verpflichtet, die ersten Kinder kamen an. Und dann, 1942, sind die Deutschen aufgetaucht und haben den Prior erschossen.«

»Wie hatten sie von der Sache Wind bekommen?«

»Langsam, dazu komme ich noch. Nach dem Tod Morels wurde Pleyon erneut Prior; es war eine Krise und er war der starke Mann. Und ich muss sagen« – die Stimme wurde heller und unsicherer, als hätte sich ungewollt ein versöhnlicher Ton hineingeschlichen –, »er hat die Gemeinschaft mit enormer Feinfühligkeit geleitet. Er war ein anderer Mensch geworden.«

»Und er war Prior, als Schwermann und Brionne 1944 eintrafen?«

»Ja.«

Chambray hatte aufgehört, mit den Fingern zu trommeln. Offenbar wurde er müde von der Last der Erinnerung.

»Nach der Exekution Morels«, fuhr er fort, »waren uns die Hände gebunden. Wir befanden uns in der besetzten Zone im Norden und mussten bis Kriegsende warten, bevor wir irgendwelche Nachforschungen anstellen konnten. An dem Tag, an dem Schwermann und Brionne auftauchten, ergab sich die erste Gelegenheit. Wir wussten, dass die Deutschen aus Paris geflohen waren, und ich fragte Pleyon, ob ich vorübergehend als Kurat in Rochets alte Pfarrei gehen könnte, um vielleicht etwas herauszubekommen. Zu meiner Überraschung hat er eingewilligt. Nach einer Nachfrage beim Bischof konnte ich einige Tage später abreisen. Als ich zurückkam, waren Schwermann und sein Komplize verschwunden, mit neuen Namen, die man einem Lied entnommen hatte. In Paris habe ich Folgendes herausbekommen ...«

Chambray rutschte auf seinem Stuhl nach vorne und beugte sich zum Gitter.

»Rochet war dort ein Einzelgänger«, sagte er. »Von seiner Vergangenheit als Mönch wusste niemand etwas. Die Gemeindemitglieder haben ihn geliebt. Manche sagten, er habe getrunken ... Sie wissen, was ich meine?«

»Durchaus.«

»Viele seiner Freunde waren Juden, von denen allerdings keiner den Krieg überlebt hat. In der Résistance wusste man, dass er irgendetwas vorhatte, aber man hatte keine Ahnung was, weshalb man ihm misstraute. Man hat ihn als Kommunisten bezeichnet. Der Résistance zufolge wurde die Tafelrunde innerhalb eines Tages zerschlagen. Die meisten Festnahmen fanden alle gleichzeitig am frühen Nachmittag des vierzehnten Juli statt. Rochet hat man am Abend aufgegriffen, betrunken. Ein Mitglied der Runde, Jacques Fougères, wurde nachts zu Hause festgenommen, obwohl seine Familie schon geflohen war. Aus irgendeinem Grund war er in Paris geblieben, als hätte er auf jemand gewartet. Auf wen, wusste niemand.«

Anselm schon. Er musste auf Agnes Aubret gewartet haben.

»Bei der Résistance hat man Rochet für den Verräter gehalten. Er kannte Brionne nämlich schon vor dem Krieg. Deshalb hat man folgenden Schluss gezogen: Rochet hat sich Brionne anvertraut, der hat es Schwermann verraten, und sobald die Deutschen alle anderen einkassiert hatten, haben sie auch Rochet festgenommen.«

»Aber weshalb hätte er so etwas tun sollen? Er hatte keinen Grund.«

»Vielleicht hat er im Suff die Kontrolle über sich verloren und alles um sich herum zerstört, das Gute und das Schlechte. So was kommt vor.«

»Mag sein, aber es überzeugt mich nicht. Und ich habe den Eindruck, Sie auch nicht.«

»Ich erzähle Ihnen bloß, was alle anderen gedacht haben. Was ich selbst denke, kommt gleich. Als ich nach Les Moineaux zurückkam, habe ich Pleyon alles berichtet. Oh, dem war sichtlich unbehaglich zumute, besonders als ich ihm sagte, ich könne die Meinung der Résistance über Rochet nicht teilen. Es müsse jemand anders gewesen sein. Pleyon hat bloß genickt. Er erzählte mir, er habe die diplomatischen Beziehungen seiner Familie spielen lassen, um Schwermann und Brionne nach England zu schaffen. Aber dann – passen

Sie gut auf! – hat er mich zum Schweigen verpflichtet. Über das, was ich wusste oder dachte, durfte ich mit niemand sprechen. Pleyon meinte, er wolle nicht, dass irgendwelche Spekulationen über Rochet die Gemeinschaft wieder in zwei Lager spalteten.«

»Aber wenn es nicht Rochet war, wer war es dann?«

Der schwere Atem grollte, als käme er aus einer tiefen, weit entfernten Höhle.

»Wer sonst könnte die Tafelrunde ans Messer geliefert haben?«, fragte Anselm leise.

Die Antwort kam lang gezogen und mit unerbittlicher Kälte. »Pleyon. Der hat die Tafelrunde verraten.«

»Das ist zu nahe liegend«, wandte Anselm instinktiv ein.

»Denken Sie mal nach.« Chambrays Stimme wurde lauter und härter. »Wer sonst hätte Schwermann und Brionne nach Les Moineaux kommen lassen? Keiner von uns kannte die beiden. Woher wussten sie, dass sie bei uns in Sicherheit waren, weil der Prior sie beschützen würde? Sie kamen, weil sie *bereits wussten*, dass er es war, der die Tafelrunde verraten hatte. Sie hatten ihn in der Hand. Wenn er nicht tat, was sie von ihm verlangten, konnten sie aufdecken, was er getan hatte. Es war also in seinem eigenen Interesse, ihnen zu helfen. Er hat sie aus dem Land geschafft, bevor die Vergeltungsmaßnahmen in Gang kamen. Begreifen Sie nicht? Pleyon war auch ein Kollaborateur. Er hat seine eigene Haut gerettet.«

Anselm war fasziniert von der Schlüssigkeit einer Argumentation, die er nicht sofort erkannt hatte.

»So ergibt alles Sinn«, fuhr Chambray fort. »Pleyon war derjenige, der Rochet Jahre zuvor hinausgeworfen hatte, er hatte von Anfang an Zweifel bezüglich der Tafelrunde, und als ich nach meiner Zeit in Paris ins Kloster zurückkam, hat er mich zum Schweigen verpflichtet …«

»Aber weshalb hätte er eine derartige Katastrophe verursachen wollen?«

»Das wollte er wohl gar nicht. Offenbar war ihm nicht klar, was geschehen würde. Er dachte, man würde die Beteiligten lediglich warnen. Damit hatte er Unrecht, und nachdem man Prior Morel erschossen hatte, ist er zu einem anderen Menschen geworden. Weshalb?«

»Reue?«, fragte Anselm.

»Genau.«

Chambray hatte Recht. Anselm spürte, wie sich die losen Fakten zu einem unwiderruflichen Urteil verfestigten.

»Jetzt ist es doch ganz offensichtlich, oder? Pleyon verrät die Tafelrunde, weil er glaubt, der Sache damit einfach ein Ende bereiten zu können – aber das Hinrichtungskommando hat er nicht vorhergesehen. Er wird ein demütiger, reuevoller Mensch. Dann jedoch, als der Krieg vorüber ist, tauchen die beiden Burschen auf wie Gespenster aus seiner Vergangenheit, erinnern ihn an das, was er getan hat, und behaupten, er sei ihr Bruder. Pleyon sitzt in der Falle und benutzt seine Autorität und seinen Einfluss, um dafür zu sorgen, dass die beiden sich der Gerechtigkeit entziehen können.«

Er hat Recht, dachte Anselm, das ist die einzige Erklärung, die sämtliche Fragen beantwortet. Doch nun ergab sich eine neue Frage.

»Sie haben gesagt, in Rom hätte man alles gewusst?«

»Alles. Trotz Pleyons Verbot habe ich es 1945 niedergeschrieben und an den Generalprior geschickt. Der schrieb zurück, mein Bericht sei an den Vatikan weitergeleitet worden. Dort hat man nichts unternommen, nicht das mindeste. Und dann starb Pleyon etwa ein Jahr später an einem Herzinfarkt. 1948 habe ich das Kloster verlassen und bin seither nie mehr dort gewesen. Die Kirche habe ich nie verlassen, aber ich sitze am Rand, weder drin noch draußen. Irgendwann wird man meine Leiche auf der Schwelle finden.«

Anselm stöhnte auf. Die letzten Worte hatten etwas in ihm angerührt, was er nur zu gut verstand, denn auf dieser Schwelle lebten viele, denen er gern die Hand gereicht hätte, wenn es ihm möglich gewesen wäre.

Mühsam kam Chambray auf die Beine und schob sich aus dem Beichtstuhl.

»Ich lasse Ihnen einen Durchschlag des Berichts da, den ich nach Rom geschickt habe«, sagte er. »Dann können Sie sich selbst ein Bild machen.«

»Père Chambray«, rief Anselm ihm hinterher, »waren Sie es, der Pascal Fougères den Brief mit Schwermanns falschem Namen geschickt hat?«

»Nein«, sagte der alte Mann heiser, »ich habe diesen Namen nie erfahren ... aber ich erinnere mich an das Lied – *A nightingale sang in Berkeley Square.*«

Langsam entfernte sich das Atmen und Schlurfen wie das Geräusch eines verwundeten Tieres. Eine Weile hallte es im Kirchenschiff wider, dann hörte man das Öffnen einer großen Tür, die vom unerbittlich hereinstürmenden Wind wieder zugeschlagen wurde, und ein Schweigen, das den, der gegangen war, zu erreichen versuchte.

33. Kapitel

I

Nachdem sie den Nachmittag über den Ausführungen eines weiteren Historikers über die Tafelrunde zugehört hatte, verließ Lucy das Gerichtsgebäude und fuhr in die Chiswick Mall, wo ihr Vater erneut ein Familientreffen einberufen hatte. In der U-Bahn ließ sie sich noch einmal die zahlreichen Einwürfe von Mr Bartlett durch den Kopf gehen. Auch wenn viele von ihnen eher banal waren, hat er damit den Eindruck eines Mannes hinterlassen, der sich sogar um Einzelheiten bemühte, die seinem Mandanten nicht unbedingt von Nutzen waren. Sein Auftreten war fair, besonnen und nachgiebig, und er hat mehr als einmal dem Richter und sogar der Anklage geholfen, sodass die Geschworenen mittlerweile den Eindruck haben mussten, Bartlett gehe es hauptsächlich darum, die Wahrheit herauszufinden.

Lucy verbannte diese Gedanken aus ihrem Kopf und erinnerte sich mit leichter Besorgnis daran, dass Mr Lachaise beim Verlassen des Gerichtssaals vorgeschlagen hatte, sie sollten sich doch am Samstagnachmittag zu dritt in Max' Atelier treffen, um seine Bilder anzuschauen. Max, das habe er inzwischen herausbekommen, sei nämlich Kunstmaler. Lucy war von Lachaises unschuldiger Art so perplex, dass sie sich nicht traute abzulehnen. Außerdem war es bis zum Samstag noch lange hin. Jetzt musste erst einmal der vor ihr liegende Abend überstanden werden.

Als Lucy in der Chiswick Mall eintraf, saßen die anderen bereits im Wohnzimmer: Doktor Scott, die leitende Sozialarbeiterin vom Social Service, eine Pflegeberaterin der Gesellschaft für amyotrophe Lateralsklerose sowie Freddie, Susan, und Wilma.

»Wir sind heute zusammengekommen, um über Agnes' Zukunft zu beraten«, eröffnete Pam vom Social Service das Gespräch.

»Sie hat keine Zukunft«, sagte Wilma.

Pam blinzelte sie irritiert an, fuhr aber fort, ohne auf den Einwand einzugehen. »Wir müssen gemeinsam einen Pflegeplan aufstellen, damit Agnes die Möglichkeit hat, ihre Zukunft so zu gestalten, wie sie will.«

Doktor Scott zuckte zusammen, und Freddie schien bei diesen Worten ebenfalls nicht gerade glücklich zu sein, wenn auch wohl aus anderen Gründen als der Arzt. Er hatte seine eigenen Vorstellungen, die Lucy bereits ahnte, ehe er sie aussprach. Agnes sollte professionelle Pflege bekommen. Und das bedeutete unter anderem, dass Wilma gehen musste. Wenn es nach ihm ging, würden freiwillige Helfer von der Gesellschaft für amyotrophe Lateralsklerose jeden Tag nach Agnes sehen, darüber hinaus sollten medizinische Hilfsmittel gekauft oder angemietet werden. Alles was den Schrecken des Sterbens erträglicher machte, war Freddie recht, nur dass er dabei das Wort Sterben niemals in den Mund nahm. Stattdessen verwendete er alle möglichen verharmlosenden Formulierungen, die das, was er nicht auszusprechen wagte, nur noch stärker in den Vordergrund rückten.

Nach und nach entstand ein »provisorischer Pflegeplan« (wie Pam es nannte), wobei Freddie alle ihre Vorschläge mit großer Begeisterung aufnahm. Lucy fragte sich, ob ihm wirklich bewusst war, was sie mit der Feststellung »Selbstbestimmtheit hat etwas mit Alternativen zu tun« wirklich meinte.

Das »Pflegepaket« (wieder einer von Pams Ausdrücken) wurde schließlich Agnes vorgelegt, die aufmerksam zuhörte, während Pam, häufig unterbrochen von Freddies zustimmenden Einwürfen, ihr die verschiedenen Möglichkeiten erläuterte. Als sie fertig war, bewegte Agnes ihr Kinn in Richtung Nachttisch, und Wilma gab ihr die Tafel mit den Buchstaben.

V-I-E-L-E-N

Pause.

D-A-N-K

Längere Pause.

I-C-H

Pause.

W-I-L-L

Pause.

N-U-R

Pause.

W-I-L-M-A

Freddie stürzte sich sofort in einen wortreichen Appell an Agnes' Vernunft, bis Pam ihm mit einer sanften Geste bedeutete, dass es keinen Sinn habe. Später, im Wohnzimmer, erklärte sie ihm, was sie unter »Selbstbestimmtheit hat etwas mit Alternativen zu tun« wirklich verstand. Ein wenig genervt, aber trotzdem ruhig sagte sie: »Es ist der Tod Ihrer Mutter, nicht der Ihre. Lassen Sie sie ihren eigenen Weg gehen.« Ihre Stimme klang glasklar und unnachgiebig.

Verwirrt sagte Freddie: »Aber Sie verstehen nicht, was ich meine. Ich kann einfach nicht mit ansehen, wie sie leidet.« Weil er es nicht mehr länger ertragen konnte, sprang er auf und verließ das Zimmer, wobei er heftig blinzelte, um seine Tränen zu verbergen.

Pam gab Lucy ihre Nummer und sagte ihr, sie könne sie Tag und Nacht anrufen. »Nur für den Fall, dass etwas passiert.«

2

Als Lucy am nächsten Tag in den Gerichtssaal kam, saß Mr Lachaise bereits auf seinem Platz. Auch Max war schon da. Dass sie ihn inzwischen in Gedanken beim Vornamen nannte, empfand Lucy als eine alarmierende Veränderung, die sich ohne formelle Erlaubnis vollzogen hatte. Mr Lachaise bot beiden ein Pfefferminzbonbon an. Max nahm es, Lucy lehnte ab.

Miss Matthews, die Assistentin von Mr Penshaw, durfte heute zum ersten Mal in diesem Prozess einen Zeugen der Anklage vernehmen. Sie rief Dr. Pierre Vallon auf, einen älteren französischen Historiker, der früher am Zeitgeschichtlichen Institut in Paris gearbeitet hatte und jetzt in den Vereinigten Staaten lebte. Er ging leicht vornübergebeugt, hatte ein freundliches, neugieriges Gesicht und trug einen zerknitterten dunklen Anzug mit einer großen Fliege. Als er in den Zeugenstand trat, hielt er sich am Rand des Pultes fest, als stünde er auf der Brücke eines Ozeandampfers.

Dr. Vallon erklärte, es gebe unter Historikern über so gut wie jede die Besatzungszeit betreffende Frage tiefe Meinungsverschiedenheiten. Nach dem Waffenstillstand mit Deutschland sei Frankreich in zwei Teile aufgeteilt worden: in eine besetzte Zone im Norden, zu der auch Paris gehörte und die streng von den Deutschen kontrolliert wurde, und den Rest des Landes, der von einer neuen französischen Regierung mit Sitz in der mittelfranzösischen Kleinstadt Vichy verwaltet wurde. Der Vichy-Regierung unterstanden zwar nominell auch sämtliche Regierungseinrichtungen in der besetzten Zone, aber die Deutschen hatten hier bei allen Entscheidungen ein gewichtiges Wort mitzureden. Bereits bezüglich dieser Situation gingen die Meinungen der Gelehrten stark auseinander, wobei der empfindlichste Streitpunkt die Deportation der Juden war. Die wichtigste – und für den Ausgang des Prozesses entscheidende – Frage dabei war, ob die daran Beteiligten gewusst hatten, dass das Ziel der Nazis die systematische Ermordung der Juden war. Vallon war der Meinung, dass spätestens 1943 viele Beamte des Vichy-Regimes gewusst haben mussten, was in den Vernichtungslagern wirklich geschah. Bei einem SS-Offizier wie dem Angeklagten stand diese Tatsache praktisch außer Zweifel: Jemand wie er musste genau gewusst haben, was mit den Deportierten geschehen würde, wenn sie in Auschwitz aus den Viehwaggons getrieben wurden. In vielen Schriftstücken der SS war schwarz auf weiß festgehalten, dass die Juden vernichtet werden sollten.

Nach Vallons Aussage setzte der Richter das Kreuzverhör auf zehn Minuten nach zwei an und entließ alle Beteiligten in die Mittagspause. Lucy verließ das Gebäude und machte einen einstündigen Spaziergang durch die Stadt. Als sie wieder in den Saal kam und sich neben Mr Lachaise setzte, bot dieser ihr abermals ein Pfefferminzbonbon an. Diesmal sagte sie ja.

»Dr. Vallon«, sagte Mr Bartlett und erhob sich, »sind Sie mit dem Ausdruck ›Die Macht der Worte‹ vertraut?«

»Ja«, antwortete der Historiker, der über die seltsame Frage ebenso erstaunt zu sein schien wie der Richter und die Geschworenen.

»Ich persönlich glaube, dass Worte für sich betrachtet nicht mächtig sind. Worte sind eher schwach, finden Sie nicht auch?«

»Mag sein. Aber worauf wollen Sie hinaus?«

Richter Pollbrook legte seinen Füllhalter beiseite und blickte drohend auf Mr Bartlett hinab, der unbeirrt fortfuhr:

»Dieselben Worte können aus dem Mund des einen Menschen etwas offenbaren, aus dem Mund eines anderen Menschen etwas verheimlichen. Worte können sich gegen Verfälschung und Entstellung nicht wehren und können die, die sie hören, oft empfindlich täuschen. Stimmen Sie mir zu?«

»Mr Bartlett«, unterbrach der Richter in nachsichtigem Ton, »haben Sie etwa vor, uns hier mit einer Abhandlung über Wittgenstein zu erfreuen?«

»Mitnichten, Euer Ehren. Ich glaube auch nicht, dass dies den Geschworenen bei der Wahrheitsfindung helfen würde.«

»Das stimmt. Sie wirken auf mich ebenso verwirrt wie ich.«

»Wenn ich fortfahren dürfte, Euer Ehren, würde rasch klar, was ich zum Ausdruck bringen will.«

»Dann fahren Sie bitte fort.«

»Herzlichen Dank.«

Mr Bartlett wechselte daraufhin abrupt das Thema und baute darauf, dass die zuvor gesagten Sätze den Geschworenen als eine kurze, in sich abgeschlossene Szene im Gedächtnis blieben. »Dr. Vallon, Sie haben meiner geschätzten Kollegin erzählt, dass Adolf Eichmann seine Beauftragten in Frankreich, Belgien und Holland im Juni 1942 nach Berlin beordert hat, um mit ihnen die Deportation der dort ansässigen Juden zu besprechen. Eichmann wollte in Frankreich anfangen.«

»Ja. Es sollte eine groß angelegte Aktion von West- bis nach Osteuropa werden.« Der Gelehrte beugte sich ein wenig nach vorn und sah den Anwalt mit einem furchtlosen und Respekt einflößenden Blick an.

»Und es ist richtig, dass es während der dreißiger Jahre bis ins Frühjahr 1940 einen großen Zustrom jüdischer Flüchtlinge nach Frankreich gegeben hat?«

»Ja.«

»Sind diese Menschen vor dem Terror der Nazis geflohen?«

»Ja.«

»Dr. Vallon, trifft es zu, dass man in Frankreich damals die Begriffe ›Israélites‹ und ›Juifs‹ verwendete?«

»Ja.«

»Meinen Nachforschungen zufolge war ›Israélite‹ ein relativ moderater Ausdruck, mit dem man in Frankreich geborene Juden bezeichnete, die sich ›assimiliert‹ hatten. Stimmt das?«

»Das ist korrekt.«

»Im Gegensatz dazu hatte das Wort ›Juif‹, mit dem man hauptsächlich ausländische Juden bezeichnete, eher einen abwertenden Unterton?«

»Ja.«

»Im Wortschatz der deutschen Behörden gab es diese Unterscheidung jedoch nicht. Stimmt das?«

»Ja, das ist richtig.«

»Wäre es möglich, dass Eichmann diesen sprachlichen Unterschied im Französischen benützte, um sein Deportationsprogramm in Frankreich so reibungslos wie möglich durchzuführen?«

»Möglich wäre es schon, obwohl ich nicht weiß, ob ihm der Unterschied geläufig war. Um sich die Zusammenarbeit mit der französischen Administration bei den Deportationen zu sichern, ließ er zunächst nur die staatenlosen Juden, von denen viele als Flüchtlinge ins Land gekommen waren, fortschaffen. Er wusste genau, dass die französische Regierung nur ungern die Kosten für deren Umsiedlung innerhalb Frankreichs tragen wollte.«

»Finden Sie nicht, dass ›Umsiedlung‹ eingedenk der tragischen Ereignisse ein ziemlich unpassender Ausdruck ist?«

»Ich wollte damit nur –«

»Natürlich haben Sie den Ausdruck unbedacht gebraucht. Und genau dieser naive Gebrauch der Sprache ist es, der uns in diesem Prozess bestimmt noch häufig beschäftigen wird.« Mr Bartlett blickte stirnrunzelnd zu den Geschworenen hinüber und wandte sich dann wieder dem Zeugen zu: »Aber bleiben wir noch einen Augenblick bei dem Wort ›Umsiedlung‹. Würden Sie mir zustimmen, wenn ich sage, dass die Kooperation der Vichy-Behörden mit den Deutschen hauptsächlich auf der Annahme beruhte, dass die deportierten Juden in den Osten umgesiedelt würden?«

»Diese Frage ist mir zu allgemein. Zumindest auf höchster Ebene brauchte man meiner Meinung nach diesen Begriff gar nicht erst zu interpretieren, denn mehrere hohe Vichy-Beamte waren offen antisemitisch eingestellt. Für sie bedurfte es zur Deportation der Juden nur wenig Anstoß von deutscher Seite und ganz bestimmt keiner besonderen Erklärung. Weiter unten, bei den ausführenden Behörden, findet man allerdings einen unterschiedlichen Informationsstand sowie verschiedene Meinungen zu diesem Problem.«

»Könnte man dann sagen, dass eine beträchtliche Anzahl von Menschen – in den Behörden sowie in der Öffentlichkeit – nichts von den Morden an den Juden wusste und glaubte, die ›Umsiedlungen‹ seien tatsächlich das, was sie im ursprünglichen Sinn des Wortes bedeuteten?«

»In der Anfangszeit mochte das zutreffen.«

»Eine weitere Frage: Verlief die Zusammenarbeit der Franzosen mit den Deutschen immer reibungslos?«

»Nein.«

»Warum nicht?«

»Weil große Teile der Bevölkerung über die Massenverhaftungen von 1942 entsetzt waren. Danach wurde der staatliche Antisemitismus, den man bislang stillschweigend geduldet hatte, mehr und mehr vom Widerstand der Bürger unterlaufen. Als Eichmann später auch französische Juden deportieren wollte, verweigerten ihm die Behörden aus Angst vor der Reaktion der Öffentlichkeit die Zusammenarbeit. Wegen der massiven Proteste wurde die Kollaborationsbereitschaft der Behörden immer geringer, wodurch das Deportationsprogramm zunehmend ins Stocken geriet. Inzwischen waren auch schon Gerüchte im Umlauf, die besagten, was die ›Umsiedlung‹ wirklich bedeutete, worauf sich Tausende von Juden versteckten. So gab es bei Kriegsende immer noch zweihundertfünfzigtausend Juden in Frankreich. Trotzdem ist aber ein Viertel der jüdischen Bevölkerung des Landes dem Terror der Nazis zum Opfer gefallen.«

»Euer Ehren, dürfte ich um eine kurze Verhandlungspause bitten?«, fragte Mr Bartlett. »Diese Informationen sind für die Geschworenen bestimmt nicht leicht zu verarbeiten.«

»Das gilt für uns alle, Mr Bartlett. Das Gericht tritt in einer halben Stunde wieder zusammen.«

3

Lucy stand mit Mr Lachaise und Max auf dem Flur vor dem Gerichtssaal. Max hatte die Hände tief in den Hosentaschen vergraben und starrte auf den Fußboden.

»Das, was wir gerade gehört haben, soll uns nur darauf vorbereiten, dass Bartlett auf Freispruch plädieren wird, weil Schwermann nicht nachgewiesen werden kann, dass er wusste, was mit den Juden wirklich passierte«, sagte Mr Lachaise. »Was ist das nur für eine ungerechte Welt!«

Lucy blickte hinüber zu dem kleinen, stets höflichen und zurückhaltenden Mann, der auch heute seine übliche Strickjacke trug. Wer war er wirklich, dieser Mr Lachaise? Sie wagte nicht, ihn danach zu fragen, denn irgendwie machte er ihr Angst, als er mit kalter Stimme fortfuhr:

»Bereits 1941 hatte Radio Moskau die Welt darüber informiert, dass die Juden in der Sowjetunion von den vorrückenden Truppen der Nazis massakriert werden. Und 1942 berichtete die BBC über die groß angelegten Transporte polnischer Juden aus den Ghettos in die Vernichtungslager. Im Mai 1942 erhielt London Informationen darüber, dass im polnischen Lager Chelmno Massenvernichtungen stattfanden, und im März 1943 berichtete der polnische Widerstand den Briten, dass in Auschwitz Gaskammern in Betrieb seien. Man kann nicht ein ganzes Volk ausrotten und das vor der ganzen Welt geheim halten.«

Max, der immer noch zu Boden starrte und dem man anmerkte, dass er sich am liebsten in Luft aufgelöst hätte, flüsterte auf einmal mit heiserer Stimme: »Der Angeklagte ist mein Großvater. Es tut mir so Leid. Sie wollen jetzt bestimmt nicht mehr in meiner Nähe sein … oder in mein Atelier kommen. Es ist wohl am besten, wenn ich –«

»Ich weiß genau, wer Sie sind«, sagte Mr Lachaise mit derselben kühlen und Respekt einflößenden Stimme wie zuvor. »Und trotzdem würde ich mir Ihre Bilder gerne ansehen.«

Der Gerichtsdiener öffnete die Tür zum Saal und rief alle wieder herein. Mr Lachaise nahm Max am Arm, und Lucy folgte den beiden.

4

Mr Bartlett brauchte nur wenige Minuten, um all die Gräueltaten zu erwähnen, über die Mr Lachaise Lucy während der Pause erzählt hatte. Manche von ihnen waren bisher noch nicht als Beweismaterial eingebracht worden. Danach fragte er Vallon: »Stimmt es, dass manche Gerüchte, die damals in Frankreich im Umlauf waren, von der Bevölkerung nicht geglaubt wurden?«

»Leider ja.«

»Meinen Sie damit, dass manche dieser Gerüchte nicht glaubwürdig erschienen?«

»Ja. Tragischerweise.«

»Wären diese Gerüchte denn von einer Person mit gesundem Menschenverstand mit gutem Grund als unglaubwürdig zurückgewiesen worden?«

»So kann man das nicht sagen, Mr Bartlett. Offenbar haben Sie vergessen, was ich vorhin ausgeführt habe. Die Kooperation mit den Deutschen ging in die Brüche, weil es Menschen gab, die diesen Gerüchten Glauben geschenkt haben.«

»Aber Sie geben zu, dass es beides gab: Menschen, die den Gerüchten glaubten, und Menschen, die sie für unglaubwürdig hielten?«

»Das ist richtig.«

Nun lenkte Mr Bartlett das Kreuzverhör in eine andere Richtung. Lucy kam es vor, als stellte er an einem Objektiv eine vollkommen andere Schärfenebene ein.

»Würden Sie dem Angeklagten denselben Wissensstand zubilligen wie einem dreiundzwanzig Jahre alten französischen Polizisten in Paris?«

Fast hätte Dr. Vallon laut aufgelacht. »Was ist das für eine Frage? Schwermann hatte viel mehr Einblick in das System als ein Franzose. Er hatte täglich Kontakt mit Eichmann in Berlin.«

»Daran gibt es keinen Zweifel?«

»Meines Wissens nach nicht.«

Lucy beschlich auf einmal das unbehagliche Gefühl, dass Vallon nur das sagte, was Bartlett von ihm hören wollte.

»Wären Sie so freundlich und würden im Ordner Nummer sieben, Abschnitt A, Seite zwei nachsehen?«, fragte Bartlett.

Vallon schlug den Aktenordner, den der Gerichtsdiener ihm reichte, auf und besah sich die angegebene Seite. Dann nickte er.

»Hierbei handelt es sich um ein Telex aus Paris an die Abteilung IV B4 in Berlin vom August 1942, nicht wahr?«, sagte Mr Bartlett.

»Stimmt.«

»Von Mr Schwermann?«

»Ja.«

»An Adolf Eichmann?«

»Richtig.«

»Bitte erzählen Sie den Geschworenen, worum es in diesem Telex geht.«

»Darin wird berichtet, dass tausend Juden von Drancy nach Auschwitz transportiert wurden.«

»Blättern Sie jetzt bitte um, dann finden Sie ein Memorandum, das denselben Transport betrifft. Was steht darin?«

»Dass die französische Regierung dem Transport auf eigenen Lastwagen Verpflegung für zwei Wochen mitgeschickt hat.«

»Und das ist durchaus nicht ungewöhnlich, nicht wahr, Dr. Vallon?«

»Nein, aber –«

»Bleiben Sie bei den Tatsachen, Dr. Vallon, so wie sie hier schwarz auf weiß geschrieben stehen. Man hat den Deportierten Verpflegung mitgeschickt.«

»Ich bleibe bei den Tatsachen –«

»Und deuten diese Tatsachen nicht viel eher auf eine Umsiedlung hin als auf die systematische Ermordung der Deportierten?«

Vallon klappte den Ordner zu und fauchte: »Die Verpflegung wurde niemals ausgegeben. Die Wachen in Auschwitz haben sie kassiert.«

Mr Bartlett, der sich nicht aus der Ruhe bringen ließ, erwiderte souverän: »Bitte, beantworten Sie meine Frage. Deutet der Text des Memorandums eher auf eine Politik der Umsiedlung hin als auf eine Politik der Massenvernichtung? Ja oder nein?«

»Wenn man den Text isoliert betrachtet, mag das zutreffen.«

»Für mich gibt es an seiner Aussage nichts zu deuten. Das sind normale Buchstaben, keine Geheimzeichen.«

»Das ist mir klar.«

»Und könnte jemand, der diese Worte liest, sie so verstehen, als würden die Juden lediglich an einen Ort außerhalb Frankreichs umgesiedelt?«

»Für einen uninformierten Leser fünfzig Jahre nach den Ereignissen mag das vielleicht so aussehen, nicht aber für den Verfasser dieser Zeilen. Wie ich bereits ausgeführt habe, war er ein Teil jener Vernichtungsmaschinerie. In den Unterlagen finden Sie andere Memoranden der SS, in denen ausdrücklich gesagt wird, die Juden gehörten *ausgerottet.*«

»Das ist mir bekannt«, sagte Mr Bartlett mit gemessener, geduldiger Stimme. »Aber keines dieser Memoranden stammt von Mr Schwermann, oder etwa doch?«

»Nein, aber –«

»Und es gibt auch nicht den geringsten Beweis dafür, dass Mr Schwermann sie jemals gelesen hat?«

»Nun, das wissen wir nicht.«

»Aber es gibt keinen Hinweis darauf, dass er dieses oder ähnliche Worte benützt hat?«

»Keinen direkten, aber es ließen sich durchaus Schlussfolgerungen ziehen, dass er –«

»Dr. Vallon, die Schlussfolgerungen wollen wir doch lieber den Geschworenen überlassen. In der gesamten, ausgesprochen umfangreichen Dokumentation zu diesem Prozess gibt es nicht einen einzigen Satz, der beweist, dass Mr Schwermann über die Vernichtung der Juden Bescheid wusste. Oder können Sie mir einen nennen?«

»Es gibt keine Unterlagen, in denen ein solcher Satz steht, das ist korrekt.«

»Aber es gibt eine Menge Papiere, von denen wir wissen, dass Mr Schwermann sie gelesen oder geschrieben hat. Und in denen stehen ganz andere Worte als *ausrotten.*«

Vallon erriet, worauf Bartletts Attacke zielte, und sagte: »Ja, aber das war alles nur Tarnung.«

Mr Bartlett öffnete einen Aktenordner und sagte freundlich: »Und jetzt sind wir wieder bei der Unschuld der Sprache angelangt, von der wir vorhin schon einmal gesprochen haben. Der Sprache, deren unüberlegter Gebrauch einem so leicht zur Falle werden kann, wie Sie es ja vor wenigen Minuten am eigenen Leib erfahren haben. Bitte sehen Sie sich doch Akte neun, Seite dreihundertsiebenundsechzig an und beurteilen Sie die Worte auf dem Fahrplan, den Sie dort finden.«

Nachdem ein Gerichtsdiener Vallon den Ordner gebracht hatte, musste er zugeben, dass die obersten deutschen Stellen ihre Worte für die Deportationen nach Auschwitz äußerst sorgfältig gewählt hatten. Sie wurden entweder als *Evakuierung*, als *Umsiedlung*, als *Abwanderung* oder *Verschickung zur Zwangsarbeit* bezeichnet. Selbst die Architekten und Ingenieure, die Auschwitz geplant hatten, nannten die Gaskammern in ihren Dokumenten *Badeanstalten für Sonderaktionen*, wenn auch in Anführungszeichen, und der Völkermord an den Juden wurde verharmlosend *Endlösung* genannt.

»Der Sinn und Zweck des Ganzen ist, den Leser oder Zuhörer zu täuschen«, sagte Mr Bartlett. »Ist es da so abwegig, dass jemand diese Ausdrücke für bare Münze nimmt?«

»Nein, das ist es nicht.«

»Es gab in Paris drei Treffen zur Vorbereitung der berüchtigten Razzia im Júli 1942, bei der fünfzehntausend Juden im Radstadion Vél d'Hiv zusammengetrieben wurden. Mr Schwermann hat an zweien von ihnen teilgenommen. Dabei wurde gesagt, dass die Festgenommenen zur Zwangsarbeit deportiert würden. Stimmt das?«

»Ja. Aber es wurden auch Tausende von Kindern verhaftet.«

»Hätte Mr Schwermann diesen Ausdruck für bare Münze nehmen können oder nicht?«

»Ich habe Ihnen doch schon gesagt, dass er selbst zu den Täuschern gehörte, nicht zu den Getäuschten. Bestimmt hat er auch andere Dokumente gesehen, in denen von der Vernichtung der Verhafteten die Rede war.«

»Woher wollen Sie das wissen? Lesen Sie etwa sämtliche Aufzeichnungen von Treffen, bei denen Sie nicht dabei waren?«

»Ich persönlich tue das.«

»Und Ihre Kollegen?«

»Nein. Die meisten von ihnen tun das nicht.«

»Vielen Dank, Dr. Vallon.«

Mr Bartlett setzte sich.

»Das ist alles für heute«, sagte Richter Pollbrook mit dem Überdruss eines Mannes, der alle Tricks und Raffinessen im Gerichtssaal kennt.

5

Lucy fuhr in die Chiswick Mall und hörte sich zusammen mit Agnes die Rundfunknachrichten an, in denen ausführlich über die Zeugenaussage von Dr. Vallon berichtet wurde. Agnes hörte ungerührt zu, während Lucy Eiswürfel auf einer Untertasse zerkleinerte und ihr die Stückchen mit einem Löffel einflößte. Agnes ließ sie wie Bonbons im Mund zergehen, während sie mit trüben Augen an die Decke blickte, als hörte sie an einem regnerischen Nachmittag eine langweilige Geschichte.

Die Zeit macht sich über die Überlebenden lustig, dachte Lucy. Jeder, der lange genug lebt, wird irgendwann einmal zu einem Endpunkt in der Geschichte, und dann muss er zuhören, wie andere Urteile über etwas fällen, was sie nicht aus eigener Anschauung kennen. Aber konnte es selbst nach so langer Zeit wirklich ernsthafte Zweifel daran geben, dass Schwermann die Umschreibungen seiner Vorgesetzten ebenso durchschaut hatte wie Pam Freddies verharmlosende Formulierungen für den bevorstehenden Tod seiner Mutter?

34. Kapitel

I

Pater Andrew traf oft ganz selbstverständlich Entscheidungen, die er als »Vorschläge« bezeichnete und die Anselm nicht nachvollziehen konnte. Dazu gehörte die Idee, Anselm könne Pater Conroy auf dem Weg zu Victor Brionne doch gleich den Norden Englands zeigen. Nach Anselms Ansicht passte eine Besichtigungstour nicht so recht zu der Aufgabe, einem flüchtigen Kollaborateur gegenüberzutreten. Doch der »Vorschlag« war gemacht worden und hatte auch einen gewissen Sinn. Wie sich herausstellte, schrieb Con tatsächlich wieder ein Buch, nur dass er diesmal vorhatte, die zu erwartende Verurteilung durch Rom zu ignorieren. Die häufigen Fahrten zur Bibliothek des Heythrop College in London und das stundenlange Schreiben in Larkwood hatten ihn ausgelaugt. Er brauchte eine Pause.

An dem Tag, als Lucy den wohl überlegten Ausführungen von Dr. Pierre Vallon lauschte, verließen die beiden Männer Larkwood gleich nach den Laudes. Mit Conroy am Lenkrad brausten sie nach Norden, während der Himmel immer weiter und heller wurde, der Horizont flacher und länger. Auch Anselms Seele öffnete sich, wurde weit wie eine Ebene, in der wie Totempfähle die Silhouetten der Menschen aufragten, die in letzter Zeit seinen Weg gekreuzt hatten. Conroy sang wunderbare, traurige Lieder vor sich hin, über eine betrogene Frau und ihr verlassenes Kind, über einen jungen Vater auf einem britischen Gefangenenschiff, und schließlich eine Schnulze über ein misshandeltes Kind. Man musste weinen und lachen zugleich.

Anselm dachte über das Gespräch mit Père Chambray am Vorabend nach und stellte bitter fest, wie passend es doch war, dass die Wahrheit schließlich in einem Beichtstuhl ans Licht gekommen ist. Père Pleyon, ein Mönch des Klosters Les Moineaux, hatte die Tafelrunde verraten. Hinrichtungen, die er nicht vorhergesehen hatte, waren die Folge, und durch eine unerklärliche, ja fast komische Wendung des Schicksals war Pleyon der neue Prior geworden. Wieso, dachte Anselm, hilft das Glück so oft den Bösewichten? Das galt auch für Schwermann und Brionne. Gerade in dem Augenblick, in dem ihnen die gerechte Strafe drohte, sahen sie einen Rettungsanker vor sich, denn ihr Komplize war Prior geworden und gerade lange genug am Leben geblieben, um ihre Flucht zu organisieren.

Père Chambray jedoch hatte einige der Puzzlestücke zusammengefügt; er hatte die Zeichen erkannt. Er unterrichtete Rom, wo man nichts unternahm. Da verließ er erschüttert sein Kloster und seine Kirche und wurde zu einem Priester, der für immer in einer Wildnis ohne Sakramente lebte.

»Con«, sagte Anselm, »würde es dir wohl was ausmachen, einen Moment lang nicht zu singen?«

»Kein Problem.«

»Erzähl mir doch noch mal, was dein Freund im Archiv dir berichtet hat.« Das hatte Anselm zwar schon erfahren, doch er wollte das Wenige, was Conroy herausbekommen hatte, nach dem Gespräch mit Chambray in einen neuen Zusammenhang stellen.

Conroy spitzte nachdenklich den Mund. »Das Geheimarchiv des Vatikans besitzt zwei Berichte aus Les Moineaux, und beide wurden von deinem Auftraggeber Renaldi Anfang April 1995 angefordert.«

»Gleich nachdem Schwermann entlarvt worden war.«

»Richtig. Der erste wurde kurz nach Kriegsende von Chambray geschrieben.«

Anselm wusste, was in dem Bericht stand, und er würde bald einen Durchschlag sehen.

»Der zweite wurde etwa ein Jahr danach von Pleyon verfasst, kurz bevor der Herr ihn zu sich rief. Von dem neuen Prior wurde er nach Rom geschickt, zusammen mit der Bemerkung, der alte Bursche habe keine Gelegenheit mehr gehabt, seine Aussage zu vervollständigen.«

Wie Père Chambray konnte auch Anselm nun die Zeichen lesen, die ihm begegnet waren. Er dachte daran, wie er unter dem aufmerksamen Blick des Kardinals den ernsten, aufrichtigen Worten von Monsignore Renaldi gelauscht hatte. Beide hatten alles gewusst, was Chambray ihm inzwischen erzählt hatte. Preisgegeben hatten sie jedoch nur den unvollständigen Bericht Pleyons, weil sie wussten, dass dieser Text die Keimzelle einer Fiktion war, die ihre eigene Dynamik besaß. »Ich versuche, die Zukunft vor der Vergangenheit zu beschützen«, hatte der Kardinal gesagt.

Conroy begann wieder zu singen, und Anselm schlief ein. Sie hielten zum Mittagessen und fuhren dann weiter, ohne sich viel zu unterhalten. Als sich am späten Nachmittag Wolken über den sanften Cheviot Hills zusammenzogen, deutete Conroy auf das Schild, das sie zu Victor Brionnes Versteck wies. Nach einigen Meilen auf einer leeren, vom Wind gepeitschten Straße erreichten sie ein großes Schild, das Unwissende darüber unterrichtete, dass die Insel Lindisfarne von Wattenmeer umgeben sei. Sie konnten den schmalen Damm gerade noch rechtzeitig überqueren, bevor das kalte, schieferblaue Meer über den Sand kroch und sie vom Festland abschnitt. Als sie die Pension erreichten, in der Wilf am Abend vorher Zimmer für sie reserviert hatte, konnte niemand mehr die Insel erreichen oder verlassen.

Bei Einbruch der Nacht ließ Anselm seinen Gefährten an der Theke stehen und wanderte hinaus zur massiven Ruine eines Klosters, dessen Silhouette wie eine Festung in den Himmel ragte. Allein stand er da, spürte den Wind auf dem Gesicht und gesellte sich im Geiste zu den keltischen Mönchen, die sich einst an einem Meer, das das Ende der Welt bildete, unter düsteren Gewölben versammelten. Er sprach die Psalmen der Komplet, wie sie es getan hatten, während die kühle

Nacht ihn einhüllte. Dann ging er an der felsigen Küste entlang zu einem großen Haus mit erleuchteten Fenstern, dessen Vorhänge man offen gelassen hatte. Auf einem Holzschild am Torpfosten stand der Name »Pilgrim's Rest«. Im Schutz der Dunkelheit lehnte Anselm sich an die Mauer daneben und blickte durch ein Fenster auf ein Schauspiel behaglicher Häuslichkeit.

Robert Brownlow saß am Klavier. Eine scheinbar unendliche Zahl von Erwachsenen und Kindern ging hinter der Scheibe hin und her wie auf einer Bühne, auf der sie alle kleine Statistenrollen spielten. Die meisten waren fröhlich, sie hielten Bierdosen oder Tassen in der Hand, aus den Bechern der kleinen Jungen und Mädchen ragten Strohhalme, und keiner schien den alten Mann zu bemerken, der am Fenster saß und in die Nacht hinausblickte, als wäre er allein.

Das muss Victor Brionne sein, dachte Anselm, und niemand in seiner Familie weiß, dass er ein Geheimnis mit sich herumschleppt, außer vielleicht Robert. Alle Generationen hatten sich zu einer großen Party versammelt, unberührt von dem Prozess in London, der für sie nie mehr gewesen war als Worte in der Zeitung, beunruhigend, aber fern, und dazu bestimmt, am nächsten Tag mit den Speiseresten weggeworfen zu werden. Anselm spürte einen Stich im Herzen, wenn er an diese Menschen dachte. War es wirklich nötig, etwas niederzureißen, was in fünfzig Jahren errichtet worden war? Sollte der kleine Junge mit dem Becher den Großvater, dessen er sich sicher glaubte, verlieren müssen? Sollte er sich das Flüstern und die höhnischen Bemerkungen seiner Schulkameraden anhören müssen? Andererseits lag Agnes Embleton im Sterben; sie war ein vergessenes Opfer, von dem das Gericht nichts wusste. Auch Lucy war einmal ein Kind mit einem Becher mit Strohhalm gewesen, doch sie war nicht durch Unwissenheit verschont geblieben. Die Heilung der einen Familie zog die Zerstörung der anderen nach sich.

Bedrückt wandte Anselm sich ab. Er wünschte sich von Herzen, den Part, der ihm zugedacht war, nicht übernehmen zu müssen. Es war die schreckliche Rolle einer Nebenfigur, die mit einer ihr selbst unverständlichen Nachricht das Leben argloser Menschen durcheinander bringt, und die dann abtritt, um sich in der Garderobe eine Zigarette anzustecken. Das würde Anselms Beitrag zur Familiengeschichte der Brownlows sein.

Brownlow. Wieder versuchte Anselm angestrengt, sich etwas ins Gedächtnis zurückzurufen, was irgendwo in seinem Hinterkopf ein angenehmes Gefühl verursachte. Es war ein Name, den er als Junge gekannt hatte.

2

Max Nightingales Studio in Tooting war ein einzelner Raum über einer Zoohandlung. Er behauptete zwar, eigentlich irgendwo anders zu wohnen, aber in der Ecke stand zusammengefaltet ein Campingbett neben einem kleinen Kühlschrank und es gab einen Primuskocher, eine wacklige Kleiderstange und zahlreiche weitere Anzeichen für eine ständige Behausung. An sämtlichen Wänden lehnten Bilder jeweils drei- bis vierfach hintereinander, darüber hingen im Entstehen begriffene Werke. Licht schwebte zwischen den Farben. Es war außerordentlich friedlich im Raum.

Max sah befangen aus, freute sich aber offenbar, Lucy und Mr Lachaise in seine Privatsphäre einzuführen. Ruhig ließ er den Blick über die Wände gleiten, als hinge dort eine zurückhaltende Versammlung seiner eigentlichen Familie, von der nicht ein einziger fähig wäre, ihn in Verlegenheit zu bringen.

Mr Lachaise ging langsam an den Bildern vorbei. Er hatte die Brille abgenommen und betrachtete eingehend die flüssigen Pinselstriche, die einmal feucht gewesen waren und noch immer glänzten. Dann trat er mehrere Schritte zurück und setzte die Brille wieder auf. »Ganz wunderschön«, sagte er fast zu sich selbst.

Max hatte sich an eine Wand zurückgezogen, wo eine Staffelei schräg im Licht stand. Daneben befand sich ein Tisch mit Einmachgläsern und Untertassen neben einer ramponierten

Kiste. Ohne es offen zu zeigen, hielt Max sich von Lucy fern und beschäftigte sich damit, Pinsel und Farbtuben zu ordnen. Als Lucy sich umdrehte, sah sie an der Rückseite der Tür ein Gemälde hängen.

Auf dem Bild war ein angedeutetes Gesicht zu erkennen, vielleicht ein offener, schreiender Mund, umgeben von breiten Streifen aus herrlichem Gelb und Orange. An manchen Stellen löste sich das Muster in Tupfen von durchscheinendem Braun und Gold auf, die sich wie winzige Hände in die Höhe hoben. Es war eher eine Farbstudie als ein figürliches Motiv, doch der Zusammenklang der Linien wies so deutlich auf eine unterschwellige Absicht hin, dass der Betrachter gezwungen war, dem Bild eine Bedeutung aufzudrängen. Lucy konnte die Stimmung darin nachvollziehen und hätte am liebsten mit den Fingern über die zerbrechlichen Farbkanten gestrichen.

»Hat das einen Titel?«, fragte sie.

»Sibyl's Cave.«

Lucy betrachtete die pulsierende, tragische Schönheit des Bildes und konnte sich von seiner inneren Bewegung einfach nicht losreißen.

»Möchten Sie es haben?«, fragte Max.

Befangen, wie Lucy war, hätte sie beinahe abgelehnt, doch sie wollte das Bild tatsächlich. Ohne den Blick von dem abzuwenden, was sie darin gesehen hatte, nickte sie rasch.

3

Nach einer schlaflosen Nacht kroch Anselm um fünf Uhr morgens aus dem Bett. Er versuchte, die Laudes zu beten, doch eine starke, aufdringliche Melancholie machte seine Konzentrationsfähigkeit zunichte. Dennoch war sein Geist völlig auf die wichtige Aufgabe des bevorstehenden Tages eingestellt. Er würde weder essen noch trinken noch ruhen, bis sie bewältigt war.

Conroy erschien gut aufgelegt zum Frühstück und aß alles, was aufgetischt wurde. Sein unbändiger Drang, jeden Augenblick des Lebens zu genießen – auch beim Essen –, munterte Anselm auf. Der Prior hatte völlig Recht gehabt; es war eine gute Idee, Conroy den Norden Englands zu zeigen ... zu Anselms Nutzen. Anselm beschloss, seinen Gefährten zu der bevorstehenden Konfrontation mitzunehmen, falls dieses Trampeltier versprach, dabei keine Witze zu reißen.

Kurz nach zehn stieß Anselm das Tor zu »Pilgrim's Rest« auf. Conroy folgte ihm in den gemauerten Windfang. Die Tür war angelehnt, aus einem nicht sichtbaren Zimmer kamen vergnügte Stimmen. Sofort stellte Anselm sich eine Kaffeekanne, Brotlaibe und Marmeladengläser auf einem Tisch vor, durcheinander gerufene Morgengrüße, Kinder, die die Kühlschranktür aufrissen. Er klopfte. Kurze Zeit später zog ein kleines Mädchen mit großen, fragenden Augen die Tür auf, und dann erschien Robert Brownlow.

»Ach«, sagte er lahm, während ihm die Farbe aus dem Gesicht wich, »Sie haben es doch noch zum Geburtstag meiner Frau geschafft.«

Drinnen wurden sie Roberts Frau Maggie vorgestellt, dann zwei der fünf Kinder des Paares, Francis und Jenny (mit ihren jeweiligen Ehegatten), und schließlich den drei Enkelkindern. Victor hingegen befand sich nicht im Zimmer. Robert gab Anselm und Conroy als seine Freunde aus, es gelang ihm während der ganzen Farce fast perfekt, seine Nervosität zu verbergen. Nur Maggie, die mit eng verschränkten Armen dastand, ließ einen gewissen Argwohn erkennen. Dann führte Robert seine Gäste ins Obergeschoss, wo er an eine Tür klopfte.

Sieht so ein bedeutender Kriegsverbrecher aus?, dachte Anselm. Der alte Mann trug biederes Grün in verschiedenen Schattierungen und eine Krawatte mit Schottenmuster – offensichtlich qualitätvolle, jedoch schlecht passende Funde aus den Secondhandläden irgendwelcher Wohltätigkeitsorganisationen. Seine Schuhe waren abgetragen, aber säuberlich poliert. Hinter dem Sessel, in dem der Flüchtige versank, stand Robert.

Nun, da er Brionne gefunden hatte, wusste Anselm überhaupt nicht, was er sagen sollte. Er würde weder die Fragen stellen, die Kardinal Vincenzi von ihm erwartete, noch den Druck ausüben, auf den Renaldi unausgesprochen hoffte. Diese Begegnung hatte ihre eigenen Gesetze. Anselm stellte sich vor und sagte:

»Schwermann hat sich nicht ewig verstecken können, und Sie können das auch nicht. Die Polizei weiß bereits, dass Sie hier sind. Selbst wenn Sie denen nichts sagen, wird Schwermann, falls er verurteilt wird, Berufung einlegen. Seine Anwälte haben bereits nach Ihnen gesucht, und sobald sie erfahren, dass man Sie gefunden hat, werden sie Sie bestimmt nicht aus dem Spiel lassen. Wenn Sie sich also verstecken wollen, müssen Sie das für den Rest Ihres Lebens tun. Wollen Sie das?«

Vom Garten her hörte man ein leises Geräusch, bei dem Anselm unwillkürlich an das Klappern einer Pflanzschaufel gegen einen Blumentopf dachte. Er sah aus dem Fenster. Maggie half einem der Kinder dabei, eine Blume einzupflanzen.

»Victor«, sagte Anselm, »ich weiß nicht, was 1942 und 1944 geschehen ist. Das weiß niemand außer Eduard Schwermann und Ihnen.«

Anselm, der auf einem abgewetzten Teppich stand, wurde sich peinlich bewusst, dass sein geistlicher Beruf jede öffentliche Bemerkung in eine Art Predigt verwandelte. Er trat von seiner gewebten Kanzel und sagte: »In London tagt eine Jury mit dem Auftrag, eine Entscheidung zu treffen. Tagein, tagaus sitzen die Geschworenen da und hören Aussagen, meist von Leuten, die nicht vor Ort waren. Es ist eine Reise in die Erinnerung mit unsicheren Führern, die ihr Bestes tun. Aber mit Ihnen, Victor, verhält es sich anders. Sie kennen die Antworten. Schwermann glaubt, wenn Sie in den Zeugenstand träten, würde er freigesprochen. Andere glauben das Gegenteil, nämlich dass Sie – und nur Sie – seine Schuld beweisen können. Nur eine der beiden Seiten kann Recht haben. Ich fürchte, jetzt klinge ich wie ein typischer Priester, aber die Wahrheit will heraus. Ist es nicht an der Zeit, die Vergangenheit anständig zu begraben?«

In Victor Brionnes Gesicht kam Bewegung, doch seine Lippen öffneten sich nicht. Tief in seinem Innern, dachte Anselm, klammert er sich an irgendetwas fest. Er schrieb DI Armstrongs Namen und Telefonnummer auf einen Zettel, den er auf ein Sideboard legte. Als er schon an der Tür war, drehte er sich instinktiv um und fragte:

»Sie kannten Jacques Fougères?«

»Ja.« Das war das einzige Wort, das Brionne äußerte. Mit diesem einen, kurzen Laut verriet seine Stimme einen tiefen, andauernden Schmerz.

»Und Sie wissen von seinem Großneffen Pascal?«

Brionne nickte.

»Ein junger Mann, der alles in seiner Macht stehende getan hat, um Schwermann vor Gericht zu bringen. Wissen Sie, dass er Sie suchte?«

Keine Antwort. Robert blickte auf seinen Vater hinab.

»Wissen Sie auch, warum?«, fragte Anselm eindringlich. »Nicht, um Sie zu entlarven oder Ihnen Vorwürfe zu machen, sondern weil er auf die Zuneigung eines alten Freundes vertraut hat. Er hoffte, Sie würden die Wahrheit sagen.«

Der alte Mann schloss die Augen und wandte den Kopf ab, als könnte er Anselms unerbittlichen Worten ausweichen.

»Er ist an einem Abend gestorben, an dem er sich mit einigen Freunden traf, um mit ihnen darüber zu reden, wie wichtig Sie, Victor, in seinen Augen sind. Nicht für ihn selbst oder für seine Familie, sondern für all jene, deren Erinnerungen unwiederbringlich verloren gehen.« Anselm öffnete die Tür und merkte, dass seine Stimme plötzlich laut, empört und anklagend klang: »Ist Pascal umsonst gestorben... völlig *umsonst*?«

Das Haus war leer, als Anselm und Conroy nach unten kamen. Auf dem Weg durch den Vorgarten sahen sie die Familie in der Ferne zum Lindisfarne Castle spazieren. Am Tor holte Robert die beiden ein. »Pater«, sagte er zitternd, »als wir uns das erste Mal gesehen haben, habe ich durchaus gemeint, was ich gesagt habe. Was mich angeht, ist Victor Brionne 1945 gestorben. Ist es denn richtig, die Welt all dieser Menschen in Stücke zu schlagen?« Angstvoll blickte er über die

Mauer auf die drei Generationen einer Familie, die nur noch als kleine Punkte in der Ferne zu sehen waren.

»Ist es richtig, das Leben anderer in Bruchstücken zu lassen?«, erwiderte Anselm. »Ich will nicht so tun, als wüsste ich die Antwort, Robert, und ich bezweifle auch, dass Ihr Vater sie weiß. Aber er ist derjenige, der eine Wahl treffen muss.«

35. Kapitel

I

Zu Hause stellte Lucy das Bild auf den Kaminsims und jedes Mal, wenn sie das Wohnzimmer betrat, glaubte sie, in dem mit fließenden Pinselstrichen angedeuteten Gesicht die alte und die junge Agnes zu sehen, die all ihre Enttäuschungen überwunden hat.

Als Lucy Max und Mr Lachaise am Montag im Gerichtssaal wieder sah, begrüßten sie sich alle drei mit Handschlag. Allmählich entstand zwischen ihnen so etwas wie Vertrautheit, was umso bemerkenswerter war, als weder Lucy noch Max eine Ahnung davon hatten, wer dieser Mr Lachaise, der sie zusammengebracht hatte, wirklich war. Seine Einfachheit wirkte entwaffnend und fast kindlich, obwohl er ansonsten überhaupt nichts von einem Kind an sich hatte. Im Gegenteil, er kam Lucy älter vor als alle Menschen, denen sie je begegnet war. Und sie glaubte, in jeder seiner Gesten ein undefinierbares Einfühlungsvermögen erkennen zu können, das er mit ihrer Großmutter gemeinsam hatte. Es wäre schön gewesen, wenn die beiden sich hätten kennen lernen können.

Die drei setzten sich auf ihre gewohnten Plätze und beobachteten gespannt, welche Beweise dem Gericht präsentiert wurden. In den folgenden Tagen rief Mr Penshaw einen Reigen von Zeugen auf, die alle den Mechanismus des organisierten Massenmordes beschrieben. Mr Bartlett stellte nur wenige Fragen, die sich zumeist auf irgendwelche kleinen Detailfehler bezogen.

»In Wirklichkeit bestand der erste Deportationszug von Le Bourget-Drancy aus normalen Eisenbahnwaggons dritter Klasse, nicht wahr?«

»Ja. Tut mir Leid. Sie haben völlig Recht. Aber ist das wirklich so wichtig?«

»Genauigkeit ist immer wichtig«, antwortete Mr Bartlett freundlich.

Lucy fiel auf, dass Mr Bartlett hin und wieder den Geschworenen zulächelte. Das war nichts Außergewöhnliches, denn schließlich sah man sich jeden Tag und verbrachte viele Stunden miteinander, aber Lucy hatte den Eindruck, als ob die Atmosphäre zwischen den Geschworenen und dem Verteidiger langsam immer besser wurde. Ein paar begannen bereits, sein Lächeln zu erwidern, ob aus Höflichkeit oder aus Sympathie, war nicht zu erkennen.

Lucy spürte, wie ein unbestimmtes, aber ungutes Gefühl in ihr aufkeimte. Wie durch einen Taschenspielertrick schien Schwermann den Vorgängen im Gerichtssaal immer weiter entrückt zu werden. Die Verbindung zwischen dem jungen SS-Offizier von damals und dem alten Angeklagten von heute schien schwächer zu werden; es war nicht leicht, diesem gealterten und stark veränderten Mann die Eigenschaften und Taten von vor fünfzig Jahren zuzuschreiben. Die inzwischen vergangene Zeit schien nicht nur die Grenzen der Verantwortung, sondern auch die Konsequenzen seiner Verbrechen zu verwischen. Mehrere Zeitungen hatten bereits die Berechtigung eines Verfahrens »so lange nach den zu beurteilenden Ereignissen« in Zweifel gezogen. Es war schwer, sich anhand trockener Aktennotizen das Grauen, die Angstschreie, den Gestank und Schmutz in den Todeslagern vorzustellen. Und so erschien der junge Schwermann immer weniger greifbar, während der alte Schwermann schon fast nichts mehr mit seiner Vergangenheit zu tun zu haben schien.

In einer Rundfunksendung wurde das »uralte Problem der persönlichen Identität« behandelt. Wenn Schwermann mit sechsundsiebzig Jahren nicht mehr derselbe Mensch war wie mit dreiundzwanzig, durfte man diesen Menschen dann für die Taten des Dreiundzwanzigjährigen bestrafen? Einige Zeitungen diskutierten die Ethik der Justiz, und ganz vernünftige Vertreter beider Lager, die in der Sendung *Newsnight* über den Fall diskutierten, wären einander nach zehn Minuten am liebsten an die Kehle gegangen, weil die einen den Angeklagten zu einem »philosophisch-juristischen Problem« machten und die anderen ihn als brutalen Mörder bezeichneten. Lucy hörte sich alles an, was die klugen Diskutanten zu sagen hatten, und musste die ganze Sendung über an Blätter denken, Tausende und Abertausende von Blättern, die von einem Sturm hoch in die Luft gewirbelt wurden. Keines von ihnen wusste, woher sie kamen und wohin sie getrieben wurden.

Wenn Lucy Mr Bartlett bei seiner Arbeit zusah, dachte sie manchmal, dass irgendjemand den Unterscharführer von einst aus dem Dickicht der Meinungsverschiedenheiten in die Gegenwart holen und auf die Anklagebank setzen sollte. Und dieser Jemand müsste einer sein, der ihn damals gekannt hatte. Außer Agnes gab es nur noch eine einzige Person, die dafür in Frage kam.

2

Spät in der Nacht von Samstag auf Sonntag kehrten Anselm und Conroy nach Larkwood zurück. Auf der Fahrt nach Süden hingen sie beide ihren Gedanken nach und wechselten nur hin und wieder ein paar Worte. Anselm fragte, was wohl bald über die Familie Brownlow hereinbrechen würde, und Conroy bemerkte, dass Propheten eigentlich traurige Gestalten seien. Das Ende einer Geschichte voraussehen zu können, sei nicht immer angenehm. Schließlich gingen ja nicht alle Geschichten gut aus. Und dann merkte er noch an, dass es nicht zu den Aufgaben eines Gerichts gehörte, bei den nachfolgenden Generationen Verständnis für die Verbrechen ihrer Väter zu wecken.

Am Sonntagnachmittag zog sich Anselm in seine Zelle zurück, um einen Bericht an Kardinal Vincenzi zu verfassen. Der

Text, den er zustande brachte, war so kurz, dass er fast schon eine Beleidigung darstellte. Anselm schrieb lediglich, dass er Brionne gefunden habe und dass dieser möglicherweise eine Aussage nicht vorhersehbaren Inhalts machen werde. Das Ganze wurde mit ein paar bescheidenen Floskeln garniert, und am Schluss versicherte Anselm den Kardinal seines respektvollsten Gehorsams, bevor er den Brief mit seinem Namen unterschrieb.

Mit dem Bericht in der Hand ging Anselm ins Büro des Bursarius, wo ein Faxgerät und ein Kopierer standen. An einer Wand befand sich eine Reihe von Postfächern, wo Briefe und Mitteilungen für die einzelnen Mönche einsortiert wurden. Anselm faxte seinen Brief an Kardinal Vincenzi in Rom und an den päpstlichen Nuntius in London und steckte das Original ins Fach von Pater Andrew, der den Bericht im Archiv des Klosters ablegen würde.

Als Anselm das Büro verließ, entdeckte er in seinem Postfach, das nach dem Mittagessen noch leer gewesen war, einen Umschlag. Er öffnete ihn und fand darin den schriftlichen Bericht von Pater Chambray zusammen mit einer Mitteilung des Verfassers, dass er auf der Rückreise nach Paris sei und Anselm ihn dort unbedingt besuchen solle. Für einen Mann, der ihm schon einmal die Tür vor der Nase zugeschlagen hatte, war das eine ausgesprochen freundliche Geste.

Anselm setzte sich hin und las den Bericht, der ein Durchschlag auf dünnem Papier war. Im Grunde enthielt er nur das, was Chambray ihm schon persönlich erzählt hatte, aber auf der letzten Seite stieß Anselm dann doch noch auf Informationen, die ihm bisher unbekannt gewesen waren.

Pater Pleyon hatte die Flucht von Schwermann und Brionne nach England aufgrund persönlicher Beziehungen zu Diplomatenkreisen ermöglicht. Außerdem hatte er Verbindung zu einem Gilbertinerkloster in Suffolk aufgenommen, das um 1920 vom französischen Mutterhaus gegründet worden war. Dort beherbergte man Schwermann einen Monat lang, bis mit den britischen Behörden alles geregelt war.

Anselm steckte den Bericht zurück in den Umschlag und warf noch einmal einen Blick auf das Faxgerät, das gerade seinen Brief nach Rom übertragen hatte. Die Adressaten mussten die ganze Zeit über gewusst haben, dass Eduard Schwermann bereits 1945 in Larkwood Unterschlupf gefunden hatte.

3

Anderer Leute Briefe ohne deren Einwilligung zu lesen gehörte zu den Dingen, die Freddie zutiefst verabscheute. Die Privatsphäre anderer Menschen zu achten war eines seiner obersten Prinzipien bei Lucys Erziehung gewesen. Im Nachhinein freilich stellte sich das als blanke Ironie heraus, denn später hätte er selbst nur zu gern einen heimlichen Blick in Lucys Briefe geworfen, um herauszufinden, was in seiner schweigsamen Tochter, die ihr Leben so hartnäckig vor ihm abschottete, vor sich ging. Auch wenn es ihm schwer fiel, war er seinen Prinzipien immer treu geblieben, selbst wenn geöffnete Briefe von Darren auf dem Schreibtisch in Lucys Zimmer herumlagen. Lucy hatte sie absichtlich dort platziert, wohl wissend, dass ihr Vater sie gerne gelesen hätte und es doch nie tun würde.

So war es tatsächlich ein Zufall, dass Freddie einen Brief in die Hand nahm, in dem Lucys Tutor sie an eine Psychologin namens Myriam Anderson verwies und ihr die Erlaubnis gab, sieben Wochen lang den Vorlesungen fernzubleiben. Der Brief war Lucy während eines Besuchs bei ihren Eltern unbemerkt aus der Manteltasche gefallen, und Freddie gab ihn ihr ein paar Tage später, als sie sich in der Chiswick Mall trafen, mit einer Entschuldigung zurück. Lucy nahm ihn, wurde rot und beantwortete die unausgesprochene Frage ihres Vaters:

»Ich habe das Studium nicht geschmissen.«

Freddie sah ihr lange ins Gesicht. »Aber warum gehst du dann nicht in die Vorlesungen, Lucy? Was ist los mit dir?« Lucy erwartete, dass er jetzt, wo er wieder einmal seine verflixten Erwartungen enttäuscht sah, vielleicht wütend werden würde, aber das geschah nicht. Stattdessen wirkte er, als wüsste er nicht, wie er die Verbindung zu seiner Tochter aufrechterhalten sollte. Irgendwie kam er ihr seltsam verloren vor. Als er seine Hände hob, als wollte er sie streicheln, fühlte sich Lucy auf einmal zu ihm hingezogen. Rasch sagte sie: »Ich hatte einen Freund, der gestorben ist.«

Die Eröffnung verschlug ihrem Vater die Sprache. Er hatte ja nicht einmal von einem Freund gewusst, geschweige denn davon, dass er gestorben war. Zu Lucys Erstaunen trat er auf sie zu, legte ihr den Arm um die Schulter und zog ihren Kopf an seine Brust. Sie konnte sich nicht daran erinnern, wann er das zuletzt getan hatte. Und dann begann sie zu weinen, nicht wegen Pascal, nicht wegen Agnes, sondern wegen sich selbst ... und wegen ihres Vaters.

»Das tut mir so schrecklich Leid«, sagte er.

»Mir auch.«

Sie wussten beide, dass sie damit viel mehr meinten als Lucys jüngsten Verlust. Diese Eingeständnisse reichten tief in ihre gemeinsame Vergangenheit zurück, tiefer, als sie beide es wussten.

Als Lucy sich von ihrem Vater löste, bemerkte sie mit Bestürzung den besorgten Blick in seinen Augen. Wie würde sie ihm jemals von dem Prozess, von Agnes' Notizbuch und vor allem von seiner eigenen Herkunft erzählen können?

Am nächsten Morgen ging Lucy wieder in den Gerichtssaal und setzte sich auf ihren gewohnten Platz. Sie fragte Max, was er am vergangenen Abend getan habe, und er antwortete, er habe in einer Kneipe bedient. Das klinge nicht gerade berauschend, antwortete sie. Es helfe, die Miete zu bezahlen, meinte er. Mr Lachaise putzte nachdenklich seine Brille und hörte ihrem lebhaften, harmlosen Gespräch zu.

Die Anwälte kamen in den Saal, aber anders als sonst wurden die Geschworenen nicht aufgerufen. Als Richter Pollbrook auf seinem Stuhl Platz genommen hatte, erhob sich Mr Penshaw.

»Euer Ehren, aufgrund einer ziemlich überraschenden Entwicklung fürchte ich, dass wir die Verhandlung für einige Zeit vertagen müssen, um –«

»Wie lange, Mr Penshaw?«

»Zumindest den heutigen Tag.«

»Ich gebe Ihnen den Vormittag.«

»Euer Ehren, die Entwicklung ist sehr bedeutsam, und ich sehe schon jetzt voraus, dass ich dem verehrten Herrn Verteidiger einige neue Beweisstücke unterbreiten werde, die er sich *äußerst* sorgfältig ansehen sollte.«

Es folgte eine Pause, in der Richter Pollbrook hinunter auf die versammelten Anwälte blickte. Mr Penshaw hatte sich eines verklausulierten Gerichtsjargons bedient, den jedoch jeder der Anwesenden verstand.

»Na gut. Ich werde die Sitzung auf zwei Uhr dreißig morgen Nachmittag vertagen. Das sind eineinhalb Tage. Irgendwelche Einwände, Mr Bartlett?«

»Nein, Euer Ehren. Gegen kleine Überraschungen habe ich nie etwas einzuwenden.«

»Erheben Sie sich.«

Lucy dachte sofort: Es geht um Victor Brionne. Er hat sich also doch entschlossen auszusagen. Die Freude des Staatsanwalts über die neue Entwicklung war kaum zu übersehen gewesen. Bestimmt hatte Brionne beschlossen, seinen früheren Herrn und Meister ans Messer zu liefern.

Vor Freude wurde Lucy ganz rot im Gesicht und sah hinüber zu Schwermann, der zu ihrer großen Verwunderung einen erleichterten Ausdruck im Gesicht hatte. Er sah aus wie ein Mensch, dem man soeben verkündet hat, dass sein Erlöser naht.

36. Kapitel

I

Lucy betrat den Gerichtssaal und dachte noch immer an den hoffnungsvollen Ausdruck, der das bange Gesicht von Eduard Schwermann geglättet hatte. Nun jedoch saß er auf der Anklagebank und blickte mit wachsender Erregung zum Publikum herüber, direkt auf den leeren Platz von Max Nightingale.

Mr Lachaise sah ungewohnt erschöpft aus – wie ein das Feld anführender Läufer, der unerwartet hinkend zur Seite taumelt und den Lauf nicht fortsetzen kann. Lucy fiel ein anderer Mann auf, etwa so alt wie Mr Lachaise, ein neuer Beobachter in der inzwischen vertrauten Menge. Er stach allerdings nicht nur deshalb hervor, sondern auch durch den angespannten Eindruck, den er machte. Sein kurzes, silbergraues Haar, sauber geschnitten und gescheitelt, ließ ihn ebenso jungenhaft wie männlich wirken. Lucy nahm an, dass er ein Begleiter von Victor Brionne war, der als Zeuge der Anklage auftreten sollte.

Als die Anwälte alle versammelt waren, ließ der Richter sich in Abwesenheit der Jury auf seinem Stuhl nieder.

»Euer Ehren«, sagte Mr Penshaw und erhob sich, »die Vertagung war außerordentlich hilfreich. Wenn ich kurz erklären dürfte …«

»Bitte sehr.«

»Eine Person hat sich gemeldet, von der wir erwarten, sie könnte als Zeitzeuge Auskunft über die Vorgänge um Mr Schwermann geben. Die Polizei hat eine Aussage aufgenommen, die Euer Ehren zweifellos zur Kenntnis genommen hat.«

»Das habe ich.«

»Sie enthält nichts, was aus Sicht der Anklage von Bedeutung wäre. Ich schlage daher nicht vor, den Zeugen aufzurufen.«

Der Richter hob träge eine Augenbraue. »Hat Mr Bartlett die Aussage gesehen?«

»Ja, Euer Ehren.«

»Gut.«

»Euer Ehren«, sagte Mr Penshaw, »damit ist die Beweisaufnahme aus Sicht der Anklage abgeschlossen.«

»Mr Bartlett, sind Sie bereit fortzufahren?«

»Das bin ich.«

»Rufen Sie die Geschworenen herein, bitte«, sagte Richter Pollbrook und schlug eine neue Seite in seinem Notizbuch auf.

Verzweifelt und verwirrt versuchte Lucy zu begreifen, was geschehen war. Wie konnte die Anklage abschließen, ohne die Aussage von Victor Brionne zu hören? Was hatte er zur Polizei gesagt, dass es von so geringem Wert war? Während ihr die Fragen wie Vögel durch den Kopf schossen, kehrten die Geschworenen auf ihre Plätze zurück, die Anklage beendete offiziell die Beweisaufnahme, und alle Blicke richteten sich auf Schwermann, der sich jeden Augenblick von der Anklagebank in den Zeugenstand begeben musste. Mr Bartlett machte sich mit seinem Bleistift gewichtig einige Notizen und nahm einen Schluck Wasser. Rasch verbreitete sich eine kollektive Unruhe im Gerichtssaal. Der Richter wartete geduldig, und als er gerade den Mund aufmachte, um etwas zu sagen, erhob sich Mr Bartlett plötzlich:

»Euer Ehren, ungeachtet der üblichen Praxis, zuerst den Angeklagten aufzurufen, rufe ich in diesem speziellen Fall Victor Brionne in den Zeugenstand.«

»Was?«, entfuhr es Lucy entgeistert.

Mr Lachaise beugte sich zu ihr und sagte mit leiser, nachdrücklicher Stimme: »Keine Sorge!« Mit zorniger Zuneigung dachte sie: Es sind immer die Machtlosen, die ihren Trost am großzügigsten spenden.

Victor Brionne trat durch die große Flügeltür. Für einen Mann, der so viele Leben geführt hatte, enttäuschte er die Erwartungen. Er sah völlig gewöhnlich aus – klein, mit einem breiten, mühsamen Gang, eulenhaften Augen und dunkler, runzeliger Haut –, die Sorte Mann, die man auf jedem Markt trifft. Er legte den Eid ab. Sein Blick mied die Anklagebank, und er wandte sich nur einmal zu dem gut aussehenden Mann drei oder vier Plätze neben Mr Lachaise um. Dann sah er zur Jury.

Mr Bartlett konstruierte Brionnes alles entscheidende Aussage wie ein meisterhafter Architekt. Jede Frage stützte er mit beiden Händen, jede vorhergesehene Anwort wurde langsam in die richtige Lage gebracht. Häufig hielt er inne, damit die Fakten sich setzen konnten.

»Mr Brionne, Sie haben von 1941 bis 1944 mit Eduard Schwermann zusammengearbeitet?«

»Ja.«

»Sie sind Franzose von Geburt?«

»Ja.«

»Im Juni 1941 kamen Sie zur Pariser Polizeipräfektur, im Alter von dreiundzwanzig Jahren?«

»Richtig.«

»Sie waren allerdings kein gewöhnlicher Polizeibeamter, das heißt, Sie arbeiteten im Büro der Gestapo.«

»Das stimmt.«

»Die Einzelheiten Ihres Status werde ich der Jury ersparen. Durch Ihre Tätigkeit wurden Sie zum Kollaborateur?«

Brionne gab keine Antwort. Sein Unterkiefer zitterte leicht.

»Ich habe Sie gefragt, ob Sie ein Kollaborateur waren. Bitte antworten Sie.«

Sehr leise erwiderte Brionne: »Ja.«

»Lauter, bitte.«

»Ja. Ich war ein Kollaborateur.« Die Worte schienen ihm den Mund zu verbrennen.

»Bitte sagen Sie den Damen und Herren der Jury, wie Ihre Zusammenarbeit mit Mr Schwermann zustande kam.«

»Ich sprach gut Deutsch. Schon nach wenigen Wochen wurde ich zu einer Abteilung der SS versetzt, weil man einen Übersetzer brauchte.«

»Und wie war der Umfang Ihrer ›Kollaboration‹?«, fragte Mr Bartlett mit einer leichten Betonung auf dem letzten Wort.

»Ausreichend.«

»Mr Brionne, ich werde Ihnen jetzt einige Fragen über eine Gruppe mit der Bezeichnung ›Die Tafelrunde‹ stellen. Soweit wir wissen, hat man es Schwermann als Verdienst angerechnet, diese Fluchthilfeorganisation enttarnt zu haben. Hat er Ihnen je verraten, wie ihm das gelungen ist?«

»Nicht genau, nein.« Brionne zögerte. »Er hat nur gesagt, ein Mitglied der Gruppe hätte ihm alles erzählt.«

»Hat er gesagt, um wen es sich bei dieser Person handelte?«

»Nein.«

»Haben Sie nachgefragt?«

»Nein, das habe ich nicht getan.«

Mr Bartletts Stimme wurde kaum wahrnehmbar lauter, als wollte er seinen Fragen moralische Wucht verleihen. »Als Mr Schwermann diese Informationen entdeckt hat oder, wie ich vielleicht sagen sollte, zugespielt bekam, was hat er da getan?«

»Er hat seinem Vorgesetzten Meldung erstattet.«

»Worauf die unvermeidlichen Festnahmen erfolgten?«

»Richtig.«

»Erinnern Sie sich an den Morgen des Tages, an dem diese Festnahmen erfolgt sind?«

»Das tue ich.«

»Waren Sie allein?«

»Nein, ich war bei Mr Schwermann.«

»Bitte beschreiben Sie sein Verhalten.«

»Er war nervös und hat eine Zigarette nach der anderen geraucht.«

Mr Bartlett stellte eine leichte Überraschung zur Schau. »Lassen Sie uns das eindeutig klarstellen. War das der Tag, an dem die ›Tafelrunde‹ gesprengt wurde?«

»Ja, genau dieser Tag.«

»Ein Tag, für den er später von Eichmann belobigt wurde?«

»Richtig.«

»Da hätte er doch voll freudiger Erwartung sein müssen, oder etwa nicht?«

»Eigentlich schon.«

»Haben Sie irgendeine Ahnung, weshalb er so nervös war?«

»Nein.«

»Schauen wir mal, ob wir eine Antwort finden können. Sie kannten Jacques Fougères?« Nun sprach der Anwalt mit leiser Stimme.

»Wir waren gute Freunde. Sehr gute …« Brionne wirkte wie ein Trauernder, der in einem Traum versunken war.

»Mr Brionne, hatte Jacques Fougères ein Kind?«

Lucy beugte sich vor.

»Ja.«

»Einen Jungen oder ein Mädchen?«

»Einen kleinen Jungen.«

»Kannten Sie die Mutter?«

»Ja. Agnes Aubret.«

»Im Rahmen der von den Nationalsozialisten erlassenen Rassengesetze – zu welcher Volksgruppe gehörte sie da?«

»Sie war Jüdin.«

»Und der Junge?«

»Ebenfalls. Er war Jude.«

»Obwohl sein Vater ein französischer Katholik war?«

»Ja.«

»Was Mr Schwermanns Vorgesetzte betraf, wäre der Junge doch, wenn man ihn gefunden hätte, fraglos deportiert worden.«

»Ja, wenn seine Mutter nicht gefälschte Papiere gehabt hätte, um ihre Herkunft zu verschleiern.«

»Wo befindet sich Agnes Aubret heute?«, fragte Mr Bartlett ruhig.

»Sie ist umgekommen. In Auschwitz.«

Brionne war nicht in der Lage fortzufahren. Sein Gesicht zuckte wiederholt so stark, dass der Richter vorschlug, er solle sich setzen, doch Mr Bartlett drängte weiter:

»Und der Junge, der Junge – was ist mit dem Jungen geschehen?«

»Er wurde gerettet«, murmelte Brionne und wandte sich rasch der Anklagebank zu. »Mr Schwermann hat das Kind abgeholt, bevor die Verhaftungen durchgeführt wurden, und es bei einer hilfsbereiten Familie versteckt.«

Rasch und ruhig stieß Mr Bartlett nach und erhielt klare, wenn auch sehr leise Antworten.

»Woher wissen Sie das?«

»Ich habe es mit eigenen Augen gesehen.«

»Wie oft hat sich die Gelegenheit ergeben, so zu handeln?«

»Nur dieses eine Mal.«

»Und er hat sie ergriffen?«

»Ja, das hat er getan.«

Lucy ertrug es nicht mehr. Sie drängte sich hastig aus ihrer Reihe und lief zur Tür, während Mr Bartlett sich setzte und nach seinem Textmarker griff.

2

Die Aktenmappe war so gut verschlossen, als sollte sie eine grobe Behandlung durch ein neugieriges Kind überstehen. Max starrte auf den Deckel, der keine Aufschrift trug, auf die Streifen aus braunem Abdeckband, die sich überkreuzten wie die Bretter eines Gartenzauns. Seine Finger hielten die Kanten leicht und zögerlich, als könnte das Ganze ihn beschmutzen.

Als Max unangekündigt nach Larkwood gekommen war, hatte Anselm ihn zu dem Tisch unter der Wellingtonia geführt. Dichte Bartstoppeln überzogen Hals und Wangen des jungen Mannes. »An dem Tag, als mein Großvater hierher gekommen ist, hat er mir das hier gegeben«, sagte er, legte die Akte auf den Tisch und zog die Hände zurück. »›Du bist der einzige

Mensch, dem ich vertrauen kann‹, hat er zu mir gesagt, ›das war schon immer so, aber jetzt ist es wichtiger denn je. Nimm das hier in Verwahrung. Zeig es niemandem. Wird Victor Brionne gefunden, dann bring es mir sofort. Wenn er nicht gefunden wird und ich verurteilt werde, dann musst du es verbrennen. Aber versprich mir: Mach es nicht auf!‹«

Anselm musste an die Schöpfungsgeschichte und an Gottes Gebot denken: nicht von der Frucht des Baumes zu essen, der das Wissen über Gut und Böse verleiht. Schwermann hatte mit leichtsinnigem Vertrauen darauf, dass Max ihm Gehorsam leisten würde, den lieben Gott gespielt. »Gestern«, fuhr Max fort, »hat die Anklage um Vertagung gebeten. Da hatte ich schon so ein Gefühl im Bauch, dass Brionne aufgetaucht sein könnte. Gerade kam in den Nachrichten, dass ich Recht hatte. Die Anklage hat ihre Beweisaufnahme abgeschlossen. In diesem Augenblick sagt Brionne zugunsten meines Großvaters aus. Ich hätte das da ins Gericht bringen sollen« – er deutete auf die Akte –, »aber das kann ich nicht, ohne zu wissen, was drin ist.« Er schob Anselm die Akte zu. »Ich kann es nicht öffnen. Ich habe hier das Einzige, was mein Großvater nicht mit nach Larkwood gebracht hat.«

Irgendwo außer Sichtweite war ein Bruder dabei, eines der vertrauten Frühlingslieder – das gemächliche Schaben von Sandpapier auf Holz, eine Vorbereitung für das Auftragen von Farbe – erklingen zu lassen. Anselm nahm den Aktendeckel, zog ihn behutsam auseinander und holte drei Schriftstücke heraus, die säuberlich von einer Büroklammer zusammengehalten wurden. Als er sie auf den Tisch legte, hoben sich ihre Ecken leicht im Wind. Am matten, leicht verschwommenen Blau der Lettern war erkennbar, dass sie von einer alten Schreibmaschine stammten. Anselm gab Max mit einem Wink zu verstehen, er solle sich herüberbeugen, um mitzulesen.

Auf dem ersten Blatt stand ganz oben »Drancy–Auschwitz«. Es war eine Liste mit nummerierten Namen, offensichtlich ein Deportationsregister. Noch bevor Anselm die ganze Seite überfliegen konnte, sprang ihm ein Eintrag ins Auge:

4. AUBRET, Agnès 23.3.1919 Française

In der rechten unteren Ecke hatte Victor Brionne seine Unterschrift hinterlassen, womit er vermutlich entweder die Zusammenstellung der Liste oder die Durchführung der Deportation bestätigte. Anselm drehte das Blatt und sah verblasste schwarze Farbspuren rund um die durchgedrückten Lettern. Unter der Liste hatte Kohlepapier gelegen. Dies war das Original, irgendwo gab es einen Durchschlag. Es war ein belangloses Detail, das sich Anselm trotzdem einprägte.

Er wandte sich dem zweiten Schriftstück zu, einer weiteren Liste mit Namen von Menschen, die von Drancy nach Auschwitz deportiert worden waren. Die Geburtsdaten fielen ihm ins Auge. Er blickte auf eine Baumgruppe, während er entsetzt eine spontane Rechnung anstellte. Alle waren Kinder. Jeder Name war abgehakt, als hätte man fein säuberlich einen letzten Schulausflug dokumentiert. Und da, fast ganz oben auf der Seite, sah Anselm, was er fast erwartet hatte, einen Jungen namens Aubret, fünfzehn Monate alt, Franzose, und am Rand ein breites, mit fester Hand gezeichnetes Häkchen. Wieder war das Dokument von Victor Brionne unterzeichnet. Instinktiv warf Anselm einen Blick auf die Rückseite. Seltsamerweise war sie sauber und ohne irgendwelche Anzeichen von Kohle.

Rasch nahm sich Anselm noch das dritte Blatt. Es war eine vom 8. Juni 1942 datierte Aktennotiz der SS, die offenbar einen Vernehmungsbericht darstellte. Anselm verstand zwar kein Deutsch, doch der Begriff Judenkinder war abscheulich klar. Eine zweite Überschrift enthielt in Anführungszeichen die französischen Worte »La Table Ronde«. Darunter stand eine etwa zwölf Einträge umfassende Liste, auf der Anselm zwei Namen erkannte: Agnes Aubret und Jacques Fougères. Ganz unten stand die Unterschrift von Victor Brionne. Anselm drehte das Blatt um. Es war erneut ein sauberes Original.

Vor Abscheu schlug Anselm das Herz bis zum Hals. Er legte die Schriftstücke wieder in den Aktendeckel. Zwei Fragen meldeten sich mit Macht: Weshalb hatte Schwermann diese Blätter überhaupt behalten ... und weshalb hatte er die Originale aufbewahrt und nur von der Liste mit dem Namen von Agnes Aubret einen Durchschlag machen lassen?

»Max«, sagte Anselm, »Ihr Großvater hat sich auf diesen Prozess von Anfang an vorbereitet, noch bevor er wusste, wie der Krieg ausgehen würde. Diese Dokumente beweisen, dass Brionne am Verrat an der Tafelrunde und am Deportationssystem beteiligt war ... mit diesen Papieren halten Sie das Leben Ihres Großvaters in den Händen.«

Max begann zu blinzeln. »Bestimmt erpresst er Brionne«, sagte er mit belegter, versagender Stimme. »Alles, was Brionne vor Gericht sagt, ist ein Märchen ... das die beiden vor fünfzig Jahren abgesprochen haben.«

»Ich fürchte, Sie haben Recht.«

Das leise Frühlingslied, das Schaben auf trockenem, rauem Holz, ertönte immer noch. Max biss sich auf die Lippe. »Bevor ich zur Polizei gehe«, sagte er, »muss ich meine Familie darauf vorbereiten, meine Mutter ...«

»Möchten Sie, dass ich mitkomme?«, fragte Anselm.

»Ja.« Das Wort kam nur gehaucht.

Anselm hätte lieber nicht gesagt, was ihm auf der Seele lag, doch er hatte keine Wahl:

»Max, ich will es nicht noch schlimmer machen, aber es ist nicht mehr viel Zeit – Sie müssen sich so bald wie möglich bei der Polizei melden. Die Anklage wird dringend benötigen, was Sie da besitzen.«

3

»Mr Brionne«, sagte Miss Matthews frostig, »Sie haben sehr viel Gemeinsinn bewiesen, indem Sie sich scheinbar ohne Zwang gemeldet haben.«

Als Lucy sich wieder durch die Tür des Gerichtssaals geschlichen hatte, saß Mr Penshaw auf seinem Platz, während seine junge Kollegin aufgestanden war.

»Sagen Sie mir«, sagte Miss Matthews mit neugieriger Stimme, »wann haben Sie zum ersten Mal registriert, dass der Angeklagte sich in ein Kloster geflüchtet hat?«

»Es war in den Nachrichten.«

»Das müsste im April 1995 gewesen sein, vor einem Jahr«, berechnete die Staatsanwältin. »Und Sie haben sich nicht die Mühe gemacht, sich bei der Polizei zu melden?« Bewusst dehnte sie jedes einzelne Wort.

Brionne wandte sich an den Richter, als erwartete er Hilfe von ihm. Richter Pollbrook erwiderte gelassen seinen Blick.

»Wann haben Sie erfahren, dass der Angeklagte formell verhaftet wurde?«

»Ich... da bin ich mir nicht sicher, vielleicht war es... äh...«

»Lassen Sie mich helfen. War es in den Nachrichten?«

»Ja, genau.«

»Es war Mitte August 1995, vier Monate später?«

»Ja, das stimmt.«

»Trotzdem haben Sie sich nicht die Mühe gemacht, die Polizei anzurufen. Weshalb?«

Wieder wusste Brionne nicht weiter. Er sah aus wie ein Mann mit einer Landkarte, die er nicht entziffern kann.

Unerbittlich machte Miss Matthews weiter.

»Wann haben Sie erfahren, dass man den Angeklagten offiziell unter Mordanklage gestellt hat?«

»Ich glaube, das war im folgenden Monat.«

»Da haben Sie Recht. Trotzdem haben Sie sich nicht die Mühe gemacht, sich bei der Polizei zu melden. Weshalb?«

»Das kann ich nicht erklären...«

»Wieso nicht? Ich habe den Eindruck, dass Sie diesen Fall seit dem Tag, an dem der Angeklagte aus seiner Wohnung geflüchtet ist, bis zu dem Tag, an dem diese Verhandlung eröffnet wurde, aufmerksam verfolgt haben. Stimmt das?«

»Ja, das ist richtig.«

»Trotzdem kommen Sie erst in der allerletzten Minute in den Gerichtssaal galoppiert, um uns zu sagen, was Sie wissen. Weshalb erst jetzt?«

Brionne ließ den Kopf sinken, weil er entweder nicht antworten konnte oder wollte. Geduldig blätterte Miss Matthews in einigen Papieren. Dann hob sie den Kopf und fragte ohne jede Spur von Mitgefühl:

»Haben Sie vor irgendjemandem Angst, Mr Brionne?«

Noch immer kam keine Antwort.

»Vor Mr Schwermann vielleicht?«

Brionne erstarrte. Er hielt sich an den Seiten des Zeugenstands fest und brachte seinen Atem unter Kontrolle. Aber er sagte kein Wort.

»Na schön, Mr Brionne, wenn Sie nicht antworten wollen, fahren wir fort«, sagte Miss Matthews zufrieden. »Als Sie sich vor einigen Tagen, nachdem die Verhandlung begonnen hatte, endlich bei der Polizei gemeldet haben, ging es Ihnen nur um eine einzige Episode, bei der der Angeklagte wahren Heldenmut bewiesen hat. Ist das richtig?«

»Ja.«

»Nichts über Razzien, Internierungslager, Deportationen und Vernichtungslager. Richtig?«

»Das ist richtig.«

»Nur um einen kurzen, glanzvollen Augenblick, in dem das Leben eines Jungen gerettet wurde wie das von Moses gegen den Befehl des Pharaos?«

Lucy hätte am liebsten geschrien: Schau doch in die Deportationslisten vor dir! Da muss der Name des Jungen stehen. Bitte, bitte, schau doch hinein!

»Es tut mir Leid, aber es ist die Wahrheit«, sagte Brionne entschlossen.

»Tatsächlich?« Unvermittelt lenkte Miss Matthews das Augenmerk auf die schmutzige Kehrseite der Rettungsgeschichte. Mr Bartlett ließ keinerlei Überraschung erkennen.

»Sie behaupten, Mr Schwermann hat einen Jungen vor dem sicheren Tod in Auschwitz gerettet?«

»Das habe ich ausgesagt.«

»Dann beantworten Sie mir doch mal eine Frage. Können die Geschworenen daraus den folgenden Schluss ziehen: SS-Unterscharführer Schwermann wusste, dass ›Deportation nach Osten‹ eines, und nur eines bedeutete – brutale Hinrichtung?«

Von der Frage aus dem Gleichgewicht gebracht, fuhr Brionne zusammen.

Sie hat ihn in der Falle, dachte Lucy, während Miss Matthews mit eisiger Distanz sagte:

»Entweder hat der Angeklagte einen Jungen grundlos von seiner Mutter getrennt, oder er wusste von der Todesmaschinerie. Was davon trifft zu?«

Ohne eine Antwort zu erzwingen, zog die Staatsanwältin langsam einen Strich auf einem Blatt Papier. Ihr Opfer ließ sie dabei nicht aus dem Blick. Dann setzte sie sich, während Brionne den Kopf sinken ließ.

Lucy lächelte in sich hinein. Ihr Puls jagte. Miss Matthews hatte von Mr Bartlett einen hübschen Trick gelernt: die merkwürdige Schlagkraft einer gut platzierten und ansonsten leeren Geste.

37. Kapitel

1

Mit seinem alten Fachwerk und der Holzverschalung an der Wetterseite hätte das Haus einfach bezaubernd aussehen können, wäre seine Fassade nicht von den Spuren roter Farbbeutel verunstaltet gewesen, die trotz intensiver Bemühungen nicht ganz wegzuwaschen waren. Es war das Haus von Sylvia Nightingale, das im dreißig Meilen von Larkwood entfernten Dorf Walsham-le-Willows am Ufer eines kleinen Flüsschens lag. Den Ordner mit den Dokumenten neben sich auf dem Beifahrersitz fuhr Anselm einen Tag nach seinem Treffen mit Max dorthin.

Vor dem Aufbruch hatte sich Anselm noch überlegt, ob er Fotokopien der Listen machen sollte, hatte sich jedoch aus Gründen der Pietät dagegen entschieden. Der Gedanke daran, die Namen all der Toten zu vervielfältigen, war ihm wie eine Verletzung ihrer Würde vorgekommen. Während der Fahrt hörte Anselm in den Radionachrichten, dass das Gericht erst am Nachmittag wieder zusammenkommen werde, weil der Verteidiger Zeit brauche, um sich mit seinem Mandanten zu besprechen. Es kam Anselm wie die Erhörung eines Gebets vor, das er nicht einmal gesprochen hatte. Wenn er erst einmal diesen Besuch hinter sich hatte, konnten er oder Schwermanns Angehörige die Polizei anrufen, was bestimmt zu einer weiteren entscheidenden Vertagung des Prozesses führen würde.

Max öffnete Anselm die Tür und führte ihn in das gemütliche, aber mit zu vielen Möbeln voll gestellte Wohnzimmer.

Die Farbbeutel seien zwei Abende zuvor geworfen worden, erklärte Mrs Nightingale, die Täter seien mit ziemlicher Sicherheit keine Leute aus dem Dorf gewesen. Vermutlich Betrunkene, hatte die Polizei gesagt in der Hoffnung, Mrs Nightingale damit zu beruhigen, aber es war ihr nur ein schwacher Trost gewesen. Anselm sah, dass dieser Frau die Angst ins Gesicht geschrieben stand. Es war ein gut geschnittenes, aber stark geschminktes Gesicht, das alles verriet, was Mrs Nightingale so mühsam zu verbergen versuchte. Indem sie sein Mitgefühl barsch zurückwies, kam sie Anselm wie eine absurde und bedauernswerte Karikatur eines starken Menschen vor. Aus ihrem Haarknoten hatten sich schon erste Strähnen gelöst, und die im Wohnzimmer herumliegenden Gegenstände deuteten darauf hin, dass hier eine normalerweise fleißige Hausfrau seit längerer Zeit ihre Aufgaben vernachlässigte.

»Diese Dinger habe ich bis vor kurzem für wohltätige Organisationen verteilt«, sagte sie und deutete auf einen Stapel von Prospekten auf dem Tisch, »aber dann haben sie mir gesagt, ich sollte lieber damit aufhören. Sie wollten nichts mehr mit mir zu tun haben.«

Als sie zu dritt am Tisch saßen, kam sich Anselm wie ein Gemeindepfarrer vor, der mit den Hinterbliebenen die Beerdigung eines Familienmitglieds bespricht. Er schilderte Mrs Nightingale so einfühlsam, wie er nur konnte, die Probleme, vor denen das Gericht stand und eröffnete ihr schließlich, dass Max von seinem Großvater einen Ordner mit wichtigen Dokumenten zur Aufbewahrung erhalten habe. Mrs Nightingale blickte erstaunt zu ihrem Sohn und sagte mit verärgerter Stimme:

»Und warum hast du mir nichts davon erzählt? Hast du denn kein Vertrauen mehr zu mir?«

»Großvater hat so getan, als ob es von entscheidender Bedeutung wäre, dass niemand außer mir von diesem Geheimnis erfährt«, antwortete Max.

»Aber das ist doch ausgemachter Unfug.«

»Ich weiß.«

»Warum, um alles in der Welt, hast du dann ... oh Max.« Sie blickte zur Seite und machte ein Gesicht, als ob sie gerade etwas Wichtiges verstanden habe.

»Mrs Nightingale«, sagte Anselm, »diese Papiere zeigen ganz deutlich, dass ihr Vater sich schon vor Kriegsende auf einen möglichen Prozess vorbereitet hat. Er hat belastende Unterlagen für den Verrat eines Mannes aufbewahrt und das diesem Mann auch gesagt. Dieser Mann hat gestern vor Gericht zu Gunsten Ihres Vaters ausgesagt. Es liegt nahe, dass er das nur getan hat, um seine eigene Haut zu retten. Nichts von dem, was er gesagt hat, kann man deshalb für bare Münze nehmen.«

Mrs Nightingale starrte den Mönch feindselig an.

»Es sind noch andere Dokumente dabei«, sagte Anselm zögernd. »In denen sind die Namen von Erwachsenen und Kindern aufgelistet, die nach Auschwitz deportiert wurden.«

»Nein«, sagte sie knapp. Sie verwendete das Wort wie einen Tennisschläger, mit dem sie das, was sie gehört hatte, mit voller Wucht in Richtung ihres Gegners zurückschlug. »Nein.«

»Es stimmt, Mum. Ich habe sie gesehen«, sagte Max.

»Halt du bloß den Mund«, fauchte sie ihn an, während sie Anselm aggressiv die Hand entgegenstreckte. »Zeigen Sie her.«

Anselm nahm die drei Blätter aus dem Ordner und gab sie Mrs Nightingale, die jedes einzelne rasch überflog, bevor sie mit zitternden Fingern zum nächsten blätterte. Es bereitete ihr sichtlich Qualen, die Namen auf den Listen zu lesen. Tränen liefen ihr über die Wangen. »Und was soll ich jetzt tun?«, fragte sie leise. Ihre Wut schien sich in Angst verwandelt zu haben, und auf einmal kam sie Anselm ganz klein und schutzlos vor.

»Nichts«, sagte Anselm mit beruhigender Stimme. »Die Polizei wird sich um alles kümmern.«

»Die Polizei?«, fragte sie mit dem tragischen Erstaunen eines Menschen, der der Wahrheit nicht ins Gesicht blicken kann. Wie erstarrt saß sie am Rand ihres Stuhls. »Können Sie sich vorstellen, was das alles für Max und für mich bedeutet?« Ihre Stimme wurde lauter und schriller. »Woher wollen Sie überhaupt wissen, was diese Listen beweisen?« Sie wedelte mit den Papieren in der Luft herum, als wären sie ein Bündel alter Lumpen. »Und wie zum Teufel kommen Sie dazu, mir zu sagen, was ich zu tun habe? Wir sind diejenigen, die hinterher mit der Schande leben müssen, nicht Sie …«

Sie stand auf, packte die Blätter so fest, dass das dünne Papier in ihrer Hand zerknitterte, und schüttelte sie, als hätte sie mit ihnen ihr ganzes Unglück am Kragen gepackt. Und dann fing sie mit einem lang gezogenen Seufzer der Verzweiflung an, die Dokumente zu zerreißen.

Anselm sprang auf und wollte ihr die Seiten aus den Händen zerren, aber Mrs Nightingale machte einen Schritt zurück. Er sah das Goldkettchen an ihrem Handgelenk und die Ringe an ihren Fingern, die ihm wie Andenken an das vorkamen, was ihr einst lieb und teuer gewesen war und das jetzt ohne Vorwarnung und ohne, dass sie das Geringste dafür konnte, in aller Öffentlichkeit zerstört wurde. Sie trat noch einen Schritt zurück und riss mit einem Ruck die Arme auseinander. Anselm und Max hörten das Geräusch von zerfetzendem Papier und waren vor Schreck wie gelähmt. Mrs Nightingale verließ hastigen Schrittes den Raum, während Anselm ein paar Papierfetzen vom Boden aufhob. Dann hörte er, wie im Nebenzimmer ein Streichholz angerissen wurde.

Als Mrs Nightingale ins Wohnzimmer zurückkam, war auf ihrem Gesicht der erschütternde Gleichmut eines Menschen zu sehen, der gerade einen gerechten Mord begangen hat.

»Es tut mir furchtbar Leid«, sagte sie mit einer Stimme, die so hell und frisch klang, als gehörte sie einer gänzlich anderen Frau. Dann setzte sie sich an den Tisch, strich ihren Rock glatt und weinte.

Anselm ging allein zur Tür. Auf dem Weg zu seinem Auto drehte er sich noch einmal um und sah durch das Fenster des Hauses, wie Max seine Mutter in den Armen hielt.

Anselm fuhr rasch zurück nach Larkwood. Er musste dringend mit Pater Andrew reden. Er wollte ihm sagen, was in den Dokumenten gestanden hatte, und dass eine Frau, die ihren Vater vor der Verurteilung retten wollte, sie vernichtet hat, aber Sylvester erinnerte ihn daran, dass der Prior für zwei Tage auf einer Konferenz war. Die Telefonnummer, unter der Pater Andrew zu erreichen sei, habe er leider verlegt. Anselm ließ Sylvester weiter in seiner Zettelwirtschaft wühlen und ging zu Pater Gerald, dem Subprior. Mit dessen Hilfe gelang es ihm, Pater Andrew zu erreichen und zu erfahren, dass er am nächsten Abend nach Larkwood zurückkehren würde.

Anselm ging in seine Zelle und versuchte, sich zu beruhigen. Der Prozess ging seinem Ende entgegen, und er allein besaß den Schlüssel für seinen Ausgang.

2

Das Gericht trat am Freitagnachmittag wieder zusammen. Lucy begrüßte Mr Lachaise, der ihr abermals sehr müde vorkam, und unterhielt sich mit ihm über die Abwesenheit von Max. Das Gespräch lenkte sie ein wenig von dem qualvollen Warten auf den Beginn der Verhandlung ab. An diesem Nachmittag sollte Eduard Schwermann selbst aussagen, und Lucy fühlte sich wie ein nackter spartanischer Krieger an den Thermopylen, der ungeduldig auf- und abgehend auf den Beginn der Schlacht wartet. Laut Thukydides schüchterten die Spartaner ihre Feinde dadurch ein, dass sie sich vor deren Augen ihr langes Haar kämmten. Auch Lucy hatte das am Morgen getan, denn sie wollte nicht geschlagen und zerzaust aussehen, wenn Schwermann seine Aussage machte.

Als alle Akteure ihre Plätze eingenommen hatten, wurden die Geschworenen hereingerufen. Mr Bartlett begrüßte sie und sagte dann: »Euer Ehren, mit der Verlesung der folgenden Erklärung sind auch die Anwälte der Krone einverstanden. Sie wurde uns heute von Etienne Fougères' Anwälten zugestellt.«

Dann verlas Mr Bartlett den Text: »Ich bestätige hiermit, dass Agnes Aubret ein Kind von Jacques Fougères hatte. Soweit wir wissen, wurden Agnes Aubret und das Kind in Auschwitz getötet. Meine Familie hat keine Kenntnis von der Handlung, die Victor Brionne in seiner Aussage Eduard Schwermann zuschreibt.«

»Beispielhaft kurz und präzise, wenn ich so sagen darf«, meinte Richter Pollbrook anerkennend.

»In der Tat.«

»Mr Bartlett, haben Sie die Transportlisten der Deportationen überprüft?«

»Das habe ich, Euer Ehren.«

»Ist darin eine Agnes Aubret aufgeführt?«

»Ja. Sie wurde am vierundzwanzigsten August 1942 deportiert. Das Dokument finden Sie im Ordner Q unter der Nummer einhundertneunundsiebzig.«

»Ich würde gern das Original sehen.«

Mr Penshaw holte den Ordner und öffnete ihn an der richtigen Stelle, bevor er ihn durch einen Gerichtsdiener zu Richter Pollbrook bringen ließ. Dieser sah sich das Dokument genau an und sagte dann: »Wenn ich mich nicht irre, habe ich hier einen Durchschlag vor mir. Was geschah mit dem Original?«

»Das wissen wir nicht, Euer Ehren«, sagte Mr Bartlett mit nicht ganz glaubwürdigem Bedauern in der Stimme. »Wahrscheinlich ist es irgendwie vernichtet worden.«

Richter Pollbrook betrachtete den Durchschlag genauer. »Die Namen der Opfer sind mit einem Häkchen versehen, das offenbar besagt, dass sie ihr Ziel erreicht haben. Aber unten, wo eigentlich die Unterschrift des verantwortlichen Offiziers sein sollte, steht nichts. Wie kommt das?«

»Keine Ahnung, Euer Ehren. Was Sie vor sich haben, stammt aus der Originalakte, die bei Kriegsende sichergestellt wurde. Es gibt kein anderes Dokument als dieses.«

»Danke«, erwiderte Richter Pollbrook unbehaglich. Dann fragte er misstrauisch: »Haben Sie sich auch nach dem Kind erkundigt?«

»Ja, das habe ich. Ich konnte nirgends einen Hinweis auf seine Deportation finden.« Mit ruhiger Stimme und einem Blick hinüber zu den Geschworenen fügte Mr Bartlett hinzu: »Euer Ehren, es sieht ganz so aus, als ob das, was Victor Brionne diesem Gericht erzählt hat, der Wahrheit entspricht. Agnes Aubret wurde deportiert, ihr Kind aber nicht.«

Der Richter schloss die Augen und sagte mit nicht zu überhörender Verachtung in der Stimme: »Ich dachte mir schon, dass Sie das sagen würden.«

Mr Bartlett verneigte sich knapp und sagte: »Euer Ehren, aufgrund der soeben eingesehenen Dokumente und eines längeren Gesprächs, das ich heute Morgen mit meinem Mandanten geführt habe, ziehe ich meine Ankündigung einer Aussage von Mr Schwermann zu seiner Verteidigung zurück.«

Ein gedämpftes Murmeln ging durch den Gerichtssaal. Als es sich gelegt hatte, fuhr Mr Bartlett fort: »Ich bin davon überzeugt, dass die Geschworenen bereits wissen, in welche Richtung sich ihr Gewissen entscheiden wird. Für die Verteidigung ist die Beweisaufnahme hiermit abgeschlossen.«

Lucy blickte hinüber zu Mr Lachaise, der während des ganzen Verfahrens stets ruhig und zuversichtlich gewesen war, auch und besonders dann, wenn sie selbst keine Hoffnung mehr gesehen hatte. Zum ersten Mal saß er in sich zusammengesunken da, und sein freundliches Gesicht war blass und regungslos.

Richter Pollbrook vertagte die Verhandlung, um Anklage und Verteidigung Zeit für die Vorbereitung ihrer Schlussplädoyers zu geben und selbst seinen Bericht zu schreiben. Als er mit seinen Instruktionen an die Geschworenen fertig war, hatte Mr Lachaise zu seiner gewohnten Selbstbeherrschung zurückgefunden und schlug Lucy vor, mit ihm einen Kaffee zu trinken. Als sie in einem kleinen Café in der Newgate Street saßen, fragte Lucy: »Warum will er nicht zu seiner Verteidigung aussagen?«

»Weil es viel zu gefährlich ist«, antwortete Mr Lachaise. »Im Kreuzverhör könnte sich seine jetzige Position, so prekär sie auch sein mag, nur noch verschlechtern. Er wandert auf einem sehr schmalen Grat, was Miss Matthews' Fragen ja eindrucksvoll bewiesen haben. Entweder er hat den Jungen ohne ersichtlichen Grund seiner Mutter weggenommen, oder er wusste, was in Auschwitz vor sich geht und hat einem einzigen Menschen dieses Schicksal erspart. Aber jetzt fällt mir etwas ein, woran ich bisher noch gar nicht gedacht habe.« Plötzlich sah er wieder sehr erschöpft aus. »Die zweite Alternative ist natürlich kein Grund für einen Freispruch. Wenn die Geschichte mit dem Kind überhaupt wahr ist, dann kann sie ihm angesichts der überwältigenden Größe seiner Schuld höchstens mildernde Umstände einbringen. Aber Geschworene sind sehr empfänglich für Mitleid. Oft siegt es sogar über die Gerechtigkeit.«

»Sind Sie denn Anwalt?«, fragte Lucy.

»Nein, aber ich kannte in meiner Jugend einen wunderbaren Mann namens Bremer. Er war der Anwalt unserer Familie und hat mir den Ehrenkodex seines Berufs beigebracht. Ich habe ihn zu meinem eigenen gemacht.«

»Mr Lachaise«, sagte Lucy zaghaft, und versuchte, dabei eine undurchdringliche Miene aufzusetzen. »Meine Großmutter war ein Mitglied der Tafelrunde, was mein Interesse an dem Gerichtsverfahren erklärt. Darf ich Sie fragen, warum Sie jeden Tag gekommen sind?«

Die großen Augen hinter den dicken Brillengläsern fingen an zu glänzen, und Lucy sah ein Lächeln auf seinem Gesicht, dessen Bedeutung sie nur ansatzweise erahnen konnte. Es war ein schwaches, unglückliches Lächeln. »Sie dürfen mir jede Frage unter der Sonne stellen, Lucy«, sagte Mr Lachaise. »Nur diese nicht.« Seine Stimme war auf einmal ganz leise, kaum mehr als ein Flüstern: »Ich kenne die Antwort selbst nicht.«

3

Von dem Café aus fuhr Lucy direkt in die Chiswick Mall, wo sie Agnes schlafend vorfand. Ihre Arme lagen neben ihrem Oberkörper auf der weißen Bettdecke, ihr Gesicht war entspannt, und obwohl der Mund leicht offen stand, schien sie kaum zu atmen. Als Lucy sie so ansah, fing ihr Herz auf einmal an, wie wild zu schlagen. Vorsichtig berührte sie das Handgelenk ihrer Großmutter. Es fühlte sich kühl an und schien nur noch aus Haut und Knochen zu bestehen. Erschrocken sagte sie: »Grandma …«

Agnes schlug die Augen auf, und ihr Gesicht wirkte für einen kurzen Augenblick fast glücklich. Lucy, die vor lauter Erleichterung fast losgeheult hätte, zog sich einen Stuhl ans Bett und setze sich. Sie nahm die Hand ihrer Großmutter und sagte: »Es ist fast vorbei.«

Agnes blinzelte sie an, und Lucy, die ihre Großmutter viele Jahre lang kannte, wusste, dass Agnes am liebsten laut gelacht hätte. Ja, schien sie sagen zu wollen, es ist fast vorbei. Bald werde ich tot sein.

Wilma kam herein. Es war die Zeit, zu der Agnes sich gern etwas vorlesen ließ. Lucy hatte das vor vielen Jahren selbst getan, wenn sie mit ihrer Großmutter in den Abendstunden zusammensaß. Wilma, die diesen Zeitvertreib wiederbelebt hatte, setzte sich neben das Bett ihrer Freundin und schlug ein Buch mit Gedichten auf.

»›Das Verbrennen der Blätter‹ von Laurence Binyon«, sagte sie.

Lucy wandte sich ab, weil sie es nicht mit ansehen konnte, dass die Vertrautheit, die einst zwischen ihr und Agnes bestanden hatte, nun auf eine andere Person übergegangen war. Sie starrte an die Zimmerwand und versuchte, ihre Ohren vor Wilmas gedämpfter Stimme zu verschließen. Aber es gelang ihr nicht; die mit sanfter Stimme vorgelesenen Worte drangen doch zu ihr vor:

Nun ist die Zeit, den Geist zu entkleiden,
Zeit zum Verbrennen geendeter Tage
Von nutzlosem Trost, vergangen und leer.
Entwurzelte Hoffnung und fruchtloses Leiden:
Wirf sie ins Feuer und blick nicht zurück
Die Welt, einst die unsre, gehört uns nicht mehr.

Agnes hob die rechte Hand, und Wilma hörte mit dem Vorlesen auf. Sie klappte das Buch zu und verließ das Zimmer. Die blütenweißen Gardinen bewegten sich im Luftzug. Agnes bedeutete Lucy mit einer Geste ihrer Hand, dass sie näher kommen sollte. Lucy beugte sich hinab zu ihrer Großmutter. Die Hand sagte: komm. Lucy beugte sich noch weiter nach unten, bis ihr Gesicht fast das von Agnes berührte. Ihre Großmutter hob ihren Kopf ein winziges Stück und gab Lucy einen ganz zarten Kuss.

38. Kapitel

»Erzähl mir das ganze Durcheinander schön der Reihe nach«, sagte Pater Andrew. Es war eine kalte, feuchte Nacht, und in seinem Arbeitszimmer hatte man ein Feuer angezündet. Das spröde Holz krachte und spuckte in die züngelnden Flammen. Anselm und sein Prior saßen auf ächzenden Stühlen nah am Kamin. Gelbrotes Licht tanzte auf ihren konzentrierten Mienen.

»Am Anfang der Geschichte steht ein jahrelanger Groll«, sagte Anselm. »Vielleicht reicht er noch weiter zurück, bis zu den Differenzen, die wir aufgrund unserer unterschiedlichen Herkunft und Meinungen auch hier in Larkwood haben. Eigentlich ist es ganz einfach: Pleyon ist von Rochet mehr als einmal vor den Kopf gestoßen worden, und die Dinge haben sich so entwickelt, dass er die Chance bekam, es ihm endgültig heimzuzahlen. Wenn das, was man mir erzählt hat, stimmt, dann war Pleyon womöglich Antisemit, und das hat ihn zusätzlich angestachelt, Rochet zu Fall zu bringen. Er hat die Tafelrunde an Victor Brionne verraten, und der hat sich Schwermann anvertraut.«

Während Pater Andrew lauschte, folgten seine wachen Augen den wirbelnden Funken. »Woher weißt du, dass Pleyon überhaupt Kontakt mit Brionne hatte?«, fragte er.

»Das weiß ich nicht, es ist bloß eine Annahme. Es gibt keine andere Erklärung.«

»Woher wussten die beiden – oder einer von ihnen – die Namen aller Mitglieder der Tafelrunde?«

»Da bin ich mir nicht sicher. Ich vermute, dass Pleyon nur von Rochet und vielleicht noch einem oder zwei anderen wusste, während Brionne die Übrigen schon vor dem Krieg kannte.«

Pater Andrew blickte ins Feuer. »Was für ein Zufall«, sagte er fröhlich, »dass die beiden sich getroffen haben und jeder eigene Gründe hatte, seine ehemaligen Freunde zu Fall zu bringen.«

»Tragödien entstehen oft aus Zufällen«, setzte Anselm sich mit einem weisen Spruch zur Wehr.

»Ich nehme an, die Puzzleteile passen zusammen.«

»Meine Annahmen werden von dem bestätigt, was als Nächstes geschehen ist.«

»Sprich weiter.« Offenbar nahm der Prior Anselm nicht ganz ernst.

»Als der Krieg zu Ende ging, wussten die beiden Flüchtigen, wohin sie sich wenden konnten – an das Kloster Les Moineaux. Das Schicksal war so freundlich gewesen, Pleyon als Prior zu installieren. Er hat die Flucht der beiden arrangiert. Rom wollte er ein Märchen über den trügerischen Charakter des äußeren Scheins auftischen, um sein eigenes Fehlverhalten zu verschleiern, aber dann ist er gestorben, bevor er seine Lügen richtig ausarbeiten konnte. Zufällig hatte Chambray dem Vatikan schon die ganze Geschichte geschrieben, einschließlich der Tatsache, dass Schwermann an uns weitergereicht wurde« – Anselm warf seinem Prior einen Blick zu, doch dessen aufmerksame Ruhe wurde durch keinerlei Gefühlsausdruck gestört –, »und Rom hat absolut nichts unternommen.«

Pater Andrew hielt die Hände ans Feuer. »Erzähl mir von den Papieren, die diese arme Frau zerrissen hat.«

Anselm beschrieb, was er gesehen hatte – die Liste mit den Rittern der Tafelrunde und die beiden Deportationsprotokolle, jeweils unterzeichnet von dem Mann, den Anselm zur Zeugenaussage gedrängt hatte. »Es sieht ganz so aus, als hätte Schwermann weit vorausgeplant. Für den Fall, dass Deutschland den Krieg verlor, hat er diese Dokumente behalten, damit er Victor Brionne erpressen konnte.«

»Und wozu wollte er ihn zwingen?«

»Zu der Aussage, Schwermann hätte jemand gerettet, als sich die Gelegenheit dazu bot … um Zweifel ins Spiel zu bringen … und Mitleid.«

Der Prior griff nach dem Schürhaken und stocherte in der Glut. Zischend machten sich die Flammen über das freigelegte Holz her. Die Schatten krümmten sich und bebten. »Und was hatte man in Rom deiner Meinung nach im Sinn, als man dich aussandte, um Victor Brionne zu suchen?«, fragte Pater Andrew.

»Als Schwermann zum zweiten Mal nach Larkwood kam, war das wie ein Signal, eine Drohung – er konnte Rom genauso bloßstellen, wie er selbst bloßgestellt worden war. Das hätte bedeutet, dass alles, was Chambray dem Vatikan berichtet hatte, ans Tageslicht gekommen wäre. Es sieht so aus, als hätte man in Rom eine Lösung erhofft, die auf einem simplen Mechanismus beruhte: Würde Schwermann freigesprochen, dann hätte die Kirche ihr Gesicht gerettet.«

»Man muss zugeben«, bemerkte Pater Andrew und stocherte wieder im Feuer, »dass man in Rom oft mehr um das Erscheinungsbild bemüht ist als um den Inhalt.«

»In diesem Falle habe ich beides gesehen, und es ist ziemlich hässlich«, sagte Anselm. Seine Enttäuschung darüber, dass man sein Vertrauen so berechnend missbraucht hatte, verfestigte sich zu einem Urteil. »Offenbar hat man gedacht, wenn Brionne aussagt, dann gäbe es eine gute Chance, dass er seinen früheren Herrn und Meister entlasten würde, und wenn auch nur, um sich selbst zu schützen. Man brauchte bloß jemand, der ihn dazu brachte, sich zu melden. Also hat man mich benutzt« – er erinnerte sich, wie er in der Kälte gestanden und Roberts Familie in der warmen Stube beobachtet hatte –, »und in alledem liegt eine grausame Ironie …«

»Und die wäre?«

»Ich vermute, Brionne hat sich nicht nur aus Eigennutz versteckt, sondern auch, um seine Familie zu schützen. Es war völlig sinnlos, ihr wegen einer Lüge so viel Schmerz zuzufügen. Aber ich habe ihn bedrängt, und nun ist die Sache heraus.«

Das Feuer knisterte leise und saugte die Dunkelheit des Zimmers in sich auf. »Da hast du aber wirklich intensiv nachgedacht«, sagte Pater Andrew schlicht. Dann saßen die beiden Mönche nachdenklich nebeneinander. Anselm dachte an die Zukunft und überlegte sich, was wohl der Prior gerade tat. Irgendwie glaubte er zu spüren, dass Pater Andrew in die Vergangenheit hineinlauschte.

»Ich werde zur Polizei gehen müssen«, sagte Anselm.

»Vielleicht.«

»Und alles wird ans Tageslicht kommen.«

»Vielleicht.«

»Und Larkwood, Les Moineaux, Rom ... Verachtung wird auf uns herabstürzen wie Regen.«

»Vielleicht.« Pater Andrews Stuhl scharrte über die Fliesen. Nachdenklich ging der Prior zum Fenster. Draußen, verborgen von der feuchten Nacht, lag der Kreuzgang, das Herz des Klosters. Auf der Scheibe flackerte der Feuerschein. Pater Andrew hob den Arm und schrieb langsam einen Namen auf das beschlagene Glas: Agnes. Von jedem Buchstaben rannen feine Wasserfäden herab. »Irgendwie habe ich das Gefühl, du solltest erst noch einmal mit Victor Brionne sprechen«, sagte der Prior.

»Weshalb?«, fragte Anselm.

»Weil mir eine Sache im Kopf herumgeht, von der du heute Abend nicht gesprochen hast: Brionne meint, Agnes sei tot, aber du weißt, dass sie am Leben ist.«

39. Kapitel

I

Lucys Eltern hatten mit ihrer Tochter verabredet, dass sie sie am Sonntagmittag auf dem Rückweg von einem Wochenendausflug nach Canterbury abholen und dann zusammen mit ihr den Nachmittag in der Chiswick Mall verbringen würden.

Lucys Türklingel, die eher einer Feuerglocke glich, schrillte zweimal. Jedes Mal, wenn Lucy das elektrische Kreischen hörte, kam es ihr so vor, als stünde draußen ein Mensch in höchster Not. Sie öffnete die Tür und blickte in das Gesicht ihrer Mutter, die sie aus großen Augen erwartungsvoll anblickte. Susan trat ein und nickte Grandpa Arthurs alter Uhr zu, als hinge er selber dort an der Wand. Lucys Vater folgte und reichte ihr eine Kaffeetasse mit dem Bild der Kathedrale von Canterbury. »Aus dem Souvenirladen«, sagte er.

»Hübsches Glas gab es dort auch«, sagte Susan.

Lucy schloss die Wohnungstür. Als sie sich umdrehte, suchte ihre Mutter diskret nach Staub, und ihr Vater stand vor dem von Max gemalten Bild.

»Faszinierend«, sagte er. Lucy ging hinüber zu ihm, und als er ihr in die Augen schaute, wusste sie, was er damit meinte. Seine Tochter hatte jetzt ihr eigenes Leben, in dem sie sich Bilder aussuchte, Nägel in die Wand schlug und viele andere kleine Dinge tat, von denen er keine Ahnung hatte.

»Wo hast du es gefunden?«, fragte er fröhlich.

»Ein Freund hat es mir geschenkt.« Bei den ersten beiden Worten wurde Lucys Mund ganz trocken. Sie hatte gar nicht vorgehabt, Max Nightingale als Freund zu bezeichnen, aber jetzt, wo es geschehen war, konnte sie es nicht mehr zurücknehmen. Sofort musste sie an ihre letzte Begegnung mit Pascal denken und an Pater Anselms alten Mönch, der auf dem Totenbett gesagt hatte, dass das Wichtigste im Leben die kleinen Versöhnungen seien.

»Dein Freund ist sehr großzügig«, sagte Susan.

»Das stimmt«, sagte Lucy und ging hinaus in den Flur, um ihren Mantel zu holen, aber auch, um räumlich etwas Abstand von ihren Eltern zu gewinnen. »Er ist Maler.«

»Ein Künstler!«, rief Susan ermutigend. »Wie nett.«

2

Wenn er besonders glücklich, aber auch, wenn er zutiefst verunsichert war, ging Anselm gerne an den kleinen See auf halber Strecke zwischen dem Männerkloster und dem Konvent. Diesmal nahm er Conroy mit, der beim Schreiben seines Buches gerade nicht weiterkam. Eine Weile lang blickten sie auf die verwitterte Madonna aus Stein, die ein paar Meter vom Ufer entfernt aus dem Wasser ragte und in unendlicher Demut die Arme ausbreitete, dann stiegen sie an einem wackeligen Holzsteg in ein Ruderboot, dessen schwärzlich-grüne Planken unter ihrem Gewicht knarzende Geräusche von sich gaben.

Die Ereignisse des vergangenen Jahres erinnerten Anselm immer mehr an Tennysons Gedicht »Der Tod des Artus«, das er in der Schule hatte auswendig lernen müssen und von dem ihm noch heute oft Verse in den Sinn kamen. Er blickte hinaus auf das schimmernde Wasser des Sees und sagte: »Manchmal denke ich an Sir Bedivere, dem sein sterbender König aufgetragen hat, Excalibur wieder in den See zu werfen, aus dem es gekommen war.«

Conroy hielt kurz mit dem Rudern inne.

»Sir Bedivere wollte diesen Befehl aus zwei Gründen nicht befolgen«, fuhr Anselm fort. »Erstens war er von der Schönheit des Schwertes fasziniert, und zweitens hat er sich eine verdammt gute Frage gestellt: ›Muss man gehorchen, wenn ein König von einem eine Tat verlangt, die einem selbst zum Schaden gereicht?‹«

Conroy nickte verständnisvoll.

»Deshalb versteckt er Excalibur und tischt Artus, als dieser ihn fragt, was er gesehen und gehört habe, eine Lüge auf: ›Nur Wellen und Plätschern‹. Der König glaubt ihm die Antwort nicht, denn er wartet verzweifelt darauf, dass etwas Übernatürliches geschieht.«

Conroy tauchte die Ruder ins stille Wasser des Sees.

»›Ich erhebe mich und töte dich mit meinen eigenen Händen, wenn du Excalibur nicht in den See wirfst‹, sagt der König, und der edle Ritter rennt aus Angst um sein Leben ans Ufer des Sees und schleudert das Schwert hinaus in die Nacht. Er gehorcht, erwartet aber, dass sich seine Lüge jetzt bewahrheitet. Aber dann geschieht im letzten Augenblick etwas, wovon niemand auch nur geträumt hat.«

Sie näherten sich jetzt der Mitte des Sees.

»Als Sir Bedivere dem Schwert hinterherblickt, schnellt ein in weiße, golddurchwirkte Seide gekleideter Arm aus dem Wasser, fängt Excalibur am Griff auf und schwenkt es dreimal im Kreis. Dann verschwinden Arm und Schwert im See.«

Conroy hörte auf zu rudern und kratzte seine dicken Unterarme.

»Überwältigt von dem, was er gesehen hat, läuft Bedivere zurück zu seinem sterbenden König. Der liegt in den Ruinen einer alten Kirche und hat alles verloren, was ihm in seinem Leben lieb und teuer war. Die Tafelrunde existiert nicht mehr, ihre Ritter sind einer nach dem anderen gefallen. Aber sein Traum, in den er so große Hoffnungen gesetzt hatte, war Wirklichkeit geworden. Excalibur war von der Hand, die es ihm gegeben hatte, wieder zurückgenommen worden. Der Kreis seines Lebens hatte sich geschlossen, und er konnte in Frieden sterben.«

Conroy ließ die Ruder los, und das Boot dümpelte träge auf dem Wasser dahin.

»Ich hatte schon immer etwas für diesen Sir Bedivere übrig«, sagte Anselm. »Mir kommt er vor wie ein leicht verwirrter englischer Empiriker, der nicht viel von diesem mystischen Brimborium hält und deshalb von seinem König niedergemacht wird.«

Conroy faltete seinen Pullover am Bug des Bootes zu einem Kissen und legte seinen Kopf darauf.

»Als Junge habe ich mich immer gefragt, wie Artus wohl gestorben wäre, wenn das Schwert tatsächlich sang- und klanglos im See versunken wäre«, sagte Anselm.

Ein leichter Windstoß kräuselte das Wasser des Sees und ließ kleine, dunkle Wellen über seine Oberfläche wandern. Das Boot begann, sich im Kreis zu drehen. Conroy, der auf dem Rücken lag, hatte die Beine ausgestreckt und die Arme über der Brust verschränkt.

»›Und Gott erfüllt sich mannigfaltiglich‹«, zitierte er.

»Wo ist das her?«, fragte Anselm.

»Aus demselben Gedicht. Der alte König sagt es, kurz bevor er so stirbt, wie auch ich gerne sterben würde.«

»Und wie stirbt er?«

Conroy richtete sich auf und sagte mit einem spitzbübischen Leuchten im Gesicht: »In den Armen von drei schönen Frauen.«

3

Lucy und ihre Eltern saßen in dem kleinen Garten in der Chiswick Mall an einem Tisch und spielten Scrabble. Agnes, die auf Kissen gestützt in ihrem Bett saß, sah ihnen durch die offene Terrassentür zu.

Susan starrte so trübsinnig auf ihre Reihe von Buchstaben, dass Lucy hinter ihrem Rücken einen raschen Blick riskierte: Q, F, X, L, B …

Zufrieden wandte sich Lucy wieder ihren eigenen Buchstaben zu. Ihre Mutter hatte keine Vokale und konnte mir ihren Buchstaben deshalb nur sehr wenig anfangen. Beim Scrabble packte Lucy immer ein rücksichtsloser Ehrgeiz, der so groß war, dass er sie auch hin und wieder schummeln ließ. Ihr Vater war am Zug. Mit einem triumphierenden Lächeln ordnete er die Spielsteine sorgfältig auf dem Brett an.

P-O-L-O-N-Ä-S-E

»Das schreibt man nicht so«, sagte Susan bockig.

»Soll ich nachschlagen?«, fragte Freddie und griff nach dem Wörterbuch, als wäre es eine Waffe.

»Nein.«

Lucy wandte sich ihrer eigenen Misere zu: Q, O, T, R, S, X, U. Ihr fiel einfach nichts ein. »Wer möchte eine Tasse Tee?«, fragte sie und stand auf.

Ihre Mutter nickte heftig.

Lucy ging durch die Terrassentür nach drinnen und setzte sich zu ihrer Großmutter aufs Bett. »Was kann man nur aus diesen Buchstaben machen? Es gibt ein Ä, an das ich anlegen kann«, fragte sie und flüsterte ihr die Lettern ins Ohr. Agnes dachte nach, während Lucy ihr die Tafel mit dem Alphabet brachte.

Q-U-Ä-S-T-O-R, deutete Agnes.

»Sicher?«, fragte Lucy zweifelnd.

Agnes blinzelte mit den Augenlidern.

»Danke.«

Lucy ging in die Küche und setzte Wasser auf, als sie ein Geräusch hinter sich hörte. Es war ihr Vater.

»Ist was?«, fragte sie unschuldig.

»Lucy«, sagte er ernst. »Ich habe dich in den Fernsehnachrichten gesehen. Du kamst gerade aus einem Gerichtssaal …«

Lucy griff sich mit beiden Händen in die Haare und brachte die zuvor so sorgfältig arrangierten Spangen und Clips durcheinander. Ihr Vater hatte sichtlich Mühe weiterzufragen. »Der Prozess hat was mit Grandma zu tun, nicht wahr?«

»Ja«, sagte Lucy widerwillig.

»Sie kennt diesen Nazibastard, stimmt's?«

»Ja, Dad.«

»Meine Güte.« Er rückte sich die Krawatte zurecht und fuhr sich mit der Hand über die Stirn. »Wann werde ich wohl jemals erfahren, was hier vor sich geht?«

Ohne nachzudenken, aber mit einer gewissen Leidenschaft, antwortete Lucy: »Bald. Aber nicht jetzt.«

»Gut.« Er klang wie ein Bettler auf der Straße, dem jemand ein Sandwich statt Geld gegeben hat. Die Umkehrung der Machtverhältnisse tat ihm sichtlich weh. Lucy goss dampfendes Wasser in die Teekanne.

40. Kapitel

I

Mr Penshaw begann sein Plädoyer am Montagmorgen mit einer geordneten, stückweise verabreichten Darlegung der nackten Tatsachen, die an sich nicht besonders erschreckend waren. Dennoch nahm dabei kaum merklich etwas Ungesagtes Gestalt an und gewann, sobald es sich im Gerichtssaal ausgebreitet hatte, Minute für Minute an Bedeutung, bis Mr Penshaw es mit Verachtung aussprach.

»Man muss schon sehr nachsichtig sein, um in Betracht zu ziehen, dass jemand seine Rolle in der Maschinerie des Massenmords spielen konnte, ohne zu wissen, welchem furchtbaren Zweck sein Handeln diente.«

Sarkastisch wandte sich Mr Penshaw der Anklagebank zu, um die Blicke der Geschworenen auf Schwermann zu lenken.

»Ist es vorstellbar, dass ein aufgeweckter junger Mann irgendwelche Zweifel haben konnte, welches Schicksal die Kinder erwartete, die durch seine Hände gingen? Ist es glaubhaft, dass ein intelligenter junger Mann verhüllende Umschreibungen von sich geben konnte, ohne die schreckliche Wahrheit zu kennen, die sich dahinter verbarg?«

Der Staatsanwalt hielt inne und wandte den Blick wieder den Menschen zu, deren Aufgabe es war, seine Fragen zu beantworten.

»Nein, das konnte er nicht. Und weshalb wissen wir das? Dank Victor Brionne, dem reumütigen Kollaborateur, dem fahrenden Ritter, dem besten Freund von Jacques Fougères.«

Zwei weitere Namen wurden heraufbeschworen. Die Jury würde an Agnes Aubret denken, die in Auschwitz ums Leben gekommen war, und an ihren kleinen Jungen, der vor dem sicheren Tod gerettet wurde. Lucy hätte weinen mögen. Es war genau andersherum.

»Wenn der Angeklagte eingegriffen hat, dann aus Gründen, die wir nie erfahren werden, und um diesem Kind einen furchtbaren Tod zu ersparen. Dass dieser Tod es am Ende eines Schienenstrangs erwartete, wusste er genau.«

Mr Penshaw näherte sich dem Ende seines Vortrags. Er legte sein Konzept beiseite und sprach mit wachsendem Zorn. »Aus alldem können Sie nur einen einzigen Schluss ziehen. Mit offenen Augen und wachen Sinnen hat dieser Mann bewusst seinen Part in einem System gespielt, das die verdrehten Hirne seiner Erfinder für grandios hielten, dessen Umfang, Zweck und Konsequenzen uns heute unvorstellbar vorkommen und dessen Opfer nun nach Gerechtigkeit rufen. Vergessen Sie diese Opfer nicht, wenn Sie sich zurückziehen, um Ihre Entscheidung zu treffen.«

Richter Pollbrook hielt das für eine gute Gelegenheit, eine zwanzigminütige Pause einzulegen.

2

Anselm versuchte mehrfach, DI Armstrong zu erreichen. Da sie nie abnahm, hinterließ er eine Nachricht – sie solle ihn dringend in einer persönlichen Angelegenheit zurückrufen. Anschließend stieg er sofort in einen Wagen, um sich von Conroy nach London fahren zu lassen. Übernachten wollten die beiden in St. Catherine, einem Augustinerkloster in der Nähe von Old Bailey. Als sie durch das Tor von Larkwood fuhren, warf Anselm einen letzten Blick auf die Anlage, deren Dächer ineinander übergingen wie eine Vielzahl rotbrauner Flügel. Er spürte einen Schmerz, den er nur aus der Zeit kannte, als er noch in sein altes Leben als Anwalt zurückkehren musste.

Der Prior von St. Catherine vertraute ihnen große, eiserne Schlüssel an, die aussahen, als stammten sie noch aus dem Mittelalter, und am nächsten Morgen machte Conroy sich auf den Weg zur Bibliothek des Heythrop College. Anselm legte seine Kutte ab und ging strammen Schritts zum Gericht. Vor dem Eingang lauerten schon die Pressefotografen, behängt mit Taschen voller Objektive. Ihr großer Auftritt kam nach dem Urteil. Vorläufig machten sie mit abschreckender Stumpfheit Schnappschüsse von der Menge. Unbemerkt schlüpfte Anselm hindurch und betrat die ehrwürdige Eingangshalle, die ihm aus seiner Zeit als Anwalt so vertraut gewesen war. An einem von dickem Glas umschlossenen Empfang fragte er nach Detective Inspector Armstrong oder Detective Superintendent Milby. Nach langem Warten trat eine flott gekleidete Polizeibeamtin auf ihn zu.

»Es tut mir Leid«, sagte sie, »beide sind mit einem anderen Fall beschäftigt. Ich glaube nicht, dass sie vor morgen hier sein werden. Kann ich etwas ausrichten?«

»Nein, ich brauche ihre Hilfe wirklich jetzt sofort, es ist dringend ...« Anselm hatte ganz vergessen, dass die kriminelle Aktivität im Lande während irgendeines Prozesses für gewöhnlich selten zum Stillstand kam.

»Kann ich vielleicht etwas für Sie tun?«

»Nun«, sagte Anselm stockend, »ich brauche die Privatadresse von Victor Brionne.«

Das Gesicht der Beamtin verhärtete sich, als hätte Anselm versucht, sie plump hereinzulegen. »Das ist nicht unsere Aufgabe«, sagte sie und wandte sich zum Gehen.

Anselm fasste sie am Arm. »Ich bin nicht von der Presse, ehrlich, ich bin Mönch, ein Priester ...«

Die Beamtin drehte sich um und warf einen skeptischen, müden Blick auf Anselms Cordhose und Pullover. »Ich werde es ausrichten, mehr kann ich nicht tun.« Ironisch fügte sie hinzu: »In Ordnung, Pater?«

Noch einmal hinterließ Anselm seine Nummer für DI Armstrong und sagte, es sei dringend. Auf dem Weg hinaus blieb er stehen und starrte auf das Motto unter einem Wappen an der Wand: Domine dirige nos – Herr, leite uns. Dirige, überlegte er, woher kommt dieser klagende Klang? Dann fiel es ihm ein – es war das erste Wort der Matutin beim Totenamt.

3

Das hervorstechende Merkmal von Mr Bartletts Plädoyer war weniger dessen Inhalt als die Länge. Er sprach nur wenige Minuten.

»Meine Damen und Herren, ich glaube, wir kennen uns inzwischen so gut, dass ich mich kurz fassen kann. Sie haben die Aussagen gehört und kennen sie so gut wie ich. Ich werde kein einziges Wort mehr darüber verlieren. Erlauben Sie mir jedoch, Sie auf einen kleinen Punkt aufmerksam zu machen. Womöglich machen sich schon viele von Ihnen Gedanken über seine Bedeutung.«

Mr Bartletts Körperhaltung, die an einen Vogelbeobachter oder einen Jäger erinnerte, hatte eine zermürbende Wirkung auf seine Gegner. Stundenlang konnte er ganz still sitzen, fasziniert von dem, was er sah, aber er war jederzeit bereit zuzustoßen. Nun verließ er den Winkel, in dem er auf der Lauer gelegen hatte, und ging an der Schranke entlang einige Schritte auf die Jury zu. So entspannt, wie er war, sah er nicht mehr wie ein Anwalt aus, sondern wie ein guter Freund.

»Sie können diesen Mann nicht für schuldig befinden, an einem gemeinschaftlich begangenen Mordunternehmen teilgenommen zu haben. Das von der Anklage konstruierte Gebäude hält nicht stand. In anderen Fällen ja, in seinem Falle nicht.« Bartlett lehnte sich mit dem Rücken an die Bank, bis er auf seinen Händen saß. »Der Eckstein fehlt, er gehört zu einem anderen Gebäude. Und Sie besitzen ihn, Victor Brionne hat ihn uns in die Hand gegeben. Im August 1942 bot sich einem jungen deutschen SS-Mann die Gelegenheit, einen Jungen zu retten, einen jüdischen Jungen. Einen Jungen, der zum Mann geworden ist, der in diesem Augenblick wahrscheinlich noch immer lebt und atmet und nie erfahren wird, dass er das Eduard Schwermann zu verdanken hat.«

Lucy blickte fassungslos auf die vor Mr Bartlett aufgereihten Aktendeckel. Einer davon hätte das Deportationsregister mit dem Namen von Agnes' Sohn enthalten sollen, aber aus irgendeinem Grund war es nicht da. Das war die endgültige Auslöschung. Nicht einmal auf dem Papier hatte das Kind überlebt.

Mr Bartlett ging an seinen gewohnten Platz zurück, in die Mitte des Raumes, in die Arena.

»Es war eine dunkle, unvorstellbare Zeit, weit entfernt von der Behaglichkeit dieses Gerichtssaals. Stellen Sie sich die Frage: Wenn Eduard Schwermann ein jüdisches Kind gerettet hat, hätte er dann bewusst einem anderen auch nur ein Haar gekrümmt?«

Der Anwalt richtete einen derart bohrenden, forschenden Blick auf die Geschworenen, dass Lucy einen bangen Moment lang glaubte, jemand könnte ihm laut antworten. »Nein, das hätte er nicht«, sagte er dann gebieterisch. »Auf seine Weise gehörte auch Eduard Schwermann zur Tafelrunde, ohne dass die anderen Mitglieder es je erfahren haben. Meine Damen und Herren, sprechen Sie diesen Mann frei!«

Mit klarer, trockener Stimme begann Richter Pollbrook, das Beweismaterial zusammenzufassen. Nach einigen Sätzen hörte Lucy die tiefe Stimme von Mr Lachaise an ihrem Ohr flüstern: »Ich glaube, wir brauchen etwas zu trinken.«

Sie fanden ein Weinlokal und setzten sich auf Barhocker ans Fenster. Mr Lachaise bestellte eine halbe Flasche Brouilly.

»Geht's Ihnen gut?«, erkundigte er sich väterlich.

»Nein.«

»Mir auch nicht.«

»Cheers.«

Sie tranken in untröstlicher Gemeinschaft. Dann sagte Lucy: »Mr Bartletts letzte Bemerkung – Schwermann hätte ein Kind gerettet und daher keinem anderen irgendwelchen Schaden zufügen können – ist mir einfach unbegreiflich. Das ist doch Blödsinn.«

Mr Lachaise schwenkte sein Glas in kleinen, engen Kreisen, bis der Wein an den Rand schwappte. »Das ist Rhetorik, keine Logik. Geschickt eingesetzte Worte. Außerdem ist es bewusst doppelsinnig. Ein Kind zu retten bedeutet eine Opposition gegen das System des Tötens, zumindest in diesem einen Fall. Es bedeutet aber auch, über dieses System Bescheid zu wissen, durch das so viele Menschen ums Leben gekommen sind – und angesichts von Schwermanns Mitwirkung an dem, was geschehen ist, sollte das ausreichen, um ihn für schuldig zu erklären. Mr Bartlett spekuliert jedoch darauf, dass der doppelte Sinn zugunsten seines Klienten ausschlagen wird.«

»Aber weshalb denn? Wenn die Tafelrunde wusste, was ›Umsiedlung‹ bedeutete, dann hat es auch Schwermann gewusst«, sagte Lucy.

»Ich weiß, und Mr Bartlett weiß es auch. Deshalb hat er getan, was jeder Anwalt mit einem zentralen Punkt tut, den er nicht widerlegen kann.«

»Und was war das?«

»Er hat ihn ignoriert, als wäre er gar nicht vorhanden. Stattdessen hat er einen Keim des Mitleids für einen heimlichen Helden gepflanzt.«

»Aber darauf kann die Jury doch nicht hereinfallen!«

Mr Lachaise schüttelte den Kopf. »Manchmal glauben wir alle gern, dass die richtige Lösung nur gefunden werden kann, indem wir die schwierigste Entscheidung treffen, eine Entscheidung, die wir am Anfang eher abgelehnt hätten. Das beweist, dass wir die Sache ernst genommen haben. Mein lieber alter Mentor, Josef Bremer, hat oft gesagt, um den Ausschlag zu geben, wäre nichts besser geeignet als Mitleid.«

»Hoffentlich hatte er Unrecht.«

»Das hoffe ich auch.«

Seine Zustimmung hatte Mr Lachaise so emotional ausgedrückt, dass Lucy den Kopf hob. Bestürzt bemerkte sie eine überwältigende Qual auf seinem Gesicht.

4

Am frühen Abend hatte DI Armstrong auf Anselms Nachricht immer noch nicht reagiert. Untätig abzuwarten, schien angesichts der Umstände unerträglich. Nervös saß Anselm in seinem Zimmer und spielte im Geiste durch, was die Zukunft bringen mochte. Was, wenn es Victor Brionne gleichgültig war, dass Agnes noch lebte … und wenn er sich weigerte, freiwillig zur Polizei zu gehen? Vor Anselm gähnte ein Abgrund, der besonders Furcht erregend war, weil er bereits entschlossen war, sich hineinfallen zu lassen. Da half es nicht, im Voraus über die ungeheuren Folgen dieser Tat nachzudenken. Unwillkürlich griff Anselm zum Telefon und wählte die Nummer von Salomon Lachaise.

Sie trafen sich im selben Restaurant wie beim ersten Mal, saßen am selben Tisch und wurden vom selben Kellner bedient. Diese exakte Wiederholung hatte den Charakter einer Zeremonie, unter deren Gewicht Anselm seinem Gefährten alles enthüllte, was er beim letzten Mal verschwiegen hatte, darunter auch seine eigene Rolle beim Auffinden von Victor Brionne.

»Es tut mir schrecklich Leid«, sagte er. »Ich habe mich Ihnen gegenüber als jemand ausgegeben, der ich gar nicht war.«

»Das trifft doch auf uns alle zu«, erwiderte Salomon Lachaise. »Manchmal lässt es sich gar nicht vermeiden. Sie brauchen meine Vergebung zwar nicht, aber Sie haben sie.« Er blickte Anselm durchdringend an. »Sind Sie wirklich bereit, zur Polizei zu gehen und damit Ihre eigene Existenz in Frage zu stellen – den Ruf Ihrer Kirche, Ihrer Gemeinschaft?«

»Ja.« Die Einfachheit seiner Antwort machte Anselm verlegen.

Salomon Lachaise nahm seine breitrandige Brille ab. Dahinter wurde die empfindliche, sonst von dickem Glas geschützte Haut um seine Augen sichtbar. »Anselm, Sie müssen unbedingt mit Victor Brionne sprechen«, sagte er. »Und sagen Sie Agnes Aubret Bescheid. Aber versprechen Sie mir zwei Dinge.«

»Gewiss.«

»Erstens unternehmen Sie bitte nichts Weiteres, bis die Verhandlung beendet ist …«

»Aber …«

»Versprechen Sie es mir.« Er stieß diese Worte mühsam aus.

»Na gut.«

»Und zweitens«, sagte Salomon Lachaise, »ziehen Sie bitte Ihr Habit wieder an. Für mich sind Sie durch und durch ein Mönch … und der äußere Schein ist durchaus von Bedeutung.«

Als Anselm nach St. Catherine zurückkam, war an seine Tür eine Botschaft geheftet: DI Armstrong habe zurückgerufen und wolle ihn am Donnerstagabend um fünf Uhr auf den Stufen vor St. Paul treffen. Wegen eines Mordfalles habe sie erst dann Zeit für ihn. Anselm ging in sein Zimmer, nahm unverzüglich seine Kutte vom Bett und hüllte sich in ihre Falten. Dann ging er auf Zehenspitzen hinab in die Gebetskapelle im Erdgeschoss. Im Dunkeln sitzend, überkam ihn das Gefühl, dass Salomon Lachaise vieles von dem, was er ihm erzählt hatte, schon klar gewesen war. Eine Frage jedoch kehrte immer wieder: Weshalb hatte Lachaise Anselm verboten, zu seinem eigenen Nachteil zu handeln, wenn das wegen allem, was Anselm getan hatte und was er wusste, doch nötig war? Vielleicht hatte Anselm eine zu lebhafte Fantasie, aber er spürte, dass sein geheimnisvoller Freund bald ein erschreckend helles Licht auf die Tragödie werfen würde, die ihn umfasst hielt.

41. Kapitel

I

Mr Lachaise rief Lucy an und fragte, ob sie sich mit ihm um halb zwei in den Gray's Inn Gardens zu einem kleinen Snack treffen würde. Er wollte sich das Ende der Zusammenfassung des Richters nicht anhören, und Lucy wollte es auch nicht. Zumindest nicht alles davon. Das langsame Wiederkäuen aller Beweise war für sie die unerträglichste Art und Weise, auf den Beschluss der Geschworenen zu warten.

Der Garten befand sich in der Nähe der Theobald's Road, umgeben von Gerichtsgebäuden aus dunkelroten Ziegelsteinen, vor denen die weiß lackierten Fensterrahmen wie in Reihen aufgehängte Bilder wirkten. Lucy kam durch einen schmalen Durchgang vom Field Court, von dem ein Tor mit schmiedeeisernem Gitter in die Gray's Inn Gardens führte. Auf jedem der beiden Torpfosten saß ein in Stein gehauenes Fabeltier mit dem Kopf und den Schwingen eines Adlers. Lucy blieb stehen und betrachtete die stummen Wächter, die so realistisch aussahen, als könnten sie sich jeden Augenblick in Fleisch und Blut verwandeln, von ihren Sockeln gleiten und in High Holborn Angst und Schrecken verbreiten. Was bewachten sie? Nichts. Wen retteten sie? Niemanden. Wann würde der Tag der Abrechnung kommen? Niemals. Was waren diese Kreaturen dann anderes als ein düsterer Protest gegen die Abwesenheit von Engeln?

Lucy trat durch das Tor in den Garten. Ein Weg aus feinem Kies führte zwischen niedrigen Bäumen hindurch, die aussahen wie plumpe Höflinge beim Nachmittagsspaziergang, zu einer Reihe von Holzbänken, die so weit entfernt voneinander aufgestellt waren, dass man sich ungestört unterhalten konnte. Auf einer der Bänke saß Mr Lachaise, der in ein ernstes Gespräch mit Max Nightingale vertieft war.

Da die beiden Lucy noch nicht bemerkt hatten, ging sie auf dem Gras neben dem Weg, wo die beiden sie wegen der Bäume nicht sehen konnten. Lucy hegte den nicht ganz unbegründeten Verdacht, dass Mr Lachaise Max absichtlich vor ihr hierher bestellt hatte. Beim Näherkommen hörte sie die unverkennbare Stimme von Mr Lachaise, der in einem fast flehenden Ton sagte: »Ungeachtet dessen, was Sie mir gerade erzählt haben, verhalten Sie sich, wie ich es gesagt habe. Es besteht keinerlei Veranlassung, etwas zu unternehmen, glauben Sie mir.«

Mr Lachaise blickte auf, sah Lucy und winkte ihr freundlich zu. Weder er noch Max schienen überrascht zu sein, was Lucy fast ein wenig enttäuschte. Ihr hatte die Idee von zwei heimlichen aufeinander folgenden Treffen irgendwie gefallen. Aber Mr Lachaise führte sein Gespräch mit Max ganz normal weiter.

»Vielleicht halten Sie selbst Ihre Gemälde nicht für besonders gut, aber ich bin zuversichtlich, dass meine Kollegen das ganz anders sehen werden. Wie schon gesagt, überlassen Sie alles mir. Die Universität wird die Einladung aussprechen, und danach ist alles ganz einfach. Hallo Lucy, setzen Sie sich doch.«

Lucy gab Max die Hand. Dass auch er nicht im Gerichtssaal war, verwunderte sie. Schließlich gehörte er doch auf die andere Seite.

»Ich habe mir erlaubt, etwas jüdische Verpflegung für Sie mitzubringen«, sagte Mr Lachaise und griff in eine große Plastiktüte. »Sie ist immer entweder bitter oder süß ... aber das erkläre ich Ihnen gleich.«

Sie saßen nebeneinander auf der Bank und reichten sich seltsame Dinge zum Essen weiter.

»Das erinnert mich irgendwie an *Warten auf Godot*«, sagte Lucy.

»Nur mit dem Unterschied, dass er diesmal wirklich kommen könnte«, bemerkte Mr Lachaise. »Und vielleicht dann, wenn wir ihn am wenigsten erwarten.«

2

Der Garten schloss um halb drei, und nachdem man sie höflich hinauskomplimentiert hatte, gingen die drei langsam zurück in den Field Court, wo sich Mr Lachaise hinter dem Tor mit den beiden steinernen Wächtern verabschiedete.

Kaum war ihr Vermittler gegangen, veränderte sich Max' Verhalten – nicht, weil er schüchtern war, sondern weil er von einem seltsamen Schuldgefühl befallen schien. Lucy begriff, dass er sich wegen seiner Blutsverwandtschaft mit dem Bösen schämte. Wie eine Woge erfasste Lucy plötzlich ein Schwindel erregendes Machtgefühl, das sie völlig aus dem Gleichgewicht brachte. Wenn sie wollte, konnte sie Max noch tiefer in seine Schuld hineinstoßen, und für einen kurzen Augenblick spielte sie mit einer ihr eigentlich völlig fremden Lust, ihm mit Worten wehzutun. Aber dann riss sie sich zusammen und sagte: »Max, für mich heißen Sie Nightingale und nicht Schwermann. Das ist ein großer Unterschied.«

»Nein, das sind nur Worte«, erwiderte Max bitter.

Lucy zuckte zusammen. »Tut mir Leid. Das hätte ich nicht sagen sollen.«

»Es braucht Ihnen nicht Leid zu tun. Bei mir schon gar nicht.«

»Aber es tut mir trotzdem Leid. Ich habe Ihnen großes Unrecht getan, indem ich Sie mit Ihrem Großvater in einen Topf geworfen habe.«

Während sie den Field Court verließen, sagte Max: »Ich werde für den Rest des Prozesses nicht mehr ins Gericht kommen.«

»Warum denn nicht?«

»Weil ich weiß, dass er schuldig ist.«

»Woher?«

»Ich denke, ich wusste es schon immer«, sagte Max, »aber ich habe nicht geahnt, dass er mir den Beweis für seine Schuld zur Aufbewahrung gegeben hat.«

Lucy spürte, dass er ihr keine Erklärung dafür geben würde. Wahrscheinlich bezog er sich auf das Gespräch mit Mr Lachaise, während sie sich die beiden Steinfiguren angesehen hatte.

»Ich bin froh, dass Ihnen das Bild gefällt«, sagte Max.

»Und wie es mir gefällt«, erwiderte Lucy.

Ein angedeutetes Lächeln erschien auf seinem Gesicht. Sie hatte also doch etwas erreicht. Lucy gab ihm die Hand. »Ich muss jetzt gehen«, sagte Max, während er sie schüttelte. Es war nicht nur ein Abschied, sondern auch eine Versöhnung mit der Vergangenheit. Lucy sah ihm nach, sie hatte den Eindruck, als würde er gegen den Strom schwimmen. Und dann kam sie sich auf einmal vor wie in der Schlussszene eines Films und winkte ihm noch einmal zaghaft und unsicher nach, bevor er in der Menge verschwand.

3

Als Lucy wieder in den Gerichtssaal kam, beendete der Richter gerade seine Zusammenfassung des Falles. Die Zuschauerbänke waren so voll, dass sie nur einen Stehplatz fand.

»Es sei ausdrücklich darauf hingewiesen«, sagte Richter Pollbrook in ruhigem Ton, »dass fünfzig Jahre lang niemand außerhalb der Familie Fougères wusste, dass Jacques Fougères ein Kind hatte. Die Familie hat das jetzt zugegeben und in der Folge notgedrungen auch die Anklage. Warum es überhaupt geheim gehalten wurde, entzieht sich meiner Vorstellungskraft, aber das sollte Sie nicht beeinflussen. Wichtig hingegen ist der Umstand, auf den Mr Brionne uns aufmerksam gemacht hat.« Er sah die Geschworenen mit leidenschaftslosem Blick an. »Wenn Sie glauben, dass seine Aussage der Wahrheit entspricht, dann dürfen Sie auch den Schluss ziehen, dass der Junge nur aufgrund des Eingreifens des Angeklagten überlebt hat. Allerdings stehen Sie dann vor einer Inkonsequenz, auf die Mr Bartlett wiederholt hingewiesen hat: dass es in der Tat ziemlich seltsam von dem Angeklagten wäre, ein einzelnes Kind zu retten und sich andererseits im vollen Wissen um die Konsequenzen an einer Unternehmung zu beteiligen, die vielen anderen Kindern das Leben oder die Gesundheit kostete.« Richter Pollbrook sah die Geschworenen scharf an. »Trotzdem möchte ich Ihnen aufgrund meiner langen Erfahrung als Richter eines sagen: Menschen benehmen sich manchmal extrem sonderbar. Bestimmt haben auch Sie Freunde, Bekannte oder Verwandte, die Sie durch ihr Verhalten zutiefst erstaunt haben. Und deshalb gebe ich Ihnen folgenden Rat: Wenn Sie davon überzeugt sind, dass das, was die Anklage behauptet, der Wahrheit entspricht, müssen Sie den Angeklagten schuldig sprechen. Haben Sie Zweifel daran, sprechen Sie ihn frei.«

Danach ging der Richter noch einmal jeden Punkt der Anklageschrift durch und formulierte eine Reihe von Fragen, anhand derer die Geschworenen durch Ableitungen wie »Wenn A zutrifft, muss auch B richtig sein« feststellen konnten, ob der Angeklagte schuldig war oder nicht. Schließlich schlug der Richter sein rotes Buch zu und sagte, während er seine Brille abnahm: »Zu welchem Schluss Ihre Überlegungen Sie auch führen mögen, denken Sie bitte immer an eines: Im Zweifel für den Angeklagten.«

Die Geschworenen zogen sich daraufhin zurück, um getreu ihres Eids aufgrund der vorgelegten Beweise über den Angeklagten zu urteilen. Richter Pollbrook gab ihnen noch mit auf den Weg, dass er in diesem Stadium des Prozesses nur ein einstimmiges Urteil akzeptieren werde.

Es gab keinen Zweifel daran, dachte Lucy, als sie das Gerichtsgebäude verließ, dass trotz aller theoretischen Ausführungen des Richters Schwermanns Verurteilung oder Freispruch davon abhing, ob die Geschworenen Briones seltsame Geschichte von dem Kind glaubten, dem Schwermann angeblich das Leben gerettet hatte und von dem Lucy und Agnes wussten, dass es tot war.

4

Wie verabredet, traf Anselm DI Armstrong auf den Stufen der St. Pauls Kathedrale.

»Wollen wir einen Kaffee trinken?«, fragte Anselm.

»Nein, danke. Wie kann ich Ihnen helfen?«

Anselm entging ihre kühle, professionelle Höflichkeit nicht.

»Ich möchte mit Victor Brionne sprechen.«

»Das hat man mir schon gesagt.«

»Es ist wichtig.«

»Das haben Sie das letzte Mal auch gesagt. Wie haben Sie sich damals ausgedrückt? ›Im Interesse der Gerechtigkeit‹, wenn ich mich nicht irre.«

»Stimmt.«

»Der Schuss ging wohl nach hinten los.«

»Ich weiß.«

»Pater Anselm, finden Sie nicht, dass Sie in diesem Fall schon genug Schaden angerichtet haben? Es ist durchaus möglich, dass das Märchen, das Brionne dem Gericht aufgetischt hat, zu einem Freispruch des Angeklagten führt. Ist Ihnen das klar?«

»Ich schwöre Ihnen, dass ich keine Ahnung hatte, was er aussagen würde«, antwortete Anselm geknickt.

»Ich fürchte, das genügt mir nicht.«

»Aber diesmal weiß ich genau, was ich tue. Vorher bin ich nur im Dunkeln herumgetappt.«

»Genau wie ich. Und ich tue es jetzt noch. Aber ich möchte auch gar nicht erleuchtet werden. Hier haben Sie die Adresse und die Telefonnummer.« Sie gab ihm einen Zettel, den sie offenbar schon vorbereitet hatte.

»Vielen Dank.«

»Ich sage es Ihnen nur ungern, Pater, aber ich gebe Ihnen die Adresse nicht, weil ich Ihnen vertraue, sondern weil sie im Telefonbuch steht.«

Anselm steckte den Zettel ein und senkte den Kopf. Er konnte DI Armstrong nicht mehr in die Augen schauen. Als er wieder aufsah, eilte sie schon die Stufen hinab.

5

Als Anselm wieder in St. Catherine's war, rief er Victor Brionne an.

»Ich würde gerne noch einmal mit Ihnen reden.«

»Muss das sein? Nach unserem letzten Gespräch habe ich vor Gericht ausgesagt, und was hat es mir gebracht? Mein Sohn hat sich von mir abgewendet. Ich habe Ihnen nichts mehr zu sagen.«

»Ich möchte mit Ihnen über Agnes Aubret reden.«

»Wozu? Ihre Neugier hat einen zu hohen Preis, Pater Anselm.«

»Agnes lebt.«

»Nein, sie ist tot«, polterte Brionne. »Ich weiß es.«

»Victor, ich kenne Agnes' Enkelin. Agnes hat überlebt. Sie wohnt hier in London. Ich werde Agnes demnächst sehen und ihr einen Brief überbringen, den Mr Snyman mir für sie gegeben hat.«

Am anderen Ende der Leitung herrschte tiefe Stille. Dann hörte Anselm, wie Brionne Atem holte.

»Sagten Sie Snyman?«

»Ja, Victor. Und jetzt hören Sie mir bitte zu. Agnes ist schwer krank. Sie wird bald sterben. Es ist an der Zeit, dass Sie das, was Sie fünfzig Jahre lang für sich behalten haben, endlich aussprechen.«

42. Kapitel

I

Am Freitagmorgen um halb zehn trat die Jury wieder zusammen. Während der folgenden Stunden saßen Lucy und Mr Lachaise auf der Bank, als warteten sie auf den Zahnarzt. Zur Ablenkung erzählte Lucy von den ruhmreichen Taten ihres alten Morris Minor, der momentan in der Chiswick Mall residierte. Lucy hatte den alten Knaben dort in Erwartung des Urteils geparkt ... eines Urteils, das sie wahrscheinlich noch an diesem Abend Agnes überbringen würde. Bis zum Mittag war noch keine Entscheidung gefallen. Lucy ging durch die Straßen und spürte, wie ihre Glieder müde wurden, bis es Zeit war, nach Old Bailey zurückzukehren.

Um halb drei ließ die Jury durch den Gerichtsdiener mitteilen, sie habe eine Frage. Die Vertreter von Anklage und Verteidigung und der Angeklagte wurden in den Gerichtssaal gerufen. Richter Pollbrook begab sich auf seine Bank. Die Jury wurde gerufen, ihre Sprecherin übergab dem Gerichtsdiener eine Notiz zur Weitergabe an den Richter. Dieser entfaltete das Blatt, las es und reichte es den Anwälten hinunter. Nachdem diese es dem Richter zurückgegeben hatten, las er vor:

»Wir würden gern die Aussage der Person hören, die das vom Angeklagten gerettete Kind bei sich aufgenommen hat. Kann das veranlasst werden?«

Richter Pollbrook wandte sich an die Jury: »Meine Damen und Herren«, sagte er, »Sie dürfen sich nicht von Spekulationen über Aussagen ablenken lassen, die man Ihnen theoretisch hätte unterbreiten können. Ihre Aufgabe besteht einfach darin, Ihren Spruch auf der Grundlage der Aussagen zu fällen, die Sie gehört haben, und nichts anderes.«

Während alle wieder hinauspilgerten, wandte sich Lucy an Mr Lachaise. »Die Geschworenen sind davon überzeugt, dass er ein Kind gerettet hat, und sie glauben, es ist von Bedeutung.«

»Wie schon gesagt, Mitleid ist eine klebrig süße Angelegenheit«, erwiderte Mr Lachaise. »Das habe ich selbst schon erlebt.«

2

Anselm stand vor dem Haus von Victor Brionne. Durchs Fenster sah er nur Bücher, die an jeder Wand vom Boden bis zur Decke reichten. Er klopfte an die Tür, die nach einer Weile aufging. Ein gebeugter, von Hosenträgern unterteilter Rücken entfernte sich. Anselm trat ein und ging einen dunklen Flur entlang. Ein kleines Rechteck aus schmierigem Tageslicht hing am oberen Ende der Treppe hinter einer halb geschlossenen Toilettentür.

»Setzen Sie sich«, sagte Victor Brionne mit einer Geste.

Sie saßen auf abgewetzten Sesseln aus dem Gebrauchtwarenladen. Ein verschossener burgunderroter Teppich, dessen Muster kaum noch zu erkennen war, warf Falten. Anselms Blick fiel auf das Funkeln einer Weinflasche, die wie ein verstohlener Eindringling neben Victors Sessel stand. Die großen Schlüssel in Anselms Tasche bohrten sich in seinen Oberschenkel. Er kramte sie hervor und legte sie auf die Armlehne.

»Wenn Agnes überlebt hat, ist es ein Wunder«, sagte Brionne.

»Sie hat überlebt.«

Brionne strich sich über eine der tiefen Falten, die sich unter seinen großen, dunklen Augen ausbreiteten. Leise und staunend sagte er zu sich selbst: »Wenn ich es nur gewusst hätte ... all die Jahre ...«

»Ist das nicht gleichgültig?«

»Gleichgültig?« Brionne lachte und zog eine Zigarette aus einer zerknitterten Packung. Er riss ein Zündholz an. Die Flamme zischte, erleuchtete sein Gesicht und erlosch. »Ich war dabei, als Rochet uns aufforderte, Mitglieder einer Tafelrunde zu werden, die einer vergessenen Ritterlichkeit zu neuem Glanz verhelfen sollte, und als alle riefen: ›O ja, bring uns unsere Bogen aus glänzendem Gold, unsere Pfeile der Sehnsucht, unsere Schilde ...‹« Brionne schwieg und blickte in die Leere, als versuchte er, verlorene Gesichter zu erkennen. »Alle außer mir. Ich habe gefragt, warum.« Er sah Anselm an. »Ich habe nicht begriffen, welchen poetischen Wert die Selbstzerstörung haben sollte.« Blauer Rauch kräuselte sich vor seinem Gesicht.

»Nach der ersten Razzia habe ich Rochet aufgesucht«, fuhr Brionne fort. »Er sagte, das wäre erst der Anfang, bald würden alle weggeschafft. Ein Babylon würde anbrechen, wie es die Welt noch nie gesehen hat. Dann würde niemand mehr an irgendwelchen Flüssen weinen. Ich weiß nicht, was über mich gekommen ist, aber ich erklärte, ich würde mich zur Polizei melden.«

Anselm spürte, wie ihm in dem ungeheizten Zimmer heiß wurde.

»Die Polizei hat die ersten Verhaftungen durchgeführt, also war das der ideale Platz. So würden wir schon im Voraus wissen, was die Deutschen vorhatten.«

»Was?«, rief Anselm aus.

Brionne schien nichts gehört zu haben. »Weshalb ich es getan habe? Damals habe ich nicht darüber nachgedacht, aber es war wegen Agnes.« Er sog den Rauch ein. »Um mit den Romanciers des neunzehnten Jahrhunderts zu reden – ich hatte mir Hoffnungen gemacht, die zunichte wurden, als ich erfuhr, dass sie von Jacques schwanger war. Das hatte sie mir schon einige Monate vor dem Gespräch mit Rochet gesagt. Irgendwie hingen die beiden Dinge zusammen, das Ende meiner großen Erwartungen und meine Idee, etwas zu tun, wofür Agnes mich bestimmt ewig bewundern würde, falls sie es je erfuhr. In meinem Opfer lag eine gewisse poetische Symmetrie.«

Brionne stand auf, verließ das Zimmer und kam mit einem kleinen, stockfleckigen Foto mit eingerollten Ecken zurück. Er gab es Anselm.

»Das ist sie. Ich habe das Foto 1936 gemacht.«

Sie hatte langes, glattes Haar und war genau in dem Moment erwischt worden, als sie es über die Schulter warf. Ihr von den Haaren überschatteter Mund war leicht geöffnet, und in ihren Augen stand – was war es? Befangenheit, Selbstvertrauen, unterdrückte Heiterkeit? Dies alles und mehr, all die Dinge, die man empfängt, kurz bevor die Jugend zu Ende geht. Hinter Agnes stand ein ernster junger Mann und hielt den Blick auf sie gerichtet, einen Blick, der Besitz ergriff und den Wunsch verriet, ebenfalls in Besitz genommen zu werden.

»Das ist Jacques.« Brionne streckte die Hand nach dem Foto aus. »Ich habe mich also gemeldet und wurde wegen meiner Deutschkenntnisse in die Avenue Foch versetzt. Damals dachte ich, es wäre die Hand Gottes, und jetzt? Jetzt bin ich mir nicht mehr so sicher. Dort bin ich dann Schwermann begegnet.«

Brionne zog die Flasche eine Handbreit über den Teppich, um sie besser fassen zu können, und goss Wein in einen fleckigen Krug.

»Er sah ganz normal aus, aber im Kopf war er vergiftet. Ständig verschlang er irgendwelche pseudowissenschaftlichen Schmähschriften gegen die Juden, unterstrich darin Sätze und machte Kreuze an den Rand.« Die Zigarette zwischen zwei Fingern nahm Brionne einen Schluck. »Egal, jedenfalls hatte Rochet beschlossen, er selbst sollte mein einziger Kontaktmann sein. Mein Deckname war Bedivère, den kannten nur Rochet, der Prior von Les Moineaux und dessen Ratsmitglieder. Wenn ich fliehen musste, dann würde ich dort Zuflucht finden. Da war ich nun in der Höhle des Löwen und es dauerte nicht lange, bis die große Razzia vorbereitet wurde. Was die Kinder betraf, war jedoch noch nichts geplant worden. Ich habe Rochet informiert.« Brionne verzog das Gesicht. »So viele hätten gerettet werden können, wenn wir nicht verraten worden wären.«

»Von wem?«, fragte Anselm ruhig.

Brionne hob die Hand, als wollte er um Geduld bitten. »Seltsam an dem Ganzen war, dass sich Schwermann nach der Zerschlagung der Tafelrunde veränderte. Er hat seine Schmähschriften nicht mehr in die Hand genommen. Bis heute weiß ich nicht, warum, aber ich glaube, es hatte mit der Verhaftung von Jacques im Juni 1942 zu tun.«

Unwillkürlich fiel Anselm das Essen mit Roddy ein, bei dem der alte Säufer ihn darauf aufmerksam gemacht hatte, dass man Jacques schon im Juni festgenommen hatte, während seine Gruppe erst im Juli zerschlagen worden war. »Wie ist es eigentlich dazu gekommen?«, fragte er.

»Als man die Juden zwang, einen Stern zu tragen, hat Jacques öffentlich protestiert – vor dem Gebäude, in dem ich arbeitete. Er wurde festgenommen, und Schwermann sollte ihm ein wenig Angst einjagen. Man brauchte also niemand, der Französisch sprach. Außerdem konnte Jacques ganz gut Deutsch, Gott sei Dank. Hätte Schwermann mich dazubeordert, wäre meine Tarnung aufgeflogen – was ohnehin fast passiert wäre, als Rochet hereingestürmt kam und Jacques sehen wollte. Man schleppte ihn weg, verpasste ihm ein paar Ohrfeigen und warf ihn dann hinaus. Zehn Minuten später tauchte Agnes auf und fragte nach mir ... ich war wie vor den Kopf geschlagen und dachte, das Spiel wäre vorbei. Wir stehen also im Flur – ob ich nicht helfen könne, fragt sie, um der alten Zeiten willen? Da steht plötzlich Schwermann vor uns. Er starrt erst mich an und dann sie, ich kann mir nicht vorstellen, warum – er spricht kein Französisch –, und er war gerade damit beschäftigt gewesen, Jacques durch die Mangel zu drehen. Deshalb versuchte ich, Agnes mit den Augen einen Wink zu geben: ›Nicht hier, nicht jetzt; ich tue, was ich kann.‹« Brionne stürzte den Wein hinunter. »Sie hat es nicht kapiert.«

Brionne griff neben sich, nahm die Flasche und stellte sie auf die Armlehne seines Sessels. Die ungerauchte Zigarette war zu einem langen Aschenfinger geworden.

»Schwermann machte sich wieder an die Arbeit, aber später erkundigte er sich nach ihr. Wer sie sei, ob sie diesen Fougères kenne? Nein, das ist bloß irgendein Flittchen, sagte ich, aber ich machte mir Sorgen. Einige Tage später habe ich sie besucht und ihr gesagt, sie solle sich von Rochet und Jacques fern halten, wofür sie mir eine Ohrfeige verpasste.« Als Brionne seinen Krug auffüllte, verschüttete er Wein auf seine Hand; die Asche der Zigarette brach ab und fiel zu Boden.

»Eines Morgens, etwa einen Monat später, sagte Schwermann mir dann, er müsse nachmittags im elften Arrondissement eine Französin festnehmen und ich solle mitkommen. Auf seinem Schreibtisch lag eine Akte, und als er weg war, habe ich hineingeschaut. Sie enthielt einen Bericht an Eichmann und ein Vernehmungsprotokoll – als handgeschriebener Entwurf und abgetippt – mit den Namen aller Mitglieder der Tafelrunde. Kaum hat man ihn in die Mangel genommen, da hat er alles ausgespuckt. Er hat alles verraten.«

»Wer hat das getan?«, platzte es aus Anselm heraus. Brionne starrte vor sich hin. Der Rauch seiner Zigarette musste ihm in Nase und Augen beißen, aber offenbar war die Erinnerung so lebendig, dass er es nicht spürte.

»Ich steckte den handgeschriebenen Entwurf ein und baute darauf, dass man ihn nicht vermissen würde. Ich hatte nicht viel Zeit, und ich hatte nur drei Ausweise, die von Rochets Kontaktleuten gefälscht worden waren. Die datierte ich und stürmte los. Rochet war nicht zu Hause, da ging ich zu Antoine Fougères. Der wollte nicht mit mir sprechen, weil ich ein Kollaborateur sei. Snyman empfing mich an der Tür und ich gab ihm den handgeschriebenen Bericht und die Ausweise, damit sie die Eisenbahn benutzen konnten. Sonst konnte ich nichts tun. Am Abend war die Tafelrunde schon zerschlagen.«

Brionne schloss die Augen. Ein lastendes Schweigen legte sich über den Raum. »Dass wir Agnes verhaften würden, habe ich erst gemerkt, als wir bei ihr waren«, fuhr Brionne fort. »Bis dahin dachte ich, sie würde noch am Parc Monceau wohnen. Die Wohnungstür war aufgebrochen, weil sie vorher schon Madame Klein abgeholt hatten. Wir saßen da und warteten. Was dann geschah, kann ich nicht beschreiben.« Brionne hatte sich eine neue Zigarette angesteckt und rauchte sie mit hastigen, tiefen Zügen. »Als wir ihr den kleinen Sohn wegnahmen, hat sie mich angeschrien, ein Schrei, den ich noch heute höre. Da hat Schwermann durchschaut, dass ich etwas mit der Tafelrunde zu tun hatte. Agnes habe ich nie wieder gesehen. Das ist meine letzte Erinnerung an sie. Eine Krankenschwester hat das Kind in ein Waisenhaus gebracht.«

Brionne wurde so ungewöhnlich still, als wäre alles in ihm gestorben. »Drei Tage später rief mich Schwermann zu sich. Auf die linke Seite seines Schreibtischs hatte er das getippte Vernehmungsprotokoll gelegt, auf dem alle Mitglieder der Tafelrunde standen. Dann holte er zwei Listen mit Namen von Leuten hervor, die nach Auschwitz deportiert werden sollten. Darunter befanden sich auch Agnes und ihr Kind. Rechts unten war ein Feld für die Unterschrift des Aufsicht führenden Offiziers, der die Namen derer abhakte, die in die Viehwaggons gesteckt wurden. Die beiden Blätter legte Schwermann auf die rechte Seite. ›Setzen Sie sich‹, sagte er. ›Sie haben die Wahl.‹«

»Ich setzte mich. ›Wenn Sie diese Dokumente unterzeichnen‹, sagte er, ›können Sie das Kind behalten. Wenn Sie sich weigern, kommt es nach Auschwitz und Sie werden erschossen.‹« Brionne starrte auf die Flasche, die inzwischen fast leer war. »Ich habe alles unterschrieben.« Mit einem matten Lachen stieß er den Rauch seiner Zigarette aus. »Schon damals schoss mir durch den Kopf, welche Ironie das ist – indem ich meinen Namen hinschrieb, wurde ich zu demjenigen, der die Tafelrunde verraten hat. Dabei hatte ich den Beweis, dass es jemand anders gewesen ist, gerade selbst beseitigt, wissen Sie noch? Ich meine den Entwurf, den ich Antoine Fougères, Jacques' Vater, zugespielt hatte.« Er leerte seinen Krug mit tiefen Zügen. »Als Nächstes geschah etwas, was ich nie vergessen habe – ich hörte, wie Schwermann in die Toilette kotzte. Am Nachmittag holte ich den Jungen aus dem Waisenhaus und brachte ihn nach Hause zu meiner Mutter. Er war eines von neun Kindern, die anderen acht wurden am nächsten Tag deportiert. Ich kann Ihnen nicht sagen, wie es war, mit einem von ihnen wegzugehen.«

»War das Robert?«

»Ja.«

»Robert ist der Sohn von Agnes?«

»Ja.« Brionne hob seine zitternde Hand, um sein Gesicht dahinter zu verbergen. »Schwermann hat die Abfahrt des Transports, mit dem Agnes weggebracht wurde, selbst überwacht. Anschließend behielt er das Original der Liste, das ich unterschrieben hatte, und legte einen Durchschlag ohne Unterschrift zu den Akten. Den Transport, in dem angeblich Robert war, hat er ebenfalls selbst abgefertigt, damit niemand fragen konnte, wo das Kind geblieben war. Der einzige Unterschied war, dass es von dieser Liste keinen Durchschlag gab. Um die Sache hieb- und stichfest zu machen, überredete er einen Freund in Auschwitz dazu, dort die Unterlagen zu fälschen, damit die Listen übereinstimmten.«

»Und weshalb das Ganze?«

»Er hat mir gesagt, wenn die Deutschen den Krieg verlieren, dann würden die Unterlagen bestätigen, dass wir ein Kind gerettet hatten, als sich die Gelegenheit dazu ergab.«

»Na und?«

»Das habe ich damals auch gesagt ... und er erwiderte, wenn er je um sein Leben kämpfen müsste, dann wäre das womöglich das Einzige, was ihn vor dem Galgen retten könnte.«

Brionne verließ das Zimmer. Anselm hörte, wie er sich in der Küche Wasser übers Gesicht laufen ließ. Während er zu seinem abgewetzten Sessel zurückging, sprach er weiter. »Schwermann hat viel Goethe gelesen. ›Du musst herrschen und gewinnen, oder dienen und verlieren‹, hat er ihn später einmal zitiert. Eine sehr deutsche Rechtfertigung. Von da an hat er häufig stark geschwitzt.«

Anselm wurde klar, wie unendlich begriffsstutzig er gewesen war. Zwar hatte er aufgrund der Dokumente, die Max ihm überlassen hatte, korrekt erraten, dass Brionne von Schwermann erpresst wurde, aber damit hatte er noch lange nicht gewusst, was Brionne getan hatte, um erpressbar zu werden. Das war simple Logik.

»In der folgenden Zeit sagte er oft: ›Zwei Seelen wohnen, ach! in meiner Brust.‹ Ich war ein Teil von ihm, und er war ein Teil von mir. Ich war derjenige, der die Geschichte seiner Heldentat erzählen musste, und ich konnte ihm die Flucht ermöglichen, indem ich das Netz der Tafelrunde zu seinem Vorteil nutzte. Zu gegebener Zeit habe ich das dann auch getan. Als klar wurde, dass der Krieg vorbei war, habe ich ihn nach Les Moineaux gebracht.«

»Aber keiner von Ihnen war den Mönchen dort bekannt«, sagte Anselm.

»Pater, bloß weil sie mich nicht kannten, hieß das nicht, dass es umgekehrt auch so war. Ich sagte Père Pleyon, dem Prior, ich sei ›Bedivère‹, und wurde mit offenen Armen aufgenommen. Und dann musste ich diesen herzensguten Mann in dieselbe Lage bringen, in die Schwermann mich gebracht hatte. Das war furchtbar, weil gerade er im Kloster für die Organisation des Fluchthilfeunternehmens zuständig gewesen war.«

»Père Pleyon?«

»Ja.«

Anselm fiel ein, was Chambray über Pleyons kritische Haltung zu Père Rochets Vorschlag gesagt hatte, und er erkannte sofort die weise Hand von Prior Morel. Der hatte die Verantwortung nicht einem begeisterten Hitzkopf übertragen, sondern einem Mann, der die Risiken im Blick hatte. Und dann fiel Anselm etwas auf, worüber er noch nie nachgedacht hatte: Er dachte an Père Pleyons Bericht nach Rom – es war Pleyon, der Rochet in Kontakt mit den Fougères' gebracht hatte …

Brionne sprach weiter: »Ich sagte ihm, wenn er uns nicht verstecken könne, würde ein Nazi geschnappt und gehängt werden. Ich aber auch. Und der Junge, den Schwermann verschont hatte, würde die schreckliche Wahrheit über seine

Herkunft erfahren. Verhalf Pleyon uns aber zur Flucht, nun, dann wäre das Kind endgültig gerettet. Es könne unbelastet von der Vergangenheit aufwachsen, und dadurch würde inmitten von so viel Schlimmem auch etwas Gutes entstehen. Und Schwermann? Der würde um eines Kindes willen gerettet werden, ein wenig in diesem Leben, vor allem aber im Königreich Gottes. Darin lag eine gewisse Poesie, die übrigens auch Père Rochet gefallen hätte.« Brionne steckte sich eine neue Zigarette an und bot Anselm auch eine an.

»Père Pleyon fragte, ob er einen Bericht nach Rom schicken könne, um zu erklären, was geschehen war. Ich habe zugestimmt. Robert wurde als Flüchtling im Nonnenkloster versteckt, und ich habe ihn jeden Tag besucht, bis unsere Flucht nach England vorbereitet war.«

Anselm stieß ein schuldbewusstes Stöhnen aus. Père Chambray hatte jede Einzelheit falsch verstanden, und Anselm hatte Chambrays Schlussfolgerungen allzu gern geschluckt, vor allem, weil man in Rom versucht hatte, sie vor ihm zu verbergen.

»Als wir Frankreich später verließen«, fuhr Brionne fort, »hat man Schwermann im Zug erkannt. Da führte er die Soldaten zu mir in den nächsten Wagen. Wir mussten aussteigen, und ich wurde von einem jungen Offizier verhört, etwa so alt wie ich. Ich schaute ihm in die Augen und sagte dasselbe wie im Kloster: Schwermann würde gehängt werden, aber was würde dann mit dem Jungen geschehen, der draußen auf der Bank saß? Der Offizier war ein braver Mann und ließ uns ziehen.«

Der junge Captain Lawson, der sich selbst dann an nichts erinnern konnte, als DI Armstrong ihn unter Druck setzte, dachte Anselm.

»Ich habe mir für Robert ein neues Leben aufgebaut«, sagte Brionne. »Er hat geheiratet und Kinder bekommen. Aber ich habe immer darauf gewartet, dass Schwermann auffliegt, weil ich wusste, dass er dann nach mir suchen würde.«

»Und deshalb haben Sie sich versteckt, als er bei uns in Larkwood aufgetaucht ist?«, fragte Anselm.

»Ja. Ich wäre auch geblieben, wo ich war, wenn Sie mich nicht gefragt hätten, ob Pascal Fougères umsonst gestorben sei.«

»Aber, Victor, wieso haben Sie nicht einfach gesagt, was geschehen ist?«

»Das wollte ich ja tun, aber als ich dann in den Zeugenstand gerufen wurde, konnte ich es nicht mehr. Ich habe Schwermann angeschaut, die Überlebenden im Publikum und dann auch Robert. Selbst als ich zur Polizei gegangen bin, habe ich es nicht über mich gebracht, ihm etwas zu erzählen. Wie konnte ich ihm beibringen, dass ich nicht sein Vater bin? Wie konnte ich beweisen, dass ich seine Mutter nicht in den Zug nach Auschwitz gesteckt habe? Dass ich nicht alle ihre Freunde verraten habe, die auch meine waren? Nur Père Rochet wusste, dass ich insgeheim ein Mitglied der Tafelrunde war, und der ist tot.«

»Aber Robert kennt Sie, er liebt Sie; er hätte Ihnen geglaubt!«

»Pater, Sie vergessen da etwas.« Brionnes Stimme klang fest, unerbittlich, distanziert. »Bis zum Ende des Krieges saß ich in der Falle und musste den Kollaborateur spielen. Das war der Preis für Roberts Überleben, und das konnte ich ihm einfach nicht sagen. Als ich vor Gericht stand und den Eid ablegte, habe ich die Wahrheit gesagt, obwohl niemand die wahre Bedeutung meiner Worte begriff. Es ist verachtenswert.«

Der rasche Alkoholkonsum forderte seinen Tribut. Brionne leckte sich die Lippen; sein Kopf begann zu wackeln und kippte gelegentlich zur Seite. Er hörte sich so an, als wollte er gleich weinen. »Die bittere Ironie daran ist mir klar geworden, als ich danach mit Robert auf der Straße stand und wusste, dass ich ihn verloren hatte – weil er dachte, ich hätte gelogen.« Brionne stieß einen tiefen Seufzer aus. »Und währenddessen war Agnes, seine Mutter, meine liebe Freundin, hier in London am Leben, und ich hätte Schwermann in ihrem Namen überführen können – es ist zu viel, einfach zu viel ...«

Entsetzt über den enormen Preis von Brionnes Selbstverleugnung, sagte Anselm: »Nach allem, was Sie gelitten haben, können Sie Agnes den Sohn zurückgeben. Sie haben ihn von den Toten auferweckt. Ich werde mit Robert sprechen.« Er stand auf, kniete sich neben den Sessel von Brionne, nahm ihm die Weinflasche aus der Hand und fragte: »Victor, wer hat die Tafelrunde verraten?«

»Ach, Pater«, sagte Brionne traurig, »muss ich es wirklich aussprechen?«

3

Um 16.17 Uhr war das Warten beendet. Alle kehrten in den Gerichtssaal zurück: Beamte, Anwälte, Beobachter, die Presse und natürlich Eduard Schwermann. Als sie es sich bequem gemacht hatten, eilte Richter Pollbrook zu seinem Stuhl. Lucy, die neben Mr Lachaise saß, sah die Geschworenen im Gänsemarsch zu ihren Plätzen gehen. Alle blickten schuldbewusst drein. Der Gerichtsschreiber erhob sich, um seine Litanei aus Fragen anzustimmen, und die Sprecherin der Geschworenen erhob sich, um ihm nervös zu antworten. Jede Erwiderung wurde vom Schreiber wortwörtlich wiederholt, um jeden Zweifel zu beseitigen. Die Sprecherin bestätigte die Wiederholung.

Die Geschworenen hatten in allen Anklagepunkten ein einstimmiges Urteil gefällt.

43. Kapitel

I

Die Sprecherin der Geschworenen war eine Frau Mitte dreißig, deren schmale Brille belesene Ernsthaftigkeit suggerierte. Sie trug ein schwarzes Kleid, das ihre blasse Haut so weiß wie Papier wirken ließ. Als Lucy das Urteil zum Hauptpunkt der Anklage hörte, kam es ihr so vor, als würde der gesamte Verlauf des Prozesses mit all seinen noch offenen Fragen von diesen endgültigen, nicht widerrufbaren Worten aufgesogen:

»Nicht schuldig.«

Der Satz war noch nicht richtig ausgesprochen, als ein empörtes Murmeln von der einen Seite der Zuschauerbänke zu hören war. Es war der gequälte Protest der Überlebenden und ihrer Verwandten, die dem gesamten Prozess stumm, aber aufmerksam gefolgt waren. Auch Lucy stieß einen zitternden Laut aus, der einem Lachen schrecklich nahe kam, und wandte sich an Mr Lachaise, der eine dem Augenblick völlig unangemessene Ruhe an den Tag legte. Er griff nach Lucys Hand, und einen Moment lang fühlten sie sich miteinander verbunden, als wären sie Vater und Tochter.

Auch die anderen Punkte der Anklage wurden verlesen, und jedes Mal lautete der Spruch der Geschworenen: »Nicht schuldig.«

Lucy saß da wie in einer zeitlosen Trance, in der sie zwar hörte, was gesagt wurde, aber die Worte in keinen Zusammenhang bringen konnte. Dabei musste sie ständig an Agnes denken, die unbeweglich, schutzlos und zum Schweigen verdammt in ihrem Bett lag. Nachdem Richter Pollbrook den Saal verlassen hatte, standen alle auf, und aus allen Richtungen war ein Scharren und Poltern zu hören, als würde der ganze Saal von Bühnenarbeitern, die möglichst rasch nach Hause kommen wollten, auseinander genommen. Nach einer Weile wurden die Geräusche leiser und hörten schließlich ganz auf.

»Entschuldigung, aber Sie müssen jetzt gehen.«

»Wie bitte?«, fragte Lucy, als wäre sie aus einem Traum erwacht. Der Gerichtssaal war leer, und sie und Mr Lachaise, dessen Hand sie noch immer hielt, waren die letzten Besucher.

»Ich muss jetzt zusperren«, sagte der Gerichtsdiener und deutete in Richtung Tür.

Lucy stand auf, und Mr Lachaise nahm seine Pfeife aus der Tasche und steckte sie sich nachdenklich in den Mund.

»Die dürfen Sie hier drinnen nicht rauchen«, sagte der Gerichtsdiener streng.

»Das weiß ich«, antwortete Mr Lachaise. »Ist nur so eine Angewohnheit von mir.« Er sah Lucy mit warmen Augen an. »Gehen wir«, sagte er leise.

Lucy hatte seinen Akzent und seine angenehm tiefe und ein klein wenig raue Stimme von Anfang an gemocht. Als sie die Schwingtür aufstieß, hörte sie ihn fragen:

»Könnten Sie mir vielleicht einen kleinen Gefallen tun?«

Und dann schlossen sich die Türen hinter ihnen. Lucy stand draußen in der Newgate Street und spürte, wie der Gedanke an Agnes alles um sie herum in den Hintergrund treten ließ. Sie hielt ein Taxi auf, stieg ein und sagte wie benommen: »Nach Hammersmith.«

2

Als Anselm Victor Brionne verließ, wusste er genau, dass der Mann weiter trinken würde und dass es nicht in seiner Macht stand, ihn daran zu hindern. Victor – Anselm konnte ihn inzwischen nur noch beim Vornamen nennen – hatte ihn gebeten, Agnes von Robert zu erzählen. Es war ein Geheimnis, das während der kurzen Lebenszeit, dic ihr noch blieb, unbedingt gelüftet werden musste.

Weil es kurz vor fünf war, ging Anselm in ein Zeitungsgeschäft, wo hinter dem Vorhang zum Nebenraum laut ein Radio spielte, und wartete auf den Beginn der Rundfunknachrichten, während er durch ein paar Zeitschriften blätterte. Die Meldung von dem schockierenden Freispruch verlas der Sprecher gleich am Anfang, gefolgt von weiteren Nachrichten. Am Schluss kam der ebenso schockierende Transfer eines bekannten Fußballspielers nach Italien. Zwei Schocks in derselben Nachrichtensendung, dachte Anselm, das ist eindeutig zu viel.

Er trat hinaus auf die Straße und klopfte, einem Impuls folgend, auf die rechte Tasche seines Habits, die ihm auf einmal viel leichter erschien als zuvor. Plötzlich fiel ihm ein, dass er die großen eisernen Schlüssel zu St. Catherine's bei Victor Brionne auf der Armlehne des Sessels liegen gelassen hatte. Er musste zurück und sie holen, aber es bestand kein Grund zur Eile. Victor Brionne würde heute nirgendwo mehr hingehen.

3

Die Tür zu Agnes' Wohnung stand einen Spalt offen. Anscheinend war Wilma rasch etwas besorgen gegangen. Lucy ging zielstrebig ins Zimmer ihrer Großmutter und küsste sie auf die Stirn. Ihre Haut fühlte sich warm und glatt an und roch ganz leicht nach dem Babyöl, mit dem Wilma sie eingerieben hatte. Lucy nahm Agnes' Hände in die ihren und sagte: »Grandma, der Prozess ist vorbei. Sie haben ihn laufen lassen.«

Agnes brauchte einige Zeit, bis sie antwortete. Dazu blinzelte sie langsam mit den Augenlidern und drehte ruckartig den Kopf zur Seite. Dann riss sie den Mund auf und ließ ein leises, gequältes Pfeifen hören, von dem Lucy glaubte, es würde niemals aufhören.

Wie in einem einzigen, alles versengenden Blitz sah Lucy auf einmal all die schrecklichen Bilder aus Agnes' Leben vor sich – den schrecklichen Verlust ihres Kindes, die Todeslager, die Rettung von Freddie und Elodie, die dennoch in einer Niederlage endete, den furchtbaren Preis des Schweigens, die heimtückische, gnadenlose Krankheit, die es ihr unmöglich gemacht hatte, dem Prozess beizuwohnen, und schließlich, als so gut wie nichts mehr übrig blieb, was man ihr noch hätte wegnehmen können, auch noch der Freispruch des Mannes, für dessen Verurteilung sie allein hätte sorgen können.

Die Haustür fiel ins Schloss. Wilma war wieder da.

Wie in Trance und ohne zu wissen, was sie tat, ging Lucy zu dem Schränkchen neben dem Bett, nahm Grandpa Arthurs in ein Staubtuch eingewickelten Revolver aus der Schublade und steckte ihn zusammen mit den vier Patronen in ihren Rucksack. Agnes, die immer noch das hohe jammernde Geräusch machte, warf den Kopf von einer Seite des Kissens auf die andere und versuchte, mit den Händen nach Lucy zu greifen.

»Keine Sorge, Grandma«, sagte Lucy so ruhig und sicher wie eine Krankenschwester. »Ich weiß, was ich tue. Die Kugeln sind für Victor Brionne. Aber ich werde mich nicht in Gefahr bringen.«

»Könnten Sie mir vielleicht sagen, was hier vor sich geht, Lucy?«, fragte Wilma, die gerade in den Raum getreten war.

Lucy rannte aus dem Zimmer und verließ das Haus.

4

Als Victor Brionne vor Gericht mit einer vor Selbstmitleid triefenden Stimme seine Adresse nannte, hatte Lucy sie aufgeschrieben. Holmleigh Road in Stamford Hill. Das war eine gute Wohngegend. Brionne hatte offenbar sein Leben nach der Flucht behaglich und unbeschwert in einem stattlichen Haus mit Garten genossen. Mit dem Auto, das Grandma ihr geschenkt hatte, fuhr Lucy dorthin, stellte den Wagen ab und schaute vom Fahrersitz hinüber zu den Fenstern von Brionnes Haus. Ihr Gewissen hörte sie nicht mehr. Sie holte das Staubtuch aus ihrem Rucksack und nahm den darin eingewickelten Revolver in die Hand. Als gehörten sie nicht zu ihr, klappten ihre Finger mit geschickten, fast professionellen Bewegungen die Trommel auf und steckten die Patronen in die Kammern. Dann schob Lucy den Revolver wieder in ihren Rucksack, stieg aus und ging entschlossenen Schrittes auf das Haus zu. Als sie vor der Tür stand, bekam sie auf einmal Gewissensbisse und wäre am liebsten wieder umgekehrt. Aber sie blieb und klopfte dreimal hintereinander an die Tür, die kurz darauf geöffnet wurde. Vor ihr stand Victor Brionne, der nicht mehr allzu sicher auf den Beinen zu sein schien.

»Ja, bitte?«

»Ich bin die adoptierte Enkelin von Agnes Aubret. Ich muss mit Ihnen reden.«

Brionne glotzte sie aus feuchten Augen gefühlsduselig an. »Wie heißen Sie?«

»Lucy Embleton.«

»Kommen Sie rein. Und entschuldigen Sie die Unordnung. Mir geht es im Augenblick nicht besonders gut.«

Lucy hasste Betrunkene, hasste ihre lallende, distanzlose Vertraulichkeit. Und sie hasste Brionne. »Das stört mich nicht«, sagte sie.

»Wie nett von Ihnen«, erwiderte er und ging voraus in das düstere Zimmer. »Möchten Sie vielleicht eine Tasse Tee?«

»Nein, danke«, sagte Lucy. Sie schloss die Tür hinter sich und schob den Riegel vor. »Ich bleibe nicht lange.«

5

Während Anselm in die Holmleigh Road einbog, dachte er noch immer an den Freispruch, der ihm schwer im Magen lag. Vor einer niedrigen Mauer stand eine Gruppe junger chassidischer Juden mit langen Bärten, schwarzen Anzügen und breitkrempigen Hüten, die sich gebärdenreich unterhielten und ein paar Frauen im Haus hinter der Mauer zuwinkten. Anselm ging rasch an ihnen vorbei auf Victors Haus zu.

Als er am Gartentor angelangt war, wurde er von hinten angesprochen.

»Entschuldigung, Pater, hätten Sie vielleicht einen Augenblick Zeit für mich?«

6

»Ich weiß genau, was Sie Agnes angetan haben«, sagte Lucy, nachdem sie Brionne eine Weile schweigend angeschaut hatte.

Brionne nickte.

»Und ich weiß auch, was Sie mit ihrem Kind gemacht haben.«

Brionne nickte abermals und sah Lucy mit aufgerissenen Augen an.

»Außerdem weiß ich, was Sie vor Gericht getan haben.«

Brionne wollte nach einer Flasche greifen, zog aber, als er bemerkte, dass sie leer war, die Hand wieder zurück.

»Agnes wird das Ende dieses Monats voraussichtlich nicht mehr erleben, aber ich möchte, dass Sie vor ihr sterben.«

»Und wie soll das gehen?«

»Ich habe einen Revolver dabei.«

»Wie aufmerksam von Ihnen.«

Lucy öffnete ihren Rucksack und zog Grandpa Arthurs Revolver hervor. Sie spannte den Hahn und sagte: »Er ist bereits geladen.«

»Wollen Sie mich etwa erschießen?«

»Nein.« Sie beugte sich zu Brionne hinüber und reichte ihm die Waffe. »Ich gebe den Revolver Ihnen. Und dann erzähle ich Ihnen alles über Agnes, über meinen Vater und mich. Das werde ich so lange tun, bis Sie entweder mich oder sich selbst erschießen.«

Brionne nahm mit düsterer, betrunkener Faszination den Revolver und starrte ihn aus glasigen Augen an. Dann biss er sich so heftig auf die Unterlippe, dass sie zu bluten begann.

»Verschwinden Sie!«, herrschte er Lucy an. »Und zwar sofort.«

7

»Wie schön, dass ich Sie treffe, Pater«, sagte die magere Frau, die offenbar aus dem Haus gegenüber getreten war. »Ich habe Sie vorbeigehen sehen und mich gefragt, ob Sie vielleicht ein Gebet für mich sprechen könnten.« Sie trug ein Kopftuch und eine geblümte Schürze, was Anselm an die mutigen Frauen im Krieg erinnerte, die trotz der nahenden deutschen Bomber in aller Seelenruhe ihre Türschwellen schrubbten.

»Gern«, sagte Anselm und ging ein paar Schritte auf die Frau zu. Es war doch überall dasselbe, dachte er. Überall gab es enttäuschte, verzweifelte Menschen, die Trost und geistlichen Zuspruch brauchten.

»Es ist so selten, dass einer der *unseren* sich in diese Gegend verirrt«, sagte die Frau mit Blick auf Anselms Habit.

»Verstehe«, sagte Anselm, der auf einmal das seltsame Verlangen verspürte, der Frau eine Ohrfeige zu geben. Das Blut schoss ihm ins Gesicht.

»Ich bin katholisch, genau wie Sie«, sagte die Frau.

»Tut mir Leid, aber ich bin Anglikaner«, log Anselm und machte einen Schritt auf Brionnes Gartentor zu.

»Ach so«, erwiderte die Frau enttäuscht und schob eine Strähne ihres rötlich gefärbten Haares unter das Kopftuch zurück. »Wie schön für Sie.«

»Ja, das ist es.«

»Nun denn, dann kann man wohl nichts machen.«

»Haben Sie denn ein spezielles Anliegen?«

»Ach, es ist nicht so wichtig. Es ging um jemanden aus meiner Familie, der nicht regelmäßig in die heilige Messe geht – also ein Problem, bei dem Ihresgleichen mir sowieso nicht helfen kann …«

Anselm hörte, wie eine Tür ins Schloss fiel und sah zu seinem Erstaunen Lucy aus Brionnes Haus kommen. Sie zitterte am ganzen Körper. »Geht es Ihnen nicht gut?«, rief Anselm und rannte auf sie zu. »Was machen Sie denn hier?«

Wie benommen drehte sich Lucy um und blickte zurück zum Haus, wo hinter dem großen Wohnzimmerfenster Victor Brionne stand, der unsicher schwankte und einen Revolver auf sein Gesicht gerichtet hielt. Anselm rannte zur Haustür und warf sich mit seinem vollen Gewicht dagegen. Die Tür hielt seinem Ansturm stand, woraufhin Anselm wieder und wieder gegen sie anstürmte, als verkörperte sie alles Schlechte auf dieser Welt. Und dann, zwischen zwei Anläufen, hörte er von innen einen lauten, scharfen Knall. Lucy kreischte laut auf, und Anselm hielt den Atem an, bis die Enge in seiner Brust sich mit einem leisen Fluch löste. Die Frau mit dem Kopftuch lief zurück in ihr Haus, um die Polizei anzurufen.

44. Kapitel

I

Angesichts der Umstände kam es Anselm nicht ganz passend vor, für Victor Brionne einen Krankenwagen zu rufen. »So sind nun mal die Vorschriften«, sagte Detective Superintendent Milby gleichgültig und ließ den Revolver in einen Plastikbeutel fallen. Dann reichte er ihn einem Kollegen, der ihn zu dem beschädigten Buch packte. »Nichts Besonderes«, fügte er hinzu, während er die Rückstände von Victor Briones Leben betrachtete. Leere Flaschen, Häufchen von Zigarettenasche und eine offene Packung mit zerbrochenen Keksen verunzierten den Boden.

»Schweinerei«, sagte Milby.

Ein Polizist, der sich über einen Sessel gebeugt hatte, entdeckte einen Schlüsselbund und hob ihn hoch wie ein Fischhändler seine Ware.

»Ach, das sind meine«, sagte Anselm.

Der Kriminalbeamte musterte seinen alten Kontrahenten, ließ das Rätsel jedoch ungelöst. »Könnten Sie mir wohl einen Gefallen tun?«, fragte er.

»Kommt darauf an.«

»Die junge Dame will, dass jemand ihrer Großmutter erklärt, was passiert ist. Offenbar ist die nicht ganz gesund. So was können Sie sicher besser als ich.«

»Was wird mit ihr geschehen?«, fragte Anselm und deutete auf Lucy.

»Schusswaffenbesitz. Sie kennen ja die Spielregeln.«

»Gefälligkeiten haben manchmal ihren Preis.«

»Sie hätten zum Rauschgiftdezernat gehen sollen.«

Anselm drängte den festnehmenden Beamten, DI Armstrong anzurufen und sie zu bitten, Lucy auf dem Revier zu besuchen. Und dann nahm er das Angebot an, sich im Wagen eines Detective Superintendent zur Chiswick Mall chauffieren zu lassen.

Beruhigend sprach Anselm auf Agnes ein und versuchte, ihre Angst, die sie nicht äußern konnte, zu lindern. Als er seinen Stuhl näher ans Bett schob, um die Abc-Karte lesen zu können, kam die Haushälterin herein. Auf einem kleinen Servierwagen schob sie ein Fernsehgerät vor sich her.

»Herr Pfarrer, jetzt ist nicht die rechte Zeit, um über die Letzten Dinge zu sprechen«, sagte sie tadelnd. »Sie können gern predigen, aber erst nach den Nachrichten.«

2

Lucy saß auf einer Bank vor dem Schreibtisch des Dienst habenden Sergeants und wartete darauf, abgefertigt zu werden. Neben ihr saß Pater Conroy, den Anselm herbeigerufen hatte.

»Wenigstens haben Sie nicht selbst abgedrückt«, sagte der Priester.

»Hätte das etwas ausgemacht?«

»In Moraltheologie war ich nie besonders gut, aber mit Leuten, die andere Leute ins Gefängnis schicken, kenne ich mich aus, und die glauben, das ist durchaus von Belang.«

Diese Erklärung hatte Gewicht. Mit dem gesteigerten Wahrnehmungsvermögen, das mit Angst einhergeht, fragte Lucy: »Waren Sie denn schon mal im Gefängnis?«

»Ja.« Conroy kratzte sich an den kräftigen, behaarten Armen. »Mehr als einmal.«

Lucys Panik wich vorübergehend ihrer Neugier. »Weshalb?«

»Ich kümmere mich um Straßenkinder in São Paulo.«

»Deshalb hat man Sie eingesperrt?«

»Es ist ein wenig komplizierter, aber man kann nichts für diese kleinen Teufel tun, ohne manchen Leuten auf die Zehen zu treten.«

Der festnehmende Beamte schnippte mit den Fingern, um Lucy zu sich zu zitieren. Sie musste ihre Taschen leeren und ihren Namen unter Formulare schreiben, die sie nicht gelesen hatte.

»Jetzt aber dalli«, sagte der Dienst habende Sergeant.

Eine wartende Polizistin fasste Lucy fest am Ellbogen und führte sie einen düsteren Flur entlang zu einer Zelle. Die schwere blaue Tür schlug zu, klirrend drehte sich ein Schlüssel, das rechteckige Guckloch ging auf und fiel krachend wieder zu. Als Lucy das Echo sich entfernender Schritte hörte, fing sie an zu weinen.

Das Schloss klapperte, Eisen schabte an Eisen. Die Tür ging auf, DI Armstrong betrat die Zelle und setzte sich auf einen an die Wand geschraubten Stuhl. »Sie haben sich ausnehmend dumm benommen«, sagte sie.

Lucy hob hilflos die Hände, als wäre ihr nicht klar, was sie getan hatte. Zunehmend verängstigt von den Mühlen der Justiz, in die sie geraten war, brach sie wieder in Tränen aus.

»Ich werde tun, was ich kann, um die Wogen zu glätten, aber mir sind die Hände gebunden«, fuhr ihre Besucherin fort. »Sie stecken in ernsten Schwierigkeiten.«

Lucy nickte. Sie war dankbar für dieses Angebot einer Freundschaft, selbst wenn es in dem System, das sie verurteilen würde, womöglich nutzlos war.

»Beim Schwermann-Prozess ist etwas vorgefallen«, sagte DI Armstrong mit teilnahmsvoller Stimme. Offenbar hatte sie Lucys unausgesprochenes Interesse an dem Urteil erraten. »Ich weiß zwar nicht was, aber ich denke, es wird in den Nachrichten kommen. Die können Sie gerne mit mir anschauen, denn das ist etwas, was ich für Sie tun kann.«

3

Gleich nach den Schlagzeilen kam eine Live-Reportage zum Thema des Tages in Old Bailey.

Scheinwerferstative und Kabelschlangen flankierten den Eingang des Gerichts. Über die Eisengeländer links und rechts ragten reihenweise Kameras und Mikrofone an langen Galgen, die aussahen wie kleine Kräne. Polizeibeamte in fluoreszierend gelben Schutzjacken standen im vorgeschriebenen Abstand um einen großen Fleck aus grellem Licht. Hoch über den Türen war die Inschrift angebracht, die Anselm vor Beginn der Verhandlung aufgefallen war: »Schützt die Kinder der Armen und bestraft die Missetäter.«

Ein Reporter erklärte, nach seinem sensationellen Freispruch sei Schwermann wieder zu den Zellen gebracht worden, von wo aus man ihn diskret aus dem Gebäude habe schaffen wollen. Als er zum Aufbruch bereit gewesen sei, habe sich jedoch ein bislang nicht identifizierter Mann an das Gerichtspersonal gewandt und darum gebeten, mit Schwermann dringend in einer privaten Angelegenheit sprechen zu dürfen. Als dieser den Namen des Mannes hörte, habe er einem Gespräch zugestimmt.

»Soweit wir wissen, ist diese Unterredung nun beendet«, fuhr der Reporter fort. »Wir erwarten jeden Moment, dass die beiden hinter mir aus diesem Eingang treten. Bei dem Unbekannten, heißt es, könnte es sich um einen Überlebenden des Holocaust handeln, der – Augenblick, da tut sich etwas …«

Der Reporter trat zur Seite, während die Türflügel mit einem Ruck aufgingen und scharfe, schwarze Schatten an die Wände warfen. Ein kleiner Mann trat heraus, er hielt sich schützend die Hand vor die Augen.

Lucy erkannte den Mann. Er hatte Tag für Tag neben ihr im Publikum gesessen und sie sogar dann aufgemuntert, wenn dafür kein vernünftiger Grund vorlag. Es war ein Mann, der zu ihrem Freund geworden war, Mr Salomon Lachaise. Er trat zur Seite, um Schwermann vorbeizulassen. Die Mikrofone an ihren Galgen folgten dem Angeklagten, als wollten sie sich an seinen Nacken heften.

Benommen vom grellen Licht stand Schwermann auf dem Gehsteig und spielte nervös mit dem Saum seines Jacketts. Als die Kamera ihn näher heranholte, sah man Max Nightingale hinter einem Polizisten stehen. Er hatte die Fäuste in die Taschen seiner Jacke geschoben.

Von allen Seiten wurde Schwermann so mit Fragen bombardiert, dass man unmöglich etwas hören konnte bis auf die ständige Wiederholung seines Namens. Salomon Lachaise betrachtete die Szene von einer Treppenstufe aus, die Anselm an die erhöhte Warte eines Richters denken ließ. Lucy hingegen sah mit einem Mal einen Mann in Trauer. Als Schwermann den Kopf hob und in die Kameras blickte, brachen die Fragen plötzlich ab.

Salomon Lachaise trat zurück in den Schatten, während Schwermann zu sprechen begann.

»Das Gericht hat mich freigesprochen. In den Augen der Welt habe ich kein Verbrechen begangen.« Schwermann begann zu lachen, doch dann verzog sich sein Gesicht so qualvoll, als verkrampften sich sämtliche Fasern. »Vor dem Krieg war ich ein junger Mann, dann kam ich nach Paris – und wurde über Nacht zu jemand anders … Aber ich habe fortgeführt, was ich schon vorher machte.« Blitzlicht zuckte über sein Gesicht wie der Schein eines knisternden, tobenden Feuers. »Ich gebe zu, ich habe niemals Halt! gerufen, aber ich habe etwas von Wert getan. Das hat mir einen Grund gegeben weiterzuleben, einen Grund zu fliehen, einen Grund, dieses Verfahren durchzustehen. Nun will ich nur noch sagen …«

Max Nightingale schob sich neben den Polizisten, um seinen Großvater besser sehen zu können.

»Victor Brionne hat die Wahrheit gesagt, aber selbst er wusste nicht, was er sagte …« Schwermanns Miene wurde drohend und abweisend. Das leise, geschmeidige Klicken der Kameras wurde schneller und lauter, grelle Lichter flammten auf und erloschen. Entrüstet ins Licht blickend, sagte Schwermann leise: »Ein Kind wurde gerettet.«

Mit zitternder Hand betastete er den Saum seines Jacketts und riss die Augen auf wie eine bemalte Spielfigur. »Hat das denn keinerlei Bedeutung?«

Plötzlich sank Eduard Walter Schwermann auf die Knie. Das Gesicht von Salomon Lachaise bewegte sich ins Licht. Ein Polizist sprang vor und blieb verwirrt stehen, als Schwermann den Saum seines Jacketts anhob und am Futter zerrte. Er zog etwas heraus, das er sich in den Mund steckte, dann schloss er die Augen, biss zu und fiel wie eine Marionette, deren Fäden man mit einem Schnitt durchtrennt hatte, zu Boden.

Während Chaos ausbrach, konnte der aufmerksame Betrachter im Hintergrund gut die kleine Gestalt von Salomon Lachaise erkennen, der mit schweren Schritten den Hexenkessel verließ und im Dunkel verschwand.

4

Wilma steckte den Fernseher aus und verließ das Schlafzimmer. Die Tür fiel leise zu. Lange versuchte Anselm, etwas in dem unbewegten Gesicht der Frau zu lesen, die auf ihren Tod wartete. Nichts regte sich. Er sah nur ein langsames Blinzeln und dann Tränen, die in die weichen Falten der Haut rannen.

Dies ist der richtige Moment, dachte Anselm. An diesem Tag des Todes musste kraftvoll vom Leben gesprochen werden. Er räusperte sich. »Agnes, ich muss Ihnen etwas sagen.«

Sie hob einen Finger von der Bettdecke.

»Ich weiß, Sie hatten einen Sohn, Robert, den man Ihnen weggenommen hat.«

Agnes griff nach seiner Hand.

»Sie haben gelebt, als wäre er tot.«

Sie wandte Anselm den Kopf zu und drückte ganz leicht seine Finger.

»Victor hat Sie nicht verraten. Er hat Ihren Sohn zu sich genommen und ihn beschützt. Ich habe Robert mit eigenen Augen gesehen. Er ist am Leben.«

Anselm erschrak, als Agnes sich plötzlich aufrichtete und krächzend einen Laut von sich gab, der Schmerz oder Verwunderung ausdrücken mochte. Dann sank sie wieder zurück und griff nach Anselms Hand. Ihr Mund formte Worte, doch kein Laut kam heraus.

»Er ist groß«, sagte Anselm.

Ein leichter Druck.

»Im Vergleich mit mir ziemlich gut aussehend.«

Ein leichter Druck.

»Soweit ich weiß, spielt er gekonnt Klavier.«

Ein noch leichterer, bleibender Druck.

»Er ist mit einer bezaubernden Frau verheiratet. Sie heißt Maggie.«

Agnes' Kraft war dahin; ihre Finger lagen warm und still in Anselms Hand.

»Die beiden haben fünf Kinder. Manche von ihnen sind verheiratet und haben ebenfalls Kinder. Agnes, Sie sind nicht nur Mutter… Sie sind auch Großmutter und Urgroßmutter.«

Agnes' schürzte die Lippen, ihre Augen waren groß und voller Tränen. Irgendwie fielen die Jahre von ihr ab, und Anselm nahm die jugendliche Anmut wahr, die Victor Brionne auf seinem Foto eingefangen hatte. Die Frau im Bett war sich immer gleich geblieben.

Geschäftig kam Wilma herein, in den Händen einen Teelöffel, einen Unterteller und eine Schale mit Eiswürfeln.

5

Man brachte Lucy in ihre Zelle zurück. Eine halbe Stunde später schwang krachend die schwere Tür auf, Lucy wurde ungeduldig herausgewinkt und zum Tisch des wachhabenden Sergeants geführt. Pater Conroy war noch immer da; neben ihm stand DI Armstrong. »Der Chef sagt, Sie können heimgehen«, erklärte sie. »Sie werden für eine Woche gegen Kaution entlassen. Wenn Sie wiederkommen, werden Sie vernommen.

Anschließend entscheidet sich, ob Anklage gegen Sie erhoben wird.«

Lucy nahm ihre Habseligkeiten in Empfang und unterschrieb einige Formulare, dann brachte Pater Conroy sie hinaus. »Kommen Sie, ich fahre Sie nach Hause«, sagte er auf der Straße.

Während er in den dichten Verkehr einbog, sagte Lucy ruhig: »Sie hatten beide den Tod verdient.«

»Erklären Sie das mal Pater Anselm.«

»Wieso?«

»Er steckt immer voller Überraschungen.«

»In welcher Hinsicht?«

»Was den äußeren Anschein betrifft.«

Bis zum Ende der Fahrt fiel kein Wort mehr. Pater Conroy setzte Lucy in der Acre Lane vor ihrer Wohnung ab. »Wissen Sie, nichts ist so, wie es aussieht«, sagte er, während sie ausstieg. »Machen Sie sich keine Sorgen.«

Draußen in der Kälte ging sie rasch zu ihrer Haustür. Dabei kämpfte sie gegen ein Gefühl an, das immer stärker wurde. Hatte sie mit dem Wunsch nach Rache nicht Schuld auf sich geladen – in der Hoffnung, dass Agnes die Nachrichten sah und ebenfalls Freude daran fand, wie der Hüter der Flamme sich auslöschte?

Teil IV

Sie kommen wieder, das Blatt und die Blüte, und streben
aus Schmutz und Verwesung empor zu altem Glanz

Das Verbrennen der Blätter
Laurence Binyon (1942)

Vierter Prolog

Agnes konnte mittlerweile Arme und Kopf nicht mehr heben, aber ihre Finger waren noch so beweglich, dass sie auf die Karte mit dem Alphabet deuten konnte, wenn sie ihr jemand hielt. Und es gab einige Dinge, die noch gesagt werden mussten.

Sie wurde jetzt über einen Tropf ernährt, den Freddie, der nicht wollte, dass seine Mutter in einem Krankenhaus starb, beschafft hatte. Alle waren eifrig um ihr Wohl bemüht und wussten nicht, dass Agnes, die von dem Zirkus, der außerhalb ihres Zimmers wegen ihr veranstaltet wurde, nichts mitbekam, eigentlich gar keinen Wert darauf legte.

Vor ihrem inneren Auge sah sie ein wunderschönes Feuerwerk mit ständig aufsteigenden Raketen, die vor einem silbrig schimmernden Firmament von Sternen in Billionen blauer, grüner, roter und gelber Leuchtpartikel zerstoben. Wie ein weicher Schauer fielen sie auf ihre Wimpern, von wo aus sie dann in den Abgrund darunter taumelten, in dem auch sie bald verschwinden würde. Aber zuerst wollte sie ihren Robert wiedersehen, von dem sie wusste, dass er bald zu ihr kommen würde. Agnes befand sich in einem zeitlosen, geheimen und unendlich andauernden Dankgebet.

45. Kapitel

I

Ein alter Armeerevolver, der noch dazu Jahrzehnte lang in einer Schublade aufbewahrt wurde, ist ein bedeutend unzuverlässigeres Mordinstrument als eine Zyankali-Kapsel. Zum Glück, wie Pater Anselm angesichts von Lucys gescheitertem Versuch, Victor zum Selbstmord zu bewegen, erleichtert feststellte.

Allerdings hatte Victor gar nicht die Absicht gehabt, sich zu töten. Wie viele Alkoholiker verfügte er in betrunkenem Zustand über eine geschärfte Geistesgegenwart. Als er sich also mit dieser ebenso törichten wie verzweifelten jungen Frau konfrontiert sah, die ihm einen geladenen Revolver in die Hand drückte, hielt er es für das Beste, die Waffe erst einmal an sich zu nehmen. Nachdem Lucy gegangen war, hatte er in die schwarze Mündung des Revolvers geschaut. Es sei, so sagte er später, eine Art Spiel gewesen, ein langsames Herantasten an eine Vernichtung, die zwar eine große Anziehung auf ihn ausübte, aber für die er sich doch nicht entscheiden konnte. Wieso auch? Ganz egal, wie viel Leid er erdulden musste, ganz egal, wie sehr er sich moralisch kompromittiert hatte, er hatte immer noch Robert und seine Kinder und Enkelkinder. Sie waren wie Blumen aus der Katastrophe seines Lebens emporgewachsen, und ihre bloße Existenz hatte etwas Erlösendes für ihn. Victor lebte für sie. Und jetzt hatte er erfahren, dass sie für Agnes lebten.

Und dennoch hatte Victor großes Glück gehabt, dass er sich nicht aus Versehen erschoss. Als er nämlich den Revolver senkte, löste sich ein Schuss, der seinen Kopf nur um Haaresbreite verfehlte und im Bücherregal einen seltenen Band von Samuel Johnsons Dictionary zerstörte, für den Victor eine Stange Geld bezahlt hatte. Wegen seiner blutenden Lippe und des Verdachts auf einen Schock musste Victor über Nacht im Krankenhaus bleiben. Als er am nächsten Morgen wieder nach Hause durfte, bekam er Besuch von Pater Anselm.

»Wie Sie ja bereits wissen«, sagte Victor, »habe ich in meinem Dilemma immer auch die Ironie gesehen. Auf dem Papier war ich derjenige, der die Tafelrunde verraten hat, und als ich nach England kam, beschloss ich, alles wieder ins richtige Licht zu rücken. Die Idee kam mir, als ich meine Spur noch weiter verwischen wollte und mir deshalb eine zweite falsche Identität zulegte. Ich habe lange nachgedacht, was für einen Namen ich wählen sollte.«

»Brownlow?«, warf Anselm mit einem fragenden Lächeln ein.

»Der Mann, der Oliver Twist gerettet hat«, antwortete Victor. Ihn hatte dieser kleine Scherz über viele Widrigkeiten des Lebens hinweggetröstet.

»Natürlich!«, rief Anselm. »Er kam mir doch gleich bekannt vor.«

Victor verzichtete auf die Vorteile, die ihm seine Ausbildung und sein Talent hätten verschaffen können, und entschied sich aus Gründen der besseren Tarnung für ein Leben als einfacher Fabrikarbeiter. Und so stand er für den größten Teil seines Arbeitslebens am Fließband und schraubte Deckel auf Senfgläser. Was ihm von seinem Lohn übrig blieb, gab er für Roberts Klavierstunden aus. Als er Pauline heiratete, die er auf einem Wohltätigkeitsbasar der Kirche kennen gelernt hatte, wurde sie Robert eine liebende Stiefmutter.

»Als Robert alt genug war, um es zu begreifen, erzählte ich ihm, dass seine richtige Mutter während eines Bombenangriffs ums Leben gekommen sei. Solche schrecklichen Dinge hören sich immer überzeugend an.«

Sechsundzwanzig Jahre lang hatte Pauline, die er in alles eingeweiht hatte, ihm Kraft gegeben. Als sie erfuhr, dass sie an einer seltenen Nierenkrankheit sterben würde, schrieb sie Victor einen Brief, der ihm helfen sollte, auch ohne sie zurechtzukommen, aber für ihn blieben diese Worte nur leblose Zeichen, die er immer wieder anstarrte, wobei er versuchte, ihre Stimme, ihre Leidenschaft und ihren Glauben an ihn heraufzubeschwören. Und er sehnte sich nach ihrer Vergebung für die Verbrechen, an denen er beteiligt gewesen war. Nach Paulines Tod war Victor zur Beichte gegangen.

»Der Priester erteilte mir die Absolution«, erinnerte er sich, »aber er weigerte sich, mir eine Buße aufzuerlegen. ›Reden Sie weiter mit Pauline‹, sagte er, und das tat ich dann auch. Aber irgendwann versagten ihre Nieren ganz und sie musste sterben. Da fing ich zu trinken an.«

Victors Familie führte seinen Alkoholismus nur auf den Schmerz über den Verlust seiner Frau zurück, aber es gab auch noch jene andere Last, die er nicht mehr alleine tragen konnte. Eine teure Entziehungskur, die Robert ihm vermittelt hatte, empfand Victor als äußerst demütigend, aber nicht etwa, weil er zu stolz dafür gewesen wäre, sondern weil er dort die wahren Gründe für seinen Zusammenbruch nicht nennen konnte.

»Sie dachten, ich würde dem Schmerz ausweichen, den ich zulassen müsste, um die Wahrheit über mich zu erkennen, und ich konnte es nicht. Es war, wie so vieles in meinem Leben, ein grässliches Missverständnis.«

Sie saßen noch ein paar Minuten schweigend beisammen, bis sich Anselm erhob, weil er zum Zug musste.

»Jemand muss Robert alles sagen«, meinte Victor erschöpft. »Es wird sicher nicht einfach werden, aber irgendwie wird sich dadurch der Kreis schließen.«

»Ich habe bereits ein Treffen mit ihm vereinbart«, erwiderte Anselm.

In nachdenklichem Ton sagte Victor zum Abschied: »Das, was mir widerfahren ist, war eine unglaubliche Mischung aus Missgeschick und Glück, und da ich ein religiöser Mensch bin, schreibe ich alles der Vorsehung zu. Trotzdem kann ich mir kaum erklären, dass ich so viel Gnade empfangen habe, wo doch alles für so lange Zeit so fürchterlich falsch gelaufen ist.«

Auf diese Feststellung wusste Anselm keine Antwort.

2

Lucy traf Pater Anselm im Vorraum des Bahnhofs Liverpool Street. Sie hatte ihn am Abend zuvor in St. Catherine's angerufen und das Treffen vereinbart, weil sie ihm vor seiner Abreise nach Larkwood noch einmal für alles, was er für sie getan hatte, danken wollte. Der Mönch stand hinter seinem Koffer wie eine der steinernen Statuen am Portal einer Kathedrale und betrachtete die an ihm vorbeihastende Welt mit Ruhe und Gelassenheit. Als er Lucy sah, hob er die Hand.

»Ich habe gehört, dass man die Anklage gegen mich fallen lassen will. Das habe ich bestimmt Ihnen zu verdanken«, sagte Lucy.

»Das stimmt nicht ganz«, erwiderte der Mönch. »Ich kenne Detective Superintendent Milby schon ziemlich lange und weiß, dass er das auch von sich aus gemacht hätte. Aber was Sie getan haben, war wirklich eine große Dummheit.«

»Als ich es tat, war ich nicht ganz bei mir. Es kam mir vor, als würde ich eine Rolle in einem selbst geschriebenen Theaterstück spielen. Ich dachte, ich hätte endlich einmal alles in der Hand, und als ich erst einmal angefangen hatte, konnte ich nicht mehr aufhören. Als ich dann aber mit der Waffe in der Hand vor Brionne stand, kam mir alles auf einmal völlig unwirklich vor.« Erneut spürte sie, wie ein unangenehmes Schuldgefühl in ihr aufstieg, das aber zum Glück wieder verschwand. »Detective Inspector Armstrong hat mir erklärt, wie gefährlich so ein alter Revolver ist. Wenn man den Hahn erst einmal gespannt hat, kann das Ding bei der kleinsten Bewegung losgehen, auch wenn man den Abzug überhaupt nicht berührt.«

»Zum Glück war das nicht der Fall, denn sonst hätten Sie vielleicht den letzten Ritter der Tafelrunde auf dem Gewissen, den Mann, der Robert das Leben gerettet hat«, sagte Pater Anselm. »Ich darf überhaupt nicht daran denken.« Der Mönch klärte Lucy in knappen Worten über den wahren Sachverhalt auf. Angesichts der Größe ihres Irrtums erschrak Lucy so sehr, dass sie zutiefst beschämt mit leiser Stimme sagte: »Da muss ich wohl einen Schutzengel gehabt haben.«

»Das kann gut sein«, sagte der Mönch nachdenklich und blickte hinauf zur Tafel mit den Abfahrtzeiten. »Ich fürchte, ich muss jetzt gehen.«

Lucy begleitete ihn noch bis auf den Bahnsteig. »Ich muss unbedingt meinem Vater sagen, wer er wirklich ist.«

»Ja ... und ich muss Robert Brownlow sagen, wessen Sohn er wirklich ist.«

Auf einmal sah Lucy vor ihrem geistigen Auge ein fröhliches Fest, bei dem alle Beteiligten glücklich vereint waren. Es war wie ein Traum, von dem sie wusste, dass er in Erfüllung gehen würde. Pater Anselm blieb vor der offenen Zugtür stehen und sagte: »Wissen Sie, dass auch Salomon Lachaise von der Tafelrunde gerettet wurde?«

»Nein«, erwiderte Lucy und dachte an den freundlichen älteren Herrn, der während des Prozesses ihr Freund geworden war. »Und doch saß er im Publikum nicht bei den anderen Überlebenden.«

»Seltsam. Das wusste ich nicht ...«

Lucys Traum hatte inzwischen konkrete Formen angenommen: »Ich möchte alle diese Menschen zusammenbringen, bevor meine Großmutter stirbt. Sie sollen sich bei ihr in der Wohnung versammeln.«

Das Gesicht des Mönchs signalisierte erstaunte Zustimmung.

»Würden Sie auch kommen, Pater?«

»Gerne. Schließlich bin auch ich ein Bote aus der Vergangenheit.«

Ein Bote war er in der Tat, denn er hatte immer noch den Brief an Agnes, den er ihr vor ihrem Tod überbringen musste.

Ein Eisenbahner in einer verknitterten Uniform ging den Bahnsteig entlang und forderte die letzten Fahrgäste zum Einsteigen auf. Kurz bevor die Tür geschlossen wurde, stellte

Lucy Anselm die Frage, die ihr schon die ganze Zeit im Kopf herumging. »Ich würde zu gerne wissen, was Mr Lachaise zu Schwermann gesagt hat …«

»Ich auch«, antwortete der Mönch.

Die Zugtür fiel mit einem dumpfen Geräusch ins Schloss, und ein lauter Pfiff ertönte. Langsam fuhr der Zug an, und Pater Anselms Gesicht hinter der schmutzstarrenden Scheibe bewegte sich immer weiter von Lucy fort.

46. Kapitel

Salomon Lachaise hatte sich in Larkwood angemeldet. Er brauchte etwas Zeit für sich und hatte angefragt, ob er in der Klause wohnen könne. Der Prior hatte ihm die Erlaubnis dazu erteilt. Drei Tage lang wanderte der Gast des Klosters durch den Wald, am Bach entlang und um den See. Dann fand Anselm eines Morgens in seinem Brieffach eine Nachricht. Salomon Lachaise freue sich auf seinen Besuch.

Nach dem Mittagessen ging Anselm rasch durch die Felder. Ein gutes Stück vor der Klause führte eine schmale Holzbrücke ohne Geländer über den Bach. Der kleine Mann saß auf den Planken und ließ die Beine baumeln. Schweigend gesellte Anselm sich zu ihm.

»Wissen Sie noch, wie Sie kurz vor dem Ende der Verhandlung zu mir sagten, Sie hätten sich mir gegenüber als jemand ausgegeben, der Sie gar nicht waren?«, fragte Salomon Lachaise.

»Ja. Sie haben erwidert, das träfe auf uns alle zu.«

»Sie haben ein gutes Gedächtnis.«

»Ich habe mich gefragt, was Sie damit gemeint haben.«

»Ich weiß nicht recht, ob ich es überhaupt erklären kann, aber ich werd's versuchen. Sie wissen, ich habe schon früh im Leben erfahren, dass ich zu den wenigen gehöre, die entkommen sind. Alle meine Verwandten sind umgekommen, und ich habe die Erinnerung an sie am Leben erhalten. Ich habe Ihnen gesagt, ich hätte einen gewissen Frieden in meiner wissenschaftlichen Laufbahn gefunden, deren Anfang ich einem Überlebenden des Holocaust verdankte.«

»Ja, das weiß ich noch.«

Nachdenklich blickte Salomon Lachaise auf das unter seinen Füßen dahinströmende Wasser. »An einem hellen, kalten Vormittag hat mein Leben eine neue Wendung genommen«, fuhr er schließlich fort. »Nach einer Vorlesung über die Ikonographie der Feudalzeit kam ich in den Aufenthaltsraum und griff nach einer Zeitung. Ein Journalist hatte herausgefunden, dass dieser ... dieser Mensch nach dem Krieg Zuflucht in England gefunden hatte.«

»Der Journalist war Pascal Fougères?«

»Ja. Ich habe beschlossen, Verbindung mit ihm aufzunehmen, und das auch meiner Mutter gesagt. Nein, hat sie gesagt, lieber Gott, nein. Lass die Vergangenheit doch ruhen. Da habe ich mich an Josef Bremer gewandt, den Anwalt, von dem ich so viel gelernt habe. Bei unserem ersten Gespräch habe ich von ihm erzählt. Er hatte den Artikel ebenfalls gelesen, und auch er riet mir, einfach weiterzumachen ... und zu vergessen, was ich gelesen hatte.«

»Haben Sie auf ihn gehört?«

»Nein.«

Mit leiser, monotoner Stimme sprach Salomon Lachaise weiter. »Als ich das nächste Mal mit Bremer sprach, habe ich ihm gesagt, ich wäre fest entschlossen, der Gruppe beizutreten, die diesen Menschen sucht. Ich wollte ihn um Unterstützung bitten, bevor ich es meiner Mutter sagte.«

»War er einverstanden?«

»Nein. Man könnte sagen, er hat seine berufliche Distanz verloren.«

»In welcher Hinsicht?«

»In dem Artikel, den wir beide gelesen hatten, wurde der Name der Kleinstadt erwähnt, in der der Flüchtige geboren war – Wissendorf. Das war Bremer ins Auge gefallen, weil er den Namen aus den Verhandlungen mit dem Anwalt meines Wohltäters kannte. Sofort hatte er einen logischen Schluss gezogen. Weil ich mich geweigert hatte, auf seinen Rat zu hören, war er gezwungen, mir zu erklären, dass der deutsche Anwalt, der den so genannten Überlebenden vertrat, auch für die Familie dieses ... Menschen tätig war.«

»Schwermann war dieser Überlebende?«, fragte Anselm, entsetzt über die unverfrorene Aneignung dieses Begriffs.

»Ja. Dazu passt gut, dass das historische Forschungsgebiet, in dem ich mir einen Namen gemacht habe, manchmal auch als ›Zeitalter der Gönnerschaft‹ bezeichnet wird.«

Salomon Lachaise betrachtete seine herabbaumelnden Beine und stemmte vorsichtig die Schuhsohlen gegen den Wasserstrom. Schmale, silberne Wellen blitzten im dunklen Wasser auf.

»Wieso ist er ausgerechnet auf Sie gekommen?«, fragte Anselm leise.

»Ich war das letzte Kind, das von der Tafelrunde gerettet wurde«, erwiderte Salomon Lachaise langsam. »Es war Agnes Aubret, die mich kurz vor ihrer Verhaftung in Sicherheit brachte.«

Anselm wandte den Kopf und studierte das Gesicht seines Begleiters. Es hatte die wundersame Ruhe einer Kreidezeichnung, die zu Pulver zerfiel, wenn man sie anrührte. »Offenbar hat es Schwermanns Gewissen beruhigt, dass Sie überlebt haben«, sagte Anselm verständnislos.

»Mein ganzes akademisches Leben gründet auf verseuchtem Boden. Alles, was ich erreicht habe, ist aus Gift entstanden wie Blumen, die im Dreck wachsen. Ich werde meinen Beruf nie wieder ausüben.«

Anselm wollte widersprechen. »Aber es ist doch ...«, begann er und verstummte gleich wieder, denn er wusste, dass die weitreichendsten Entscheidungen oft nicht bewusst getroffen werden, sondern sich einfach einstellen.

»Ich habe mich dann doch nicht bei Fougères gemeldet, und meine Mutter dachte, ich hätte auf ihren Rat gehört. Kurze Zeit später ist sie friedlich gestorben. Trotz meiner Trauer hat mich das auch befreit.«

»Inwiefern?« Anselm spürte, dass etwas Entscheidendes in der Luft lag.

»Josef Bremer ist ein gewissenhafter Mensch, der all seine Unterlagen behält und nie vernichtet. Zufällig hatte sein deutscher Kollege bei der Überweisung der Gelder einmal einen Fehler gemacht. Als Bremer dem nachgegangen war, hatte er den Namen des Klienten erfahren. Ich habe ihn gebeten, seine alten Unterlagen durchzusehen, und da stand er ... Nightingale.«

»Also waren Sie es, der Pascal Fougères den Brief mit diesem Namen geschickt hat?«, fragte Anselm.

»Ja. Als dieser Mensch um Kirchenasyl bat, ließ ich mich vorzeitig pensionieren und folgte seinem Fluchtweg von Paris nach Les Moineaux. Irgendwie ahnte ich, dass er denselben Weg genommen hatte wie meine Mutter. Dann kam ich hierher nach Larkwood, und danach konnte ich nur noch auf den Ausgang des Verfahrens warten.« Lachaise atmete schwer wie einer, der einen Felsen gestemmt hat. »Ich habe darauf gewartet, dass er den Mund aufmacht, denn ich wollte hören, was er seinen Opfern zu sagen hat. Aber dann sagte er gar nichts, und man sprach ihn frei. Er hatte das, was man ihm vorwarf, wirklich getan, und doch waren der Jury Zweifel gekommen. Der Augenblick, auf den ich gewartet hatte, war da ... ohne dass ich es gewollt hätte. Trotzdem habe ich einem Wachtmeister gesagt, ich wolle mit ihm sprechen, und habe meinen Namen genannt.«

Wieder hielt Salomon Lachaise seine Füße an die Wasseroberfläche und beobachtete, wie die silbrigen Wellen auseinander liefen und sich wieder zusammenfanden. Dann erzählte er, wie er in einen Raum gebracht worden war, der ausgesehen habe wie die Schalterhalle eines kleinen Postamts.

In eine Trennwand war ein dickes Glasfenster eingelassen, darunter eine Holzplatte, die aussah wie ein durch die Wand führender Tisch. Auf beiden Seiten stand ein Stuhl.

»Auf der anderen Seite ging eine Tür auf, und plötzlich saß er vor mir. Lange habe ich ihn einfach angeschaut, jede Falte in seinem Gesicht, seine Fingernägel. Er hat eine Hand gehoben und ans Glas gelegt.«

Schwermann war der Erste, der durch die Trennwand hindurch sprach:

»Ich wusste nicht, dass du das warst, damals im Wald …«

»Das weiß ich.«

»Ich kann kaum glauben, dass du hier bist. Aber du bist gekommen.« Schwermanns verhärmte Gesichtszüge wurden weich vor Dankbarkeit, Angst und Verwunderung.

»Ja, ich bin gekommen.«

»Wie hast du es herausgefunden?«

»Ich bin hier, das ist alles, worauf es ankommt.«

»Es ist mir gelungen, dich zu retten, weißt du das?«

»Ja, das weiß ich.«

»Nachdem ich entkommen war und genug Geld verdiente, habe ich dich suchen lassen. Ich habe dir gegeben, so viel ich konnte, habe deine Laufbahn verfolgt …« Die Stimme flehte um Anerkennung und Dankbarkeit.

»Auch das ist mir bekannt.«

»Ich hatte eine Familie … eine Tochter … einen Enkel, doch in all den Jahren habe ich dich nie vergessen. Ich habe immer an dich gedacht und mich gefragt, wie es dir wohl geht.«

»Natürlich.«

»Du bist einer der Gründe, weshalb mein Leben etwas wert ist.«

»Ja.«

»Und nun, da alle anderen mich verlassen haben, bist du es, der zu mir gekommen ist … ich bin überwältigt …«

In der lähmenden Spannung des Augenblicks kam plötzlich ein Fragment aus dem gewaltigen Bildungsschatz von Salomon Lachaise zum Vorschein. Es war die erschütternde Passage aus der *Aeneis* des Vergil, in der Aeneas triumphierend über dem gefallenen Turnus steht, einem bärenstarken Mann, den er im Zweikampf besiegt hat. Aeneas hebt das Schwert zum tödlichen Streich, doch Turnus fleht ihn an, ihm um seines Vaters willen das Leben zu schenken. Zuerst hält Aeneas inne und zögert, aber dann fällt sein Blick auf einen Gürtel, den Turnus als Trophäe über der Schulter trägt. Es ist der Gürtel seines liebsten Freundes Pallas, den Turnus ohne Gnade erschlagen hat.

Mit leiser, brüchiger Stimme fragte Salomon Lachaise: »Was ist mit den anderen, mit der Familie meiner Mutter, den Abertausenden, den Söhnen und Töchtern …«

»Ich konnte nichts dagegen tun.«

»Du hast eine Menge getan.«

»Ich hatte keine Wahl«, sagte der alte Mann bettelnd, wie zum hundertsten Mal.

»Doch, du hattest eine Wahl. Du hast zu viel vergessen.«

»Bitte, Salomon, hör mich an … kannst du mir nicht vergeben?« Das Flehen wurde zu einem Jammern.

»Die Macht dazu habe ich nicht. Die hat nicht einmal Gott, das können nur die Menschen, deren Leben du zerstört hast. Und nun hör mich an!«

Sofort erstarrte Schwermann, als hätte sein Herzschlag ausgesetzt. Er atmete nur noch, eine mechanische Bewegung, die seinem in Wartestellung verharrenden Körper fremd geworden zu sein schien. Salomon Lachaise erhob sich und sagte: »Mit meinen Händen nehme ich den Staub, aus dem du erschaffen wurdest, und werfe ihn in den Wind. Möge die Erinnerung an dich ausgelöscht sein bis über das Ende der Welt hinaus!«

Als er sich von der Trennscheibe abwandte, hörte er, wie der Gefangene auf der anderen Seite, der bald seine Freiheit wiedererlangen sollte, ein trockenes, entrüstetes Stöhnen von sich gab.

Salomon Lachaise schwieg. Das Murmeln des Wassers unter den Füßen der beiden Männer wurde lauter. Anselm gab wieder, was er in der Zeitung gelesen hatte:

»In zwei seiner Jacketts hat die Polizei Kapseln gefunden. Sie waren unterhalb der linken Außentasche in den Saum eingenäht, mit einem losen Faden, an dem man nur ziehen musste, wenn es nötig war.«

»Offenbar.«

»Wahrscheinlich hat er sie vor jedem Besuch in der Reinigung herausgenommen und dann wieder eingenäht.«

»So muss es wohl gewesen sein.«

Anselm stellte sich vor, wie Schwermann dieses private Ritual des Auftrennens und Einnähens über die Jahre hinweg gepflegt hatte. Ein Mann, ständig in Bereitschaft, einer Bestrafung zu entgehen, die er sich nicht selbst auferlegt hatte. Bevor Anselm seine Überlegungen abschließen konnte, sagte Salomon Lachaise mit Entschiedenheit: »Ich werde nie mehr von ihm sprechen.«

Wie auf ein Zeichen zogen beide sich hoch auf die Knie und standen auf. Anselm half seinem Gefährten, das Gleichgewicht wieder zu finden. »Was werden Sie jetzt tun«, fragte er, während sie zur Klause schlenderten.

»Reisen. Ich möchte in Bewegung bleiben. Ich habe keine Verpflichtungen, niemand, der von mir abhängig wäre.«

»Werden Sie weiterhin in Genf wohnen?«

»Ja. Obwohl ich die Universität endgültig verlassen habe, ist sie doch eine Art Heimat für mich.« Salomon Lachaise begann zu strahlen. »Und außerdem habe ich vor, eine kleine Ausstellung mit den Bildern des jungen Max Nightingale zu organisieren. Haben Sie sie einmal gesehen?«

»Nein.«

»Dann holen Sie das schleunigst nach. Diese Bilder besitzen eine beunruhigende Unschuld. Ich werde versuchen, die familiäre Schmach des Künstlers zu seinem Vorteil zu nutzen, sonst bleibt sie für immer ein Fluch.«

»Das ist großzügig von Ihnen.«

»Nichts, was einem Freude macht, ist großzügig.«

Als sie die Klause erreichten, wollte Anselm kehrtmachen, um zum Kloster zurückzugehen, doch Salomon Lachaise deutete auf die offene Tür. »Wollen Sie nicht ein letztes Glas Portwein mit mir trinken?«, fragte er. »Ich habe immer eine Flasche dabei.«

Schweigend saßen sie auf wackligen Stühlen und tranken, bis Anselm fragte: »Möchten Sie Agnes Aubret wieder sehen?«

Salomon Lachaise verschlug es die Sprache. In seinen Augen standen Tränen.

47. Kapitel

I

Lucy hatte sich mit ihrem Vater im Garten von Gray's Inn verabredet. Beim Hineingehen zeigte sie ihm die beiden Steinstatuen am Tor. »Das sind Greife«, erklärte ihr Vater. »Die Wächter des Paradieses. Was lernt ihr heutzutage eigentlich in der Schule?«

Ihr Vater trug einen exakt gebügelten Maßanzug, die Uniform eines kompetenten und erfolgreichen Geschäftsmannes. Nachdem sie sich auf eine Bank gesetzt hatten, wischte ihr Vater mit dem Handrücken ein paar imaginäre Partikel vom Ärmel seines Jacketts. Wie ein altes Ehepaar saßen die beiden mit übergeschlagenen Beinen nebeneinander. Und dann begann Lucy, das Weltbild ihres Vaters gründlich zu demontieren.

»Dad, niemand von uns ist das, was wir alle glauben.«

Ihr Vater, der annahm, sie mache einen Scherz, entgegnete: »Und wahrscheinlich sind auch alle anderen nicht das, was wir glauben.«

»Nicht alle.« Lucy wusste, dass das, was sie ihrem Vater jetzt sagen musste, ihm tief unter die Haut gehen würde. »Aber auf Grandma trifft das zu« – auf einmal sah er sie erschrocken an – »und ganz besonders auf dich.«

Dann erzählte Lucy ihrem Vater, dass er der Sohn unbekannter, von den Nazis ermordeter Eltern war, den Agnes in Ravensbrück in ihre Obhut genommen hatte. Niemand wusste, woher sein Vater und seine Mutter stammten und wo sie begraben waren. Außerdem berichtete sie, dass Agnes die Mutter eines Sohnes war, den sie jahrzehntelang für tot gehalten hatte und von dem man erst seit kurzem wusste, dass er noch am Leben war. Freddie hörte ihr mit einer Mischung aus Verblüffung und Bestürzung zu und fingerte dabei ständig an seinem Krawattenknoten herum. Als Lucy fertig war, saß er wie erschlagen da und wirkte wie jemand, der in einem Theater darauf wartete, dass der Vorhang fiel und das Licht anging.

»Weißt du was?«, sagte er mit schwacher Stimme. »Sie hat es mir einmal fast erzählt.«

»Wann denn?«

»Vor vielen, vielen Jahren, als es ihr noch gut ging. Ich war damals fünfzehn oder sechzehn und habe sie wegen ihres andauernden Schweigens ziemlich angegriffen.« Jetzt lockerte er die Krawatte ganz und öffnete den obersten Knopf seines Hemds. »Ich warf ihr vor, ich sei ihr immer egal gewesen, sie habe sich nie um mich gekümmert.«

»Und was hat sie geantwortet?«, fragte Lucy.

Ihr Vater saß mit steifem Rücken auf der Bank und scharrte mit einem seiner blitzblank geputzten Schuhe im Kies. Er wischte sich mit einem Taschentuch über die trockenen Lippen und sagte: »Eigentlich gar nichts, zumindest nicht gleich. Aber ihr Gesicht sah auf einmal ganz eingefallen aus ... ich werde das nie vergessen ... und gerade als ich glaubte, sie würde mir eine Antwort geben, zog sie sich in sich selbst zurück.«

»Hat sie denn gar nichts gesagt?«

Freddie war ganz rot im Gesicht geworden. »Doch. Sie sagte: ›Freddie, du kannst mir alles vorwerfen, nur nicht das. Das nicht.‹« Er faltete die Hände wie zu einem elenden, hoffnungslosen Flehen. »Mein Gott, ich muss zu ihr ... ich muss ihr sagen, wie Leid mir das alles tut ...«

Der Garten wurde geschlossen, und gehorsam wie eine Gruppe von Flüchtlingen trotteten die Gäste zum Ausgang. Auch Lucy und Freddie gingen hinaus und waren doch andere Menschen als die, die den Garten betreten hatten.

»Ich habe mein Leben lang das Gefühl gehabt, dass sie mich aus irgendeinem unerfindlichen Grund nicht mag.«

Diese traurigen Worte ihres Vaters waren fast zu viel für Lucy. Sie senkte den Blick auf den mit feinen Kieselsteinen bestreuten Weg.

»Jetzt verstehe ich, warum das so war ...«

Lucy senkte den Kopf noch weiter, bis ihr Kinn das dünne Goldkettchen berührte, das ihr Vater ihr zum zehnten Geburtstag geschenkt hatte.

»Ist das Leben nicht manchmal fürchterlich? Damals, als ich es so dringend wissen wollte, hat sie es mir nicht sagen können, weil ich es nicht verstanden hätte. Und jetzt, wo ich es verstehen würde, kann sie es mir nicht mehr sagen.«

Lucy drückte mit dem Kinn die kleinen Glieder des Kettchens in die Haut an ihrem Hals. Ihr Vater fuhr fort: »Alles auf der Welt würde ich dafür geben, wenn ich diesen Augenblick von damals noch einmal erleben dürfte und ihr sagen könnte, dass ich es nicht so gemeint habe. Aber das Schlimme ist ja, dass es zu dieser Zeit wirklich so gemeint war. Ich wünschte nur, ich hätte es nie ausgesprochen. Leider kann ich es nicht zurücknehmen. Wir alle müssen mit dem leben, was wir gesagt oder getan haben.«

Als sie am Tor anlangten, schaute Lucy ihrem Vater ins Gesicht. Sein Gesicht kam ihr auf einmal um Jahre gealtert vor, aber es lag keine Bitterkeit darin. Es zeigte eher den Ausdruck eines soeben begnadigten Häftlings, der sich nach all den Jahren im Gefängnis nicht mehr freuen kann und deshalb angesichts seiner bevorstehenden Freilassung nur ein mattes Lächeln zustande bringt.

Freddie sah Lucy in die Augen und sagte nur: »Meinst du, es bleibt mir noch genügend Zeit, um das wieder gutzumachen?«

»Ja.«

Sie schritten durch das Tor des Paradieses, das hinter ihnen diskret geschlossen wurde. Als ihr Vater Lucy einen Abschiedskuss gab, dachte sie, wie merkwürdig es doch war, dass er erst, seit sie ihm von Pascals Tod erzählt hatte, zu einer Intimität fähig war, nach der sie sich beide schon immer sehnten. Sie blickte hinauf zu einem der Greife und glaubte fast, die Steinfigur atmen zu sehen.

2

Anselm überließ Salomon Lachaise der Einsamkeit von Larkwood und nahm den Zug nach Newcastle, wo er mit einer ratternden U-Bahn zu dem am Meer gelegenen Haus von Robert Brownlow fuhr.

Anselm hatte seinen Besuch vorher mit Maggie besprochen, die ihm die Tür öffnete, noch bevor er klingeln konnte. Drinnen führte sie ihn mit besorgtem Gesicht zur Treppe, wo Anselm ihr sagte, er werde schon allein hinauf zu Robert finden.

Oben standen er und Robert dann vor einem großen Fenster im Wohnzimmer und blickten hinaus auf die Cullercoats Bay und den Strand, an dem Roberts Sohn Francis und sein Enkel Stephen gerade eine Sandburg bauten.

»Francis ist mein Ältester«, sagte Robert. »Und da drüben sitzt seine Frau Caroline mit ihrem jüngsten Kind, dem kleinen Ian. Er ist elf Monate alt.«

Eine Frau, die offensichtlich an das raue Klima gewöhnt war, das hier im Nordosten selbst an sonnigen Tagen herrschte, saß in einen Mantel gehüllt auf einem kleinen Felsvorsprung. Zwischen den Kragenaufschlägen ragte der runde Kopf eines Kleinkinds hervor.

»Ich habe noch vier weitere Kinder«, erklärte Robert. »Zwei von ihnen sind verheiratet und haben ebenfalls Kinder. Alles in allem sind wir jetzt dreizehn. Und auf einmal fällt das alles auseinander.«

»Robert«, sagte Anselm, »Sie haben mir doch bei unserem ersten Treffen gesagt, Victor Brionne sei kurz nach dem Krieg gestorben.«

»Das war auch die Wahrheit, jedenfalls soweit es mich betraf. Dieser Mann war nicht mein Vater. Mein Vater war ein anderer Mann namens Victor Brownlow. Zumindest habe ich mir das eingeredet. Hauptsächlich ihretwegen« – er deutete auf die zwei Generationen seiner Familie, die vor dem Haus am Strand spielten –, »aber auch wegen mir. Und jetzt, wo er vor Gericht für diesen Schwermann ausgesagt hat, hat sich auf einmal alles ins Gegenteil verkehrt. Mein Vater ist gestorben, und ich bin plötzlich der Sohn von Victor Brionne geworden.«

Ohne dass sein Vater es bemerkte, war der kleine Stephen aus seinen Kleidern geschlüpft und watschelte jetzt auf das eiskalte Meer zu. Seine Mutter, die ständig ein Auge auf ihn hatte, rief ihrem Mann etwas zu, woraufhin dieser seinem Sohn nachlief.

Anselm wählte seine Worte sorgfältig. »Ein Teil dessen, was Sie mir soeben gesagt haben, entsprach der Wahrheit. Ihr Vater ist tatsächlich tot.«

Robert wandte sich vom Fenster ab und sah den Mönch, dessen scharfer Ton ihn offenbar erstaunte, mit seinen großen braunen Augen an.

»Victor Brionne ist nicht Ihr Vater. Er war es noch nie.«

»Wie meinen Sie das?«, fragte Robert.

»Sie sind der Sohn von Jacques Fougères.«

Robert öffnete erstaunt den Mund und fuhr sich mit der Hand durch seine kurz geschnittenen Haare. »Ist das nicht der Mann, von dem in dem Prozess die Rede war?«

»Ja.«

»Von dem Agnes Aubret das Kind hatte?«

»Ja.«

»Bin ich etwa dieses Kind?«

»Ja, Robert, das sind Sie.«

Robert machte ein paar schwankende Schritte vom Fenster zurück ins dunkle Zimmer und ließ sich vorsichtig auf einem Stuhl nieder. »Agnes Aubret ... ist meine Mutter?«

»Ja.«

»Und sie ist in Auschwitz gestorben?« Seine Augenlider fingen an zu zucken, und er hustete leise.

»Nein, Robert. Sie hat überlebt. Sie wohnt in London, aber sie ist sehr krank und wird bald sterben.«

»Großer Gott.«

»Es ist eine lange und komplizierte Geschichte«, sagte Anselm und ging hinüber zu Robert, »aber Victor wird Ihnen alles erzählen. Ich will Ihnen nur noch eines sagen: Sie sind am Leben, weil er Sie gerettet hat. Der Preis, den er dafür gezahlt hat, war enorm hoch, und er bezahlt ihn immer noch.«

»Erzählen Sie mir mehr. Ich möchte alles wissen …«

Anselm gab ihm einen kurzen Überblick über das, was Victor getan und wie er dafür gelitten hatte.

Angsterfüllt wie jemand, der weit draußen im Watt von der Flut überrascht wird, sagte Robert stockend: »Ich muss noch einmal mein ganzes Leben durchleben, von Anfang an … ich muss mich selbst finden … zu meinem Vater finden … und zu Victor finden.«

»Es wäre besser, wenn Sie mit Ihrer Mutter anfangen würden, Robert«, sagte Anselm sanft, aber eindringlich. »Sie weiß Bescheid. Und lassen Sie sich dabei von Victor helfen.«

Robert ging zur Tür und rief leise: »Maggie, könntest du bitte zu mir kommen?«

Seine Frau rannte die Treppe herauf, und als sie das Wohnzimmer betrat, breitete Robert mit einer schwachen Geste seine Arme aus. Maggie fiel ihm um den Hals und rief: »Was ist denn los, Robert? Bitte, sag mir, was los ist!«

Als Anselm das Haus verließ, wehte ihm ein heftiger, feuchter Wind vom Meer entgegen. Unter einem strahlenden Sonnenhimmel trat er durch das Gartentor auf den Wanderweg, der am Rand der Klippen um die ganze Bucht führte. Auf diesem ging er, das Gesicht vom Wind abgewandt, ein paar hundert Meter weit. Dann blieb er stehen, drehte sich um und blinzelte gegen die Sonne erst zurück zum Haus, dessen Fenster ihm jetzt klein und schwarz vorkamen, und dann hinab zum Strand, wo immer noch der kleine Stephen mit seinen verwuschelten blonden Haaren im feuchten Sand spielte, der sorgenfreie und glückliche Urenkel von Agnes Aubret und Jacques Fougères.

48. Kapitel

I

Am Tag vor Agnes' erstem und letztem Wiedersehen mit ihrer Familie goss es in Strömen. Unbarmherzig prasselte eine wahre Flut vom Himmel. Dicke, tief hängende Wolken hüllten Hochhäuser und Kirchtürme ein. Selbst Lucy wollte nicht allein sein. Sie rief ihre Freundin Cathy an und fragte, ob sie bei ihr übernachten könne.

Lucy fuhr mit der U-Bahn nach Pimlico, wo sie mit gesenktem Kopf durch die Pfützen stürmte. Als sie Cathys Wohnung erreichte, war sie pudelnass. Nach einem warmen Bad hüllte sie sich in ein großes, angewärmtes Handtuch und tappte ins Wohnzimmer. Auf einem Tablett standen Schachteln von einem Restaurant mit Lieferservice. Cathy hob den Kopf. »Das ist vom Mongolen um die Ecke«, sagte sie. »Ehrlich.«

Lucy fiel auf, dass Cathy kein Make-up trug. So sah sie jünger aus, fast wie damals in Cambridge, wenn auch ohne das aggressive Selbstbewusstsein von damals. Draußen donnerte der Regen auf das öde und leere Pflaster, und als die Nacht hereinbrach, erklärte Lucy ihrer Freundin, was am nächsten Tag geschehen würde. Cathy hörte zu und schob dabei ihr Essen auf dem Teller herum. Beim Erzählen kam Lucy auf eine Idee, und während die beiden sich bettfertig machten, steckte sie den Kopf aus dem Badezimmer und fragte: »Möchtest du jemand kennen lernen?«

»Wen denn?«

»Einen Mann.«

»Das musst du mir schon genauer erklären.«

»Er kann mit Pinsel und Farbe umgehen.«

»Gebongt.«

Lucy lag wach und wünschte sich inbrünstig, dass Wind und Regen sich versöhnten oder ihren Streit wenigstens auf einen anderen Tag verschieben würden. Wenn das Wetter so blieb, waren ihre ganzen Pläne für morgen im Eimer. Während sie sich Gedanken über mögliche Alternativen machte, überkam sie unvermutet der Schlaf. Als sie am nächsten Morgen aufwachte, stahlen sich schwache Sonnenstrahlen durch einen Vorhangspalt und warfen einen matt leuchtenden Streifen Licht an die Wand. Lucy riss das Fenster auf und lauschte dankbar, wie die warme Luft lautlos das Wasser aufsog. Die Welt sah frisch aus wie am ersten Tag.

Nach dem Frühstück ließ Lucy das Top und die Hosen liegen, die sie am Vortag gekauft hatte, und schlüpfte in eines der schicken Outfits, mit denen Cathy sonst Furore machte, ein marineblaues Kostüm mit von Hand emaillierten Knöpfen. »Wenn du das ruinierst, muss ich weinen«, warnte Cathy, als sie sie an der Tür verabschiedete.

Lucy sah Tränen in ihren Augen glitzern.

»Hoffentlich geht alles gut«, sagte Cathy.

2

Den Empfang in Agnes' Wohnung hatte Freddie organisiert. Im Garten war ein Klapptisch aufgestellt, beladen mit Tellern, üppigen Platten, Gläsern, Plastikbechern, Champagner, trockenem Sherry und schauderhafter Limo für die Kinder. Das Ganze sah so fürstlich aus, dass Wilma erklärte, Freddie sei verrückt geworden. Um zwei Uhr versammelten sich im Wohnzimmer die Gäste: Salomon Lachaise, Victor Brionne, Robert und Maggie Brownlow mit ihren fünf Kindern und Enkelkindern, Pater Anselm und schließlich Pater Conroy, der gelassen durch den Raum ging und zwischen allen Anwesenden Verbindungen herstellte.

Lucy trat einen halben Schritt vor, hieß alle willkommen und verzichtete dann darauf, ihre vorbereitete Rede zu halten. »Ich möchte einfach nur an die Namen derer erinnern, die aus Gründen, die wir alle kennen, heute nicht bei uns sein können«, begann sie stattdessen, hob ihr Glas und fuhr mit ungekünstelter Feierlichkeit fort: »Père Rochet und Madame Klein ... Jacques Fougères und alle anderen Ritter der Tafelrunde ... Père Morel und Père Pleyon ... Grandpa Arthur ... Pascal Fougères ...« Instinktiv wandte sich Lucy an ihren Vater, um ihm die Fackel zu übergeben.

»Und ich danke dem Himmel«, sagte Freddie und ging auf die offene Tür zum Flur zu, damit Agnes ihn hören konnte, »dass jemand unter uns ist, der fast verloren gegangen wäre, weil er andere gerettet hat. Freunde, auf meine Mutter!«

Alle tranken schweigend. Nur Lucy sah, wie Wilma flink die Platte eines Tischchens abwischte. Nach dem Toast holten die anwesenden Eltern verstohlen allerhand Spielsachen hervor und platzierten sie strategisch auf dem Boden wie Köder zum Fangen wilder Tiere.

Geplant war Folgendes: Hatte ein Gast bei Agnes vorgesprochen, so sollte er von innen an die Tür ihres Zimmers klopfen, um den nächsten hereinzurufen, und dann durch die Glastür in den Garten gehen. Um ein wenig private Atmosphäre zu gewährleisten, war einer der Vorhänge zugezogen. Als Salomon Lachaise bereit war, führte Lucy ihn als Ersten zu Agnes.

Der kleine Mann trug einen eleganten Anzug und neue Schuhe. Mit verschränkten Händen ging er steif hinter Lucy her, die ihn ins Zimmer brachte und sich dann zurückzog. Sie sah ihn ehrerbietig zu Agnes treten und hörte seine tiefe, mitfühlende Stimme:

»Madame Embleton, wir haben uns schon einmal getroffen, ein einziges Mal, als ich noch ein Junge war ...«

Lucy schloss hinter sich die Tür. Einen Augenblick stand sie da und lauschte, wie Agnes es einst bei Madame Klein und

Père Rochet getan hatte, doch als Salomon Lachaise die Stimme hob, wandte sie sich ab.

Erschöpft ging sie zurück ins Wohnzimmer und staunte darüber, wie ungezwungen Pater Conroy sich zwischen den Gästen bewegte. Nach einer Weile hörte sie ein leises Klopfen und warf Pater Anselm einen Blick zu.

3

Gestützt von Kissen, lag Agnes da und hatte die Abc-Karte auf dem Schoß. Neben ihr stand wie ein Wächter der Tropf, dessen Schläuche und Beutel von einem kleinen Leintuch verhüllt waren. Agnes trug eine grüne Seidenbluse und eine rote Kaschmirjacke. Die Farben warfen einen leichten, transparenten Schimmer auf die Haut ihres Halses. So mächtig und vernichtend die Krankheit auch war, das Strahlen, das von Agnes ausging, konnte sie nicht auslöschen. Am Bett standen zwei Stühle, auf einem Beistelltischchen stand eine Vase mit Blumen, und daneben lag ein kleines Schulheft. Eine sanfte Brise ließ den Vorhang vor der offenen Glastür flattern wie eine Fahne am Meeresstrand.

Die blauen Augen von Agnes richteten sich auf Anselm, der einen dicken Kloß in der Kehle spürte und schwer schlucken musste. Die übliche Szene am Totenbett, dachte er erst, die letzte Gelegenheit, etwas Vernünftiges, Ehrliches zu sagen, um einen würdigen Abschluss zu finden. Aber dann merkte er erschauernd, dass dies hier etwas anderes war; dies war nicht der Tod – denn der war schon vor langer Zeit da gewesen und besiegt worden –, sondern das Leben. Zitternd setzte sich Anselm und zog einen brüchigen braunen Umschlag aus der Tasche. Während er ihm ein Blatt Papier entnahm, setzte Lucy sich neben ihn.

»Agnes«, sagte Anselm, »das hat mir Mr Snyman gegeben. Er sagte, Jacques habe es ihm vor seiner Verhaftung anvertraut und gehofft, es könnte zu Ihnen gelangen, falls Sie durch einen unvorstellbaren Glücksfall die drohende Finsternis überleben sollten.«

Agnes' Augen weiteten sich ein wenig, was offenbar eine Aufforderung war. Ihr Atem wurde ungleichmäßig; langsam senkten sich die Lider mit den feinen, geschwungenen Wimpern und blieben geschlossen. Als sie zitternd einen Finger hob, begann Anselm auf Französisch zu lesen:

Mit winzigen Händen fing einst der April ganz Paris
wie du mich gefangen hast, den kleinen Trojaner.
Sanft lösten Finger meinen Widerstand
gegen deinen Zauber. Es war ein großes Gefühl,
ich sah winkende Arme, wirbelnden Staub, und ja,
selbst die Steine hörte ich deinen Namen rufen,
Agnes.

Am Ende der ersten Strophe hielt Anselm inne und warf einen Blick auf Agnes. Ein leichter Puls zuckte hinter ihren Augenlidern. Anselm las weiter:

Und dann erlosch das Licht.
Ich schloss einen Pakt mit dem Teufel,
als der Frühlingswind kam, als des Priamos Sohn
blutend am Boden lag. Im Morgengrauen aber
flüsterten die Steine: »Was hast du nur getan?«, und ja,
ich habe euch beide verraten. Kannst du mir vergeben,
Agnes?

Als Agnes das Geständnis hörte, öffnete sie die Augen. Ein feiner Schatten bewegte sich unter ihrer Haut wie eine vorüberziehende Wolke. Ihre weiße, weiche Handfläche drehte sich langsam nach oben, und sie sah Anselm an, der sie verstand. Er legte den Brief aufs Bett, und ihre Hand senkte sich behutsam darauf wie auf lebendige Haut.

Nach einem langen Augenblick sah Agnes Lucy an, die aufstand, das zweite Schulheft vom Nachttisch nahm und Agnes dann die Abc-Karte hinlegte. Agnes sagte:

P-A-T-E-R

Pause.

B-I-T-T-E

Pause.

G-E-B-E-N

Pause.

S-I-E

Pause.

D-I-E-S-E-S

Pause.

H-E-F-T

Pause.

M-R

Pause.

S-N-Y-M-A-N

Anselm nahm das Heft, das Lucy ihm reichte, entgegen. Agnes fuhr fort:

K-Ö-N-N-T-E-N

Pause.

S-I-E

Pause.

M-I-C-H

Pause.

Z-U

Pause.

G-R-A-B-E

Pause.

T-R-A-G-E-N

Pause.

W-E-N-N

Pause.

I-C-H

Pause.

T-O-T

Pause.

B-I-N

Durch die zusammengebissenen Zähne sagte Anselm: »Gern.«

U-N-D

Pause.
N-I-C-H-T
Pause.
V-O-R-H-E-R

So, wie das Licht auf Agnes' Lippen fiel, konnte man an ein Lächeln denken, an einen Ausdruck von Freude, Kummer, Ergebung, Verlust, Dankbarkeit und Lebewohl. Wie in dünnen Schichten lag all dies übereinander. Anselm ging zur Glastür und trat ins Freie, fast überwältigt von dem Impuls, einen Schrei auszustoßen. Vor sich sah er den Rasen eines kleinen Gartens, dessen hohe rote Ziegelmauern das Sonnenlicht einfingen. Auf der anderen Seite stand Salomon Lachaise, verwirrt wie jemand, der sich verlaufen hat.

4

Als Lucy das nächste Mal ins Wohnzimmer kam, folgten ihr Robert und Victor durch den kurzen, engen Flur zu der halb offenen Tür. Sie trat beiseite, um die beiden vorbeizulassen. Victor, der direkt hinter Robert ging, hatte ihm den Arm um die Taille und die andere Hand auf die Schulter gelegt wie ein treuer Mentor, der seinen nervösen Schützling zu einer Preisverleihung aufs Podium führt – einen jungen Mann, der Angst hat vor dem dröhnenden Applaus und vor dessen Kraft, das im Verborgenen Entstandene zu zertrümmern.

Robert berührte die Tür, die langsam aufging. Als sie eintraten, hob Victor verzagt die Hand an den Mund und sagte: »Agnès, je te présente … ton fils …«

Wie gelähmt stand Lucy da und erlebte ein Wunder, das größer war als all die alten Geschichten, die sie in der Schule gehört hatte – Manna in der Wüste, aus einem Felsen sprudelndes Wasser oder das sich teilende Rote Meer. Langsam hob Agnes Kopf und Hals vom Kissen und wandte ihrem Sohn das Gesicht zu. Während Lucy voll Staunen rückwärts aus dem Zimmer ging, hörte sie etwas, das man für einen Seufzer, einen plötzlichen lauten Atemzug oder bestenfalls für ein

Durcheinander weicher Laute hätte halten können, doch in ihren Ohren nahm es unmissverständlich die Form eines Namens an, der fünfzig Jahre lang nicht ausgesprochen worden war: »Robert!«

5

Nachdem die ganze Familie an Agnes vorbeidefiliert war, stand Lucy alleine am Bett ihrer Großmutter und sah durch die offene Tür in den Garten. Das dicke, frisch geputzte Glas blitzte in der Sonne und nahm das dunkle Spiegelbild roter Ziegel in sich auf; junge und alte Menschen plauderten miteinander, eine Hand in der Tasche, ein funkelndes Glas Sherry in der anderen; auf dem Rasen balgten sich die Kinder, gekleidet in Gelb und Blau und Grün. Agnes blickte zu ihnen hinaus. Lucy betrachtete den Tropf mit seinem gewundenen Schlauch, der über die frisch gestärkten Laken zum Handrücken führte, wo seine Spitze unter Verbandwatte und einem sauberen Streifen Pflaster verborgen war. Dann wanderte ihr Blick am Arm ihrer Großmutter entlang, und als sie das begeisterte Gesicht von Agnes sah, musste sie eine unbändig lodernde Freude im Zaum halten. Dies wäre die rechte Zeit gewesen, alle Mauern niederzureißen. Den Zorn, der dafür nötig wäre, brachte sie jedoch nicht mehr auf, der war tot und im Gestern begraben.

Lucy küsste ihre Großmutter auf die Stirn und ging dann unbemerkt von allen hinaus in den vorderen Garten, der vom Haus durch eine stille Straße getrennt war. Als sie sie überquerte, sah sie Pater Anselm an einer Mauer lehnen und auf den Fluss blicken. Offenbar hatte er sich durch den Garten davongestohlen. Lucy meinte zuerst, an seinem Kopf blaue Rauchkringel aufsteigen zu sehen, aber das war bestimmt eine Sinnestäuschung. Ein Mönch rauchte doch nicht.

Gemeinsam lehnten sie an der Mauer und sahen ein paar jungen Burschen beim Rudern zu.

»Ohne es zu wissen, habe ich mein ganzes Leben lang auf das gewartet, was jetzt geschieht«, sagte Lucy.

Pater Anselm schnippte etwas von seinen Fingern.

»Absichtlich herbeiführen hätte ich es nie können«, fuhr Lucy fort, »weil so viel verborgen war. Aber selbst wenn ich alles gewusst hätte, was es zu wissen gab, hätte ich trotzdem nichts tun … oder auch nur sagen können. Wir sind alle so hilflos.«

Still lauschten sie dem Wasser des Flusses, das ans Ufer schwappte.

»Mehr als einmal habe ich den Versuch unternommen, über das ganze Durcheinander zu sprechen, um die Missverständnisse aufzulösen, aber das hat es normalerweise nur noch schlimmer gemacht. Und nun wirken die Worte … als wären sie lebendig geworden.«

Das Wasser spielte mit den Steinen und schliff sie unentwegt runder und runder.

»Es gibt ein bestimmtes Schweigen, das irgendwann immer die Oberhand gewinnt«, sagte Pater Anselm, »aber wir müssen darauf warten.«

Sie drehten sich um und gingen zum Haus zurück. »Übrigens werde ich Max Nightingale mit einer alten Freundin von mir bekannt machen«, sagte Lucy. »Ich habe den Eindruck, die beiden könnten sich gut verstehen.«

»So was hat jemand auch mal mit mir gemacht«, sagte der Mönch lächelnd, »und was daraus geworden ist, sehen Sie ja.«

Lucy lachte. »Dann kann es den beiden ja nicht schaden.«

»Nein«, stimmte Pater Anselm zu, »ich habe das Gefühl, wir haben alle inzwischen genug Schaden erlitten.«

»Vorläufig.«

»Damit können wir auch zufrieden sein.«

An der Haustür hörten sie eine leise, auf- und absteigende Melodie, die in die Luft stieg wie eine Lerche.

»Das muss Robert sein.« Pater Anselm hielt inne. »Wissen Sie, was er da spielt?«

»Ja, es ist das Lieblingsstück meiner Großmutter«, erwiderte Lucy tief bewegt. »Aus den ›Romances sans paroles‹ von Fauré.«

»Also ein Liebeslied ohne Worte.«

»Ach Gott«, rief Lucy aus, »jedes Mal, wenn ich Sie treffe, muss ich weinen.«

Der sonst so zurückhaltende Mönch hakte sich bei ihr ein und zog sie an sich.

49. Kapitel

I

Anselm stand zusammen mit Conroy im Vorhof des Klosters. Conroys Arbeitsurlaub war vorbei. Er hatte sein Buch fertig geschrieben und sogar einen Verleger gefunden, der gegen brisante Bücher nichts einzuwenden hatte, und machte sich nun auf den Rückweg nach Rom. Dort wollte er sein Manuskript dem Zensor des Ordens überreichen und dann weiterfliegen nach São Paulo zu seinen Straßenkindern.

Conroy drückte Anselm so fest die Hand, dass dieser zusammenzuckte. Dann quetschte sich der massige Mönch hinter das Steuer seines Leihwagens und kurbelte das Fenster herunter.

»Jetzt geht's los.«

»Schau mal wieder vorbei.«

»Das mache ich. Ich habe mich hier sehr wohl gefühlt.«

»Und wir haben uns gefreut, dass du da warst.«

»Bete für meine Kinder.«

Anselm winkte dem Wagen hinterher, den Conroy mit durchdrehenden Reifen aus dem Hof steuerte, dass die Kieselsteine nur so spritzten.

Als nach der Komplet an diesem Abend die Große Stille einsetzte, führte Pater Andrew Anselm aus dem Klostergebäude, um mit ihm einen Spaziergang zu machen. Unter einem langsam dunkler werdenden Himmel gingen sie gemächlich den Weg mit den Glockenblumen entlang und sprachen über alles, was in den letzten Monaten geschehen war. Die kühlen Wälder zu beiden Seiten des Pfades waren so still, als dächten sie über etwas nach. Nur der einsame Schrei einer Eule ertönte vom See her.

»Ich habe so gut wie alles falsch verstanden«, sagte Anselm, während er über Farne und trockenes Geäst hinwegstieg. »Die Liste meiner Fehleinschätzungen ist so lang, dass ich sie gar nicht überblicken kann ... und alles nur deshalb, weil ich Vorurteile hatte oder meine Fantasie mit mir durchgegangen ist. Allerdings hat mir die Heilige Mutter Kirche auch nicht unbedingt den rechten Weg gezeigt.«

Pater Andrew machte ein paar Schritte in den Wald hinein und suchte etwas im Unterholz. Als er wieder herauskam, hielt er einen langen, gekrümmten Ast in der Hand, der bei einem Sturm vom Baum gefallen sein musste. Lächelnd köpfte der Prior damit ein paar in der Nähe stehende Löwenzahnblumen. Es war etwas, das er schon als Junge gern getan hatte. »Die Heilige Mutter Kirche hat viele Gesichter. Mal sind sie verehrungswürdig, manchmal verzerrt.«

»Mir ist immer noch nicht klar, was Rom eigentlich wollte«, sagte Anselm.

Statt einer Antwort köpfte der Prior ein paar weitere Blumen.

»Dem Vatikan lagen zwei Berichte über die Vorgänge in Les Moineaux vor«, sagte Anselm. »Ein anklagender von Chambray und ein möglicherweise entlastender von Pleyon, der aber nie fertig gestellt wurde. Also konnte man in Rom nicht wissen, was Brionne tun würde, nachdem ich ihn gefunden und zur Aussage vor Gericht überredet hatte. Er hätte die Mönche dort freisprechen können – was er ja auch tat – oder er hätte lügen und sich selbst schützen können. In beiden Fällen wäre die Kirche gut weggekommen. Ich finde das nicht sonderlich inspirierend.«

»Wie ich schon sagte, manchmal verändert sich das Gesicht unserer geliebten Mutter Kirche so, dass wir es kaum wiedererkennen«, sagte der Prior, während er Ausschau nach weiteren Blumen hielt, »und dennoch gibt es eine Erklärung.«

»Und die wäre?«

»Dass man in Rom einem angesehenen Mönch wie Pleyon mehr vertraute als den Anschuldigungen von Chambray.«

Anselm runzelte aufmerksam die Stirn, und der Prior fuhr fort: »Und erinnere dich daran, dass man zuerst den Kontakt zu Chambray suchte, bevor man dich einschaltete, aber der hat Roms Abgesandte zum Teufel gejagt. Chambray hat seine Entscheidung schon vor fünfzig Jahren getroffen.«

»Aber das erklärt noch nicht die Doppeldeutigkeit.«

Der Prior und sein Mönch blieben stehen. Die Eule, die jetzt hoch oben am Himmel flog, schrie abermals, und ein früh aufgegangener, silbriger Mond stand über dem Kloster. Anselm setzte sich auf den Stumpf eines Baumes, den Benedict und Jerome letztes Jahr nach den großen Stürmen abgesägt hatten. Der Prior blieb stehen und sah zu ihm herab. »Und was ist mit dir?«

Es war eine seiner typischen Fragen, die so allgemein gestellt waren, dass sich so gut wie alles in ihren Netzen verfing. Immer, wenn der Prior solche Fragen stellte, hatte er etwas Bestimmtes im Sinn.

»Ich habe mich selbst verloren«, antwortete Anselm, »und ich weiß nicht, wann das passiert ist … irgendwie habe ich meinen Rückhalt im Kloster verloren.«

»So ist das oft«, sagte der Prior. »Wenn man an einen Scheideweg kommt, gibt es nur selten einen Wegweiser.« Er schlug mit seinem Stock nach einem großen Farn. »Und hast du deinen Rückhalt inzwischen wieder gefunden?«

Anselm blickte den Pfad zurück in Richtung auf das Kloster, das hinter den Bäumen kaum mehr zu erkennen war. »Nein, noch nicht.«

»Gut«, sagte Pater Andrew und schlug ein weiteres Mal mit seinem Stock zu.

Wie so oft sah der Prior Dinge, die anderen verborgen blieben. »Trotzdem habe ich auf eine ganz seltsame Art das Gefühl, vielleicht doch angekommen zu sein«, sagte Anselm, dem plötzlich ein Gedanke durch den Kopf schoss. »Und zwar mit Hilfe von Salomon Lachaise, der viele schlimme Dinge durchgemacht hat.«

Der Prior stützte sich mit beiden Händen auf seinen Stock und schaute Anselm fragend an.

»Ich kann dir das nicht genau erklären«, sagte Anselm. »Aber irgendwie habe ich doch einen gewissen Trost gefunden, und zwar mit ... mit Tränen in meiner Seele.«

Der Blick des Priors wurde immer durchdringender. »Millionen Menschen wurden aus Hass getötet, und das unter einem Himmel, der so blau war wie der heute Nachmittag über Larkwood. Ohne jeden ersichtlichen Grund, praktisch im Vorbeigehen, stirbt ein viel versprechender junger Mann wie Pascal Fougères, und im Gegensatz dazu endet das Leben von Agnes Embleton so, als wäre hier eine heilende Hand am Werk, die nichts und niemand von ihrem Vorhaben abbringen kann. Ich kann es mir nicht erklären, und vor lauter Rührung würde ich am liebsten weinen.«

Der Prior sagte: »Das zu verstehen wirst du niemals völlig in der Lage sein, und in gewisser Weise musst du das auch gar nicht. Wenn du es versuchst, gibst du nur leere Floskeln von dir oder läufst Gefahr, abergläubisch zu werden. Und der Aberglaube kann zwar eine Weile Trost spenden« – er schlug mit seinem Stock in die Luft –, »aber er hält nicht lange an.«

Der Prior lehnte sich mit dem Rücken an einen Baumstamm und dachte nach. Seine buschigen, grauen Augenbrauen kamen Anselm auf einmal fast deplatziert vor in diesem Gesicht, das so völlig ohne Arglist war. »Solche Tränen gehören zum Leben eines Mönchs«, sagte Pater Andrew. »Da draußen in der Welt kann es sehr kalt sein. Oft erscheint es einem absurd, wie Glück und Unglück, Gut und Böse verteilt sind. Wir Mönche sind wie brennende Kerzen, wie kleine Lichter zwischen großen Gegensätzen, zwischen Hoffnung und Verzweiflung, Glauben und Unglauben, Leben und Tod. Hier, in diesem unsicheren Niemandsland, sollen uns die Menschen immer finden. Und wenn dein Leben überhaupt etwas bedeutet, dann das: Wenn unsere Ruhe und unser Frieden über diese Klostermauern hinausreichen und dort etwas

Gutes bewirken, helfen wir der Welt dabei zu bewältigen, was sie nicht verstehen kann.«

Pater Andrew legte Anselm eine Hand auf die Schulter. Anselm stand auf und ging zusammen mit dem Prior zurück zum Kloster. Das gelbe Licht in den Fenstern schien ihnen in der plötzlich einsetzenden Abendkühle verheißungsvoll warm entgegen. Langsam und bedächtig schritten sie den von einem hellen Mond beschienenen Pfad entlang, während das letzte Abendlicht noch ganz schwach auf der Oberfläche des Sees schimmerte. Jenseits des Wassers, verborgen hinter dunklen Bäumen, lag die alte Gießerei.

»Schwermann hat sich vor aller Welt hingestellt und gesagt, dass er inmitten all des Bösen etwas Gutes getan hat. Er wedelte mit dieser Information herum, als wäre sie das Los, mit dem er gerade die völlige Absolution gewonnen hat.«

Mit ruhiger Stimme erwiderte Pater Andrew: »Vielleicht war aber auch ein bisschen Liebe dabei.«

»Genügt das, um einen solchen Mann zu erlösen?«

»Das weiß nur Gott allein.«

»Es ist ein schrecklicher Gedanke, aber ist es möglich, dass ein Mensch sein eigenes Leben so zerstören kann, dass er nicht mehr zu erlösen ist?«

»Nein, das glaube ich nicht« – der Prior warf den Stock in den dunklen Wald –, »aber es gibt etwas anderes, das mir noch viel mehr Angst macht. Dass wir nämlich einmal an einen Punkt gelangen, an dem die Hölle der Vergebung Gottes vorzuziehen ist.«

Als sie am Kloster angelangt waren, stießen die beiden Mönche gemeinsam das große Tor auf und überließen den Wald und den See der nun vollends hereingebrochenen Nacht.

2

Als Anselm im Bett lag und auf den Beginn der Melodie von *Sailing By* wartete, kamen ihm seine früheren Überlegungen wieder in den Sinn. Er dachte an Pascal und die brutale Ironie des Schicksals, dass nur durch dessen Tod Agnes schließlich wieder mit ihrem Sohn vereint worden war. Wäre Pascal nicht gestorben, hätte Victor niemals seine Aussage gemacht. Und ohne diese hätte Victor nie erfahren, dass Agnes noch lebte. Nur dadurch war schließlich die ganze Wahrheit ans Licht gekommen …

Wenn Pascal nicht gestorben wäre, hätte Anselm niemals die Reise nach Frankreich zu seiner Familie gemacht. Er hätte niemals Etienne Fougères von Agnes erzählt und erkannt, dass er von ihr und Robert wusste, und dass seine Familie das Geheimnis seit fünfzig Jahren gehütet hatte. Die Erkenntnis hatte ihn damals tief erschüttert, und das tat sie auch jetzt noch, aber dann begann *Sailing By*, und Anselm ließ sich von der Musik forttragen.

Er befand sich im Krähennest hoch über dem Deck eines großen, auf den Wellen tanzenden Schoners und sah, wie schwarz und weiß uniformierte Matrosen tief unter ihm ihre Arbeit verrichteten. Die Spieren stöhnten und ächzten, die vollen Segel zerrten an ihren Tauen. Die Sonne glitzerte auf dem tiefblauen Meer, und in der Ferne konnte Anselm eine kleine Insel mit hellem Sandstrand und dichter, dunkelgrüner Vegetation erkennen. Diese Vision hatte er jedes Mal, wenn die Titelmelodie der Sendung erklang und er sich voller Seligkeit den Klängen hingab und die Maschinerie seines Denkens abschaltete. Aber weil sein Gehirn sich gerade mit der Vergangenheit beschäftigt hatte, blieb ein kleines Fenster zu seinen Gedanken offen. Und ehe er noch vollständig in die Sendung eintauchen konnte, hörte er eine leise Stimme, die ihm eine Idee zuflüsterte. Anselm sprang so rasch aus dem Bett, dass er dabei das Radio vom Nachttisch stieß. Auf einmal hatte er eine Erkenntnis.

50. Kapitel

Der alte Butler führte Anselm über den Boulevard de Courcelles zu einem Seiteneingang des Parc Monceau. Von dort aus gingen sie einen Weg entlang, bis sie in der Nähe des Denkmals für Chopin zu einem Spielplatz mit Klettergerüsten und einem Sandkasten kamen, der für ganz kleine Kinder reserviert war. Der Wind ließ einzelne Blätter über den Boden tanzen.

»Da drüben hat Madame Klein gelebt«, sagte Mr Snyman und zeigte auf ein elegantes Mietshaus direkt am Park. Sogleich sah Anselm vor seinem inneren Auge ein leeres Haus mit feuchten Wänden. »Dort hat Agnes Klavier spielen gelernt … und dort habe ich sie zum ersten Mal gesehen.«

Sie setzten sich auf eine Bank, die neben einer blühenden Linde stand. Der Spielplatz wirkte so verlassen, als hätte man die Kleinen in ihren Kinderwagen gewaltsam fortgeschafft. Bald kam die Mittagszeit, dann würde wieder fröhlicher Lärm durch das kunstvolle Zaungitter dringen und gegen das Dröhnen des Verkehrs ankämpfen.

»Sie ist also gestorben?«, fragte Mr Snyman.

»Ja.«

»Friedlich?« In seinem Tonfall schwang etwas von einem Gebet mit.

»Sehr friedlich.«

Am Ende hatte man Agnes ins Krankenhaus gebracht. Keiner fühlte sich in der Lage, mit dem letzten Stadium ihrer Krankheit umzugehen, und so hatte man einen Krankenwagen gerufen. Der Tod war gekommen, während Agnes im Krankenhausflur auf einer fahrbaren Trage lag, neben sich eine Schwester, die beruhigend ihre Hand hielt. Lucy befand sich gerade am Telefon, um ihren Vater zu informieren, und als sie zurückkam, war Agnes tot. Die Schwester sagte, sie habe gelächelt. Einige Tage später stand ihre Familie im Schneeregen an ihrem Grab, wo Pater Anselm den Segen sprach.

»Ich wäre so gern dabei gewesen«, sagte der alte Butler.

»In meiner Trauerrede habe ich an Sie erinnert.«

»Das ist ja schon was.« Der Butler schwieg befangen. »Wie sind Sie eigentlich darauf gekommen?«, fragte er dann.

»Es ist mir eingefallen, als ich gerade am Einschlafen war«, erwiderte Anselm. »Aber natürlich gab es auch Hinweise, die ich vorher nur nicht richtig zusammengefügt habe. Schließlich mussten Sie fliehen, nicht Ihre Familie, und trotzdem ist sie angeblich ohne Sie geflohen. Dazu kamen andere Spuren, zum Beispiel die Tatsache, dass Sie erst dann nach Paris zurückgekehrt sind, als es niemanden mehr gab, der Sie erkennen konnte, und Ihre offene Unterstützung von Pascals Idee, Victor aufzustöbern. Allerdings habe ich all diese Zeichen erst verstanden, als ich schon erraten hatte, was sie bedeuteten.«

Anselm betrachtete den gebrochenen Mann neben sich voll Mitgefühl. Bis ans Ende seines Lebens würde er der Vergangenheit dienen. Sie war seine einzige Heimat, und doch war er dort nicht willkommen.

Der alte Butler schien tief in sich hineinzublicken. »Victor war schon wieder fort, als ich nach Hause zurückkam«, sagte er. »Mein Vater hat mir das Dokument meines Verrats unter die Nase gehalten. Manchmal meine ich, er hätte mir eine Ohrfeige verpasst, aber das stimmt nicht. Obwohl ich alle meine Freunde in den sicheren Tod geschickt habe, verstand er mich. Er wusste, dass ich nicht in böser Absicht so schwach gewesen war.« Er schwieg. »Bitte, können wir weitergehen? Wenn ich mich nicht bewege, werde ich so steif. Und da wir schon so weit sind, kann ich Ihnen auch erzählen, was ich für mich behalten habe, seit man mir Agnes weggenommen hat ... und meinen einzigen Sohn.«

Seite an Seite gingen sie den Weg entlang, während Jacques Fougères weitersprach. Anselm lauschte voll Entsetzen.

»Es gab nur drei Ausweise, und uns blieben nur wenige Minuten, um zu entscheiden, was wir tun sollten. ›Geh du!‹, rief Snyman. ›Nimm meine Papiere.‹ Die waren von irgendwelchen Freunden von Père Rochet gefälscht worden und sollten aus ihm ein Mitglied unserer Familie, meinen Bruder, machen. ›Wenn sie kommen, gebe ich mich für dich aus; so gewinnen wir wenigstens etwas Zeit. Um Gottes willen, geh! Ich habe nichts, wofür es sich zu leben lohnt, aber du hast einen Sohn, du hast Agnes.‹«

Jacques' Stimme wurde kräftiger. »Ich sagte, das würde nicht klappen, weil in unseren Ausweisen ein Passbild klebte, aber er hat nicht locker gelassen. ›Geh!‹ hat er gerufen. ›Vergiss deine Bedenken ... nimm auch meine ganzen anderen Papiere mit ... wenn nötig, zeig ihnen meine Geburtsurkunde ... aber versuch es wenigstens! Nun geh schon!‹ Seither habe ich jede Nacht daran gedacht, wie Franz – das war sein Vorname – allein in unserem Haus gesessen und auf sie gewartet hat. Er würde sterben, das wusste er, und ich würde am Leben bleiben.«

Anselm dachte daran, wie Mr Snyman in Mauthausen Père Rochet vor der Brutalität der Wachen geschützt hatte. Auch das war eine ehrenvolle Tat, die Jacques Fougères, dem Helden der Résistance, zugeschrieben wurde.

»Wir verließen Paris in aller Eile. An einem Kontrollpunkt hat ein Gestapobeamter erst die Papiere meines Vaters und dann die meiner Mutter überprüft, aber als ich an der Reihe gewesen wäre, kam irgendetwas dazwischen, und er hat uns weitergewinkt. Dass ich so viel Glück hatte, war mir in diesem Augenblick egal, ich hoffte bloß, dass Agnes nichts geschah, dass Schwermann sich an seinen Teil der Abmachung hielt.«

Die dichten Wolken, die in Anselms Vorstellung noch immer über den damaligen Ereignissen lagen, begannen sich zu heben. »Eine Abmachung?«, fragte er.

»Ja. Ich habe ihm vertraut. Das musste ich, nachdem er mir den Vorschlag gemacht hatte.«

»Was für einen Vorschlag?«

»Es war an dem Tag, an dem ich festgenommen wurde, weil ich einen Stern mit der Aufschrift ›Katholik‹ trug. Ich bin damit die Avenue Foch auf und ab gegangen, um Victor aus der Reserve zu locken. Ich rechnete damit, wenn man mich aufgriff, nur ein paar Tage Haft zu erhalten, sonst nichts. Tatsächlich haben sie mich schon nach einer Viertelstunde hereingezerrt und in ein fensterloses Zimmer geworfen. Die Wände waren befleckt mit Blut, das an den Putz gespritzt und zu Klumpen getrocknet war. An manchen Klumpen klebten Hautfetzen und einzelne Haare, dunkle Schlieren liefen an der Wand entlang. Ich fing an zu zittern, an den Armen, den Beinen, am ganzen Körper. Geweint habe ich auch. Dann kam Schwermann mit zwei anderen herein. Sie haben mir die Hosen ausgezogen und mich an einen Stuhl gefesselt. Die anderen beiden sind hinausgegangen, und ich war mit ihm allein. Durch den Flur draußen hallten Schreie.«

Jacques atmete schwer wie jemand, der einen steilen Abhang emporsteigt. Sie kamen an einem Kiosk vorbei, wo der Duft frisch gemahlenen Kaffees warm in der Luft hing. Vor ihnen erhob sich eine Kolonnade aus schmalen Säulen, die am Rand eines kleinen Sees entlanglief. Ihre Anmut fiel Anselm ins Auge.

»Schwermann hat seine Pistole gezogen, mich gezwungen, den Mund aufzumachen, und mir die Mündung auf die Vorderzähne gelegt. Ich hatte solche Angst, dass ich mich nass machte und anfing, irgendwelchen Blödsinn über die Tafelrunde zu erzählen, als könnte nur eine Enthüllung mich noch retten. Da hat er seinen Revolver weggelegt und mir mit großen, harten Augen zugehört. Ich beruhigte mich dann wieder, plapperte aber trotzdem alles aus... selbst Roberts Existenz. Schwermann stellte viele Fragen und sagte mir, ich solle mir keine Sorgen machen. Er war sichtlich in Hochstimmung. Dann verließt er das Zimmer für etwa eine halbe Stunde. Als er zurückkam, hat er mir einen Vorschlag gemacht.

Er wollte eine Mutter und ihr Kind aus Frankreich herausschmuggeln, und wenn ich ihm dabei half, würde er Agnes, mich und Robert verschonen. Die anderen würde man natürlich verhaften, aber lediglich zu Zwangsarbeit verurteilen. Da habe ich zugestimmt. Selbst kümmern konnte ich mich allerdings nur um das Kind, weil ich für die Mutter keine falschen Papiere besorgen konnte, aber ich habe Schwermann gesagt, wenn die Mutter es schaffte, nach Les Moineaux zu gelangen, würden die Mönche dort ihr schon helfen.«

Aus dem Augenwinkel bemerkte Anselm eine Grotte und makellos gepflegte Blumenbeete, aber er wandte den Blick ab und sah Jacques an. »War Père Rochet eingeweiht?«, fragte er.

»Das ging nicht, weil er zu viele Fragen gestellt hätte.« Jacques räusperte sich. »Deshalb habe ich mir gedacht, Agnes könnte das Kind fortbringen.«

»Weshalb ausgerechnet sie?«

»Weil sie die Einzige war, die mich nicht fragen würde, warum.« Die Worte kamen Jacques aus dem Mund, als würden sie ihm die Zunge verbrennen.

Sie blieben am Ufer des Sees stehen. Der leichte Wind trug die Stimmen spielender Kinder herüber.

»Im Rückblick«, sagte Jacques, »weiß ich natürlich, dass Schwermann damals bereits einen Plan hatte, wie er die Mutter des Kindes retten wollte. So offensichtlich das war, ich bin nicht darauf gekommen ... und habe nur die Flucht des Kindes organisiert.«

Die Schritte der beiden Männer knirschten auf dem Kies, während sie gemeinsam über die simple Anatomie des Verrats reflektierten. Anselm dachte allerdings auch an seine Begabung, die Dinge misszuverstehen. Als Schwermann in die Kameras geblickt und von einem geretteten Kind gesprochen hatte, meinte er nicht Robert Fougères, sondern jemand ganz anderen.

»Er hatte sich in ein französisches Mädchen verliebt, und die hatte ein Kind von ihm bekommen«, fuhr Jacques fort. »Als die Rassengesetze dann strenger angewandt wurden, stellte sich heraus, dass sie Jüdin war. Schwermann wusste, dass sie und ihr Sohn irgendwann deportiert werden würden. Da bin durch Zufall ich aufgetaucht mit einem Rettungsanker, den er wohl nicht erwartet hatte. Er hat ihn ergriffen, die beiden gerettet und ihre Angehörigen ihrem Schicksal überlassen. Den Rest wissen Sie ja wohl, Pater. Schwermann hat nicht Wort gehalten.«

»Was ist aus der Mutter des Kindes geworden?«, fragte Anselm ernst.

»Ich dachte, das wüssten Sie. Das war der Teil der Abmachung, die Schwermann für sich behalten hat. Nachdem er Agnes festgenommen hatte, kassierte er ihre Papiere ein und besorgte seiner Freundin auf diese Weise einen neuen Ausweis auf den Namen von Agnes. Was aus ihr geworden ist? Keine Ahnung. Nachdem wir Paris verlassen hatten, fuhren wir zu meinem Bruder Claude, der in der Nähe der Schweizer Grenze wohnte. Er hatte Verbindungen zur Résistance in Fernay-Voltaire und Gex, weil er zum Umfeld der Tafelrunde gehörte. Das hat er allerdings geschickt getarnt, indem er sich lautstark für die Vichy-Regierung einsetzte. Meine Eltern engagierten sich ebenfalls, indem sie Unterbringungsmöglichkeiten für jüdische Flüchtlinge suchten und ihnen halfen, über die Grenze zu kommen. Eines Tages kam eine Frau zu uns, die behauptete, sie sei Agnes Aubret. Ihr Fluchtweg hatte sie nach Les Moineaux geführt, wo die Mönche ihre Weiterfahrt nach Gex organisiert hatten. In den drei Tagen, die sie bei uns war, bin ich unter einem Vorwand weggeblieben – ich hätte es sonst einfach nicht ertragen. Soweit ich weiß, haben sie und ihr Kind sich wieder gefunden. Und jetzt möchte ich nach Hause.«

Nun, da Anselm das, was er von Victor und Jacques erfahren hatte, zusammenfügen konnte, begriff er endlich, was 1942 und in den zwei Jahren davor geschehen war.

Schwermann hatte sich nach seiner Ankunft in Paris verliebt, und seine Geliebte hatte ein Kind bekommen. Dieses Kind sollte sich später in den Maschen eines Netzes verfangen, das Schwermann selbst ausgeworfen hatte. Dann erfuhr er durch Zufall von der Tafelrunde … und von der Existenz einer anderen Mutter und eines anderen Kindes, Agnes und Robert. Das war im Juni 1942. Im Juli hatte Schwermann mit erbarmungsloser Berechnung die Lösung seines Dilemmas in die Wege geleitet. Erst als Jacques das Kind seines Peinigers mit Hilfe von Agnes in Sicherheit gebracht hatte, wurde die Tafelrunde gesprengt. Die Festnahme von Agnes nahm Schwermann selbst vor, weil er ihre Ausweispapiere in die Hände bekommen wollte, um der Mutter seines eigenen Kindes zur Flucht zu verhelfen. Der kleine, dadurch mutterlos gewordene Robert war ebenfalls ein Teil des Plans: Schwermann erlaubte Victor, das Kind zu sich zu nehmen, weil dieser sich so kompromittierte, dass er in der Falle saß; und falls Schwermann irgendwann fliehen musste, konnte er Victor zwingen, seine Verbindungen zu Les Moineaux zu nutzen. Deshalb, wurde Anselm klar, hatte die Gestapo auch nur Prior Morel erschossen, aber darauf verzichtet, das Nonnenkloster zu durchsuchen, wo Schwermanns Kind versteckt war. So war auch der Fluchtweg für die Frau, die Schwermann liebte, offen geblieben.

Anselm und Jacques machten kehrt und gingen langsam zum Hause der Fougères' zurück. Nach dem Krieg, erzählte Jacques, sei dann Père Chambray nach Paris gekommen und habe allerhand unangenehme Fragen gestellt, aber wegen der Verdienste seiner Eltern habe man bei der Résistance jeden Verdacht, er selbst könnte der Verräter sein, von sich gewiesen. Man hatte sich damit zufrieden gegeben, mit dem Finger auf Père Rochet zu zeigen, den man als Säufer und Kommunisten verachtete. Jacques' Identität als Mr Snyman wurde zu einer Art Exil, die nur durch das Mitgefühl seines Vaters gelindert wurde. Als dieser gestorben war, wurde sie zu einem Familiengeheimnis, das alle, die davon wussten, zusammenschweißte. Nach dem Tod seines Vaters lebte Jacques bei seinem Bruder Claude, und als auch dieser gestorben war, kam er zu seinem Neffen Etienne, kurz bevor dessen Sohn Pascal geboren wurde.

Der Mythos von Jacques' vermeintlichem Tod in Mauthausen hatte überaus positive Auswirkungen auf den Ruf seiner

Familie. Damit die Maskerade nicht aufflog, musste sie weiterentwickelt und ausgeschmückt werden. Als Pascal in den siebziger Jahren begann, Fragen zu stellen, war Jacques zum Gründer der Tafelrunde geworden, während Père Rochet, Madame Klein und alle anderen nur noch Nebenfiguren in einem Drama waren, in dem ein anderer die Hauptrolle spielte.

»Wissen Sie, ich glaube, Mr Snyman … Franz … war insgeheim in Agnes verliebt und hat sich um ihretwillen für mich geopfert. Die beiden haben oft zusammen musiziert, sie am Klavier und er mit dem Cello.« Jacques schwieg einen Augenblick, als dächte er an den mit Kerzen erleuchteten Salon, hinter dessen Fenstern sich eine immer bedrohlichere Dunkelheit ausbreitete. »Sie hätten dabei sein müssen, um zu verstehen, wie es war, den beiden zuzuhören, in einem Zimmer voller Menschen, die alle gehetzt und heimatlos waren. Je älter ich geworden bin, desto lauter wurden auch die Melodien in meinem Kopf, und jetzt höre ich nur noch ein einziges, niederschmetterndes Klagelied.«

Sie kamen zu der großen schwarzen Tür, und Jacques steckte den Schlüssel ins Schloss. »Vieles wird im Leben nie vergeben, Pater«, sagte er.

»Ja, ich weiß.«

Der alte Mann hatte Anselm den gebeugten Rücken zugewandt. »Also hat Robert eine Familie?«, fragte er.

»Ja.«

»Kinder?«

»Ja, und Enkelkinder.«

Jacques Fougères drehte sich nicht um; er ließ den Kopf an die Tür sinken.

»Ich könnte bestimmt ein Zusammentreffen arrangieren …«, sagte Anselm.

»Nein, Pater, lassen Sie sie in Frieden«, erwiderte Jacques ruhig. »Für sie bin ich ein toter Mann. Es ist besser so.«

Anselm zog das Schulheft aus der Tasche und hielt es Jacques hin, der sich endlich wieder zu ihm umwandte. »Das war für Mr Snyman gedacht. Agnes gab es mir, nachdem ich ihr Ihr

Gedicht vorgelesen hatte. Es tut mir von Herzen Leid, dass es nicht für Sie ist.«

Der alte Butler drückte die Tür auf, als wäre sie aus Blei.

»Vielleicht kommt es nicht so sehr darauf an, weshalb Sie es getan haben«, sagte Anselm verzweifelt, »aber immerhin haben Sie mitgeholfen, ein Kind zu retten, Schwermanns Sohn.«

»Ich habe mich oft gefragt, was wohl aus ihm geworden ist«, sagte der Butler schwermütig, »während ich glaubte, Robert sei zugrunde gegangen.«

Anselm verspürte ein ahnungsvolles Kribbeln. Vor seinem geistigen Auge tauchte ein kleiner Mann mit gequältem, durchdringendem Blick auf, der den Mittelpunkt eines Trios bildete. Links von ihm stand Lucy, die adoptierte Enkeltochter der Frau, die ihn gerettet hatte, rechts Max, sein Blutsverwandter. »Erinnern Sie sich an seinen Namen?«, fragte Anselm.

»O ja … Lachaise … Salomon Lachaise.«

Der Butler trat ins Haus, drehte sich um und reichte Anselm die Hand. Anselm drückte sie fest. »Jacques«, sagte er, »aus diesem Kind ist der Mann geworden, der Sie gerächt hat.«

Mit einem Lächeln sagte der Butler Lebewohl, dann fiel die Tür ins Schloss.

Unter einer bleichen Sonne, die keine Wärme spendete, wanderte Anselm zurück zum Parc Monceau, ging in die ruhige Ecke, die dem früheren Haus von Madame Klein gegenüberlag, und setzte sich nicht weit von ihrem Fenster auf eine Bank.

Wieder kam ihm Salomon Lachaise in den Sinn. Ob er wohl wusste, dass Schwermann sein Vater war? Von seiner Mutter hatte er es nicht erfahren; dieses Geheimnis war zu schmerzhaft, um es zu enthüllen. Unwillkürlich fiel Anselm der Tag ein, an dem er die kleine, dunkle Gestalt zum ersten Mal am See gesehen hatte wie einen Scherenschnitt vor dem Himmel. »Ich bin gekommen, um den Vater meines Kummers zu betrachten«, hatte Salomon Lachaise gesagt, und als er wenig später beim ersten Zusammentreffen mit dem ihm völlig fremden Schwermann auf die Knie gesunken war, hatte er gerufen:

»Ich bin der Sohn der sechsten Klage!« Dann erinnerte sich Anselm, was der Freund ihm von seiner Mutter erzählt hatte, die bei Kerzenlicht über den Fotografien ihrer toten Verwandten brütete, ohne je auch nur ein Wort über seinen Vater zu sagen, den er nie kennen gelernt hatte. Seinen Namen hatte er Anselm gegenüber nie erwähnt. Obwohl Madame Lachaise ihr Geheimnis wahrte, musste ihr Sohn es irgendwann erraten haben, vielleicht als er ihr von seiner Absicht berichtete, der Gruppe beizutreten, die nach Schwermann suchte. Da hatte sie ihn angefleht, die Vergangenheit ruhen zu lassen und damit auch den Mann, der, wie sie wusste, sein Vater war. Ja, ganz sicher... Salomon Lachaise hatte Bescheid gewusst... und bis zum letzten Augenblick gewartet, um eine Verdammung auszusprechen, die nur aus seinem Munde kommen konnte.

Anselm sah sich um, weil ihm die Tränen kamen. Die Ruhe des Parks war von kleinen Kindern vertrieben worden, die unbändig herumtollten. Drei von ihnen rannten vorüber; aus ihren gewölbten Händen rieselte Sand. Eine junge Frau näherte sich, etwa drei- oder vierundzwanzig Jahre alt. Sie sah auf ihre Armbanduhr und schwang kräftig eine kleine Glocke, wie Anselm sie in der Provence an den Hälsen von Ziegen gesehen hatte. Das Gebimmel klang schwach, aber durchdringend hell. Auf das Zeichen hin kamen nach und nach weitere Kindergärtnerinnen herbei und scheuchten ihre Rangen zu einer Zweierreihe zusammen. Jedes der Kinder hielt sich am Jäckchen des Vordermanns fest, sodass ein kleiner Zug entstand. Es wurde abgezählt, dann marschierten sie davon und sangen ein Lied, das der Wind mit sich fortnahm.

Als sie verschwunden waren, stand Anselm auf und folgte ihnen langsam. Die Straße hinter dem gusseisernen Tor war leer.

Epilog

In Cumae sah ich die Sibylle
mit eignen Augen in einem Käfig hängen,
und als die Buben fragten: »Was willst du, Sibylle?«,
gab sie zur Antwort: »Sterben will ich.«

Satyricon
Petronius

Zweites Schulheft von Agnes Embleton
Aufgeschrieben von Miss Wilma Harbottle

Lieber Jacques,

»Nacht und Tag habe ich zwischen den Gräbern gelebt und mich mit Steinen geschlagen.«

Erinnerst du dich noch, wer das gesagt hat? Es war Père Rochet, und er hat lachend hinzugefügt: »Ich habe keine Angst vor dem Tod.«

Er sagte es an dem Tag, an dem er uns um sich versammelt hatte, um die Tafelrunde ins Leben zu rufen. Père Rochet sagte, dass jeder, der verhaftet würde, ihm die Schuld geben solle. Ich machte mir damals große Sorgen um ihn. Ich hatte Angst, sie könnten ihn foltern, aber er lachte nur. Später hast du mir gesagt, er gehöre zu den Menschen, die unter Druck zusammenbrächen. Erinnerst du dich?

Jetzt, wo ich im Sterben liege, sehe ich viele Dinge klarer als jemals zuvor. Als alle Gesichter meiner Jugend auf einmal auftauchten, suchte ich auch nach dem deinen, aber es kehrte nicht wieder. Da kam ich zum ersten Mal ins Grübeln, und irgendetwas sagt mir, dass du noch am Leben bist.

Mein halbes Leben lang habe ich immer wieder über diesen Juli im Jahr 1942 nachgedacht und geglaubt, dass Victor dich, mich und unsere besten Freunde verraten hat. Aber, wie gesagt, ich fange an, die Dinge anders zu sehen. Es war nicht Père Rochet, der ausgepackt hat, nicht wahr? Du warst es.

Ist es passiert, als sie dich im Juni einsperrten, weil du deinen eigenen Judenstern trugst? Diese Verbindung habe ich bisher nie gesehen, weil die Tafelrunde ja erst einen Monat nach deiner Verhaftung zerschlagen wurde. Während ich diese Worte aufschreiben lasse, wird gerade der Prozess gegen Schwermann vorbereitet. In allen Berichten über den Fall wird von deiner Verhaftung und dem einen Monat später erfolgten Verrat gesprochen, als ob es zwei völlig voneinander unabhängige Dinge wären, aber mir kommt es inzwischen immer plausibler vor, dass es eine Verbindung zwischen diesen beiden

Ereignissen geben muss. Ich habe darüber nachgedacht, wie die Tafelrunde aufgeflogen ist. Alle von uns wurden an einem Nachmittag festgenommen, nur du nicht. In Ravensbrück erfuhr ich, dass deine Familie die Stadt verlassen hatte und du als Einziger noch zu Hause warst, als sie dich abholten. Warum? Bestimmt nicht wegen mir, denn ich saß längst im Gefängnis La Santé. Und du bist auch bestimmt nicht in Paris geblieben, damit dich die Deutschen leichter finden konnten. Nein, irgendetwas muss an diesem schrecklichen Tag passiert sein, und vermutlich hatte es etwas mit meinem letzten Auftrag für die Tafelrunde zu tun. Ehrlich gesagt, ich glaube nicht, dass du es warst, der an diesem Abend in eurem Haus geduldig auf die Schergen der Gestapo gewartet hat. Könnte es sein, dass es Franz war? Mr Snyman?

Du warst damals mit daran schuld, dass ich und unser kleiner Robert ins Todeslager geschickt wurden, und deshalb weiß ich, dass dein Leben – falls du, wie ich vermute, wirklich den Krieg überlebt hast – seitdem kein richtiges Leben mehr war. Wenn ich dich wieder sehen könnte, würde ich dich umarmen und dir das sagen, was du bestimmt verzweifelt gern hören möchtest. Aber da ich das jetzt nicht mehr kann, hebe ich nur meine alten Hände empor zu Gott. Möge er dich beschützen und dir vergeben, so wie ich dir jetzt vergebe.

Agnes

Nachbemerkung des Autors

In diesem Buch sind Dichtung und Fakten verwoben. Der historische Hintergrund des Londoner Prozesses und des Lebens in Paris während der deutschen Besatzungszeit ist, wie ich hoffe, korrekt. Die Razzia, die mit dem Namen des Vél d'Hiv verbunden ist, hat sich ereignet wie beschrieben; ihren wahren Schrecken konnte ich freilich nicht wiedergeben.

Erstaunlicherweise kam die gerichtliche Verfolgung der Verantwortlichen nach dem Krieg kaum in Gang. Erst 1978 wurden Herbert Hagen, Kurt Lischka und Ernst Heinrichsohn, drei maßgeblich an der Deportation französischer Juden beteiligte SS-Offiziere, in Köln vor Gericht gestellt. Nur zwei der etwa dreißig Kriegsverbrecher, die von französischen Gerichten in Abwesenheit verurteilt wurden, haben ihre Strafe verbüßt, Karl Oberg und Helmut Knochen. Zahlreiche Personen, denen ähnliche Verbrechen zur Last gelegt wurden, ließen sich in Großbritannien nieder, doch erst 1991 wurde ein Gesetz – der »War Crimes Act« – verabschiedet, das ihre Strafverfolgung ermöglichte. Anschließend wurde in 376 Fällen ermittelt. Ein Drittel der Betroffenen war bereits gestorben, 25 waren unschuldig. Nach Ermittlungen, die 5,4 Millionen Pfund verschlangen, fand 1995 ein erster Prozess statt, der wegen der gesundheitlichen Verfassung des Angeklagten eingestellt wurde. Ein zweites und wahrscheinlich letztes Verfahren fand 1999 seinen Abschluss. Ein Mann namens Anthony Sawoniuk wurde wegen des Mordes an zwei jüdischen

Frauen verurteilt, von denen nur eine namentlich bekannt war.

Wer sich näher mit diesem Thema beziehungsweise der juristischen Aufarbeitung nationalsozialistischer Verbrechen im Allgemeinen beschäftigen will, findet in Tom Bowers unten aufgeführtem Buch *Blind Eye to Murder* eine kompetente Darstellung.

Eine »Tafelrunde« hat es zwar nicht gegeben, aber viele französische Klöster waren an ähnlichen Aktivitäten beteiligt. Angeregt zu diesem Motiv hat mich ein Ereignis im Leben meiner Mutter Margaretha Duyker, die als Mitglied einer Fluchthilfeorganisation ein Kind mit dem Zug von Amsterdam nach Arnhem bringen wollte, aber von der Gestapo verhaftet wurde. Das Kind wurde weggebracht, sie kam ins Gefängnis, wurde jedoch später freigelassen. 1989 ist sie an amyotropher Lateralsklerose gestorben.

Die Gilbertiner haben sich nie in Frankreich niedergelassen. Als einziger in England entstandener Orden haben sie die Säkularisation nicht überlebt. Bei ihrer Gründung folgten die Mönche (eigentlich Chorherren) der Regel des heiligen Augustinus, die Nonnen der des heiligen Benedikt. Aus Gründen der Vereinfachung habe ich mich für die letztere entschieden.

Einige Freiheiten habe ich mir hinsichtlich der Art und Weise genommen, wie Deportationsberichte und andere Dokumente während der Besatzungszeit erstellt wurden. Die Sicherheitsvorkehrungen im Old Bailey habe ich weitgehend außer Acht gelassen.

Die in dieses Buch eingearbeiteten Fakten entstammen vielen Quellen, die sich mit diesem tragischen Abschnitt der französischen Geschichte beschäftigen. Besonders verpflichtet bin ich den folgenden Titeln:

Tom Bower: *Blind Eye to Murder*, London 1995.

Antony Beevor und Artemis Cooper: *Paris after the Liberation: 1944–1949*, New York 1994.

Norman F. Cantor: *The Sacred Chain: A History of the Jews*, New York 1994.

Julian Jackson: *France: The Dark Years: 1940–1944*, Oxford 2001.

Serge Klarsfeld (Hrsg.): *Die Endlösung der Judenfrage in Frankreich*, Paris 1977 (Dokumentationszentrum für Jüdische Zeitgeschichte, CDJC, Deutsche Dokumente 1941–1944).

Serge Klarsfeld: *French Children of the Holocaust: A Memorial*, New York 1977 (*Le mémorial des enfants juifs déportés en France*, Paris 2001).

Ian Ousby: *Occupation: The Ordeal of France: 1940–1944*, London 1997.

Carol Rittner und John K. Roth (Hrsg.): *Pope Pius XII and the Holocaust*, London 2002.

Henry Rousso: *The Vichy Syndrome: History and Memory in France since 1944*, Cambridge, Mass. 1991 (*Le syndrome de Vichy: de 1944 à nos jours*, Paris 1990).

Susan Zuccotti: *The Holocaust, the French and the Jews*, New York 1993.

Aussage von Mme. Marie-Claude Vaillant-Couturier bei den Nürnberger Prozessen am 28. Januar 1946.

Danksagung

Eigentlich sind mir Schulden unangenehm, besonders dann, wenn es Schulden sind, die man kaum zurückzahlen kann. Es gibt aber auch erfreuliche Ausnahmen. Und deshalb möchte ich mich ganz herzlich bei Ursula Mackenzie bedanken, die mir geholfen hat, das Buch zu schreiben, das ich wirklich schreiben wollte, und nicht das, das ich hätte schreiben können. Mein Dank geht auch an Pamela Dorman für ihre einsichtige Analyse sowie ihre Unterstützung dieses Buches in den Vereinigten Staaten, an Araminta Whitley und Celia Hayley, die beide für meinen Werdegang mit verantwortlich sind, an Nicki Kennedy und Sam Edenborough, die für mich fremde Felder beackert haben, und an Joanne Coen für ihre geduldige, gewissenhafte und detailgenaue Vorbereitung des Textes für die Veröffentlichung. Allen Mitarbeitern der Verlage Time Warner Books und Penguin Putnam, die mit so viel Hingabe an diesem Buch gearbeitet haben, möchte ich an dieser Stelle – leider pauschal – meinen herzlichen Dank aussprechen.

Ein ganz besonderer Dank gebührt Sarah Hannigan, die mich als Erste zum Schreiben ermutigt und mir dann geholfen hat herauszufinden, wie ich schreiben will. Außerdem bedanke ich mich bei Penny Moreland (die meine Zweifel in Zuversicht verwandelt hat), Austin Donohoe (der mich dazu gebracht hat, das Risiko des Schreibens einzugehen), Paulinus Barnes (für guten Rat), James Hawks (der mich zum Weitermachen ermutigt hat), Damien Charnock (der die ersten vier Kapitel durchgesehen hat und den Rest dann nicht mehr ansehen durfte), meiner Familie (für ihren Anteil an meiner persönlichen Entwicklung und ihre Aufgeschlossenheit gegenüber allen meinen Unternehmungen) und meinen Anwaltskollegen (dafür, dass sie die Eigenheiten eines angehenden Romanautors wohlwollend toleriert haben). Für die Beantwortung spezieller Fragen bedanke ich mich bei: William Clegg QC, Michael Walsh (Archivar am Heythrop College der University of London), Dr E. Rozanne Elder (Direktorin des Institute of Cistercian Studies an der West Michigan University), Inspector Barbara Thompson (Suffolk Constabulary), Ian Fry und John »Archie« Weeks (vom Gericht Old Bailey). Sollten mir irgendwelche sachlichen Fehler unterlaufen sein, trage ich dafür natürlich die alleinige Verantwortung.

Einen eigenen Absatz möchte ich Anne widmen – für ihre fortwährende selbstlose Unterstützung jeglicher Art und in allen Lagen und für die solidarische Betreuung unserer drei Kinder, die mir erst den Freiraum zum Schreiben dieses Buches gegeben hat. Keine Worte können ihrer Hilfe gerecht werden und das ausdrücken, was ich ihr gerne sagen würde.

Gemeinsam danken wir der Gemeinschaft, deren Ruhe das Tal prägt, in dem dieser Roman begonnen und beendet wurde.